Apoio educacional

MISTO
Papel produzido a partir de fontes responsáveis
FSC® C133282

A marca FSC® é a garantia de que a madeira utilizada na fabricação do papel deste livro provém de florestas que foram gerenciadas de maneira ambientalmente correta, socialmente justa e economicamente viável, além de outras fontes de origem controlada.

o sumiço da santa

O país do Carnaval, 1931
Cacau, 1933
Suor, 1934
Jubiabá, 1935
Mar morto, 1936
Capitães da Areia, 1937
ABC de Castro Alves, 1941
O cavaleiro da esperança, 1942
Terras do sem-fim, 1943
São Jorge dos Ilhéus, 1944
Bahia de Todos-os-Santos, 1945
Seara vermelha, 1946
O amor do soldado, 1947
Os subterrâneos da liberdade
    Os ásperos tempos, 1954
    Agonia da noite, 1954
    A luz no túnel, 1954
Gabriela, cravo e canela, 1958
De como o mulato Porciúncula descarregou seu defunto, 1959
Os velhos marinheiros ou O capitão-de-longo-curso, 1961
A morte e a morte de Quincas Berro Dágua, 1961
O compadre de Ogum, 1964
Os pastores da noite, 1964
As mortes e o triunfo de Rosalinda, 1965
Dona Flor e seus dois maridos, 1966
Tenda dos Milagres, 1969
Tereza Batista cansada de guerra, 1972
O gato malhado e a andorinha Sinhá, 1976
Tieta do Agreste, 1977
Farda, fardão, camisola de dormir, 1979
O milagre dos pássaros, 1979
O menino grapiúna, 1981
A bola e o goleiro, 1984
Tocaia Grande, 1984
O sumiço da santa, 1988
Navegação de cabotagem, 1992
A descoberta da América pelos turcos, 1992
Hora da Guerra, 2008

o sumiço da santa
uma história de feitiçaria

JORGE AMADO

ROMANCE BAIANO

Posfácio de Yvonne Maggie

3ª reimpressão

COMPANHIA DAS LETRAS

1ª edição, Record, Rio de Janeiro, 1988

Grafia atualizada segundo o Acordo Ortográfico da Língua Portuguesa de 1990, que entrou em vigor no Brasil em 2009.

Consultoria da coleção Ilana Seltzer Goldstein

Projeto gráfico Kiko Farkas e Mateus Valadares/ Máquina Estúdio

Pesquisa iconográfica Bete Capinan

Imagens de capa © Pierre Verger/ Fundação Pierre Verger (capa); © Luiza Chiodi/ Companhia Fabril Mascarenhas (chita); © Acervo Fundação Casa de Jorge Amado (orelha). Todos os esforços foram feitos para determinar a origem das imagens deste livro. Nem sempre isso foi possível. Teremos prazer em creditar as fontes, caso se manifestem.

Cronologia Ilana Seltzer Goldstein e Carla Delgado de Souza

Assistência editorial Cristina Yamazaki/ Todotipo Editorial

Preparação Isabel Jorge Cury

Revisão Ana Maria Barbosa e Carmen S. da Costa

Texto estabelecido a partir dos originais revistos pelo autor. Os personagens e as situações desta obra são reais apenas no universo da ficção; não se referem a pessoas e fatos concretos, e não emitem opinião sobre eles.

Dados Internacionais de Catalogação na Publicação (CIP)
(Câmara Brasileira do Livro, SP, Brasil)

Amado, Jorge, 1912-2001.
O sumiço da santa : uma história de feitiçaria : romance baiano / Jorge Amado ; posfácio de Yvonne Maggie. — São Paulo : Companhia das Letras, 2010.

ISBN 978-85-359-1602-7

1. Romance brasileiro I. Maggie, Yvonne II. Título.

10-00271 CDD-869.93

Índice para catálogo sistemático:
1. Romances : Literatura brasileira 869.93

Diagramação Máquina Estúdio
Papel Pólen, Suzano S.A.
Impressão Gráfica Paym

[2025]

EDITORA SCHWARCZ S.A.
Rua Bandeira Paulista, 702, cj. 32
04532-002 — São Paulo — SP
Telefone: (11) 3707 3500
www.companhiadasletras.com.br
www.blogdacompanhia.com.br
facebook.com/companhiadasletras
instagram.com/companhiadasletras
twitter.com/cialetras

O SUMIÇO DA SANTA

OU

VISITAÇÃO
DE IANSÃ À CIDADE
DA BAHIA

OU

EXECRAÇÃO
PÚBLICA
DE FANÁTICOS
E PURITANOS

OU

A GUERRA
DOS SANTOS

No quai des Célestins, no regaço de Zélia,
a rampa do Mercado.

Para seis poetas pelo mundo afora:
Myriam Fraga, no largo do Pelourinho,
Fernando Assis Pacheco, em Pardilhó,
Francis Combes, *quelque part à* Paris,
Georges Moustaki, *dans l'*Île St. Louis,
José Sarney, na ilha de São Luís do Maranhão,
e René Depestre, em Jacmel, no Haiti,
esta história de feitiçaria.

PÁGINA DESTINADA A EPÍGRAFES, MOTES, DITOS E REFERÊNCIAS

O reis mandou me chamar
pra casar com sua fia
o dote que ele me dava:
Oropa, França e Bahia
(coco das Alagoas)

Bahia
les dieux sont parmi nous
....
les dieux
qui furent trop longtemps condamnés à la nuit
(Francis Combes, "La Lumière de Bahia")

Bahia de Tous les Saints
c'est là que l'Afrique vit encore en exile
(Georges Moustaki, "Bahia de Tous les Saints")

E partiu para sua viagem o Viajante sem Porto *em águas da Bahia de Todos-os-Santos.*
(Herberto Salles, *Os pareceres do tempo*)

Yansã chegou na pedra
veio trovão, veio corisco
(Zora Seljan, *Yansã, mulher de Xangô*)

Mestre Manuel e Maria Clara narraram, discretamente, o desastre do Viajante sem Porto.
(Epaminondas Costalima, *A noite de glória de João da Silva*)

Este mundo é um espanto.
(Fernando Assis Pacheco, carta)

Deus é brasileiro.
(dito popular)

ESTA É A PEQUENA HISTÓRIA DE ADALGISA E MANELA E DE ALGUNS outros descendentes dos amores do espanhol Francisco Romero Perez y Perez com Andreza da Anunciação, a formosa Andreza de Iansã, mulata escura. Nela se narram, para que sirvam de exemplo e advertência, acontecimentos sem dúvida inesperados e curiosos decorridos na Cidade da Bahia — noutro lugar não poderiam ter acontecido. A importância da data é relativa mas vale saber que tudo se passou num tempo curto de quarenta e oito horas, longo de vidas vividas, ao término dos anos 60 ou nos começos dos anos 70, por aí assim. Não se buscou explicação, uma história se narra, não se explica.

Projeto de romance anunciado há cerca de vinte anos, sob o título de *A guerra dos santos*, somente agora, no verão e no outono de 1987, na primavera e no verão de 1988, em Paris, coloquei o enredo no papel. Escrevendo-o, diverti-me; se, com sua leitura, alguém mais se divertir, me darei por satisfeito.

O SUMIÇO DA SANTA

UMA HISTÓRIA
DE FEITIÇARIA

A TRAVESSIA

O EMBARQUE

NAQUELE DIA, EM INTEMPESTIVO HORÁRIO VESPERTINO, despontou na Bahia de Todos-os-Santos, procedente do Recôncavo, o *Viajante sem Porto*, as velas enfunadas — o mar é um manto azul, disse o namorado à sua namorada. Por estranho possa parecer não se ouvia, na esteira do vento, a voz de Maria Clara desfalecendo na dolência de uma cantiga de amor.

Assim acontecia porque, além da carga habitual e olorosa de abacaxis, cajus e mangas, o saveiro recebera em Santo Amaro da Purificação o encargo — melhor dito a missão — de conduzir à capital a imagem de santa Bárbara, a do Trovão, famosa pela beleza secular e por milagreira, emprestada pela paróquia, com indisfarçável relutância do vigário, para ser exibida em apregoada Exposição de Arte Religiosa, glosada em prosa e verso pela imprensa e pelos intelectuais: "O evento cultural do ano", proclamavam as gazetas. Para atender à sagrada incumbência, mestre Manuel cancelara a partida matutina, atrasando-a de quase doze horas, mas o fizera com satisfação: pagava a pena, e dona Canô não pedia, ordenava.

Sentiu-se o pároco menos aflito por serem da viagem um padre e uma freira; ele jovem e moderno, cabelos em desalinho, vestido à paisana; ela idosa, magra, pálida, hábito negro; a providência divina, que não falha, os embarcara junto com a santa:

— Velem por ela durante a travessia, sobretudo façam atenção na foz do rio, as águas são volúveis e o vento sopra forte. Deus que os acompanhe.

Ajudados pelo vigário, pelo sacristão e por dona Canô, entre orações e aplausos de irrequieto grupo de beatas, o padre e a freira procederam à cerimônia do embarque. Na descida escorregadia, porém, preferiram confiar o andor com a imagem peregrina às mãos marinheiras de mestre Manuel e de sua mulher Maria Clara, que a depuseram com reverente cautela na popa do saveiro. Ali, de pé, a majestosa efígie da santa católica semelhava carranca de barco, votiva figura de proa, entidade pagã e protetora.

A FREIRA E O PADRE

A VIRAÇÃO DA TARDE NAS VELAS UFANAS, LÁ SE FOI O SAVEIRO com a santa. Ao leme, mestre Manuel sorriu para o reverendo e a boa irmã: não se assustem, santa Bárbara não corre perigo.

Sentada junto ao andor, Maria Clara cuida da estabilidade da imagem, impede que os solavancos do barco ameacem o seu equilíbrio. "Fiquem descansados", ajuntou para de todo tranquilizá-los, enquanto examinava e louvava o capricho posto no revestimento do andor, enfeitado com requintes de brocados e fitas, bordados e rendas, confeccionados para a ocasião pelas devotas da Confraria de Nossa Senhora da Boa Morte, na vizinha cidade de Cachoeira, piedosas velhinhas, artistas de mão-cheia. Ah! se dependesse delas a santa viajaria coberta de ouro e prata, ouro velho, prata de lei, mas o diretor do museu recusara, peremptório: proibira inclusive o relicário da irmandade — uma antipatia!

Afirmações dignas de confiança, a do mestre e a de sua mulher, contudo a freira, escondida no hábito surrado e severo, temeu pela segurança da santa enquanto durou a travessia, fosse na correnteza do rio, fosse na marola do golfo, mas nada disse, não deixou transparecer a inquietação, apenas rezou, passando e repassando as contas do rosário: a brisa que circundava a imagem vinha aquietar-se em suas mãos ossudas. Para ela a viagem foi longa e preocupante; só respirou aliviada quando o saveiro embicou para a rampa do Mercado: tudo correra bem, Deus seja louvado! Logo a santa com seu embornal de raios e trovões estará no Museu de Arte Sacra onde o diretor, frade alemão, doutor emérito, três vezes erudito, autor consagrado, a batina branca, impecável, a aguarda impaciente — sobre a origem e a autoria da famigerada escultura redigira tese alentada e atrevida. Somente então liberta das grades do medo, irmã Eunice cerrou os olhos, deixou escapar um suspiro de desafogo e pôde, enfim, sentir a doçura da viração.

O padre não parecia padre, esses reverendos de hoje são uma novidade. Como reconhecê-lo sacerdote se trajava calças jeans, camisa florada aberta ao vento e não se via coroa raspada no centro da cabeleira esvoaçante? Um bonito rapaz a atrair os olhares das mulheres. O hábito não faz o monge, ensina o povo em sentença bastante anterior a tais mudanças de vestuário e de comportamento, e cabe-lhe razão. Apesar do aparente desalinho de roupas e penteado, da falta de batina e de coroa, não se tratava de um hippie a caminho da colônia Paz e Amor em

Arembepe, mas de padre ordenado, sincero na vocação e no apostolado, devotado à missão aceita e exercida. Na distante freguesia que lhe coubera, os paroquianos eram pobres de Deus, servos dos ricos, sujeitos à lei imemorial da violência.

Para ele a viagem parecera ainda mais longa, infindável, pois viajara com a impunidade e a injustiça e tinha razões para pensar que não fora chamado à capital a fim de receber louvores e incentivo. Ouvira despropósitos e ameaças, lera notícias nos jornais, denunciando e condenando a ação subversiva de certos sacerdotes. Seu nome, padre Abelardo Galvão, saíra nas gazetas, versões mentirosas: os canalhas deturpam os fatos, inventam, enlameiam, aviltam — infâmia e vilania, pensa o padre. De Patrícia conhecia apenas o cristal da voz, o enigma do sorriso, o dengue do olhar. Na peçonha de tais insinuações, os miseráveis tentavam esconder os cadáveres apodrecendo no mangue entre guaiamuns. O padre viaja com os três mortos, sabe quem os mandou assassinar, todos sabem; de nada adianta saber, os que comandaram os pistoleiros pairam ilibados, inacessíveis, acima do bem e do mal. A terra tem donos, uns poucos, contam-se nos dedos das mãos; poucos, porém implacáveis.

INFORMAÇÃO, MODESTA E PRUDENTE, SOBRE A BAHIA

APESAR DE NÃO SE OUVIR A VOZ DE MARIA CLARA RECORDANDO juras de amor, alegrias e penas, em verdade, ao lado da imagem, ela cantarola cantigas de preceito, devidas em privilégio aos santos e aos encantados. A melodia não chega à freira e ao padre mas convoca verdes magotes de baronesas que cercam o curtido casco do escaler. Nas hastes carnudas, as flores azuis, recém-desabrochadas, inclinam-se, saudando santa Bárbara, a do Trovão. O rio Paraguaçu tem olor a tabaco e sabe a açúcar, a embarcação navega entre canaviais e plantações de fumo.

No mar do golfo, cardumes de peixes recebem o saveiro, um cortejo de polvos, arraias e cações acompanha-lhe a esteira. O sol derrama ouro no céu da Bahia de Todos-os-Santos.

A Bahia de Todos-os-Santos é a porta do mundo, como se sabe. Desmedida, nela cabem reunidas as demais enseadas do Brasil e ainda sobra espaço onde conter as rias da Galícia e as esquadras do universo. Quanto à beleza, não há comparação que se possa fazer nem existe escritor capaz de descrevê-la.

Um rebanho de ilhas, cada qual mais aprazível e deslumbrante, pasta neste mar de sonho. Pastoreadas pela ilha maior e principal, a de Itaparica, povoada de tropas lusitanas e holandesas, de tribos de índios e de nações africanas. No fundo das águas, no reino de Aiocá, jazem cascos de caravelas armadas em guerra, fidalgos portugueses e almirantes batavos, colonos e invasores expulsos pelos denodados patriotas brasileiros. Itaparica, mãe da pátria recente, chão da liberdade nas batalhas da Independência, nas festas de janeiro.

Das glórias da Bahia de Todos-os-Santos manda a prudência não falar, é recomendável guardar silêncio, para evitar despeito e dor de cotovelo: sua fama está na boca dos marítimos, nas canções dos trovadores, nas cartas e relatos dos navegantes. Das glórias da Bahia aqui não se fará praça nem se cantarão loas para celebrá-las: a modéstia é apanágio da grandeza.

No regaço do golfo, na brisa da península, plantada na montanha, eleva-se a Cidade da Bahia, de seu nome completo Cidade do Salvador da Bahia de Todos-os-Santos, enaltecida por gregos e troianos, exaltada em prosa e verso, capital geral da África, situada no oriente do mundo, na rota das Índias e da China, no meridiano do Caribe, gorda de ouro e prata, perfumada de pimenta e alecrim, cor de cobre, flor da mulataria, porto do mistério, farol do entendimento.

Sobre esta Cidade da Bahia muito mais se poderia dizer não fossem a modéstia e a prudência. Para seu cais de histórias e canções navega o *Viajante sem Porto*, mestre Manuel ao leme, sua mulher Maria Clara no cuidado do andor; leva de passageiros um padre e uma freira e a imagem de santa Bárbara, a do Trovão, que deixou seu altar singelo na matriz de Santo Amaro da Purificação para figurar na Exposição de Arte Religiosa, na capital. Em surdina, a voz de Maria Clara no mergulho dos peixes, no voo das andorinhas-do-mar.

O TOCADOR DE BERIMBAU

NO ALTO DA RAMPA DO MERCADO, SENTADO SOBRE VAZIO caixão de querosene, um negro bem-vestido, trajando duque branco, gravata-borboleta e sapatos de duas cores reluzindo no brilho do lustre, executava naquele fim de tarde solos de berimbau para pequeno público composto de mercadores de frutas, de vadios capitães da areia e do casal de namorados. Não havia roda de capoeira a animar, o negro tocava pelo simples prazer de tocar e o som provinha do passado remoto, do fundo das senzalas, contava do horror da escravidão.

Ao olhar em direção ao Forte do Mar, surpreso, o músico reconheceu a silhueta do *Viajante sem Porto* velejando nas primeiras sombras do crepúsculo em vez de fazê-lo como de hábito na fímbria da manhã quando trazia no alto do mastro a estrela-d'alva e a voz de Maria Clara acordava o sol:

O marinheiro bonito
Sereia do mar levou...
É doce morrer no mar
Nas ondas verdes do mar...

Crepúsculo ou madrugada são por igual horas boas de chegar e de partir, a vida é feita de inesperados, deles provém sua graça, não é mesmo? O negro suspende o toque, apura o ouvido, escuta o som do búzio anunciando o fim da travessia. Onde se perdeu a voz de Maria Clara, por que não se ouve a melodia predileta dos marítimos?

Eu te darei um pente pra te pentear
O céu e o mar eu vou te dar...

No som majestoso do búzio, destaca-se um marulho triunfal, que boa-nova o mestre anuncia à cidade e ao povo? Embriagador aroma de frutas envolve o cais, perfume de jacas maduras.

Na doçura da tarde, na opulência do pôr do sol, as águas e os peixes depuseram o saveiro com o andor e a formosura da santa no porto da chegada, a embarcação tocou o cimento da rampa. Levantou-se Maria Clara, foi recolher as velas, enquanto mestre Manuel baixava a corda com o pedregulho que faz as vezes de âncora. O *Viajante sem Porto* se imobiliza, o sol explode no céu, no céu vespertino da Bahia, em todas as nuances do vermelho, do rosa ao escarlate.

O DESEMBARQUE

PADRE ABELARDO AJUDA A FREIRA A PÔR-SE DE PÉ, respiram os dois aliviados, desembarcam cada um com sua pressa. Velaram pela santa durante a travessia, já não são necessários pois nas proximidades da rampa via-se, estacionada, a Kombi do museu, à espera.

Para receber a imagem preciosa, o diretor escolhera Edimilson Vaz, jovem e talentoso etnólogo, auxiliar de confiança. Ele próprio não pudera ir, naquele preciso momento presidia concorrida entrevista coletiva com a imprensa falada e escrita, para dar a conhecer detalhes referentes à grande exposição cujo vernissage estava fixado para daí a dois dias: presentes jornalistas da Bahia, os correspondentes de importantes órgãos do Sul do país e, para culminar, o enviado de uma cadeia de jornais portugueses, um certo Fernando Assis Pacheco. Quando o saveiro chegou à rampa do Mercado, o diretor começava a discorrer sobre a secular imagem de santa Bárbara, a do Trovão — por que do Trovão, por que o alforje repleto de raios onde deviam figurar a torre de um castelo e uma palma? —, obra capital da imaginária que dentro de alguns minutos ali estaria iluminando a sala, deslumbrando os senhores jornalistas, meus caros amigos! Sobre raios e trovões, datas e locais, santeiros e escultores, divergiam museólogos, historiadores, críticos de arte, uns pró, outros contra, todos competentíssimos e o diretor ainda mais, a impecável batina branca, o ar seráfico fazendo-se em alguns momentos pícaro e malicioso.

Antes que mestre Manuel e Maria Clara, terminada a amarração do saveiro, fossem cuidar do transporte da imagem, a santa saiu do andor, deu um passo adiante, ajeitou as pregas do manto e se mandou.

Num meneio de ancas, santa Bárbara, a do Trovão, passou entre mestre Manuel e Maria Clara e para eles sorriu, sorriso afetuoso e cúmplice. A ebômi colocou as mãos abertas diante do peito no gesto ritual e disse: Eparrei, Oiá! Ao cruzar com o padre e a freira, fez um aceno gentil para a freira, piscou o olho para o padre.

Lá se foi santa Bárbara, a do Trovão, subindo a rampa do Mercado, andando para os lados do Elevador Lacerda. Levava certa pressa, pois a noite se aproximava e já era passada a hora do padê. Também o negro bem-posto se inclinou ao vê-la, tocou o chão com os dedos, depois os levou à testa e repetiu: Eparrei! O negro era Camafeu de

Oxóssi, obá de Xangô, barraqueiro do Mercado, solista de berimbau, outrora presidente do Afoxé Filhos de Gandhy, e nem ele próprio sabia se ali se encontrava por acaso ou por obra e graça dos encantados. Antes que as luzes se acendessem nos postes, Iansã sumiu no meio do povo.

A ENTREVISTA COLETIVA

A ESPERA

ENQUANTO DISCORRIA NUM PORTUGUÊS QUASE SEM ACENTO, amenizando com inesperadas expressões de gíria a aridez da matéria exposta — relatava pesquisas em arquivos nacionais e estrangeiros, comentava estudos especializados, expunha a paixão de arqueólogo —, dom Maximiliano von Gruden, diretor do Museu de Arte Sacra, controlava pela fresta da janela o portão de entrada, à espera. O atraso da Kombi começava a preocupá-lo.

Tendo feito no início da entrevista breves tomadas mostrando o monge, ilustre e elegante, cercado de jornalistas, cumprimentando, efusivo, o "enviado especial" da imprensa portuguesa, as equipes de televisão preparavam-se para cair fora — o tempo da televisão vale ouro e é medido por frações de segundo. Dom Maximiliano necessitou usar de muita lábia — e lábia não lhe faltava, simpático como quem mais o fosse —, oferecer nova rodada de uísque, para mantê-los na sala, aos técnicos e às câmeras, "por uns instantes apenas, meus amigos, a fim de filmar a chegada da imagem que já está a caminho, já saiu do cais".

Mentira, não tivera notícias de Edimilson e da preciosa carga mas que importa inocente mentira quando ditada por motivo justo? No caso, justo e imperioso. Para que milhões de telespectadores no país inteiro pudessem ver nos noticiários das vinte horas, transmitidos pelas cadeias nacionais, dom Maximiliano von Gruden ao lado da imagem de santa Bárbara, a do Trovão, tesouro único da arte brasileira, comparável apenas a certas criações do Aleijadinho. Preciosidade pouco conhecida e ainda menos estudada, dom Maximiliano terminara de estabelecer-lhe a genealogia — linhagem, procedência, datas quase precisas, e autoria, sobretudo a autoria mais que provável — em tese escrita originariamente em alemão, traduzida para o português, publicada em livro a ser lançado durante o vernissage da Exposição de Arte Religiosa marcado para a sexta-feira seguinte. Um exemplar da tiragem alemã, impressa em Munique, primor de gráfica, jazia como que esquecido sobre a larga mesa antiga, holandesa autêntica — mesmo os repórteres, pouco afeitos ao trato dos museus e das antiguidades, davam-se conta da perfeita harmonia da sala, da autenticidade e do raro valor de cada uma das peças ali exibidas, estátua, quadro ou móvel.

Na capa, reproduzida em cores, a estampa da santa. Bastaria tomar do volume num gesto casual e folheá-lo diante das câmeras: o coroamento, a apoteose da vitoriosa carreira do santo varão. Santo varão, desculpem, não é expressão correta: museólogo ilustre, pesquisador competente, erudito e conceituado historiador de arte, doutor *honoris causa* de quatro universidades, dom Maximiliano von Gruden era tudo isso e ainda mais — não era, porém, um santo varão.

O ENVIADO ESPECIAL

DOM MAXIMILIANO OUVIU A PERGUNTA DO PORTUGUÊS BARBUDO, semicerrou os olhos azuis, sorriu. Além das câmeras de televisão, repórteres das estações de rádio empunhavam gravadores, os dos jornais contentavam-se com blocos de papel e lápis. Recoberto de modéstia e mansidão, o cabelo ralo, a face pálida, a batina impoluta, dom Maximiliano parecia ele próprio uma figura de museu, modelada em cera. Pergunta velhaca, ressumando peçonha, sugeria afoiteza, quem sabe precipitação nas conclusões da tese, deixava lugar a dúvidas, a possíveis erros. Estendendo os braços como se fosse abençoar o provocador, o monge descerrou os olhos e respondeu, a voz redonda, blandiciosa:

— Mais uns poucos minutos e o meu caro amigo poderá julgar com os olhos que Deus lhe deu para ver e saber: a melhor prova é a imagem, tudo mais que se diga sem tê-la visto não passa de especulação e palavreado. Fosse eu dado à vanglória, poderia proclamar que as conclusões de minha tese foram ditadas por santa Bárbara, a do Trovão, em pessoa, lá do reino dos céus onde se encontra... — permitiu-se uma risadinha de deboche. "Conheceu, papudo?"

A crua verdade, porém, é que somente então, ao ouvir a pergunta, insidiosa, agressiva, se dera conta do logro engendrado pelos dois compadres para desacreditá-lo perante a imprensa. De nada desconfiara quando, dias antes, o correspondente lisboeta chegara à sua presença empaquetado em elogios: jornalista de renome peninsular, quase tão conhecido em Madri quanto em Lisboa, autor de reportagens sobre arte e literatura de repercussão em todo o continente europeu, citado na rubrica cultural de *Le Monde*, Fernando Assis Pacheco era ademais poeta consagrado pela crítica. Quem o apresentara com tamanho circunlóquio tinha autoridade para fazê-lo por compatriota e conhecedor, ninguém menos que o crítico de arte Antônio Celestino, com coluna cativa em *A Tarde*, aos sábados.

Na ocasião, dom Maximiliano, encantado de contar com a participação de um jornalista português, vindo de Lisboa, no encontro previsto com a imprensa para a apresentação da imagem, não atentara em detalhes — no entanto evidentes — comprobatórios do conluio. Bastara porém uma única pergunta, avançada sorrateiramente pelo mondrongo enquanto aguardavam a chegada do andor com a santa, para que descobrisse os fios da meada e os desenrolasse, flagrando, escondida atrás dos dois comparsas, a figura detestada do incorrigível J. Coimbra Gouveia, teimoso, insolente rival, cujo prazer na vida parecia ser o de contestar e denegrir os estudos do homólogo baiano (nascido na Baviera).

O tal Fernando Assis Pacheco, grande jornalista e grande poeta lá para as negras dele, não se encontrava ali, na sala do diretor do Museu de Arte Sacra, mamando uísque importado, devido aos azares da viagem de férias ao Brasil, conforme afirmara na visita anterior. Nem se devia apenas à curiosidade intelectual o visível interesse em torno da procedência e da autoria da imagem, da incógnita dos raios e trovões. Dom Maximiliano, ao apresentá-lo aos confrades nacionais, dera-lhe o título de "enviado especial" para valorizar a entrevista coletiva. Enviado especial, não cabia dúvidas, mas não de empresa jornalística e, isto sim, do solerte J. Coimbra Gouveia, àquela hora a coçar os ovos escarrapachado em sebosa poltrona no gabinete do diretor do Museu da Pena: a vista da serra de Sintra é deslumbrante.

O TELEFONEMA

ESCONDIDAS INTENÇÕES, DESÍGNIOS INCONFESSÁVEIS HAVIAM trazido o vil Pacheco à Bahia na hora exata do triunfo maior de dom Maximiliano von Gruden, quando a intelectualidade patrícia curvava-se reverente ante o doutor emérito que vinha de encerrar controvérsia centenária, esclarecendo em definitivo as múltiplas questões referentes à imagem de santa Bárbara, a do Trovão. O perverso Assis tentava macular-lhe a reputação com a baba da inveja — dom Maximiliano arregaçou a barra da batina para resguardá-la da baba da inveja.

Agora percebia por que o fingido Celestino tanto se empenhara em obter com antecipação um exemplar da tese, pretextando artigo a escrever e a publicar antes que a edição fosse entregue ao público: queria ser o primeiro a saudar acontecimento tão significativo na vida cultural luso-brasileira. Dom Maximiliano acreditou — qual o mortal, me digam, capaz de ficar incólume a uma avalanche de elogios? Se algum existe, não se chama dom Maximiliano von Gruden. Sapecou no exemplar — um dos cinco primeiros enviados pela editora — dedicatória calorosa, não regateou adjetivos lisonjeiros, ficou à espera do artigo.

Tão distante estava da ideia de um complô que nem se lembrou dos laços de amizade existentes entre Celestino e Coimbra Gouveia, proclamando-se o primeiro "modesto discípulo" do segundo e hospedando-se este último na rica residência daquele em suas vindas à Bahia para futricar em igrejas, conventos e sacristias. Em meio a rega-bofes monumentais — de alguns dom Maximiliano participara e, para ser justo, devia louvar a qualidade dos quitutes e dos vinhos, esses portugueses sabem tratar-se —, o forasteiro anunciava descobertas capazes de revolucionar a azulejaria e a imaginária. Nada disso lhe ocorrera ao autografar com aquele destempero de louvores o exemplar para o "arguto Antônio Celestino, expoente da crítica de arte". Exemplar enviado para Portugal pelo expoente, decerto no mesmo dia, por via aérea, para que o infame Gouveia o passasse no pente-fino da contestação.

Uma semana depois, quando Celestino lhe aparecera comboiando o jornalista luso, tampouco desconfiou fosse do que fosse. Abriu os braços para o recém-chegado, efusivo: viu-se brilhando nas páginas das gazetas de Lisboa e Porto, proclamado autoridade máxima, incontestável. Tinha dessas ingenuidades, em contraste com a fama de sabido — mais sabido do que rato de igreja, dizia dele o professor Udo Knoff, especialista em azulejos, eram inimigos íntimos. Fizera-se necessária a pergunta venenosa para colocá-lo diante da suja realidade da conjura. Sentiu-se como um *boxeur* que, na hora de ser proclamado campeão, recebe um direto no estômago, à traição. Logo porém se reerguera na ânsia de liquidar de vez o adversário, o sorriso de mofa sublinhando a resposta, imediata e peremptória.

Não teve tempo de saborear o embaraço, o desnorteio do portuga: o telefone soou e dom Maximiliano, sem esconder o alvoroço, dirigiu-se à mesa, pronto para ouvir a notícia da partida da Kombi transportando a imagem. Naquele preciso momento começaram as desventuras do diretor do Museu de Arte Sacra, na antevéspera do vernissage da Exposição de Arte Religiosa. Duraram dois dias, um século pelo menos.

O ORATÓRIO

ENQUANTO DOM MAXIMILIANO, AINDA EUFÓRICO, ATENDE ao telefone — Sou eu, Edimilson, diga... —, os jornalistas aproveitam o ensejo, uns para cair fora, sem esperar pela imagem, outros, a maioria, para reabastecer os copos. Precipitam-se, horda sedenta, atropelam-se diante do oratório convertido em bar, gaiatice de dom Maximiliano que nele esconde as garrafas de uísque importado e as de um vinho do Porto envelhecido em barril, no Douro.

"Um gaiato, isso é o que ele é", ponderou sobre o diretor do Museu de Arte Sacra o austero e discreto professor Renato Ferraz, diretor do Museu de Arte Moderna, ali presente, mamando dose dupla do sagrado escocês — puro com apenas dois cubos de gelo. Imagine-se se não fosse austero e discreto.

Quanto ao oratório, "suntuoso, de grande tamanho e muita arte", conforme ensinara em artigo sobre "Os tesouros do Museu de Arte Sacra da Bahia" o citado Antônio Celestino, provinha "das ruas fanuchas habitadas pelos entalhadores seiscentistas, da rua do Piolho ou do beco das Caganitas, da rua da Indiaria ou da viela dos Gatos, da cangosta dos Marchantes, na cidade minhota de Braga, peça de terso e genuíno barroco português". Colocado na sala da diretoria, o móvel precioso conservava-se útil, apenas em lugar de imagens de santos abrigava licores caros, também eles objeto de extensa e cálida devoção.

O requintado crítico de arte saboreava um cálice do Porto, gota a gota, suspiro a suspiro. Ouviu o comentário ácido do professor Ferraz, o sabor da ambrosia — um veludo! — não lhe permitiu concordar ou discordar. Prepotente, sabido, gaiato, manhoso, presumido, etecétera e tal, mas ninguém negava a dom Maximiliano competência, iniciativa e autoridade.

Uma réstia de luz tomba sobre o cálice do vinho fino e fulvo, na mão senhoril de mestre Celestino. As flamas do crepúsculo circundam a igreja e o mosteiro, penetram pelas janelas, derramam-se em ouro nas paredes de pedra, o sol se precipita no jardim entre as acácias.

O ABELHUDO

O QUÊ? QUASE UM GRITO, A PERGUNTA DESPERTA a atenção de Guido Guerra, jovem escriba em começo de carreira na imprensa e na literatura, à procura de assunto sensacional capaz de projetar-lhe o nome além dos limites da província. Olhos arregalados, boca aberta, dom Maximiliano von Gruden escuta, abestado, mas se compõe ao perceber o interesse do cronista do *Diário de Notícias*: fecha a boca, semicerra os olhos, controla-se. Os jornalistas brindam à iminente chegada da santa tão badalada.

— Não estou entendendo... Repita... Fique calmo, repita! — A voz apenas audível, pelo canto dos olhos examina a assistência, o agitado Guerra continua atento: — Não, é melhor que me espere sem sair daí, chego em seguida. — Volta a ouvir, contendo a impaciência; conclui, ordem imperiosa: — Espere-me aí, já lhe disse.

Desliga, encara o grupo que se aproxima, cada palavra custa-lhe esforço mas quando fala a voz ressoa tranquila, quase redonda, ressuma cordialidade, dom Maximiliano chega a sorrir:

— Peço-lhes desculpas. Eu os convoquei para que juntos aqui recebêssemos a incomparável imagem de santa Bárbara, a do Trovão, que pela primeira vez deixa seu altar na matriz de Santo Amaro para figurar em nossa exposição. Acabo de saber que um imprevisto provocou pequeno atraso nos prazos estabelecidos e somente amanhã poderemos acolher nossa hóspede celestial. — Alargou o sorriso.

— Amanhã, a que horas? — A preocupação de Leocádio Simas tinha razão de ser. Conhecedor dos hábitos estabelecidos por dom Maximiliano para os encontros com a imprensa, no museu, sabia que à tarde servia-se uísque, enquanto pela manhã, apenas sucos de frutas, se bem que variados: de umbu e cajá, de mangaba e caju, de maracujá e graviola. Inclusive de pitanga, um regalo.

— Não posso ainda determinar a hora, mas comunicarei às redações assim tenha informações mais precisas... — Com um gesto discreto, ordenou ao bedel trancar a porta do oratório antes que Leocádio, esponja notório, voltasse a se servir.

— E o que sucedeu exatamente, dando lugar ao atraso? — quis saber o indiscreto Guerra, a cara ávida, o nariz de papagaio, o faro de rafeiro; não consumia uísque, preferindo os sucos de frutas tropicais: antes consumisse!

O que sucedera? Eis o que dom Maximiliano queria saber, tirar a limpo o quanto antes. Anda em direção do abelhudo, engole a impaciência e a irritação, a cabeça trabalha a todo vapor em busca de justificativa válida capaz de conter a bisbilhotice, a desconfiança do perigoso valdevinos. Perigosíssimo, vive metendo o bedelho onde não é chamado: não foi ele quem descobriu o rombo nos cofres da cooperativa do milho e o divulgou em reportagem que fez época, desencadeando escândalo monumental? Dom Maximiliano toma-o pelo braço, afasta-o dos demais; ainda não sabe o que dizer, para ganhar tempo segreda-lhe ao ouvido:

— Se eu lhe contasse, amanhã estaria no jornal e poderia...

— Prometo não publicar nada, a não ser com o consentimento do senhor.

Dom Maximiliano espreme os miolos, não encontra explicação digna de crédito mas o próprio jornalista, metido a detetive, vem em seu socorro ao insinuar:

— Não será mais uma exigência do vigário?

Guido dera destaque em seu jornal às dificuldades criadas pelo pároco de Santo Amaro; assumira, aliás, posição simpática, criticando o que chamara de "atitude tacanha e retrógrada" do sacerdote ao se opor ao empréstimo da imagem. Dom Maximiliano aproveitou a deixa, foi em frente — uma imprudência como veio a constatar logo depois:

— Guarde a informação para si, conto-lhe em confiança mas tem de me prometer que não vai divulgá-la...

— Prometido! Deus é testemunha.

— Pois bem: não contente com o seguro e as garantias dadas pelo museu, o vigário exigiu mais um documento. Sendo a imagem tão valiosa, não lhe nego razão... Vocês da imprensa andaram espalhando tantas lorotas sobre o museu e sobre este pobre homem de Deus que o dirige, o resultado é esse.

— Lorotas, dom Maximiliano? Quais?

— Não houve quem dissesse que, ao devolver a imagem de são Pedro Arrependido à capela de Monte Serrat, entregamos uma cópia, guardando a peça original no museu...?

— E é lorota, dom Maximiliano?

Dom Maximiliano sorri, balança a cabeça sem aceitar a provocação mas Guido Guerra é insaciável, quer saber que novo documento o vigário exigiu.

— Uma garantia de fiscalização fornecida pelo Patrimônio Histórico — inventou na hora, nem sabe como. Descansa a mão no ombro do repórter num gesto amigo: — Por favor, Guido, nem uma única palavra sobre esse assunto, o vigário poderia ofender-se. Fiz uma confidência ao amigo, não forneci uma notícia ao jornalista. Conto com você.

Ofender-se? O vigário, de pé atrás, imbuído da maior má vontade, iria pintar e bordar se a inocente invenção por desgraça lhe chegasse ao conhecimento — um inimigo a mais, figadal, no extenso rol dos que desejavam comparecer ao enterro de dom Maximiliano.

— Fique descansado, mestre. Sou um túmulo... — A fisionomia cordata, respeitosa: cara de santo, não fosse feio como o Cão.

Nunca estivera dom Maximiliano tão apressado em sua vida, ainda assim demorou-se apertando a mão de jornalista a jornalista, lastimando o tempo perdido pelo pessoal das televisões, haviam-se deslocado com toda aquela tralha para nada. Uma pena, realmente uma grande pena: dom Maximiliano von Gruden nascera para exibir-se no vídeo, as câmeras valorizavam-lhe a postura e a elegância. Abraça o poeta português como se não se houvesse apercebido das escusas intenções a dirigir-lhe os passos:

— Voltaremos a conversar, caro Antônio Alçada Baptista. — Tão aperreado, contudo ainda consegue atazanar o atrevido trocando-lhe a identidade: os poetas são sensíveis, têm a vaidade à flor da pele. — Esclareceremos todas as dúvidas.

Espera vê-los atravessar os portões, o fim da lufa-lufa com os materiais das tevês, antes de precipitar-se escada abaixo: Deus do céu, que sucedera? Ao telefone, o pequeno Edimilson parecia perdido, não dizia coisa com coisa, repetia absurdos.

A FESTA

OIÁ ENTROU NO BARRACÃO VESTIDA COM AS CORES DO CREPÚSCULO, na testa a estrela vespertina, verde perfume de mar nos seios de ébano. Não a esperavam, mas não houve surpresa ou rebuliço, apenas o som dos atabaques cresceu, e na roda dos santos ebômis, equedes e iaôs curvaram-se em reverência. Pelo caminho, recolhera injustiças e malfeitos, trazia-os num feixe sob o sovaco esquerdo, na mão direita os raios e os trovões.

Desembarcados de um táxi, Maria Clara, mestre Manuel e o obá de Xangô Camafeu de Oxóssi afastaram-se para que ela passasse: Eparrei, Oiá! Também o chofer inclinou-se, saudando. Chamava-se Miro, vivia rindo, um debochado; declarava-se filho de Ogum, mas as más línguas espalhavam aos cochichos que o dono de sua cabeça era Exu, indícios e provas não faltavam. Fuxicos correntes nas rodas de preguiça e vadiagem, cada qual é livre para acreditar.

Apoiando-se nos quadris e no antebraço, Oiá estendeu-se aos pés de mãe Menininha do Gantois, mãe da bondade e da sabedoria, rainha das águas mansas, imensa e majestosa. Grande assim para acolher no colo de vales e montes os queixumes, os penares, as súplicas de seus filhos e filhas, o povo da Bahia. Sentada em sólio pobre, poltrona de braços, de alto espaldar, empunhava o adjá: as filhas de sangue, Carmem e Cleusa, uma de cada lado, os demais filhos e filhas, os de santo, pelo mundo afora. Menininha do Gantois, a Oxum mais formosa, a incomparável. Oiá a seus pés, estendida.

A ialorixá tocou-lhe a testa e, tomando-a pelos ombros nus, a levantou e acolheu no peito. Então Oiá ergueu-se inteira, volteou o corpo, seios e bunda, dava gosto vê-la e desejá-la, mas o grito de guerra impôs silêncio, fez estremecer o mais afoito, foi ouvido nos extremos da cidade: viera para guerrear, soubessem todos. As mãos na cintura, salvou a roda e a orquestra e, a seguir, salvou alguns antigos e notáveis, detendo-se diante deles para abraçá-los, peito contra peito, coração contra coração.

Miguel Santana Obá Aré cantou em seu louvor uma cantiga que bem poucos ainda recordavam, esquecida no passado:

Ialoiá é du aná tá
Ai mi arê arêê
Ialoiá é du aná tá
Ai mi arê arêê
Ô lindé bochirê
É ialoiá
É ialoid ô ô

Tendo dançado em frente a Obá Aré, Oiá estranhou não estivesse o velho babalaô sentado no lugar que lhe cabia de direito, junto da mãe de santo. Lá se encarapitara um desses modernos africanologistas feitos nas coxas, meia-tigela de conhecimento, toneladas de bazófia, a afirmar bobagens presumidas para uma récua de beócios que o cobriam de perguntas sobre misticismo, parapsicologia e negritude.

Por que na ponta de um banco destinado a visitantes comuns e não numa das cadeiras de palhinha reservadas aos convidados de honra? “Sente-se ele onde se sentar aí estará o trono”, disse o ogã da sala, tentando explicar. Oiá concordou com o conceito correto, mas não se conformou com a desculpa esfarrapada para a negligência indesculpável. Com um gesto traçado no ar derrubou da cadeira o ousado que se atrevera a ocupá-la. O fulano viu-se sacudido com violência — Oiá, ventania que arranca as árvores e as joga longe —, levantado e atirado ao chão, sentiu um soco no peito, outro na boca do estômago, além de duas bofetadas na cara. Levantou-se abobalhado, respirando com dificuldade: recolheu sua tropa de beócios, era guia turístico, ganhou destino.

Oiá, doce brisa que afaga a face das crianças e a dos velhos, num passo de cortesia, num salamaleque de respeito, conduziu Miguel Santana Obá Aré, venerável obá proclamado por mãe Aninha, a inesquecível, e o levou a sentar-se onde devido. Sorridente, comprazida, mãe Menininha entregou o adjá ao babalaô que o agitou conclamando os encantados. A festa ganhou um ritmo maior, uma alegria de risadas contidas e de aplausos mudos, o acontecido não passara em branco aos capazes de enxergar, os que eram da bênção e não somente do boa-noite.

Antes que Oiá entrasse na roda, dela se aproximou uma rapariga branca, de uns quarenta anos, cabelos oxigenados, bonitona. Falou pondo a alma pela boca, de tal maneira estava ansiosa:

— Há uma semana que lhe procuro, vim de São Paulo. A irmã Grazia, da Tenda do Caboclo Pajeú, no Brás, mandou que lhe perguntasse onde está o meu anel. Irmã Grazia é médium vidente, consultou com o Caboclo, e ele disse que quando eu tiver o anel tudo vai se resolver: Marino volta correndo e nunca mais me deixa. Vai na Bahia, que me disse, procure no candomblé a moça com a estrela vésper, ela vai lhe dizer onde está o anel. Me toquei para aqui, já 'tive em mais de dez terreiros, ia desistir, pegar o ônibus amanhã pra voltar... Mas soube dessa festa... O anel é de cobre com a cabeça de um leão...

— Seu anel está com aquele homem de chapéu branco — respondeu Oiá apontando para Camafeu de Oxóssi, que vinha vindo para colocar-se ao lado de Miguel Santana, como lhe competia.

A paulista correu para ele.

— Meu anel, me diga... — e o descreveu.

— Está comigo, sim, senhora. Recebi uma leva de colares, pulseiras e anéis, veio de Lagos, vendi todos os anéis, sobrou apenas um, exatamente esse. Passe amanhã no Mercado e eu lhe darei. Pergunte por Camafeu de Oxóssi, lá todos me conhecem.

— E quanto vai custar?

— Não vai custar nada, é um presente de Iansã; se quiser traga uma prenda para ela, um pombo branco, solte no cais.

Tencionasse Oiá montar cavalo seu, na roda estavam quatro à disposição, e, sentada entre os visitantes, via-se Margarida do Bogum, mulher do ogã Aurélio Sodré, Iansã Oiaci, uma Iansã e tanto, mas Oiá contentou-se em dançar em meio às filhas de santo, em fazer sala a Oxalá — o Oxalá de Carmem, um esplendor —, a Omolu e a Euá, a Xangô e a Oxum, a Oxóssi e a Iemanjá — Iemanjá mais dengosa do que a de Maria

Clara até hoje não se manifestou nenhuma em terreiro de candomblé, fosse na Bahia, fosse em Angola, em Cuba ou no Benim.

Antes que a festa terminasse Oiá partiu, tinha muito que fazer. Viera à Cidade da Bahia para concluir tarefa iniciada em janeiro, na Quinta-Feira do Bonfim, trazia um propósito e uma decisão: libertar Manela do cativeiro e mostrar a Adalgisa com quantos paus se faz uma cangalha. Seus cavalos, ela os montava em pelo, em Adalgisa poria uma cangalha e assim a montaria. Para lhe ensinar a tolerância e a alegria, o bom da vida.

O CÃO SEM DONO

AS VISÕES DE EDIMILSON

EDIMILSON CONTINUOU A REPETIR ABSURDOS DIANTE DE DOM Maximiliano von Gruden perplexo e transtornado, quase fora de si. Para não chamar a atenção, o diretor viera dirigindo o Fusca de sua propriedade, evitando usar carro do museu. Estacionara junto à Kombi vazia. A imagem, me diga! Me dê conta da imagem!

O vulto magro de Edimilson, os ombros curvados, perdido no deserto do cais. Perdidos os dois, dom Maximiliano a insistir, reclamando fatos concretos — pare com esses disparates! —, o assistente desamparado, abanando as mãos: dois bonecos de engonço sob os postes elétricos cuja luz pequena não conseguia dissipar a sombra densa da noite úmida e secreta. Distante rumor de conversas e risos vinha da ladeira da Montanha, onde o alvoroço da vida começava nos botequins e nos castelos. Uma estrela se acendeu no Forte do Mar.

Edimilson, à beira do faniquito, jurava por Deus e por todos os santos que vira a imagem alçada sobre o andor na popa do saveiro quando o *Viajante sem Porto* embicava para a rampa do Mercado. Apesar de tê-la visto no revérbero do poente, quando figuras e formas singulares percorriam o céu, desfaziam-se no mar, reconhecera santa Bárbara, a do Trovão: várias vezes acompanhara dom Maximiliano a Santo Amaro, acumulando funções de assessor e de chofer, e a tivera nos braços, fascinado:

— Era ela, sim. Ponho a mão no fogo.

No fogo do inferno, só se fosse. Pois, como contava em relato sem pé nem cabeça, de repente a imagem começara a crescer, a se transformar, e quando ele se dera conta, eis que virara morena linda, criatura de carne e osso, vestida de baiana. Desembarcara e lá se fora. Jurava pelas chagas de Cristo e pela virgindade de Maria Santíssima.

Explicar, porém, Edimilson não podia fazê-lo, por mais quisesse atender a dom Maximiliano feroz, ameaçador: não se explica o que não tem explicação. Tremiam-lhe as mãos, suava, sentia frio e medo, estava a ponto de chorar. Milagre de Deus ou tramoia do diabo, ele a vira — isso sim que vira: que santa Luzia me cegue se eu não vi! Afirmava e reafirmava, jurando pela alma da mãe já falecida, jura fatal. O mais inexplicável é que vira e não se admirara. Como pode? Transação do diabo, dom Maximiliano, não há outra explicação.

Dom Maximiliano von Gruden não acreditava no diabo. Em dia de confidência, Edimilson lhe contara que desde criança era dado a visões:

ao cair da noite as árvores transmudavam-se em velhas corocas; xales negros sobre os ombros, percorriam o jardim vaticinando desgraças. O curso universitário não o curara, tampouco o conhecimento do materialismo dialético, estudado às escondidas por influência do doutor José Luiz Pena, professor substituto, um marxista retado.

O VIGÁRIO E A POPULAÇÃO

NOS ARREDORES DA RAMPA, ALÉM DO DELIRANTE EDIMILSON com seu conto da carochinha, o alarmado diretor do museu não encontrou quem lhe fosse de ajuda, vivente capaz de fornecer esclarecimento válido. Boa vontade, conversa mole: mestre Manuel e Maria Clara, em companhia de Camafeu de Oxóssi — Vossa Reverendíssima sabe de quem se trata, não sabe? Todos conhecem Camafeu, até o governador —, haviam partido num táxi. No táxi de Miro, aquele boa-vida. Os demais que por ali se encontravam à chegada do *Viajante sem Porto*, vendedores de frutas, capitães da areia, o casal de namorados, tinham ido embora, cada qual tomara seu rumo. Foi quanto conseguiu saber: no Mercado as barracas cerravam as últimas portas. Da freira e do padre, nenhuma notícia.

O vigário, ao anunciar por telefone a partida do saveiro, informara sobre um padre e uma freira, passageiros a cujos cuidados recomendara a imagem excelsa — ainda bem que a providência divina velava pela santa. Urgia encontrá-los, ao padre e à freira, essa a primeira providência a ser levada a cabo. Era bem provável que a imagem estivesse com um dos dois religiosos, em segurança. E, se não estivesse, dom Maximiliano iria ouvir da boca de pessoas responsáveis um relato sério do que realmente acontecera à chegada do saveiro. Mas como localizá-los se lhes desconhecia nomes e endereços, convento da freira, hospedaria do sacerdote?

Telefonar ao vigário de Santo Amaro para solicitar esclarecimentos, contando ao mesmo tempo o sucedido — caro amigo, nossa inestimável imagem sumiu, levou a breca! —, nisso nem queria pensar. O mata-mouros iria endoidecer, botar a boca no mundo, pintar o bode, armar o maior bochincho. Consentira no empréstimo a duras penas, garantias e seguro não lhe acalmavam a desconfiança, não lhe reduziam os receios. Resistiu quanto pôde, aos resmungos cedeu por fim à pressão do cardeal, pedido imperativo. Não escondera, porém, a contrariedade, dela fizera praça no sermão dominical: sua oposição ao envio da imagem refletia o sentimento unânime do povo da cidade. Telefonar ao vigário jamais, não era louco. O assunto devia ser esclarecido, a imagem recuperada, sem que a notícia do desaparecimento chegasse a Santo Amaro, fosse ao sacerdote, fosse à população.

Sair de convento em convento à procura de uma freira, ir à cúria para descobrir de que padre se tratava? Solicitar audiência ao cardeal, diretamente? Dirigir-se à polícia para comunicar o acontecido? Falar com Manolo, da Casa Moreira, pedindo-lhe para avisar aos antiquários? Recomendar a Mirabeau Sampaio que fique atento e informe os principais colecionadores: quem comprar a imagem vai perder seu dinheiro... Recolher pistas e indícios aqui e ali? Por onde começar? O mundo caíra em cima de dom Maximiliano von Gruden e o esmagava: o dia solar de reconhecimento e vitória se transformava em noite de opróbrio e amargura.

Desesperado, o monge ilustre perambulara pelo cais vazio, clamando aos céus. Um cão sem dono o acompanhou durante alguns minutos, depois estendeu-se na calçada e uivou voltado para o negrume do mar — única mostra de solidariedade que lhe coube receber.

OS DEMÔNIOS

QUE CRIMES PRATICARA, QUE TERRÍVEIS PECADOS COMETERA para sofrer castigo de tal monta, ser sujeito em vida a provação assim medonha? Misericórdia, Senhor! A estrangulada invocação do monge mistura-se ao uivo do cão no silêncio da noite, nas sombras do cais.

Luzes de fogo-fátuo, Edimilson, anjo em pânico, enxerga uma caterva de demônios carregando aos ombros os pecados de dom Maximiliano. Procissão de fogaréu dirigindo-se para Monte Serrat, onde, na entrada da capela, ao lado da pia de água benta, são Pedro Arrependido recebe os visitantes — a imagem verdadeira, esculpida por frei Agostinho da Piedade, ou uma cópia estabelecida no museu a mando de dom Maximiliano von Gruden, quem é que sabe? Nem o próprio Edimilson, funcionário de toda a confiança, tem certeza. Sucedem-se os demônios na farândola dos pecados, dom Maximiliano curva os ombros, a carga é pesada.

Confessa-se pecador, pecados veniais, pecados capitais, mas que significam tentação, fraqueza e descaída a quem tanto fez — a quem tanto fez e tanto faz — pela glória de Deus e de seu reino sobre a terra?

Inclusive sobre esta terra da Bahia para onde o destino o conduzira para nela viver e trabalhar. Terra onde tudo se mistura e se confunde, ninguém é capaz de separar a virtude do pecado, de distinguir entre o certo e o absurdo, traçar os limites entre a exatidão e o embuste, entre a realidade e o sonho. Nas terras da Bahia, santos e encantados abusam dos milagres e da feitiçaria, e etnólogos marxistas não se espantam ao ver imagem de altar católico virar mulata faceira na hora do entardecer.

A TACA DE COURO

ADALGISA NA PORTA DA RUA COM AS CINCO CHAGAS DE CRISTO

O BERRO DE ADALGISA ABALOU OS FUNDAMENTOS DA avenida da Ave-Maria:

— Já para dentro, moleca descarada! Cachorra!

Manela escafedeu-se, sumiu das vistas da tia. Quando Adalgisa ergueu o braço para o bofetão, já não a viu, entrara decerto pela porta sempre escancarada da casa de Damiana — até parecia casa de rapariga, aquele vaivém de gente, um entra e sai. Pela manhã, Damiana preparava caldeirões de massa para os bolos de puba, milho e aipim que espevitada leva de moleques mercadejava à tarde de porta em porta, para freguesia certa. Doceira de mão-cheia, o cartaz de Damiana do Arroz-Doce — ah! o arroz-doce de Damiana, só de lembrar dá água na boca — não se reduzia ao bairro do Barbalho; sua freguesia estendia-se pelos quatro cantos da cidade, e, no mês das festas de são João e de são Pedro, o mês de junho, não dava abasto às encomendas de canjica, pamonha e manuê. Alegre casa de muito trabalho, compará-la a alcouce de puta exigia excesso de má vontade, mas Adalgisa não usava meias medidas. Aliás, sobre casa de rapariga, dentro ou fora das portas, Adalgisa nada sabia: se lhe acontecia cruzar com mulher-dama na rua, cuspia de lado para demonstrar repugnância e reprovação. Considerava-se uma senhora e não uma sujeitinha qualquer: as senhoras têm princípios e os exibem.

Mestra em conversa de sotaque, não baixou o tom da voz. Esgoelava-se para que a vizinha a ouvisse:

— Juro pelas cinco chagas de Cristo que acabo com esse namoro nem que seja a última coisa que faça em minha vida. Deus há de me dar forças para enfrentar essa gentinha que quer levar uma criança pro mau caminho, pra perdição. O Senhor está comigo, não tenho medo de nada, nada me pega, comigo não adianta negrinhagem, não sou da mesma laia, não me misturo com gente à toa. Tiro o vício do corpo da moleca nem que me custe o restinho de saúde.

Vivia a queixar-se da saúde frágil, pois, apesar da aparência saudável, era sujeita a repetidas enxaquecas, a persistente dor de cabeça que amiúde se prolongava dia e noite azedando-lhe o humor, colocando-a fora de si. Responsabilizava conhecidos e parentes, a vizinhança em peso, sobretudo a sobrinha e o marido, pelos achaques que a perseguiam e maltratavam. Dona

Adalgisa Perez Correia, de proclamado sangue espanhol pelo lado paterno e de escuso sangue africano pelo materno: o pesadelo, o terror da rua.

OS QUADRIS DE ADALGISA E O RESTO DO CORPO

NEM RUA ERA. A AVENIDA DA AVE-MARIA NÃO PASSAVA DE UM beco sem saída, um *cul-de-sac*, na pedante expressão do professor João Batista de Lima e Silva: àquele tempo, ainda solteiro apesar de quarentão, o professor habitava a última casinhola da vila, a menorzinha. Ao ouvir os ecos do destempero de Adalgisa, chegou à janela, baixou os óculos de ler, descansou a vista nos quadris da vizinha irritadiça.

Irritadiça mas boazuda, tudo tem sua compensação. Na medíocre paisagem do beco desprovido de quintais e jardins, de árvores e flores, a compensação maior era a bunda de Adalgisa a reafirmar a beleza do universo. Balaio de Vênus, rabo de Afrodite, digno de um quadro de Goya, nas doutas e viciosas lucubrações do professor — também ele um exagerado, como se vê.

O restante tampouco era de desprezar-se, muito ao contrário, comprovava o professor, regalando-se. Seios fartos e rijos, pernas altas, tranças negras circundando o rosto oblongo de espanhola onde se acendiam olhos de fúria, dramáticos. Uma pena a expressão agressiva: no dia em que Adalgisa perdesse o jeito arrogante, de mofa e desprezo, o ar de superioridade, deixasse em paz as cinco chagas de Cristo e sorrisse sem rancor, sem afetação, ah! sua beleza arrebataria os corações, inspiraria versos aos poetas. Nas horas tardias o professor João Batista contava sílabas, rimava estrofes, mas suas musas eram outras que não Adalgisa: ingênuas namoradas da adolescência sergipana.

Pelo lado paterno, os Perez y Perez, Adalgisa chegava em penitência das procissões da Semana Santa de Sevilha carregando a cruz de Cristo — considerava apenas esse lado, não queria saber de outro se outro houvesse. Não se orgulhava dos quadris de Goya e, se sabia algo de Vênus, bela mas aleijada dos braços, de Afrodite nunca ouvira falar.

O SÓCIO MENOR

O RANCOROSO DISCURSO DE AMEAÇAS ATINGIU O AUGE DA cólera quando Adalgisa reconheceu, ao volante do táxi parado diante da entrada da vila, Miro, o cão tinhoso, acenando-lhe com a mão — cínico, atrevido, insolente, pobretão! Sentindo-se observada pelo professor, cidadão respeitável, catedrático, jornalista, cumprimenta-o com cortesia, acha-se na obrigação de explicar a exaltação e os maus modos:

— Estou carregando minha cruz, pagando meus pecados. É no que dá criar filho dos outros: responsabilidade e consumição. Esta infeliz está comendo minhas carnes, acabando com minha saúde, me levando pro cemitério. Onde já se viu, uma menina que mal fez dezessete anos...

— Coisas da mocidade... — tenta desculpar o professor sem saber exatamente qual o delito de Manela mas desconfiando de putaria com o namorado: será que ela já deu? Menina aos dezessete anos? A tia é cega: não enxerga a mulher-feita, sestrosa e rebolante, corpo de apetite, prontinha para a cama. Não foi candidata a Miss Qualquer Coisa? — É preciso ter paciência com os jovens...

— Mais do que eu tenho? O senhor não sabe de nada, professor... Se eu lhe contasse...

Se ainda não deu, anda perdendo tempo, as farmácias vendem a pílula sem necessidade de receita médica. Liberadas do medo da gravidez, as moças de hoje vivem a mil, numa pressa desatada, o rabo em fogo. Não se miram no exemplo de Adalgisa, casta e honrada.

Como todos estão cansados de saber de tanto ouvi-la repetir, Adalgisa não teve namorados antes de conhecer Danilo, primeiro e único, que a levou ao altar do matrimônio virgem e pura. Virgem, pode ser, pura é mais duvidoso. Não há moralidade capaz de atravessar incólume um ano de noivado, acabam sempre por acontecer algumas ousadias por mínimas que sejam: mão nos peitos, pau nas coxas. Danilo Correia, modesto porém ativo amanuense no cartório do tabelião de notas Wilson Guimarães Vieira, ex-craque de futebol, hábil adversário do professor nos tabuleiros de dama e de gamão, marido felizardo, exclusivo senhor daqueles opíparos quadris e do resto do corpo de Adalgisa, senhora honesta, virtuosa — que lástima!

Enganava-se o professor João Batista de Lima e Silva: sabia-a honesta mas não a adivinhava pudibunda. Danilo seria quando muito sócio menor — quem mandava mesmo no corpo de Adalgisa, traçava-lhe os limites na cama, era Cristo Nosso Senhor.

NOTÍCIA HISTÓRICA

FICA PROMETIDO, DE PEDRA E CAL: EM BREVE SE RETOMARÁ o tema candente e controverso da pudicícia de Adalgisa, de leito católico, puritano, regido por padre confessor. Controle semanal, aos domingos, no confessionário da igreja de Sant'Ana, antes da missa das dez e da sagrada comunhão. Travar-se-á conhecimento com a personalidade espartana do reverendo padre José Antônio Hernandez, falangista, incorruptível, dono das fogueiras do inferno, missionário no Brasil — *me cago en Dios*, missão mais penosa e adversa! —, fiscal da pureza de Adalgisa. Contar-se-á, então, com os necessários detalhes, das vicissitudes e amarguras do escrivão Danilo Correia, vítima inconformada.

Antes, porém, impõe-se a figura de Manela, apenas vislumbrada ao esfumar-se das vistas da tia pela porta escancarada da casa da gorda Damiana. Da casa de Damiana evola-se apetitoso aroma de especiarias cozinhando ao forno, misturadas no leite de coco e na raspa de limão: baunilha e cravo-da-índia, canela, gengibre, amendoim e castanha de caju.

Sobre Manela ocorrem apenas dúvidas, levantadas sobretudo pelas lucubrações do professor João Batista: por que deseja Adalgisa castigá-la, será ainda donzela ou já conhece o sabor do que é bom, foi ou não eleita Miss Qualquer Coisa? Que Coisa? Urge esclarecer tais e outras incertezas pois se anunciou páginas atrás ter sido com o objetivo principal de libertar Manela do cativeiro que viera à Cidade da Bahia, em visitação, trazendo a tiracolo o embornal de raios e trovões, um orixá dos mais temíveis, Oiá Iansã, a iabá que não teme os mortos e cujo grito de guerra acende crateras de vulcões no cimo das montanhas. Afinal, Manela, de quem se trata?

Manela, assim como está escrito e não Manuela como já se perguntou ao ler-lhe o nome e sempre se pergunta ao escutá-lo, acreditando tratar-se de engano na grafia ou na pronúncia. Prenome herdado de tataravó italiana, memória recordada pela família por se haver tornado lendária a beleza daquela primeira Manela, beleza escandalosa e fatal. Por ela dois tenentes-coronéis, flamantes e tolos, bateram-se em duelo desrespeitando os editos; por ela se apaixonara e se matara um governador da província; por ela um padre a caminho das honras do bispado cometeu sacrilégio, desdenhou da eminência, largou a batina e se amigou.

Para tudo conhecer da extensa e agitada crônica de Manela Belini, para detalhes precisos de nomes e datas, patentes e cargos, recomenda-se a leitura de capítulo das *Achegas à história da província da Bahia*, volume do professor Luís Henrique Dias Tavares, no qual os acontecimentos aqui citados e outros mais são expostos à luz de documentos. Os triunfos da diva nos teatros, entoando árias de ópera para plateias extasiadas, o mortífero desafio à espada quando a honra da Belini foi lavada em sangue — umas gotas apenas, o suficiente —, a boataria em torno do suicídio do governador, o concubinato com o padre do qual resultaram a família baiana e a tradição do nome de Manela. Leitura amena, apesar do título.

Luís Henrique Dias Tavares, historiador, dublê do ficcionista Luís Henrique, Luís Henrique *tout court*, como dizia o colega e amigo do peito João Batista de Lima e Silva. O ficcionista aproveitou-se do episódio do padre e sobre ele criou graciosa novela picaresca — não se sabe a quem louvar de preferência, se ao historiador, se ao novelista. De preferência, devem-se ler os dois.

Eufrásio Belini do Espírito Santo, descendente do sacrilégio, gostava de recordar nas rodas de cerveja e bate-papo as histórias da bisavó — italiana retada, de cabelo na venta, pedaço de mulher: no dia que tiver uma filha, dou-lhe o nome de Manela. Era romântico e festeiro.

A PROCISSÃO DE MANELA

MANELA NÃO CHEGAVA DE SEVILHA NO CORTEJO DA PROCISSÃO do Senhor Morto, na Sexta-Feira da Paixão. Sua procissão era a da Quinta-Feira do Bonfim, ou seja, a das Águas de Oxalá, a maior da Bahia, única no mundo. Não vinha envolta em compunção e penitência, coberta com a mantilha negra, recitando a litania ao som sinistro das matracas. *Mea culpa! Mea culpa!*, compungia-se tia Adalgisa esmurrando o peito. Manela vinha envolta em júbilo e folia, vestida com o deslumbrante traje branco de baiana. Na cabeça, equilibrado sobre o torso, conduzia o pote de barro com água de cheiro para a lavagem da igreja, ia dançando e cantando músicas de Carnaval ao som irresistível do trio elétrico.

Naquele ano pela primeira vez Manela assumira seu lugar entre as baianas. Para acompanhar a procissão — às escondidas da tia, não é preciso dizer —, cabulara a aula de inglês no curso de férias no instituto dos americanos. Cabulara em termos, pois a turma unânime comunicara na véspera a Bob Burnet, o professor, a decisão de não comparecer à aula para participar da festa da lavagem. Curioso dos costumes baianos, o jovem Bob não se limitou a concordar com a ideia, propôs-se fazer-lhes companhia, e o fez com a sua conhecida eficácia: sambou sem parar sob o sol ardente de janeiro, encharcou-se de cerveja. Uma simpatia de pessoa.

Manela trocara de roupa em casa da outra tia, Gildete, no Tororó. Quando Dolores e Eufrásio morreram num desastre de automóvel — voltavam pela madrugada de uma festa de casamento em Feira de Santana, Eufrásio, na contramão, não tivera tempo de desviar-se do caminhão carregado de engradados de cerveja —, Adalgisa se encarregou de Manela, Gildete, de Marieta, um ano mais nova. Apesar de viúva e mãe de três filhos, Gildete quis ficar com as duas. Adalgisa não consentiu: irmã de Dolores, era tão tia quanto a irmã de Eufrásio, assumia suas obrigações, cumpriria seu dever. Deus não lhe dera filhos, dedicar-se-ia a fazer de Manela uma senhora, uma senhora de princípios, como ela própria.

Guardou reserva sobre o que pensava do destino oferecido a Marieta, relegada a um ambiente cujos hábitos considerava censuráveis — e não perdia ocasião de censurá-los. Gildete, viúva de um barraqueiro do Mercado, professora pública, não era uma senhora, quando muito boa pessoa e olhe lá. Para nada esconder, vale a pena sucinta referência à opinião geral, expressa por conhecidos e amigos, acordes em considerar que, na loteria das órfãs, Marieta tirara a sorte grande.

Manela iniciara a reinação na escadaria da igreja da Conceição da Praia, morada de Iemanjá. Viera de manhãzinha em companhia da tia Gildete, de Marieta e da prima Violeta, misturaram-se a dezenas de baianas à espera de que o cortejo se formasse. Quem disse dezenas? Eram centenas de baianas reunidas na escadaria do templo, todas nos trinques dos trajes brancos, rituais: a saia rodada, as anáguas engomadas, a bata de rendas e bordados, as sandálias de taco baixo. Ostentavam, nos braços e no colo, balangandãs de prata, adereços e pulseiras com as cores de seus santos. Pote, jarro ou moringa sobre o turbante, na cabeça: água de cheiro para a obrigação. Mães e filhas de santo de todas as nações afro-baianas — nagô, jeje, ijexá, angola, congo — e da nação cabocla, no dengue e na alegria. Manela, quem sabe a mais formosa, desabrochava em animação. Em cima dos caminhões, os atabaques ressoavam conclamando o povo. De repente explodiu a música de um trio elétrico, e a dança começou.

Da igreja da Conceição da Praia, junto ao Elevador Lacerda, até a basílica do Bonfim, na colina sagrada, a distância medeia dez quilômetros, um pouco mais, um pouco menos, depende da devoção e da cachaça. Milhares de pessoas, o cortejo é um mar de gente, estende-se a perder de vista. Automóveis, caminhões, carroças, jumentos enfeitados com flores e folhagens, levando ao dorso barris repletos: não pode faltar água de cheiro. Nos caminhões grupos animados, famílias inteiras, blocos e afoxés. Músicos empunham seus instrumentos: violões, acordeons, cavaquinhos, tamborins, berimbaus de capoeira. Compositores e cantores populares: Tião Motorista, Riachão, Chocolate, Paulinho Camafeu. A voz de Jerônimo, a de Moraes Moreira. Calça culote, paletó branco, almofadinha, a carapinha de algodão, sorri Batatinha atravessando a rua. Apertam-lhe a mão, gritam-lhe o nome, abraçam-no. Uma loira — norte-americana, itálica, paulista? — vem correndo, beija-o na face negra e linda.

Ricos e pobres se misturam e se acotovelam. Na cidade mestiça da Bahia existem todas as nuances de cor na pele dos viventes: vão do negro, azul de tão retinto, ao branco de leite, alvo de neve, e a infinita gama dos mulatos — todos comparecem. Quem não é devoto do Senhor do Bonfim, os milagres incontáveis, quem não se pega com Oxalá, os ebós infalíveis?

O general-comandante da Região, o almirante da Base Naval, o brigadeiro do ar, o presidente da Assembleia, o do Superior Tribunal de Justiça, o da egrégia Câmara de Vereadores, banqueiros, fazendeiros de cacau, executivos, senadores, deputados. Alguns desfilam em negras limusines, outros, porém — o governador, o prefeito, o capitão da indústria do tabaco, Mário Portugal —, acompanham a pé, junto com o povo. Também a malta dos demagogos, candidatos nas próximas eleições, percorre os quilômetros na paleta, distribuindo abraços, sorrisos e palmadinhas nas costas dos possíveis eleitores.

O cortejo ondula ao sabor da música dos trios: hinos religiosos, cantigas de preceito, sambas e frevos de Carnaval. O acompanhamento cresce pelo caminho, avoluma-se a multidão: desaba gente pelas ladeiras, esvazia-se a feira de São Joaquim, desembarcam retardatários dos *ferryboats* e das lanchas, chegam nos saveiros. Quando a cabeça da procissão atinge o sopé da ladeira, na colina, do trio elétrico de Dodô e Osmar uma voz se eleva, conhecida e amada — o silêncio se faz, o cortejo se detém, Caetano Veloso entoa o hino ao Senhor do Bonfim.

A subida da ladeira se inicia ao som dos atabaques, ao canto dos afoxés, são as águas de Oxalá. A massa de povo dirige-se para a basílica, que está fechada por decisão da cúria. Antes lavava-se a igreja inteira, celebrava-se Oxalá no altar de Jesus, um dia voltará a ser assim. As baianas ocupam o átrio e a escadaria, a lavagem começa, cumpre-se a obrigação de candomblé: Exê-ê-babá!

Chegado de Portugal, ao tempo da colônia, no voto aflito de um náufrago lusitano, Nosso Senhor do Bonfim; chegado da costa da África, ao tempo do tráfico dos negros, no lombo em sangue de um escravo, Oxalá. Sobrevoam a procissão, encontram-se no seio das baianas, mergulham na água de cheiro e se confundem, são uma única divindade brasileira.

AS DUAS TIAS

AQUELA QUINTA-FEIRA DO BONFIM FOI DECISIVA NA VIDA de Manela. Para a determinação e a mudança tudo concorreu: os episódios e os detalhes. A procissão, fausta jornada de canto e dança, a pompa das baianas, a praça da colina embandeirada com papel de seda, enfeitada com palmas de coqueiro, a lavagem do átrio da basílica, as feitas recebendo os encantados, o ritual sagrado e o almoço com os primos na mesa de namoro, os comes e bebes, o dendê escorrendo da boca para o queixo, as mãos lambuzadas, a cerveja gelada, as batidas e o quentão de cachaça, canela e cravo, o fútingue em torno do largo com a irmã, a prima e os rapazes, os assustados em casas de família e o baile público na rua, os trios elétricos, o acender das gambiarras, das lâmpadas coloridas na fachada da igreja, ela vagando em meio à multidão e Miro a seu lado, conduzindo-a pela mão. Sensação de leveza, Manela sentia-se capaz de sair voando, andorinha liberta na euforia da festa.

Pela manhã, ao chegar à igreja da Conceição da Praia, era uma pobre menina, infeliz. Oprimida, sem vontade própria, sempre na defensiva: medrosa, embusteira, esmorecida, fingida, submissa. Sim, tia. Ouvi, tia.

Já vou, tia. Bem-mandada. Comparecera à procissão porque Gildete exigira, num ultimato de ameaças medonhas:

— Se você não estiver aqui cedinho, vou lhe buscar, e sou muito mulher de partir a cara daquela tipa se ela ousar dizer que você não pode vir comigo. Onde já se viu uma coisa dessas? Pensa que tem o rei na barriga, não passa de uma emproada, uma lambe-merda. Não sei como Danilo suporta tanto enjoo, é preciso ter muito saco.

As mãos na cintura, em pé de guerra, completou:

— Tenho contas a ajustar com essa lambisgoia, andou falando de mim, me tratando de arruaceira e macumbeira. Um dia ela me paga.

Bonachona, cordial, amorosa, um doce de coco, tia Gildete não guardava rancor; as anunciadas desforras, as prometidas vinganças não iam além das palavras. Mas, nas raras ocasiões em que se enfurecia e, perdida a tramontana, transformava-se, virava pelo avesso, capaz dos piores absurdos.

Não irrompera, desatinada, feito louca, no gabinete do secretário de Educação quando da tentativa governamental de suspender a merenda escolar a título de economia? Tenha calma, professora! — e mais não disse o secretário. Perdeu a compostura, abandonou a sala precipitadamente, no temor de agressão física, ao encarar a figura robusta de Gildete, em trem de briga, as ríspidas palavras de acusação, em nome das crianças pobres, a sombrinha erguida — pernas pra que te quero? Funcionárias em pânico tentaram detê-la, Gildete as afastara na raça; disposta, sem ligar a protestos e proibições, fora atravessando as antessalas até chegar ao recinto sagrado onde o secretário despachava. A fotografia saiu nos jornais, ilustrando as notícias sobre o projeto de supressão da merenda escolar até então guardado em sigilo; resultou numa tal onda de protestos, ameaça de greve e passeata que a medida foi cancelada e Gildete escapou de desabonadora advertência em sua folha de serviços. Em lugar de reprimenda, louvores, pois o governador aproveitou-se do acontecido para livrar-se do secretário, de cuja lealdade política duvidava. De contrapeso atribuiu-lhe a autoria da desastrada ideia e o entregou às feras.

Louvores e certa notoriedade: em discurso na Assembleia Estadual, Newton Macedo Campos, combativo deputado oposicionista, referiu-se ao incidente, colocou Gildete nas alturas, tratando-a de "ardente patriota e ínclita cidadã, nobre paladina das crianças, líder da sacrificada classe dos professores". Aliás, quiseram cooptá-la para a direção do sindicato mas ela recusou: gostava dos elogios mas não nascera para líder ou paladina.

Fazendo das fraquezas força, Manela obedeceu e de manhã cedo tocou-se para a casa de tia Gildete, aproveitando a ausência de Adalgisa, que fora, em companhia do marido, à missa de sétimo dia da esposa de um colega de Danilo. Levou os cadernos e os livros de inglês para que ela a pensasse na aula, calculava estar de volta para o almoço. Controlaria a hora no relógio, abandonaria a procissão a tempo de reaver o vestido e os livros, pegar o ônibus, tudo cronometrado. Assim, tremendo por dentro, assustada com a própria audácia, trocou de roupa, enfiou as anáguas e a saia rodada, os seios nus sob a bata de baiana — ai, se tia Adalgisa visse uma coisa dessas!

Dizer que não se arrependeu, que adorou, é pouco dizer: ao retomar o caminho da casa, fora de horas, era outra Manela: a Manela verdadeira, aquela que se escondera após a morte dos pais, se apagara no receio do castigo. Do castigo de Deus que, onipresente, tudo enxerga e tudo anota para o ajuste de contas no dia do Juízo Final e do castigo da tia Adalgisa que a criava e educava. A tia, atenta e bisbilhoteira, ao ver ou ao saber, cobrava na hora, no grito e na taca de couro.

É de verde que se torce o pepino, Manela completara treze anos ao vir para a companhia dos tios, não era assim tão nova e, segundo Adalgisa, os pais haviam-na educado muito mal. Menina-moça cheia de manhas e vontades, habituada às más companhias, ao trato de gentinha, solta com as colegas de colégio nas matinês de cinema, nos auditórios das televisões participando de programas que de infantis só tinham o nome, nas festas de largo, até a terreiros de candomblé a haviam levado, os irresponsáveis.

Adalgisa pusera-lhe o cabresto, ditara horários rígidos, não lhe permitia trocar pernas pelas ruas, e, quanto a festas e cinemas, somente acompanhada pelos tios. Terreiros de santos, nem falar: Adalgisa tinha horror a candomblé. Horror sagrado, o adjetivo se impõe. Cabresto curto, pulso forte, trazia-a sob controle, castigava sem dó nem piedade. Estava cumprindo seu dever de mãe adotiva — um dia, instalada na vida, Manela lhe agradeceria.

A HORA DO MEIO-DIA

EXÊ-Ê-BABÁ! AS PALMAS DAS MÃOS ABERTAS NA ALTURA do peito, Manela saudara a chegada de Oxalufã, Oxalá velho, ao pátio da Basílica do Bonfim: curvando-se diante da tia Gildete ao vê-la estremecer, fechar os olhos e quebrar o corpo sobre os joelhos, possuída. Apoiando-se na vassoura, improvisado paxorô, Gildete saiu dançando um ponto do encantado: velho, alquebrado mas por fim forro do cativeiro, da cadeia onde penara sem julgamento nem sentença, Oxalá festejava a liberdade. Quando ele se mostrou na praça, os sinos repicavam anunciando a hora do meio-dia.

Hora em que Manela contara estar de volta à avenida da Ave-Maria, para o almoço. Vestida de estudante, saia e blusa, os seios presos no corpete, na mão a pasta com os livros e os cadernos de inglês, como se chegasse da aula no instituto. Bom dia, tia, como foi de missa?

Decerto esquecera ou desistira e, ao ouvir os sinos, já não adiantava recordar-se, pois ao meio-dia e meia hora em ponto, tio Danilo sentava-se à mesa e tia Adalgisa servia o de-comer. Se Manela por acaso se atrasava, o prato feito esfriava à espera na cozinha: chegou tarde, coma comida fria para aprender a chegar na hora. Naquele dia Adalgisa nem sequer se ocupou com o prato feito, e ela própria mal provou o bife de caçarola com feijão-fradinho — ficou na primeira garfada, o espanto e a indignação trancaram-lhe a garganta. A boca amarga como fel, a cabeça estalando, muda, sem querer acreditar no que os olhos viram — antes fosse cega.

AS ÁGUAS DE OXALÁ

QUEM ANDA PARA TRÁS É CARANGUEJO, CONSIDERARA NA véspera tia Gildete, chegada a frases feitas, a histórias e a recitativos, encerrando a diatribe contra Adalgisa. Voltando a seu normal, sentada entre as sobrinhas, fazendo cafuné na filha Violeta acocorada a seus pés, referira-se à lenda das águas de Oxalá e a relatara — se quiserem ouvir eu conto. Se o fez com algum propósito não o proclamou. Temperou a goela e disse o que se segue, palavra a mais, palavra a menos:

— Contam os antigos, ouvi de minha avó, negra grunci, que Oxalá saiu um dia percorrendo as terras de seu reino e dos reinos de seus três filhos, Xangô, Oxóssi, Ogum, para saber como vivia o povo, na intenção de corrigir injustiças e castigar os maus. Para não ser reconhecido, cobriu o corpo com trapos de mendigo e partiu a perguntar. Não percorreu muito caminho: acusado de vadiagem, levaram-no preso e o espancaram. Por suspeito meteram-no no xilindró, onde, ignorado, viveu anos inteiros, na solidão e na sujeira.

Um dia, passando por acaso defronte da mísera cadeia, Oxóssi reconheceu o pai desaparecido, dado por morto. Libertado às pressas, cercado de honrarias, antes de retornar ao palácio real, foi lavado e perfumado. Cantando e dançando, as mulheres trouxeram água e bálsamo e o banharam; as mais belas aqueceram-lhe o leito, o coração e as partes.

Aprendi em carne própria as condições em que o povo vive no meu reino e nos reinos de meus filhos; aqui e lá e em toda parte, campeiam o arbítrio e a violência, regras da obediência e do silêncio: trago as marcas no meu corpo. As águas que apagam o fogo e lavam as chagas, vão apagar o despotismo e o medo, a vida do povo vai mudar: empenhou sua palavra, pôs em jogo seu poder de rei. Essa é a história das águas de Oxalá, passou de boca em boca, atravessou o mar e assim chegou à nossa capital baiana: muita gente que acompanha a procissão, carregando potes e moringas com água de cheiro para lavar o chão da igreja, não sabe por que o faz. Fiquem vocês sabendo e passem adiante, aos filhos e aos netos quando os tiverem: a história é bonita e contém ensinamento.

Calou-se Gildete, sorriu para a filha e as sobrinhas. Tomando de Manela pela mão, aconchegou-a contra o peito e a beijou nas faces, acarinhou-lhe o cabelo cacheado.

Oxalá não conseguiu mudar a vida do povo, é fácil conferir. Ainda assim deve-se reconhecer que nenhuma palavra pronunciada contra a violência e a tirania é vã e inútil: alguém ao ouvi-la pode superar o medo e iniciar a resistência. Eis que Manela percorreu os caminhos de Oxalá no pátio da Basílica do Bonfim na hora em que devia estar chegando em casa.

A EQUEDE

QUANDO OS SINOS REPICARAM, NA AFLIÇÃO DA HORA PERDIDA, Manela pegou-se com Senhor do Bonfim para quem nada é impossível. Nos altos da sacristia, todo um andar repleto de agradecimentos e ex-votos, o museu terrível dos milagres, atesta e prova o poder do santo padroeiro.

Ao mesmo tempo em que invoca a proteção divina — Misericórdia, meu Senhor do Bonfim! —, num gesto instintivo, hereditário, Manela inicia o ritual das equedes, acólitas das feitas no cuidado dos orixás manifestados: desenrolou da cintura a faixa imaculada para com ela limpar o suor no rosto de Gildete: as mãos na cintura, os punhos fechados, Oxalá resmunga ordens.

Manela tinha consciência da dimensão da falta cometida, do tamanho do delito: maior não podia ser, ai, não podia! Precisava inventar explicação veraz, astuciar desculpa admissível que sustasse o braço desapiedado de tia Adalgisa e lhe calasse a boca de impropérios — certos insultos doíam mais do que um par de bofetões. Tornara-se difícil enrolar a tia, desconfiada e especuladora, mas por vezes Manela conseguia convencê-la e escapar do sermão, dos xingos e da taca de couro. Não que fosse de natureza embusteira, mas, em horas de pânico e humilhação, não havia outra coisa a fazer senão mentir. Pior ainda quando nada lhe ocorria, e só lhe restava confessar o erro e pedir perdão: perdão, tia, não faço mais, nunca mais, juro por Deus, pela alma de minha mãe. O pedido de perdão não evitava o castigo, quando muito o abrandava — será que valia a pena?

Enxugou a face de tia Gildete e, sem pensar, como se obedecesse ordens — quem sabe as ordens resmungadas de Oxalá —, acompanhou-a ao longo da dança triunfal do encantado, comemorativa da liberdade conquistada, do fim da solidão e da sujeira. Foi ficando tonta, sentia uma comichão nos braços e nas pernas, tentava equilibrar-se, não conseguia, dobrou o corpo, deixou-se ir. Como num sonho, percebeu-se outra, pairando no ar, e deu-se conta de que não precisava inventar desculpas, astuciar mentiras, pois não estava cometendo crime, delito, erro ou falta, nenhum pecado. Não havia culpa a confessar, motivo para pedir perdão e merecer castigo. Num passo de alforria, Manela dançou defronte de Oxalá, Babá Oquê, pai da colina do Bonfim — evoluíam ela e tia Gildete no pátio da basílica em meio às palmas cadenciadas das baianas. Como sabia aqueles passos, onde aprendera aquele ponto, adquirira aquele fundamento? Lépida e leve, posta de pé contra o cativeiro, já não lhe pesavam no lombo a culpa e o medo.

Oxalufã, Oxalá velho, o maior de todos, o pai, veio para ela e a abraçou e abraçada a manteve contra o peito, estremecendo e fazendo-a estremecer. Ao afastar-se, salvou bem alto para que soubessem: Eparrei!, e as baianas repetiram, curvando-se diante de Manela: Eparrei!

Iansã partiu tão de súbito como veio. Levou embora, para enterrar no mato, a imundície acumulada, toda aquela porcaria: a pusilanimidade e a submissão, a ignomínia e o fingimento, o medo das ameaças e dos gritos, dos tapas na cara, da taca de couro pendurada na parede e, pior que tudo, dos pedidos de perdão. Oiá limpara o corpo de Manela, fizera-lhe a cabeça.

Ao susto e à mortificação que a dominaram quando os sinos marcaram a hora do meio-dia sucedeu um completo desafogo: tomada de alegria, na repulsa à canga e ao cabresto, Manela rediviva. Assim rolaram naquela Quinta-Feira do Bonfim as águas de Oxalá. Apagaram o fogo do inferno, axé.

O *COUP DE FOUDRE*

NAQUELA QUINTA-FEIRA DO BONFIM, SOB O SOL ESCALDANTE e luminoso de janeiro, ao final da cerimônia da lavagem, Manela conheceu Miro.

Coup de foudre, como diria, ao tomar conhecimento do caso, o caro e conceituado vizinho, professor João Batista de Lima e Silva, familiar da língua e da literatura francesa, se bem na universidade lecionasse jornalismo. Amor à primeira vista no que a Manela se refere, pois a acreditar-se no conversê do dito-cujo, ele a trazia de olho há bastante tempo, aguardava ocasião propícia para declarar-se.

Estava Manela alvoroçada justo às grades do átrio, aspergindo água de cheiro na multidão em delírio — filhas de santo em transe recebiam orixás; dezessete Oxalás vadiavam no pátio, dez Oxalufãs, sete Oxaguiãs —, quando ouviu alguém pronunciar seu nome, chamando-a com insistência:

— Manela! Manela! Olhe eu aqui.

Olhou e o viu comprimido junto à grade, postos nela os olhos pedinchões. Na face negra a boca aberta em riso exibia os dentes brancos e, por incrível que pareça, naquele aperto atroz os pés sambavam. Manela debruçou-se e, esvaziando a moringa de barro, derramou as últimas gotas sobre a carapinha do atrevido. Carapinha penteada à *black power*, última moda lançada pelos *Black Panthers* norte-americanos, senha da luta antirracista. Manela não se lembrava havê-lo visto antes, que importância tinha?

Miro estendeu a mão e disse:

— Venha.

O VOO DA ANDORINHA

SENSAÇÃO DE ALÍVIO, DE BEM-ESTAR, O DESEJO ÚNICO E URGENTE de viver, insidiosa euforia, doce loucura: a andorinha liberta batia as asas, pronta para alçar voo e descobrir o mundo: Manela ria à toa.

Na praça em torno à basílica e nas ruas ao sopé da colina, o povo dera início ao Carnaval: mês e meio de pândega e folia, de festa sem parar que ninguém é de ferro para aguentar durante o ano inteiro as agruras da vida, a miséria e a opressão, a desgraça vil e ilimitada. O dom de fazer a festa mesmo em tão calamitosas condições, próprio e exclusivo de nosso povo, é mercê de Senhor do Bonfim e de Oxalá: os dois juntos somam um, o Deus dos brasileiros, nascido na Bahia.

Desfilavam blocos e afoxés, os Filhos de Gandhy faziam a primeira figuração do ano, e a música dos trios elétricos ecoava num horizonte de palafita e lama, na podridão dos Alagados. Capitães da areia atravessavam a multidão mercando fitas do Bonfim, medalhas e breves, santinhos coloridos, figas e patuás. Numerosa freguesia de turistas acorria, alvoroçada e turbulenta.

Nos tabuleiros olorosos, os acarajés, os abarás, o peixe frito, os caranguejos, a moqueca de aratu envolta em folha de bananeira, o acaçá de milho. Nas barracas atulhadas, ruidosas, as comidas de coco e de dendê: caruru, vatapá, efó, as diversas frigideiras e as diferentes moquecas, tantas!, galinha de xinxim, arroz de hauçá. A cerveja bem gelada, as batidas, o caldo de lambreta, afrodisíaco incomparável. Os cestos de frutas, suntuosos: manga espada, carlota, coração-de-boi e itiúba, manga-rosa, sapotas, sapotis, cajás, cajaranas, cajus, pitangas, jambos, carambolas, onze classes de bananas, talhadas de abacaxi e melancia. Tudo pela hora da morte, contudo as barracas não davam abasto à clientela vasta e voraz — comilança à tripa forra.

Em várias das casas destinadas aos romeiros, alugadas a veranistas para as festas, pequenas orquestras — violão, acordeom, flauta, pandeiro, cavaquinho — animavam assustados familiares. Entre os pares enlaçados, não faltavam casais idosos, velhinhos fazendo concorrência aos jovens, matando as saudades dos bons tempos. A imensa maioria do povo, todavia, dançava ao ar livre, na rua, ao som eletrônico dos trios: frevos e sambas, marchas de Carnaval: "Atrás do trio elétrico só não vai quem já morreu", disse o menestrel. Baile sem tamanho, sem hora de acabar, perene e desmarcado, só vendo para crer.

Não pararam de brincar, bando álacre de foliões a pular o grito de inauguração do Carnaval na Quinta-Feira do Bonfim: a irmã, a prima, os primos, namorados e namoradas, aderentes, conhecidos e desconhecidos: Manela foi a alma do grupo, ninguém a ganhou em animação. Enferma às portas da morte, no milagre da saúde recuperada, quis usufruir de tudo a que tinha direito. Dançou no asfalto a dança coletiva e brasileira, integrada na festa do povo — do povão como se começava a dizer para designar a parte mais despossuída da população. No embalo da suave melodia do Jazz dos Batutas de Periperi, enlaçada nos braços do galã, esvoaçou no blues de sua vida. Bailara samba, fox, rock, bolero, rumba, twist, inclusive traçara passos de tango argentino — Miro era imprevisível —, de arrasta-pé em arrasta-pé, de bate-coxa em bate-coxa, uma cerveja aqui, uma batida ali, acolá um cálice de licor, a euforia crescendo. Aquilo, sim, era viver.

A VELA BENTA

GILDETE VIERA QUEBRAR O JEJUM NA BARRACA RAINHA DO MAR, presidira a mesa farta e a prosa inconsequente, riu com os filhos e as sobrinhas, alcovitou os namorados. Retirou-se no meio da tarde: viúva e cinquentona já não lhe competia o trio elétrico.

Deixara a filha e as sobrinhas aos cuidados dos rapazes: Álvaro, terceiranista de medicina, namorava uma colega de faculdade com intenções de noivado e casamento; Dionísio, estroina e boa-pinta, cuidava da barraca no Mercado Modelo, cabeça de vento sempre cercado de mulheres. Na mesa, duas irmãs gêmeas, uma oxigenada, a outra morena, disputavam-lhe a preferência, Dionísio bolinava as duas: não eram gêmeas? E então? Acrescente-se aos filhos de Gildete, na custódia de Manela, o pretendente Miro — não arredava pé de junto dela.

Na ponta da mesa, saboreando o siri catado, Gildete buscara captar na face da sobrinha o que lhe ia no peito: Manela nada dissera sobre a hora de voltar para casa, não demonstrara afobação nem pressa. Se pela manhã parecera preocupada, consultando o relógio com insistência, por vezes inquieta, o pensamento longe, a partir da cerimônia da lavagem deixara de se consumir.

Os indícios de desassossego tinham dado lugar a certa exaltação: falastrona, desinibida, rindo com ou sem propósito, abandonando a mão na mão de Miro. Miro superava-se na lábia, na graça, na bufonaria, na delicadeza. Teria a sobrinha dado o grito de independência ou morte?, perguntava-se a tia. Professora primária, adorava referir às crianças exemplos da história do Brasil. Levantando-se da mesa para partir em busca do ônibus, ao despedir-se de Manela, disse-lhe ao ouvido:

— Não queres vir comigo? Se quiseres, posso te acompanhar à casa de Adalgisa, deixa por minha conta.

— Obrigada, tia, não precisa. Ainda não quero ir, fico com as meninas, vou com elas. Não se preocupe, tia, tudo oquei.

Gildete demorou o olhar no rosto de Manela e por detrás da animação imoderada, da febre da festa e do namoro, pôde constatar o ânimo firme, a decisão assente — não havia dúvida, proclamara a independência. De qualquer maneira, ela, Gildete, manter-se-ia atenta para o que desse e viesse. Para intervir, caso se fizesse necessário. Divirtam-se, crianças — recomendou recolhendo o pote vazio e a vassoura.

Terminada a obrigação da lavagem, as portas da basílica foram abertas ao público. Fiéis entravam, iam persignar-se diante da imagem milagrosa do Senhor do Bonfim, pedir-lhe bênção e proteção. Baianas pouco antes em transe no adro ajoelhavam-se na nave do templo para rezar o padre-nosso. Comprimidos na sacristia, turistas adquiriam entradas para o Museu dos Milagres, perguntavam se era permitido fotografar, fotografavam. Beatas vendiam velas, a confraria faturava dádivas e esmolas. Um padre, pardo e idoso, a rala carapinha branca, andou até a porta, contemplou a praça em festa. Alcançara o tempo em que se lavava toda a igreja: nunca percebera na cerimônia falta de fé, de devoção, sinal de desrespeito. Jamais entendera por que seus superiores haviam proibido celebração tão piedosa e comovente: o povo lavando a casa do Senhor. Coisa de negros? Mas não tinham sangue negro todos os baianos? Quase todos, com certeza, as exceções são raras.

Gildete, ao passar em frente à basílica, quebrou caminho, entrou, comprou uma vela benta e a acendeu. Fez o pelo-sinal na fila dos fiéis, colocou a vela num dos vários candelabros em frente ao altar-mor. Ajoelhou-se ante a imagem de Nosso Senhor do Bonfim, murmurou uma ave-maria, benzeu-se, e, tomando do pote e da vassoura, foi embora.

OS NAMORADOS

QUANDO MANELA DESCEU DO ADRO, PUXANDO-A pela mão, Miro a conduziu à barraca Rainha do Mar, onde, na mesa conseguida por obra e graça das relações de Dionísio, já se regalavam os primos: Álvaro com a noiva, o porra-louca com as gêmeas, atendendo uma e outra com empenho, destreza e competência. Ao vê-lo chegar, Dionísio interpelou Miro, elevando a voz para ser ouvido em meio à barulheira:

— Ei, cara! Que história é essa? Tua namorada é Manela?

— Sabe de outra? — desafiou Miro.

Dionísio explicou, atendendo à curiosidade estampada no rosto da prima:

— Esse pilantra aí disse que ia buscar a namorada, veio com você. Não sabia que vocês se conheciam.

Sentaram-se apertados na cabeceira da mesa, pequena para o número de convivas. Os olhos de Manela pousaram-se nos de Miro buscando explicação para a impertinência. Mas o coisa-ruim, antes de decifrar a charada, encomendou as moquecas e as batidas — para ela moqueca de siri-mole e batida de maracujá, para ele moqueca de arraia e batida de limão. Só depois falou, fitando-a com tal expressão de ternura e encantamento que ela baixou a vista e corou — sob a claridade ofuscante do sol de verão, ninguém notou que Manela enrubescera, nem por isso deve-se ignorar o detalhe, significativo.

— Tu não se lembra mas eu lhe conheci vai pra uns quatro anos no candomblé do Gantois, na festa das quartinhas de Oxóssi, você 'tava em companhia do falecido Eufrásio e da falecida senhora sua mãe, dona Dolores. Parece que foi ontem. Você era bem mocinha. Depois lhe perdi de vista mas nunca lhe esqueci. Só outro dia soube que era prima aqui dos meus chapas e irmã de Marieta. Aí eu falei com meus botões: agora está no papo, não me escapa mais.

Pretensão e água benta não fazem mal a ninguém, zombou Manela. Troçou por troçar, perguntou por perguntar, troça e pergunta inócuas não iam impedir o que estava destinado a acontecer:

— E se eu não quiser namorar com você?

— Por que não havia de querer? Não é namorada que me falta, benza Deus. O crioulo aqui é o ai-jesus das meninas, podes crer. Me falta é você. Já disse que nunca lhe esqueci e que lhe procurei esse tempão todo. Você me botou feitiço.

Riu prazenteiro, risada de confiança e de convencimento, Manela riu também, riram juntos os dois, riu Dionísio sem saber por quê, as duas moças acompanharam. Foram tomados de incontrolável *fou-rire* — como explicaria o professor João Batista se ali estivesse. Dionísio, às gargalhadas, apontava a prima e o amigo às irmãs e concorrentes. Ainda não decidira com qual das duas terminaria a festa. Talvez com as duas para manter-se na crista da onda, da onda da promiscuidade sexual, sentida e atraente reivindicação de ululantes camadas da classe média em saborosa decomposição. Conseguindo por fim conter o riso, comentou:

— Dois bobelos. Namoro de caboclo. Comigo não, violão.

A partir dali, Manela e Miro não se largaram mais. De mãos dadas circularam na praça, amarraram fitas do Bonfim nos pulsos um do outro: três nós em cada fita, cada nó um pedido sigiloso. Miro ofereceu-lhe um chapéu de palha para protegê-la do sol e um leque de papelão para que ela se abanasse. Sobretudo pularam atrás do trio elétrico, nem se deram conta do cair da tarde. A noite os alcançou na cadência dolente de um blues, os rostos encostados, par romântico no assustado oferecido pelo jornalista Giovanni Guimarães e sua mulher, dona Jacy.

Dona Jacy servia licores finos, néctar das freiras carmelitas; Giovanni discutia política com amigos: esses milicos são broncos demais, uns incapazes, a ditadura está por dias. O doutor Zítelman Oliva contestava: desculpe-me, mestre Giovanni, mas não creio. Infelizmente essa corja de energúmenos veio para ficar por muito tempo. Infelizmente, repetia melancólico e realista.

Para pagar promessa, súplica atendida, os Guimarães alugavam todos os anos, em janeiro, casa na colina e festejavam com denodo o santo benfeitor. Se engravidar, prometo, meu Senhor do Bonfim... Dona Jacy engravidara, dera à luz a linda menina, batizada com o nome de Ludmila, sonoro e eslavo.

Para pagar promessa? Mas não era Giovanni comunista e dos mais convictos? E em que uma coisa impede a outra? Que vêm fazer aqui as patrulhas ideológicas? Fora! Depressa! Vão-se às quintas do inferno, vão-se à puta que as pariu! Não cabem patrulhadores nestas páginas ecumênicas.

O BEIJO

ANTES DO BLUES, ARRASTADO E LÂNGUIDO, HAVIAM RODOPIADO no rock e no suingue, requebrado no samba e na rumba, e exibiram-se na aplaudida demonstração do tango arrabalero. Miro dançava como um príncipe ou um cafifa, Manela não lhe ficava atrás: um par de virtuoses, ademais apaixonados — comoventes. É grato constatar que ainda existe sentimento num mundo cada vez mais dominado pelo materialismo grosseiro e pelos interesses egoístas — comentou, comovida, dona Auta Rosa, a esposa do pintor, dirigindo-se ao filósofo belga Michel Schooyans, sacerdote católico, professor na Universidade de Louvain, convidado distinto, personalidade estrangeira. Educado, o distinto concordou sem esconder todavia uma ponta de impaciência: por seu gosto estaria no meio da rua, assistindo ao espetáculo extraordinário da festa do povo da Bahia. Amava a festa do povo, adorava a Bahia e, padre moderno e esclarecido, sendo adversário (filosófico) não era inimigo do materialismo.

No rol das proibições estabelecido pela tia, mãe de criação, não constava a dança, surpreendente liberalidade. Talvez porque Adalgisa gostasse de dançar e o fizesse com elegância e aprazimento, quando ia aos saraus do Clube Espanhol ou a bailarico em casa de família conhecida. Desnecessário dizer-se que dançava exclusivamente com o marido.

Em solteira, antes de conhecer Danilo, Adalgisa ganhara o primeiro lugar em disputado concurso de *pasodoble*, no salão do Centro Galego, tendo como par o destro Dmeval Chaves, na época jovem empregado de livraria. Adalgisa ainda possui e usa o broche de ouro com ametistas, prêmio oferecido pelos galegos da Casa Moreira, acreditado comércio de antiguidades. Ao entregar-lhe a prenda, em improviso breve porém inspirado, Manolo Moreira a comparara a Terpsícore, elegendo-a "musa baiana da dança". Por essas e outras, nas festinhas de aniversário, batizado e casamento, nos bailes do Espanhol, Manela tinha permissão para dançar, dentro dos limites da decência, é claro.

Limites de decência, ai, na falta de Adalgisa, quem os poderia traçar numa Quinta-Feira do Bonfim, já chegada a noite, após tanta cerveja bebida nas barracas, as batidas e as caipirinhas, sem falar nos licores de convento e, ainda mais doce e embriagadora malvasia, a ininterrupta declaração de amor? Quando a luz faltou na sala — queimara-se o fusível ou algum descarado a desligara? Vá-se saber! —, Miro a beijou na boca e correu-lhe a mão nos peitos.

A DESAFORADA

PASSAVA DAS NOVE DA NOITE QUANDO MANELA DESPONTOU na entrada da avenida da Ave-Maria: tia Adalgisa a esperava na porta. O molenga do marido saíra para não presenciar a cena, deixando com a esposa, pobre ser enfermo, a preocupação e a responsabilidade. Mãe de criação, Adalgisa assumira obrigações e as cumpria mesmo sentindo-se, como se sentia, no fim de suas poucas forças: palpitações no coração, a boca amarga, a cabeça a ponto de estourar.

Manela não chegou a pronunciar uma única palavra: não me venha com mentiras, cachorra sem-vergonha, que eu sei de tudo. Duas bofetadas, uma em cada face, a mão aberta e pesada da tia, ali à porta da rua, na vista dos vizinhos.

Entrou apanhando. Bofetões de estalo e a voz irada de Adalgisa a xingá-la com os piores nomes. Atirou-lhe à cara os maus instintos, a vocação de macumbeira e meretriz e, não se dando por contente, trouxe da paz do cemitério a memória de Eufrásio: teve a quem sair, ao negro cachaceiro, o bêbado que matou minha irmã, a pobrezinha. Passou ao largo das origens, das maneiras e usanças da pobrezinha da irmã, atribuindo ao sangue e à influência do cunhado os pendores deploráveis que teimavam em afastar a sobrinha do bom caminho para conduzi-la ao pecado e à perdição.

Esquecia-se de que em sua irmã Dolores prevalecera o outro lado, o africano. O sangue espanhol que lhe corria nas veias não lhe impusera leis e hábitos, não a fizera branca. Pelo braço católico do pai, dom Francisco Romero Perez y Perez, dito Paco Negreiro em homenagem às suas prioridades em matéria de fêmea, Adalgisa tomara os caminhos da colônia espanhola e da Santa Madre Igreja, sem desvios. Pela mão plebeia da mãe, Andreza da Anunciação, dita Andreza de Iansã por nenhuma exibir tamanho garbo ao receber o encantado dos trovões na roda das feitas, Dolores, sem deixar de frequentar os galegos com agrado, e a missa com piedade, não perdia festa de largo, grito de Carnaval, obrigação de candomblé. No axé secular da Casa Branca raspara a cabeça, filha dileta de Euá.

O lado afro de Dolores acentuara-se nas filhas, morenas cor de cobre, pois Eufrásio, apesar da turbulenta avó romana e do sobrenome Belini, era bem escuro, brasileiro de muitos sangues misturados — Belini Alves do Espírito Santo, italiano, português e negro. Tanto moço branco, de boa família, por que diabo, perguntava-se a ibérica Adalgisa, Dolores escolhera o cabo-verde? Que enxergara nele, além do violão e da cantoria?

Ao ouvir a tia deblaterar desarrazoada contra Eufrásio, tratando-o de cachaceiro e assassino, somente então Manela abriu a boca, levantou a voz, interrompeu-lhe o discurso, detendo o caudal de bílis:

— Não fale de meu pai, fale de mim, diga o que quiser, não me importo. É minha tia, vivo em sua casa, tem direito. Mas tire da boca o nome de meu pai que não está vivo para se defender.

Foi tão inesperado, tão insólito e absurdo, que Adalgisa se calou, apatetada. Fora de si, não se dera conta da estranha atitude da sobrinha que até ali se mantivera em silêncio, apanhando calada, sem choro nem pedido de perdão. Onde se perdera a Manela submissa e temente, desfeita em lágrimas e soluços, caída de joelhos a solicitar clemência? Basta, tia, juro que não faço mais, juro por minha salvação, pela alma de minha mãe. Por fim destrancara a boca, recuperara a voz, mas o fizera para mandar que a tia se calasse. O que se passara, capaz de torná-la assim ousada, de exibir tamanho atrevimento? Que estava acontecendo?

— Te ensino, mal-agradecida. Te arranco a língua, desaforada!

Dirigiu-se para o fundo da sala, tirou a taca de couro da parede.

O JORNAL DA UMA NA TEVÊ

ADALGISA OUVIA RÁDIO DURANTE O DIA INTEIRO, SABIA DE memória os horários das principais emissões, não perdia programas de calouros e de música sertaneja, os preferidos. Não se separava do transistor, conduzindo-o de aposento em aposento: no banheiro de manhãzinha, sobre a penteadeira no quarto de dormir, na cozinha enquanto preparava o almoço, em cima da máquina de costura na sala. Desligava-o à noite para assistir a novelas de televisão, acompanhava duas, a das sete e a das oito horas, a primeira quase sempre de parceria com o marido, também ele noveleiro. Terminados os deveres escolares, Manela juntava-se aos tios.

O televisor, aparelho caro e nobre, não tinha o mesmo gasto, a mesma serventia que o rádio de pilha: não podia transportá-lo de peça em peça, prestar atenção ao programa enquanto cuidava dos afazeres da casa. Apreciava-o sobretudo à noite: novelas, minisséries, filmes, transmissões diretas de acontecimentos importantes. Danilo preferia os programas esportivos, fanático por futebol, sua paixão. Jogara no Ipiranga, clube de seu coração, primeiro e único. Nele se iniciara ainda menino, nele fizera-se conhecido, ponta de lança celebrado, popular. Recusara propostas milionárias do Bahia e do Vitória, jamais trocara de camisa até despi-la em consequência de contusão grave que o afastou dos gramados para sempre.

Outra primazia do marido: não dispensava os noticiários jornalísticos, inclusive o de uma hora da tarde: da mesa onde almoçava, punha-se a par do que ia pelo Brasil e pelo mundo, começando pelas novas da Bahia. Adalgisa assistia ao jornal desatenta, os azares da política e os rumos do universo pouco a interessavam, exceção feita para os desfiles de moda e as informações a respeito das cortes europeias, da Espanha, de Mônaco, da Inglaterra: babava-se pela família real inglesa. Que gracinha!, exclamava ao divisar no vídeo a rainha mãe.

Ora, acontece que naquele dia, tendo ligado como de hábito o aparelho de televisão para que Danilo acompanhasse o noticiário, Adalgisa quase teve um faniquito ao divisar no vídeo sua sobrinha Manela em plena lavagem do Bonfim. A depravada aspergia água de cheiro na carapinha de um vagabundo qualquer: dias depois o vagabundo revelou-se chofer de táxi, o veículo parado diante da entrada da vila, a buzina implacável. Ainda bem que dera tempo de Adalgisa se sentar. Danilo exclamou: mas é Manela, veja, Dadá! Achava graça, o infeliz. Dadá murmurou: ai, meu Deus!, e pôs a mão sobre o coração para impedi-lo de explodir.

Transmitida ao vivo dos altos da colina do Bonfim, a reportagem sobre a festa da lavagem começara apresentando aquela faceira imagem de Manela junto à grade, a bilha na mão — quem a viu não a esqueceu. Depois, tendo mostrado o governador e o prefeito acenando um e outro para a multidão, as câmeras moveram-se em flashes sucessivos, alguns realmente afortunados, das baianas dançando no adro da basílica em honra de Oxalá.

Adalgisa reconheceu Gildete comboiando Violeta, Manela e Marieta. Gildete e Violeta, impenitentes candomblezeiras mãe e filha, não lhes bastando induzir a essas usanças ímpias e boçais a sobrinha Marieta, órfã indefesa, arrastavam Manela às escondidas, à revelia da mãe de criação — apunhalavam Adalgisa pelas costas.

Uma das câmeras mais uma vez isolou Manela para exibi-la, impudica, a rebolar as ancas, o rosto no brilho do suor e do despudor, os pés endemoniados. Não a via assim o locutor que se desparramava em elogios à festa, às baianas e a Manela em particular. Chamava a atenção dos telespectadores para a pureza do traje branco, ritual, para os colares e as pulseiras, segundo ele expressões autênticas de uma cultura; na opinião de Adalgisa, bárbara e afrontosa paramentação de candomblé. Um sátiro, cínico e pedante, o descaro escondido debaixo das barbas à Che Guevara, em voga entre a rapaziada contestatária e roqueira, o locutor declarou-se incapaz de "descrever como devido a beleza café com leite de Manela, para fazê-lo à altura exige-se o estro de um poeta, a inspiração de Godofredo Filho, a fantasia de Carlos Capinam". Poeta ou não, deslumbrava-se o tratante com a graça adolescente, a expressão altaneira, a formosura da baiana, flor da raça brasileira a cumprir sua obrigação de filha de santo na procissão das águas de Oxalá. Com que prazer Adalgisa esbofetearia o parlapatão se o tivesse ali, diante dela, em pessoa e não no vídeo. No vídeo, a cara de Manela, debochada, rindo como uma perdida, os pés de Manela traçando passos de macumba, o busto seminu na bata solta, cara, pés e busto no noticiário de uma da tarde, programa visto e ouvido por centenas de milhares de pessoas; na capital e no interior. Que vexame! Que desfrute!

— Manela está com tudo! — disse Danilo, concho com os louvores à beleza da sobrinha, merecidos. Não chegou a dizer que eram merecidos, engoliu o resto da frase, pois Adalgisa o olhou de tal maneira, olhos mortais de fúria e dor, que o bom Danilo no mesmo passo deu-se conta, horrorizado, da gafe cometida e se apercebeu da extensão criminosa do acontecimento: Manela acompanhara a procissão por livre e espontânea vontade, sem pedir licença, sem o acordo de Dadá e, ainda pior, atendendo a convite de Gildete. E ele, o bestalhão do tio, a aplaudi-la.

Flor da raça, formosura adolescente, rosto altaneiro! Adalgisa enxergava na televisão o rosto suarento, grosseiro, devasso — eis a palavra certa — de reles desavergonhada: hipócrita, pérfida, falsa, desleal, gentinha da pior espécie, entregando-se à nefanda prática da feitiçaria. Apunhalada à traição, o punhal cravado no peito, Adalgisa ergueu-se da cruz no estertor da morte, desligou o televisor. Danilo depôs o guardanapo e, sem esperar o café, foi saindo de mansinho.

A dor de cabeça, insuportável, um bolo no estômago, sensação de náusea, mal-estar crescente, generalizado, Adalgisa elevou os olhos moribundos para a estampa do Coração de Jesus entronizado na sala: valei-me, Senhor, nesse transe! Dai-me forças para corrigir a pecadora, trazer a ovelha desgarrada de volta a teu rebanho!

O CÓDIGO DE CASTIGOS

DIZER QUE EM CASA DOS PAIS MANELA JAMAIS APANHARA, seria mentir, falsear os dados da narrativa, mau costume hoje corriqueiro entre os conspícuos senhores que escrevem a História — a grande, com H maiúsculo. Fazem-no ao gosto, à medida dos interesses dos donos do poder, acomodando os fatos ao bel-prazer dos ditadores. Não se trata, explicam eles, de deturpar a História e, sim, de limpá-la de lances e personagens que lhe comprometem a imprescindível pureza ideológica.

Vez ou outra, tanto Eufrásio quanto Dolores esquentavam-lhe os fundilhos na cobrança de travessura mais ousada. Umas poucas palmadas, mais para constar do que para doer. Surra mesmo, digna desse nome feio, Manela tomara apenas uma, e a merecera. Tinha doze anos e cursava o primeiro ginasial no Colégio Manuel Devoto, fazia parte de uma turma da pesada.

Convidado a comparecer ao colégio, Eufrásio encontrou-se com outros pais e mães na sala do diretor e foi informado de que recaía sobre Manela e seus demais colegas ameaça de expulsão devido à gravidade da indisciplina cometida na véspera. Só mesmo os pais sabem das dificuldades em obter-se vaga para os filhos em estabelecimento oficial, gratuito. A vaga para Manela, Eufrásio a devia a pistolão do doutor Wilson Lins, além de escritor, prócer político.

Indignados com a nota zero dada, de pura malvadeza, pelo professor de educação moral e cívica à totalidade da classe, os quarenta alunos — vinte e dois meninos, dezoito meninas — haviam-lhe derramado no caderno de notas generosa quantidade de azeite de dendê e, como ainda sobrasse na garrafa, espalharam o resto no assento da cadeira onde o déspota sentava o mirrado traseiro. Esquálido, intolerante e chato porém major do Exército, o professor colocou o diretor contra a parede. A ameaça de expulsão não passou do susto, impossível expulsar uma turma inteira e, por fortuna, tratava-se de major reformado. Nem por isso Eufrásio deixou o fato passar em brancas nuvens: sova de criar bicho.

A vida regalada, no carinho e na confiança dos pais, sem medo e sem mentiras, terminou ao mudar-se para a casa dos tios após a tragédia do desastre de automóvel. Em seguida começaram os ralhos e os castigos. Severos e contínuos, sobretudo no decorrer do primeiro ano, quando Manela ainda mantinha veleidades de resistir às ordens de Adalgisa. Antes que mudasse de tática e se dispusesse a fingir e a mentir, a agir às ocultas.

Começaram e prosseguiram, ouvir sabões e apanhar tapas na cara tornou-se hábito, humilhante e doloroso, a princípio inevitável. Adalgisa aprendera com padre José Antônio, seu diretor de consciência, a não usar a palavra castigo: mãe não castiga, exempla, corrige. Dizia: mereceu um corretivo, eu o apliquei, cumpri com meu dever pois a estou criando no respeito à lei de Deus, para fazer dela uma senhora.

De Danilo, Manela não tinha queixas. O tio jamais erguera a mão para puni-la nem abrira a boca para dar-lhe nomes, xingá-la de moleca, de sujeita ingrata, de ordinária, de excomungada. Se deixara de defendê-la do rigor da esposa — chegara a tentar mas logo desistira, não se atrevia a contrariar sua intempestiva Dadá, uma pilha de nervos, às voltas com as eternas enxaquecas —, decerto no íntimo reprovava os métodos educacionais usados pela consorte, íntegra, pia e iracunda. Aliás, na maneira de agir e comportar-se de Adalgisa, havia um montão de coisas que ele desaprovava e deplorava.

Jovial e gentil, Danilo introduzira a sobrinha nas sutilezas da dama e do gamão, ensinara-lhe jogos de paciência e truques de baralho. De paciência e de truques necessitava Manela para suportar e transgredir, obedecer e desobedecer, cumprir e violar o regulamento que lhe ditava a conduta e comandava a vida. Código severo e estrito, cada falta sua pena.

Penas as mais variadas, para verdugo nenhum botar defeito. Deixar de ir com os tios ao cinema, ficar trancada no quarto na hora da novela de televisão, dos programas de Chico Anísio e Jô Soares, proibição de frequentar casas de colegas, não fazer a visita semanal à tia Gildete, ficar sem sobremesa, rezar o rosário de joelhos e em voz alta, eis algumas das punições mais correntias. Repreensões, cascudos, puxões de orelha, tapas na cara e, quando a culpa, o erro, o pecado passava de venial a capital, para corrigi-lo lá estava, pendurada na parede, a taca de couro, antiga, informe, apavorante — eficiente. A lista dos pecados mortais estabelecida por tia Adalgisa, bem maior que a do catecismo, assegurava serventia à taca de couro. Presente do padre José Antônio ao saber que a cara diocesana decidira criar a sobrinha órfã: vai lhe ser de utilidade, não tenha escrúpulo em utilizá-la, corrigir quem prevarica não é pecado, não ofende a Deus, é de seu agrado. Está na Bíblia, *mi hija*: punir com firmeza é uma das maneiras de demonstrar misericórdia.

Não se deve perder tempo, adiar para amanhã o que se pode fazer hoje: no dia seguinte ao enterro de Dolores e Eufrásio, quando Manela regressou das aulas, os olhos ainda inchados de chorar, Adalgisa a pôs em confissão e lhe rezou o credo. Vamos aproveitar e esclarecer as coisas de uma vez, botar tudo em pratos limpos para depois não dizer que não sabia. Se for obediente e comportada, se tiver boas notas no colégio, se proceder com decoro e pundonor, demonstrar temor a Deus e devoção, não der desgosto aos tios, nada lhe faltará e terá direito a regalias.

Quais seriam as regalias nunca soube, mas tomou conhecimento imediato da extensa relação do que lhe era proibido. Frequentar más companhias; comparecer a matinês, auditórios de televisão, bailaricos, festas de largo ou quaisquer outras, a não ser acompanhada dos tios; bater pernas pelas ruas; dar trela a rapazes, namorar. De candomblé, umbanda, essas feitiçarias, guardar a maior distância, nem ouvir falar, são centros de perdição onde o demônio se apossa das almas dos cristãos.

Não a impedia de visitar a outra tia, a irmã do pai, mas essas visitas deviam ser limitadas, não mais de uma por semana e já era muito. Se a irmã quisesse vê-la, que viesse em casa de Adalgisa e Danilo, não eram também seus tios? Foi um longo monólogo, repetitivo, a voz ora branda e carinhosa, ora agressiva e ameaçadora, Adalgisa exaltava-se facilmente.

O fim justifica os meios, já ensinavam com proveito Hitler e outros pais da pátria, guias geniais dos povos: farei de você uma senhora, custe o que custar. Para concluir a exposição com chave de ouro, indicou-lhe o chicote na parede, entre uma estampa da Virgem Santíssima e um retrato amarelado de Adalgisa e Danilo felizes no dia do casamento. Se necessário, ela, Adalgisa, tia com os encargos de mãe de criação, não teria dúvida em usar a taca de couro, sem hesitação nem pejo. Será para seu bem, um dia há de me agradecer.

A QUASE MISS

MANELA VEIO A CONHECER O PESO DO RELHO, O ARDOR DO LÁTEGO, cortante como um fio de navalha, transcorrido mais de um ano daquela conversa inicial e terminante. Considerava-o, de há muito, objeto simbólico, sem outro préstimo além de advertir, de intimidar.

Tornara-se bastante habilidosa na arte de tapear a tia, de passar-lhe a perna, adormecer-lhe a vigilância, enrolando-a em complicada teia de mentiras e invencionices. Para melhor convencê-la, conseguira engajar, numa espécie de amigável conspiração, colegas de colégio e até vizinhos penalizados com as restrições e as correções impostas a Manela, vítima indefesa de sanha desnaturada. Nem os assassinos na cadeia cumprem pena tão ferrenha — revoltava-se Damiana, vizinha de parede-meia obrigada a escutar gemidos e tabefes, pedidos de perdão. "Essa mulher é uma víbora, não tem coração", dizia em voz alta, para quem quisesse ouvir.

Habituada às confissões de Manela — assumia as faltas mesmo sabendo que não escaparia ao castigo: uma coisa boa ela tem e eu reconheço, não é mentirosa —, Adalgisa acreditara com certa facilidade, durante meses, nas explicações, desculpas para atrasos, razões para saídas e visitas. Sabe, tia, estou chegando agora porque acompanhei Telma ao Hospital Português onde o pai está internado; operação de câncer, coitadinho, não escapa. Adalgisa se interessava: câncer? Não me diga. Já tem metástase? Operações e hospitais, doenças e atribulações, temas de seu agrado. Nas tramas engendradas por Manela, havia sempre uma ponta de verdade e, se era o caso, um cúmplice acompanhava a embusteira até a porta de casa, pronto a confirmar a patranha, sobretudo as de maior envergadura.

Tantas vezes vai o pote à fonte que um dia cai e quebra e a água se derrama: as patranhas cresceram e se amiudaram a ponto de Adalgisa terminar com a pulga atrás da orelha. Como quem não quer nada, fazendo-se de tola, passou a sujeitar a controle rigoroso as desculpas, as justificativas e os passos de Manela. Não tardou a descobrir as aldravices da sobrinha, dobrou a dose dos castigos conforme lhe pareceu recomendável e equitativo, pois à falta somava-se a mentira, um dos sete pecados mortais do catecismo.

Do concurso para a escolha de Miss Primavera, todavia, Adalgisa soube por acidente, ainda a tempo, bendito seja Deus!, de evitar que o pior acontecesse. Apanhada de surpresa, ficara sem ação, espavorida: uns breves segundos, não deu para perceber. Logo se recompôs e foi à guerra.

Chamou-lhe a atenção uma freguesa, dona Norma Martins, senhora rica, expoente do *top set*, apesar disso criatura simples além de competente médica ginecologista. Encomendara-lhe um chapéu para usar no casamento da filha do doutor Jorge Calmon, o de *A Tarde*, evento que fizera Adalgisa trabalhar noite e dia, seis chapéus de alto luxo a entregar no decorrer da semana.

Conversa vai, conversa vem, durante a prova da obra-prima em flores artificiais e discreto véu de tule, dona Norma, que não perdia ocasião para falar no filho, então secundarista mas já com a veneta do piano — mais que veneta, vocação —, referiu-se a Manela:

— Renatinho é cabo eleitoral de sua filha...

— Minha filha? — admirou-se Adalgisa, mas em seguida compreendeu a quem a médica se referia: — Ah sim! Minha sobrinha, filha de criação. Crio desde que minha irmã morreu. Seu filho conhece Manela?

— Se conhece? Pois estou lhe dizendo que Renatinho esta animadíssimo, fazendo campanha para ela; me disse que a decisão está entre ela e aquela moça que trabalhou no filme do D'Aversa, não me ocorre o nome...

História sem pé nem cabeça, Adalgisa acreditou num equívoco, erro de pessoa:

— Fazendo campanha por Manela? Tem certeza, dona Norma? Campanha para quê?

— Para o concurso de Miss Primavera, sua menina não é a candidata do jornal do Ariovaldo? Esse que sai aos domingos: tem bons artigos, é engraçado, só que não vai durar: baixa o pau de rijo no governo... — Riu complacente pensando no jornal do Ariovaldo.

Adalgisa se apoiou no espaldar da cadeira posta ao lado do espelho para a prova do chapéu: uma fraqueza nas pernas, a cabeça latejando. Forçou um sorriso, conseguiu articular:

— O concurso, sei...

Por sorte dona Norma saíra em busca do dinheiro para pagar o material e o feitio do toque, gracioso e caro:

— Ficou lindo, dona Adalgisa, a senhora é uma artista. Desejo que sua menina seja a escolhida. Renatinho diz que ela é a mais bonita de todas. Parabéns.

Ainda teve de agradecer os parabéns e os elogios a Manela: bondade de seu filho, dona Norma. Saiu fumegando para a casa de dona Aydil Coqueijo, outra freguesa, boa de trela e de informação. Ninguém mais a par desses descaros de concursos de miss e festivais de música popular do que dona Aydil e seu marido, figura numerosa: magistrado austero, jurista acatado, professor de direito, cronista amável, compositor premiado, bom de piano e violão, voz afinada, inspirador e promotor de transas e sucessos, multipresidente.

Tiro e queda. Nem precisou confessar o motivo de seu interesse: apenas aludira ao concurso, a freguesa, atenciosa e entusiasta, deu serviço completo com direito a jocosos comentários. A eleição de Miss Primavera realizava-se todos os anos, no mês de setembro; as candidatas representavam os diversos jornais da cidade, promotores do certame, e alguns estabelecimentos comerciais que arcavam com as despesas, entravam com os cobres. Um júri, composto de pessoas conhecidas, ditava o veredicto final, após os desfiles: traje folclórico, vestido de soarê e biquíni.

Biquíni? Duas peças? Divertindo-se, dona Aydil mofou do espanto da chapeleira: Adalgisa, não seja careta: maiô é velharia do passado. O julgamento se daria no domingo, daí a dois dias, no Teatro Vila Velha. Dona Aydil tencionava ir para ver os brotos desfilarem: essa meninada de hoje que ninguém segura. Está interessada? Se quiser assistir, posso arranjar entrada para si e seu marido.

Acerca do pasquim representado por Manela e do local da esbórnia, nada perguntou, deles sabia pelo padre José Antônio: ouvira duras palavras de condenação. O semanário destilava o veneno russo, a propaganda dos vermelhos. O reto sacerdote não encontrava explicação para a absurda apatia das autoridades — por que ainda não haviam proibido a circulação do papelucho? Dirigido por articulista de maus bofes: diziam-no bom escritor, não passava de pornógrafo e subversivo, por subversivo andara preso, assinava-se Ariovaldo Matos.

No palco do Teatro Vila Velha eram montados os piores espetáculos, os mais degradantes, peças atentatórias aos bons costumes, à moral e à religião. Os shows com músicas de protesto, os humoristas desrespeitosos e obscenos, o baile das atrizes. O de Oxum, o deboche, a bacanal. Local onde se reunia a ralé dos intelectuais — de Glauber Rocha a João Ubaldo Ribeiro —, vagabundos sem eira nem beira, inimigos da ordem estabelecida e dos santos preceitos da lei divina.

Adalgisa regressou para casa com a boca em fel e o coração pesado: Manela marchava a passos rápidos para a lama e a podridão, para o abismo — aguardavam-na a zona e o inferno. Na sala, interrompendo a banca, Manela recebeu a tia com um sorriso cândido e um pedido:

— No domingo, sabe, tia...

No domingo. Sei, sim, disse Adalgisa, e andou em direção à parede onde a taca de couro estava pendurada. Quem sabe ainda haveria tempo de impedir a queda e a maldição?

Tinha Manela quinze anos, um e meio do cativeiro a que fora destinada após o enterro dos pais, quando estreou a taca de couro. A tia não teve contemplação nem piedade: lanhou-lhe o corpo inteiro, só respeitou o rosto. Quando lhe faltaram as forças e parou de bater, trancou no quarto a ex-favorita do concurso, a pão e água, a partir da tarde daquela sexta-feira de setembro até a noite de domingo. Para que ela meditasse e se arrependesse.

Na segunda-feira, ao chegar ao colégio, cabisbaixa, o corpo moído, mal podendo sentar-se, os olhos inchados de chorar, desfeita e desmoralizada, Manela soube que Marilda Alves, a moça do filme, candidata do vespertino *O Estado da Bahia* e do cronista Renot, fora proclamada, por unanimidade, Miss Primavera.

A TACA DE COURO

MANELA RECEBEU A PRIMEIRA CHIBATADA, ALCANÇOU-A NA altura dos rins, cortou-lhe as carnes. Mais cortante e intolerável o xingo cuspido pela tia:

— Cadela!

Adalgisa suspendeu o braço, fazendo zunir a taca de couro, utilizada com frequência nos dois anos decorridos desde o concurso de Miss Primavera, mas antes que o baixasse de novo, Manela deu um passo à frente e, sem gritar, a voz apenas um pouco mais alta que o normal porém grave e categórica, ordenou:

— Pare, tia. Largue essa taca se quiser que eu ainda lhe respeite.

— Cadela! Excomungada!

Adalgisa moveu o braço, o chicote assoviou no ar, mas a segunda lambada não chegou a atingir a cadela excomungada. Romeira da festa do Bonfim, o corpo limpo, a cabeça feita, Manela segurou com a mão direita o pulso da tia, com a esquerda abriu-lhe os dedos: tomou a taca de couro e a atirou longe. Olhos arregalados, incrédula, perdida, sem ação e sem palavras, Adalgisa fitou a sobrinha, viu Satanás em sua frente — acontecia o fim do mundo.

— Nunca mais me bata com essa taca. Se acabou, tia. Se quiser que eu continue a viver em sua casa e a lhe obedecer.

Adalgisa estremeceu da cabeça aos pés, passou as duas mãos no rosto congestionado, laivos de baba nos cantos dos lábios, fechou os olhos, fungou fundo como se a alma lhe escapasse do peito, arriou no chão.

O corpo em contorções, tremores nos braços e nas pernas, espuma saindo pela boca, batendo a cabeça contra o assoalho, tia Adalgisa parecia em transe, possuída.

A VIA-CRÚCIS

O SECRETÁRIO DE SEGURANÇA PÚBLICA

REFESTELADO NA POLTRONA GIRATÓRIA, ELEVANDO A MÃO NUM gesto elegante e afirmativo, o doutor Calixto Passos, secretário de Segurança Pública do estado da Bahia, encarou o alarmado diretor do Museu de Arte Sacra:

— Mais uma! A continuar assim não vai sobrar nem uma única imagem de valor nas igrejas da Bahia. Sabe o caro mestre quantas foram roubadas nestes últimos três meses? Dezesseis, nada mais, nada menos. Nem quatorze nem quinze: dezesseis!

Sorriu, enfático, gostava de ouvir a própria voz, tribuno aplaudido desde os bancos acadêmicos na Faculdade de Direito, orador da turma, advogado no cível tendo a seu cargo os porta-fólios de poderosas organizações financeiras, político bem-sucedido. "Calixto Passos, o talento a serviço da Justiça", escrevera um foliculário em crise de adulação a propósito da escolha do novo chefe de polícia. O comissário Parreirinha assinaria de olhos fechados a opinião do puxa-saco. De pé, ao lado da mesa, assentia com a cabeça, secundando as afirmações do chefe: considerava o doutor secretário sagacíssimo, um Águia de Haia, um Rui Barbosa. Dom Maximiliano von Gruden, ao invés, considerava-o a mãe da incompetência.

Doutor Calixto curvou-se em direção ao monge, abaixou a fala em acento de confidência e de cumplicidade:

— O culpado, os culpados? Todos sabemos: fulano-de-tal-dos-anzóis-carapuça. Mas ninguém se atreve a colocar a carapuça nas cabeças dos fulanos. Quem ousaria fazê-lo, em cabeças tonsuradas?

Uma besta quadrada, uma vaca prenha, confidenciou-se dom Maximiliano, de quem o desespero retirava todo e qualquer resquício de generosidade. Lá vinha ele, o tolo enfatuado, a repetir a asnática ladainha da "venda por debaixo do pano das imagens pretensamente desaparecidas das igrejas e capelas, ilícito, escandaloso comércio efetuado pelos próprios curas em freguesias interioranas". Freguesias pobres, algumas pobríssimas, sem dinheiro para as necessidades mais mínimas, e uns pedaços de pau, velhos e bentos, dando sopa nos desvãos das sacristias — quem não os venderia? Dom Maximiliano engole indignação, saliva e bílis.

PARÊNTESES PARA REGISTRAR PROFANAS COGITAÇÕES DE DOM MAXIMILIANO VON GRUDEN SOBRE A VENDA – VENDA NÃO, TROCA – DE SANTOS E OBJETOS DE CULTO, ENQUANTO, INFLAMADO, O CHEFE DE POLÍCIA PERORA

POR CONTA DE IMPORTANTES ANTIQUÁRIOS OU POR CONTA própria, andejos picaretas, negociantes forretas em busca de mercadoria, saem à caça pelo interior. Vão de localidade em localidade, de burgo em burgo, de fazenda em fazenda, de casa em casa, infatigáveis. Regressam com os baús repletos de um tudo: preciosidade e lixo.

Pode acontecer, e acontece, uma peça fora de série, um tesouro, suficiente para fazer a independência de barganheiro merecedor da proteção divina. Do alto dos céus os deuses acompanham com benévola simpatia a jornada, laboriosa, extenuante, dos fiéis prosélitos de raça e crença. Iavé, Jeová revelado no Sinai, o bom Deus sírio-libanês dos maronitas e o misericordioso Jesus do Vaticano conduzem os passos dos intrépidos pés de boi — cada um seu protegido — aos esconsos da arca ou do oratório onde jaz a peça incomparável à espera do intrépido paladino: Davi, Salim ou João da Silva.

Enviados da providência divina atenta às preces dos pastores de almas que vivem à míngua, na penúria, eles pagam à vista, em moeda corrente, a peso de ouro. Pagam de fato uma miséria, mentem, enganam, enrolam e, se advém ocasião propícia, roubam e se apropriam. Seja como for, são beneméritos pois, com os cobres obtidos por aquelas inúteis antiqualhas, recompõem-se as abaladas finanças das paróquias, cobre-se o déficit das espórtulas, a mesquinhez dos óbolos.

Com o apoio dos fiéis e o aplauso das devotas, os curas adquirem vistosas imagens de gesso, ainda frescas a tinta azul dos mantos, a pintura vermelha das mitras e tiaras, para substituir os trastes carunchosos, em boa hora trocados — santo não se vende, troca-se — por dinheiro vivo. Ganham os altares com a substituição: as modernas efígies fazem outra figura; regozijam-se as beatas: agora sim, dá gosto ver. Saldam-se dívidas em atraso, mantêm-se em dia o exercício da caridade, o atendimento aos mendigos e carentes do lugar, aos enfermos, aos órfãos e viúvas, e a melhoria do magro passadio do devotado pastor, probo vigário, da comadre e dos afilhados, coitadinhos. A comadre, na mocidade a mais provocante tentação da freguesia, ainda conserva no rosto envelhecido e no corpo maltratado traços da prisca boniteza, do encanto apetitoso, descaminhador.

Mesmo no exercício ilibado da religião, nestes tempos de inflação e crise, torna-se obrigatório saber virar-se, defender-se, dar um jeitinho à moda brasileira, sem o que não haverá a sopa dos pobres, e a da paupérrima família paroquial se fará rala e pouca. Na capital, as autoridades eclesiásticas, severas, ameaçantes, arrotam indignação, falam em impiedade e sacrilégio, rotulam de crime e escândalo o tráfico de imagens consagradas, de bens patrimoniais da Igreja. Que sabem esses regalados monsenhores, no usufruto das mordomias da arquidiocese, a respeito da carência e dos aperreios dos sacerdotes desterrados nos sertões, pobres-diabos sobrevivendo ao deus-dará? Satanás pregando quaresma: é fácil criticar de barriga cheia.

Não fosse o comedimento obrigá-lo à discrição, dom Maximiliano surpreenderia a besta do secretário declarando-lhe que, a seu ver, esse malsinado comércio, se examinado à luz dos interesses da cultura, revela préstimo evidente, inegável serventia. Roubadas ou compradas a preço de banana pelos ambulantes, peças de notável valor escapam da destruição a que estavam condenadas nos monturos dos conventos e dos curatos. Passando de mão em mão, de lucro em lucro, terminam sãs e salvas, bem cuidadas, nas coleções particulares ou nos museus.

Opinião de museólogo herege? De herege, incréu e ímpio já o rotularam — padre José Antônio Hernandez foi mais longe: para ele dom Maximiliano von Gruden era o perfeito exemplo do que não deve ser um sacerdote, era ateu e anarquista. Perigosíssimo, pois apresentava-se revestido com a branca sotaina dos beneditinos. Em nossos dias de desordem e desrespeito, de teologia de libertação e outras diabólicas blasfêmias, os inimigos da fé e da doutrina cristãs escondem-se nas batinas e nos buréis, cobrem-se os lobos com a pele das ovelhas.

A GARGALHADA

DOM MAXIMILIANO ARMAVA-SE DE PACIÊNCIA — A PACIÊNCIA não era sua virtude cardinal —, esperando o momento azado para interromper a leviana e maçante lenga-lenga do secretário de Segurança e voltar à compostura do assunto que ali o trouxera. Sobre a gravidade do caso e a urgência de medidas capazes de esclarecer o mistério, levar à descoberta e captura dos criminosos e à recuperação da imagem, discorrera com energia e minúcias, no início da entrevista. Insistira no caráter sigiloso do inquérito, sigilo indispensável por todos os motivos — dom Maximiliano pensava no vigário de Santo Amaro e em sua reação ao saber do sumiço da santa: ia pôr o mundo abaixo.

Dissera do valor intrínseco e extrínseco da escultura, joia sem preço, patrimônio da Bahia e do Brasil. Oitocentista, contemporânea da criação genial do Aleijadinho: somente as peças de sua comprovada autoria poderiam superá-la na opinião dos peritos e, em breve, quem sabe?, ela atingiria idêntica cotação. Basta levar-se em conta o fato de ser a única imagem de santa Bárbara, a do Trovão, e apresentar a santa empunhando um feixe de raios em vez da palma costumeira. Santa Bárbara, a do Trovão, valor impossível de calcular-se em dinheiro: os museus da Europa ou dos Estados Unidos pagariam, sem discutir, qualquer quantia em dólares para tê-la em seu acervo.

Chamara a atenção para a data do vernissage da exposição programado para daí a dois dias: a partir de então o valor da imagem se fará ainda maior. Disse, reportando-se ao livro a ser lançado durante a solenidade, à tese audaciosa sobre a qual já tanto se falava nos jornais: cortês e hipócrita, o secretário afirmou ter ouvido expressivas referências.

Ouvira ou não, pouco importava. Importava, isso sim, constatar que, em nenhum momento, o boquirroto chegara a perceber a relevância do assunto, para ele não passava de um a mais entre os numerosos furtos de objetos sagrados que vinham sucedendo no interior do estado: dom Maximiliano perdera o cuspo e o latim. De nada adiantara a exaustiva preleção, precisa e douta, no intento de fazer o chefe de polícia compreender que não, não se tratava de um roubo a mais de imagens em desuso, de cotação desigual, a maioria sem outros méritos além do mofo e do caruncho.

Os olhos de peixe morto postos nos olhos azuis de dom Maximiliano, a insinuação no sussurro e na risadinha, doutor Calixto Passos completou seu pensamento:

— Em certos casos não se trata propriamente de roubo, ao menos cometido por ladrão vindo de fora. Quero dizer...

Pousou as duas mãos sobre a escrivaninha, olhou para Parreirinha que se babava de admiração — o doutor matara a cobra, mostrava o pau —, prosseguiu:

— Quero dizer... alienação... as peças mudam de dono... Por exemplo: ainda não faz uma semana, duas imagens roubadas em Laranjeiras foram descobertas no depósito de uma firma, na rua da Independência. Tinham sido trazidas de Sergipe e vendidas aqui... — silenciou por uma fração de segundo para aumentar o suspense — por pessoa da família do padre...

— Mas, como já lhe disse, doutor...

O doutor elevou a mão, interrompendo o diretor do Museu de Arte Sacra, perguntou-lhe:

— Diga-me o caro mestre: conhece bem o vigário de Santo Amaro? Diga-me em confidência, aqui para nós dois que ninguém nos ouça... — Parreirinha olhou para fora da janela como se estivesse desatento — o caro mestre o considera pessoa digna de confiança ou...

Dom Maximiliano von Gruden atingira o extremo da inquietação e do nervosismo, fazia um esforço sobre-humano para não sair aos gritos pela rua afora que nem uma bicha-louca. Mas ao ouvir a pergunta confidencial do secretário de Segurança Pública do estado da Bahia sobre a honorabilidade do vigário de Santo Amaro, explodiu na maior gargalhada da paróquia.

O CORONEL DELEGADO DA POLÍCIA FEDERAL

O ENCONTRO COM O CORONEL RAUL ANTÔNIO PARREIRAS DERA ao menos um resultado prático: dom Maximiliano recuperou o andor que ficara abandonado no saveiro e o levou consigo para o museu.

A pedido do delegado da Polícia Federal na Bahia, o *Viajante sem Porto* fora conduzido por fuzileiros navais da rampa do Mercado para o embarcadouro da Marinha de Guerra. O coronel se entendera por telefone com a autoridade naval de plantão, decidindo sobre a sorte imediata da embarcação que transportara a imagem. Designou um agente para ficar de atalaia nas proximidades da rampa.

— Com o saveiro preso na Marinha, o tal casal vai ter de dar as caras. Vamos ouvi-los, cozinhá-los um pouco, eles certamente conhecem os responsáveis, não duvido sejam cúmplices. Logo saberemos.

Referia-se a mestre Manuel e a Maria Clara. Sem perda de tempo despachara um policial com ordens de deter o mestre de saveiro e sua mulher

— os locais da Polícia Federal ficavam no porto, situados em antigo armazém de carga, entre o mercado e o cais da Navegação Bahia, a dois passos do sítio onde sucedera o roubo. O detetive regressou de mãos abanando: os indigitados, após o desembarque, haviam partido num táxi, não se sabia para onde. Informação obtida de um barraqueiro retardatário que traçava uma bramota no Xispeteó, botequim de putas no brega da Montanha.

Dom Maximiliano reergue-se do desânimo em que o prostraram a incompetência e o falatório vão do secretário de Segurança. Na Polícia Federal, o coronel ouviu o diretor do museu com atenção, interessado: pareceu convencido da importância capital do problema. Vestido à paisana, cuidou das unhas durante o começo da conversa alternando tesourinha, alicate e lixa, na delicada tarefa: não parecia o ferrabrás que diziam ser.

Mostrou-se prazeroso com a visita do monge, intelectual conhecido e gabado, entendeu as razões do pedido de sigilo — nem uma palavra, fique descansado; nós aqui estamos habituados a trabalhar na sombra e no silêncio sem o que seria impossível enfrentar a criminalidade e o terrorismo. Discorria sem pressa, tinha a noite à sua disposição. Sobre o roubo expendeu opiniões que impressionaram dom Maximiliano: não gastava tropos oratórios, expressava-se em linguagem de tecnocrata, de perito convincente.

— Aqui, na Polícia Federal, temos acompanhado com a devida atenção essa série de assaltos às igrejas e levantamos um amplo dossiê cobrindo a matéria de forma detalhada no prazo dos últimos vinte anos, talvez mais. Em minha opinião existe uma máfia organizada por detrás desses delitos, muito bem organizada. Não se trata de furtos esporádicos como acontecia no passado.

O secretário de Segurança amava ouvir a própria voz, o coronel delegado da Polícia Federal estimava exibir seus conhecimentos:

— Passou-se a época do amadorismo, das incursões de artistas pelo interior do estado, aventurando-se até Sergipe e Alagoas para roubar santos em conventos e capelas. Os artistas eram uns prontos, viviam mais desses roubos do que da venda de quadros e esculturas. Hoje estão podres de ricos, todos eles, ganham o dinheiro que querem, não precisam furtar imagens, assaltar conventos, são uns nababos. Só tenho pena de não saber pintar... A atividade criminosa que exerceram tornou-se do conhecimento público, basta ler qualquer artigo sobre Carybé ou Jenner Augusto, o jipe de Mário Cravo virou folclore, os santos roubados por eles estão quase todos em mãos de colecionadores daqui ou do Sul, nas casas de ricaços: Clemente Mariani, Odorico Tavares, Orlando Castro Lima.

Metódico, antes de guardar na gaveta o alicate, junto com a tesourinha e a lixa, utilizou-o para cortar a ponta de um charuto Suerdieck, demorando-se a acendê-lo. Puxou uma baforada, aspirou a fumaça e, reclinando-se, tocou a campainha colocada atrás da cadeira. Perguntou a dom Maximiliano se não queria refrescar a goela com uma cervejinha gelada — está um calor da peste! Mandou trazer garrafas e copos e, somente depois de servir e de servir-se, prosseguiu:

— Atualmente, dom Maximiliano, a situação é muito mais séria: enfrentamos uma gangue audaciosa que não mede consequências para levar avante seus projetos criminosos. Chamo sua atenção para o seguinte fato, comprovado: as peças de real valia, essas somem, não voltam a ser vistas. Por quê? Porque são levadas para fora do país. Acompanhamos a pista de algumas delas: fomos dar com os costados em Portugal e Espanha, na Suíça e na França. Existe um tráfico internacional de antiguidades, o senhor decerto está a par, é coisa sabida. Por detrás da desaparição de sua famigerada santa Bárbara, iremos descobrir, não tenho dúvidas, a mão dessa gangue, dessa máfia. Temos de agir com muita rapidez para impedir que, valiosa como ela é, seja enviada para o estrangeiro.

Dom Maximiliano estava farto de escutar diz que diz que, mexericos, a propósito desse misterioso tráfico de objetos sagrados. Em conversa recente, ouvira da boca de Mercedes Rosa, diretora do Museu Costa Pinto, e Carlos Eduardo da Rocha, diretor do Museu do Estado, duas sumidades, dois tagarelas, coisas de arrepiar, envolvendo figurões da mais alta respeitabilidade. Mas, pela primeira vez, ouvia de autoridade responsável a notícia da existência de quadrilha internacional organizada e perigosa. O próprio Museu de Arte Sacra possuía peças de procedência obscura para não dizer suspeita: dom Maximiliano preferia ignorar como haviam aportado às salas do convento de Santa Tereza — será que ignorava?

A possibilidade de envio de santa Bárbara, a do Trovão, para o estrangeiro — aventada logo por quem: pelo delegado da Polícia Federal nem mais, nem menos — acabou de liquidá-lo:

— O coronel pensa realmente que há o perigo da imagem ser levada embora...?

— Com certeza que sim, não sou homem de brincar com coisas sérias. Acho, contudo, que não houve tempo para que já a tivessem despachado, ainda deve estar escondida em alguma parte da cidade. Devemos descobri-la, em vinte e quatro horas se possível. Vou pôr meus homens em campo imediatamente, começar a agir agora mesmo: vamos controlar as saídas de ônibus e automóveis, as estradas e os voos dos aviões. Temos as medidas da imagem, revistaremos tudo que possa parecer suspeito, abriremos qualquer mala ou caixa capaz de contê-la. Vá descansado, deixe comigo; eu o manterei a par do andamento do inquérito.

Ao levantar-se para conduzir dom Maximiliano até a porta do gabinete, fez-lhe a última, espantosa, aterradora revelação:

— Sabe o senhor para onde vai o dinheiro obtido com os roubos praticados nas igrejas, sobretudo as divisas vindas do estrangeiro? Não sabe? Vou lhe dizer: vai para a subversão, o terrorismo, a guerrilha urbana, para os comunistas e para os padres-melancias, esses que são verdes por fora, vermelhos por dentro. Espanta-se? Poderia lhe dar detalhes, provas concretas, não o faço para não prejudicar as investigações que estamos levando a cabo.

Colocou a mão pesada no delicado ombro do frade:

— Existem numerosos padres acumpliciados com os comunistas, não estou lhe dizendo nenhuma novidade, o fato é notório. Para mim, para nós, responsáveis pela ordem no país, pela segurança nacional, esses padres são bandidos ainda piores do que os comunistas. Além de inimigos, são traidores. — Repetiu a palavra, indignado, categórico: — Traidores! Mas nós vamos acabar com eles, com eles e com os comunistas, com toda essa corja de celerados. Com todos eles.

Não bastassem o desassossego, a ansiedade, o desgosto a consumirem-no, dom Maximiliano sentiu um frio nos ovos: a cordialidade que presidira o encontro desvanecera-se, dando lugar a um clima carregado, de advertência e ameaça, o coronel de súbito assumindo a imagem do ferrabrás que diziam ser. Leve compressão dos dedos de ferro na frágil espádua do diretor do museu, o coronel Raul Antônio Parreiras — nome de triste fama — disse, fitando-o nos olhos:

— Sei tudo a seu respeito, reverendo — escandiu as sílabas: — absolutamente tudo! Sei que o senhor se não apoia ostensivamente nosso patriótico governo, também não o combate, conserva-se à margem da política, não conspira contra a Revolução, nossa benemérita Revolução de 1964 que salvou o Brasil do comunismo. Continue assim e ninguém o incomodará, posso lhe garantir. Mantenha-se longe da subversão, esse o conselho que lhe dou.

Abrandou a voz, afrouxou os dedos, sorriu com os lábios e com os olhos, de novo amável, deferente cidadão:

— Obrigado pela visita, tive muito gosto em conhecê-lo pessoalmente e em praticar consigo. — Estendeu a mão a dom Maximiliano: — Passe bem, em breve terá minhas notícias, boas notícias: conte conosco.

Mandou um tira acompanhar o badalado intelectual até o carro, levando o andor. Intelectuais, raça ruim... — o coronel cuspiu no cimento, esfregou o pé em cima.

O REVERENDÍSSIMO SENHOR BISPO AUXILIAR

A VIA-CRÚCIS DE DOM MAXIMILIANO NAQUELA NOITE DE provação começara pelo encontro com a combativa e influente figura de monsenhor Rudolph Kluck, bispo auxiliar da arquidiocese da Bahia. Longa conversa em alemão, língua materna de guerreiros.

Tendo reenviado Edimilson para o museu, o perplexo diretor se tocara do cais para a residência cardinalícia, no Campo Grande. Devia antes de tudo informar o cardeal, decidir com ele sobre as providências a tomar, pedir-lhe conselho e amparo. Sua Eminência demonstrara real interesse pelo sucesso da exposição, e sua mediação fora decisiva para o empréstimo da imagem.

No Campo Grande soube que o cardeal acompanhara o reitor da universidade a Brasília, na tentativa de obter das autoridades responsáveis se não a comutação pelo menos o abrandamento das drásticas medidas decretadas contra os estudantes, em revide à greve geral e às passeatas: para evitar que perdessem o ano.

Na falta do cardeal, dom Maximiliano telefonou para o bispo auxiliar, segunda pessoa da arquidiocese, solicitando-lhe audiência imediata pois o assunto a tratar era da maior relevância. Se realmente é assim tão urgente, pode vir, eu o aguardo, consentiu o reverendíssimo.

Alemão como dom Maximiliano, aí terminava, na nacionalidade de origem, toda e qualquer identidade entre os dois sacerdotes. No mais, polos opostos, água e fogo, sal e açúcar, o ovo e o espeto. Magro e alto, pálido, elegante, melindroso, o museólogo; robusto, atarracado, sanguíneo, desleixado, casca-grossa, o teólogo inconcusso.

Tratavam-se com mesura e cerimônia quando de raro em raro se encontravam; toleravam-se a duras penas. Havia quem atribuísse à malícia de dom Maximiliano o apodo de "Lefebvre dos pobres" aplicado a dom Rudolph Kluck por ocasião do lançamento de mais um volume de sua obra já considerável de teólogo — quatro grossos tomos — analisando e condenando a mestiçagem e o sincretismo, defendendo a pureza da fé, a exatidão dos dogmas. A gozação caíra no vazio pois à parte uns raros prelados e o professor José Calasans que, além de ter dirigido um seminário sobre o Concílio Vaticano II, não suportava ouvir missa rezada em português — rabugice de sergipano —, ninguém naquelas bandas tinha ideia sobre quem fosse *monseigneur* Marcel Lefebvre e qual o papel desempenhado pelo chefe dos integristas franceses nas lutas intestinas da Igreja.

Diziam que dom Rudolph fora designado bispo auxiliar para compensar a escolha do novo cardeal da Bahia, primaz do Brasil, considerado simpático às posições progressistas de certa parte do clero — a chamada igreja dos Pobres — no que se refere ao social e ao político: quanto às questões doutrinárias, pendia para os conservadores, apoiava os tradicionalistas. Contradição corrente nos meios eclesiásticos espremidos entre a miséria da população e os dogmas e mistérios da doutrina, entre a reforma agrária e a missa em latim. Mas passemos adiante pois tais metafísicas não cabem nestas páginas pirrônicas — desculpem o palavrão.

Diziam muitas coisas, nem sempre agradáveis, dom Rudolph fazia ouvidos moucos e prosseguia na tormentosa catequese: artigos e entrevistas, homilias e sermões, prédicas no rádio — usava o rádio com assiduidade por ser o meio de comunicação mais popular. Da janela de sua cela, no alto do convento das Ursulinas, onde residia, costumava contemplar a paisagem da Cidade da Bahia — da Bahia, não, da Cidade do Salvador. Bela sem dúvida, não negava a evidência, porém habitada por gentios idólatras e mestiços, a maior parte de cor negra, que, ignorantes das hegemonias de raça e cultura, a raça ariana, a cultura ocidental, conspurcavam a lei e corrompiam o evangelho, misturavam as cores do arco-íris e, em leito de amor ilícito, fundiam sangues e deuses.

Urgia separar o trigo do joio, o bem do mal, o branco do preto, impor limites, traçar fronteiras. Pena ter de guardar no recôndito do peito o exemplo sem-par, dom Rudolph não se atrevia a apregoá-lo, não cairia bem em meio à barafunda reinante a partir do fim da Grande Guerra, da derrota: na África do Sul refugiara-se a perfeição do mundo.

O ANEL EPISCOPAL

A CONVERSA FOI EM ALEMÃO, O QUE A FEZ AINDA MAIS ríspida e penosa. Tendo escutado, sem interromper, o relato minucioso do diretor do Museu de Arte Sacra, o primeiro comentário de dom Rudolph Kluck reportou-se à declaração de Edimilson:

— Veja o senhor, dom Maximiliano, ao que conduz a miscigenação: à debilidade de espírito, à cretinice. Esse seu auxiliar, perdoe-me que lhe diga, é um cretino.

Dom Maximiliano engoliu calado. Não pretendia enfrentar o superior hierárquico, discutir-lhe as teses, exacerbar-lhe a má vontade costumada: o bispo auxiliar não lhe perdoava os pruridos de independência e a língua ácida. A situação recomendava cordura e acatamento, o monge baixou a cabeça.

Aproveitando aquele momento raro, dom Rudolph esfregou as mãos, cerrou os olhos, falou devagar, saboreando as sílabas e as pausas, destilando o veneno gota a gota:

— Têm-me falado acerca de sua... Como era mesmo a frase? Ah sim! A coorte dos anjos do museu... Foi isso que disseram...

Dom Maximiliano engoliu em seco, obrigou-se à paciência, curvou o dorso, dom Rudolph prosseguiu, implacável:

— Pensei que se referissem a imagens do acervo, anjos de pedra ou de madeira... Enganava-me... Os anjos são os funcionários... — Ergueu a voz: — Se ao menos fossem capazes e não debiloides...

Sem alterar a postura — o dia da cobrança chegaria, o senhor bispo não perderia por esperar —, dom Maximiliano ponderou:

— Poderemos conversar sobre os funcionários do museu em qualquer ocasião que Vossa Reverendíssima desejar, explicarei os critérios que presidem as contratações, feitas, aliás, pelo reitor e não por mim. Mas agora gostaria que a nossa conversa se restringisse ao problema da desaparição da imagem de santa Bárbara.

Dito e feito: o bispo auxiliar era maligno e maledicente mas ninguém mais vigilante e responsável quando se tratava da doutrina e dos bens da

Igreja. Com o dedo, onde resplandecia o anel episcopal, tocou o ombro curvado do monge:

— Tem razão, o assunto é grave, vamos a ele.

De comum acordo estabeleceram um plano de ação, dom Rudolph ditava a tática e a estratégia, analisava cada passo a dar, ainda mais eficiente por estar resolvendo problema cuja solução não cabia à arquidiocese e sim à Universidade Federal, à qual pertencia o Museu de Arte Sacra, menina dos olhos de Edgard Santos, o falecido reitor de fato magnífico que o fundara.

Do padre e da freira o bispo auxiliar se ocuparia, não era recomendável falar deles, fizesse dom Maximiliano como se lhes desconhecesse a existência, deixasse que a polícia viesse a descobri-la por informação de terceiros: assim haveria tempo para que as autoridades eclesiásticas os ouvissem.

— O padre, sei de quem se trata, veio a chamado, tem hora marcada comigo amanhã pela manhã, no arcebispado. Talvez o senhor já tenha ouvido falar nele, no padre Abelardo Galvão, vigário de Piaçava, no sertão, adiante de Conquista. Não sabe quem é? É um que andou invadindo as terras do coronel Joãozinho Costa, à frente de um bando armado, criou um problema que ainda nos dá dor de cabeça: o melhor é mantê-lo longe da polícia o maior tempo possível. A freira não sei quem possa ser mas é fácil localizá-la. Esses dois ficam por minha conta.

Aconselhou dom Maximiliano a procurar imediatamente, sem perda de um minuto, o secretário de Segurança e o coronel delegado da Polícia Federal: os conselhos de dom Rudolph mais pareciam ordens. Ele mesmo falou por telefone com as duas autoridades, solicitou e combinou os encontros. Acentuou a necessidade de que o inquérito fosse cercado do máximo sigilo: se a notícia circulasse iria se criar uma confusão dos demônios. Já pensou na reação do pessoal do Patrimônio Histórico? Dom Maximiliano pensara e temera mas temia sobretudo a reação do vigário de Santo Amaro.

O vigário de Santo Amaro? Escarmentado, também dom Rudolph Kluck se assustou. Conhecia a aspereza e a má-criação do matuto chulo, insolente, osso duro de roer. Tentara conseguir que limpasse a festa de Nossa Senhora da Purificação das impurezas, das imundícies fetichistas que tanto a aviltavam, ouviu um não redondo e desrespeitoso: quem festeja a santa é o povo. Vossa Reverendíssima ainda vai se dar mal com essas babaquices de intransigência, austeridade e rigidez. Nem catequese nem intimidação o demoveram: nomeie outro vigário se quiser levar a cabo a frescura de virar a festa em penitência. Pelo tamanho da asneira, logo se vê que o reverendíssimo é gringo, não entende nossa nação brasileira.

Não podiam deixar de comunicar-lhe o acontecido mas podiam retardar, quem sabe evitar, o deus nos acuda, o estouro da boiada:

— É melhor deixar para amanhã, é capaz que até o meio-dia já se tenha a solução dessa prebenda...

Por uma vez na vida dom Rudolph e dom Maximiliano coincidiam na música, na letra e na viola bastarda.

O senhor bispo auxiliar apressou o término do colóquio, aproximava-se a hora marcada pelo chefe de polícia para receber o diretor do museu:

— Recomende pressa e sigilo, diga de nossa preocupação.

Vocação de diplomata, dom Maximiliano anunciou:

— Amanhã faço chegar às mãos de Vossa Reverendíssima exemplar do livro de minha autoria que será lançado na exposição. Fruto de pesquisa e estudo, creio que com ele encerro a polêmica sobre a imagem de santa Bárbara, a do Trovão. — Fez-se modesto: — Não é um triunfo meu, é da Igreja.

Dom Rudolph disse já saber do livro e de sua importância, agradeceu o exemplar — não se esqueça do autógrafo — e, não querendo ficar atrás em matéria de erudição, especulou em despedida:

— Se estivéssemos diante da aparição de um Deus, poderíamos falar em teopsia. Mas em se tratando de desaparição, como dizer? Ocorre-me a palavra encantamento. O encantamento de santa Bárbara, a do Trovão. Que lhe parece, dom Maximiliano?

Usara a palavra certa sem o saber, não o sabendo tampouco dom Maximiliano, a quem parecia que o bispo estava tripudiando sobre o seu cadáver. Baixou a cabeça, dom Rudolph elevou a mão e o abençoou. No dedo indicador o anel episcopal, signo de grau e poder do hierarca.

O ANDOR

O PRIMEIRO ANDAR DO ANTIGO CONVENTO DE SANTA TEREZA, transformado em sede do Museu de Arte Sacra da Universidade Federal da Bahia, estava iluminado quando, quase meia-noite, dom Maximiliano von Gruden parou o Fusca no pátio e, com a ajuda do porteiro, retirou o andor do banco de trás.

Sob a direção do arquiteto Gilberbert Chaves, que se oferecera para colaborar na montagem da exposição, dois auxiliares do museu — dois moços mulatos, dois anjos da coorte de dom Maximiliano, maligna invenção de dom Rudolph: esse dom Rudolph não prestava, grosseiro camponês prussiano de má índole, língua de víbora — dispunham as peças nas salas de hábito ocupadas pelo acervo. Dom Maximiliano cumprimentou Gilberbert, perguntou pela saúde de dona Sônia, e, acompanhado pelos presentes, iniciou a vistoria. Parou diante do local destinado à imagem de santa Bárbara, a do Trovão. Sob o olhar atento do arquiteto e dos funcionários, dom Maximiliano demorou-se a observá-lo.

— Vamos colocar a imagem agora, mestre? Onde está?

— Agora, não. Vamos colocá-la somente depois de amanhã, algumas horas antes da inauguração. Para evitar que comece a aparecer gente querendo vê-la, perturbando nosso trabalho. — Completou para impedir objeções: — Tem pessoas a quem não poderíamos negar acesso; o melhor é evitar qualquer visitação antecipada. — Tentou um sorriso, conseguiu: — Santa Bárbara está bem guardada.

— Onde a colocou, mestre? Na igreja?

— Não. Longe daqui, em segurança.

Gilberbert Chaves contemplava o andor que o porteiro descansara sobre o assoalho, estudando-lhe os detalhes:

— O andor já de si é uma obra de arte, uma preciosidade. Merecia ser exposto.

— Numa exposição de artesanato, sem dúvida, pois é realmente um primor. Nesta nossa não cabe. — Dom Maximiliano voltou-se para o porteiro, ordenou: — Guarde-o no depósito, Almério, para restituirmos junto com a imagem.

Seguido pelos três colaboradores, percorreu as salas, a arrumação das peças ia adiantada. Elogiou o trabalho mas, enquanto andava, foi fazendo modificações, trocou um crucifixo de lugar, corrigiu a posição de duas peanhas, fez transportar um oratório para o salão maior. Um dos rapazes comunicou-lhe:

— Ia esquecendo de dizer que o vigário de Santo Amaro telefonou três vezes. Na primeira perguntou se o saveiro já tinha chegado, respondi que sim e disse que o senhor, mestre, tinha ido ao cais buscar a santa. Telefonou de novo, duas vezes, querendo saber se o senhor já tinha voltado. Deixou um recado para o mestre telefonar assim que chegasse.

— Agora é muito tarde, já passa da meia-noite.

— Ele disse que fosse a hora que fosse.

Aproveite-se a deixa para informar que o vigário de Santo Amaro atendia pelo nome de padre Teófilo Lopes de Santana mas toda gente dizia padre Téo, e dona Marina, a ama da casa, na intimidade tratava-o de Teteo.

Despede-se Gilberbert Chaves, os dois moços aceitam a carona, vão com ele, dom Maximiliano fica sozinho entre as imagens, retorna em passos lentos, demorando o olhar em cada peça. Mostra de fato excepcional, em raras ocasiões no Brasil se exibira riqueza semelhante: tantas peças, todas elas singulares. Em lugares de honra, esculturas de frei Agostinho da Piedade e de frei Agostinho de Jesus, e o Cristo na Coluna, trágico e deslumbrante, de Chagas, o Cabra, empréstimo do Museu do Carmo. Somente em Minas Gerais, devido à herança do Aleijadinho, teria sido possível realizar algo comparável. Dom Maximiliano sentiu os olhos umedecerem-se: aquilo era obra sua, fruto de seu trabalho, de seu saber, de seu amor. Ao pousar, porém, a vista embaciada na peanha vazia, destinada a receber a imagem de santa Bárbara, a do Trovão, confrangeu-se o coração do monge.

Para ele a estupenda, a incomparável Exposição de Arte Religiosa da Bahia resultava em malogro, em fracasso, num desastre, marcava o término de sua carreira, o fim de sua vida. Não, não pensou em suicídio mas chegou a pensar em demitir-se e em retornar à cela e ao claustro na abadia de São Bento.

OS APOSENTOS

FAMINTO: NÃO TOCARA EM ALIMENTO DESDE O ALMOÇO frugal ao meio-dia — um copo de leite, pequena omelete de queijo, uma talhada de mamão. Extenuado da trabalheira do dia e da amargura da noite. Atormentado, dom Maximiliano von Gruden enfrentou a escada íngreme que conduzia ao sótão onde ficavam os depósitos do museu e os recém-construídos aposentos do diretor: pequena sala, quarto amplo, banheiro completo. Minha cela de anacoreta, dizia ele, escondendo o riso.

Na sala, sobrando das estantes, rumas de livros pelo chão, em cinco línguas, sem contar o latim. Na escrivaninha inglesa com gavetas de segredo, a máquina portátil, das menores, papel em branco, canetas, lápis e borracha — usava lápis para corrigir os textos — e um estilete em jade, recordação da China. No quarto, duas poltronas de couro negro, modernas, confortáveis. Preciosa mesinha em bico-de-jaca, obra e oferta do artesão João dos Prazeres; em cima dela, num penico do século XVII, branco e azul, louça de Macau, florescia um pé de rosas verdes, raras, enviado de Goiás pela estimada confreira Amália Hermano Teixeira: historiadora, museóloga e botânica. Bacia e jarro de cerâmica portuguesa, procedentes do convento de Mafra, cozidos pelo artista José Franco, pintados por sua mulher Helena: flores e pássaros azuis. Colcha de veludo lavrado, um luxo, cobrindo leito de casal em pau-marfim.

Nem uma única estampa, nem uma só imagem. Nas paredes apenas velha fotografia entre dois vidros presos por grampos de metal: na paisagem de pinheiros sob a neve, a aldeia alemã; e, em vetusta moldura restaurada, moderna xilogravura colorida de Emanuel Araújo, um gato musculoso e sutil no cio da noite brasileira. No ângulo das paredes, posta sobre genuflexório dos tempos da colônia, uma reprodução italiana em bom tamanho do *Davi* de Michelangelo, o divino.

Dom Maximiliano von Gruden entrou na suíte, *garçonnière* de *bon vivant*, cela de anacoreta, ajoelhou-se junto à cama, baixou a cabeça quase tocando a colcha de veludo, rezou, bateu o punho contra o peito, pediu perdão a Deus.

GIROFLÊ

MUITO DO QUE ACONTECEU DURANTE A VISITAÇÃO DE Iansã à Cidade da Bahia nunca se vai saber: onde dormiu, com quem brincou a doce brincadeira, sobre que peito amante sossegou a cabeça na hora tardia do repouso, do sono da valente. Não devido às trevas, ao contrário: por ser demasiada, a claridade não permitia ver com os olhos que um dia a terra há de comer.

Conversa fiada, zum-zum, boataria teve demais nos terreiros e nas universidades, nas camarinhas, nos centros culturais, nas feiras e mercados. Papo furado, inconsequente: o preto no branco, isso ninguém soube. Falar por falar não custa esforço nem dinheiro.

Como, por exemplo, a confusão vivida ou imaginada pelo fotógrafo Bruno Furer foi glosada em prosa e verso e terminou história de cordel escrita pelo trovador Rodolfo Coelho Cavalcante. Da qualidade artística do trabalho do referido profissional da objetiva não se necessita fazer alarde, conhecida que é de sobra e de todos. Anote-se, contudo, detalhe pouco divulgado: Furer hoje em dia tornou-se exclusivo do pintor Carybé (Hector Julio Páride Bernabó, nome de marquês veneziano ou de cabaretiê portenho) cuja obra vem documentando em labor de decênios — com essa finalidade viajou ceca e meca, os cinco continentes, incluindo os ermos da Patagônia e o inverno de Leningrado, por conta do magnata dos pincéis.

Ora, naquela primeira noite da visitação, sobraçando enorme pasta recheada de diapositivos e cópias de fotos, penduradas ao ombro as duas câmeras das quais jamais se separava, Bruno Furer chegou por volta de meia-noite à casa de mestre Carybé para lhe entregar o material destinado ao *marchand* londrino — uma coleção de quarenta e cinco reproduções dos quadros mais recentes e do painel do Iguatemi. Bruno estava na última lona, cansadíssimo, trabalhara até aquela hora para terminar e entregar a encomenda na data marcada — o inglês tomaria o avião no dia seguinte pela manhã.

Encontrou a casa vazia, Carybé e a senhora Nancy tinham ido jantar em casa do banqueiro Victor Gradin: Grace acabara de moldar uma série de peças de cerâmica, queria sujeitá-las à opinião do maioral das artes antes de levá-las ao forno: apesar de milionária, excelente profissional. Não podendo esperar e conhecendo os hábitos insensatos do casal — jamais trancavam as portas, não acreditavam em ladrões —, Bruno foi entrando sala adentro.

A mansão de Carybé, em Boa Vista de Brotas, mais parece um museu, tal a natureza e a categoria do que nela se encontra à mostra. Basta lembrar o retábulo espanhol, seiscentista, que ocupa toda uma parede da sala de visitas. Conserva praticamente intactas as doze pinturas originais de Mejías, el Zurdo, apenas uma delas, a sétima, está um tanto danificada. Peça extraordinária, cuja presença no Brasil só fora possível devido a uma conjura de amigos da qual participaram antiquários, escritores, empresários e aduaneiros — Luís Forjaz Trigueiros, Nuno Lima de Carvalho e seu irmão padre, o poderoso jornalista José Carlos de Vasconcelos, o ator Raul Solnado e o bispo de Braga, além de funcionários das alfândegas de três países, cujos nomes não são citados por óbvias razões de segurança.

Não será o caso de relacionar-se aqui as obras de arte que constituem o patrimônio do pintor mas, na intenção de dar pálida ideia da importância da coleção, vale destacar alguns objetos, nem que seja de oitiva.

A cariátide grega, obtida do colecionador paulista João Agripino Dória, em troca de um óleo e três aguadas de autoria do dono da casa, e o são Jorge croata, escultura em granito, peças monumentais que se encontram no ateliê. Na sala de jantar, três ex-votos pintados por Toilete de Flora em meados do século passado, e os ícones: o russo, o macedônio e o búlgaro, sendo este último um original do pintor de ícones Krastu Zakhariev, de Triavna, datado de 1824: são Jorge e são Dimitri, juntos, em tons vermelhos, brancos e dourados. Como vieram esses vetustos santos ortodoxos, de tão distantes pátrias, bens inexportáveis, parar no bairro de Brotas, na Bahia? Fica a pergunta sem resposta: não cai bem, em enredo de eclesiásticos e artistas, falar de gatunagens, revelar tramoias, cúmplices, falsificações, suborno e contrabando: causa constrangimento. A Carybé não faltavam astúcia e experiência, conforme informou mais para trás o delegado da Polícia Federal, autoridade idônea.

Também por vias ilegais viera das estranjas o soberbo oratório, desencavado pelo pintor nas águas-furtadas da casa solarenga da bisavó do político baiano Manuel Castro. Carybé pôs açúcar na boca, falas de mel, trouxe o oratório na bagagem para entregar ao distinto bisneto brasileiro, modesta lembrança dos parentes lusitanos: não irá ele se ofender com as marotices? — alarmara-se a bisavó. Vítima de reincidente ataque de amnésia o portador esqueceu de entregar a "modesta lembrança", até hoje Castro ignora a existência do oratório. Compensou, porém, a distração, dando-lhe notícias frescas e detalhadas dos desconhecidos familiares d'além-mar, fidalgos acolhedores e simpáticos. Ninguém se ofendeu com as marotices: cenas da vida de santa Maria Egipcíaca cobriam o interior do nicho, pintadas por artista medievo e ingênuo — naïf, corrigiu o professor João Batista durante almoço de comida de azeite, comemorativo do aniversário da jovem senhora Nancy. Cenas curiosas, marotas, libertinas para tudo dizer. Exibiam a bem-aventurada, mocinha faceta, exercendo no bordel sem véu de alegoria, nuinha em pelo; mostravam-na a seguir, velha mofina, coberta de tecido grosseiro penitenciando-se ao azorrague, em pranto e sangue.

Para que as pinturas pudessem ser vistas e apreciadas como devido, Carybé conservava o oratório vazio e de portas sempre abertas. Ademais, gratificava santa Maria Egipcíaca com o posto de padroeira das putas, tão fagueira no serralho, tão casmurra no mosteiro.

Ao acender as luzes do lustre de cristal para depositar na mesa de pé de galo a pasta com as reproduções e os slides, Bruno, surpreso, deu de cara com a imagem de uma santa dentro do nicho, mais precisamente uma estranha santa Bárbara: maravilha de imagem! A ponto de Carybé tê-la colocado no oratório, sem se importar que encobrisse os lances picarescos da atribulada biografia da egipciana. Onde e como a teria conseguido? Não era peça que se descobrisse exposta à venda em antiquários, e ainda na véspera não se encontrava ali. Aproximou-se para melhor admirá-la: sem ser especialista, sabia bastante de antiguidades, vivia cercado de colecionadores, raro o dia em que não fotografava relicários, imagens, móveis, pesos de papel — estava diante de algo sensacional. Abracadabrante!, pensaria para definir sua emoção, se conhecesse o termo, mas, como não o conhecia, pensou e exclamou: porra!

Tinha a impressão de já havê-la visto. Onde, meu Deus do céu? No carro, a caminho da Boca do Rio, onde habitava, deu-lhe o estalo de Vieira, conseguiu situá-la: era santa Bárbara, a do Trovão, a famosíssima imagem da matriz de Santo Amaro. Como diabo teria ido parar no oratório, na sala de visitas de Carybé?

Chegando em casa, acordou Gardênia, contou-lhe o que vira, pediu seu parecer. Com Carybé nunca se sabe, disse ela. Você não se lembra do quadro de Jenner que ele afanou no escritório de Mirabeau, na hora de maior movimento, na cara dos empregados, e ninguém viu? Com Carybé tudo pode ser. Mas essa de roubar a santa Bárbara, a do Trovão, do altar em Santo Amaro, acho demais, você maluqueceu, não posso acreditar.

Mais tarde, pela madrugada, Pergentino Quarta-Série penetrou no jardim da casa e forçou a porta do ateliê de Carybé. Pretendia se apossar da fortuna do Oriente: na Casa de Detenção, num curso de conferências para melhorar o nível intelectual dos detentos, ouviu do ensaísta Cláudio Veiga a afirmação, e não a pôs em dúvida, de que no ateliê de Carybé, em arca de Goa, estava escondida a fortuna do Oriente. Pergentino gabava-se de não ser nenhum analfabeto, de ter cursado até a quarta série de ginásio, não completara o curso secundário porque o pai morrera e ele tivera de assumir o batente: arriscado porém a salvo de horários fixos, do imposto de renda e de patrões a quem obedecer. Ademais de letrado, Quarta-Série era individualista.

Empolgado com o tesouro de Ali Babá, não levara em conta outra informação transmitida pelo professor Veiga na documentada palestra e se deu mal: presidente do Axé do Opô Afonjá, o candomblé de mãe Aninha e de mãe Senhora, as singulares, dos babalaôs Martiniano Eliseu do Bonfim, Edison Carneiro e Pierre Fatumbi Verger, os sapientes — saravá! —, Carybé é um dos doze obás da Bahia, chama-se Obá Onã Xocun, no terreiro senta-se ao lado direito de mãe Stela de Oxóssi, a ialorixá.

Os olhos habituados a enxergar na escuridão, necessidade do ofício, o inatendido visitante vislumbrou o vulto de uma negra nua adormecida sobre o banco de madeira. Pé ante pé acercou-se: escultural! Pareceu-lhe uma deusa mas não reconheceu Oiá Iansã — como havia de imaginar? Ao ritmo da respiração, as tetas incautas estremeciam e a bunda soberana sobrava dos limites assaz largos do leito improvisado, bunda para ensandecer qualquer mortal: Quarta-Série ensandeceu, nunca vira tal munificência. Atraíam-no sobretudo os lábios roxos entreabertos mostrando dentes de morder e a punça dos pentelhos rodeando a boca da misericórdia, coisas mais lindas!

De pau duro, Pergentino Quarta-Série esqueceu a arca de Goa e o tesouro do Oriente, abriu a braguilha da calça jeans preparando-se para agir: essas modelos que posam nuas para pintores são de cama fácil, não fazem barulho, não armam escândalo por tão pouco. Ao demais, Quarta-Série tinha consciência de seu valor: era o xodó das morenas e das loiras do Matatu de Brotas.

Não chegou a tocar sequer na dama, a sentir o calor e a blandícia da boca e do xibiu, pois no mesmo instante em que empunhou a vara, do alto da estante onde estava colocado, o são Jorge de granito, sem desmontar do cavalo branco, seguido pelo dragão de fogo, saltou sobre ele, investiu com a lança dirigida para os quibas e a estrovenga do galã das amas.

Ágil como o pensamento, outra necessidade do ofício, num pulo de gato, Pergentino alcançou a porta, desabou escada abaixo, são Jorge a persegui-lo na intenção evidente de capá-lo. Envolto nas chamas do dragão, feito doido, aos gritos e pedidos de socorro, Quarta-Série atravessou o jardim, alcançou a rua, só parou de correr na delegacia do distrito, onde se entregou.

Tomaram-no por bêbado e como o conheciam o subdelegado mandou que o metessem debaixo do chuveiro e lhe dessem uma ducha de água fria.

Quanto ao fotógrafo Furer, dado que no dia seguinte andou batendo língua à toa, foi chamado a depor pelo comissário Parreirinha, na Delegacia de Furtos e Roubos. Macaco velho, não confirmou a história sem pé nem cabeça: se estava na boca do povo, a culpa não era dele. Ai, quem lhe dera encontrar a imagem de santa Bárbara, a do Trovão, dando sopa em casa de Carybé ou onde fosse, para poder fotografá-la a seu bel-prazer, não desejava outra coisa. Se descobrir onde ela está, por favor me dê um alô, seu comissário, venho correndo com a Leica.

Sentado na fresca de um banco, nos jardins da Academia de Letras da Bahia, o rapsodo Carlos Cunha, tendo escutado os rumores, resumiu o mistifório numa só palavra: giroflê. Quem quiser saber o porquê da rima, basta pedir ao poeta a chave da adivinha.

NOIVADO E CASAMENTO

PROMESSA É DÍVIDA

PROMETEU-SE, A CERTA ALTURA DA INTRIGA, LEVANTAR A ponta do véu com que Adalgisa encobre sua vida matrimonial, para denunciar as limitações impostas pela religião a Danilo Correia, quarentão fogoso e reprimido, escrevente de cartório, ex-esperança do futebol baiano: mais dia, menos dia, será convocado para a seleção brasileira, vaticinavam os cronistas especializados na época do esplendor.

Chegou a hora de cumprir a promessa, pagar a dívida, enquanto as polícias — a federal, a estadual e a arquidiocesana, cada qual com pistas e teorias próprias — buscam estabelecer as coordenadas capazes de levá-las aos ladrões e à recuperação da imagem de santa Bárbara, a do Trovão. Conseguirão os ladinos sherloques soteropolitanos desvendar a trama, pôr na cadeia os responsáveis, salvar dom Maximiliano von Gruden do desterro clausular, perpétuo, a que se encontra ameaçado?

Dom Maximiliano sofre de claustrofobia, nasceu para os grandes espaços da convivência, da conversa douta e do bate-papo jocoso, da controvérsia, da assembleia, do sarau, para o rumor e a maledicência, para o brilho da sociedade. Nome dos mais constantes na coluna "Sociedade", de July, em *A Tarde*, onde a cronista dita a moda, comanda o sol e a chuva.

Já se conhecerão os resultados, espera-se que positivos, dos inquéritos e das pesquisas, a confirmação de qualquer das teorias ou de todas elas. Mas, como ainda nada existe de concreto, rastro dos gatunos, pista da santa, aproveita-se a folga para o embuste e o mexerico, para a alcovitice. Enredos de amores e amantes, entrechos de mágoas e venturas, de ânsia e júbilo, melodrama e *happy end*.

O SONHADOR

TRAJANDO CALÇA DE PIJAMA AZUL COM LISTRAS COR DE ABÓBORA, o peito descoberto, cabeludo, Danilo sai do banheiro onde acabou de escovar os dentes. Na cama, enrolada nos lençóis, Adalgisa cerra os olhos.

Nas tardes vadias, no castelo, estendida ao lado de Danilo sobre o colchão macio de lã de barriguda, Isabel Boca de Ouro sussurrava, correndo a mão de leve sobre os pelos negros: é como tocar em veludo, me dá um tesão... Adalgisa raras vezes toca no peito do marido e não sabe o que significam expressões como ter ou dar tesão, indignas de uma senhora.

Os óculos colocados sobre o criado-mudo, os chinelos postos lado a lado, Danilo se deita. Antes de apagar a luz da cabeceira, suspende a coberta e contempla, com a mesma gula da primeira noite, a bunda de Adalgisa que a calçola tenta esconder sem de todo o conseguir — calçola, palavra em desuso, designação de trapo cafona, demodê, difícil de ser encontrada em loja fina. Curvado sobre Adalgisa, Danilo pede — nada mais que o trivial —, ela recusa:

— Hoje não, já fiz minhas orações.

Danilo ainda tenta aproximar-se, encostar o corpo, abraçá-la, Adalgisa afasta-se, deita-se de bruços, resguardando os seios e a xoxota:

— Se não quer rezar, faça pelo menos o sinal da cruz antes de dormir. Herege.

Num repelão, empurra o braço do marido:

— Tira a mão daí. Tarado!

No sonho Danilo a enraba, um sonho tão somente. Persiste há dezenove anos, o tempo de casados.

O MOLENGA

DEZENOVE ANOS DE CASADOS, UM DE NOIVOS, DANDO DE sobra os meses de namoro, vinte anos de carência. Danilo Correia, mulato bem-apessoado, doce natureza, calmo e cortês, a quem os amigos continuavam a tratar por Príncipe Danilo, não mais devido aos dribles e aos gols, mas por bem-vestido e bem-falante, tinha de recorrer aos tragos e às putas, santos remédios para males dessa espécie.

Por que criatura assim cordial e amigueira amarrava seu destino a rabo de saia tão áspero e maldizente? Ora, por quê! Tendo passado dos trinta, estando à beira dos quarenta, apesar da antipatia, Adalgisa era uma balzaquiana de apetite, um pedaço de mulher. Quando tirava do armário um dos vestidos domingueiros e o envergava para ir à missa das dez na Piedade, à casa de freguesas grã-finas, a almoço na residência do doutor Arthur Sampaio, um ricaço amigo de Danilo desde os bancos escolares, às vesperais dançantes do Clube Espanhol, ao desfilar na rua atraía olhares de cobiça: quadris de navegação e descompasso. Rabo de saia desabrido, rabo de santa, esplendoroso, meditava o professor João Batista ao vê-la na porta da rua agredindo a humanidade, ameaçando arrancar o couro da sobrinha.

Recorria menos aos tragos que às putas. Meio a sério, meio em caçoada, não faltava quem se referisse, com sotaque de louvor ou de censura, a maioria se roendo de inveja, à assiduidade com que o Príncipe Danilo frequentava raparigas, ao menos duas vezes por semana: fins de tarde nos castelos, regalando-se. Nos derradeiros castelos da Bahia, beneméritas academias em vias de extinção.

Vizinho e parceiro nas pedras do gamão, no tabuleiro de damas, igualmente versado nessas boemias, o professor João Batista costumava trocar impressões com Danilo sobre porte, semblante e outras minúcias, as virtudes e as habilidades de casteleiras que ambos conheciam e apreciavam. Jamais se atrevera, porém, a fazer pergunta que lhe queimava a língua: como se explicava que se visse tão amiúde nos castelos quem tinha à disposição, em casa, mulher da categoria de dona Adalgisa, pancadão de fechar o comércio, aquele desacato. Se ele, João Batista de Lima e Silva, em vez de solteiro fosse casado com peixão igual, não iria desperdiçar dinheiro em cama de puta, comeria no lar o trivial e o requinte, as entradas, o prato de sustância e a sobremesa. Dona Adalgisa, busto atrevido, cadeiras suntuosas, fêmea de truz, banquete opíparo, *repas exquis*.

Nunca perguntou, nunca soube de ciência certa, se bem em determinada altura dos acontecimentos chegasse a desconfiar, quais as razões que comandavam a desregrada vida sexual do ótimo vizinho. Ótimo vizinho, na opinião unânime da avenida da Ave-Maria.

Damiana considerava Danilo um santo, merecedor de altar e culto, pois unicamente um santo poderia aturar os maus bofes, os azeites de Adalgisa — fosse eu, mandava ela se estourar nas profundas do inferno. Alina, a vizinha do outro lado, encontrava explicação divina para a paciência de Danilo: ela é a penitência que Deus deu a ele, coitadinho. Enquanto o marido, Deolindo, sargento da Polícia Militar, machista militante, criticava a absurda tolerância de Danilo, um molenga. A mulher vestiu as calças dele, manda e desmanda, faz o que quer e bem entende e ainda por cima fode com a paciência da gente, essa filha da puta. Estivesse eu no lugar dele, dava dois gritos, aplicava dois tabefes, punha tudo nos conformes. Com mulher não se pode trastejar, dar a menor ousadia:

se o homem oferece um dedo, a mulher já vai pegando o braço inteiro. Comigo não, violão.

Deolindo, machão retado, voz de trovão, cara de poucos amigos. Alina ouvia em silêncio, na aparência concorde e resignada, por dentro rindo do corno do marido, o que tinha de arrogante tinha de manso, o maior pé de chifres da Briosa.

UM MINUTO DE SILÊNCIO

A ROGO DE INFLUENTES PERSONAGENS DESTA TRAMA — o professor João Batista de Lima e Silva, o jornalista Leocádio Simas, o infortunado Príncipe Danilo, e outros, cujos nomes não são citados por compreensível discrição, frequentadores assíduos e gratos dos castelos condenados ao desaparecimento, superados mas não substituídos pelos motéis de alta rotatividade e pelas casas de massagens —, faça-se uma pausa, um minuto de silêncio em homenagem à memória desses aprazíveis sítios de convívio e entretenimento, destinados à deleitável prática da fornicação.

Folgavam nos castelos da Cidade da Bahia sucessivas gerações de ricos, pobres e remediados, cidadãos de todas as profissões e ideologias, mestres e estudantes, artistas e artesãos, banqueiros, bancários, comerciantes, balconistas, monsenhores e modestos sacerdotes, fazendeiros, deputados, figurões da política e da magistratura, altas patentes e suboficiais, médicos, dentistas, veterinários, farmacêuticos e engenheiros, enfim, a nobreza, o clero e o povo. Instituições democráticas e culturais concorriam para a educação e os bons costumes, alguns deles, certamente, mereceriam tombamento pelo Patrimônio Histórico e Artístico. Recordemos, com saudade e suspiros, o castelo de Josette la Rouquine, *doublé de maison close* e de salão literário onde pontificava o poeta Bráulio de Abreu, sonetista de rimas raras.

Sob o maternal comando das sábias casteleiras, as raparigas faziam sala à freguesia, serviam doce de banana em rodinhas, licores de pitanga e cacau, de rosas e violetas, destilados em filtro de papel pelas freiras, nos conventos. Em aromáticos lençóis, percorria-se com perícia, fantasia e bem-querença a gama infinita dos prazeres, das carícias que preparam, acalentam e conduzem ao instante supremo quando vida e morte se confundem.

Muitos vinham buscar na quietude dos castelos, no cálido regaço das mancebas, a compensação para os deleites que os preconceitos moralistas lhes negavam no leito conjugal. Saíam repousados, distendidos, recuperavam a alegria de viver. Com o que se assegurava a harmonia dos casais, a estabilidade dos matrimônios, a solidez da instituição da família, base da sociedade cristã e ocidental, ora, pois.

Paga-se preço abusivo pelo progresso mal-entendido: destruição, violência, vandalismo. Identifica-se crescimento com desenvolvimento, condena-se o homem à solidão dos motéis, das casas de massagem, degrada-se o prazer da vida.

Nos castelos, ainda não faz muito, artífices de extrema competência, nativas e estrangeiras — ai, as francesas românticas, as místicas polacas! —, exerciam o imemorial ofício na graça e no capricho, sacerdotisas da volúpia como escreviam os literatos. Nos *hôtels de passe* tudo é vil comércio, pornografia e desamor, acabaram-se *les marieuses* e *la delicatesse*.

Nem mesmo dizendo *hôtel de passe* e *delicatesse*, em francês, idioma das práticas eróticas, da malícia de cama, das coisas de amor, nem assim o professor João Batista, cativo casteleiro, se acostumava com os motéis, com as casas de massagem, balcões onde a sociedade de consumo mercadeja sexo, nos limites do vício e da angústia, despojado do romance, do doce de banana em rodinhas, do licor das freiras, da sala de conversa e galanteio, da poesia. Ai, os tempos d'antanho!

O JOGADOR

APESAR DO DESTAQUE CONCEDIDO PELO BAJULADO E ABUNDANTE SYLVIO Lamenha, na coluna "High Society" do *Diário de Notícias*, "ao enlace da galante cigana Adalgisa, gentil ornamento da sociedade local, fugida de um verso de Lorca, filha estremecida de nosso assinante *el caballero* don Francisco Romero Perez y Perez, destacada figura da benemérita colônia ibérica, com o dândi Danilo Correia, o popular Príncipe Danilo, atleta consagrado nas lides pebolistas", a cerimônia foi simples, realizada na intimidade da residência do pai da noiva, sem pompas de igreja. A situação, sendo bicuda, não permitia gastos perdulários, desperdícios.

Paco Negreiro andava ruim de finanças, ia de mal a pior. O jogo consumira a mercearia, comera as ações do Banco Econômico e as do Banco da Bahia, as obrigações do Tesouro, a seca ajudara dizimando a boiada. Paco tivera de vender por dez réis de mel coado o casco gretado da fazenda. A Fazenda Catalunha, cara, rápida, malograda aventura, pura ostentação. A vaidade de apregoar-se, na roda de pôquer do Clube Inglês, senhor rural, plantador de algodão e criador de gado, colega do cacauicultor Raimundo Sã Barreto, do latifundiário Almir Leal e de outros *terratenientes*, os poderosos do mundo. Raríssimas vezes pusera os pés naquelas glebas perdidas no sertão: a Fazenda Catalunha tivera uma única serventia, servira para a lua de mel de Dolores e Eufrásio.

Caçula, Dolores casara mocinha, dois anos antes de Adalgisa, em meio ao fausto e à precipitação. A bênção, na catedral basílica, fora dada por Sua Reverendíssima o bispo de Aracaju, amigo da família Perez, de passagem pela Bahia. Música de órgão, coro de vozes femininas, a "Marcha nupcial" de Mendelssohn. O cortejo atravessando a nave entre corbelhas de flores naturais, precedido por meia dúzia de anjinhos, crianças ricas, três meninas, três meninos, esparzindo flores de laranjeira no caminho da noiva, as damas de honra sustentando-lhe a cauda longuíssima do vestido de organdi branco, bordado e rebordado, virginal. Dolores pelo braço do pai, Andreza debulhada em lágrimas, as alianças de ouro, tudo conforme manda o figurino. Do lado de fora da igreja basbaques acotovelavam-se para ver. Apesar da afobação, da pressa com que foi decidido e realizado o casamento, doña Esperanza Trujillo conseguira emprestar-lhe todo aquele aparato, gala incomum, e ninguém se admirou: conheciam-lhe a eficiência.

A correria deveu-se ao fato de Dolores encontrar-se prenha de dois meses. Antes mesmo de noivar, Eufrásio, bom de serenata e expedito, comera-lhe os tampos detrás do Farol da Barra, local propício: na ocasião os Perez ainda residiam em casa própria, chalé avarandado na Barra, em frente ao mar.

O chalé também se dissolvera em dívidas, da aparatosa riqueza restava apenas o ferro-velho, localizado em Água dos Meninos, no qual por desfastio Paco pusera dinheiro, sócio comanditário, para ajudar a um patrício jovem e empreendedor, Javier García. O patrício se ocupava do negócio e o fazia prosperar.

Javier García não jogava, tinha alergia a cassinos, cabarés, bares e castelos, subia e descia a pé, duas vezes por dia, a ladeira da Água Brusca para economizar os centavos do xarriô do Pilar. Chegara de Tenerife fazia sete anos, de mãos abanando, engrossava seu pé de meia à custa de economias e privações e dos ágeis cinco dedos com que passava para trás o sócio capitalista. Javier García não era jogador, era trapaceiro.

O SERMÃO

SEM POMPA, SEM BASÍLICA, SEM BISPO, O CASAMENTO DE Adalgisa tampouco foi um fovoco, cagafumo de pobretão, guardaram-se as aparências.

Mesa farta de doces e salgados, bebidas à la godaça: vinhos e conhaques espanhóis, *manzanilla* e xerez. Brindou-se à felicidade dos nubentes com champanha: o casal Amélia e Benito Fernandez, testemunhas da noiva no ato civil, haviam enviado, além de prenda valiosa, fino serviço de jantar, meia dúzia de garrafas de champanha. Alto lá, que é isso de champanha? Champanha é beberagem de fabricação gaúcha; tratando-se de *vin blanc mousseux*, francês, deve-se escrever e pronunciar *champagne* como ensina o professor João Batista de Lima e Silva: para evitar confusões decorrentes da carestia da vida e do abastardamento do paladar.

A cerimônia iniciou-se às cinco horas da tarde de um sábado de maio, transcorrida a hora de atraso de bom-tom nos eventos elegantes. Seria mais correto falar-se em cerimônias, primeiro a religiosa, oficiada por monsenhor Gaspar Sadock, em seguida a civil, presidida pelo doutor José Alves Ribeiro, juiz da Vara de Família. Não compareceu o mundão de gente que lotara a catedral dois anos antes, quando das bodas de Dolores, mas, ainda assim, sobravam convivas no apartamento da Graça: Paco Negreiro era estimado por suas boas qualidades e não somente pelo dinheiro que já não tinha. Além de alugado, o apartamento era pequeno: os assistentes comprimiam-se na sala de estar, invadiam os quartos de dormir, bisbilhotavam na cozinha, fofocando sobre o desbarato dos bens de Paco Perez y Perez. Jogo e ruína formam par inseparável, trovejava aos domingos o eloquente padre Barbosa do púlpito da elegante igreja da Vitória: melhor prova não havia.

Vestido vaporoso, de tule, estilo Renascença, modelo e confecção de Maria Zilda, oferta do casal Cotrim, Lourdes e Jonas, padrinhos no religioso, véu, grinalda, flores de laranjeira em profusão atestando a virgindade da noiva — desta vez a donzelice da prometida era deveras: não estava prenha e nem sequer a ponta da cabeça da rola do nubente lhe tocara de leve o cabaço incólume. Não provara a fruta-pica, coisa rara em nossos dias progressistas, fato digno de referência e alabança.

Adalgisa enxugou uma lágrima quando monsenhor, ao discursar, recordou duas santas criaturas recentemente falecidas: a mãe da noiva, a boa Andreza, e a madrinha querida, a fada protetora, a mestra de Dadá, doña Esperanza Trujillo, "ovelhas do rebanho do Senhor que as chamara a seu seio de onde abençoavam a filha e a aluna no dia feliz dos gratos esponsais". Monsenhor Gaspar Sadock, inigualável num sermão de casamento.

O BUQUÊ DA NOIVA

SERMÃO DEMASIADO PROLIXO, NA OPINIÃO CRÍTICA DE DANILO. Fazia idêntica restrição à rebuscada arenga do doutor juiz, vate consagrado que mimoseou Adalgisa com tais e tantas palavras de louvor à "beleza ofuscante, suntuosa, brasileira, caldeada nos cadinhos em que as raças se misturaram", que mais parecia declaração de amor, seria o caso do noivo ficar com a pulga atrás da orelha: poetas não merecem confiança. Danilo estava num pé e noutro.

Não se trata de força de expressão: os sapatos novos, de verniz, apertavam-lhe os pés, não via a hora de descalçá-los. Não via a hora de encontrar-se a sós com Adalgisa na casinha da praia no morro de São Paulo, emprestada por um amigo do sogro, o rico industrial Fernando Almeida, para que nela gozassem a lua de mel.

Terminadas as cerimônias, começou a chatice dos cumprimentos: a fila dava a volta à sala. Beijos na noiva, abraços no noivo, duas palavrinhas, parabéns, votos de felicidade, gracejos maliciosos, um nunca-acabar. Danilo ouve votos e galhofas, agradece, sorri, abraça, desabraça, o pensamento longe.

Longe, não. O pensamento perto, pois não pensa noutra coisa senão no cabaço de Adalgisa, ali, a seu lado, ao alcance de sua mão. Ao cabaço tão precatado agora tem acesso livre, pleno direito, após a bênção do padre e a assinatura do juiz na certidão de casamento. Finalmente, Deus é mais!, vai comer Adalgisa. O cabaço e o resto.

Adalgisa, entre beijos e lágrimas, risinhos finórios das amigas, a inveja e a facécia, o sal e a pimenta, evolui na sala, ao término das congratulações, de convidado a convidado, de amiga a amiga. Danilo não aguenta mais de tanto tesão acumulado. Mas tem de posar para o retrato. Para os retratos: de braço dado, colocando a aliança, beijando a noiva. Na hora do beijo não aguentou, esporrou-se todo.

Adalgisa suspende o buquê de flores de laranjeira, atira-o em direção ao grupo ansioso das núbeis irrequietas: aquela que pegar o buquê casará no decorrer do ano.

A MOÇA SÉRIA

EM UM ANO DE NOIVADO VIA DE REGRA ACONTECE, AFIRMOU-SE antes, alguma sacanagem por mais pudibunda e durona seja a donzela: mão nos peitos, pau nas coxas. De pouco careceu para que o noivado de Adalgisa e Danilo escapasse à regra geral aqui enunciada. Durou um ano, quase dia a dia, da data do pedido à do casório: Dadá chegou virgem ao altar improvisado na sala de estar e quase chega imaculada, tão escassa foi a putaria.

Não por falta de ocasião: sobraram as oportunidades. Permaneciam os dois sozinhos a maior parte das duas horas, das oito às dez da noite, em que, diariamente, noivavam, comentando estreias de filmes, programas de rádio, músicas novas, cantores e cantoras — Adalgisa adorava Angela Maria, Danilo preferia Dalva de Oliveira, ambos fanáticos por Elizete Cardoso —, recordando lances da brilhante trajetória futebolística do ex-craque do Ipiranga, traçando planos de futuro. Paco Negreiro se tocava para os cassinos clandestinos, valhacoutos de roletas duvidosas, de baralhos marcados: já não existiam os salões de jogo, de saudosa memória, do Palace Hotel e do Tabaris. Danilo ia chegando, Paco ia saindo, davam-se boa-noite, trocavam uma palavra amável. Andreza segurava a vela dos enamorados durante alguns minutos, logo os deixava, sobravam afazeres a cuidar, muitos.

A sós no sofá da sala quando não saíam de mãos dadas a passear nas redondezas, esticando até o Baiano de Tênis, o Yatch Club, indo admirar a lua cheia, cravada no mar, dos altos da residência dos jesuítas na ladeira de Santo Antônio da Barra, bons locais para namoro, aconselháveis. No escuro de breu ou sob o clarão da lua, Danilo poderia ter comido os três-vinténs de Adalgisa na maior tranquilidade, sem correr risco de estorvo, longe de olhares indiscretos, tivesse ela consentido — Dadá não consentia.

Dar antes do casamento nem pensar, preferia a morte. O exemplo de Dolores, que se apressara a abrir as pernas, não afetava Adalgisa. No particular e em muitas outras contingências, as duas irmãs eram água e fogo, pensavam e agiam de maneira mais que diferente, oposta. Aos dezessete anos, Dolores pegara menino, casara grávida de Perivaldo, que desfrutou por pouco tempo o belo nome recebido na pia batismal: morreu de disenteria aos oito meses de nascido.

Avizinhando-se dos vinte e dois, maior de idade, à beira do barricão por ser tida como pernóstica e soberba, Adalgisa trancava-se em seus princípios, herdados da madrinha, doña Esperanza Trujillo, viúva sofrida e íntegra. Os princípios ditavam-lhe a conduta, doña Esperanza educara-a para ser uma senhora. Dadá não transigia: os clangores da revolução sexual deixavam-na indiferente, não tomara conhecimento da pílula. Moça séria ali estava, comentavam as comadres nas igrejas.

MÃO NOS PEITOS, PAU NAS COXAS

NO QUE TOCA AO DESFRUTE, AO DEBOCHE, À SACANAGEM, à putaria propriamente dita, namoro e noivado tinham sido dos mais discretos, dos menos incrementados, platoníssimos. Fosse outra a namorada, a noiva, e Danilo, rapagão bonito, o Príncipe Danilo dos estádios de futebol, ídolo das multidões, requestado pelo mulherio, teria sido tratado a baba de moça e a pão de ló, mas Dadá, no transcurso do encontro quotidiano, não ia além de beijos: quanto mais perto da despedida, mais demorados e ardentes, na partida aquele chupão cinematográfico. De beijo ela gostava.

Mão nos peitos decerto houve, em momentos de maior liberalidade. Em geral a mão por cima do vestido, jamais por baixo da combinação: do sutiã nem pensar. Nas coxas também, de raro em raro. Quase sempre por cima da anágua; uma vez na vida, outra na morte, por cima da calçola, atingindo os contornos da xoxota que ele adivinhava, mais que constatava, bem servida de pelos. Em dia de maior atrevimento e de consentimento inesperado, ele a sentiu umedecida — o que bastou para fazê-lo gozar, inundando a cueca. Sem esperar chegar em casa, como de ordinário, para a bronha urgente, ou no brega, para descarregar em rapariga de suas relações. Era popular no Maciel e na Gameleira, xodó de marafonas.

Pau nas coxas, podia contar nos dedos os ensejos havidos durante aquele ano de empenho e contenção. Adalgisa estremecia ao contato da estrovenga férrea e impaciente; afastava-se, brusca, ao senti-la, sobre a calçola, buscar a vergonhosa. Nunca Danilo lhe fez uma siririca nem ela lhe tocou uma punheta. Dadá mal sopesara na mão medrosa a arma de combate, sem de fato lhe conhecer o calibre e a longitude, a grandeza. Estranhava a gota de orvalho na palma da mão: quando esfregada parecera goma-arábica.

A CONTRADIÇÃO DIALÉTICA

EMPREITADA DIFÍCIL E DESAGRADÁVEL A DE RELACIONAR limitações, descrever o que se deveria ter feito e não se fez, contar do negativo e do desalegre, prosa enfadonha, escrita desoladora e deprimente. Mas o cronista não pode fugir à verdade, esconder o feio e o triste, sair por aí arrotando vantagens, a dizer que Danilo botou para quebrar, quando, deveras, o pobre moço gramou caminho de pedras, roeu beira de sino, atravessou as areias do deserto, sofreu fome e sede, foi tratado a pão e água: pouco pão e pouca água...

Adalgisa distendia-se, afrouxava a guarda, deixava-se ir, apenas quando, nos braços do noivo, bailava em assustado familiar, em matinê do Centro Galego ou em soarê do Clube Espanhol. Embevecida pela música, sobretudo pelos ritmos lentos e românticos, os preferidos, não reclamava se ele metia-lhe a perna entre as coxas, nem parecia dar-se conta do contato, da esfregação lenta e persistente. Sorria enlevada, os olhos semicerrados, adorava dançar. Mas não acontecia todos os dias arrasta-pé em casa amiga, vesperal dos galegos, menos ainda festa no Espanhol: o que é bom é raro e dura pouco.

Diante dessas mágoas que aqui contra a vontade se narraram, pode-se imaginar as condições físicas e morais em que Danilo chegou ao casamento: doía-lhe a estrovenga. Impaciente e ávido, sôfrego e frenético, aguentava as pontas com dificuldade. Amanhã será outro dia: deixarão de existir quaisquer limites para a plena satisfação de seus desejos por mais loucos possam ser. Tudo lhe será consentido, arrotará de barriga cheia.

Cometerá grave equívoco, incorrerá em erro capital quem, a esta altura do relato, capenga porém honesto, concluir que Danilo, o carente, nada sentia por Adalgisa além de desejo — o malsinado desejo carnal —, princípio e fim do que não passaria de paixão devorante e efêmera. Tal opinião, leviana e estreita, limita e falsifica os verdadeiros sentimentos de Danilo. Ele a amava de profundo, de genuíno amor que se demonstrou definitivo.

Cativo da elegância e da formosura, da beleza física, das perfeições do corpo de Dadá. As pernas torneadas, as coxas roliças, a cintura de vespa, o busto altaneiro, as negras tranças. Habituado a luzir-se no emprego do lugar-comum, Danilo atarantou-se na escolha de substantivos e adjetivos para qualificar o rosto ibérico, para definir os afros quadris de Adalgisa. Queimou as pestanas, foi ao dicionário, às crônicas sociais, triunfou: face malaguenha de cigana. Quanto ao insolente, estupendo rabiosque, a popular expressão bunda de tanajura pareceu-lhe prosaica e depreciativa. Entregou-se à meditação e à pesquisa, quem o diria capaz de compulsar verbetes de Antônio Houaiss? Pois o fez e foi recompensado, por fim encontrou a locução exata, a contradita à face malaguenha: nádegas de hotentote. Espanha e África reunidas na geografia brasileira de Adalgisa.

Danilo assimilava chavões, sentenças, frases feitas e, porventura, palavras difíceis, expressões raras, nas vibrantes transmissões radiofônicas das partidas de futebol e as empregava a três por dois nas análises de jogadas, passes, pênaltis e gols, em inflamadas discussões com outros fanáticos torcedores. Os vocábulos invulgares que lhe soavam distintos e graciosos, reservava-os para Dadá nas horas de namoro e madrigal. Dizia-a trigueira, morocha, garrida, pulcra, senhoril, andaluza, calipígia.

Cativo das prendas domésticas ostentadas pela noiva: cozinheira de bom tempero, tirava músicas ao piano, costurava e bordava, chapeleira emérita. Do caráter que classificava de íntegro, ilibado, adamantino: tinha por onde escolher. Cativo, também e sobretudo, das qualidades morais, das virtudes, tantas. Entre tantas, a maior, a que ele mais apreciava, acima de todas as outras, situava-se a pudicícia. Orgulhava-se do pundonor de Dadá, a prudência nas carícias, a bravia resistência às suas investidas: a mão nos peitos, o pau nas coxas.

Contradição explícita, evidente, não há como escondê-la ou discuti-la. Dialética, a contradição é parte integrante da vida, ainda quando nos pareça inexplicável, absurda. Danilo sofria na carne as consequências mas admirava e se envaidecia com o recato e a moderação que Adalgisa se impunha e lhe impunha. Não a amasse com tão grande amor e não teria atravessado aquele ano de noivado. E que dizer dos dezenove que já durava o casamento?

PAUSA PARA MEDITAÇÃO

DOS DEZENOVE ANOS QUE JÁ DURAVA O CASAMENTO NADA se dirá por enquanto, aproveita-se a louca correria dos recém-casados a caminho de Valença, onde tomarão a lancha para a lua de mel no morro de São Paulo, e faz-se uma pausa na narrativa de seus amores — como enunciá-los? — ardentes e castos.

A história que nestas páginas se propôs contar é intrincada, são múltiplos os espaços e os tempos em que se desenrola o novelo da vida, necessita-se queimar os miolos para não meter os pés pelas mãos, não quebrar a cara no alvoroço da primeira esquina, não se extraviar nas encruzilhadas dos ebós.

Ninguém perde por esperar. Mais adiante retomar-se-á o tema da vida sexual e sentimental do ex-craque de futebol e da chapeleira e se contará com o vagar e o realismo necessários como transcorreram a noite de núpcias e a lua de mel, com o que se entenderá a aparente incoerência de "amores castos e ardentes". Não basta contar, é preciso fazê-lo com régua e compasso, conforme manda o figurino. Cada matéria na hora exata e um tom de voz para cada criatura. Quem pensa que é fácil, que se atreva.

Ocorre agora atender a outras frentes de batalha, retomar assuntos que ficaram para trás, trazer à cena figuras igualmente destacadas. Dom Maximiliano von Gruden, por exemplo: pouco dormiu em noite de aflição, não é justo deixá-lo por mais tempo à espera de notícias. De boas notícias, conforme se deseja.

Se por acaso houver quem tenha pressa em saber como se passou a noite de núpcias, na sofreguidão de detalhes libidinosos, excitantes, basta que salte algumas páginas e encontrará mais adiante a descrição completa, ficará sabendo tim-tim por tim-tim de que maneira a donzela perdeu a virgindade: ninguém é obrigado a ler o livro inteiro.

OS TELEFONEMAS

O SENSACIONAL FURO JORNALÍSTICO OU A GLÓRIA E A MERDA

MESMO SE VELAVA ATÉ ALTA MADRUGADA, DEBRUÇADO SOBRE livros em vigília de estudo ou no burburinho de noitada de amigança, dom Maximiliano von Gruden levantava-se cedinho, ao canto dos galos na avenida proletária, vizinha ao monastério.

Escovando os dentes junto à janela, o diretor do Museu de Arte Sacra detinha-se no movimento matinal da população do casario: homens saindo para os locais de trabalho, sonolentos e apressados, mulheres iniciando, já cansadas, a azáfama doméstica. Vida de fadiga e menoscabo, medíocre, tão alheia à sua, dom Maximiliano não chegava a entendê-la, a sentir-se solidário com as dificuldades daquela gente insignificante. Não os desprezava por serem pobres, não tinha a riqueza em tamanha conta, mas por serem ordinários, sujeitos a aporrinhações e a aperreios em nada semelhantes aos desassossegos e cuidados intelectuais do museólogo. Mas na manhã da quinta-feira, doze horas após a notícia da desaparição da imagem de santa Bárbara, a do Trovão, tendo atravessado a noite insone, pensou-se igual a eles ou ainda mais desditado, sem porta de saída. Ou, se alguma havia, era a porta estreita da demissão e do ostracismo.

Antes de ir aos deveres religiosos inerentes à condição de sacerdote, a cada manhã dom Maximiliano lia os jornais colocados à porta do quarto por Nelito, o pequeno bói, outro dos anjos referidos pelo bispo auxiliar, o Malévolo: anjo mensageiro, negro retinto, um bibelô. Também na quinta-feira, por força do hábito e na premência de saber, sentou-se numa das poltronas de couro preto em contraste com a batina branca, as gazetas no chão, amontoadas na ordem em que as costumava ler.

Logo se viu na primeira página de *A Tarde*, de pé, sorridente, folheando a edição alemã do livro sobre a controvertida imagem. Fotografia de Vavá, pequena porém excelente: Vavá era um camaradão, escolhia o ângulo correto e o momento exato para disparar o obturador da câmera, precisava mandar-lhe um exemplar da edição brasileira, com uma palavra simpática de dedicatória. Voltou a contemplar-se na foto, achou-se bem, o sorriso modesto e inteligente. Bonito, por que esconder a verdade?

"Amanhã, Museu de Arte Sacra — Exposição e Lançamento — Chegou a famosa imagem da santa do Trovão", a chamada, em negrito, remetia o leitor à página três do primeiro caderno para o noticiário referente à entrevista coletiva e às informações sobre os eventos e a chegada da imagem. Aberta em três colunas no alto da página, a matéria não podia ser melhor nem mais completa. Cobrira a coletiva e redigira o texto, com a vivacidade habitual, o repórter José Augusto Berbert, jovem de idade, antigo de ofício, entrara menino para a redação de *A Tarde*. Correto e capaz, apesar de excomungado dom Maximiliano o estimava — o falecido cardeal Da Silva excomungara, na década de 30, o jurista Epaminondas Berbert de Castro, pai de José Augusto, e toda a família, *ad aeternum*, mas isso é outra história: daria, aliás, uma gostosa novela picaresca.

Apesar de haver-se retirado antes que o telefonema de Edimilson tivesse posto fim ao encontro com a imprensa, José Berbert, na notícia, extensa e precisa, detalhava as ocorrências, desdobrava-se em informações, valorizava a presença do poeta português "enviado em missão especial por *O Jornal*, de Lisboa, para cobrir os grandes eventos: a exposição e o livro". A propósito do livro, citava-lhe os títulos em português, *Origem e autoria da imagem de santa Bárbara, a do Trovão*, e em alemão, *Der Ursprung und der Schöpfer des Gnadenbildes Barbara, die des Donners*, soltava foguetes: "primorosa confecção gráfica, fartamente ilustrado". Quanto ao conteúdo, reportava-se à opinião de Antônio Celestino, autoridade no assunto, recolhida no decorrer da coletiva: "Obra monumental e definitiva", decretara o sabichão.

Aliás, a gazeta anunciava para o próximo sábado artigo do abalizado crítico, o "douto cronista do Pátio das Artes", sobre o volume do diretor do Museu de Arte Sacra, ainda não exposto nos balcões das livrarias e já consagrado. Adiantava-lhe o título, "O livro de dom Maximiliano von Gruden, obra maior".

A reportagem reproduzia outro instantâneo: o diretor do museu conversando com o poeta e jornalista lisboeta: dom Maximiliano estava ótimo — não podia esquecer-se do livro para Vavá.

De queixo caído, o moral quase elevado, o coração quase alevantado, no silêncio do quarto apenas cortado pelo chilreio de um par de canários-da-terra no parapeito da janela, dom Maximiliano retratou-se: autocrítica, mea-culpa. Fora injusto com o amigo Celestino, imaginara complôs, ciladas, misérias, rosnara bravuras, gastara ironias, enquanto o bom lusitano, digno de todos os adjetivos da dedicatória, mourejava na máquina de escrever para exaltar a glória do autor da "obra maior". Obra maior, esse Antônio Celestino sabia das coisas: dom Maximiliano percebeu respingos de glória na batina.

Fora injusto também com o poeta Pacheco. Vendo-o na foto, cordial e reverente, dava-se conta de que a pergunta que tanto o irritara na véspera não fora encomenda de J. Coimbra Gouveia, não escondia subentendido, não continha peçonha, não correspondia a conluio de além-mar. Tudo não passara de imaginação, suspeita infundada, fantasia, e tudo estaria no melhor dos mundos não fosse a desgraça acontecida. De nada adiantava a conclusão do noticiário, infelizmente enganosa, confirmando a chegada ao museu da imagem de santa Bárbara, a do Trovão, vinda de Santo Amaro: o repórter presenciara o desembarque — Zé Berbert era por vezes exagerado, na ânsia de informar bem e mais. Encontrava-se, porém, dom Maximiliano tão abalado com a reportagem que um vislumbre de esperança esquentou-lhe o coração: quem sabe àquela hora já teria a Polícia Estadual, a Federal ou a própria cúria desvendado o mistério, encontrado a imagem, prendido os ladrões se ladrões houvesse. Bem podia ser.

Mas, ah! a desgraça acontecida estava na primeira página do *Diário de Notícias* onde dom Maximiliano enxergou também uma fotografia sua: como a haviam obtido, os miseráveis? No cais, os braços abertos, a face contraída, ao fundo a Kombi e Edimilson. A manchete tomava o alto da página, sob o título do jornal: O SUMIÇO DA FAMOSA IMAGEM DE SANTA BÁRBARA, A DO TROVÃO. Debaixo da foto, a legenda: "Junto à rampa do Mercado, o diretor do Museu de Arte Sacra, em pânico, ao tomar conhecimento do roubo da imagem mais famosa do Brasil". "Celebérrima e valiosíssima", assim a classificava a reportagem que ocupava metade da primeira página do matutino. Assinava-a Guido Guerra, mas não a tivesse assinado e dom Maximiliano não se enganaria sobre o autor do texto, bastava a referência maldosa às exigências do vigário de Santo Amaro para indicar quem a redigira. Referia, uma a uma, as diligências do diretor do museu, do Mercado ao bispo, do secretário de Segurança ao delegado da Polícia Federal e a volta ao convento de Santa Tereza com o andor vazio. Furo jornalístico sensacional, Guido pusera merda no ventilador. Respingos na batina? Dom Maximiliano sentiu-se recoberto.

O PRIMEIRO TELEFONEMA

A MISSA DIÁRIA REZADA POR DOM MAXIMILIANO era curta, acabara de despachá-la quando foi chamado ao telefone.

— Da Polícia Federal, mestre.

Universitário no último ano do curso de museologia, estagiando em Santa Tereza, Oscar Mafra admirou-se do açodamento com que o diretor, de ordinário tão mesurado de maneiras, correu a atender: tropeçava na batina. Telefonema da Polícia Federal, alvíssaras! Na véspera, o coronel prometera-lhe boas notícias em prazo breve, cumpria a promessa com louvável rapidez, comprovando a eficiência da corporação que comandava. Dom Maximiliano apressava-se para ouvir a novidade que faria da quinta-feira o dia da ressurreição: alvíssaras! Aleluia! Galgou a escada, chegou ao gabinete esbaforido, levantou o aparelho:

— Aqui dom Maximiliano.

— Um momento, o coronel Raul Antônio vai falar.

Escutou a voz anônima e rude dizer: o homem já está, chefe, e em seguida o coronel delegado da Polícia Federal esbravejou no aparelho, sem sequer dar bom-dia:

— Por que o senhor não me comunicou ontem que o padre Abelardo Galvão veio no saveiro, junto com a imagem? O senhor ocultou à polícia fato da maior importância, deixou de revelar um dado fundamental. Por que o fez? Responda-me.

— Fato importante? Eu...

— Eu, o quê?

— Tratando-se de um sacerdote, pensei...

— Não tinha de pensar ou deixar de pensar mas, isso sim, de colaborar conosco. O senhor escamoteou a existência do padre. Do padre Galvão! Por que o fez? Com que intenção?

— Nenhuma. Não tive nenhuma intenção. Como poderia imaginar que um sacerdote tivesse a ver...

— Tivesse a ver? Esse padre é a chave de toda a trama. Se não é um dos chefes da quadrilha, é cúmplice categorizado.

— Cúmplice? Chefe de quadrilha? Senhor Jesus!

— Não venha me dizer que o senhor não sabe quem é o padre Abelardo Galvão.

— Realmente não sei, coronel. Estou ouvindo este nome pela primeira vez. — De fato ouvira-o na véspera da boca do bispo auxiliar, enrolado em suspeita e censura. — Soube apenas que um padre e uma freira tinham vindo no saveiro...

— E nada nos disse, nem sobre o padre nem sobre a freira. Ouça bem, dom Maximiliano, não voltarei a repetir: não tente nos enganar, não adiantará nada.

— Eu...

— Não esqueça que sabemos tudo a seu respeito. — Como fizera na véspera, escandiu as sílabas: — Absolutamente tudo.

Bateu o fone sem dizer até logo. Dom Maximiliano, na pressa de ouvir a boa-nova, atendera de pé, junto à mesa de trabalho: arriou na cadeira giratória. Tendo-o acompanhado, o estagiário, ao vê-lo assim desfeito, figura de cera desmanchando-se em suor, as mãos cobrindo o rosto, preocupou-se e atreveu-se a perguntar, a medo:

— Está sentindo alguma coisa, mestre?

O monge reagiu ao cuidado do rapaz, compôs-se na cadeira, tentou sorrir, não conseguiu:

— Estou bem, Oscar, obrigado. Vá às suas obrigações, deixe-me só. Mas antes traga-me um copo d'água, por favor.

Tirou do bolso da batina a caixinha oval, de esmalte trabalhado — na tampa a miniatura reproduzia a *Trindade*, de Andrei Rublev, os três anjos à mesa de Abraão —, nela guardava as pílulas que lhe mantinham em ordem o vago simpático, colocou uma na palma da mão. Refletiu e, levando em conta a circunstância, dobrou a dose: engoliria duas, assim chegasse a água. Que dissera o bispo a propósito do padre? Boa bisca não era, o tal sujeito. Por isso dom Rudolph lhe ordenara guardar sigilo sobre sua presença no saveiro, e a da freira, em contrapeso. Recomendação inútil: eles, os da Federal, sabem tudo, absolutamente tudo.

O SEGUNDO E O TERCEIRO TELEFONEMAS

DOM MAXIMILIANO NÃO ATENDEU AO SEGUNDO TELEFONEMA. Diga que não estou, que saí e você não sabe a que horas voltarei, ordenou a Oscar quando o estagiário anunciou a ligação interurbana, de Santo Amaro. Decerto o vigário destemperou-se pois o moço, na casa do sem jeito, repetia:

— Não, não é mentira não, reverendo, o diretor saiu. Não, não está aqui mandando dizer... saiu mesmo... — parou para ouvir, arregalou os olhos: — Dizer isso a ele? Ah! eu não digo não!

Oscar depôs o telefone, gaguejou:

— O vigário...

— Não precisa repetir, Oscar, imagino o que ele disse. — Dom Maximiliano curvou os ombros, cruz pesada, cerrou os lábios, cálice amargo.

A terceira chamada foi do secretário de Segurança do estado. O doutor Calixto Passos, ao contrário do coronel Raul Antônio, desfazia-se em amabilidades, a voz envolta em vaselina:

— Muito bom dia, caro mestre. — Após a troca de gentilezas que se prolongou por alguns instantes, o chefe de polícia entrou no assunto: — Telefono para lhe dar notícias, conforme prometi. Ainda não tenho a solução do nosso pequeno problema mas estamos agindo, já obtivemos várias pistas, uma delas sensacional... — repetiu: — Sensacional! Aliás, sobre ela gostaria de ouvi-lo...

Dom Maximiliano agradeceu a deferência, colocou-se às ordens, um pouco menos agastado: melhor tratar com um idiota do que com um verdugo. Encaixou sem sobressalto a pergunta do doutor Calixto.

— O prezado mestre sabia que no mesmo saveiro e na mesma viagem em que vinha o... o objeto que nos interessa... estava o padre Abelardo Galvão?

— Ontem, quando estive consigo, ainda não sabia, mas hoje pela manhã deram-me essa notícia.

— O mestre conhece o padre Galvão?

— Não o conheço pessoalmente nem o conhecia de nome. Somente hoje ouvi o nome dessa pessoa. Pela primeira vez. — Para deixar claro seu desejo de contribuir para o êxito da investigação, acrescentou: — Ao que me disseram hoje, havia também uma freira no barco.

— Sim, temos a informação. — A voz afastou-se do fone: está à procura da nota com a informação, pensou dom Maximiliano; ouviu-o murmurar: onde está? Encontrei, está aqui... A voz cresceu: — Trata-se da irmã Maria Eunice, do convento das Arrependidas... Vai ser ouvida ainda hoje. Prontuário limpo, já verificamos. Enquanto que o do padre Galvão é um prontuário pesado, caro mestre: o homem é um agitador perigoso... — calou-se de súbito, achando na certa que falara demais.

Apesar de curioso — diziam-no fofoqueiro —, dom Maximiliano não fez perguntas sobre a atuação e a periculosidade do padre. O bispo referira-se a questão de terras, ao que se lembrava. Invasão de fazendas... Isso: invasão de fazendas, agitação de posseiros, subversão. Meu Deus, em que funduras se via metido, envolvido com que espécie de gente...! A voz modulada do secretário de Segurança voltou a se fazer ouvir:

— Sobre isso falaremos pessoalmente. Logo que tenha adiantado a investigação, vou pedir ao caro mestre que me dê a honra de sua visita para uma conversa onde analisaremos juntos a situação. Ainda hoje, se tudo correr bem.

— Estou às ordens, doutor Calixto, quando quiser. Peço não esquecer a urgência de uma solução, a inauguração da mostra está marcada para amanhã e é impossível adiá-la. Até lá necessitamos ter recuperado...

— ... o objeto... — atalhou o chefe de polícia: — Creio que sim, que o teremos a tempo. A comprovação de minha tese veio facilitar tudo. Lembra-se da tese que expus ontem...

— Sim...

— Sobre esse tipo de ação criminosa, lembra-se? Revelou-se corretíssima. Os autores da... da façanha... estão sempre próximos, têm fácil acesso ao... objeto...

Esperava a aprovação, talvez o aplauso do interlocutor, mas, como persistisse o silêncio do outro lado do fio, perguntou, um tanto agastado:

— O mestre está me ouvindo?

— Com muito interesse, doutor. Mas não sei se estou percebendo bem seu pensamento. Falava sobre os autores...

— ... da façanha... Preste atenção: esse padre Galvão é cura numa paróquia do sertão onde, aliás, tem dado o que falar. Ao vir para a capital fez uma volta enorme para passar por Santo Amaro, no Recôncavo, e embarcar no saveiro junto com a imagem. Não lhe parece estranho, caro mestre? Santo Amaro, veja bem, digo Santo Amaro da Purificação...

— Santo Amaro da Purificação, o que é que tem? Não entendo...

— Não foi de Santo Amaro que desapareceu aquela custódia de ouro maciço, velhíssima, que depois foi aparecer nos presentes oferecidos ao papa?... Lembra-se, caro mestre? Falou-se muito no envolvimento do vigário, recorde-se. Agora some as parcelas e tire os noves fora...

ABRE-SE NOVO PARÊNTESE PARA A FOFOCA DA CUSTÓDIA DE OURO

NA ESTRUTURA ANÁRQUICA DO RELATO, ENTRECORTADA DE idas e vindas, extensos *flashbacks*, contendo espaços narrativos diversos e desencontrados, *pleine de longueurs*, diria o professor João Batista se o lesse e o analisasse — ainda uma vez, e não há de ser a última —, abre-se um parêntese. Para atender à curiosidade malsã dos indiscretos, doidos para saber que história é essa citada pelo secretário de Segurança também dito chefe de polícia do estado da Bahia: custódia de ouro maciço — revelha, caro mestre! —, peça rica, papa-fina. Roubada da igreja de Santo Amaro, surgira relacionada entre as dádivas ofertadas ao sumo pontífice por alto dignitário eclesiástico em visita ao Vaticano.

Dom Maximiliano von Gruden, faça-se justiça, tentara corrigir as informações do doutor Calixto Passos, mas a autoridade não lhe dera tempo, despedira-se após mandá-lo somar os fatos e tirar os noves fora. Se por acaso havia alguma verdade no conto, eram errôneos os detalhes. A custódia em questão não pertencia à matriz de Santo Amaro e, sim, a outra paróquia do Recôncavo, e o padre Teófilo Lopes de Santana, o esporrento padre Téo, se merecia críticas pelas atitudes descompostas e maneiras chulas, as palavras de mau gosto, nada tinha a ver com a mágica travessia, do rio Paraguaçu ao rio Tibre, do sagrado hostiário. Sendo ademais, como se está farto de saber, defensor extremo do patrimônio de seu vicariato. Mas vá-se lá convencer um chefe de polícia, dono absoluto da verdade! Para explicar os furtos de objetos religiosos, o doutor Calixto Passos, o Águia de Haia, criara teoria brilhante e simples, confirmada na prática diária: ele próprio a considerava uma obra de arte, ele e o comissário Parreirinha. *Cherchez le prêtre*, gritava, ao saber que um bem da Igreja se evolara, imitando na citação francesa o professor João Batista: mas que diferença de pronúncia!

Não era dom Maximiliano avesso à maledicência; segundo seus desafetos, exercitava-a com frequência. Assim, quem queira saber o resto da história, com exatidão e fartura de pormenores: quais a freguesia, a devoção da matriz de onde retiraram a custódia suntuosa, o peso em ouro, o valor em dólares e a vetustez da peça, o nome do vigário e o da eminência que presenteou o papa com prenda tão cristã, custosa e bela, quem queira saber tudo isso e mais ainda deve recorrer às luzes do diretor do Museu de Arte Sacra da Universidade da Bahia, pois nestas páginas beatas não se admite a má-língua, o diz que diz, a difamação.

O mais provável é que a história, de cabo a rabo, não passe de invencionice dos infames inimigos da civilização ocidental: indivíduos sem escrúpulos, lançam mão de todos os recursos para atingir seus malignos, monstruosos objetivos. Assim, fazendo ouvido mouco ao latido dos cães, ao uivo dos lobos, pode-se garantir sem pejo que o bafafá na imprensa, notícias e insinuações, revelações e desmentidos, furos de reportagem e o silêncio abrupto, o conversê nas esquinas vadias da cidade, o epigrama de Clóvis Amorim e o folheto da cordelista Edilene Matos foram embuste e logro para provocar escândalo. Ainda bem que a Censura Federal agiu a tempo, pondo fim à trama. Nada além de trama, pode-se jurar se necessário for. Conjura sinistra para solapar as instituições.

Não, botar a mão no fogo é exigir demais: existe nítida diferença entre arriscar uma afirmação e praticar uma temeridade. Nem sequer para defender interesses santos, deve-se resvalar no exagero, pode-se queimar a mão.

OS DEMAIS TELEFONEMAS, MUITOS

FORAM SEM CONTA OS DEMAIS TELEFONEMAS, DESTACÁ-LOS um a um seria perder tempo e gastar papel: basta de conversa fiada. A maioria proveio das redações dos jornais e das estações de rádio à cata de informações. Secretários de redação, redatores e repórteres ansiosos por falar com dom Maximiliano ou, em sua ausência, com qualquer funcionário do museu, de preferência Edimilson, testemunha ocular. Durante toda a manhã, o telefone não parou de tocar. São as trombetas do Juízo Final, pensou o loiro estagiário mas engoliu o atrevimento, o mestre não estava com disposição para facécias. Quanto a Edimilson, volatizara-se: partira em férias, onde tinha ido gozá-las não se sabia. Vou descobrir esse xibungo nem que seja na casa do caralho, urrou, no bocal do aparelho, Napoleão Saboia, correspondente de *O Estado de S. Paulo*, rompendo os tímpanos e os melindres do jovem Mafra — o que o pobre moço ouviu naquele dia não se escreve.

A reportagem de Guido Guerra provocara um terremoto nas redações baianas, repercutira incontinente nas do Sul do país e do Nordeste. Jornalistas que jamais na vida tinham ouvido a menor referência à imagem de santa Bárbara, a do Trovão, saíram-lhe na pista, de pauta em punho, decididos a bem informar o público. E a desvendar o mistério do roubo, tão sensacional quanto atrevido, praticado à chegada do saveiro à rampa do Mercado, no nariz de diversas pessoas que de nada se haviam dado conta. Em São Paulo, no Rio de Janeiro, em Recife, tratavam de entrevistar às pressas os especialistas mais reputados: Pietro Bardi e sua esposa, a arquiteta Lina Bo, ex-diretora do Museu de Arte Moderna da Bahia, Joaquim Cardoso, Renato Soeiro, Joaquim Falcão, Aloísio Magalhães, Marcos Vinicios Vilaça, para citar apenas os maiorais.

Nem mesmo, porém, os repórteres baianos, seus conhecidos, nem sequer o amigo José Augusto Berbert, nem um único jornalista conseguiu entrar em contato com dom Maximiliano von Gruden, e era ele, e não outro, o figurão procurado e requerido pela reportagem local e nacional *au grand complet* — já estava demorando o pernosticismo. Por todos os títulos: diretor do museu onde a imagem — peça de resistência, ponto alto da Exposição de Arte Religiosa — deveria ser mostrada no dia seguinte, para isso viera de Santo Amaro, e autor de um baita livro sobre o escaldante tema. Onde encontrar um exemplar sobrando? Constava que *A Tarde* requisitara o de propriedade de Antônio Celestino e, debruçado sobre ele, Cruz Rios, um ás, craniava o editorial: redigi-lo exigia sabedoria e competência. Dom Maximiliano não entrara em férias mas virara fumaça, igual a Edimilson. O excitado Mafra repetia ao telefone a mesma ladainha: o diretor saíra bem cedo, após celebrar a missa, sem dizer para onde ia; voltaria logo, com certeza, a que horas não tinha ideia — e mais que rápido desligava para atalhar os desaforos. Desligava e no mesmo instante atendia outra chamada: gazetas e estações de rádio da Bahia — e as de todo o país através das sucursais ou em ligação interurbana. Houve inclusive o telefonema do correspondente no Brasil do *New York Times*, Edwin McDowell, sediado no Rio de Janeiro. Detalhe curioso, ao contrário da maior parte dos colegas brasileiros, o americano sabia da existência da imagem e do seu valor. Pois nem a ele dom Maximiliano atendeu: bem-vindo em qualquer outra ocasião quando seria paparicado, carregado em andor, mas não naquela hora amarga — gosto de fel na boca do monge, punhal cravado no peito. Ai, o *New York Times*, ai, calvário de infortúnios, Senhor Deus Onipotente!

Atendeu apenas ao reitor da universidade, que ligara de Brasília onde ainda estavam ele e o cardeal, mas já de passagem marcada em voo do fim da tarde, após um último encontro com o ministro. Não o da Educação e Cultura, que não resolvia nada, com o ministro da Guerra: este sim podia decidir sobre a sorte dos estudantes. A audiência, obtida à custa de muito empenho, impedia que o reitor, alarmado com as notícias difundidas pelas estações de rádio, antecipasse a volta à Bahia: em compensação demorou-se ao telefone.

Telefonema difícil, indigesto. Em público, o reitor e o diretor trocavam amabilidades e elogios, faziam-se declarações de admiração e de apreço: da boca para fora, em verdade detestavam-se. Ao reitor, homem prático, de atitudes claras, a imaginação e os arroubos do frade confundiam e incomodavam. O diretor queixava-se do pouco-caso dispensado ao museu pelo reitor que se recusara a duplicar as verbas a ele destinadas no diminuto orçamento da universidade.

Dom Maximiliano relatou o pouco que sabia, não escondeu a gravidade do acontecido, o reitor enfatizou:

— Fato grave? Diga gravíssimo, de consequências imprevisíveis para o museu e para a universidade.

Colocou dom Maximiliano diante de suas responsabilidades: o senhor, que fez o possível e o impossível para obter a imagem, aja agora com a mesma tenacidade para recuperá-la. Sem o que seriam alvo, museu e universidade, das críticas e censuras mais acerbas, das insinuações mais desmoralizantes. O museu, como o senhor sabe, não goza de boa fama, fala-se de peças adquiridas de forma suspeita, de devolução de cópias em lugar de... e lá se vinha a anedota do são Pedro Arrependido. Recordou: — O vigário de Cachoeira não queria...

— De Cachoeira, reitor? — Vingou-se dom Maximiliano: — O senhor quer dizer de Santo Amaro...

— De Cachoeira, de Santo Amaro, que diferença faz? O senhor forçou a barra...

Assim prosseguiu, aos tropeços, o telefonema. Dom Maximiliano afastou o fone do ouvido: com aquela lenga-lenga o reitor queria deixá-lo sem outra porta de saída senão a demissão, caso a imagem não fosse recuperada a tempo. Deveria dizer-lhe que já tinha decidido demitir-se se tal calamidade acontecesse? Conteve-se: por que dar ao reitor essa alegria antes da hora irremediável? Quando conseguiu retomar a palavra, apenas aconselhou-se sobre a data do vernissage: deviam mantê-la ou adiá-la?

— Não vejo motivo para adiá-la, afinal a exposição não se reduz a essa imagem, há muito mais a ver. Não teremos a imagem mas teremos o livro que o senhor escreveu sobre ela, uma coisa compensa a outra, não é mesmo? — A referência ao livro, farpa ferina, tardara até demais, dom Maximiliano a engoliu calado. — Inauguraremos amanhã, na hora prevista. O ministro confirmou a presença. — Referia-se ao ministro da Educação, o da Guerra tinha mais o que fazer.

Entre a conversa com o secretário de Segurança e a partida — espetacular! — de dom Maximiliano para o Palácio Arquiepiscopal, o vigário de

Santo Amaro ligou três vezes, encarniçado e agressivo, *echando* pestes: eis que depois de tantos galicismos, começam os espanholismos, valha-nos Deus! Mal-empregado, aliás, pois os desaforos do padre Téo, ele os vociferava na língua do povo da Bahia, apurada pelos bocas de inferno, de Gregório de Matos a James Amado, língua porreta para o uso da verdade.

O CERCO

O TELEFONE ERA O DE MENOS. CÉTICOS A RESPEITO DA ausência de dom Maximiliano, os jornalistas acamparam no pátio, à entrada do convento de Santa Tereza, diante da igreja e da porta do museu. Porta fechada a chave: devido aos preparativos da exposição, o acervo não estava franqueado ao público. Um repórter mais audacioso ensaiou penetrar por uma janela do primeiro andar mas perdeu o equilíbrio na tentativa de escalar a parede, machucou-se com o tombo, queda feia: bem feito — ao saber do acidente, dom Maximiliano o apreciou como devido, alegria pequenina porém satisfatória.

Nos corredores da Secretaria de Segurança Pública e nos locais da Polícia Federal aglomeraram-se veteranos e focas. O chefe de polícia, no desejo de agradá-los e assim preservar sua imagem de autoridade competente e cordial, prometeu recebê-los mais tarde, com notícias concretas. Quiçá ainda pela manhã possa vos fornecer revelação momentosa, pacientem em benefício da sociedade, disse, em breve *speech*, um sorriso de ilusionista de circo prestes a retirar o coelho da cartola. O comissário Parreirinha erguia o polegar da mão direita para reforçar o caráter momentoso da informação prometida.

O coronel Raul Antônio mandara um tira despachá-los: nada a declarar e não ficassem a encher a paciência de quem estava trabalhando, caíssem fora. Caíram fora do antigo armazém de carga transformado em repartição oficial mas mantiveram-se nas imediações. Estabeleceram quartel-general no mercado onde recolhiam notícias velhas — o *Viajante sem Porto* rebocado para o Arsenal da Marinha durante a noite, a prisão pela madrugada de Maria Clara e mestre Manuel — e se inundavam de boatos, escutavam histórias de espantar da boca de Camafeu de Oxóssi às voltas com uma paulista e um anel nigeriano. Traçavam batidas e lambretas nas barracas de bebidas.

Tamanha movimentação dos órgãos de comunicação levaria a crer que a desaparição da imagem de santa Bárbara, a do Trovão, era o acontecimento mais grave, o único realmente grave, ocorrido no país nos últimos dias. Recorde-se que os fatos narrados nesta crônica, pobre de brilho, rica de veracidade, se passaram nos piores anos da ditadura militar e da rígida censura à imprensa. Havia uma realidade oculta, um país secreto, não noticiados. Gazetas, estações de rádio e de televisão encontravam-se limitadas, nas seções informativas, a fatos em geral pouco palpitantes. Reduzidas nas opinativas ao louvor incondicional do sistema de governo e dos governantes. Proibição total de qualquer noticiário, da menor alusão, a respeito do quotidiano de prisões, torturas, assassinatos políticos, violações dos direitos humanos, de comentários sobre a censura de espetáculos e livros, assim como referências a greves, manifestações, passeatas, protestos, movimentos de massa e tentativas de guerrilha. Nada disso acontecia na pátria feliz sob a égide dos generais e coronéis, a acreditar-se na leitura dos jornais. Alguns deles preenchiam os espaços em branco, devido ao corte de matérias palpitantes, com a publicação de receitas de cozinha — *O Estado de S. Paulo* estampou no meio da primeira página uma receita de quitandê, prato baiano pouco conhecido —, de poemas, baladas, odes e sonetos de poetas clássicos, cantos de *Os lusíadas*. Os leitores entendiam e alvoroçavam-se, tentando adivinhar o que sucedera no país.

Não eram permitidas críticas ao franquismo, ao salazarismo, tampouco aos gloriosos generais latino-americanos que exerciam com igual firmeza e incompetência o poder na Argentina, no Paraguai, no Uruguai, no Chile, na Bolívia, colegas dos nossos gloriosos — nem na imprensa nem em qualquer outra tribuna. Da tribuna da Câmara Federal, no exercício de seu mandato, o deputado Francisco Pinto classificara Pinochet de tirano: perdera o mandato e fora metido na prisão. Dois padres franceses que, do púlpito de suas igrejas, ousaram defender os servos da terra nos feudos da Amazônia se encontraram no xadrez com um processo às costas.

A censura, a corrupção e a violência eram as regras de governo, carece recordar pois existe quem já tenha se esquecido. Tempo da ignomínia e do medo: os cárceres repletos, a tortura e os torturadores, a mentira do milagre brasileiro, as obras faraônicas e a comilança, a impostura e o venha a nós — há quem tenha saudade, é natural.

Ora, sabe-se que as boas ações, os acontecimentos felizes, a normalidade e a alegria não são assuntos de preferência das redações: quanto maior a desgraça, melhor a notícia. No sufoco e no marasmo da imprensa brasileira da época, a desaparição da imagem de santa Bárbara, a do Trovão, caía dos céus como um regalo. Os profissionais da crônica policial, em sua maioria, acreditavam em roubo planejado e praticado por gatunos especialistas em templos e abadias, referiam-se a quadrilhas e a receptadores, mas alguns não excluíam e até defendiam a hipótese de cumplicidade de párocos e bispos. Cumplicidade ou autoria.

O chefe da sucursal do *Jornal do Brasil*, Florisvaldo Matos, poeta apreciado — como tem poeta nesta terra abençoada da Bahia, Deus do céu! —, safado da vida ao desligar o telefone sem ter conseguido falar com dom Maximiliano, insinuou ser bem provável que a chave do mistério estivesse em mãos do frade arteiro: mais dia menos dia a imagem apareceria catalogada no acervo do museu e ali poderia ser vista, em sua pompa e realeza. Em troca, no altar da matriz de Santo Amaro seria entronizada uma cópia em gesso, feita sob medida, santa Bárbara, a dos Trovões Fosforescentes, tecnicolor.

A FUGA

OS TRABALHOS DE ARRUMAÇÃO DA MOSTRA PROSSEGUIAM sob a direção do arquiteto Gilberbert Chaves, ao qual se juntara outro arquiteto, dublê de pintor, Lev Smarcevski. Dom Maximiliano dava as coordenadas, orientava: exigente como sempre mas silencioso, de pouca prosa e nenhum riso, o avesso do conversador brilhante a que estavam acostumados os auxiliares e os amigos. Lev fizera referência à matéria do *Diário de Notícias*; lacônico, o diretor respondera com uma única palavra: irresponsabilidade. Não se falou mais no assunto; somente a peanha vazia recordava o sumiço da santa.

Dom Maximiliano retirava do meio de outros objetos, numa estante, o requinte de um cálice de ouro, incrustado de pedras preciosas, de origem eslava, para valorizá-lo, isolando-o sobre um pedestal, quando Oscar Mafra veio do gabinete, onde fazia plantão ao lado do telefone, para lhe transmitir recado urgente:

— Mestre, telefonou o padre Soares. — Tratava-se do secretário do bispo auxiliar. — Dom Rudolph pede que o mestre compareça imediatamente ao palácio. Padre Soares pediu que o senhor não se demorasse. — Imitou a voz fanhosa do reverendo: — Diga a ele que venha em seguida, Sua Reverendíssima está esperando.

Pelo canto levantado da cortina, dom Maximiliano examinou o pátio coalhado de jornalistas e fotógrafos. Como fazer para atravessar até o portão de saída? Parecia impossível. Mesmo de costas, percebeu a interrupção do trabalho na sala. Sem se voltar, disse:

— Continuem, por favor. Ainda há muito que fazer e o tempo urge. Até ao meio-dia de amanhã tudo tem de estar pronto.

Seguiu olhando pela fresta da janela, por fim virou-se para a sala, deu dois passos em direção a Lev:

— Lev, me diga: o carro que está parado no outro lado da rua, na porta da oficina de Roque, é o seu, não é?

— É meu, sim, dom Maximiliano. Está às suas ordens.

— Obrigado, Lev: agradeço e aceito. Ouça bem. Daqui a cinco minutos, a porta do museu será aberta e os jornalistas serão convidados a entrar para ver como marcham os trabalhos. Quando a entrada for franqueada e eles começarem a subir a escada, você, Lev, desce, passa entre eles, andando sem pressa, e vai para seu carro. Liga o motor e me espera. Eu saio pela igreja, entro no carro, você mete o pé na tábua. — Perpassou o olhar ao longo da sala, não chegou a sorrir mas por um instante a trapaça imaginada para lograr os jornalistas o confortou.

Dito e feito, o plano funcionou às maravilhas. Nelito abriu a porta da entrada do museu, Oscar Mafra transmitiu o convite aos repórteres: dom Maximiliano manda dizer que os senhores podem entrar. Arremessaram-se, surpresos e vitoriosos: o frade entregara os pontos. Foi aquela correria escada acima. Cruzaram com Lev: a exposição está ficando uma beleza, adiantou o arquiteto sem responder às perguntas sobre dom Maximiliano: o diretor, onde está? Os câmeras de televisão fechavam a marcha.

Saindo pela meia-folha aberta na porta central da igreja, dom Maximiliano começou a atravessar o pátio vazio, em passos rápidos. De repente, um foca chegou a uma das janelas para jogar fora o toco de cigarro e o reconheceu. Deu o alarme aos gritos: lá vai ele, fugindo! Abrindo mão da compostura, dom Maximiliano segurou a barra da batina, pôs-se a correr. Correndo, cruzou o portão, enfiou-se no carro, Lev desabou ladeira da Preguiça abaixo.

O SUSPEITO

NA BATIDA DAS ONZE HORAS DA MANHÃ CHEGARAM AOS JORNAIS, por vias travessas, os primeiros rumores sobre o envolvimento do padre Abelardo Galvão no suspense da imagem da santa. Telefonemas anônimos informaram aos redatores-chefes ou aos secretários de redação a existência de pista, idêntica na Polícia Federal e na Secretaria de Segurança, que apontava o cura de Piaçava como o suspeito número um. Ficassem a postos, recomendavam, pois novas e maiores informações seriam transmitidas. Detalhe curioso: os telefonemas, fora fácil comprovar, não provinham das repartições policiais, mas tampouco houve desmentido: nem no edifício do largo da Piedade nem no armazém do cais do porto.

A desaparição de santa Bárbara, a do Trovão, assumiu a partir de então caráter realmente sensacional, conotação invulgar, inesperada. A participação do padre Galvão estabelecia um elo entre o furto da imagem peregrina e o problema das lutas dos sem-terra contra o latifúndio, as invasões de fazendas, a reação dos proprietários, os cadáveres de camponeses, varados de bala, a ação — benemérita ou criminosa, depende de quem leia e julgue — dos padres da Igreja dos pobres, assunto explosivo.

A atuação do cura de Piaçava começara a ocupar espaço nos arquivos e destaque nas páginas dos jornais. Em mais de uma oportunidade, nos últimos meses, seu nome aparecera em títulos gordos, em caixa-alta. DISCÍPULO DE DOM HÉLDER, PADRE ABELARDO FUNDA COMUNIDADE — O CURA DE PIAÇAVA CHEFIA INVASÃO NA FAZENDA SANTA ELIODORA — FAZENDEIRO ACUSA PADRE GALVÃO DE INCENDIÁRIO.

Num jornaleco de escândalo, sem data certa de publicação — saía quando algum interessado afrouxava os cordões da bolsa —, o título anunciava matéria picaresca: PADRE ABELARDO GALVÃO, RASPUTIN DOS POBRES. O subtítulo referia o nome de Patrícia.

O EBÓ

NA BARRA DA MANHÃ DAQUELA QUINTA-FEIRA OIÁ FOI VISTA em ruas e becos, no centro e nas aforas da Cidade da Bahia, indo de axé em axé, em visitação. Se, devido aos chifres de búfalo e ao cuspo de fogo, alguém a reconheceu, não revelou espanto, não fez escândalo, não se atirou a seus pés nem lhe proclamou o nome. Saudou-a com discrição, num sussurro da boca para dentro, somente ela e mais ninguém poderia percebê-lo: Eparrei! Quem mais sabe menos fala, o alarde e a jactância são recursos dos néscios e dos charlatães. Oiá atravessou altaneira e bela, vestida com um pano da costa; nos ombros nus, nos braços e nos tornozelos, colares e pulseiras cor de vinho. Viram-na os madrugadores e os retardatários.

Fosse como fosse, algo transpirou: um rumor correu, espalhou-se. Nas casas de santo, no bulício das camarinhas, no recato dos pejis, ouviram-se conversas de sotaque, trocaram-se bisbilhotices, e no Mercado de Santa Bárbara, na Baixa dos Sapateiros, várias barracas amanheceram enfeitadas com guirlandas, bandeirolas de papel de seda, flores de papel crepom, se bem ainda estivesse distante a festa de Iansã que ali se comemora a 4 de dezembro. Foliona sem rival, Jacira do Odô Oiá improvisou modesto caruru de doze grosas de quiabos, para celebrar. Celebrar o quê, não disse nem lhe perguntaram.

Oiá viera por Adalgisa e por Manela, cobrar o que lhe era devido, exemplar quem lhe faltara, proclamar o direito à vida e ao amor. De festa se contentaria com a da véspera quando desembarcara e fora ao Gantois: obrigatória, pois quarta-feira é seu dia da semana. Mas, se outras houvesse, delas não desdenharia. Sucedeu, no entanto, o imprevisto acarretando-lhe novos trabalhos: mãe extremosa, Oiá não sabe negar-se às suas filhas. Não viera para festas, mas com tantos quefazeres a comemoração se impunha.

Segundo consta, Oiá teria começado pelo Axé do Alaketu, vizinho da casa de Carybé — da Boa Vista ao Matatu é um pulo, fica tudo em Brotas —, onde alguns afirmam ter ela passado a noite em alegre companhia: apontam como prova a tela onde se vê uma negra adormecida em mistério e poesia e, em derredor do corpo esgalgo e imenso, a paisagem da Bahia, a montanha, o mar, o povo. Atentando nos traços da figura, é fácil dar-se conta da parecença com Olga, a poderosa ialorixá: Olga do Alaketu, Olga de Tempo, Olga de Iansã.

A mãe de santo iniciara as obrigações do dia jogando os búzios para invocar o encantado, propor o ebó e transmitir as aflições da moça, os pedidos, fáceis uns, outros difíceis de satisfazer, quando Oiá se mostrou e acendeu a aurora no sopé da ladeira do Alaketu. Olga sorriu: minha mãe veio em pessoa, salve o dia abençoado! A cabra, presa por uma corda atrás do barracão, berrou aflita.

Acocorada diante da gamela de acarajés, a moça enxergou apenas a luz da aurora rompendo as trevas, mas distinguiu fulgurações grenás, estrias cor de vinho, e as tomou como signos favoráveis. De favorecimento dependia quem vinha carregada de cuidados, ambições, carências, o embornal repleto. Petição grande e variada, para tanta necessidade e tanta urgência bastariam duas dúzias de acarajés e uma cabra nova, se bem trazida do sertão?

Jamais a moça se sentira tão agoniada, pois aquele dia se tornara de repente decisivo para a sua carreira incipiente, mas era ambiciosa e obstinada, não fosse filha de Iansã. Em breve cumpriria três anos de feita, a partir da festa do nome não faltara a nenhuma obrigação, cumprira à risca o calendário dos boris. A santa a ajudara nas provas do vestibular e na estreia na concha acústica do Teatro Castro Alves, onde representara com garbo e elogios o papel de dona Pata numa peça infantil de João Jorge, aquele sem-vergonha. Cabelos de índia, negros e lisos, olhos azuis de branca, lábios carnudos de negra e a cor tisnada, a moça produziu a rogatória.

Clamava por justiça para os explorados, solicitava coragem e arte diante das câmeras e ansiava acolher nos braços o homem que lhe consumia o sangue. Jovem universitária simpatizante das causas proibidas, atriz novata nos tablados dos teatros de arena, pobres, provisórios, perseguidos, cabra em cio gemendo de paixão ardente e reprimida. Enfiara na mesma trouxa de empenhos o programa de televisão, o francês famoso, um padre lindo e casto e os três cadáveres que enxergara ao longe, apodrecendo. A outra cabra, a que trouxera de oferenda, de-comer para a cabeça, ela a roubara dos rebanhos do fazendeiro, o que lhe dava mais valia e maior merecimento.

Enquanto Olga ouvia a veemente lenga-lenga, Oiá se evolou na voz da moça, recorreu o latifúndio e o povoado, arrecadou a carga de infortúnios, tomou conhecimento das intenções malignas, dos planos diabólicos, soube da condenação à morte. Oiá conhecia o padre, companheiro de viagem na travessia do Paraguaçu, rapagão bonito, coração generoso e atormentado. O resto da solicitação da moça, francesia e desempenho, não requeria esforço. Tomaria das linhas paralelas para traçar um círculo.

A moça chegou ao fim da petição. Oiá, tendo regressado e decidido, montou Olga, seu cavalo favorito, empunhou o sabre e saiu dançando. Por três vezes cuspiu fogo antes de acolher no peito a pedinchona e aceitar o ebó. A gamela com os acarajés foi posta no peji mas quando, quente e vermelho, o sangue espirrou do pescoço da cabra, Oiá o sugou com avidez. Mandou que os pedaços do bicho fossem cozinhados e, separada a sua porção, a sobra servisse de repasto ao povo do axé no fim da tarde. Assim se fez.

OS ACONTECIMENTOS DA MANHÃ DE QUINTA-FEIRA

AO DEUS-DARÁ, CONFORME SEJA

A PARTIR DA MANHÃ DE QUINTA-FEIRA, VÉSPERA DO VERNISSAGE da Exposição de Arte Religiosa, conforme se está farto de saber, precipitaram-se os acontecimentos, atropelando-se uns aos outros, desencontrados na aparência: tornando o enredo ainda mais confuso, um labirinto.

Aos personagens conhecidos vieram somar-se novas figuras nacionais e estrangeiras, algumas de sinistra competência, esgueirando-se entre amoráveis criaturas, acotovelando-se com as celebridades. Sem falar no povaréu que se juntou, não fora necessário convocá-lo.

Faz-se mais difícil desatar o fio do novelo e amarrar-lhe as pontas: o jeito é narrar ao deus-dará, ao correr da pena, como se dizia nos bons tempos. Talvez seja necessário misturar tempos e espaços na sequência dos episódios, rompendo-se a harmonia que se pretendeu estabelecer para contar o conto. Quem sabe, em meio à barafunda e ao atropelo, se trilhará caminho válido que conduza à conclusão da aventura.

Se não for possível, se dará o dito por não dito e fim de papo: conto do vigário.

AS MABAÇAS

NA MANHÃ DAQUELA QUINTA-FEIRA, QUANDO O PADRE Abelardo Galvão, vestido de homem mas portando peitilho e colarinho de celuloide, insígnias de sua condição de clérigo, aproximava-se da entrada do Palácio Arquiepiscopal, cruzou com uma negra alta e esbelta, de porte altivo, ataviada com panos coloridos. Ao passar por ele a negra sorriu-lhe, confiada.

Embora a visse de relance, pareceu-lhe conhecida, de onde não se recordava. Voltou-se na intenção de certificar-se mas já não a enxergou, desaparecera em meio à multidão, no burburinho da praça da Sé. Absorto, a se perguntar onde a vira e a quem se assemelhava, não deu ouvidos ao molecote que lhe propunha a compra de um jornal apregoado aos gritos:

— Olha a notícia da santa que sumiu da igreja!

O bispo auxiliar deixou-o mofar na antessala durante uma boa meia hora, apesar de havê-lo convocado com data, hora e minutos marcados e recomendação de não se atrasar: às dez e meia em ponto. O seminarista que o atendera e fora anunciar nem sequer voltou. Lastimando não ter comprado a gazeta para encurtar a espera com a leitura, padre Abelardo, entregue a seus pensamentos, transportou-se aos sertões de Piaçava. Não fossem os ruídos da praça a invadir o velho casarão, sons de música, pregões de anúncios, estaria confinado nos ermos da paisagem agreste, o campo de palmeiras, plantações de piaçava e de dendê, o lugarejo mesquinho, o povo desamparado.

Na antessala o carrilhão roufenho marcou a hora: àquela hora, minuto mais, minuto menos, Patrícia atravessava a cavalo o pequeno largo em frente à igreja, no galope que a levava às margens do rio esvaziado pela seca. Regressava em trote manso, apeava-se diante da quitanda da índia Milá, por trás do coreto. Colocava as rédeas sobre o cabeçote da sela, afrouxava os arreios, o cavalo recolhia-se de moto-próprio à sombra do alpendre.

Padre Abelardo, da porta da igreja, acompanhava cada movimento, cada gesto da amazona: em vez de culote, usava calça jeans desbotada, em lugar de botas, um par de tênis de borracha. Acudia-lhe à memória imutável recordação da infância nos pampas: na porteira do curral moviam-se a avó, a china e os animais. Imagens desparelhadas, davam-lhe no entanto idêntica sensação de vida plena. A ocorrência repetia-se a cada um dos dias, ai, bem poucos! das visitas de Patrícia à casa dos pais: as visitas tinham-se tornado mais frequentes e mais prolongadas, assim lhe parecera. Ou se enganava? O padre Abelardo Galvão, equilibrado no fio da navalha, carregava o peso do universo na cacunda.

Nem bem se pusera a refletir sobre as razões capazes de ditar o comportamento da moça, prazos de idas e vindas e de permanência, o padre foi tomado por inesperado devaneio: a negra com que cruzara na calçada do palácio — onde a vira antes? —, negra retinta como era, recordava-lhe Patrícia. Patrícia, sim, ela e não outra. Fisicamente parecidas, de um parecer que no silêncio da antessala aumentava a cada instante, não seriam por acaso iguais? Iguais, de que maneira? O porte, as feições, quem sabe? A esbeltez, a altura, o brio, o sorriso ambíguo: confiado e evasivo. Alguma coisa a mais, não sabia o quê: vira a negra apenas de relance mas a vira inteira e para sempre.

Igual a Patrícia, como se fossem irmãs gêmeas mas de família, de estirpe, de linhagem diferentes. A obscura identidade com Patrícia recordou-lhe então onde e como a vira, à negra. Acontecera na véspera, na rampa do Mercado, à chegada do saveiro. Passara por ele só que mulata e vestida de baiana: piscara-lhe o olho. A altura, o sorriso, a elegância, o semblante, o porte de Patrícia. Alguma coisa a mais, o quê? Não reparara na ocasião, tão preocupado vinha devido à convocação do bispo auxiliar. Mas agora, na antessala do Palácio Arquiepiscopal, ele as identificava, irmãs mabaças. Duas ou três? Quantas? Dava-se conta da abusão. Abusão, insensatez ou devaneio, nele não prosseguiu o atormentado cura de Piaçava. Parado em sua frente, as mãos cruzadas sobre o volume da barriga, examinando-o de alto a baixo, a voz fanha, padre Soares anunciou-lhe que Sua Reverendíssima o esperava.

O BISPO NA JANELA

AO PENETRAR NA SALA ONDE DOM RUDOLPH RECEBIA E despachava, padre Abelardo percebeu-o de pé, junto a uma das janelas abertas sobre a praça: montado em seus tamancos — sendo de baixa estatura, usava tacos altos —, no tope da cabeça o solidéu vermelho, a pose marcial. Padre Abelardo revestira sempre a prepotência do bispo auxiliar com a túnica militar. Mas não lhe concedia estrelas de general vitorioso nos campos de batalha, apenas um cabo de esquadra mandão e intolerante. Parou próximo à escrivaninha, pigarreou para anunciar-se.

Dom Rudolph não deu atenção ao ruído do pigarro como não dera ao dos passos, continuou alheio, espreitando: a cortina de veludo resguardava-o da indiscrição dos transeuntes. Fazia-lhe mossa a figura da negra parada no centro da praça, na cintilação do sol, uma estátua. Apesar da distância, percebia, como se a encarasse face a face, que os olhos da negra fuzilavam, dois carvões acesos, duas brasas, e era sem dúvida dele que ela ria, debochada. Pior ainda, tais contrassensos não o desconcertavam se bem o deixassem inquieto, perturbado em seus desígnios.

Eis que de chofre a negra sumiu. Ele a fitava, ela sumiu. Não saiu do lugar, não se moveu, não se desfez em fumaça, não se desvaneceu: deixou de ser e de estar. O local da estátua ficou vazio.

Dom Rudolph desviou os olhos e por azar os pousou num tipo que também fitava a fachada do palácio: mal-ajambrado, calçava alpercatas sertanejas, o chapéu de abas largas cobria-lhe o rosto e, apesar do sol candente, envergava capa impermeável. Desinteressado, o bispo afastou-se da janela, afirmou o passo de início vacilante, andou em direção à mesa. Antes de sentar-se, serviu-se de água, bebeu dois goles, enxugou o suor do rosto e do pescoço. Guardou o lenço, não escondia o enfado: calorão mortal dos trópicos, umidade sórdida, pegajosa, e um mau padre em sua frente. Sentia um mal-estar no cangote, a testa ainda anuviada.

O EXÉRCITO DE CRISTO, QUAL DELES?

PADRE ABELARDO NÃO CONTARA COM RECEPÇÃO CALOROSA, nem mesmo cordial, conhecia a posição do bispo auxiliar a respeito dos problemas afetos à freguesia de Piaçava, reflexo dos problemas sociais que dividiam o clero brasileiro. Não imaginara todavia que o encontro viesse a se revestir de tamanha acrimônia. Em lugar de interlocutor em diálogo espinhoso porém civilizado, com citações de textos doutrinários, referências ao Concílio Vaticano II, à Pastoral da Terra e a livros recentes de teologia, viu-se sentado em banco de réu, a ouvir seco libelo acusatório. Pouco, quase nenhum direito de defesa lhe foi dado, Sua Reverendíssima impunha-lhe silêncio a cada tentativa feita para expor a verdade dos fatos, no entanto evidente, clamava aos céus.

A hipocrisia não se contava entre os defeitos de dom Rudolph: não tinha o hábito de dissimular seu pensamento, fingir estima quando desapreciava. Assim, ao sentar-se, fez apenas um sinal com a cabeça em direção ao padre. Não o acolheu no peito em fraterno abraço, não lhe estendeu a mão, não lhe deu o anel a beijar: era um guerreiro e não um diplomata. Indicou a cadeira, do outro lado da escrivaninha, o dedo assestado, lança em punho:

— Vejo que o reverendo se esqueceu, não levou na devida conta a recomendação que lhe fiz na última vez em que nos vimos, sobre a dignidade dos trajes sacerdotais.

— Tanto levei em conta que estou vestido de *clergyman*, em obediência às ordens de Vossa Reverendíssima.

Na frase correta, na inflexão respeitosa, dom Rudolph pressentiu sinais de mofa, elevou a voz:

— Eu disse: de batina. Em bom português. Da próxima vez, quero vê-lo de batina. Ou será que o uso da batina lhe pesa ou lhe tolhe os movimentos?

Nem sempre bom o português, o acento gutural tornava mais acerba a reprimenda, mais imperiosa a ordem. Entre o bispo auxiliar da Arquidiocese Primaz do Brasil e o obscuro pároco de Piaçava, situou-se, em formação de combate, o exército de Cristo. O exército ou os exércitos? Bem diversos um do outro, o do bispo, o do cura: opostos, inimigos.

Para dom Rudolph não cabia dúvida, e o afirmava, autoritário: o exército de Cristo, trincheiras erguidas nos cinco continentes, tinha a missão de sustentar, como vinha fazendo através dos séculos, o direito à propriedade das classes dominantes. Abusos, se houvesse, a caridade se encarregaria de corrigi-los: para isso existe a caridade, padre Galvão, uma das três virtudes teologais. A Igreja é sustentáculo da ordem e não promotora da desordem. Exerça a caridade, padre.

Padre Abelardo, ao contrário, considerava que essa Igreja da submissão e da obediência cega, a serviço dos ricos e dos poderosos — para eles os bens do mundo, para os pobres a esperança do reino dos céus —, era a negação da palavra do Messias: a Igreja devia servir à justiça e aos necessitados. O autêntico exército de Cristo, recrutado nas favelas das cidades e na miséria dos campos do Terceiro Mundo em desespero por padres e bispos portadores de uma prédica nova, devia sustentar a ação insubmissa, a resistência e a luta.

Frente a frente as duas formações, mesmo se fardadas ambas com a tradicional batina, impossível não distinguir entre o velho e o novo, a contradição que conduz, inexorável, o avanço da sociedade. E basta de discurso pois aqui o que se deseja e deve fazer é tão somente dar notícia sucinta e imparcial da controvérsia em que se empenharam o bispo auxiliar e o cura sertanejo. Sem que se tome partido e se procure influir na douta discussão. Dom Rudolph definiu a heresia:

— O senhor, padre, é um oclocrata. Não há heresia mais nociva em nossos dias do que querer implantar a oclocracia na igreja. É o que o senhor quer fazer.

Dom Rudolph era um poço de saber, o padre Abelardo era um oclocrata e ainda por cima desconhecia o termo e seu significado. Desejava apenas que fossem respeitados os direitos de colonos e posseiros mas exibira, ele também, suas leituras: fora seminarista aplicado aos estudos, diziam-no brilhante, previam-lhe um futuro de solidéu e honrarias. Dom Rudolph cortou-lhe a palavra em meio a uma citação de santo Ambrósio que padre Abelardo declamava com a costumeira ênfase de gaúcho fronteiriço: "A terra é dada a todo mundo e não somente aos ricos, o bem que te arrogas é dado a todos para o bem comum". Não chegou ao fim da frase, dom Rudolph atirou-lhe a Bíblia pelos tampos. Foi silenciado em latim: "*Redde Caesari quac sunt Cesaris, et que sunt Dei Deo*".

O ULTIMATO

O BISPO AUXILIAR NÃO ACEDERA AO PEDIDO DO PROPRIETÁRIO da Fazenda Santa Eliodora, Joãozinho Costa — dona Eliodora Costa era um pilar da Igreja, majestoso —, que solicitara o afastamento, a substituição imediata do pároco de Piaçava: o cardeal não daria seu acordo.

Na opinião do cardeal, os conflitos de Piaçava, como tantos outros pelo país afora, provinham da miséria extrema e afrontosa, e o cura não podia escamoteá-los. Agir com prudência, com certeza, mas não desconhecê-los. Assim dissera ao bispo auxiliar quando acertaram convocar padre Abelardo Galvão para "cortar-lhe as asas mas não o pescoço".

Dom Rudolph prometera, em troca, pôr cobro à ação subversiva do padre — subversiva, segundo o fazendeiro. Durante a conversa reservada após o régio almoço que reuniu a família para festejar a crisma da filha mais moça, Marlene, o bispo preferira classificar a ação do cura de imprudente, de intempestiva. A propósito, Joãozinho Costa referira-se, de passagem, à suspeita ligação do reverendo com certa sujeitinha, filha do coletor estadual. A pretexto de visitar os pais, a zinha, com certeza uma leva e traz, aparecia em Piaçava a três por dois, a xeretar nas terras da fazenda, nas casas dos colonos, quando não estava com nosso santo homem, de portas trancadas, na igreja. Dava na vista.

Após a oclocracia e o latim, chegara a hora do ultimato:

— Ouça-me com atenção para não dizer depois que não lhe avisei, padre Galvão.

Se o padre desejava continuar a exercer o serviço do Senhor em Piaçava, devia deixar de usar Seu nome em vão, abandonar de uma vez por todas e por completo a ação subversiva — subversiva e não imprudente: ali, a sós com o cura, a conversa era outra, não moderava os adjetivos —, a pregação marxista, indigna de um sacerdote, devia voltar-se para a salvação das almas e não para o comando de jagunços. Deus e a arquidiocese haviam-no designado cura, dependia dele, padre Galvão, continuar ou não em Piaçava. Sua atuação seria acompanhada passo a passo. Cuide das almas e exerça a caridade. Perorou com veemência e convicção, a voz de mando: não dava conselhos, ditava ordens. Fez uma pausa antes de acrescentar:

— Recomendo-lhe, ademais, compostura em seus relacionamentos femininos. Estão dando na vista.

— Relacionamentos femininos? Quais, me diga! Desejo saber.

— Não importa quais, não estou lhe perguntando nem vou lhe responder. Não se levante ainda, temos outro assunto a tratar.

Encerrado o capítulo explosivo — asas cortadas, o pescoço ainda não —, a voz do bispo auxiliar perdeu a agressividade:

— Sabe o senhor alguma coisa a respeito da imagem de santa Bárbara, a do Trovão, que veio na mesma embarcação...

A pergunta ficou no ar, inacabada. Na porta que dava para a saleta, padre Soares pedia licença para entrar, agitando uma folha de papel.

A ACUSAÇÃO

PADRE SOARES DEPOSITOU O RECADO EM FRENTE A DOM Rudolph e esperou de pé, as mãos cruzadas sobre o ventre. O bispo levantou a vista:

— Ele está no aparelho?

— Ainda não. Mandou ligar.

— Diga que vou atender.

Enquanto, de volta à saleta, padre Soares anunciava: Sua Reverendíssima vai atender, pode completar a ligação, dom Rudolph suspendeu o fone colocado a um canto da escrivaninha, ficou à espera. Não tardou, desdobrou-se, solícito:

— Bom dia, coronel, como tem passado? A que devo o prazer de ouvi-lo? — Escutou, franziu o cenho: — Importante e urgente? Diga, por favor — interrompeu o interlocutor logo depois, para confirmar: — Estou a par, sim. Fui eu quem o aconselhou a procurá-lo, coronel. Lembra-se de que lhe pedi que o recebesse? — Sorriu na expectativa de uma boa notícia mas quase em seguida o sorriso desapareceu: — Como disse? Sim, conheço, é claro... — Ergueu os olhos, fixou-os no cura de Piaçava. — Um momento, coronel... Estou ouvindo mal, vou mudar de telefone.

Levantou-se, dirigiu-se à saleta. Ao passar recomendou a padre Abelardo: espere-me, não demoro. Mas demorou, o telefonema prolongou-se. A um gesto do bispo, padre Soares fechara a porta de comunicação entre as duas peças. O sacerdote, a sós, cogitava sobre as ordens recebidas. Era longo o braço, era pesada a mão dos donos da terra.

Levou um susto ao ver o bispo auxiliar em sua frente, com quatro pedras na mão, querendo saber da imagem sobre a qual iniciara uma pergunta antes de ser chamado ao telefone. Agora, porém, a voz de dom Rudolph estava embargada, descomposta, já não fazia uma pergunta e, sim, uma acusação, a mais estapafúrdia:

— E a santa, que fim o senhor lhe deu? — Não lhe permitiu tempo sequer para espantar-se, atropelou-o: — A imagem da santa Bárbara, a do Trovão, que veio sob sua custódia de Santo Amaro, para onde a levou, onde a escondeu, por que a roubou, quais são seus cúmplices? Padre Galvão, o senhor foi longe demais.

FLASH DE PATRÍCIA À LUZ DO DIA

QUEM SE DER O TRABALHO DE RETORNAR AO COMEÇO DA história, lembrar-se-á que de Patrícia o padre Abelardo Galvão conhecia apenas o cristal da voz, o enigma do sorriso, o dengue dos olhos. Aliás, sobre Patrícia pouco mais se disse e se ficou sabendo. Urge reparar a omissão inepta, abandonando por inútil qualquer tentativa de justificação, qualquer pedido de desculpas: impossível explicar a negligência sem recorrer a artifício ou a embuste.

Houve decerto quem a reconhecesse no Axé do Alaketu despachando um ebó de sangue para Iansã, dona de sua cabeça. Fechara os olhos no momento em que a faca de ponta, manejada pelo axogum, cortou a vida e o berro da cabrita. Positivo: a moça era Patrícia e a cabra viera dos rebanhos de Joãozinho Costa.

O mesmo Joãozinho Costa, senhor feudal, que, sem lhe citar o nome mas fornecendo detalhes precisos, capazes de identificá-la de pronto e sem erro, a ela se referira, em prática reservada com o bispo auxiliar da arquidiocese no domingo festivo em que Sua Reverendíssima crismara

Marlene, após a missa das onze na catedral Basílica. Na homilia, dom Rudolph enaltecera as virtudes que engalanavam aquele lar cristão.

Em galope, Patrícia atravessara a cavalo a sala de espera do Palácio Arquiepiscopal, desmontara nas imediações da igrejinha de Piaçava, ante os olhos de padre Abelardo, toldados, cobiçosos. Devido ao padre, o nome de Patrícia aparecera nos jornais, fora do espaço reservado ao noticiário e à crítica de espetáculos.

Ao que se recorde, além dessas poucas referências, nada mais sobre ela se contou: sobram alguns adjetivos — formosa, elegante, altiva. Adjetivos genéricos, elogios merecidos que a ilustram mas não a retratam, não a descrevem, nem física, menos ainda moralmente.

Alta ou baixa, gorda ou magra, sisuda ou risonha, seios grandes ou pequenos, a bunda como era? Nem sequer se lhe esclareceu a cor da pele: sendo mistura de índios, negros e brancos, falou-se em cor tisnada, o que se quis dizer com isso? Chegou, e já chegou tarde, a oportunidade de apresentar Patrícia em plena luz do dia, dispersa a névoa na madrugada do despacho e antes que se exiba ataviada, penteada, maquiada, sob o clarão dos holofotes.

Quanto à cor queimada, devera-se ter escrito cor morena, assim se deve ler: morena cor de jambo — perdão pelo lugar-comum mas não há comparação melhor. Os longos cabelos lisos, negros e brilhantes, o rosto de escudo, oriental, herança da avoenga pataxó: maçãs salientes, olhos puxados. Puxados mas de um azul transparente, de água-marinha — e aí fica outro chavão —, olhos de gringa, de europeia. Olhos de dengue, definira-os padre Abelardo, acertando em cheio apesar de sua limitada autoridade em matéria de mulher: culpa dos votos de castidade, afiance-se de vez para evitar mal-entendidos. Possuísse um pouco mais de competência, veria que o dengue de Patrícia se estendia dos olhos pelo corpo afora, patente no baloiço dos seios, os mamilos forçando a blusa de cambraia, ostensivo no vaivém da bunda apenas encoberta pela minissaia. A bunda era de negra, *Deo gratia*!

Concluíra o curso de letras francesas na Faculdade de Filosofia, mas não deixara a universidade pois se inscrevera na Escola de Teatro, onde era o ai-jesus do diretor Nelson Araújo, dramaturgo e novelista, que lhe descobrira a vocação, modificara-lhe o nome e previa-lhe o futuro: essa ninguém segura, nasceu para a ribalta.

Patrícia estreara no palco há dois anos, em peça infantil, não parou mais. Nesses dois anos fizera de um tudo: outras peças infantis, teatro musicado, teatro de cordel, dramas e comédias, chanchadas, autores nacionais e estrangeiros, traçava o que aparecesse — o pequeno movimento teatral da cidade não permitia escolha. No cinema obtivera — por interferência de Nilda Spencer, outra figura de proa que apostava nela e a protegia — minúsculo papel, uma ponta, em filme de Nelson Pereira dos Santos, adaptado de romance baiano. Roubou a cena, segundo escreveu Walter da Silveira, bambambã da crítica cinematográfica: fosse mais importante o papel, roubaria o filme.

Com colegas da universidade, empenhados na contestação à ditadura militar, participara da fundação do Teatro de Arena da Bahia, de vida breve porém dinâmica — um dia a polícia chegou e embarcou a trupe num camburão, direto para a cadeia. As moças foram soltas horas depois, os rapazes no meio da noite. Prisão motivada pela insistência dos estudantes em montar espetáculo proibido pela Censura: continuavam a ensaiá-lo e mantinham na fachada do teatro acintoso cartaz anunciando a data da estreia. Arrancado da parede pelos tiras, o cartaz virou frangalhos, os jovens viveram seu momento de heroísmo, com direito a ficha na Delegacia de Ordem Política e Social e a ameaças.

Frequentava a Aliança Francesa, dizia poemas de Éluard — "Liberté, j'écris ton nom"—, sonhava com uma bolsa de estudos em Paris quando não sonhava com o padre Abelardo. Acontecia-lhe reunir o padre e Paris num mesmo sonho. Via-se com ele de mãos dadas, descendo, sob a neve, o Boul'Mich em meio à louca população do Quartier Latin. *Des tourtereaux*, diria o professor João Batista. Por falar no professor Batista, onde anda ele? Por que sumiu do enredo figura tão simpática? O professor, aliás, conhecia Patrícia e formava entre seus admiradores, elogiando-lhe a pronúncia francesa, o charme e os dotes de comediante. Profetizava: um dia ainda fará a Fedra, de Racine.

PATRÍCIA NO CAMARIM

NÃO POR ESCRÚPULO, ACANHAMENTO OU DESLEIXO DE PATRÍCIA, padre Abelardo dela conhecia apenas o cristal da voz, o enigma do sorriso, o dengue dos olhos. Ah, se dependesse dela, apenasmente dela! Bem que se esforçava: a voz que se partia em meio à frase, o olhar perdido, o sorriso ambíguo, a cisma e o suspiro.

Nunca fora conquista fácil, exigia que a cortejassem, que a namorassem e seduzissem, não se entregava assim sem mais nem menos, não era de cama imediata. Uma única vez lhe ocorrera sentir-se devorada de cio, precisada, incapaz de pensar, de refletir. Paixão igual à de agora, pelo padre, durara a temporada baiana de uma peça de Boal: além de bonito, o galã era apenas presunçoso. Abelardo, ao contrário, além de bonito, era uma pessoa maravilhosa, Patrícia não conhecia quem se lhe pudesse comparar. Coração puro e generoso, inteligência lúcida, consequente na luta para eliminar as causas da miséria, e que voz mais redonda e convincente, mais perturbadora. E as melenas de gaúcho? Vontade de enfiar os dedos na cabeleira loira e ondeada, catar-lhe cafuné. Mas esse amor de criatura, ai, mantinha-se distante e frio, não se apercebia da febre que devorava o ventre de Patrícia.

Nascidas do interesse que devotavam às condições de vida dos colonos e posseiros, dos sem-terra, alimentadas nas intermináveis conversas sobre política e literatura, música, cinema e teatro, os acontecimentos do mundo e as aflições do povo brasileiro, as prisões, a tortura, a resistência, a pregação do arcebispo de Olinda e de Recife, os feitos do guerrilheiro urbano Carlos Marighella, as relações entre a estudante e o padre tornaram-se íntimas e afetuosas, mas de uma intimidade e de um afeto de irmãos. Almas irmãs, ele dizia.

Em instantes fugazes, Patrícia pensava entrever vislumbres de cobiça, faíscas de desejo no olhar do padre, no tremor da voz, sobretudo nos silêncios súbitos. Fogo de palha, sem duração: logo ele retomava os caminhos da fraternidade. Como se não notasse o arfar dos seios, não lhes visse a curva no decote, não sentisse o contacto do joelho, o bafejo acelerado da respiração. Não entendia ou não queria entender? Indiferente, insensível a seus encantos de mulher ou tímido, medroso, proibido?

Patrícia jamais imaginara que um padre pudesse ser fiel ao compromisso do celibato, menos ainda um padre moderno, de calças jeans e camisas floradas, às voltas com os problemas sociais, à frente de uma ação comunitária, levantado em cólera contra os latifundiários e os burgueses, um homem de esquerda. Celibato? Coisa de um passado extinto, igual à virgindade das moças antes do casamento. Preconceitos.

No camarim, separando saias, blusas, calças compridas, o vestido branco de baiana, trajes que usaria durante os cinco dias de filmagem com a equipe francesa, até sentia um frio no útero quando pensava no programa de televisão. Na manhã daquela quinta-feira, na mesma hora em que padre Abelardo Galvão discutia doutrina com o bispo auxiliar, Patrícia trouxe-lhe o nome à baila, em conversa com Sylvia Esmeralda, colega de curso, amiga e confidente.

Sylvia Esmeralda, nome de guerra de destacado ornamento da sociedade, atacado pelo vírus do teatro, acompanhava com divertida curiosidade os suspenses da sofrida paixão: Patrícia não sabia falar de outra coisa, nem que o padre fosse o último varão sobre a terra. Logo quando tinha uma equipe de franceses à sua disposição: o maioral, famosíssimo, era um coroa em plena forma, um pedaço! Só pelo nome valia uma metida, transa capaz de engrandecer a biografia de qualquer estrela de teatro.

— Pelos meus cálculos — informou Patrícia —, ele deve ter chegado. Prometeu me procurar. É capaz que aqui...

— O quê?

— Fique sabendo, Sylvia, que vou comer esse padre nem que tenha de agarrar ele a pulso. Tipo mais metido a besta, nunca vi.

Sylvia Esmeralda estendeu a mão para a luz, examinou as unhas pintadas de vermelho-escuro:

— Não é besteira, não, menina. É o dogma da castidade, um cadeado, não tem escapatória. Vai ver, ele ainda é donzelo.

— Donzelo?

Parecia impossível. Tamanho homem, devia estar beirando os trinta anos. Mas, pensando bem, até que podia ser: o incrível acontece quando menos se espera. Patrícia mordeu os lábios, os olhos distraídos, cismarentos:

— Donzelo, o pobrezinho... — a voz desfalecida, de quebranto: — Pois se é donzelo, vai deixar de ser, juro pela salvação de minha alma.

Pôs os dedos em cruz, beijou a cruz:

— Deus há de me ajudar.

— Herege! — disse Sylvia Esmeralda para dizer alguma coisa inteligente, a cabeça no francês.

LA CHANSON DE BAHIA

O FRANCÊS FAMOSO, O COROA EM PLENA FORMA QUE PERTURBAVA os pensamentos de Sylvia Esmeralda, era Jacques Chancel. Perambulando em carne e osso pelos meandros do conjunto histórico, amarrando os últimos detalhes da filmagem de mais uma emissão de *Le Grand Échiquier*: iniciaria as gravações na tarde daquela quinta-feira. Emissão de duas horas e quinze minutos, dedicada toda ela à vida e aos costumes da Cidade da Bahia: candomblé, capoeira, samba de roda, blocos e afoxés, o casario, o mar, o povo e a música. *La Chanson de Bahia*, anunciara Chancel em entrevista coletiva, ao desembarcar.

Três anos antes, tendo viajado ao Brasil com um grupo de vedetes da RTF, Rádio e Televisão Francesas, para participar da entrega dos prêmios Molière, no Rio e em São Paulo, Chancel detivera-se na Bahia, rápida estada de dois dias. Com o objetivo de entrevistar Vinicius de Moraes, então residente em Itapuã, para outro programa seu, esse de rádio: *Radioscopie*. Na casa do poeta encontrara Dorival Caymmi, ouviu-lhe as canções marítimas e os sambas, ficou vidrado.

Ao saber que Caymmi era o patriarca de uma grei numerosa de compositores, pediu a Nilda Spencer, para quem trouxera carta de Madeleine Archer, da companhia de aviação, e em cuja casa ia almoçar comida de azeite, que lhe possibilitasse conhecer algumas músicas desses baianos tão falados. Nilda selecionou uma dezena de elepês, e antes e depois do caruru e do vatapá o homenageado se manteve ao lado do som, escutando na voz de Maria Bethânia, de Gal Costa, de Maria Creusa e dos próprios compositores um fabuloso festival.

Os presentes, convidados para bater papo com o visitante, que o desculpassem pela falta de atenção: ao fim da tarde embarcaria para o Rio onde trocaria de avião para Paris, tinha de aproveitar o tempo. Os breves minutos de conversa, porém, valeram a pena pois o figurão os aproveitou para fazer uma baita declaração de amor à cidade que o deslumbrara pela beleza antiga, a atmosfera mágica e a força da vida popular. Falou maravilhas das músicas que acabara de escutar e revelou sua intenção de mostrar a cidade e o povo da Bahia ao público francês, consagrando-lhe uma das próximas emissões de *Le Grand Échiquier*, programa recordista de audiência, como na certa os amigos estavam a par.

Intenção, não, decisão irrevogável, tomada ali, naquela hora: apenas chegado a Paris apressaria as medidas necessárias, regressando em seguida para as filmagens. Nilda Spencer bateu palmas, entusiasmada, o francês a encarregou de uma série de providências. Para começar, devia ir ao encontro de Vinicius de Moraes para que ele, com a urgência exigida, estudasse o roteiro do programa em todos os detalhes. Tendo dito, o badalado visitante se despediu entre beijos e abraços: *à bientôt!*

No dia seguinte Vinicius riu da inocência de Nilda quando a atriz, açodada, o procurou com a incumbência do roteiro — o homem pede a maior urgência, poetinha. Minha Nilda bem-amada, esqueça isso, não leve avante recomendação nenhuma, não tome compromissos, não gaste seu tempo, não empenhe seu prestígio. Se o fizer, vai se machucar. Tomou-lhe da mão e a beijou com afeto, antes de prosseguir.

Então ela não sabia como se passa com esses gringos? Chegam ao Brasil, se entusiasmam, desembarcam na Bahia, adoram, decidem fazer mundos e fundos, anunciam espetáculos musicais, programas de televisão, filmes de cinema, o diabo a quatro e não estão enrolando: o entusiasmo é real, verdadeira a intenção. Só que, apenas põem o pé no avião de volta para Paris ou Nova York, os camaradinhos já estão noutra e nunca mais se tem notícias deles. Jacques gamou pela Bahia e certamente gostaria de fazer um programa com a música do pessoal daqui, não estava blefando quando falou nisso. Mas a esta hora, em Paris, já nem se lembra da conversa de ontem. Mesmo que quisesse se lembrar não teria tempo, ocupado com mil coisas, minha Nilda.

Nilda ainda recordou *Orfeu*, o filme de Marcel Camus adaptado da peça de Vinicius. A exceção que confirma a regra, retrucou ele: não se repete. Mas não fique triste, minha negra, ouça essa canção sobre Itapuã que eu e Toquinho acabamos de compor. Bebeu um gole de uísque, tomou do violão.

A atriz seguiu o conselho do poeta, porém o fez morta de tristeza: o projeto de uma emissão dedicada à Bahia de programa tão importante como *Le Grand Échiquier* pareceu-lhe o máximo, e aquela ideia genial nascera durante um almoço em sua casa, ela a sentia coisa sua, queria vê-la realizada. Mas Vinicius tinha experiência, estava calejado, Nilda não tardou a dar-lhe a mão à palmatória: cansou-se de esperar uma palavra do francês, nem sinal de vida.

Já havia esquecido por completo aquele assunto, superado a decepção, eis que, três anos passados sobre o almoço de azeite, recebeu um telegrama de Paris, assinado Jacques Chancel anunciando-lhe a chegada à Bahia daí a quatro dias de um tal Guy Blanc, técnico de cinema e de tevê, com a responsabilidade de montar a produção de *Le Grand Échiquier*. O próprio Chancel chegaria uma semana depois com o resto da equipe. O longo telegrama tratava do projeto como se houvessem transcorrido tão somente uns poucos dias e não três anos da data do almoço e da conversa inicial: pedia-lhe que contactasse Vinicius e o informasse, cobrando-lhe o roteiro. Nilda caiu das nuvens, feliz da vida: gostava de dizer que a vida, com frequência, é surrealista. Único contratempo, Vinicius não se encontrava na cidade, partira em excursão através da Argentina e do Uruguai, não podiam contar com o poeta.

Competente, expedito, o diretor de produção não perdeu tempo, apenas desembarcado pôs o projeto em marcha acelerada: circulava pela cidade no táxi de Miro, contratado para servir a equipe. As relações de Nilda, popular e querida, foram-lhe de muita ajuda: o governador, o prefeito, o cardeal e as mães de santo rendiam-lhe homenagens, os artistas e os compositores eram seus chapas, ela conseguia tudo e ainda mais. Fez duas sugestões, logo aceitas por Guy Blanc: encarregar Nelson Araújo do roteiro e contratar Patrícia da Silva Vaalserberg como tradutora a serviço da equipe.

Ao chegar, Jacques Chancel aprovou as disposições tomadas, ressalvando a que se referia à Patrícia. Assim a viu, morena de olhos azuis, pataxó e holandesa, e a ouviu falar um francês escorreito com irresistível acento brasileiro, promoveu Patrícia das Flores a sua assistente. Beleza sensual e exótica, secreta e exibida, ele a reconheceu e proclamou: não existia outra tão perfeita para lhe servir de *partenaire* na apresentação do programa: *tout le monde sera envouté*.

AS VIRTUDES DE OLÍMPIA

UMA ALMA SIMPLES, UM HOMEM RETO, JOÃOZINHO Costa, proprietário da Fazenda Santa Eliodora e de outros domínios urbanos e rurais dos quais aqui não se faz praça, em respeito à circunspecção do latifundiário: fosse por natural modéstia, fosse por compreensível prudência alusiva ao imposto de renda, não lhe agradava exibir a relação de seus bens.

Quem o classificava com tal rigor de expressão era o estimado genro e conselheiro, doutor Astério de Castro, vitorioso empreiteiro de obras públicas, feliz marido de Olímpia, a filha mais velha do fazendeiro, monumental e desenvolta. Ao conhecê-la, durante a animação de um coquetel na nova sede da firma Castro Imobiliária e Construtora Ltda., o jornalista Augusto Bastos, mais conhecido por Gugu Bosta, perdera o rebolado e a cautela, saíra apregoando: é um avião, um avião! Por encomenda do empresário, o plumitivo redigia textos laudatórios ao governo; doutor Castro os assinava e publicava nos apedidos das gazetas. Esses artigos e a abnegação de Olímpia, as duas chaves mestras com que contava para abrir as portas mais fechadas, forçar os cofres do estado.

Posto que Olímpia, em voo a jato, aterrissou na história, fala-se dela incontinente, adiando-se os particulares da conversa havida uma semana atrás entre o sogro e o genro, apesar de fio condutor do entrecho, como se verá. Por ser mulher e por ser impetuosa, sabendo se impor, Olímpia merece a preferência, a primazia. No sermão da crisma de Marlene, dom Rudolph não detalhou as virtudes pessoais de cada membro da família, se o tivesse feito já se saberia do altruísmo, do espírito de sacrifício de Olímpia, a dedicação sem limites ao marido.

Sendo um avião, grande mulher em todos os sentidos, na estatura elevada — saíra ao pai —, na fachada vistosa, no corpo espetacular, no caráter impávido, Olímpia desfilava cercada de pretendentes a cobiçar-lhe — não a mão, é evidente, levava mais de três anos de casada —, a cobiçar-lhe o bucetame. Sabia-se que ela dava e que o marido tapava os ouvidos, fechava os olhos, na dele, tranquilão. Poderia escolher entre os jovens e ardentes garanhões aquele que melhor lhe parecesse. No entanto, os testemunhos acentuavam o cuidado com que Olímpia selecionava os amantes. Desprezando os bonitões e os refinados, ia buscá-los sempre nas altas esferas do poder: na pauta extensa, estrelas maiores, um governador, um ministro e um general da ativa, comandante de tropa.

Que não se venha com falsos moralismos negar virtude ao elitismo da escolha: esposa devotada, Olímpia sacrificava-se na cama para possibilitar ao marido os benditos contratos que tanto davam que falar aos invejosos e aos caluniadores. Sacrifício, sim, pois ir para a cama e praticar o coito e os circunjacentes com alguns daqueles asquerosos senhores exigia estômago. Estômago e caráter: Olímpia os possuía, comprovados. Casara com Astério de Castro sabendo o que fazia. Não sendo o que se chama um homem bonito, Astério se vangloriava de ser um homem ético, ou seja, capaz de aceitar e digerir tudo quanto lhe servisse à ambição.

Para compensar-se dos repetidos holocaustos, Olímpia degustava adolescentes: meninos com farda de colégio — já não existem fardas de colégio, corrija-se em tempo: meninos *al primo canto*, novinhos. Tinha vocação de professora e entendia da matéria. Olímpia, um avião.

AS SANTAS MISSÕES

DOUTOR ASTÉRIO DE CASTRO FITOU O SOGRO — ALMA SIMPLES, homem reto — com os olhos de sapo, empapuçados:

— Recolha seu pistoleiro, pague-lhe o silêncio e o devolva.

A competência do genro se impunha. Os olhos saltados e o desfrute da voz silenciavam Joãozinho Costa em meio aos arroubos de homem reto. Doutor Astério confundia o valor, a significação das palavras, equivocava-se facilmente, não encontrava diferença entre reto e direto, talvez devido à rima. Pretendia ressaltar a maneira de ser do fazendeiro, impulsiva, a precipitação com que se dispunha a agir, recorrendo a recursos extremos. Um defeito mais do que uma qualidade: a estima do doutor Castro pelo sogro temperava-se com uma ponta de desprezo. Entre os dois, uma distância histórica. Joãozinho Costa permanecia num Brasil da Idade Média, semifeudal, onde bastavam a força e o mando. Doutor Astério de Castro competia num Brasil industrial, moderno, em processo de desenvolvimento, para ganhar era preciso agir com a cabeça: o punho, só em última instância.

— Só em última instância e olhe lá. Você vai fazer um mártir quando precisa desmascarar um tartufo, um salafrário. Use a cabeça. — Tirou uma baforada do charuto cubano, contrabando custoso, privilégio de ricaços e de altas figuras do governo: — Você não me disse que o padre anda às voltas com uma garota, uma que representa nos teatros? Até mandei botar o nome dela, junto com o do padreco, no pasquim de Gugu Bosta: você me pediu, se lembra? Que o reverendo estava enrabichado... Outro dia, vi essa moça no teatro: leva jeito. Diz cada palavrão com a cara mais limpa deste mundo... e tem um corpo, seu mestre, nem lhe digo... Apareceu meio pelada... — estalou a língua na boca mole, apertou os olhos de sapo, ficava com a cara indecente, pornográfica. — Recolha o pistoleiro, seu Joãozinho, deixe o padre comigo.

Joãozinho Costa não vira outro recurso, além do pistoleiro, ao se convencer, na conversa com o bispo auxiliar, de que o padre Galvão não seria removido de Piaçava. Acrescia a vinda do sacerdote à capital, assim o acontecimento não se daria no sertão, nos limites da fazenda, ficava mais difícil acusá-lo de mandante. Nas comunidades eclesiais de base, nas missas durante o Evangelho, padres vermelhos responsabilizavam-no pela morte dos três bandidos que haviam resistido à expulsão das terras da santa Eliodora. Mandara buscar, na Zona da Mata em Pernambuco, Zé do Lírio, conhecimento antigo, homem de confiança, portador de uma folha de ofício imaculada.

— Já pensou, seu Joãozinho, na cara de dom Rudolph quando receber a foto do reverendo e da mocinha, os dois em pelo, num quarto de motel? A cara dele e a do cardeal: não se engane, é esse mija-manso quem dá mão forte aos padres da subversão. — Riu em meio à fumaça do charuto, prelibando a reação do cardeal posto contra a parede: — Não vai ter outro jeito senão escondê-lo em algum convento, mandá-lo para longe. Se for preciso, publica-se a foto no jornal do Bosta. Nu frontal, seu Joãozinho, tudo à mostra. — Prolongou o riso, a boca mole: na voz pastosa a nudez anunciada adquiria um aspecto obsceno, imundo.

— E quem vai bater essas chapas? Como é que o padre e a zinha vão parar num motel? Não são malucos.

— O que lhe falta é imaginação, meu caro sogro e amigo. Deixe comigo, já lhe disse, e não se preocupe. Para essa santa missão disponho de pessoal competente, traquejado.

Joãozinho Costa engoliu as perguntas, preferia não saber. Temia imiscuir-se em certas atividades do genro, penetrar em zona obscura, inquietante: corriam rumores, à boca pequena, a respeito das ligações do empresário com o SNI. Que apito ele tocava nos subterrâneos do poder maior, secreto e inapelável? Manda-chuva ou simples informante? Joãozinho Costa ignorava, melhor assim.

Mafioso e Alcaguete, sem aspas, impresso em tipos garrafais, esse o título do artigo de Ariovaldo Matos sobre o doutor Astério de Castro, na primeira página do semanário. A trajetória política, da renegada juventude comunista a prócer do golpe militar, uma de suas cabeças pensantes na Bahia, os negócios prósperos, a vida pública. Suborno, corrupção, a máfia das obras oficiais, e provas a granel: um horror. Não havia referência direta ao Serviço Nacional de Informações — Ariovaldo era maluco mas nem tanto —, nem se fazia necessário, estava na cara: a quem servia o alcaguete, para quem trabalhava o delator? Tampouco havia alusão a Olímpia, direta ou indireta, nem a sombra de uma insinuação: comuna ou doido de pedra, Ariovaldo era um *gentleman*.

Na ocasião, Joãozinho Costa, indignado com a diatribe, anunciou ao genro a intenção de mandar aplicar uns cascudos no jornalista. Astério agradecera e recusara; já então lhe dissera: deixe comigo. Não tardou e o semanário teve a circulação suspensa, o que não deve causar admiração a ninguém pois há bastante tempo a senhora Norma Martins, em conversa com Adalgisa, previra tal medida. Não previra, todavia, a cadeia que o jornalista gramou nem o processo a que respondeu. Se bem a propósito de tais medidas não viesse à baila o explosivo artigo, outras as causas declaradas: envolvimento com o Congresso dos Estudantes, ilegal, e a cobertura da repressão sangrenta, incitação à greve de transportes urbanos, ilegalíssima, Joãozinho Costa não se deixou enganar. Percebia o dedo de Astério na interdição do jornaleco e na prisão do diretor: dedo grosso, mão de gato.

Novamente o genro intervinha para conter-lhe o ímpeto, estorvar-lhe a ação, vetá-la: desta vez não se tratava de cascudos, a sentença era outra, equivalente ao crime praticado pelo padre. Não de todo convencido, Joãozinho Costa concordou: também ele divertia-se pensando na cara do cardeal, sabidamente pudibundo, ao receber a foto. Reserve uma cópia para mim, quero mostrar ao povo de Piaçava, esses boçais só faltam tirar são José do nicho e botar o padre no lugar.

A RAZÃO PROFUNDA

AINDA ASSIM, QUANTO À OUTRA SANTA MISSÃO, A QUE ENCOMENDARA a Zé do Lírio, Joãozinho Costa não a deu por excluída. Suspendeu-a por enquanto: vamos ver no que resulta o plano de Astério, aquela maluquice. Mandou que o pistoleiro aguardasse novas ordens, Zé do Lírio comunicou-lhe a intenção de aproveitar o adiamento para gravar bem gravada na menina dos olhos a cara do predestinado. Não era bom fisionomista, sua única deficiência profissional. A lembrança do sucedido em Caruaru o fazia prudente e atento.

Na estima de Joãozinho Costa pelo genro havia também uma ponta de desprezo. Reconhecia-lhe as qualidades, muitas e convenientes, proclamava aos quatro ventos as proclamáveis: sobre algumas valia mais guardar silêncio. Para seu gosto de homem reto e alma simples, chefe sertanejo, senhor de terras, Astério de Castro era por demais desfibrado: puxa-saco, lambe-botas, capacho. A razão maior, porém, de sua reserva em relação ao genro, ele a guardava no fundo do peito, a ela jamais se referia e sobre ela evitava pensar, de tão delicada. Apesar do compromisso com a verdade que preside esta crônica de costumes, vacilou-se em proclamá-la e, ao fazê-lo, roga-se sigilo. Joãozinho Costa tinha alergia a cabrões, a cornos, a maridos mansos, alvos prediletos de chacota e zombaria. Atravessados na garganta, os chifres familiares engasgavam-no. Não culpava Olímpia: herdara dele a estatura e a incontinência, culpava o pamonha do marido, incapaz de satisfazê-la e comedi-la.

No artigo, Ariovaldo Matos usara palavras candentes: medonho, sinistro. O físico medonho, de sapo-boi, o caráter sinistro, de vampiro. Um homem de honra, um cavaleiro andante, respondera Olímpia, a fiel esposa, ao colunista da "Semana do Jet-Set" que lhe pedia definir o marido numa frase. Um ser ético, definia-se ele próprio. Doutor Astério de Castro, que personagem!

A CORTINA

NA SALA VAZIA DO PALÁCIO, NO PRIMEIRO ANDAR, DOM RUDOLPH, absorto, quando deu por si encontrou-se a olhar pela janela: lá estava a negra, no mesmo lugar, uma estátua. Dentes à mostra, rindo dele. Sua Reverendíssima largou a cortina, estremeceu, gotas de suor umedeciam-lhe a testa. Manhã desastrada, repleta de toda classe de problemas: a Pastoral da Terra, as comunidades eclesiais de base, a imagem desaparecida, o escândalo no jornal, as suspeitas da polícia, a indignação do padre, a perspectiva da reunião com o coronel Raul Antônio — o bispo auxiliar entre a cruz e a caldeirinha, perdido em dúvidas. Até onde poderia ir um clérigo no caminho da heresia? Na vertigem da tentação, na peçonha das doutrinas marxistas, ainda respeitaria o caráter sagrado dos mandamentos? Rezando pelo catecismo da oclocracia, padre Galvão possuía, contudo, uma virtude: não escondia suas ideias, não escamoteava suas ações, fazia praça de sua posição. Não mentia.

Sua Reverendíssima mandara convocar dom Maximiliano, afinal o diretor do Museu de Arte Sacra era o responsável pela imagem, não fossem seus caprichos, ditados pela vaidade, santa Bárbara, a do Trovão, estaria em paz na Matriz da Purificação, em Santo Amaro. Devagar, a medo, voltou a suspender a ponta da cortina, espiou: a negra botou-lhe a língua. Cruz, Cão!

O CORTEJO

SAÍA O PADRE ABELARDO GALVÃO DO PALÁCIO ARQUIEPISCOPAL, pela mesma porta entrava o padre Eliseu Madeira, o das Obras Pias, apressado e sorridente. Cumprimentaram-se com um aceno de cabeça, não se conheciam. De atalaia nas imediações, algumas pessoas agitaram-se ao ver o cura de Piaçava. Elói, o seminarista de plantão, aproveitou o entra e sai para dar uma espiada no movimento da praça: negra mais bonita, pô! Bené, o sacristão, segredava que as crioulas são as mais quentes... O moleque se aproximou, correndo.

Ainda conturbado, padre Abelardo resolveu trocar de roupa antes de ir em busca de Patrícia: me encontra fácil na Escola de Teatro. Encaminhou-se para a Misericórdia, cinco pessoas seguiram-lhe o rumo, guardando maior ou melhor distância, disparatado cortejo a lhe pisar os calcanhares.

Comissário Parreirinha encabeçava o grupo, palitando os dentes para não dar na vista, o volume do revólver suspendendo a barra do paletó, o cano à mostra. Lá vai o comissário Parreirinha na filatura de um coitado, apontou-o o maconheiro a seu chapa: descambaram na curva da ladeira.

Dois tiras da Polícia Federal, cada qual mais escrachado, afastados um do outro para não despertar a atenção, mantinham-se em contacto através de sofisticados *walkie-talkies* japoneses, última palavra em matéria de apetrechos: o zum-zum surpreendia, assustava os transeuntes. Atrás, fechando a marcha, o tipo de capa impermeável e chapéu de abas largas. Acrescentara óculos escuros à indumentária clássica de pistoleiro, no encalço do padre para vê-lo de perto: Zé do Lírio não queria correr risco ao receber ordens para cumprir o trato.

A negra ora ia na frente, ultrapassava o padre, ora ia a passo com os tiras da Polícia Federal — a estática explodia nos sutilíssimos *walkie-talkies* —, num encontrão quase derruba o comissário Parreirinha: é de crer que se divertisse à grande. Quando padre Abelardo chegou em frente à Câmara Municipal, ela o precedera e aguardava no passeio do Elevador Lacerda, sentada à mesa do bar com vista sobre o golfo, saboreando um sorvete de pitanga.

Enquanto o cura de Piaçava se detinha a admirar o Palácio Municipal — aquela perfeição! —, os comparsas aguardaram: os tiras em posição de sentido, o pistoleiro em posição de descanso, o comissário num pé e noutro. Os policiais seguiam-no para determinar-lhe a hospedaria, saber para onde se dirigia, ao encontro de quem, recolher novas pistas antes de tomá-lo preso. O assassino para fixá-lo na retina e não errar o tiro.

Então a negra subiu no balaústre, abriu os braços sobre o mar e a cidade: na manhã de sol, límpida, esplendorosa, aconteceu a insólita fulguração de um raio, um corte de punhal. O céu se tingiu de roxo com as tintas dos colares e pulseiras de Oiá, se cobriu de sombras, espessas e pesadas. A negra dissolveu-se em trevas.

O rugido dos trovões rolou sobre os palácios, ensurdeceu o mundo. Por trás do padre, noite fechada; o padre desapareceu na claridade. Oxente!

A(S) NOITE(S) DE NÚPCIAS

INVITAÇÃO AO CABAÇO

APROVEITE-SE A CONFUSÃO ESTABELECIDA NA PRAÇA municipal onde, na escuridão de breu, o comissário Parreirinha atropela transeuntes, os tiras da Federal tentam acender lanternas elétricas, ianques, de bolso, ofertadas pela CIA, as lanternas não funcionam, esqueceram-se das pilhas, e o pistoleiro reza uma oração de esconjuro — aproveite-se a escuridão do meio-dia para reencontrar os recém--casados. No embarcadouro de Valença, à espera da lancha, nervosos os dois, de mãos dadas. Cai a noite na hora certa, noite sem lua, de viúva.

Existe quem esteja aguardando com incontida impaciência este capítulo da intriga, o do cabaço. Pois que não se demore mais e se conte como decorreu, sem omitir detalhe. Se a alguns parecer prolixa em demasia a descrição da noite de núpcias, pelos mesmos idênticos motivos agradará a outros, numerosos: não só de padres e bispos se ornamenta a história, não se nutre apenas de teologias. Está por se escrever uma boa história onde não exista sexo, explícito ou dissimulado, fator de alegria e sofrimento, fonte da vida: nem a Bíblia escapa. Muito ao contrário.

O caso se alonga além das previsões, a escrita é lenta, de acordo. Mas a culpa cabe a Adalgisa que não quis ou a Danilo que não soube, decerto aos dois, cumprir o rito no devido tempo. O ideal seria tê-lo feito antes do casamento, nos ensejos do noivado, mas, como já se assinalou e não há por que se repetir, o puritanismo se sobrepôs e impediu. Agora, porém, estão casados, de certidão e aliança, vai começar a esperada cerimônia do cabaço, está feita a invitação. Quem não quiser assistir que salte as páginas.

O RÁDIO DE PILHA

POR SORTE TROUXERA PARA O MORRO DE SÃO PAULO o rádio de pilha, pequeno transistor que levava para os campos de futebol, desde o término de sua carreira de goleador. Assistia ao *match* acompanhando a narração barroca e os comentários contundentes de França Teixeira, naqueles idos jovem comunicador já popular mas ainda pobre, torcedor exaltado do Ipiranga. Fã e amigo de Danilo, dera-lhe sempre a maior força, contribuindo sobremaneira para popularizar-lhe o nome: exaltava-lhe jogadas, creditava-lhe vitórias, inventara o apelido consagrador: "Danilo, o Príncipe dos Gramados". Aclamava-o, em veia de lirismo, "Príncipe Danilo, o terno e eterno namorado da pelota" ou, no entusiasmo pelo lance do cobra em dia de inspiração, glorificava-o ao microfone: "Príncipe Danilo extrapolou, comeu a bola, abusou".

Reduzida, a bagagem de Danilo coubera num saco de mão: sunga para o banho de mar, dois shorts e duas camisetas com o escudo do Ipiranga para passear no povoado, conviver com os veranistas, um pijama, um par de sandálias japonesas. Em compensação, Adalgisa enchera a mala de viagem do pai, como se a lua de mel fosse durar um mês e transcorresse em Copacabana ou em Honolulu. Uma fornada de vestidos para a manhã, a tarde, a noite, três pares de sapatos, sendo um de salto alto, dois maiôs novos em folha e um biquíni, dádiva de Dolores: deixe de ser cafona, ninguém usa mais maiô de peça inteira. Variedade de calçolas, combinações, anáguas, blusas e saias, meia dúzia de camisolas de dormir — e ele que a queria nua na cama, sem trapo a lhe esconder o mais mínimo detalhe do corpo! No último instante, Danilo enfiara o rádio em meio à roupa, inspiração do céu.

Assim pudera atravessar a tarde de domingo escutando a transmissão do desafio interestadual Bahia × Santos, com Pelé estraçalhando: três gols, cada qual mais impossível, o terceiro então nem se fala: França Teixeira chegara a perder o fio do discurso... Tão notáveis, conseguiram impedir que Danilo viesse perturbar o sono pesado em que Adalgisa mergulhara após o almoço. Adormecida no sofá, ela suspirava arfando o peito: o sutiã e a blusa impediam que se visse a marca deixada pelos lábios cúpidos, laivo azul-violeta partindo do mamilo esquerdo.

Tão geniais os tentos do Rei Pelé, desviaram o pensamento de Danilo das ocorrências da noite anterior. As ocorrências da noite anterior, da noite de núpcias, ai. Ai!

RONDÓ DA LANCHA

A ESCURIDÃO TOMBARA SOBRE O MAR QUANDO A LANCHA, vinda de Valença, os desembarcou no pequeno cais, na encosta do morro de São Paulo: o morro emprestava o nome à ilha encantada.

Treva de breu, lua nova, mal dera para que enxergassem no interior da embarcação os retardatários apinhados na derradeira viagem do sábado. Todos eles habituês dos fins de semana nas vivendas à beira da praia, quilômetros de areia fina e branca, batida pelas ondas, só se podia comparar ao paraíso. Conheciam-se todos, uns aos outros, conversavam animados combinando programas para o domingo. Danilo isolou-se com Adalgisa na popa da barca. Uma fulana cutucou a vizinha, cochichou: recém-casados, riram as duas.

A viração de maio, arrefecida desde o entardecer, levara Adalgisa a agasalhar-se de encontro ao peito atlético do noivo — noivo não mais, agora esposo de papel passado e aliança no dedo anular da mão esquerda. Recostada sobre o peito másculo do marido — seu marido, seu amo, seu senhor, seu homem, pensou —, em busca de conforto, calor e segurança. A cabeça posta em repouso no ombro de Danilo, a recém-casada tão fácil de reconhecer cerrou os olhos e buscou aquietar-se.

Danilo aconchegou-lhe o corpo trêmulo sob o paletó do terno novo, de tropical azul, cortado e costurado sob medida para o casamento pelo alfaiate da família Sampaio, Gustavo Reis, afreguesado e careiro: quem pagou a conta foi doutor Arthur Sampaio, padrinho patacudo. Ao acomodá-la, aproveitou-se e pousou a mão no seio que se avolumava sob a blusa de seda: Adalgisa mudara a roupa antes de sair, abandonara o vestido de noiva em cima do leito de solteira. Ao toque, ela sobressaltou-se, sacudiu o busto como se houvesse recebido uma descarga elétrica. Sentia apenas frio ou era de medo que se estremecia? Adalgisa apertou o braço de Danilo.

Sorrateiro, ele segurou-lhe a mão e a veio trazendo do braço para a coxa até a altura da braguilha, colocando-a espalmada sobre a rola que ameaçava romper os botões e libertar-se, tão ansiosa e apta se encontrava. Adalgisa não se deu conta de imediato de onde acomodara a mão, sentira-se inclusive alentada com a quenturinha que ali se concentrava mas, ao perceber nos dedos a pulsação nervosa, compreendeu que sob a calça havia algo mais, além da coxa: rápida, retirou a mão e a levou à boca para abafar a exclamação — um vagido, ui! —, menos de repulsa que de espanto. Incorrigível Danilo: valeu-se do movimento da assustada para passar-lhe a língua na orelha, por fora e por dentro, ousadia inédita, nunca acontecera antes: um arrepio percorreu o corpo de Adalgisa, de alto a baixo, e lhe quebrantou a voz:

— Por favor! Tem gente olhando...

— Conversa! Ninguém está vendo.

Mas ela o fitou com olhos tão súplices que Danilo se mancou e durante alguns minutos nada mais ocorreu digno de nota. Reduziu-se a um discurso sincero e apaixonado, de palavras eloquentes, preciosas, enfiada de chavões românticos e radiofônicos, que ela ouviu com evidente agrado e crescente tentação. "Dadá, você é o sol a pino de meus dias, a estrela polar de minhas noites", recitou com voz morna e envolvente.

Quando a lancha embicou para o cais da ilha, Adalgisa, derreada de emoção, voltara a repousar a cabeça no peito do marido, rodeando-lhe o pescoço com os braços. Danilo começara por beijá-la de leve na face e, devagar, foi indo de beijo em beijo, atingiu a orelha, usou a língua, tomou o lóbulo na boca, um rebuçado. Dadá não impediu nem protestou, sequer quando ele mordeu devagarinho.

A barca encostou de encontro ao penedo, os passageiros levantaram-se, Adalgisa se compôs, atarantada. Danilo ofereceu a mão para ajudá-la a saltar. Ela estendeu os dedos, sorriu enleada: pareceu-lhe breve o tempo de navegação.

OS DESACORDOS

NAVEGAÇÃO PEQUENA, CUMULADA DE AUDÁCIAS E anuências, difícil aprendizado das obrigações de esposa, da conquista do prazer: Adalgisa suspirara ao desembarcar.

Para Danilo, quarenta minutos lerdos na soledade do mar, sofreguidão contida. Mastigara as rédeas para não tomar o freio nos dentes, matara o tempo em declarações de amor, ávido de cobrar-se dos direitos adquiridos, avocar-se a posse dos encantos e vergonhas de Dadá, iniciá-la, fazê-la mulher, sua mulher. Na lancha, impossível.

Quando se encontrarem sozinhos os dois no quarto de dormir, já não existirão testemunhas, limitações, reclamos, olhares súplices. Os parcos sucessos do percurso, ele não os considerou sequer aperitivo, antepasto: na conjuntura dispensava os tira-gostos, queria começar pelo prato de resistência que outro não era senão o cabaço de Adalgisa. Não que desprezasse os refinamentos, as quintessências, os requintes, e deles se abstivesse: ao contrário muito os apreciava e com constância os praticava, mas para desfrutá-los com Dadá havia tempo de sobra, a vida inteira pela frente.

Sujeitando-se aos pruridos de pejo e pudicícia da noiva, acatando-os e até valorizando-os, aguardara, comendo o pão que o diabo amassou, por mais de um ano, o momento de "colher no jardim da formosura e da inocência a flor da pucelagem", conforme verso de poeta de suas relações, ou seja, comer os tampos da mais linda e casta donzela da Bahia. Custara-lhe, além da amarga abstinência, o preço da liberdade. Obtivera emprego, tornara-se homem sério, assumira responsabilidades, dissera adeus à vadiagem, à boa vida, à boemia. Tinha direito e tinha pressa.

Que sucederá quando enfim se defrontarem os dois no quarto, no cadafalso do leito, na hora da verdade? — interrogava-se Dadá ao balanço da barca. A madrinha, doña Esperanza, algo lhe explicara quando, tendo Danilo conseguido trabalho no cartório, decidiram marcar data para o casamento. Logo adiados, banhos e proclamas, devido precisamente à morte súbita da madrinha, ai que desgraça! Não há como expressar a falta que ela lhe faz.

Recomendara-lhe submissão e paciência no transe crucial — a dor física agrava o opróbrio: prepare-se para sofrer, *hijita mía*... — no qual a mulher renuncia ao que possui de mais valioso aos olhos de Deus, a pureza do corpo, a virgindade. A posse da esposa pelo esposo não está catalogada no rol dos pecados pois o sacramento do matrimônio a santifica mas nem por isso deixa de ser ato cruel e obsceno.

Estivesse atenta sobretudo às proibições e limitações impostas ao relacionamento sexual dos cônjuges pela Santa Madre Igreja, para não praticá-las, não correr o risco de ver-se de repente excomungada. Existem homens depravados — *la mayoria, mi niña* — que abusam da inocência das pobres criaturas e não se acanham de arrastar as próprias esposas pelos caminhos da luxúria, da devassidão, como se elas fossem prostitutas. São caminhos da ignomínia, da perdição. Pensa em teu anjo da guarda, sempre a teu lado: presencia tudo quanto fazes. A madrinha não esclareceu sobre o permitido e o proibido e Adalgisa não se atrevera a perguntar, tivera vergonha. Algo sabia, contudo. Marilu, colega das mais evoluídas, divertida e loquaz, que tentara introduzi-la nas bocas de fumo e propusera apresentá-la a executivos magnânimos: mãos-abertas, pagavam uma nota alta por bronha, boquilha, enrabação — a trêfega Marilu fazia praça de seus conhecimentos, teóricos e práticos. Parca teoria: além de pífia adaptação do *Kama Sutra*, em edição barata, lera as páginas mais candentes da tradução de *Sexus*, de Henry Miller, e ouvira falar em Freud. Prática tinha de sobra, para dar e vender. Adalgisa não se viciou em maconha nem deu a bunda. Puxou fumo uma única vez, não lhe apeteceu, e nenhum executivo lhe viu a cara quanto mais o corpo, mas ficou sabendo pela condiscípula quais eram e como se cometiam aquelas coisas. Ouviu-lhe críticas e deboches a propósito dos casais que reduzem os embates do sexo ao exercício puro e simples da posição denominada “papai e mamãe”, ridicularizada por abalizados sexólogos, especialistas na matéria, em programas de grande audiência nas estações de rádio. Posição clássica, segundo essas sumidades e ademais admitida pelos cânones da Igreja que aceita e até abençoa a fornicação — a foda, traduzia Marilu, esbanjando erudição — se praticada com o objetivo exclusivo da reprodução da espécie humana. Tirante isso, o mais é pecado e vitupério. Para Marilu, a sábia secundarista, era o que de melhor se levava no bojo do caixão, na hora do enterro.

As duas metades da mesma laranja, diziam de Adalgisa e Danilo, devido à identidade de gostos, à maneira como os noivos pensavam e reagiam, sempre de acordo. No que se referia às relações sexuais, porém, era total e completa a discordância. Duas concepções da vida e do amor — controvérsia antiga, milenar.

Não havia artifício, hipocrisia, no comportamento de Adalgisa, a madrinha a educara espanhola e puritana, tampouco na conduta de Danilo, produto do machismo imperante. O que para ela não passava de penosa obrigação de esposa, para ele significava plenitude do himeneu. A palavra que ocorria era himeneu: as demais, casamento, bodas, matrimônio, esponsais, não lhe pareciam à altura da situação. Para ela, bródios sujos e doentios, culpa e pecado. Para ele, práticas limpas e saudáveis, mérito e deleite. Para Dadá, o inferno, para o Príncipe, o paraíso.

Chegados à ilha, o desentendimento se implantou, o idílio cedeu lugar à discórdia. A noite de núpcias que se anunciara doce e prazerosa na escuridão da barca descambou da sedução para a violência, Danilo em fúria; do sorriso tímido para o choro convulso, Adalgisa em desespero.

A FULANA

A FULANA, LOIRA DE BOCA RASGADA E OLHAR DE FRETE, prontificou-se a indicar a casa do senhor Fernando Almeida. Fez um comentário brincalhão:

— Doutor Fernando vive emprestando a casa para lua de mel. Até falam que noite de núpcias passada ali é menino na certa nove meses depois, contados dia a dia...

Mediu Danilo da cabeça aos pés à luz quase nenhuma da lanterna elétrica. Tendo-o reconhecido, felicitou Adalgisa:

— Sim senhora. Driblou o craque, fez gol de placa. Está de parabéns.

Saiu andando na frente, mostrando-lhes o caminho aberto entre calhaus; outros viajantes observavam, curiosos. Ao término da trilha acidentada ouviram o rumorejo do mar, as ondas rebentando contra a imensidão da praia: não se lhe viam princípio e fim. A loira apontou a moradia na distância: divisaram um sobrado de dois andares, de casinhola não tinha sequer a aparência. Sustendo o passo, lastimou:

— Pena que não seja noite de lua. Conheço o mundo inteiro, estou por encontrar lugar mais bonito do que o morro de São Paulo. Ideal para lua de mel. — Uma pausa, breve: — Ainda melhor para adultério.

Demorou-se a olhar e a ouvir, alheada, depois dirigiu-se a Adalgisa:

— Não preciso desejar boa noite, vai ser com certeza uma noite inesquecível. É o que lhe desejo, bela. — Voltou a medir Danilo de alto a baixo, mordeu o lábio: — E a si também, gostosão.

A fulana riu e, apressando o passo, os deixou para trás. Marulho de conchas, o riso foi morrer na praia.

O JANTAR

MULATA FORTE, DE CARAPINHA GRISALHA, A EMPREGADA os acolheu à porta, risonha e atenta:

— Me chamo Marialva, vou mostrar o quarto. Enquanto lavam as mãos, boto o jantar na mesa.

— Jantar? — Inquietou-se Danilo: — Não pensávamos...

— Uma coisinha leve. Não vão ir para a cama em jejum.

Ir para a cama: grifara a expressão, usara-a de propósito? Estranhado, Danilo fitou a rapariga mas não surpreendeu malícia no rosto benévolo, na atitude cordial. Solícita, ela os acompanhou ao quarto, no andar superior. Depôs a mala sobre uma banqueta, abriu as gavetas da cômoda onde colocar as peças de roupa, indicou o armário onde pendurar os vestidos, comprovou a existência de água corrente nas torneiras, deixou uma das placas de querosene ao lado do jarro de flores, no consolo, levou a outra para o banheiro. Depois de uma última vista-d'olhos, saiu, fechou a porta, ouviram-se seus passos na escada. Danilo tomou Dadá nos braços e a cobriu de beijos. Interrompeu tão grata ocupação para dizer:

— Não vou jantar coisa nenhuma. Não quero nem ouvir falar em comida.

Mas Adalgisa discordou, alegando que não pegaria bem deixar os pratos esfriando na mesa, afinal a empregada dera-se o trabalho de preparar a janta, deviam fazer nem que fosse um simples ato de presença.

— E lhe digo mais: estou morrendo de fome, o ar do mar me deu apetite.

Era outro o apetite de Danilo mas não quis criar problema.

Dadá tinha razão, reconheceu: não cabia deixar fama de mal-educados, dar motivo para falatórios e gozações.

— Então vamos logo. Nada de demorar lá por baixo. Ouviu?

Afundou a mão no colchão para considerar-lhe a maciez e o molejo: de primeira, ia ser uma festança. Deu o braço a Adalgisa, juntos desceram a escada ante o olhar maternal de Marialva postada embaixo a esperá-los.

Na mesa, sobre a toalha de linho, bordada, extravagância em casa de praia mesmo sendo em propriedade de rico industrial, as moquecas — de peixe, de ostra, de camarão — ofereciam-se apetitosas, temperadas no leite de coco e no dendê. Pirão de farinha, molho de pimenta-malagueta machucada com limão, cebola e coentro, uma garrafa de vinho verde, português, gelando em balde de metal cromado. Danilo arregalou os olhos. A gentileza sem limites do dono da casa comprovava o prestígio de Francisco Romero Perez y Perez junto aos amigos: mantinha-se sólido apesar das vacilações da fortuna.

Adalgisa dissera-se esfomeada, todavia serviu-se com cautela: fazia regime para não engordar e tinha medo de abusar de comida de azeite, sobretudo à noite. Danilo, que relutara em vir à mesa, não resistiu, atirou-se às moquecas com disposição voraz e abundância de pimenta, comeu de se fartar, enxugou a garrafa — Adalgisa apenas provou o verde — e quando, risonha, Marialva exibiu o prato de porcelana com o "creme do homem", musse de coco com calda de chocolate, não se conteve, bateu palmas saudando sua sobremesa predileta, afrouxou o cinto. Cada coisa!

A CINTA DE BORRACHA

REVOLTEAVA EM TORNO DE ADALGISA, TENTANDO DESPI-LA e dominá-la: bufo principal de cômica pantomima. A comparsa escapava, fugia-lhe das mãos, transitando da mala aberta sobre a banqueta para a cômoda e o armário, para o banheiro, retirando e guardando o mínimo necessário. Riam-se os dois, burlescos personagens.

Danilo alternava galhofa e despeito, palavrões e piropos, adulação e queixa, rosnava interjeições, os braços estendidos buscando agarrá-la, na intenção de atirá-la na cama e se servir. Dadá agitava-se entre a troça e o temor, alvoroçada, divertida, salvando-se por pouco das garras do apressado. Já perdera a blusa, arrancada a muque, um dos botões saltara e sumira por detrás da cômoda.

Em ocasião de maior risco, ao escapulir dos dedos que pretendiam arriar-lhe a saia, zombando do fiasco do marido, mostrou-lhe a língua em desafio. Burlava-se dele, parecia deleitar-se com aquele jogo de cabra-cega, no fundo morria de medo do que pudesse vir a acontecer se ele conseguisse desnudá-la e a estendesse sobre os lençóis perfumados de alfazema. Durante o jantar, a empregada retirara a colcha de crochê com forro de cetim, deixara a cama feita. Prontinha da silva.

O terceiro saltimbanco não se deixava ver mas Adalgisa o sabia presente e atuante: tratava-se de seu anjo da guarda. Responsável por Dadá, pela pureza do corpo e pela salvação da alma, atento às ameaças sem conta que pesavam sobre a inocência da pupila na noite de núpcias, noite fatal. Disposto a cumprir com o dever de guardião da honra e da virtude, atropelava os passos de Danilo, desviava-lhe as mãos, fazia-o tropeçar em coisa nenhuma como se estivesse bêbado. Nos transes mais difíceis, quando lhe faltavam as forças e já não via escapatória, Adalgisa recorria a ele, murmurava: valei-me, meu anjo da guarda! Safava-se incólume.

Incólume, em termos. Superando os percalços visíveis e os invisíveis — a agilidade de Dadá, o torpor nas pernas de chumbo —, Danilo conseguiu retirar-lhe a saia, mão de obra complicada e trabalhosa. À custa de ameaças — rasgo esta porcaria! — ela suspendeu os braços permitindo que a saia estreita passasse por cima da cabeça. Faltava apenas livrá-la da combinação pois a calçola, o sutiã, as meias não constituiriam problema quando a agarrasse. Quis saudar o feito decisivo mas, em vez de exultante exclamação de vitória, subiu-lhe das entranhas indelicado arroto. Se Adalgisa o ouviu, não demonstrou. Por um instante, o Príncipe perdeu o rebolado.

Recomposto, alcançou e segurou firme a barra da combinação e como as ameaças não decidissem Dadá a cooperar, Danilo, indignado, resolveu cumpri-las. Novinha em folha, a galante peça do enxoval, rasgada de alto a baixo, feita em pedaços, rolou aos pés da virgem, exibindo-lhe a nudez do tronco. O torso enxuto, os seios visíveis na transparência do sutiã de rendas, o ventre liso de moringa, arredondado, o obscuro mistério do umbigo. Mas não lhe exibiu a bunda, ai, não!

Sob a combinação, partindo dos joelhos, prolongando-se até a cintura, sujeitando e comprimindo as duas bandas do universo, impedindo a visão sonhada, cobiçada — após tão longa espera, ia por fim regalar a vista —, alastrava-se monstruosa cinta-calça de borracha. Cinto de castidade, Danilo já o sentira sob os dedos nos últimos meses de noivado, tinha-lhe horror e asco. Definitivo, implacável breve contra a luxúria, bastava tocá-lo perdia o tesão.

Adalgisa convencera-se de que o hábito da cinta-calça a faria mais guapa, de porte mais esbelto e, sobretudo, concorreria para diminuir-lhe o volume acintoso dos quadris. Garantia afiançada em anúncio de página inteira numa revista de São Paulo; senhoras da alta, elegantérrimas, expressaram opinião idêntica. O conselho de madame Nadreau, francesa viajada, fora decisivo para que Dadá se precipitasse para a loja de seu Miguel Najar e comprasse a cinta de borracha: comprara logo um par. Nunca mais deixou de usá-la.

A visão desoladora e odiosa da cinta-calça o derrotou. Vítima de repentino desânimo, o Príncipe dos gramados abanou, melancólico, a cabeça, arriou os braços, sentou-se na cama. Do que se aproveitou a noiva para trancar-se no banheiro, levando consigo a camisola de dormir. Não uma qualquer e sim aquela que, para diferenciá-la das demais, se designa por "camisola da noite", a da noite de núpcias. Obra de arte em crepe da china, espuma branca, leve, esvoaçante, transparente, colo e barra de rendas, a barra apenas abaixo dos joelhos, aberta dos dois lados, a de Adalgisa viera da Butique Laura Alves, de Ipanema, no Rio de Janeiro. Com as desculpas de dona Glória Machado, impossibilitada de comparecer ao casamento por se encontrar excursionando na Tailândia em companhia do marido, o *big boss*.

Danilo arrancou os sapatos de verniz, suspirou aliviado, massageou os pés doloridos. Tirou a roupa, peça a peça, estendeu-se nu na cama à espera de que a esposa saísse do banheiro e finalmente ele a traçasse. A cabeça descansada sobre o travesseiro, a natureza a meio pau, cerrou os olhos para melhor enxergar a caixa da boceta onde, embutido, o cabaço se escondia, coisa linda. Adormeceu.

A PRODUZIDA

ENGANOU-SE POR INTEIRO, CAIU DO GALHO, DESCAMBOU no ridículo quem se apressou a rir à custa de Danilo, fazendo-o alvo de gracejos de mau gosto por acreditá-lo dormido a sono solto até a manhã seguinte, perdendo a hora e a ocasião. Por certo, devia-se ter usado o verbo *cochilar*, em lugar de *adormecer* como está escrito dando azo a conclusões apressadas e equívocas.

Danilo dormitou sem dormir de todo, o pensamento posto naquilo que se sabe. No entanto, de quando em vez, abria os olhos, constatava a porta do banheiro ainda fechada, voltava a tirar uma pestana. Tirou várias pois Adalgisa demorou uma boa meia hora a fazer-se uma beleza e quando retornou ao quarto — quando adentrou o gramado como escreviam os cronistas de futebol referindo-se à entrada triunfal do Príncipe no terreno da peleja — estava simplesmente deslumbrante, princesa de conto de fadas ou do Principado de Mônaco, fica a comparação à escolha de cada um.

Produzida de cabo a rabo. Desfizera-se da pintura usada para a cerimônia, tomara uma ducha para livrar-se do suor, refrescara o rosto com água de lavanda, perfumara o corpo com água de colônia — a *original eau de cologne*, de Köln am Rhein, recebera um vidro de presente, fineza de uma grã-fina, dona Eva Adler, consulesa da Áustria e freguesa de doña Esperanza —, soltara os anéis do cabelo em torno do pescoço à moda de certas imagens medievais, despira-se do sutiã, da cinta-calça de borracha libertando seios e quadris, lavara as partes, inclusive o xibiu e o fiofó, com desodorante específico para a "higiene íntima" que Dolores lhe aconselhara: para banhar a xoxota, menina, não há igual, a safadinha fica no ponto: limpa, cheirosa, escorregadia — capitosa! Luxos de Dolores, sua irmã, desde mocinha dada a esses descaros.

Produzir-se é o contrário, o oposto do que acima se relacionou, santa ignorância! Produzir-se é efetuar sofisticada maquiagem — sombra violeta nas pálpebras, rímel nos cílios, lápis nas sobrancelhas, batom púrpura nos lábios, ruge nas faces, máscara retada! —, é exibir penteado insólito, inventado e esculpido por perito do porte do grande Severiano ou por outro *coiffeur des dames* de igual melindre, é perfumar-se com ciência e arte, usando fragrância francesa, cara e excitante, sexy: uma gota recendendo lascívia no frouxel dos pentelhos. Santa ignorância! Aceite-se a censura, o carão, de quem sabe, pratique-se a autocrítica, formule-se respeitoso pedido de desculpas. Mas, assim ou assado, seja como for, produzida ou simplesmente asseada, livre de artifícios, Adalgisa ficara ainda mais bonita, mais apetecível. Nenhuma princesa, de conto de fadas ou do Principado de Mônaco, lhe chegava aos pés.

Hesitara ao envergar a camisola, curta, esvoaçante e transparente, aberta dos lados até o meio das coxas, prenda de dona Glória: temia parecer provocante, oferecida, descarada. Não teve jeito, a outra, costurada por doña Esperanza, fora guardada na cômoda: de cetim, rica, com entremeios de bordado inglês, composta, fechada no pescoço, faixa larga na cintura, comprida até os pés, acompanhada de robe e calçola da mesma fazenda, acessórios decorosos. A de dona Glória era peça única, sem calcinha quanto mais calçola e robe.

Quando Adalgisa recebera, das mãos da madrinha, as três peças embrulhadas em papel de presente, com o consentimento da ofertante desfizera o pacote e envergara a camisola por cima da combinação para ver como lhe caía no corpo: perfeita! Suspendeu a calçola para medi-la com os olhos, não precisava experimentá-la, perfeita ela também: a perfeição de doña Esperanza na máquina de costura. Interrompendo louvores e agradecimentos da afilhada, doña Esperanza pronunciou sentença cujo sentido cabal escapava a Adalgisa: o acento castelhano tornava-se ainda mais cerrado quando por entre dentes se referia a determinados temas. Por suposto, teria dito ser a camisola a última trincheira a cobrir o bastião da virgindade cuja conquista, na noite de núpcias, deveria dar-se em consequência de manobras e ardis que fizessem da rendição da praça vitória e não derrota. Linguagem sibilina de viúva pudenda, Dadá ficara sem saber de que meneios e tramas se tratava, onde e de quem a derrota e a vitória. Nisso pensara ao enfiar a airada camisola, obséquio da ricalhaça carioca.

O movimento do trinco ao abrir-se a porta despertou Danilo: à baça luz da placa ele a enxergou, visão irreal, paradisíaca. Pensou-se ainda dormido, arregalou os olhos para sentir-se acordado, ergueu-se num rugido, saltou da cama, a natureza em riste: potente e agressiva, um aríete. Tão arrogante que o anjo da guarda de Dadá vacilou nas asas e, não cabendo dúvida sobre o que se ia passar, escafedeu-se para não mais voltar. Saiu pelas frestas da janela por onde, vadia, a viração do mar entrava no quarto e levantava a barra da camisola de Adalgisa.

A BRISA

A VIRAÇÃO DA NOITE DIVERTIA-SE EMPINANDO A CAMISOLA de Adalgisa, elevando-a acima dos joelhos, exibindo uma nesga de coxa: em inesperado alvoroço ergueu-a à altura do rego da bunda. Mesmo mal enxergando à claridade mofina da lâmpada de querosene, Danilo sentiu um baque no peito e, sem temer consequências, deixou escapar um grito de guerra, vibrante toque de clarim.

A desposada buscava conter a brisa, controlar a camisola, olhos baixos, sorriso medroso sem saber como agir, o que fazer. Jamais o vira assim, completamente nu: na praia admirava-o de calção de banho — de sunga, moda recente e ousada —, apalpara-lhe de leve a musculatura do peito e dos braços, os jornais louvavam a condição atlética do craque do Ipiranga e ela se orgulhava. Mas eis que o via sem calção, sem sunga, todo peludo, e aquela arma engatilhada: valei-me, Nossa Senhora da Purificação!

Não ficava bem apelar para a Virgem Puríssima, a Imaculada, em presença de nudez desavergonhada, pensou, ainda mais confusa. Que dissera doña Esperanza falando acerca da camisola da noite? Da outra, não do trapo indecente que, em vez de cobri-la, a exibia. A brisa corria-lhe pelas pernas, subia-lhe entre as coxas, bafejava os caracóis do púbis, tênue comichão. Arrepiada, tentava achar desagradável, não conseguia.

Do outro lado da trincheira, aprestava-se o conquistador a passar da palavra à ação quando teve de suster o ímpeto do ataque para refrear um arroto, despachá-lo com prudência e discrição. Digestão difícil, um bolo no estômago. Merda.

Não seria ligeiro mal-estar o que lhe iria diminuir o entusiasmo, reduzir-lhe a intensidade do desejo, colocá-lo em escanteio. Atirou-se, mais que decidido e impetuoso: incontrolável como quando partia em direção ao arco para marcar o gol. Agora ou nunca. Não esperava encontrar dificuldade, resistência, oposição. O obstáculo... mas o obstáculo era a meta alvejada, o que de melhor havia, o troféu a conquistar, o cabaço de Adalgisa.

OS CRÉDITOS DO GARANHÃO

DANILO POSSUÍA ALGUMA EXPERIÊNCIA, TINHA A SEU CRÉDITO de machão dois cabaços colhidos na glória dos estádios. Retrato nos jornais, perfil latino de galã de cinema, elogios a granel nos programas de rádio, homéricas descrições de gols, Príncipe para cá, Príncipe para lá, poderia ter passado nos peitos tantas donzelas quantas desejasse, não fosse o receio de ver-se envolvido em escândalo, manchete nas gazetas: ídolo do futebol, ameaçado de morte, casa-se na delegacia de costumes. Bom assunto para Armando Oliveira, cronista bem-humorado, com público cativo de milhares de leitores: não poderia haver melhor tema para gozação. Ademais a posição ocupada por Danilo na equipe, ponta de lança, prestava-se a jogo de palavras, a duplo sentido, a trocadilho, autêntico regalo para Armando Oliveira. Deus me defenda de entrar numa fria dessa espécie! Não corria riscos: quando a ameaça de cometer um desatino parecia-lhe patente, rompia o namoro, sumia, dava às de vila-diogo.

Maduros, os cabaços que tirara: fáceis e tranquilos os dois. Inesperado o de Albertina, maior de vinte e um anos, funcionária pública com bom ordenado, senhora de si, avexada para dar. Por que não dera antes, ninguém sabe. Mas, tendo começado, prosseguiu aloprada, conquistando recordes. Quando Danilo a levou para a cama do castelo de Aurinha Cu de Grega, pensava-a furada há muito, qual não foi sua surpresa ao constatá-la virgem, cabaçuda. Ao sentir inusitado entrave, suspendeu a faina santa, botou-a em confissão:

— Não me diga...

Albertina reconheceu, entre presumida e encabulada:

— Sou donzela, sim. Tu é o primeiro... Juro.

Cabaço maduro porém inteiro como ficou comprovado pelo sangue a coroar a calva do reverendo confessor. Tarde gloriosa, data marcante: a chuva farta de verão lavava as ruas da Cidade da Bahia enquanto, no aconchego do quarto do castelo, Albertina Carvalhaes, até então simples oficial administrativa exercendo na Justiça do Trabalho, iniciava carreira de fodilhona das mais competentes e bem-sucedidas de que se tem notícia. Sob a égide do Príncipe Danilo, a quem, na lassidão da cama, ronronava, agradecida: ai, meu Clark Gable, tu é bom demais. Albertina Carvalhaes, feiosa de cara, o corpo um monumento.

Um pouco menos tranquilo e bem menos inteiro o cabaço de Benzinha. Na ocorrência não havia de que se vangloriar: Benzinha se oferecera, se entregara, abrira as pernas sem que ele pedisse, na Pedra do Sal, perto da casa de veraneio de miss Switt, adida cultural norte-americana, onde trabalhava de arrumadeira. Namoro perturbado pois a carrapeta noivara com Isaías Formigão, veterano goleiro em vias de descalçar as chuteiras, poço de ciúmes, rude atleta. Formigão exercia extrema vigilância em torno da noiva de cuja fidelidade tinha sobradas razões de dúvida: Benzinha era figurinha popular na tradicional Gafieira do Barão.

Fartos de encontros açodados, aflitos de correria e de carência, sabendo Isaías preso na concentração do clube em véspera de *match* importante, os clandestinos buscaram a solidão da praia em frente à mansão de repouso do cardeal primaz, recanto ideal para uma boa sessão de putaria. Putaria foi essa que, arretada, Benzinha perdeu as estribeiras e deu de graça. Deitou-se na areia, suspendeu o vestido, não usava calcinha, arreganhou a buça: me coma, Príncipe, não quero guardar para o corno do Isaías. Danilo arriou as calças, satisfez-lhe a vontade com prazer mas, ao recordar a proeza, subestimava-a. Muita cabeça de rola andara alargando a via de acesso e se nenhuma por ela penetrara, respeitando parcos restos de virgindade, devia-se ao temor que Formigão infundia: gigante e mata-mouros, de mãos enormes. Na distância, freiras em retiro aproveitavam a meia hora de recreio noturno para brincar na praia, molhar os pés nas ondas: ao eco de seus risos inocentes Danilo comeu o que sobrara do cabaço de Benzinha.

Vivera semanas de apreensão, num pé e noutro, receoso de que após o casamento o corno do Isaías, reincidente agressor de juízes e de adversários, ao encontrar o caminho aberto, desse escândalo, viesse cobrar os três-vinténs da noiva. Três-vinténs? Nem dez réis havia de cabaço. Benzinha, Rita Benta de Lima, galanteza de rosto trigueiro, riso provocante, ancas de navegação.

PAUSA POÉTICA

DESPACHADO O ARROTO, FECHADO O PARÊNTESE DOS DEFLORAMENTOS praticados quase à revelia por nosso herói, retoma-se o fio da história no preciso momento em que Danilo parte em direção a Adalgisa e a prende nos braços: momento crucial. Dessa feita, não se tratava de cabaço maduro, sazonado na prática da libertinagem, reduzido à metade no contato de dedos, línguas, rolas. Jamais tocado por dedo vicioso, língua destra, estrovenga nem falar, de Danilo ou de outro qualquer, tendo sido ele o primeiro e único namorado de Dadá.

Fosse o nosso Príncipe leitor de poesia, a exemplo do cronista Lamenha, poderia na circunstância, para lhe dar um tom romântico, recitar mágico verso de Lorca, repetido por estudantes e subliteratos, "*verde que te quiero verde*", ou outros menos desgastados, "*en la concha de la cama/ desnuda de flor y brisa*", todos eles propícios para a cerimônia. Mas, em amor à verdade que estrita preside este relato, deve-se revelar a notável ignorância do nubente em matéria de poesia, em particular de poesia da península Ibérica: da espanhola nada sabia, da portuguesa conhecia Camões de ouvir falar, de leitura não ia além de escassos sonetos de Bocage, salafrários.

PRECIPITAÇÃO E *OFFSIDE*

PRENDERA-A NOS BRAÇOS ERGUENDO-LHE, NO MESMO gesto, a camisola até os ombros. Beijo arrebatado, as mãos sobre os seios, os corpos colados, coxa contra coxa, ventre contra ventre: Sua Alteza comprimia a encaracolada grenha da Princesa. Brusco movimento, Danilo derrubou Dadá em cima da cama e sobre ela se estendeu. Retirando as mãos dos seios, modelou as curvas dos quadris e, segurando-as com força, abriu-lhe as coxas, buscando colocar-se a ponto para o assalto. Não cabendo no vão conquistado, aumentou a pressão dos dedos para obrigá-la a afastar ainda mais as pernas, deixando livre o caminho do cabaço.

Adalgisa gemeu, Danilo abafou o protesto esmagando-lhe os beiços, devorando-os num chupão de língua e dentes, interminável. Sentindo-

-se asfixiar, ela se debateu, ele a conteve comprimida sob o peso de seu corpo, segurou-lhe os pulsos de encontro ao colchão. Para segurar-lhe os pulsos e manter-lhe os braços quietos, soltou-lhe as coxas. Mais que rápida Dadá as cruzou uma sobre a outra, encobrindo, trancando o gol, deixando o precipitado ponta de lança sem campo de jogo. Diversas vezes, França Teixeira, ao microfone, direto do estádio, criticara a afoiteza do craque para gáudio dos torcedores do time adversário: Príncipe Danilo antecipou-se sem esperar o passe, o juiz apitou impedimento, colocando-o em *offside*.

AS DÚVIDAS

ASSIM COMEÇOU E PROSSEGUIU A NOITE ATROZ, COMBATE massacrante, prepotência e repulsa. Guerra declarada entre inimigos figadais, e não, como devera ter sido, desvelo de amantes, terno desvario. Danilo tentando mantê-la imóvel, de pernas abertas, ela se debatendo, resistindo. Luta árdua, mortificante, crescendo em violência e em pavor, perdida a calma, esgotado o sangue-frio, a fala áspera sucedendo ao galanteio, a ordem à súplica, a zanga ao carinho, a força à sedução.

Estrebuchando, olhos lacrimosos, coração em agonia, Dadá se perguntava: será que ele me ama ou só deseja usufruir de meu corpo? Por que quer tomar de mim a pulso? Por que não tem paciência de esperar? Doíam-lhe os lábios, os de cima e os de baixo, mordidos uns, molestados, pelotados, ultrajados os outros, na constante esfregação, nas incessantes tentativas de romper-lhe a resistência e o hímen. Estava cansada, deprimida, as forças começavam a lhe faltar, era um casulo de medo.

Como poderá um cidadão brasileiro, casado no padre e no juiz, em cerimônia simples porém decente, após seis meses de namoro e mais de um ano de noivado, transcorridos no bem-querer e na compreensão, como poderá ele entender que na noite de núpcias a esposa se recuse, se negue, se debata, tranque as pernas e se ponha a chorar? Durante o namoro e o noivado, Danilo aceitara, conformara-se com as limitações impostas por Dadá, educada nos rígidos cânones da Igreja pela madrinha beata e até se comprazia com tais princípios, provas de retidão e honradez. Mas tudo no mundo tem limites, eram esposos de papel passado, as noções de imoralidade e de desonra tornavam-se descabidas, intoleráveis. Será que me enganei e ela não me ama, me namorou e me aceitou de noivo pela vaidade de se exibir pelas ruas, de braço dado com o craque de futebol, o Príncipe dos Gramados, o ídolo das multidões?

Para completar-lhe o desgosto, aumentar a humilhação, encontrava-se empanzinado, a digestão por fazer, o estômago embrulhado, a boca azeda, a barriga queimando, ameaças de arroto paralisando-lhe as iniciativas, facilitando a teimosia de Adalgisa. Suado, irritado, triste, vendo a hora de perder a cabeça e usar o braço.

A DOR SEM JEITO

TARDE DA NOITE, APÓS PENOSO BATE-BOCA, HOUVE UM BREVE período de apaziguamento: Adalgisa parecera conformada, consentira em despir a camisola, deixou-se ver, somente lhe pediu cautela e calma: devagar, pelo amor de Deus. Por Deus ele jurou.

Mais forte, todavia, do que a resignada disposição de cumprir com valentia o dever de esposa foi o susto que apanhou quando sentiu o inchaço desmedido forçar a entrada da racha tão estreita, tão pequena, tão fechada, jamais seria possível consegui-lo sem aleijá-la para sempre. Quanto mais fechada, pequena, estreita, para Danilo mais mimosa e desejada: boca do mundo que seus olhos apenas entreviram e a estrovenga futucava em busca de passagem para um universo de desfrute, oceano de delícias. Entre deprimido e exaltado, num impulso súbito Danilo tentou forçar a barra. Adalgisa exclamou: ai!

Estava cansada, espavorida, as forças começavam a lhe faltar. Foi tamanho, porém, o sobressalto, tão fulgurante a dor a possuí-la, que conseguiu soltar-se, sair de baixo de Danilo e pular fora da cama. A dor que a atravessara e nela se incorporou não a sentira nas partes vergonhosas pois Danilo não chegara a completar o bote: errara o alvo, ficara a ver navios. Fora aquela dor de cabeça que a perseguia desde a adolescência, repetindo-se insistente, em certas ocasiões insuportável. Cozinhava-lhe as meninges, labareda, língua de fogo varando-lhe os olhos, cegando-a, ameaçando enlouquecê-la. Maltratava-a desde que, aos quatorze anos, tivera as primeiras regras, enxaquecas repetidas: nenhum médico dera jeito, não serviram de nada as mezinhas de comadres. Quando casar tudo isso passa, prognosticou doutor Elsimar Coutinho, médico da família, receitando o matrimônio. Pelo visto, a receita não dera certo.

No ímpeto da fuga, Dadá entrou no banheiro, trancou-se a chave; os soluços altos, pungentes, ressoaram no quarto. Danilo parou de esmurrar a porta e de vociferar: saia, saia antes que eu faça uma besteira! Deixou cair os braços, ficou parado, nu, patético, idiota. A estrovenga murcha, diminuída numa coisa à toa, flácida e feia e, ainda por cima, esfolada, dolorida.

A PORTA DO BANHEIRO

ATRAVÉS DA PORTA TRANCADA DO BANHEIRO DEU-SE A reconciliação, fizeram as pazes, juraram-se amor eterno. A princípio, nas vozes entrecortadas, perduravam acentos de pranto e mágoa, de desapontamento e logro, insatisfeitos como estavam um com o outro. Mas logo prevaleceram escrúpulos de comiseração e pena, dispondo-os ao perdão e à esperança, Cessados os socos na porta, os soluços, a troca de agravos e desaforos, as palavras se abrandaram, as ameaças se dissolveram em queixas, as exigências em súplicas.

— Não aguento mais, estou varada de dor de cabeça. Se você me ama, deixe para amanhã.

— Se eu te amo? Você ainda duvida? Tola!

— Então me faça a vontade, seu bruto. Tenha paciência comigo. — Repetiu: — Bruto!

Suplicava humilde, e Danilo sabia como as dores de cabeça a faziam padecer. Mas ela o tratara de bruto, ele reagiu:

— Quem não me ama é você, só estava me iludindo...

— Não diga uma tolice dessas... Por que então havia de casar? Por favor...

— E amanhã? Você deixa? Não vai fazer como hoje?

— Juro que amanhã eu deixo. Juro! — Mais que qualquer afirmação, a voz dorida o convenceu: — Tenha pena de mim, meu bem...

Meu bem entregou os pontos:

— Está certo, Dadá, fica para amanhã. Pode sair.

— Você não vai me agarrar?

— Já disse que fica para amanhã. Mas amanhã sem falta, heim!

Ela exigiu uma derradeira garantia:

— Tu jura pela alma de sua mãe?

— Pela alma de minha mãe.

Ainda assim Adalgisa não saiu logo e ele viu-se obrigado a esmurrar de novo a porta:

— Saia! Saia depressa! Vamos!

— Por que tanta pressa? — Temerosa, apesar da jura sacrossanta.

— Porque eu preciso entrar, Dadá. Depressa!

O tempo justo de se debruçar sobre o vaso da privada, a golfada incontida sujando-lhe o queixo. Meteu o dedo na garganta, vomitou a moqueca e a musse de chocolate, gosma azeda, nojenta, pirão e vinho. Adalgisa enfiou-se na cama, desapareceu sob o lençol, envolveu-se nele, fez-se de morta. Danilo abriu a janela, aspirou o ar com avidez. Alma penada na solidão das núpcias.

A NOITE INOLVIDÁVEL

AI, DEVERIA TER SIDO A MELHOR NOITE DE SUA VIDA, NOITE CELESTE, sublime, gratificante, motivo de exaltação e de orgulho — superando a conquista do título de campeão baiano de futebol, campeonato que ele dera ao Ipiranga, segundo aviso geral dos entendidos —, deleitosa lembrança, noite inolvidável! Ai, foi a pior de todas, a mais infeliz, queria apagá-la da memória. Por nefasta e amarga, por desditosa e humilhante: noite de ira e violência, de decepção e ridículo. Inolvidável!

Reclinado na janela aberta sobre a praia, Danilo assistiu à transparência da aurora nascer nas trevas do horizonte, e quando, afinal, voltou a se deitar, cerrou os olhos ardidos e o sono o pegou até a manhã alta do domingo. Já não estava empanzinado, estava desmoralizado, coberto de vergonha e desengano. Por inteiro, da cabeça aos pés. Da cabeça aos pés, por inteiro, enrolada no lençol, no extremo do leito, Dadá não deixava aparecer ponta de unha, fio de cabelo, encolhida trouxa de pavor. Conseguira adormecer ou fazia de conta para que ele sentisse pena e a deixasse em paz? Adalgisa tinha ao menos o medo a alimentá-la. Ele estava vazio, desolado. Vestido de palhaço, vestido, não: nu em pelo, a caráter para o riso e a zombaria. Pouco importava a ausência de testemunhas, as desgraças se adivinham.

OS POMBINHOS

DANILO ABRIU OS OLHOS COM A SENSAÇÃO DE TÊ-LOS FECHADO há cinco ou dez minutos pois perduravam o travo amargo na boca e, no peito, a sensação de desalento. Sobressaltou-se: o quarto inundado de sol, a cama vazia — onde andaria Dadá? Açodado, olhou a hora no relógio de pulso em cima do criado-mudo: nove e vinte e cinco, fechou-se no banheiro. Barriga aliviada, barba feita, enquanto enfiava o calção espiou pela janela o movimento dos banhistas na praia. Um mergulho no mar, boa pedida para remontar o físico e a moral, mas como imaginar Adalgisa, após o que se passara, com disposição para programas de praia e banho de mar? Onde teria ela se metido?

Na escada, Marialva limpava o corrimão. Desejou-lhe bom-dia e em resposta à pergunta apreensiva informou estar a noivinha a esperá-lo embaixo: a senhora, emendou sorrindo. Descera cedo, tomara café com leite, comera cuscuz de milho e pão de ló, sentara-se na varanda. Um dia bonito para o banho de mar, para estender-se ao sol e relaxar. Danilo descambou pelos degraus, de dois em dois.

Lá estava ela, estirada na espreguiçadeira. Linda, meu Deus, como era linda! Os pés descalços, as pernas cruzadas, as coxas envoltas no pareô florado, o volume dos seios sob o maiô, lenço de seda prendendo os cabelos, óculos de sol. Ao vê-lo, retirou os óculos e sorriu: olhos pisados, lábios intumescidos. Danilo se achegou de coração palpitante: beijou-a de leve na boca, viu de relance a marca dos dentes no beiço inferior. Dedos de delicadeza, tocou-lhe o rosto. Perguntou, deixando com ela a decisão:

— Você quer ir à praia? Ou não?

Adalgisa balançou a cabeça, de acordo. Estando Danilo debruçado sobre ela, puxou-o para si e lhe ofereceu a boca para novo beijo, de fato foi ela quem o beijou e o fez com força e devagar. Como se o fizesse a propósito, numa afirmação, sem se importar com o estado dos lábios doloridos, o inchaço e a equimose. Prova de amor, Danilo deu-se conta e não abusou apesar do frêmito a percorrê-lo quando sentiu tocar-lhe os dentes a ponta da língua de Dadá. Estendeu a mão para ajudá-la a levantar-se:

— Vamos.

— Tome café primeiro.

De pé, junto à mesa, emborcou meia xícara de café, mastigou um naco de pão de ló, não provou do cuscuz, no entanto gulodice de sua preferência. O alpendre dava sobre a praia extensa a perder de vista, a areia alva e limpa, repleta no trecho em frente ao casario: saíram de mãos dadas. Adalgisa parecia livre de preocupações, segura de si e animada.

— Tá melhor da dor de cabeça, Dadá?

— Passou, graças a Deus.

Danilo não se admirou. Inesperada e terrível assim como vinha e se impunha, a dor de cabeça desaparecia sem mais nem menos, ia embora de repente. Atravessaram entre olhares e sorrisos, num rastro de cochichos, à procura de lugar tranquilo onde estender a esteira: correndo, Marialva os alcançara com as toalhas e a esteira de palhinha. Apesar de ter parado de jogar há mais de um ano, a notoriedade de Danilo despertava a curiosidade dos banhistas, que não deixavam todavia de reparar na opulência das formas de Adalgisa, e no maiô fora de moda. Lastimando se cobrisse tanto quem tinha tantos tesouros a ostentar.

Andaram um bom pedaço até onde os banhistas rareavam. Estenderam a esteira sobre a areia, distante da agitação e do bulício, da curiosidade e das atenções. Demoraram-se ao sol antes de enfrentar as ondas; Danilo, bom nadador, cruzou em direção às lanchas e aos saveiros ancorados ao longe, Dadá contentou-se com algumas braçadas.

Manhã tranquila de namoro, de conversa amorável e agrados contidos. Trocaram beijos: estou com beiço de negra, disse ela, mas não disse se queixando, até sorria. Olhou em derredor, baixou o decote do maiô para mostrar a mancha roxa no colo, resultado de um chupão. Veja o que me fez, seu bruto: a voz era de dengue.

Então, no gozo daquela manhã de sol e de ternura, Adalgisa, contristada, referiu-se de passagem aos sucessos ou aos insucessos da noite anterior: pediu desculpas e paciência. Danilo não fez por menos: confessou ter ido com demasiada sede ao pote, fora grosseiro, perdoasse. Perdoar? Quem devia pedir perdão era ela, pois se mostrara covarde e néscia, incapaz de assumir como devido a condição de casada para a qual, no entanto, a madrinha a preparara. Mas, se ele a entendesse e nela confiasse, haveria de resultar numa boa esposa e o lar que iriam construir, sob as bênçãos de Deus, seria um lar feliz, tinha certeza. Assim será, assegurou Danilo. Ela ronronou, desfeita em dengue:

— Tu jura que me ama?

Danilo não chegou a jurar devido à interferência de um simpático casal que veio oferecer os préstimos. Laura e Dário Queiroz moravam em Valença mas tinham casa no morro, onde passavam a maior parte do ano. Fanático por futebol, Dário, apesar de torcedor do Vitória, sabia tudo sobre a carreira do ex-Príncipe dos Gramados, puxou conversa; por que descalçou as chuteiras quando ainda tinha futebol para vários anos? Quis relembrar desafios clássicos e golaços de placa, dona Laura não permitiu:

— Vamos embora, os pombinhos querem ficar em paz.

A DOR DE CABEÇA

NÃO SE ADMIROU DANILO E NINGUÉM DEVE SE admirar, imaginando artimanha de Adalgisa para fugir ao ferro em brasa: inesperada e terrível como vinha e se impunha, a dor de cabeça desaparecia sem mais nem menos, ia-se embora de repente. Vale a pena repetir para que não permaneça suspeita de trapaça.

Ao encontrá-la prostrada pela crise de enxaqueca — acontecia com frequência —, Danilo sempre conjecturava se não teria razão dona Teodolina quando garantia tratar-se de encosto: isso é algum espírito atrasado que se encostou na pobrezinha. Sendo de origem sobrenatural, o achaque era de cura fácil: em umas poucas sessões na Tenda das Águas do Jordão, com preces, consultas ao além e a formação de correntes de pensamento positivo, a irmã Fátima, aquela santa, após iluminá-lo, despacharia o perturbado para os círculos espaciais de onde viera.

Doña Esperanza ouvia em silêncio a lenga-lenga de dona Teodolina em deferência à freguesa endinheirada mas renegava do conselho e da santa. Levar a afilhada a sessão espírita, recorrer a médiuns, ademais de ser pecado mortal, lhe parecia prova de ignorância e de atraso. Condenava com veemência tais crendices e abusões: pior que sessão espírita e médium só mesmo baticum de candomblé e mãe de santo.

Sem se referir de forma expressa a casamento, participava da opinião do doutor Elsimar Coutinho: um dia tudo isso passa.

A ESPERA

DANILO PEDIU A MARIALVA QUE À NOITE SERVISSE APENAS um lanche frugal. Fora farto o almoço de lagosta fresca, escaldado de peixe e frigideira de camarão, sem falar no tira-gosto de patas de caranguejo, tudo regado a cerveja e guaraná. Vindos da praia, cheios de fome, os recém-casados fizeram à refeição as honras merecidas. Danilo ensaiou um convite para o quarto mas Adalgisa estendeu-se no sofá, no mesmo instante mergulhou no sono, dormiu a tarde inteira.

Marialva prometera:

— Deixe comigo, darei uma merenda rápida, coisa leve. — Não variava o sorriso atento na afabilidade do rosto.

Marialva tinha noções muito particulares sobre o que fosse merenda frugal: um simples café com leite, dissera. Para acompanhar o simples café com leite, cozinhara aipim, inhame, espigas de milho e fizera um cuscuz de tapioca ao leite de coco; aquele que não vai ao fogo. Antes, porém, servira um franguinho assado, com arroz branco: tudo leve, não há como negar. Nervosa, Dadá apenas beliscou. As lembranças da véspera contiveram a gula de Danilo.

A inquietação de Adalgisa vinha num crescendo, desde que despertara no fim da tarde, ao pôr do sol. Esfregara os olhos, vira Danilo em sua frente — à espreita, pensou num calafrio. Decorreu então um tempo de gato e rato, longo de silêncios, pesado de intenções, parco de palavras. Deixando o sofá, ainda na morrinha da praia e da sesta, Dadá dirigiu-se para a escada, ele ameaçou acompanhá-la.

— Volto logo — atalhou ela rogando que a esperasse.

Demorou bastante mas veio nova, num vestido simples, de estar em casa. A ducha livrara-a da lassidão mas não do nervosismo. A noite tombara a fio sobre o morro, do cais a barca partia para o continente com a lotação ultrapassada. Marialva perguntou se podia servir o lanche.

— Pode, sim — respondeu Danilo sem conseguir esconder a afobação: barata tonta incapaz de esquentar cadeira.

Dependesse de sua vontade teriam subido para o quarto tão logo cruzaram os talheres e deixaram a mesa. Mas Adalgisa propôs uma volta em frente ao casario: para ajudar a fazer a digestão. Que digestão, se não haviam comido quase nada? Mas tendo o convite sido feito diante da empregada, Danilo conteve a impaciência, não discutiu, deu-lhe o braço, atravessaram o alpendre.

— Vou abrir a cama... — a voz cândida de Marialva desejando boa-noite, renovando suspeitas em Danilo. — Quando entrarem, basta passar o trinco na porta, aqui não há ladrões.

Na rua o movimento era pequeno, raros passantes, alguns casais fazendo o quilo, davam boa-noite, reconheciam e seguiam os pombinhos com olhos de curiosidade e benevolência. O vento levantava redemoinhos de areia, de diversas casas chegavam sons de música: dancinhas e mesas de canastra e pôquer, explicara a empregada informando acerca dos usos e costumes dos veranistas. Sob as estrelas, em alta velocidade, as lanchas potentes dos ricalhaços sulcavam o mar de uísque e regalias.

Silêncio cortado apenas por saudação amável ou pelo ruído dos motores ao passar das lanchas. Essa gente sabe gozar a vida!, invejava Danilo tentando puxar conversa, Adalgisa não respondia, retesa, os dentes cerrados. Andaram até onde começava a subida para o cais, voltaram no mesmo passo que ele tentava acelerar e ela mantinha vagaroso. No regresso, ao chegar diante da casa do doutor Fernando Almeida — na sala a placa acesa, deixada por Marialva —, Danilo parou e disse:

— Vamos. — Não pedia assentimento, cobrava.

Adalgisa baixou os olhos para o chão, a madrinha recomendara-lhe submissão e coragem no transe crucial, balbuciou:

— Vamos...

Das sombras surgiu o torcedor Dário Queiroz disposto a comentar os gols de Pelé. Aproveitando o embaraço de Danilo que se desculpava — fica para amanhã, amanhã sem falta —, Dadá escapuliu para o quarto. Quando ele chegou, esbaforido, ela acabara de se meter na cama, debaixo dos lençóis. Vestira a camisola costurada pela madrinha, a do sacrifício.

FINALMENTE, UFF!

DANILO BAIXOU O PAVIO DA PLACA DE QUEROSENE, A ESCURIDÃO somou-se ao silêncio, sob o lençol Adalgisa apertou os olhos. No sonho, durante a sesta da tarde, o anjo da guarda cobrira-a com as asas, protegendo-a. O anjo da guarda, reparando bem, era o próprio Danilo — o marido é o guardião do lar, o defensor da esposa: uma confusão, meu Deus, que só vendo.

No quarto, nem pensar podia, avassalada pelo medo: o anjo flamante, inflamado demônio, arrancou o lençol e o atirou longe, começou a suspender-lhe a camisola corpo acima. O tinhoso exigia que ela levantasse a bunda para dar passo à camisola — ordenava com determinação, não cabia discutir.

Dadá levantou não somente a bunda mas também os braços e elevou a cabeça: bastara vacilar um quase nada para que a determinação se transmudasse em rispidez. Disposta a seguir os conselhos da madrinha, obedeceu: a camisola partiu no rastro do lençol. Igual ao que acontecera na noite anterior, estava nua e a hora era chegada: trancou os dentes.

Danilo afastou-lhe as pernas, abriu-lhe as coxas, alongou-se sobre ela, beijou-lhe a boca com ardor mas sem fúria em deferência ao lábio inflamado. Iludida por aquela prova de consideração, Adalgisa deixou-lhe os movimentos livres, ele se aproveitou para situar a contento a ponta da lança: flamejante, ostentosa, coruscante, garrida, fulgurante, apetitosa, supimpa, fica a escolha do adjetivo a cargo das senhoras, só quem se serve e se locupleta pode qualificar e celebrar. Em riste, a ponta da lança nos lábios virginais da xoxota: Danilo empurrou com força e decisão.

Também Adalgisa se dera conta do aguilhão em brasa a magoá-la, pronto para o assalto, e esperara, os nervos tensos, o coração suspenso, disposta a tudo suportar, como vinha fazendo até ali, com resignação e estoicismo, sem um único gemido, sem qualquer protesto. Mas quando ele empurrou e a dor se fez medonha, ela esqueceu a decisão tomada, gritou e se espojou. Arranhou-lhe as costas, tentou mordê-lo.

Ao contrário do que sucedera na véspera, não conseguiu soltar-se, ele a manteve esmagada e aberta, e de novo arremeteu, violento, incontrolável. Ela disse, entre berros e soluços: ai pare, pare pelo amor de Deus pare, não aguento vou morrer ai vou morrer! Ele deu mais um arranco, definitivo e atroz, penetrou buceta adentro.

Se houve algum tarado que, ouvindo-a gritar ai vou morrer, tenha pensado estar Adalgisa se esvaindo em gozo, quebrou a cara: rasgada, dilacerada, Adalgisa sentia apenas dor, dor e nada mais. Gemia sem parar, enquanto Danilo assenhoreava-se da praça, tomava posse, instalava-se, movendo-se impetuoso e acelerado. Também ele gemia, escapavam-lhe ais: os dele, esses sim, de puro gozo. Aos suspiros de prazer misturavam-se uivos de triunfo. Também ele disse ai vou morrer, quando derramou-se dentro dela e, exaurido, desabou em cima de Dadá e a beijou. Ergueu a cabeça para anunciar: minha mulher! A ela e ao mundo.

Retirou o guerreiro do reduto conquistado, da praça enfim rendida, Adalgisa gemeu alto, um bramido. Danilo limpou-se no lençol: se a empregada, a fingida Marialva, durante a arrumação do quarto, se admirara ao encontrar as cobertas imaculadas, sem vestígio de defloramento, na manhã seguinte não mais teria motivo para suspeita e dúvida, a prova do sangue estava feita. Sagrada e sacramentada: sangue em profusão. Finalmente, uff! Já era tempo, cabaço mais dificultoso.

PÓS-ESCRITO

PARA BOM ENTENDIMENTO DO RELATO, NO QUE SE REPORTA ao acontecido e às suas consequências, sobre as quais se falará mais adiante, faz-se útil referir dois detalhes por mais irrelevantes possam parecer.

Conte-se primeiro, com brevidade e sem comentários, que Danilo, não se dando por satisfeito com a metida difícil — para Adalgisa, dilacerante —, voltou à carga sem atender aos rogos da violada, penetrou-a e se deleitou em posse lenta e prolongada, e ainda a teve uma terceira vez. Xibiu estreito, apertado, dádiva de Deus.

Parou na terceira, não que estivesse saciado ou lhe faltasse tesão: que ninguém lhe faça tal injúria, mas para permitir a Adalgisa descansar. Não corria pressa, sobrava-lhes uma semana de lua de mel a desfrutar no morro de São Paulo: praia e cama.

Conte-se ainda que Dadá, largada entre os lençóis, sem forças, incapaz de resistência, continuava a gemer mas aos gemidos misturara-se imperceptível cantilena. Danilo aproximou o ouvido: olhos fechados, mãos cruzadas, Adalgisa movia os lábios, ele adivinhou uma oração: Dadá rezava. Danilo sorriu ao vê-la agradecer ao Senhor ter-se tornado mulher completa e acabada, esposa e amante. Oração de graças, só podia ser.

Também podia ser que oferecesse a Deus Todo-Poderoso o sacrifício em paga dos pecados, os pecados da carne cometidos durante os meses de noivado, prometendo não voltar a cair em tentação. Por via das dúvidas, aqui fica o pós-escrito.

ALTAR E LEITO DE ADALGISA

DEZENOVE ANOS HAVIAM TRANSCORRIDO, COMO SE ESCREVE nos melhores folhetins, sobre a lua de mel, os inesquecíveis dias do morro de São Paulo, e a situação é a que se sabe:

Danilo regalando-se nos castelos para compensar a carência em que vivia, para iludir o tesão, retado e reprimido pela esposa. Dezenove anos após os acontecimentos inesquecíveis, repita-se o adjetivo, tanto para ele quanto para ela, o ex-Príncipe dos Gramados continuava amargando leito exíguo: prazos dilatados, resumida variedade. Circunscrito a pernada escassa e módica, na média de uma por semana, ao clássico papai e mamãe alvo de crítica e gozação da sabichona Marilu, hoje a mui digna senhora Liberato Covas Albufeira, poço de virtudes, patrona de obras pias. É chegado assim o ensejo de buscar os dados com que estabelecer a moral da história, remate de qualquer história que se preza.

Ao desembarcar da lancha para assumir quarto nupcial em casa do doutor Almeida, o Príncipe dispensara os aperitivos para atirar-se com exclusividade ao prato de resistência e o comeu sangrento, com sofreguidão de faminto e grossura de selvagem. Dezenove anos depois, ainda não se dera conta do erro cometido, não o reconhecia, não estabelecera a relação entre o cu e as calças.

Os tira-gostos, as entradas, as sobremesas, sabores raros, gratos ao paladar, gostosuras de língua, açúcar, gengibre e pimenta, os acepipes de cama, não os tendo degustado na lua de mel, tampouco os obtivera no leito de casado. Por mais tentasse convencê-la com cantatas e astúcias, palavras de engodo ou imprecações de raiva, nunca conseguira que Dadá aceitasse participar de banquete ou rega-bofe, servisse caviar ou *fromage camembert bien fait* — *merci*, caro professor João Batista. Estrita, ela não servia, nem consumia, nada além do magro trivial já sem *la sauce au poivre* — ainda uma vez *merci*, mestre Batista — do cabaço a atiçar o apetite. Porfia difícil, sobretudo nos primeiros meses.

O clima inicial, amoroso, da lua de mel logo se deteriorou numa celeuma de bate-bocas, recriminações, queixas, censuras e, em consequência, na repetição das enxaquecas: a celebrada harmonia dos noivos foi para a cucuia e com ela quase vai o casamento. Ainda no morro de São Paulo, em dia mais adverso, Adalgisa ameaçara, aos soluços:

— Tu não gosta mesmo de mim, acho melhor eu ir embora. Voltar para a casa de meu pai. Sozinha.

Danilo caiu em si, desdobrou-se em desculpas, em juras de amor. Quantas vezes, na praia ou na cama, fizeram as pazes e se beijaram no auge da paixão? No auge da paixão, no calor do beijo, confundindo mansidão com docilidade, ele voltava a pedir, ela voltava a negar:

— Se gosta de mim, tire essas coisas da cabeça, isso não é amor.

Tendo começado no morro, o desacerto se acentuou no regresso à cidade e pouco faltou para que acontecesse o irremediável. Juras e esconjuras, dores de cabeça, dores de cotovelo, Adalgisa terminou ganhando a parada, já na Bahia, apesar de Danilo recusar-se a aceitar a derrota como definitiva. Conseguiu mantê-lo nos limites do permitido pela madrinha e pelo padre confessor, sem lhe dar a menor margem para qualquer abuso. A madrinha a alertara sobre o perigo do primeiro passo na ladeira escorregadia das indecências: *el primer paso es fatal, hijita*. Padre José Antônio, no confessionário, tratava de mantê-la alerta: nada além do relacionamento necessário à reprodução da espécie humana. A voz do padre José Antônio, de hábito discursiva, possante, apoucava-se, baixa, rouca, trêmula, ao aflorar o tema melindroso: de pejo, decerto.

A BONECA

CORRETA, ADALGISA NÃO SE RECUSARA A CUMPRIR O DEVER de esposa. Durante a lua de mel, cada noite, sem exceção, e em tardes extras para evitar discórdia e briga — Danilo feito doido a reclamar —, se entregara e o recebera. Pouco a pouco tornou-se mais fácil, menos incômoda a cada metida, já não era o sofrimento extremo do estupro, mas só deixou de magoar passado um mês.

Danilo não se contentava com um orgasmo, bisava sempre e acontecia-lhe repetir o bis: Adalgisa punha o pensamento noutra coisa. A palavra orgasmo e seu significado, Dadá a ouvira e o aprendera da boca de Marilu, de quem mais podia ser? Mas a condiscípula, sexóloga incipiente, não lhe dissera que as mulheres também são capazes de orgasmo e gozo.

Ao dever de esposa, sujeitava-se, se não com agrado, ao menos sem resistência e até com um alento de esperança. Não de vir a desfrutar com a penetração e o vaivém pois nem sequer sabia que a mulher pudesse encontrar prazer no relacionamento sexual, mas na esperança e na vontade de engravidar. Em seguida, se possível. Por ocasião do desembarque, a fulana fora alvissareira: lua de mel em casa do doutor Almeida, menino nove meses depois, contados dia a dia.

O sonho maior de sua vida era ter um filho, de preferência menina, para isso se casara. Enquanto a prafrentex Marilu participava de programas, frequentava *garçonnières*, Adalgisa, boboca, brincava com bonecas.

Enormes, espetaculares bonecas espanholas que andavam e falavam, trazidas das viagens, nos tempos de fartura, por Paco Perez, pai extremoso. Era na filha, loira, cor de rosa, linda, igual à boneca favorita, que Dadá, a dolorida, a massacrada, colocava o pensamento quando, para concebê-la, sujeitava-se enquanto Danilo esfalfava-se na cópula. Cópula, palavra feia. Na foda, diria Marilu, como já se ouviu. Marilu não tinha papas na língua, e, sim, capricho.

Antecipadas, as regras chegaram na última noite da lua de mel, decepcionando Adalgisa. A fulana errara na previsão: descarada e mentirosa.

A FANÁTICA

ADALGISA SABIA, DE UM SABER SEM DÚVIDA QUE, PARA emprenhar, pegar menino, não necessitava de outra providência de cama além daquela a cuja observância diária se abandonara, servindo todo o resto apenas à satisfação diabólica da carne. Durante o noivado e ainda na travessia de Valença para o morro de São Paulo, estivera a ponto de sucumbir à tentação, incorrer em erro, deixar-se corromper. Resgatara os pecados com o sacrifício — horripilante! — de seu corpo na noite de núpcias: na segunda, pois o massacre durara duas noites, como pudera suportar? O Senhor que a amparara, dando-lhe força e valor para cumprir a obrigação de casada, a assistiria, dar-lhe-ia força e valor para cumprir as obrigações de católica praticante, temente a Deus.

Durante a lua de mel, Danilo teve de contentar-se com o prato de resistência: fora dele, abstinência total. Assim continuou ao regressarem à capital e logo foi pior. Enquanto teve esperanças de engravidar, Adalgisa deu-se sem se fazer de rogada, mas quando o doutor Elsimar Coutinho, baseado nos exames de laboratório realizados pelo doutor Brenha Chaves, diagnosticou a esterilidade de Danilo — resultante na certa da atividade nos campos de futebol, trompaço nos quibas, explicava o ex-craque; congênito, sem cura, conforme confiou doutor Elsimar à esposa em pranto —, Dadá reduziu a assiduidade das modestas relações sexuais: além de modestas, tornaram-se escassas.

A situações assim infaustas, menos raras do que em geral se pensa, conduz o fanatismo religioso: não só o religioso, também o político, os dogmas de qualquer seita, sem exceção nenhuma. Limitam, deformam, envilecem, castram. Esta a moral da história? Em parte sim, mas falta completá-la. Um pouco de paciência, por favor, já chegaremos juntos ao fim dessas enfadonhas considerações.

O MACHÃO

SEM QUERER DIMINUIR A INFLUÊNCIA EXERCIDA PELOS dogmas ultramontanos na vida do casal, não custa perguntar, no afã de estabelecer com perfeita correção a moral da história, se Danilo, machão brasileiro, não teria ele também culpa no cartório.

Dados os antecedentes do noivado, Adalgisa não imaginara que a lua de mel fosse se transformar em decepção e desencanto, conflito que na Bahia se alongara num período crítico, de lágrimas, calundus, reproches, ameaças: ameaçando inclusive acabar com o casamento. Convencida de que o marido não a amava, após cena penosa, a cabeça estalando, o dedo em riste, ela falou a sério, disposta a pôr fim de uma vez por todas à situação insustentável:

— O que é que você está pensando? Como se atreve a me propor essas porcarias? Pensa que sou mulher da vida, uma prostituta? Quem se presta a essas nojeiras são as raparigas de castelo. Mulher que se preza não se rebaixa a isso. Entre nós tudo se acabou. Não aguento mais, pegue suas coisas, vá embora. — Moravam no apartamento da Graça, em companhia de Paco.

Sem saber, Adalgisa acabava de salvar o casamento. Danilo ficou pensativo, abobalhado, o olhar perdido:

— E eu que nunca tinha pensado nisso...

Não se separaram, Danilo prometeu se comportar, fazia-o sempre, com veemência e juras, não custava prometer. Voltaram às boas no cinema, assistindo a um daqueles filmes lacrimosos, os preferidos de Adalgisa.

Se as limitações foram impostas pelas leis do catecismo, a frigidez em que Dadá se encerrou, segundo tudo indica, proveio da maneira como se deu a posse: a violência, a carnificina do descabaçamento. Carnificina, expressão pesada, foi tomada do notável ensaio da doutora Graciela de la Concha Carril, psicanalista argentina a cujas luzes se recorre — é sempre aconselhável buscar-se apoio em quem possui autoridade e competência.

"A afoiteza", escreve a aplaudida sexóloga, "a ignorância, a imposição, o mandonismo do macho e senhor, impaciente de tomar posse do hímen comprado com o matrimônio, são responsáveis pela coorte de mulheres que, no leito de casadas, atravessam a vida sem conhecer, sem saborear os prazeres do sexo" (doutora Graciela de la Concha Carril — *A mulher frígida, crime machista* — tradução de Fanny Rechulski — Diaulas Riedel, editor — São Paulo).

Cabe sobeja razão à cientista: imensa é a legião das brasileiras para quem os embates de cama não passam de monótonas obrigações de esposa. Jamais alcançaram o orgasmo, jamais gozaram. Terminam secas, apáticas, tristes, aflitas, más. Objetos de prazer, vítimas dos dogmas puritanos e da violência machista. Infelizes.

Alarmada, Adalgisa referira-se à tentação, na barca, durante a travessia — lembram-se? —, estivera a ponto de perder-se. Houvesse Danilo persistido na conquista mansa e aprazível, teria, quem sabe, derrubado a muralha do puritanismo: tem acontecido.

Refletida nas duas faces da trágica realidade, a moral da história pode vir a ser de utilidade apesar de que nos dias de hoje, com a pílula anticoncepcional e a revolução dos hippies, já não sobram virgens para as noites oficiais de núpcias. Quando os noivos arrombam porta aberta, comem comida requentada. De qualquer forma, aqui fica a lição, vale aprendê-la: um cabaço deve ser colhido sem afoiteza, com garbo, carinho e cortesia. Assim se dá por findo este capítulo do enredo, capítulo do himeneu que se desejou alegre e prazenteiro, repleto de carícias e ais de amor: resultou no que se viu.

EXPLICAÇÃO ÓBVIA

DEIXOU-SE ALGUMA COISA POR EXPLICAR? QUAL? De que maneira Adalgisa salvou o casamento quando ameaçou rompê-lo para sempre? Mas a explicação é óbvia, está na cara, simples demais, como é possível alguém não percebê-la?

Na indignação de seu arrazoado, Adalgisa disse, palavra por palavra: "Quem se presta a essas nojeiras são as raparigas de castelo". Certo? E então? Sem saber e sem querer, ela indicou a Danilo o porto seguro onde ancorar o barco do matrimônio prestes a soçobrar.

No dia seguinte, à tarde, após quatro meses de ausência, o Príncipe de saudosa memória retornou ao castelo de Fadinha, na ladeira de São Francisco: nas folgas da brincadeira, pelas janelas entreabertas do sobrado, os casais podiam ver as beatas e os turistas entrando na igreja de São Francisco, toda em ouro.

— Quem é vivo sempre aparece... — exclamou Astrud caindo-lhe nos braços.

NOTA BENE

HOUVE PARÊNTESE E PÓS-ESCRITO, FAZIA FALTA A *NOTA BENE* e chega a propósito para impedir ciumeiras e protestos, amofinações. Ao sabor das exigências do enredo, foram citados alguns dos presentes recebidos pelos noivos e os nomes dos amigos que os enviaram, os casais Fernandez, Cotrim, Machado — a indiscreta, e por que não dizer excitante camisola da noite, escolha e mimo de dona Glória —, a consulesa Adler, o comerciante Arthur Sampaio.

As prendas, porém, não se reduziram a essas poucas, outras houve e de alto coturno. Pelo custo elevado, vale mencionar as dos casais Lúcia e Paulo Peltier de Queiroz, Ana e Ângelo Calmon de Sá, Regina e Newton Rique, e, pelo pitoresco, acrescentar o berimbau oferecido por mestre Pastinha, com quem Danilo andara tomando lições de capoeira.

Relação extensa, torna-se impossível nomear a todos mas a cada um Adalgisa enviou gracioso cartão — ao alto dois corações atravessados por uma flecha atirada por Cupido — agradecendo os presentes e oferecendo a residência. O endereço era o mesmo de Paco Perez, o jovem casal não tinha dinheiro para aluguel. No cartório, reles atendente, Danilo ganhava uma miséria. Ainda bem que Dadá aprendera com a madrinha a profissão de chapeleira.

OS ACONTECIMENTOS DA TARDE DE QUINTA-FEIRA

A CLAUSURA DAS ARREPENDIDAS

NÃO DECORRERAM SEIS HORAS CONTADAS NO RELÓGIO do largo São Pedro entre a descoberta do recado e o internamento de Manela no convento da Lapa, na clausura das Arrependidas.

Em tempos d'antanho e em tempos bem recentes, pai de donzela que cometia o mau passo, arrastando na lama da desonra o nome da família, ali encerrava a filha desnaturada pelo resto da vida: abadia de tenebrosa celebridade. Morta e enterrada para o mundo, visitas nem da mãe em pranto, sequer a memória persistia: retratos suprimidos, semblante desvanecido, recordações extintas, nome proibido, como se jamais a infamada houvesse nascido e existido.

Por mais absurdo possa parecer, a pena de prisão perpétua no claustro do convento constituía um avanço liberal sobre a prática anterior, sentença corrente nas cidades, obrigatória nos sertões: a condenação à morte. Somente o anúncio comprovado da execução dos criminosos, da filha amaldiçoada e do vil sedutor limpava a honra da família, devolvendo-lhe intactas a dignidade e a chibança. Certos pais briosos, num esmero de justiça, antes de arrancar a vida ao desencaminhador, arrancavam-lhe os ovos.

Ainda hoje acontece, se bem o habitual em nossos dias progressistas é ver-se o pai atento receber em casa, alimentar à tripa forra e conduzir ao leito da filha o namorado do dia, sem necessidade de padre e de juiz. Mudam os tempos e os costumes mas as exceções persistem e, a serviço desses últimos pais e tutores justiceiros, persiste aberta a clausura das Arrependidas. No caso de Manela, o irremediável não acontecera, o internamento, sendo preventivo, não seria perpétuo. Voltará para casa assim que tirar da cabeça o cão-tinhoso, não mais quiser saber do chipanzé — disse a tia à madre superiora.

Quando o portão de saída se fechou, uma lágrima insinuou-se no canto do olho de Adalgisa, depressa ela a enxugou antes que padre José Antônio se desse conta daquela mostra de fraqueza.

O BILHETE RASGADO

POR ACASO, NÃO. GUIADA PELA MÃO DE DEUS, ADALGISA viu e recolheu o pequeno pedaço de papel, no banheiro, atrás do vaso sanitário, fragmento de um bilhete, amarrotado porém legível. Escapara decerto da mão de Manela sem que ela percebesse, quando, depois de amassar e rasgar a mensagem, a coisa-ruim a atirara na privada para fazê-la sumir no jorro da descarga.

— Ai, meu pai do céu!

Reconhecera a letra do cão-tinhoso. Em buscas repetidas, passava o quarto da sobrinha ao pente-fino à procura de indícios: encontrara cartas e recados do chipanzé. Cão-tinhoso e chipanzé, assim Adalgisa se referia a Miroel da Natividade, Miro para todo mundo, que, na correspondência com Manela, se assinava "seu futuro esposo, Mirinho do Bem-Querer". Convencida da existência de um projeto de fuga arquitetado pelos namorados, com provável apoio de Damiana e de outros vizinhos, com a participação manifesta de tia Gildete — a lista de cúmplices não tinha tamanho —, Adalgisa dedicava-se por inteiro à descoberta de rastros e provas, disposta a impedir de qualquer maneira, fosse como fosse, por bem ou por mal, a execução do plano diabólico.

Por bem, perdera a esperança. De nada adiantaram conversas, advertências, conselhos, lições de moral, nem mesmo rogos: a tanto chegara. Manela ouvia num silêncio hostil, não abria a boca sequer para replicar ou discutir. Apenas, quando a tia se exaltava contra o cão-tinhoso, o chipanzé, repetia sem alterar a voz: amo esse cão-tinhoso, vou casar com esse chipanzé, seja ou não de seu gosto, minha tia. Varada pela dor de cabeça, tomada pela enxaqueca, Adalgisa espumava de raiva. Manela enchia-se de pena, abraçava-se com ela: me peça o que quiser, tia, menos isso.

Por mal tampouco, pois nem mesmo podia fazer uso da taca de couro. Após a fatídica Quinta-feira do Bonfim, quisera utilizá-la para amedrontar e corrigir, pôr as coisas nos devidos termos, não conseguira. Como se houvesse desaprendido o manejo do açoite, ao tomá-lo na mão podre, não acertava segurá-lo, o braço parecia de chumbo. Destituída da taca de couro, o pouco que lhe restava fazer ela fazia: trancava Manela em casa de castigo, proibia-a de sair com colegas e amigas, acompanhava-a ou fazia-a acompanhar por Danilo até a porta do instituto, ia esperá-la na saída, tornara-se escrava das obrigações de tutora responsável pela honra de Manela perante Deus e o juizado de menores. Enquanto estivesse sob sua guarda, Adalgisa não permitiria que a sobrinha se perdesse, pior ainda que se juntasse com o chipanzé, negro de baixa extração, chofer de táxi. Casar não podia sem o consentimento dela e de Danilo, a cuja tutela a órfã fora confiada.

Miro era dono do veículo, um DKV de segunda mão, e daí? Não passava de um pé-rapado. Para a sobrinha queria um homem sério, se possível formado, feito na vida ou ao menos de carreira promissora que elevasse o nome da família. Para tanto a educara em cânones rigorosos e tudo mais que já se sabe. Enquanto esperava que se apresentasse pretendente à altura, tratava de mantê-la à margem da degradação sexual da juventude, das práticas libertinas que convertiam mocinhas estudantes em concorrentes das putas: concorrentes desleais pois davam de graça. Revolvia gavetas e bolsas de Manela em busca de pílulas anticoncepcionais.

Na mão trêmula a tira de papel, Adalgisa se perguntou se ainda haveria tempo de intervir e evitar o irreparável. Talvez, se agisse com presteza e eficácia. Por sorte, não: por obra da divina providência o retalho salvo da descarga continha indicações precisas sobre a fuga, dia e hora: o cão-tinhoso estaria à espera com o carro às sete da noite daquele mesmo dia. O chipanzé não usara subterfúgios: hoje, tu vai conhecer o bom e o melhor, vai ser uma noite maravilhosa, meu amor. Você não pode continuar sujeita a essa... Essa o quê? Não era difícil adivinhar, Miro qualificava de escravidão as condições de vida de Manela, de carrasca e algoz a tutora e tia.

Quem havia de lhe valer naquela conjuntura decisiva senão Deus? Não fora Ele quem lhe mostrara o pedaço de bilhete? Para Adalgisa, o representante pessoal e acreditado de Deus na cidade da Bahia era o padre José Antônio Hernandez, seu confessor de longa data, diretor de consciência. Vestiu-se às pressas e se tocou. De tão avexada, esqueceu de tomar a xícara de chá de boldo para amenizar a enxaqueca que se instalara, violenta.

Adalgisa alimentava dois sonhos principais. Um antigo, o da casa própria. Para que pudesse um dia realizá-lo, a cada mês depositava no Banco Econômico as economias devidas à arte dos chapéus de luxo. O outro datava de janeiro: sonhava ver o cão-tinhoso, o chipanzé, metido no xadrez. Nessa intenção rezava cada noite uma salve-rainha e um padre-nosso. Confiava nos juros da poupança e na infinita bondade do Senhor.

O JUIZ DE MENORES

NO COMEÇO DA TARDE DAQUELA QUINTA-FEIRA, ACOMPANHADA pelo padre José Antônio, Adalgisa foi recebida pelo meritíssimo doutor Liberato Mendes Prado d'Ávila, juiz de menores, expôs o assunto, obteve satisfação.

No Rio Vermelho, na pomposa sacristia da recém-construída igreja de Sant'Ana — maravilha!, extasiavam-se as beatas, monstruosidade!, consternavam-se os artistas —, Adalgisa confiara ao padre seus temores de que o pior viesse acontecer, o mal irreparável, pediu-lhe conselho e assistência. Estavam em jogo a honra da pupila e a responsabilidade da tutora.

Padre José Antônio ouviu de cabeça baixa e olhos turvos: os pecados da carne o afetavam a ponto de modificar o semblante e a voz. Fez perguntas: acha que ela ainda não se entregou? Até onde teria avançado na trilha do vício? Com certeza não se entregou e não pode ter ido longe na descaração, eu a trago de rédea curta, não lhe dou vez. Que fazer? Evitar a fuga marcada para aquela mesma noite, coisa fácil; bastava trancar Manela no quarto, impedindo-a de comparecer ao encontro, a trama iria por água abaixo. Mas, e depois?

Mesmo retirando-a do colégio, e Adalgisa se dispunha a tomar essa medida extrema, não poderia mantê-la para sempre em prisão domiciliar, dando o que falar à vizinhança, levando tia Gildete a se meter, a protestar, a promover escândalo e arruaça. O que fazer para conservá-la, durante o tempo que fosse necessário, distante da tentação e do perigo, imune às maquinações? Até que decidisse acabar com o namoro, dar o fora no chofer de táxi, esquecer o negregado? Ao libertar a sobrinha do erro, também Adalgisa se libertaria da dependência em que se transformara sua vida: a continuar assim terminaria no hospício.

Privado das respostas capazes de lhe facilitar o julgamento, o missionário levantou os ombros e os olhos, um tanto quanto desapontado, readquiriu a voz solene e empostada tão do enlevo das devotas, foi de consolo e providência. Deus, em seu trono de luz no alto dos céus, testemunhava o empenho da boa ovelha que não media sacrifícios para fazer cumprir os preceitos da Santa Madre Igreja. Não se desesperasse pois ele, padre José Antônio, ali estava, a mando do Senhor, para ajudá-la a superar o transe, a desbaratar os planos do inimigo, derrotá-lo, salvando a inocência da donzela ou o que dela restasse, não seria muito: pensou mas não disse, não tinha por quê. Na tragicômica pendência dos amores proibidos de Manela e Miro, padre José Antônio Hernandez, em nome de Deus, assumiu o comando das operações. Militante da virtude, não se contentava com a teoria, levava-a à prática.

— *Quédate tranquilla, hija mía, el honor de Manela está en las manos de Dios* — falava com Adalgisa em espanhol, não fossem as opulências de sarracena, não haveria valenciana mais castiça.

Deus acabava de inspirar-lhe a solução. No convento da Lapa, Manela ficaria a salvo de qualquer perigo, longe de qualquer tentação. Na paz da clausura, no convívio das santas irmãs, na intimidade de Deus, noiva de Jesus, poderia refletir com calma, dar-se conta de como esse desvario a prejudicava. Em pouco tempo abandonaria namoro e namorado, agradeceria à tia. Voltaria para casa de cabeça limpa e alma pura, deixaria de dar trabalho.

— No convento das Arrependidas?

— *Si, mi hija, el local propio para la penitencia y el convencimiento.*

Ele próprio, padre José Antônio, se encarregaria de falar em seguida com a madre superiora. Mas, tratando-se de menor, para interná-la fazia-se necessário obter autorização do juiz. Não chegava a constituir um obstáculo: doutor d'Ávila, garantiu o sacerdote, vai entender as razões da tutora e aprovar-lhe a decisão, é um espartano, um baluarte da moral.

Espartano, baluarte da moral, educador, disciplinador da juventude transviada, esse flagelo de nosso tempo, o meritíssimo não passava a mão pela cabeça dos menores delinquentes, usava-a para assinar ordens de internamentos nos reformatórios, fornecer pensionistas a essas exemplares escolas de crime e vandalismo. Outro meritíssimo, doutor Agnaldo Bahia Monteiro, colega de juizado, sob muitos aspectos seu oposto, não media palavras para classificá-lo de atrasado, preconceituoso, reacionário, fascista. A esposa, dona Diana Teles Mendes Prado d'Ávila, nossa conhecida sob o nome de guerra de Sylvia Esmeralda, desaplicada aluna de história do teatro, atriz amadora à revelia do magistrado, circunscrita até então ao palco da escola, confidenciava às amigas íntimas que, além da partícula aristocrática — a família do Recôncavo, arruinada, descendia dos Garcia d'Ávila —, as duas qualidades maiores do marido eram a burrice e a disciplina. Tudo o mais não passava de decorrência: a maldade, a hipocrisia, a bajulação aos poderosos, a prepotência para com os subordinados e os pobres em geral, a retórica vazia, a jactância e os chifres.

Padre José Antônio apresentou Adalgisa ao meritíssimo com palavras calorosas: dedicada e piedosa ovelha do Senhor, exemplo de virtudes, carregava a cruz de uma sobrinha rebelde que tutelava desde a morte dos pais. O juiz pediu que ela expusesse os fatos, ouviu com gravidade, mostrou-se solidário, expediu a ordem. Internada por ordem do juizado de menores, Manela permaneceria no convento durante o tempo que a tutora determinasse, e nenhum vizinho ou parente, mesmo próximo, tinha direito a protestar ou a intervir.

Quanto ao sátiro, o chofer de táxi, se tivesse feito mal à menor, doutor d'Ávila mandaria metê-lo na cadeia e o faria com satisfação, mas não era o caso. Prometeu, todavia, intimá-lo à sua presença para lhe informar que o juizado o trazia de olho e para lhe dar a conhecer as penas a que se sujeita um corruptor de menores, estuprador de virgens. Para apertar-lhe o crânio, baratiná-lo.

O FALANGISTA

AINDA BEM QUE DEUS PUSERA PADRE JOSÉ ANTÔNIO Hernandez em seu caminho, pouco antes da morte de doña Esperanza. O missionário chamou a si a conclusão da obra iniciada pela madrinha: educar Adalgisa na rigidez fanática e puritana do catolicismo espanhol para fazer da filha de Francisco Romero Perez y Perez uma serva de Cristo, católica sem jaça, espanhola de truz, mobilizada contra a dissolução e a idolatria.

Beirava padre José Antônio os trinta anos quando embarcara para o Brasil numa leva de sacerdotes despachados pelo Vaticano para os países da América Latina onde a doutrina da Igreja se corrompia, os princípios fraquejavam, ritos pagãos se sobrepunham à devoção dos santos. Fogoso falangista, impetuoso portador da palavra infalível do papa, destinada aos gentios em geral, e das palavras de ordem do generalíssimo Franco, estas destinadas em particular aos espanhóis da Bahia, nascidos em terras da pátria ou da colônia. Com o fim da guerra, com a derrota de Hitler e de Mussolini, heróis e mártires inesquecíveis, a confiança de certos patrícios vacilava, a fidelidade e as contribuições minguavam, a canalha republicana levantava a cabeça. Padre José Antônio trouxera na bagagem as bandeiras da Falange que empunhara e conduzira nas ruas de Valência: *¡Viva Cristo Rei! ¡Arriba España!*

Em seu *curriculum vitae* baiano contava com vitórias expressivas e as derrotas não o abatiam, alma temperada nos desfiles franquistas. Entre as campanhas que empreendeu, enfrentando inimigos poderosos, duas merecem notícia nestas páginas, citação e comentário. Assim, ao informar sobre o personagem, aproveita-se a deixa para narrar acontecimentos da Cidade da Bahia: tudo quanto nela se passa é de interesse universal.

A construção da nova igreja de Sant'Ana, no Rio Vermelho, uma epopeia! Vitória esplêndida: conseguira construir o grande, o imponente templo dedicado à mãe de Maria, de devoção reduzida até aquela data à mísera capela tradicionalmente vinculada às festas de rua e a cerimônias de candomblé. Vitória esplêndida, culminando campanha insana que durara seis anos de empenho e peditório, não fora, porém, completa pois padre José Antônio planejara levantar o novo templo sobre os escombros da capela popular e sincretista, plantada no meio do largo de Santana.

Tentara mas não obtivera o apoio explícito do cardeal para a necessária demolição. Bando de irresponsáveis a serviço de Moscou, os intelectuais ocuparam as páginas das gazetas protestando contra o projeto — Pedro Moacyr Maia escreveu documentado artigo sobre as tradições do largo e da capela, o poeta Wally Salomão publicou a "Indignada invectiva da capela de Ana Iemanjá", ode objurgatória —, defenderam a permanência de igrejinha cara aos habitantes do bairro, reproduzida em quadros de José de Dome, Willys, Cardoso e Silva e Licídio Lopes. Pouco importava não tivesse valor histórico, era um bem do povo da cidade, pobre e simples igual a ele. A arquidiocese vacilou, o cardeal lavou as mãos, a igrejinha permanece até hoje no largo, acolhendo, na graça de sua singeleza, os devotos na festa da Senhora Santana e na procissão de Iemanjá.

A igreja recente e majestosa, nas dimensões e na arquitetura previstas pelo padre José Antônio, ele a erguera entre o largo de Santana e o da Mariquita, bem ao lado da Colônia de Pescadores. Lugar também apropriado pois, alta e ampla como era, a igreja esmagaria — assim imaginara o sacerdote — o peji de Iemanjá situado na Casa do Peso. Ali o povo depositava os presentes para a rainha do mar, dali partiam os saveiros no dia 2 de fevereiro, dia consagrado a dona Janaína: Janaína, Inaê, Sereia Mukunã, Dadalunda, Marabô, Kaiala, dona Maria, Princesa de Aiocá, são vários e diversos os nomes e as nações de Iemanjá, noiva e mulher dos pescadores.

Padre José Antônio consagrara sua igreja com te-déum fausto e solene, presidido pelo cardeal, em presença do comandante da região, do almirante da Base Naval, do brigadeiro da Base Aérea, do governador do estado e do prefeito, de gente grada da cidade e da colônia espanhola em peso. Comemoração digna da Espanha de Franco, redimida. Adalgisa, pendurada no braço do marido, mantilha negra na cabeça, exultava. Ganhara um terço de madrepérola, prêmio destinado à campeã da coleta de dádivas e espórtulas para a construção do templo, no concurso estabelecido entre as senhoras da paróquia pelo missionário: inventaram rifas, sorteios, bazares e quermesses.

Uma semana após, o zé-povinho, a negralhada, a convite dos moradores do bairro comandados por Flaviano, o presidente da Colônia de Pescadores, reuniu-se para inaugurar, ao som de atabaques e de cantos iorubas, uma estátua de Iemanjá, localizada entre a igreja e a Casa do Peso, criação de Manuel Bonfim, escultor cujo ateliê ficava nas paragens: insolência inaudita, espaventosa! No sermão dominical, padre José Antônio, candente, referiu-se a sacrilégio e barbarismo.

Na altura dos desmandos de Manela e Miro, o evangelizador se empenhava em outra batalha igualmente feroz e oportuna. Planejava extinguir, arrasar o candomblé do Engenho Velho, o Ilê lá Nassô, o mais antigo e venerável templo fetichista da Bahia — estudiosos datam-no de 1830 mas há quem lhe dê trezentos anos de vida ou mais ainda, de certeza ninguém sabe. Padre José Antônio apelou para os brios e a cobiça dos donos dos terrenos e dos capitães da indústria imobiliária: no alto da colina o terreiro, a Casa Branca, embaixo, na avenida Vasco da Gama, o barco de Oxum com a carga mágica de fundamentos e axés. Tanto dinheiro se perdendo, tanto espaço desperdiçado quando nele se podia construir uma boa dúzia de arranha-céus.

Logo se viu surgir diante do barco de Oxum, ocultando-o da vista dos passantes, um posto de gasolina, e já se falava em lotear o resto do terreiro, derrubar o terreiro de candomblé e as casas dos encantados, inclusive a de Oxalá e a de Exu. Alertados, os intelectuais, agentes mal dissimulados do demônio e do Kremlin, puseram mais uma vez a boca no mundo e, não contentes de sustar a operação em curso, atreviam-se a propor ao Patrimônio Histórico e Cultural o tombamento de toda aquela área, casas, barracão, terreiro, o barco de Oxum: espaço sagrado, prenhe de história, símbolo da luta dos negros contra a escravidão. Não se vira jamais desfaçatez igual, assombrava-se padre José Antônio: como se o terreiro de candomblé fosse a igreja de São Francisco, o convento do Carmo ou a catedral basílica. Contra tal indignidade, padre José Antônio Hernandez escrevia cartas aos jornais, dirigia-se às autoridades civis e militares, às militares sobretudo, clamava nos sermões, intentando manter erguidas na Bahia as bandeiras da Falange — um pouco a meio pau, em terra de miragens e enganos.

Nessa terra de equívocos rareavam as ovelhas em seu rebanho de fanáticos e puritanos, portanto ele as cercava de atenções. Vive-se um tempo de negação e permissividade, quando padres trocam a batina pelas calças jeans, o latim pelo português, os ricos pelos pobres, reivindicam o fim do celibato, imiscuem-se com guerrilheiros comunistas. Padre José Antônio mantinha-se fiel ao fascismo e aos dogmas. Cumpria os votos de castidade, prebenda difícil, custava-lhe denodo e valentia. Sonhava com Dalila, Salomé, Maria Madalena, com a mulher de Lot, com a rainha de Sabá, poluía os lençóis na cama de solteiro. Já lhe acontecera sonhar com Adalgisa.

O ABICUM

AS MORTES DA MÃE E DA MADRINHA SUCEDERAM-SE NO mesmo ano, precedendo o casamento de Adalgisa: na alocução aos noivos, monsenhor Sadock recordara as falecidas, duas santas criaturas. Duplamente órfã, com a mão calçada de luva branca, Adalgisa enxugara uma lágrima de saudade, pranteando-lhes a ausência, ainda mais a de doña Esperanza do que a de Andreza.

Não que fosse má filha, que não houvesse sentido a morte da mãe. Ao lado do corpo inerte tivera uma crise terrível e estranha: sufocada em soluços, como se lhe coubesse culpa. Parecia outra pessoa, espumava pela boca.

Diferente, o desespero diante do falecimento, também ele inesperado, da madrinha. Carpira-o de terço na mão, passando as contas, ajoelhada em silêncio junto ao caixão, levantando de quando em quando o lenço que cobria o rosto da morta para fitá-lo, deixando que as lágrimas escorressem. Desde que a levara à pia batismal, doña Esperanza a tomara a seu cargo e lhe ensinara a fazer o pelo-sinal da santa-cruz e a rezar o padre-nosso. Formara-a depois na arte da costura de chapéus, de enfeites de pano, buquês de flores, aplicações de renda. Mas sobretudo lhe indicara o rumo a seguir, a educara, fizera dela uma senhora: mesmo pobre, morando na avenida da Ave-Maria, Adalgisa era uma senhora.

Mirava-se no espelho de doña Esperanza: a madrinha soubera manter-se acima e à parte da ralé — *la señora!* — apesar de ser obrigada a trabalhar para comer. Devia tudo à madrinha, repetia a afilhada ao recordá-la. Era grata à mãe por lhe ter dado a vida: por duas vezes o fizera mas Adalgisa ignorava que houvesse nascido e renascido.

Entre Adalgisa e Andreza existira sempre uma distância, um desencontro que se acentuara pouco a pouco no decorrer dos anos. Dolores não largava das saias da mãe, ajudando-a nas tarefas domésticas. Acompanhando-a nas visitas a parentes e a conhecidos, extensa gama de compromissos e ritos de amizade, às obrigações de santo, amalás de Xangô, carurus de Cosme e Damião, duburus de Obaluaiê, boris, banhos de folha, festas de terreiro, constante companheira, filha devotada, decerto a predileta. Contudo, Andreza reservava para Adalgisa uma atenção fora do comum, uma espécie de consideração, de deferência como se, por qualquer motivo, a filha mais velha merecesse desvelo especial.

Adalgisa passava a maior parte do tempo no pequeno apartamento da madrinha, residência e ateliê, encravado num desses edifícios construídos nas encostas dos morros, quatro andares para cima, quatro para baixo da rua: no mais embaixo onde apenas uma réstia de sol se fazia ver pela manhã, doña Esperanza morava e labutava. Em troca, o edifício ficava no bairro da Graça, o endereço mais aristocrático da cidade.

Andreza e Paco Perez se casaram, sem convites, sem notícias nos jornais, na presença dos padrinhos e de meia dúzia de amigos, quando o comerciante, já nascidas as duas filhas, após mais de dez anos de amigação, a pretexto de ter escapado de um desastre de automóvel, temeroso de morrer de repente deixando a rapariga e as meninas sem direito à herança, na miséria, decidiu legalizar o conúbio. Em verdade era doido pelas filhas e por Andreza a quem conhecera mocinha, deslumbrante pastora do Reisado Flor da Soledade: apaixonou-se. Paco Negreiro negrejava qual abutre, gavião, ave de rapina, caçando aqui e acolá, sem pouso nem repouso — satisfeita a gana, largava a presa. Mas com Andreza deu-se o contrário: suou para comê-la, era cabaço quando ele a descobriu enfeitada de papel de seda, conduzindo a lanterna no terno de reis, e foi ela quem quis dar-lhe o fora quando o viu de olho em Esmeraldina, filha de Omolu, desenfreada na roda de samba, navio na procela.

Nem por amigada com espanhol branco e rico, Andreza desdenhou de sua gente negra e pobre, seguiu frequentando candomblés, cumprindo obrigações de santo e normas de amizade. Quando o conheceu, acabara de acertar com mãe Aninha, do Axé do Opô Afonjá, que se recolheria à camarinha no próximo barco de iaôs para raspar a cabeça e receber Iansã, seu orixá de frente. Assim o fez, deixando-o a ver navios, contando nos dedos os dias da iniciação. Apenas não sabia que levava no ventre o produto dos amores com o gringo que a seduzira e lhe montara casa: estava prenha de Adalgisa. Ao descobrir, já era tarde: iaô de efum completo, cabeça raspada, corpo pintado, banhos de maionga, o encantado dentro dela junto com o abicum. Não lhe pertenceria o filho que palpitava em seu ventre, pertencia à santa. No dia do oruncó, da festa do nome, Andreza saltara duas vezes, dera dois nomes, um era o seu, o outro, o do abicum.

Sendo Adalgisa ainda menina nova, acabara de ultrapassar a primeira etapa, a dos sete anos, Andreza lhe contara o acontecido com abundância de detalhes, informando-a acerca da condição especial dos abicuns. Nos anos que se seguiram voltou à carga e repetiu: o abicum pertence ao encantado e, se quiser viver, deve pagar um valor excessivo em obrigações. Adalgisa de nada quis saber, varreu o fato da memória, o nome, as minúcias, a ameaça. Tendo pago, à custa de ingentes sacrifícios, a travessia dos quatorze anos, Andreza tentou mais uma vez explicar à filha o risco que corria, Adalgisa recusou-se a ouvir, sua crença era outra, outros seus santos, seus preceitos e obrigações, seus fundamentos. Não adiantou lhe revelar o preço que pagara substituindo o abicum nos dois limites, aos sete e aos quatorze anos: no derradeiro, aos vinte e um, o preço era a morte. Adalgisa, espanhola, tinha outros compromissos, a coroa de espinhos, a cruz de Cristo, desprezava crendices e feitiçarias.

Não chegou a saber que Andreza às vésperas do aniversário fatal, para que a sentença ao se cumprir não fulminasse o abicum, propusera a Oiá a troca de cabeças: no dia da festa da maioridade da filha mais velha, amanhecera morta. Adalgisa não sabia o que fosse troca de cabeças e a palavra abicum nada lhe dizia.

Em certas circunstâncias, entretanto, sentia uma invisível presença a seu lado, sombra aflita, desolada. Na tarde daquela quinta-feira, durante a caminhada com Manela em direção ao convento da Lapa onde padre José Antônio as esperava — Manela ia descuidada, a tia costumava levá-la à casa de freguesas para lhe ensinar riqueza e modos — Adalgisa teve a impressão de um vulto a acompanhá-la: tocava-lhe a face, prendia-lhe a mão, dificultava-lhe os passos. Por que pensara em mãe Andreza? E em quem mais haveria de pensar? Não seria a madrinha, doña Esperanza, quem iria detê-la no caminho do dever: arranca-se o mal pela raiz, enquanto é tempo, *hija mía*.

Mesmo tendo acontecido a troca de cabeças, a liberdade do abicum é limitada e dependente. Se o abicum cumpre as obrigações no rigor do zelo pela grandeza do orixá, será uma pessoa igual às outras, com regalias e direitos. Se, porém, não reconhece sua condição, se a renega, não guarda os preceitos, almoça e janta alimentos proibidos, não salva o encantado, não lhe oferece o ossé e o despacho, vira clandestino, sujeito a desconfortos e embaraços de saúde, não tem sossego, não usufrui de paz e de alegria, só escuta o que é ruim, só enxerga o que é feio. Macho, broxará ainda jovem garanhão, a rola murcha, muxiba inútil, fêmea, jamais sentirá na xoxota seca o úmido orvalho do prazer. O abicum que abjura do orixá e o ignora anda pelo mundo como se fosse cego, surdo e desumano, clandestino: um robô, um monstro, um cazumbi, em vez do coração tem uma pedra no vão do peito.

AS NAMORADAS

PADRE ABELARDO NÃO CHEGOU A TRANSPOR O PORTÃO DA escola de teatro. Patrícia ia saindo, atirou-se-lhe ao pescoço, sapecou-lhe um beijo em cada face, passou-lhe de leve a mão no rosto. Dirigindo-se à amiga que a acompanhava, comentou:

— Não lhe disse, Sylvia, que ele vinha...

Mantinha-o preso no abraço, os seios soltos sob a bata de cambraia comprimiam-se contra o tórax do padre, liberto do peitilho e do colarinho de celuloide, à mostra: despido dos trajes de clérigo voltara à calça jeans, à camisa aberta. Do automóvel, Nilda Spencer dava pressa, estavam atrasadíssimos, o almoço fora marcado para as treze horas, a maioria dos convivas já devia ter chegado. Patrícia puxou padre Abelardo pela mão:

— Venha comigo. Entre no carro...

O carro, o DKV de Miro, esperava com o motor ligado. Além do chofer, ocupavam o banco da frente Nelson Araújo, segurando um maço de papéis datilografados, e uma hippie, petulante, de cabeleira basta e alvoroçada: vestia túnica hindu, estampada e curta, que lhe exibia as coxas. No banco de trás, a dita Sylvia refestelou-se junto a Nilda, Patrícia empurrou o padre:

— Entre depressa... Vamos ter de nos apertar um pouco mas a viagem é curta. Feche as pernas, Sylvia... Ainda faltam dois...

Apertaram-se os quatro, Patrícia na ponta, mal sentada. Miro, a mão na buzina incrementada — tocava o refrão de "La cucaracha" —, deu o sinal de largada. Manobrou o carro, acenou adeus, partiu a jato. Na entrada do Campo Grande, torceu bruscamente a direção para desviar de um buraco, Patrícia tombou em cima de padre Abelardo. Vinha de fazer as apresentações:

— Padre Abelardo Galvão, o Robin Hood do agreste... Essa aqui, Abelardo, é Nilda Spencer, sabes quem é...

— A bênção, padre... — brincou Nilda, estendendo a mão.

— A que está a teu lado é Sylvia Esmeralda, colega da escola, os da frente são mestre Nelson Araújo, nosso diretor, meu segundo pai, junto dele Arlete Soares, uma amiga que vive em Paris, e o chofer é Miro, figurinha popular...

— E as barricadas, como vão? Tem invadido muitas terras? — Nelson Araújo achou-se na obrigação de ser gentil, sem deixar de folhear a papelada, mudando em seguida de assunto e de interlocutor: — Nilda, que pensas? Intercalamos as entrevistas dos notáveis com as apresentações dos músicos, ou bem...

— É melhor que o próprio Jacques resolva. Não te parece?

A moça Soares, a cabeça voltada para trás, os dedos enfiados nos cabelos tentando alvoroçá-los ainda mais, examinava o padre, boquiaberta:

— Me diga aí, amigo: você não será por acaso parente de um padre Herbert, de Munique? Herbert Heuel: nunca vi parecer tanto, cara de um, focinho do outro. Conheço ele de Paris — explicou a toda a banda —, um sujeito bacana. Está fazendo doutorado na Sorbonne, sabem qual é o tema da tese? O teatro de Brecht, podes crer. Quando vem a Paris, se hospeda na Cité, faz vida de estudante. Porreta.

— Se hospeda em teu quarto, querida? — Sorriso ingênuo na cara lavada de Sylvia Esmeralda: — É teu *petit ami*, não é?

— E se fosse, diga lá, o que é que tinha?

— Não tenho sangue alemão, nem mesmo espanhol — explicava padre Abelardo —, apesar de ter nascido na fronteira com o Uruguai. Já ouvi falar nos padres operários, sei alguma coisa sobre eles. Gente boa.

— Conte mais de teu namorado, Arlete — insistiu Sylvia, indócil.

O carro entrou em velocidade numa curva, Patrícia, sem ter onde apoiar-se, escorregou do banco. Ao levantar-se, sentou no colo do padre, tranquila da vida, como se fosse a coisa mais natural do mundo. Ninguém deu importância, a não ser o próprio padre: Deus o sujeitava a uma prova atroz. Atroz, seria a palavra certa?

No táxi em disparada, Patrícia recostou-se sobre o cura de Piaçava, acomodou-se e segurou-lhe a mão: os cabelos longos, derramados sobre ele, faziam-lhe cócegas no rosto. Animadíssimas, as dondocas discutiam namorados, Nelson Araújo continuava às voltas com as folhas de papel, Miro atento ao volante na ladeira do Contorno, o padre mudo e quedo. Para tudo expressar, o frio e a febre, o pânico e a desordem, o precipício, atroz não era a palavra precisa, ai, não.

A CONVERSA MATINAL

SYLVIA ESMERALDA ATENDERA O TELEFONEMA DE OLÍMPIA, inabitual àquela hora, na sala dos professores, vazia de testemunhas indiscretas. Conversa com Olímpia de Castro, outra locomotiva do *high society*, amiga do peito, cúmplice e confidente, não podia ser ouvida por terceiros, corria risco. Sylvia nascera com vocação de confidente, adorava ouvir relatos de amores, de paixões, o primeiro encontro e o derradeiro, a sofreguidão e o fastio.

Todas as manhãs, precedendo os afazeres e os lazeres do dia, demoravam-se as duas ao telefone passando a limpo a vida alheia, trocando maledicências a propósito de escândalos vindos à tona e de casos ainda enrustidos — elas, se não sabiam, adivinhavam —, emitindo opiniões, aventando hipóteses, dissecando o dia a dia dos grã-finos. Confreiras licenciosas e sentimentais, cochichavam-se segredos sobre a última aventura de cada uma delas: os caprichos de Olímpia, as gamações de Sylvia, em meio a risinhos, exclamações, suspiros. Temas candentes e exaltantes, de confidência em confidência, informavam-se sobre especialidades, aptidões e atributos dos parceiros, detalhes físicos e morais, íntimos e peregrinos, referidos na linguagem atual, precisa e clara, de uso corrente entre as mocinhas e as senhoras, riam de morrer. Aconselhavam-se: em tendo ocasião, garota, não perca, a língua de Telésforo é divina, por isso chamam ele de beija-flor, o chuparino do século. Gilbertinho, menina, é um desmarcado, tem um cacete de jumento, pensei que não ia entrar. E entrou, garota? Todinho, menina, até a raiz dos ovos. Por aí afora, na conversa matinal e instrutiva, menina para cá, garota para lá, língua, cacete, o olho do cu e o papa-rola.

De um lado do fio, o avião Olímpia, na outra ponta, Sylvia, carrossel iluminado, na metáfora do poeta Joca Teixeira Gomes, dos primeiros a transar com ela: Sylvia recém-casada, ele ginasiano. A comparação não há de ser desprovida de senso, as razões dos poetas, como as rimas, são por vezes cabalísticas. Orquestra de percussão, opinava outro poeta, Paulo Gil — ainda dois poetas para a antologia da poesia baiana, ambos aliás de primeiríssima —, reportando-se decerto aos gemidos e bramidos em que se desfazia Sylvia Esmeralda ao romper da aleluia.

OS ADOLESCENTES

FORA SYLVIA, COMPETENTE ESPOSA DE JUIZ DE MENORES, quem introduzira Olímpia no requinte dos adolescentes: a amiga logo a superara, convertendo-se em reputada especialista — reputada, o adjetivo diz tudo e soa bem.

Possuidores de encanto particular e único, em troca os rapazolas exibiam divertidas limitações e inconveniências graves. Limitações de tempo e de dinheiro pois dependiam de horários escolares e de mesadas. Mas, virar-se pelo avesso para atendê-los em ocasiões inesperadas era o de menos; pôr-lhes no bolso com discrição uma nota de quinhentos, um prazer a mais. As inconveniências, estas sim, terminavam tornando-se pesadas. Terrivelmente possessivos, todos eles, faziam-se inoportunos, impertinentes. Inseguros devido à idade, faziam-se agressivos, insolentes. Quando um deles, julgando-se insubstituível, tornava-se insuportável, Sylvia recorria a Olímpia e vice-versa, pedindo ajuda: permutavam gentilezas e mancebos.

Esfaimado seminarista a cujo apetite juvenil Olímpia, iguaria suculenta, se propunha nas horas vagas, Elói mostrava-se cada vez mais exigente e desconsiderado. Apesar de ter-lhe dito que naquela quinta-feira não poderia encontrá-lo — tarde reservada para o senador, vindo de Brasília especialmente, decisivo para a liberação das verbas, o dever antes de tudo —, Elói telefonara do palácio arquiepiscopal, falando baixo e às pressas com medo de ser surpreendido, para avisar que estaria no ponto marcado, na hora exata e que a amava. Que ponto, que horas, que história é essa? O local e a hora do bilhete, dissera ele, e repetiu onde e quando — em seguida desligara, deixando-a intrigada e confusa. Não marcara encontro, não designara hora, na certa tudo não passava de invenção do calhordinha para obrigá-la a comparecer. Tendo dado as coordenadas, cortara a comunicação antes que ela pudesse discutir e se negar.

Num repente de raiva, Olímpia decidiu deixá-lo mofar ao sol de Itapuã para lhe ensinar a não mentir. Passada a raiva, porém, tivera pena. Se o pobrezinho de Deus astuciara aquela tramoia, fizera-o porque a vida de interno em seminário não é moleza e o dia de folga há que aproveitá-lo. Não viu motivo para castigo e tinha o remédio à mão: telefonou para Sylvia, pediu-lhe que fosse, em seu lugar, dar-se a comer ao faminto Elói. Uns meses antes sucedera o contrário: por solicitação de Sylvia, cansada de tantas exigências, Olímpia acolhera nos braços e nas pernas o rubicundo Jonga, marinheirinho do iate do simpático milionário Tourinho Dantas.

A fim de se exibir, dando uma de internacional, Sylvia Esmeralda fez um pouco de cu-doce: estou acompanhando os franceses da Antenne 2. Terminou pondo-se de acordo, não ia perder a ocasião de dar-se a degustar a um seminarista, ainda não traçara nenhum: por ti, menina, o que não faço? Na despedida a voz de Olímpia revelava um travo de enojo: diga-lhe que, não podendo ir, mandei minha melhor amiga me desculpar e passe uma boa tarde. Você é que é feliz, garota, na mesma hora estarei mamando a tripa mole do senador, me dá engulho.

— E o moleque, vale a pena?

— Se vale? Um fodão! — gemeu Olímpia de Castro, avião em pane.

A TEMPO

PARA EVITAR QUE SE COMETAM INJUSTIÇAS, RESULTANTES DE informações precárias, a tempo se adverte que não só em sacanagem se compraziam as duas distintas conterrâneas na prosa matinal. Além de fodilhonas e xeretas, eram cultas e engajadas, discorriam sobre arte e literatura. Fui à exposição de Jenner Augusto, garota: Jenner é um pão! Li uns versos de Fernando da Rocha Perez, Nandinho, menina, é um colírio para os olhos. Interessavam-se pelos acontecimentos políticos do Brasil e do estrangeiro, sobre eles discutiam em perene desacordo.

Em matéria de ideologia, sendo ambas firmes, intransigentes, secretárias, pensavam de maneira oposta. Olímpia, braço direito do marido negocista, apoiava a ditadura, achava os militares umas gracinhas, estavam salvando o Brasil do abismo e do comunismo russo e ateu. Pelo vasto mundo conturbado, seus ídolos eram Franco, Chiang Kai-chek, Somoza e Pinochet, acertava seu relógio de ouro pela hora de Washington, bússola das Américas. Sylvia Esmeralda, natureza boêmia, aluna da escola de teatro, simpatizava com a esquerda mas não podia afirmar-se militante devido ao matrimônio e à respeitabilidade da senhora Diana Teles Mendes Prado d'Ávila. Mas jurava por Mao, exaltara-se com o movimento dos estudantes na França, em 1968: menina, Daniel é um doce de coco. Que Daniel, garota? Daniel Cohn-Bendit, o herói da Sorbonne, apareceu num programa da tevê, é um tesão. Nos esconsos da bolsa Louis Vuitton, escondido na carteira de dinheiro, guardava um retratinho de Che Guevara que João Jorge, aquele sem-vergonha, lhe oferecera num fim de tarde incandescente quando, depois de ter lhe feito a buça, fez-lhe a cabeça.

O TROTE

O SAMBA DE RODA PRENDIA TODAS AS ATENÇÕES QUANDO Sylvia Esmeralda levantou-se da mesa e saiu à francesa: demorasse mais quinze minutos, chegaria atrasada a Itapuã. Sentada entre duas eminências literárias, o ensaísta Ordep Serra e o contista Hélio Pólvora, participara com acenos de cabeça e interjeições sonoras de brilhante debate sobre a crítica universitária e a criação ficcional. Conversa, ou melhor, controvérsia de alto nível mas bastante cansativa, não valia a perda do seminarista. Já marcara sua presença no almoço da televisão dos gringos, fora filmada em plano longo, em plano médio e em *close-up*, talvez fosse vista em Paris, com certeza sairia nas colunas sociais. Durante as gravações com Caetano e Gil, Bethânia e Gal, à noite, no Teatro Castro Alves, reencontraria a equipe. Já pagara o preço da cultura, dedicaria o resto da tarde a boas ações: dar-se a comer para servir a uma querida amiga, lavar a alma e benzer o corpo em cama de seminarista, festim de caridade. Por falar nisso, o padre de Patrícia, que pedaço de gaúcho!

Para início das filmagens da emissão de *Le Grand Échiquier*, a glória da Bahia exibida nos vídeos da França imortal, Nilda Spencer resolvera, de acordo com Chancel, reunir no Mercado Modelo, no restaurante Maria de São Pedro — salve a memória da grande dama da culinária baiana, cujo nome honra e ilustra esta modesta crônica de costumes —, as figuras mais festejadas da vida intelectual da cidade, ao lado dos compositores do Mercado, de tocadores de berimbau e de atabaque, culminando com a apresentação do conjunto de samba de roda dirigido por Zilá Azevedo: morenas espetaculares, dançarinas do balacobaco.

O ambiente do Mercado, o ritmo dos músicos, os solos de berimbau de Camafeu de Oxóssi, a orquestra de atabaques encantaram o francês, o samba de roda levou-o ao delírio: *avec ça, ils vont craquer, les gars*! Quanto aos intelectuais, serviam de moldura para o quadro, ouviria uns quantos, aproveitaria ou não uma ou outra frase sobre a Bahia. Sobre a Bahia, a originalidade de seu povo, a complexidade de sua cultura mestiça, bastaria com o *speech* de Pierre Verger, já acertado.

Patrícia conduzira o diálogo com os notáveis, gravando declarações do professor Germano Tabacof, do poeta Hélio Simões, do cronista Raimundo Reis, de Sônia Coutinho — o câmera demorava-se fixando a face bonita da escritora —, do acadêmico Itazil Benicio dos Santos, do professor João Batista que se expressou num francês de absoluta correção gramatical e cantada pronúncia sergipana, de várias outras empafiosas sumidades. Sobre o samba de roda, o portuga Assis Pacheco, lírico, derramou-se em frases capitosas, de olho vidrado nas mulatas do conjunto.

Ao fim das entrevistas, microfone em punho, Patrícia arrastou uma cadeira, veio sentar-se ao lado do padre Abelardo, ameaçou ouvi-lo sobre o charme das mulheres presentes, todas babadas por ele, a atrevida da Sylvia não se dava ao trabalho de dissimular. Patrícia exibia os punhos: se alguma se meter a besta, parto-lhe as fuças. Padre Abelardo ria, nervoso, encabulado, na casa do sem jeito.

Por falar nisso, Patrícia contou ao padre que alguém, pouco antes do almoço, tentara passar-lhe um trote, ao telefone. Falando como se fosse ele, marcara um encontro para a tarde daquele mesmo dia. Bastara ouvir a voz e se dera conta da brincadeira de mau gosto. Da voz inimitável de Abelardo, gaúcho fronteiriço, ela conhecia todas as inflexões e ele não lhe dizia querida, tampouco meu amor, tratava-a por guria. Já nem se lembrava do local do encontro: para os lados de Itapuã.

Ao som das palmas dos assistentes, as baianas de Zilá Azevedo, as batas brancas, as saias de babado, coloridas, desmanchavam-se no samba. Iam buscar na mesa do almoço e traziam para a roda, um a um, os ilustres senhores da academia e da universidade para o volteio e a umbigada. Doutor Thales de Azevedo foi aplaudido: nem a idade nem os títulos lhe diminuíam o ímpeto. O juiz do Trabalho Carlos Coqueijo Costa, esse era do ramo, tocava violão e tinha samba no pé. Viu-se Fernando Assis Pacheco tentar com empenho lusitano o requebro de cintura, sem obter sucesso. Chancel demonstrou ter jeito mas quem dominou a roda foi Miro do Bem-Querer, príncipe das gafieiras.

As câmeras filmavam, daí a um mês as imagens da festa estariam na televisão francesa. A festa da Bahia: Nilda Spencer, de tão feliz, um calor no coração, um nó na garganta, sentia vontade de chorar.

O AUSENTE

NILDA SPENCER LASTIMARA A AUSÊNCIA DE DOM MAXIMILIANO VON GRUDEN no almoço do Mercado. Além de letrado de primeira, na televisão o diretor do Museu de Arte Sacra era presença marcante: a batina branca, a elegância dos gestos, a pose de ator. Buscara-o por toda a parte, ninguém sabia dele.

Ninguém sabia dele e, afanosos, rastreavam-no jornalistas e policiais. Quando conseguiram refazer o itinerário do automóvel de Lev Smarcevski, dom Maximiliano escafedera-se há muito do palácio da arquidiocese, sem deixar vestígio, parecia a imagem da santa.

O bispo auxiliar dera-lhe a conhecer as informações do delegado da Polícia Federal: o coronel Raul Antônio estava convicto do envolvimento do cura de Piaçava, a serviço das finanças da subversão. Peças preciosas, roubadas nas igrejas, vendidas em moeda forte no estrangeiro, alimentavam a Pastoral da Terra e a guerrilha urbana. Dom Maximiliano não se surpreendeu: o coronel telefonara-lhe pela manhã, agressivo, desaforado:

— Só faltou me acusar de conivência. Também o secretário de Segurança acha que o padre Galvão é culpado. De acordo, imagine, com o padre Teófilo, de Santo Amaro. Logo quem...

Dom Rudolph levantou a vista da edição alemã do livro de dom Maximiliano sobre a imagem de santa Bárbara, a do Trovão, que folheava enquanto discorria sobre o roubo, detendo-se num parágrafo aqui, noutro acolá:

— Posso garantir que a acusação não tem fundamento. Desse crime padre Galvão está inocente, suas culpas são outras, igualmente graves. Com a desaparição da imagem nada tem a ver: por acaso viajou no mesmo barco que a trouxe.

— Vossa Reverendíssima afirma com muita convicção. Como sabe?

— Eu o ouvi em confissão.

— Ah!

— E o senhor diretor, o que conseguiu apurar? Afinal, o assunto é de sua responsabilidade. Que notícias me traz? Eu o escuto.

Por toda resposta, dom Maximiliano deixou cair os braços num gesto que patenteava a vastidão de seu desamparo. Naquela manhã de sucessos ruins, o acabrunhamento do diretor do museu, confissão de derrota, quase pedido de clemência, foi um bálsamo para o bispo auxiliar. No gozo do triunfo, moderou o tom da voz, mudou de assunto. Voltando ao livro, comentou:

— Vou ler seu trabalho com a atenção devida mas, passando os olhos pelas páginas, já me dei conta de que o senhor atribui ao Aleijadinho a autoria dessa imagem de santa Bárbara. Parece-me uma afirmação temerária, dom Maximiliano. Em que se baseia para lançar hipótese tão polêmica?

— Afirmação ousada, não nego. Ao terminar a leitura, Vossa Reverendíssima se dará conta de que este livro é resultado de pesquisa trabalhosa na qual consumi cinco anos. Compulsei centenas de documentos, descobri ilações, levantei pistas: tudo conduz a Ouro Preto e a Antônio Francisco Lisboa, ao genial Aleijadinho... — tratando tema que lhe era caro e próprio, dom Maximiliano acalorava-se, esquecido dos infortúnios, das acusações, das ameaças. — Mas, o que me dá certeza de que santa Bárbara, a do Trovão, foi criação dele é outra coisa...

— Que coisa?

— O fato do Aleijadinho ser mulato. Só um mestiço poderia tê-la esculpido, um mulato, com sangue branco e sangue negro.

O bispo auxiliar franziu o cenho ariano, abanou a cabeça: "Dom Maximiliano von Gruden e a paixão da mestiçagem", título da proposição de um nomeado Antônio Olinto em colóquio recente sobre sincretismo. Ao receber o programa da reunião, dom Rudolph se interrogara, curioso, se o enunciado não conteria duplo sentido, insinuação maliciosa. Não continha, comprovou ao ler o noticiário de imprensa sobre o colóquio: falatório vão, teses degeneradas, conclusões suspeitas. Pôs o livro de lado, quando voltou a falar abandonara o assunto da paternidade da imagem para retomar o tema da atribulação:

— Falei ao telefone com doutor Odorico, estranhando a virulência da reportagem de hoje no *Diário de Notícias*. Tudo que consegui foi que ele pusesse as páginas do jornal à nossa disposição. Perguntou se o senhor não queria dar uma entrevista.

Estendeu a vista para a janela aberta sobre a praça, veio-lhe à lembrança a figura da negra, malévola. Terra maldita, chão de réprobos:

— Ou essa sagrada imagem aparece ou não sei o que irá acontecer nesta bendita primazia da Bahia... — ditos em alemão, em boca de xibolete, certos vocábulos — sagrada, bendita — soavam como palavrões: — Terminaremos todos na cadeia, acusados de ladrões e comunistas. Tem mais alguma coisa a me dizer, dom diretor?

— Tenho, sim, senhor bispo.

Comunicou-lhe a decisão. Se a imagem não fosse descoberta até o vernissage da exposição, ele, dom Maximiliano von Gruden, apresentaria seu pedido de demissão, irrevogável, e partiria da Bahia. Esperava contar com dom Abade para obter a transferência. Na abadia do Rio de Janeiro tentaria prosseguir, no silêncio e no esquecimento, a fatigante obra de museólogo, motivo de alguma satisfação e de tantas penas.

Dom Rudolph apressou-se em aprovar e aplaudir: a decisão parecia-lhe a única correta, capaz de atender aos interesses da universidade, da Igreja e do próprio dom Maximiliano. Aprovação e aplauso cravaram-se no coração em chagas do demissionário diretor do Museu de Arte Sacra.

A LAGOA E O JACARÉ

PADRE SOARES DORMITAVA A SESTA, APÓS O ALMOÇO, quando os jornalistas invadiram o palácio e o tomaram de assalto, empunhando microfones e câmeras fotográficas. O seminarista Elói, cujo plantão se aproximava do fim, viu-se envolvido em perguntas e padre Soares foi fotografado, ar de espavento, boca aberta.

Tanto o seminarista quanto o secretário do bispo auxiliar juraram de pés juntos que Sua Reverendíssima, após o prolongado primeiro expediente, retirara-se do palácio e só estaria de regresso no fim da tarde. Dom Maximiliano partira antes, padre Soares não sabia para onde: mentir fazia parte das obrigações de um secretário competente. Uma pena, pois gostaria de contar aos jornalistas que dom Maximiliano, cabisbaixo, de crista caída, de castanha quebrada, nem parecia aquele poço de prosápia que levava padre Soares, nas raras ocasiões em que o enxergava no palácio, risonho, galante, superior, a murmurar: deixa estar, jacaré, que um dia a lagoa há de secar e hei de ver jacaré dançar. Submisso, dom Maximiliano von Gruden descera a escada interna para a garagem onde embarcara no carro do bispo auxiliar: partira em companhia de Sua Reverendíssima, escondido em sua sombra.

A lagoa secara. O jacaré dançara.

O PRETEXTO E A VALIA

NO INTENSO MOVIMENTO DAS POLÍCIAS, A ESTADUAL e a federal, ambas em pé de guerra, é grato registrar a notícia da libertação, ao fim da tarde, de mestre Manuel e de Maria Clara. Foram mandados embora, sem direito, no entanto, a sair da cidade: poderiam ser convocados a qualquer momento para novos depoimentos ou para acareações, a prisão dos culpados pressupunha-se iminente.

No gabinete do coronel delegado, o publicitário Epaminondas Costalima os aguardava — outro poeta, sim senhor, na Bahia encontram-se dois ou três em cada esquina. Soubera da detenção, viera por notícias, oferecera garantias. Conhecia-os de longa data, a mestre Manuel e à sua mulher Maria Clara, gente pobre mas incapaz de roubar fosse o que fosse. O delegado disse que já tinha decidido libertá-los pois nada fora apurado contra eles. Engraçado: um simples mestre de saveiro mas muito bem relacionado. Além de Epaminondas Costalima, vindo em pessoa, um figurão telefonara de Brasília, do gabinete do ministro da Educação: ninguém menos que o escritor Herberto Salles, membro da Academia Brasileira, diretor do Instituto Nacional do Livro. Queria saber o motivo da prisão de mestre Manuel e de Maria Clara, seus amigos. Seus amigos, assim dissera, pondo ênfase na voz. Também ele, Herberto Salles, assumia inteira responsabilidade pelo casal de saveiristas, fazia um apelo veemente, etecétera e tal. O coronel prometeu atender e sem mentir proclamou-se seu leitor. Realmente, jovem cadete com tendências esquerdistas, lera um romance desse Salles sobre garimpeiros. Desde então evoluíra, abandonara as tendências e a leitura de romances.

Só não disse o motivo real do relaxamento da prisão do mestre e de sua companheira. Fazia-o para seguir-lhes os passos na expectativa de chegar aos demais cúmplices do padre Galvão. Garantias e pedidos, pretextos úteis, o coronel mostrava-se sensível: levarei em conta seu depoimento, farei o possível para atender a seu pedido, assegurando-se reputação de liberal e atencioso. De fato, para o delegado, empenhos e cauções não possuíam a menor valia. Intelectuais, raça ruim: cuspia, passava o pé em cima.

RONDÓ DOS SECRETAS

NAS RUAS DA CIDADE, TIRAS DA SECRETARIA DE SEGURANÇA do estado, luminares da Polícia Federal atropelavam-se à cata de indícios e de suspeitos, na busca de intermediários e receptadores, de esconderijos, covis de gatunos, aparelhos clandestinos da subversão.

Os secretas surgiam nas esquinas, disfarçados, rastreavam padres, interrogavam antiquários e colecionadores. Mirabeau Sampaio, artista plástico de pavio curto e zanga fácil, ao ver o detetive Expedito Faz-se de Besta levantar da peanha a imagem que ostentava, cavada na madeira, a assinatura de frei Agostinho da Piedade, joia singular de sua coleção, botou-o porta afora: saia antes que eu perca a cabeça e lhe dê um tiro na cara, seu filho da puta! Essa história do roubo da imagem de santa Bárbara, a do Trovão, invencionice do diretor do Museu de Arte Sacra, tornava-se abominável, não havia saco que a aguentasse. Interrompido três vezes em seu trabalho, Mirabeau não concluíra no prazo marcado a Madona encomendada pelo banqueiro Jorge Lins Freire, presente de aniversário para dona Elcy, com data de entrega e pagamento na bucha: esse dom Maximiliano era de morte!

Comissário Parreirinha, tendo perdido a pista do cura de Piaçava, comparava imagens à venda nos antiquários com a foto de uma santa Bárbara barroca, venerada em igreja da cidade portuguesa de Guimarães, foto reproduzida num livro sobre o Minho que fora parar nos depósitos da secretaria, entre mil bagulhos. Outro comissário, Rapuleto, cão de fila reputado pelo faro — onde houvesse boca-livre, lá estava ele de garfo em punho —, rumara para Santo Amaro com ordens de interrogar o vigário, ouvir o casal Veloso, dona Canô e seu José, e qualquer outro indivíduo capaz de fornecer indicações: não esqueça a rapariga do vigário. Doutor Calixto Passos reafirmava suas conclusões: padre Teófilo planejara o roubo, padre Galvão o executara. Ocultos nas sotainas, ladinos, por detrás do comércio de santos antigos, comandando-os, agiam curas e vigários, monsenhores.

Quanto aos agentes do SNI, sigla soturna, desembarcados de Brasília com o objetivo de estabelecer e executar a Operação Siri Buceta, esses não eram vistos nem pressentidos. Trabalhavam na moita, na sombra dos disfarces, incógnitos. Um laboratório para revelação de fotografias fora montado em qualquer parte: madame Lia, proprietária do motel, não oferecera objeções, muito ao contrário. Especialistas de apregoada competência, com estágios na CIA e na Pide, os *supermen* do SNI ostentavam currículos de causar inveja a James Bond. Na chefia da equipe, um dos astros do serviço, no código secreto Agente Sete Sete Zero, conhecido entre os colegas por Coice de Mula.

Bastava ouvir-lhe o nome, o indigitado se borrava.

MATINÊ

DO TÁXI AINDA EM MOVIMENTO, SYLVIA ESMERALDA O viu, vestido de batina, ao sol, tirando baforadas do cigarro: achou-o lindo e comovente. Prelibando as sensações da matinê, soltou uma gruja forte na mão do chofer, um cavalheiro: divirta-se sinhá dona que a vida é curta. Esperou que o táxi se afastasse para dirigir-se ao encontro de Elói a fim de lhe dar o recado:

— Elói? Boa tarde, Elói. Olímpia não pôde vir e não tendo como lhe avisar... — Sorria, os olhos de frete, a língua umedecendo os lábios: não teve tempo de terminar a frase.

Dois homens saíram do grande carro negro, os rostos embuçados, demonstravam pressa, apontaram os revólveres. Tarzan puxou Sylvia, empurrou-a em direção à limusine: vamos, beleza, depressa e calada se não quiser apanhar. King Kong segurou o braço de Elói e o torceu com violência, sorrindo um sorriso quase cordial. Elói gemeu alto: silêncio, disse King Kong, e pontuou a ordem com um tabefe.

Sylvia Esmeralda e o seminarista foram metidos no automóvel, onde um terceiro homem, de metralhadora em punho, sentado junto ao chofer, parecia ser o maioral. O carro partiu, não foi longe. O motel ficava nas proximidades, resguardado por muros altos, os portões abertos, à espera.

Quico Promessa, o rosto ossudo, oblongo, de ex-voto, ao receber das mãos de Elói a pauta do expediente vespertino, perguntara ao colega, sem esconder a inveja:

— Tu vai transar um cineminha, não é? No Popular estão levando um filmaço: *007 contra o Doutor No.*

Elói sorriu enigmático, sonhador e sobranceiro:

— Meu 007 é outro...

Mal sabia ele.

BARLAVENTO

IAM MESTRE MANUEL E SUA MULHER MARIA CLARA PROSEANDO com o amigo Epaminondas Costalima, a caminho do Arsenal da Marinha onde o *Viajante sem Porto* fora recolhido:

— Esse meu saveiro — gabou-se o mestre abandonando a reserva habitual — é de navegação tão maneira que se um dia eu visse ele velejando nos ares como um zepelim ou uma estrela cadente, nem ficava admirado.

Outra coisa não se viu ao entardecer daquela quinta-feira. As velas infladas, o *Viajante sem Porto* sobrevoava o Forte do Mar, cortava as nuvens como se cortasse as águas mansas do golfo. Vinha dos começos do Brasil, dos tempos da colônia, cruzara mares nunca dantes navegados, lusos e africanos, baldeara no porto de Viana do Castelo, nos ancoradouros de São Vicente, em Cabo Verde, de Dacar, no Senegal, os porões repletos de ódio, amor e poesia, cargas de vida e morte.

Navegação de cabotagem nos derroteiros da Bahia de Todos-os-Santos, o *Viajante sem Porto* circulou sobre as ilhas, sobrevoou Maragogipe e Cachoeira, depositou os heróis da Independência em Itaparica. Ao leme, uma negra nua em pelo, ora vestida com o ouro do sol, ora com a prata da lua: carapinha de veludo, seios de ébano e a bunda maior do que a popa do saveiro. Media ao menos sete metros, os pés na barra do Paraguaçu, a cabeça nas dunas de Itapuã, nas águas escuras do Abaeté.

O *Viajante sem Porto* navegava na rota dos conventos e dos terreiros e em todos eles, negrabranca, brancanegra, Bárbara Oiá desceu do barco e demorou em terra. No convento do Desterro dançou com Vilhena no baile frascário de freiras e fidalgos, ai que pagodeira mais gostosa! No convento das Arrependidas, carpiu com as descabaçadas em vésperas e matinas, horas canônicas. Abriu os portões da abadia de São Bento aos estudantes perseguidos, aos padres denunciados como partidários da conjuração.

Tomou a bênção de mãe Menininha do Gantois, Oxum da Bahia, mãe da bondade, salvou Stela de Oxóssi em seu trono do Opô Afonjá e, no terreiro de Portão, apertou nos braços mãe Mirinha que incorporara o Caboclo Pedra Preta. Navegou nos subterrâneos da cidade, nos rios da memória, na luz do meio-dia, na escuridão da meia-noite, era a imaginação e a consciência, o sonho dos poetas e dos romancistas.

Do mastro do saveiro os trovões se desataram anunciando a guerra sem quartel. De novo o encantado desembarcou na rampa do Mercado, porto do mistério. Tirou a noite do embornal e a estendeu sobre a cidade: partiu para a pugna e a troça, o combate e a brincadeira. Na clausura das Arrependidas, era outra a noite de Manela, noite da escravidão, pior que a morte.

Mestre Manuel não apreciava pabulagens, não tinha o costume de arrotar grandezas, mas reafirmou por ser verdade verdadeira, provada e comprovada: saveiro igual ao seu nem o de Guma, nem o de Rufino, nem mesmo o de Querido de Deus, nenhum nas águas de Aiocá:

— É capaz de velejar nos ares.

GIROFLÁ

OIÁ, BRISA NOTURNA, RAIO DE LUAR, PERFUME DE JASMIM, refrão de toada popular, pétalas de rosa, pássaro irisado, cacatua branca, gato marisco, periquito real, lagarto azul, calango verde, cobra-de-vidro, doze contas multicores e um búzio de nácar. Oiá se transmudou em mil disfarces na visitação aos artistas, nação muito sua preferida pois, igual a esses loucos lindos, também ela cuspia fogo, lançava chamas pela boca. Perambulou de ateliê em ateliê, vendo e apreciando e, por onde passou, deixara um rastro, uma inspiração, uma centelha. Para que suspeitassem da forasteira e se lembrassem dela e a recriassem: pincelada na tela, risco no papel, talho na madeira, chama no metal. Era vaidosa, sabia-se bela e amava contemplar sua alegoria nos espelhos.

No início da década de 80, dez anos transcorridos sobre os fatos narrados nestas memórias, a museóloga Sylvia Athayde teve sua atenção voltada para o que lhe pareceu coincidência surpreendente, circunstância insólita, digna de pesquisa, esclarecimento e comentário. Debruçou-se sobre o enigma, saiu perguntando, remanchando, investigou, moveu mundos e fundos, passou meses amarrando as pontas da meada. Ao fim da empreitada árdua, redigiu e publicou pequeno ensaio, *Arte em tempo de iaô*, e realizou, com peças emprestadas, uma exposição curiosa e provocante que deu que falar de norte a sul do país e intrigou os críticos de arte. O veterano polemista Antônio Celestino escreveu: "O sincretismo reafirmou-se criador de arte e a originalidade brasileira resplandeceu".

A museóloga descobriu e comprovou que na década de 70, no curto espaço de alguns dias, os mais importantes artistas plásticos da terra — por mais incrível possa parecer, na Bahia o número de pintores supera o de poetas — conceberam e realizaram esculturas, quadros a óleo, talhas, desenhos, gravuras, monotipias, com temática semelhante, se não idêntica, todos eles se inspirando no mito de Iansã, ou no culto de santa Bárbara. Diretora do Núcleo de Artes do Banco de Desenvolvimento do Estado da Bahia, Sylvia Athayde conseguiu reunir no amplo salão destinado às exposições seis esculturas, três de metal, três de madeira, duas talhas, uma tapeçaria, uma placa de azulejos e trinta e um quadros entre óleos, aguadas, gravuras, desenhos e um pastel. Na hora da inauguração, num fim de tarde clara e despejada, raios se cruzaram sobre o prédio do Desenbanco e o ronco da trovoada ressoou saudando, jubiloso. Lastimou-se a falta de algumas peças citadas no ensaio: não fora possível trazer do Rio de Janeiro a grande escultura de Carybé e o colecionador Edwaldo Pacote emprestara, a duras penas, uma única das sete Iansãs de Tati Moreno: tinha amarga experiência, cedera um Siron Franco para ser exposto na Suíça, nunca mais o vira.

Dez anos eram passados sobre a manhã em que Altamir Galimberti recolheu o búzio nacarado e as doze conchas multicores encontrados sobre a mesa de trabalho e usou aquelas preciosidades em moldura feita de valvas catadas na praia da Pedra do Sal: a noite da véspera fora de lua cheia. Delicadezas de dona Zélia, pensou o artista ao tomar do búzio, a boa vizinha interessava-se por seu trabalho e trazia-lhe das viagens caramujos africanos, conchas da Polinésia, raridades. Moldura na medida exata para um quadro que mestre Carlos Bastos ainda não pintara. Mas quando o pintou na tarde daquele mesmo dia, colocou na tela santa Bárbara, a do Trovão, saindo de um oratório antigo para ganhar a liberdade das ruas — a santa Bárbara, a do Trovão, que, em ocasião de festa, Cacá Bastos admirara na matriz de Santo Amaro da Purificação. No pé desnudo da santa, um lagarto azul.

Sucediam-se as santas Bárbaras e as Iansãs nas esculturas e nos quadros expostos no salão do banco. No caso do painel de Juarez Paraíso, violento de orquídeas e xibius, em ouro e cobre, a santa e o encantado se confundem, nascendo um do outro, interpenetrados: as duas metades formam um todo de contrastes e harmonias. Ambígua a santa Bárbara de Agnaldo, em pau-brasil, coroada de pregos; ergue-se sobre chifres de búfalo e na madeira sobressai o recorte do alfanje de Iansã. Vendo-se do ângulo direito, enxerga-se a santa, do esquerdo o encantado, de frente uma e outro, reunidos. A santa Bárbara de Antônio Rebouças, artista insólito, é uma pequena obra-prima em aço inoxidável: num volteio de dança, a mulata.

Treze gravuras de Hansen Bahia, doze das quais feitas por encomenda para ilustrar o livro de dom Maximiliano von Gruden, e uma enorme, gigantesca: santa Bárbara na guerra dos trovões, executada pelo mestre gravador nos dias tumultuosos. Naqueles dias de inspiração única, llse, a jovem esposa de Hansen, pintara alegre barco de santos e orixás, um ícone copta. A talha esplêndida de Zu Campos, o artista da ladeira de Santa Tereza, intitula-se *Santa Bárbara, a do Eiru.*

O óleo de Jenner Augusto, trabalhado na perfeição das exigências de quem conhece seu ofício, mostra santa Bárbara nos Alagados, atravessando uma ponte improvisada, insegura sobre a lama. Uma récua de coroinhas a acompanha. Magros e famélicos, levantam nas mãos espadas de cobre e eirus. A Iansã de Sante Scaldaferri avança entre romeiros, num território de ex-votos, rebanho de cabras na caatinga. O eiru é um feixe de serpentes venenosas, em vez da espada, um arcabuz de cangaceiros. Cadáveres apodrecem ao sol, servos da terra, assassinados. Entre alegres bandeiras, na fímbria do grená, a Iansã de Jamison Pedra. No mar de Lev Smarcevski, Iansã navega entre peixes de ouro, amuletos.

Com sucata de automóveis, Mário Cravo forjou grandiosa Iansã de Igbalé, guerreira destemida, os braços estendidos, a seus pés a morte, derrotada. Iansã não teme a morte, guarda as portas do além para os eguns. Tati Moreno recortou no metal toda uma sequência de Iansãs, de tamanhos e posturas diferentes, voluptuosas todas elas. Calasans Neto, dito mestre Calá, rei de Itapuã e cercanias, usou a prensa e os pincéis chineses. Na monotipia, santa Bárbara, a do Trovão; na talha, Oiá; no quadro a óleo, as duas: santa Bárbara, a do Trovão, cavalgando uma baleia, Iansã montada na ave de rapina, no mar e no céu de Abaeté. O rosto da santa era o da preclara senhora Auta Rosa, a ilheense; os quadris do encantado eram os de Aíla, a excelsa cozinheira. José de Dome, no ateliê do largo de Santana, escreveu nas costas da tela o título de seu quadro que continha as infinitas variações do amarelo: *Santa Bárbara dos Trovões e a cabra de Iansã*. A cabra, ele a pintara cor de vinho. Seu vizinho e amigo, Rômulo Serrano, concebera lírica natureza-morta de palmas e eirus, postos sobre um pano da costa. Anjos rubicundos circundam Iansã, sobrevoam o casario colonial, no óleo de Hélio Basto.

Genaro de Carvalho concebera uma tapeçaria onde os apetrechos do encantado e os símbolos da santa se misturam. Em caligrafias variadas a saudação do orixá: Eparrei, Oiá! Ao fundo, o largo do Pelourinho e o elevador do Taboão. Foi o derradeiro trabalho de Genaro, faleceu logo depois. Nair colocou santa Bárbara, a do Trovão, num campo de flores, alegre e descuidada, brincando com crianças. Já a santa Bárbara de Jorge Costa Pinto está no altar da matriz de Santo Amaro entre velas acesas e castiçais de prata.

Willys imaginou santa Bárbara conversando na tenda de Alfredo Santeiro, no Cabeça, nas prateleiras santos e orixás em profusão. Lígia Milton viu Iansã e santa Bárbara, no oratório da Cruz do Pascoal, de mãos dadas. Licídio Lopes retratou Oiá no rio Níger que, vindo da África, desembocava no rio Vermelho. Num tronco de jaqueira, Manuel Bonfim esculpiu uma Iansã de seios túrgidos e cadeiras fartas, lançando raios. Cardoso e Silva, pintor das igrejas da Cidade da Bahia, reproduziu na tela a matriz de Santo Amaro. Nunca a tinha visto mas para Cardosinho, pintor, poeta, filósofo, matemático, astrônomo e astrólogo, médium vidente, tal desconhecimento não significava um *handicap*. Fechou os olhos e viu a igreja inteira, por fora e por dentro, a fachada e a nave, o adro e a sacristia, o altar-mor e o altar de santa Bárbara, a do Trovão. Nunca ninguém pintou nem pintará com tal exatidão a matriz de Santo Amaro.

Em todas as nuances do grená, da cor cereja à cor de vinho escuro, desabrocham as flores lascivas de Fernando Coelho em torno do eiru, rabo de cavalo, cabeleira de mulher. Além do grená, Fernando usou o branco e o vermelho, as cores de Xangô, marido de Iansã. Floriano Teixeira, índio maranhense, cidadão do Ceará, artista da Bahia, um japonês, projetou, usando técnica de pastel, um andor de santa Bárbara, a do Trovão, carregado ao ombro por amigos seus, diletos: Milton Dias, James Amado, Wilson Lins e o moveleiro Armando Almendra. No alto da tela, abriu oito janelinhas com cenas lúbricas relativas aos amores de Iansã na cama, no rio e na floresta, com o esposo e com os namorados: para pintar patifarias não há artista que se compare a Floriano, não pensa noutra coisa.

Luís Jasmim traçou o retrato de mãe Menininha reverenciando Iansã num desenho de grandes proporções e extrema finura: está pendurado no Candomblé do Gantois. Rubem Valentim tomou dos apetrechos e das armas de Iansã e os decompôs e recompôs na dupla qualidade de mestre da pintura e de ogã do Axé do Opô Afonjá, levantado por mãe Senhora. Com taliscas de madeira, Emanuel Araújo criou uma forma abstrata, mas quem quer que visse o objeto via Iansã partindo para a guerra. Falando em Emanuel, fale-se no colar feito por Valdeloir Rego, digno do colo da mais formosa filha de Iansã. Oiá, nos azulejos de Udo Knoff, chama-se Dana.

Santa Bárbara, a do Trovão, de Mirabeau Sampaio, o esplendor da imagem da santa dos trovões sobre lâminas de ouro, portava auréola cor de vinho, um desatino. Não a pintara por encomenda e durante anos obstinara-se em não vendê-la. Mas como recusar a oferta milionária feita por Antônio Carlos Magalhães? Ao ver o quadro, o chefe político decidiu levá-lo para casa, custasse o que custasse. Por essas e outras, apelidaram-no Toninho Malvadeza: pôs um dinheiro vivo e sem tamanho na mão de Mirabeau. Mesmo sendo rico e teimoso, como ignorar, como desprezar aquela dinheirama? Curvou-se o artista à impertinência de Malvadeza, desfez-se do quadro, o dinheiro se esfumou, Mirabeau até hoje se arrepende.

Ao painel de Carybé — negra desmedida com a face, o corpo e a elegância de Olga de Tempo, ialorixá do Alaketu — já se fez referência anterior, não cabe repetir. Mas ainda não se falou da Iansã em concreto armado, adquirida ao artista pela prefeitura do Rio de Janeiro na administração de Marcos Tamoyo, colocada no parque do Cantagalo, ao lado de outras notáveis esculturas. Peça monumental, virou objeto sagrado, altar de culto: depositam ebós no pedestal, oferecem-lhe bandejas de acarajés e, nas árvores próximas, amarram cabras e cabritos.

Vários outros artistas trabalharam o tema mas já vai longa a lista, é tempo de encerrar-se as inscrições. A museóloga foi criticada por não se ter limitado às peças de maior valor. Mas para Sylvia, no caso, a quantidade das obras era tão importante quanto a qualidade. Daí não ter sido de extremo rigor na escolha do material exposto na Mostra da Coincidência Mágica, aberta ao público nos salões do Desenbanco. Inaugurada no dia em que se cumpriram dez anos do vernissage, no Museu de Arte Sacra da Universidade Federal, da recordada Exposição de Arte Religiosa. A concordância deveu-se a Sylvia Athayde, atenta, além de capaz e diligente. Assim dispusera pois as pesquisas a levaram à conclusão de que os fatos ocorridos em torno daquele evento tinham sido diretamente responsáveis por tanta Iansã e tanta santa Bárbara simultâneas, a mágica coincidência.

Ao voltar da mostra para sua casa de veraneio na praia de Mar Grande, Myriam Fraga resumiu para Orlando e Beatriz, seus pais, Albérico, seu sogro, seus quatro filhos, a moça e os três rapazes, para Carlos, seu amor, o palpitante e ácido debate em que se empenharam artistas, críticos e charlatães. Giroflá, disse para dizer que tais despropósitos sucedem com frequência na Bahia, não causam espanto, são o nosso dia a dia.

Rosa dos ventos, equinócio da primavera, arcano da poesia, Myriam deu a senha e a repetiu e então todos entenderam a relatividade, o particípio e a mais-valia, o porquê das coisas, giroflá!

OS ACONTECIMENTOS DA NOITE DE QUINTA-FEIRA

A DESAVENÇA

ESTRANHOU DANILO A AUSÊNCIA DE MANELA NA MESA do jantar. Não cumpria castigo pois a porta do quarto estava aberta, onde Dadá lhe permitira ir? Ultimamente Adalgisa andava brava, trazia a sobrinha no cabresto curto: nada de sair à noite pretextando banca de estudo em casa de colegas: da mesa para os deveres trazidos do colégio, as orações e a cama. Dormia trancada por fora, a chave na mão da tia convencida de que Manela preparava-se para fugir. Quando Dadá metia uma coisa na cabeça, agia em consequência: trancar a menina, malvadez desnecessária. Danilo se agastava mas evitava comentários, a emenda costumava resultar pior do que o soneto.

— Cadê Manela? — perguntou como quem não quer nada, enquanto se servia de um pedaço de inhame, fumegante.

Adalgisa suspendeu a arrumação dos talheres, fitou o marido e então lhe narrou as peripécias da jornada. O achado do bilhete, os dizeres, a fuga prevista para aquela noite, a intervenção do padre José Antônio, a visita ao juiz de menores, o internamento de Manela no convento da Lapa, uma correria de doidos, o final feliz. Deus a protegera e sustentara.

— Você internou Manela nas Arrependidas? É isso que você está me dizendo? — A voz saía-lhe rouca, tamanho o assombro a tomá-lo de improviso. O rosto abestado, Danilo balançava a cabeça sem acreditar no que ouvia.

— É isso mesmo. Consegui, com a ajuda de Deus.

— Dadá, você tem ideia do que fez? Ficou doida?

— Fiz o que devia fazer para impedir que ela saísse de casa para ir se prostituir com o cão-tinhoso. Deus me ajudou a descobrir a tramoia a tempo mas só eu sei a correria que foi. Agora está tudo resolvido, ela se encontra sob a guarda de Nosso Senhor Jesus Cristo.

— Dadá, o que foi que você fez? Você enlouqueceu de vez ou não tem coração? Como pode ser tão malvada? — Empurrou o prato: — Depressa! Se levante, vamos buscar Manela agora mesmo. Não vou deixar que a pobrezinha passe a noite lá.

— De lá ela só sai quando eu decidir. Ficará até esquecer o chipanzé, dure o tempo que durar. E fale baixo, não quero que os vizinhos saibam, o melhor é não falar nisso. Se perguntarem por ela, diga que foi passar uns dias fora, foi para a casa de Itassucê, em Olivença.

Itassucê era uma prima rica de Danilo, casada com fazendeiro de cacau, vivia convidando os parentes para uma temporada na fazenda ou nas termas de Olivença.

Danilo escutou boquiaberto as consignas ditadas por Adalgisa. Durona como sempre mas tranquila desde que sabia Manela a salvo da sedução de Miro, a virgindade no seguro. No convento nada de ruim podia lhe advir, bem ao contrário. Recolhida em ambiente piedoso, as horas do dia ocupadas com a devoção, entregue ao fervor divino — missas de manhã, bênçãos à tarde, orações a cada instante, exames de consciência, retiros espirituais —, a permanência entre as freiras equivaleria a um banho de santidade na alma suja e empedernida, ameaçada de soçobrar no vício. Liberta dos maus pensamentos, vitoriosa sobre as tentações, aliviada da carga de pecados, agradecida, disposta à obediência e ao respeito, a sobrinha poderia retornar ao lar que tentara repudiar e ultrajar. Adalgisa irradiava a satisfação do dever cumprido: cumpri com meu dever, Deus é testemunha. Levantou o bule para servir o leite.

Danilo se pôs de pé:

— Vamos buscar Manela, Dadá.

— Já lhe disse que se esqueça disso. Ela está no convento por ordem do juiz, ninguém tira ela de lá, somente eu, sua tutora. Sente aí para tomar seu café, não tive tempo de preparar a sopa. E bico calado, não quero ouvir diz que diz que dessa gentinha da Avenida.

— Sou tão tutor quanto você. Se não quer ir, eu vou sozinho.

— Você não vai a lugar nenhum. Acabe com isso, já lhe disse. Não se meta onde não é chamado: quem decide de Manela sou eu e mais ninguém, ouviu? Agora, se acomode e deixe de me apoquentar.

Trocou o bule de leite pelo de café. Na refeição da noite, Adalgisa não servia comida de sal, quando muito um prato de sopa, uma canja leve. Em geral contentavam-se com café com leite, pão, manteiga e duas ou três gulodices: aipim, inhame, fruta-pão, bolo de puba ou de milho, cuscuz de tapioca, pão de ló, requeijão frito. Danilo era doido por batata-doce, mas Adalgisa só de raro em raro a cozinhava: provoca gases e Danilo, com a idade, tornara-se peidorreiro. Qualquer acontecimento que o afastasse da rotina quotidiana lhe afetava os intestinos. Assim aconteceu na noite daquela quinta-feira: a desavença o transtornou e ele não pôde segurar a descarga de peidos, vigorosa, prolixa, altissonante.

— Que é isso, Danilo? Logo na mesa? Não tem vergonha?

O CHEFE DA FAMÍLIA

QUEM CANTAVA DE GALO NA CASA DA AVENIDA DA AVE-MARIA? Adalgisa, é evidente, está na cara, a pergunta feita à vizinhança não obteria outra resposta: a megera manda e desmanda, o coitado tem uma paciência de Jó, tudo o que deseja é viver em paz.

Adalgisa assumira o leme ainda nos começos da vida de casados, aproveitando-se da situação de inferioridade que Danilo enfrentou nos primeiros anos. Atendente de cartório, quase moço de recados, ganhava salário de miséria. Galgara a escada dos cargos degrau a degrau até chegar onde se encontrava, primeiro escriturário com esperança e promessa de um dia ser nomeado tabelião substituto: o titular do cargo, Eustáquio Lago, ainda não se aposentara de tinhoso que era, mal se aguentava nas pernas.

De volta da lua de mel, devido à falta de dinheiro para pagar aluguel, o casal foi morar com Paco, ocupou o quarto de Adalgisa: apenas a cama de solteiro deu lugar a uma de casal. Tendo conseguido manter a freguesia da madrinha e ampliá-la — doña Esperanza, pontilhosa, selecionava as freguesas, não trabalhava para uma qualquer —, Adalgisa contribuía de maneira decisiva para as despesas dela e do marido que não eram grandes: tinham casa e comida de graça. Paco Perez não admitia que a filha e o genro concorressem com um centavo que fosse para os gastos de alimentação: quanto mais pobre, mais gabola e presunçoso.

Adalgisa alargara o círculo das clientes apesar de careira, subira os preços, já altos, cobrados pela madrinha. Impunha-se, pois as concorrentes na artesania dos chapéus de luxo não lhe chegavam aos pés na qualidade e na elegância dos tapacus, apodo dado por Danilo às obras-primas. Para quem é esse tapacu cor-de-rosa?, perguntava irreverente e brincalhão ao vê-la examinar, cuidadosa, o primor do toque. Até do Rio de Janeiro recebia encomendas e, na descrição dos trajes de grã-finas em cerimônias da alta, os cronistas sociais citavam como prova de bom gosto, de refinamento, os chapéus exibidos pelas dondocas "com a griffe de Adalgisa Correia, *la modiste distinguée*". Em *Sete Dias*, Tereza de Mayo explicava à periferia que *modiste* é quem faz chapéus, quem faz vestidos é *couturier*.

O baixo salário de Danilo, a moradia de favor, somados à esterilidade do ex-craque, decretada pelo médico especialista, e sobretudo à presunção de fidalguia que Adalgisa continuava a exibir sem se dar conta das vicissitudes de Paco Negreiro reduzido às migalhas do ferro-velho, possibilitaram à esposa trabalhadora e emproada o comando da casa, a última palavra nas decisões. Doce natureza, criatura de bom convívio, Danilo aceitava sem constrangimento aparente, ao menos sem protesto, a situação imposta pela cara-metade.

Tudo bem desde que pudesse conservar algumas prerrogativas, poucas e pequenas regalias, derradeiras barricadas do machismo: as saídas noturnas, duas ou três por semana para a prosa com os amigos nos cafés do centro, a paixão pelo futebol, não perdia partida do Ipiranga, os jogos de gamão e damas nas tardes dos sábados em casa do professor João Batista, regados a cerveja, o banho de mar nas manhãs de domingo. A frequentação assídua dos castelos não entrava em conta, ele a praticava ao fim da tarde, com a necessária precaução: chegava em casa pontualmente para o café gordo e a canja de galinha, servidos às sete em ponto.

Também na cama Adalgisa se impusera: ninguém se assuste pois não se voltará a esmiuçar mesquinharias, limitações, platonices — aberrações! — já referidas e certamente por todos condenadas, o leito penoso de Adalgisa. Acentue-se apenas que o sofrido Danilo, otimista contumaz, apesar de decorridos quase vinte anos de luta, ainda mantinha intenções licenciosas, ilusões de impudicícia. Sonhando com um milagre, ao vê-la de camisola na hora de deitar-se, corria-lhe a mão na bunda: teu dia há de chegar, ó cu ladrão! Lera a frase numa revista de anedotas fesceninas, adorara. Não passava do gesto rápido e da citação, Adalgisa nem se dava o trabalho de xingá-lo, enrolava-se no lençol para dormir: o lobo perde o pelo mas não perde o vício. O que fora chama ardente, dando lugar a brigas, discussões, troca de insolências, terminando em calundu, passara a chama débil, tênue luz de vela, não causava espécie: domesticara o lobo.

A morte de Paco Perez veio tornar ainda mais precária a situação econômica do casal. Acontecera de repente, pouco depois do primeiro aniversário do casamento que comemoraram em família: serviram vinho no jantar e foram, com Dolores e Eufrásio, ao cinema assistir a um filme mexicano de Cantinflas, gozadíssimo. O infarto fulminante acometeu Paco quando ele por fim se deu conta da canalhice de Javier García. Alguns amigos bem que lhe avisaram, aconselhando-o a botar em pratos limpos a situação do ferro-velho. Paco fazia ouvidos moucos, o patrício lhe merecia toda confiança pois tudo lhe devia, a começar pelo dinheiro posto no negócio. Paco entrara com o capital, sócio-comanditário: sócio-gerente, Javier não possuía nem um vintém furado, apenas a capacidade de trabalho e a cobiça.

Certa tarde, tendo ido a Água dos Meninos atrás de uns cobres para o jogo, ouviu de Javier García que já não lhe cabia nenhum direito a retiradas, tampouco à remessa mensal correspondente a interesses e juros. Javier nada mais tinha a lhe pagar. Ao revés, passara de credor a devedor: devia um dinheirão à firma, segundo se comprovava pelo livro-caixa e pelos vales assinados que o miserável lhe exibia. Francisco Romero Perez y Perez perdeu a cor e a palavra, empalideceu, engasgou, os olhos vidraram-se, vacilou nas pernas, caiu morto ali mesmo no local do ferro-velho. Onde aparecia raramente, o ambiente sujo, empoeirado, era pouco de seu gosto, ex-dono de comércio nobre, especiarias finas, vinhos importados, jerez e málaga, queijos manchegos, sardinhas de Vigo, mexilhões. Javier García participou com modesta quota, na lista subscrita por amigos para as despesas do funeral. O enterro de primeira classe saiu de capela privada no Campo-Santo, teve missa de corpo presente, sermão, féretro de luxo, velório concorrido com recordações sentidas e histórias picantes, aventuras do finado. Num canto da capela, de madrugada, uma negra ainda jovem, a última conquista, rezou pela alma do espanhol, consternada, os olhos úmidos. Acompanhamento numeroso, discurso do cônsul da Espanha na descida do caixão. Exéquias de comerciante rico, foram de consolação para Adalgisa.

O dinheiro obtido com a venda dos poucos objetos de valor pertencentes a Francisco Romero Perez y Perez mal deu para pagar os aluguéis atrasados do apartamento. Doutor Carlos Fraga, advogado da família, hábil, ranheta e gratuito, conseguiu negociar razoável acordo na liquidação da sociedade do ferro-velho, Javier García reclamou e discutiu mas acabou desembolsando uns magros cobres. Doutor Carlos dispensou honorários: ganhara-os, elevados, cuidando de assuntos do ricaço no tempo das vacas gordas. Adalgisa não buliu na maquia paga pelo ex-sócio: depositou-a na Caixa Econômica, já então sonhava com casa própria.

Viveram durante alguns meses em quarto de pensão, antes de se acomodarem numa quitinete — quarto e sala conjugados, a ducha, a pia, o fogão. Na avenida da Ave-Maria estavam há mais de doze anos, casa pequena mas agradável, Adalgisa não se queixaria, não fosse a vizinhança, gentalha sem categoria — excetuava o professor João Batista. Na poupança, as economias realizadas nesses tantos anos, engordavam, Dadá começara a estudar os anúncios classificados nos jornais.

Uma coisa ela não quisera vender, ainda que necessitada: o título de sócio-proprietário do Clube Espanhol, transferido do nome de Paco para o de Danilo, e continuaram a pagar a mensalidade do Centro Galego. Não abria mão da condição de senhora, seguia o exemplo de doña Esperanza: a madrinha não se dobrara aos hábitos da pobreza, mesmo roendo beira de penico conservara a pose.

Aos percalços, atribulações e enxaquecas crônicas, juntara-se a tutela da sobrinha, essa Manela que de espanhola tinha bem pouco, refugava seu destino de senhora, renegava os bons princípios, suspirava adoidada por um chofer de táxi. Grave responsabilidade, tarefa espinhosa mas Adalgisa, com a graça de Deus, a levaria a termo: havia de quebrar-lhe a castanha e lhe salvar a alma.

O REVOLTOSO

PARA SALVAR A ALMA DA MALDITA, EXECUTAR O ENCARGO que Deus e o juiz de menores haviam atribuído a ela e a Danilo quando da morte da irmã e do cunhado, Adalgisa devia agir sozinha, por conta própria, o ex-Príncipe dos Gramados não era de ajuda, não colaborava. Mantinha-se apático, no seu canto, durante os constantes bate-bocas: não tugia nem mugia enquanto tia e sobrinha se estranhavam. Nas ocasiões em que a discussão engrossava, degenerando em vexame, obrigando Adalgisa a aplicar o código de castigos, Danilo, em silêncio, quase às escondidas, tomava do chapéu e se mandava. Se acontecia em dia de transmissão de futebol, ia assistir ao *match* no Quincas Berro Dágua, botequim de fanáticos em cuja sala funcionava um aparelho de televisão.

Não que fosse indiferente às ocorrências que levavam Adalgisa e Manela a se enfrentarem, a tia a acusar, a sobrinha a pedir perdão: dilaceravam-se. Apenas não aprovava os métodos empregados pela esposa para corrigir e educar — e ela o sabia. Ao presenciar as reprimendas iniciais, as primeiras punições, reagira condenando a violência do discurso e o rigor dos corretivos. A propósito da taca de couro, discutiram, exaltados, veementes. Na disputa, ele usou a palavra madrasta para defini-la; tu é a madrasta mais ruim do mundo.

Não voltou a usar o termo, nunca mais. Não imaginara que Adalgisa tomasse a mal a qualificação, reagisse de maneira assim desesperada, na maior das mágoas, sentida e melindrada: Danilo se impressionou, gaguejou desculpas, Adalgisa recusara-se a ouvir. Aos prantos, ofendida até o fundo da alma, picara uma crise que durou a noite inteira, palpitações no coração. Emergia das palpitações para o lamento: injustiçada por quem mais devia alentá-la e aplaudi-la pois Danilo era responsável pela sorte da sobrinha tanto quanto ela, Adalgisa. No entanto a tia carregava sozinha os ônus da tutela e quando buscava impedir que a doudivanas se embrenhasse pelos maus caminhos, recebia como recompensa o pior de todos os insultos: madrasta! Mordia o travesseiro, clamava pela morte.

Temendo a deterioração do relacionamento pacífico e terno, da harmonia amena e confortável que, apesar de todos os pesares, caracterizara até então a vida do casal, Danilo decidiu deixar que o barco corresse à sua inteira revelia, lavou as mãos. Como Pilatos no Credo, acentuou padre José Antônio Hernandez: o marido e o confessor não se viam com bons olhos. Sem saber por que motivo, Danilo, ao encontrar o padre inquisidor, sentia vontade de vir-lhe às fuças, partir-lhe a cara, chutar-lhe os culhas.

A convivência entre o tio e a sobrinha, não sendo íntima nem estreita, prolongara-se num clima de gentileza e afeição, fortalecera-se marcada pela estima mútua. Danilo tentara interessá-la na alucinação do futebol, com medíocre resultado; em compensação nos jogos de damas e de gamão revelara-se aluna brilhante, parceira perigosa, e destacava-se na armação de paciências, as cartas dos baralhos distribuídas na mesa de jantar, obtinha resultados sensacionais, botava o tio no chinelo. Tio Danilo, explicou Manela a Miro, é um querido, gosto muito dele, só que não tem voz altiva junto de tia Adalgisa, penso que tem medo dela.

Agisse Danilo por medo ou o fizesse por prudência ditada pelo amor, a discrição de seu comportamento levou Adalgisa a se acostumar de tal forma com a concordância do marido a ponto de emprestar maior gravidade à peidorreira, relegando a segundo ponto a ameaça inusitada: se você não vier comigo, vou sozinho, agora mesmo. Assim, pegada de surpresa, acompanhou com a vista, sem fazer um gesto, sem pronunciar uma palavra, os passos de Danilo pela sala: ele colocou a gravata, vestiu o paletó, meteu o chapéu na cabeça:

— Há um limite pra tudo, Dadá. Só volto com Manela.

Parou na porta, o rosto contraído num ríctus de dor — física e moral, segundo consta —, levantou a perna, uma revoada de bufas multíssonas esvoaçou na sala, abafando a ordem imperativa de Adalgisa:

— Volte já para seu lugar!

FAMÍLIA QUE JANTA UNIDA PERMANECE UNIDA

NA FAZENDA OU NA CIDADE, JOÃOZINHO COSTA IMPUNHA normas, implantava hábitos, dos quais não abria mão. O jantar em família às quintas-feiras era um deles: a família reunida em torno à grande mesa de peroba, no solar do Corredor da Vitória, o uísque escocês, o gim-tônica para Olímpia, o vinho português, as iguarias preparadas por Pretinha, cozinheira trazida do interior. Vez por outra, o grupo se ampliava com algum parente próximo de passagem pela capital mas, via de regra, ficavam em completa intimidade os donos da casa, o genro e as duas filhas, as herdeiras da fortuna, uma das maiores da Bahia. Onze anos separavam Olímpia de Marlene, no meio-tempo dona Eliodora dera à luz um menino que viveu pouco, a disenteria o consumiu antes de festejar aniversário: desgosto enorme para Joãozinho Costa. O fazendeiro persistiu no desejo de um filho macho mas quando dona Eliodora emprenhou de novo, desovou Marlene aos sete meses de gravidez difícil.

Minha grei, dizia o senhor de terras, cultor de valores tradicionais: a família é a base da sociedade. Exigia que Olímpia e Astério recusassem qualquer compromisso para a hora sagrada do jantar das quintas-feiras, aborrecia-se quando circunstância incontornável dava azo à ausência do casal: a família passa na frente do governador, reclamava. Não foi o governador, painho, foi o general.

Naquela movimentada quinta-feira, no conforto da sala de estar aberta sobre o jardim e a piscina, a família esperava Astério, atrasadíssimo. Vestida de excitação e minissaia, Marlene, adolescente indócil, não se conformava com a demora do cunhado, uma falta de consideração. Olhava as horas no relógio de pulso, incrementado, tinha encontro marcado às oito e meia da noite, na porta do Teatro Castro Alves, onde a equipe francesa ia gravar Caetano Veloso, Gilberto Gil, Maria Bethânia e uma novata que estava abafando, Gal Costa. Marlene fora convidada a assistir às filmagens por Georges Moustaki, conheceram--se na véspera, não se largaram mais. Miúda, morena e sapeca, Marlene vinha de completar os quinze anos, as crônicas sociais deram ampla cobertura aos festejos: a cerimônia da crisma na matriz, o grande almoço, o baile no Iate, a valsa dançada com o pai, "fidalgo rural, espécie em extinção" (Terezinha de Mayo, *Sete Dias*). Quinze anos, a idade preferida pelo menestrel grego: segundo opinava Moustaki, as mulheres, após os quinze anos, começam a envelhecer. Jacques Chancel trouxera o compositor de "Joseph" e "Le Métèque" para que ele cantasse no programa as canções que a Bahia lhe inspirara: "Bahia de São Salvador" e "Bye bye Bahia", compostas em Paris, no regresso de viagens anteriores. Marlene via a hora passar, não escondia o mau humor: Astério pensa que não temos o que fazer? Que somos o quê? Deixar Moustaki mofando na porta do teatro, à disposição do mulherio desvairado, uma insensatez: não podia cometê-la.

Mais nervoso ainda o chefe da família: Joãozinho Costa não esquentava lugar, ia e vinha, controlando o portão de entrada, aguçava o ouvido para perceber a chegada do Fusca. Astério deslocava-se no pequeno Volkswagen: o Mercedes, com chofer fardado, servia a Olímpia. Naquele fim de tarde, porém, Olímpia chegara de táxi, viera diretamente da *garçonnière* emprestada ao senador por um dos secretários de estado, seu protegido político: o senador era um porre.

Recoberta de joias, só o colar custara o valor de uma boiada, dona Eliodora, o busto de diva, as curvas *belle époque* presas na cinta de borracha, surrupitava um coquetel de frutas, ouvindo Olímpia desfilar as últimas de Brasília: uma danada, sua filha, como conseguia saber de tanta coisa e tão em seguida? Por exemplo, as desventuras recentes do tenente Elmo — aquele bonitão que esteve aqui com o general Abdias, se lembra, Lenoca? O que aconteceu com ele? Vou contar: estava bem do seu lado na cama com a generala, eis que o general materializou-se sem aviso prévio, o tenentinho foi dar com os costados na fronteira da Colômbia, vai ter de transar com as índias, aquelas de beiçola de pires, pobrezinho. Na cozinha, traçando uma bramota enquanto esperava as ordens do patrão, Zé do Lírio confiava a Pretinha saudades da índia Momi, sua mulher: sem igual para rezar ínguas e curar tosse convulsa.

Na mão um envelope pardo e anônimo, Astério atravessou a porta:

— Fiquei preso no escritório... — enquanto se desculpava distribuía beijos na sogra, na cunhada, na esposa. — O nosso senador fez questão de me trazer ele próprio a notícia da anuência do ministro à minha proposta, o contrato da rodovia está no papo. Vamos comemorar.

Olímpia sorriu tímida e discreta, baixou os olhos para o chão: valera a pena o tributo pago, a tarde de cama insossa e cansativa, senatorial. Sua Excelência anunciara: saindo daqui vou visitar o nosso bom Astério. Visitar Astério para quê, perguntara ela, surpreendida. Para ver-lhe os chifres, belezoca. Enquanto se executava, Olímpia pusera o pensamento em Sylvia e no pequeno Elói, os felizardos: atravessavam a tarde luzidia nos folguedos da fornicação e dos etecéteras, enquanto ela se esforçava na boquilha para levantar o pau do senador. Ao saber seu esforço premiado, recolhida por Astério a devida recompensa, Olímpia bendisse as horas de gravame, sorriu a seu marido. Com os olhos de sapo, ele a contemplou e a viu bela e devotada, esposa irrepreensível, inigualável. Olímpia herdara do pai o senso de família.

A FOTO TOMADA NO MOTEL OU O NU ARTÍSTICO VERSÃO SNI

ASTÉRIO ACENOU COM O ENVELOPE PARA O SOGRO IMPACIENTE:

— Nem tive tempo de abrir.

Joãozinho Costa, batendo palmas, ordenou à mulher e às filhas, imperativo:

— Vão, vão indo para a mesa, nós vamos já...

Enquanto as mulheres se dirigiam para a sala de jantar, o sogro e o genro aproximaram-se do abajur, decerto para ver melhor à luz da lâmpada a nudez do padre Abelardo Galvão e da sirigaita Patrícia das Flores. Astério descolou o envelope que não trazia o nome de destinatário nem de remetente, dele retirou um negativo e uma foto 18 por 24, em cores. Antes que a visse, Joãozinho Costa a arrebatou na pressa de gozar a cara do cardeal primaz, o santo camaleão. Na presença, zelos e mesuras, agradecimentos — como vai a fazenda, coronel? Obrigado pelo barril de dendê, ouro liquefeito —, pelas costas, protetor de padres-melancia.

Lá estavam, nus em pelo, só que não eram eles:

— Que diabo é isso? Esse menino não é o padre.

Astério de Castro retomou a foto, olhou, explodiu:

— Imbecis! Incompetentes! Filhos da puta!

Nem o padre Galvão, nem a menina do teatro. Na fotografia, bem focada, o empresário reconheceu não só a mulher do juiz de menores mas também o seminarista com quem Olímpia andava às voltas: o corneta estava passando Olímpia para trás. Astério espumava de indignação, não pela infidelidade do rapaz, no caso pouco se lhe dava. Mantinha-se a par dos passatempos da amorosa esposa, sem neles se envolver a não ser quando um deles lhe parecia inconveniente, capaz de perturbar projetos e negócios: dava-lhe a entender, punha cobro à folastria.

Indignado, furibundo porque de Brasília lhe haviam anunciado ao telefone a escolha e o envio de agentes de toda a confiança e da maior competência. A presença do agente 770 na chefia assegurava a execução perfeita da Operação Siri Buceta, a impossibilidade de erro, de fracasso. 770, o ás dos ases.

— E são esses merdas que querem ganhar dos comunistas! Só sabem dar porrada, só servem para bater. Submerdas!

O urro do marido fizera Olímpia retornar à sala, interessada. Ao vê-la, Astério se conteve, tratou de guardar a foto, mas ela se adiantara e, num gesto rápido, apoderou-se do envelope: queria ver o que tanto perturbara quem se gabava de impassível.

Viu e não pôde crer no que seus olhos viam. Cobriu a boca com a mão, engoliu a exclamação de espanto: ai, meu Deus, o que é isso? Cerrara os olhos sob os cílios de rímel, voltou a abri-los e a ver. Na cópia em cores, ainda úmida do laboratório, Sylvia Esmeralda e o pequeno Elói, nuinhos que nem Adão e Eva, a batina, a cueca, o vestido, combinação e a calcinha aos pés da cama redonda, cama típica de motel. Os dois lado a lado, fotografados de frente, ela de olhos esbugalhados, morta de medo, ele com cara de choro, a rola murcha. Nem o celebrado sinal de beleza de Sylvia, provocante no alto dos pentelhos — inspirara um soneto ao estreante Joca — salvava o nu artístico da mediocridade.

Coisa mais perturbadora, mais intrigante, Olímpia não sabia o que pensar. Cerrou novamente os olhos e então compreendeu e teve de se dominar para manter a calma. Acabara de se dar conta do perigo que correra e do qual fora salva pelo randevu com o senador. Tudo lhe pareceu claro como água: não fosse o compromisso, em vez de Sylvia seria ela a posar de Eva para o SNI. Obra do SNI, era evidente e, aliás, reincidente: por ocasião das eleições tinham feito o mesmo com a esposa do parlamentar, agora a visada era ela, Olímpia. Haviam armado um complô, transmitido um recado em seu nome para Elói, marcando hora e lugar para o encontro, ele caíra como um patinho, ela cairia também não fosse a combinação com o senador. Sylvia entrara de gaiata naquela fria, devia estar desesperada. Mistério esclarecido: queriam desmoralizar Astério. Mas por que o SNI se voltara de repente contra ele? Alguma coisa grave passava-se à sua revelia, à margem de seu conhecimento. De hábito, Astério a trazia informada das ocorrências e dos problemas, por que nada lhe contara?

— Astério, que significa esta foto? Quero saber.

Foi o pai quem respondeu, engrolando a voz:

— Nada de mais, Limpinha, uma pilhéria que a gente quis fazer. Uma brincadeira... — buscava rir, não conseguia.

Olímpia não tirava os olhos de Astério, ele a sentiu assustada, fez-lhe um gesto às escondidas do sogro para tranquilizá-la. Joãozinho Costa, refazendo-se do desapontamento, concluía, entre a irritação e a chacota:

— Quem havia de dizer que o doutor Prado d'Ávila, tão metido a sebo, fosse dar pra corno: não se pode confiar mais em ninguém. Vão vocês pra mesa, eu não demoro.

Tomou o caminho da cozinha, Olímpia e Astério encontraram-se a sós. Ela acabara de guardar o envelope com a foto e o negativo na bolsa Christian Dior, grande e branca. Não tendo ficado com o negativo, procedimento estranho, não poderiam fazer novas cópias. Quantas já teriam distribuído nas áreas da política e dos negócios? Sylvia e seu sinal de beleza, expostos ao mundo: a celebridade. Olímpia aproximou-se do marido:

— Sabes alguma coisa disso?

— Tudo. Em casa te conto. Não é importante.

— Não minta para mim, Astério. Querem te atingir, não é? Por quê? — sussurrava apesar da sala estar vazia.

— Não. Nada disso, fica tranquila. Apenas um quiproquó. Em casa... — estendeu-lhe a mão, de mãos dadas andaram para a mesa de jantar o sapo-boi e o avião.

Na mesa, agitadíssima, em duas garfadas Lenoca engolira a gostosura da casquinha de caranguejo, abrira mão do peixe com molho de camarão, do filé com fritas, das diversas sobremesas, inclusive da ambrosia: não estou com fome, mãinha. Esperava apenas o pai chegar para lhe pedir licença e sair correndo para os braços do *métèque*: "*avec ma gueule de métèque, de juif errant, de pâtre grec...*". Marlene sabia de memória a letra e a melodia da canção. Ai, Georges Moustaki, paixão, a aura dos cabelos brancos, o renome, a glória — à espera na porta do teatro. Painho, por que demoras tanto?

Em passos medidos, Joãozinho Costa dirigira-se à cozinha. Ainda bem que não despedira Zé do Lírio, não o mandara de volta a Pernambuco como o genro aconselhara. Balançou a cabeçorra: Astério e suas ideias de maluco. Arrotava competência, jactava-se de poderes quase ilimitados, um mandachuva, um bambambã. Pagava-se para ver e não passava de um tolo, um enrolão, um... Cabrão, o juiz de menores, quem havia de dizer?

O ARGOS EM AÇÃO

O COMISSÁRIO RIPOLETO BAIXOU EM SANTO AMARO AO anoitecer e mal saltou do ônibus houve quem lhe reconhecesse a profissão e os méritos:

— Tem um tira solto por aí dando uma de turista.

— E esse é dos bons... Foi logo querendo saber da rapariga do vigário. Chamar siá Marina de rapariga, imagine!

Envolto em proverbial capa de borracha, oculto sob os óculos escuros e a aba desabada do chapéu, por consequência incógnito, o comissário levou a cabo a missão que o secretário de Segurança lhe confiara, tarefa delicada e perigosa. Mesmo sendo alvo de deboche, engano e violência, o comissário chegara a uma conclusão precisa e objetiva: o povo santamarense tomara das armas e se dispunha a partir em guerra.

Tanto mais meritória a atuação do comissário Ripoleto porquanto enfrentara evidente má vontade, dificuldades em penca, estorvos a granel: outro qualquer teria desistido, ele fincou o pé e persistiu. Ouvira respostas irrisórias às perguntas pertinentes que propusera a seu José Veloso, a dona Canô, e a outras suspeitas personalidades do burgo convulsionado. Escutara risinhos de mofa às suas costas — está disfarçado de Sherlock Holmes ou de capanga de Tenório Cavalcanti? —, engolira desaforos da ama da paróquia, siá Marina, um femeaço, de cara avermelhada e buço forte. Cercada pela estima e pelo respeito dos concidadãos, ofendidíssima com a indiscrição do secreta, a comadre do vigário só faltou lhe bater: não tenho satisfações a dar de minha vida, me deixe em paz, seu abelhudo, vá perguntar a sua mãe quantos são os pais de cada filho dela. Até ameaças lhe fizeram por entre dentes: espião aqui a gente devolve a nado pra Bahia.

A revolta se alastrara pelas ruas e a população estava em pé de guerra. Grupos se reuniam nas esquinas, marchavam em direção à praça da Matriz, ressoavam vivas ao vigário, a seu José e a dona Canô, pais dos meninos. Emissários partiam para as demais cidades do Recôncavo em viaturas terrestres e fluviais — autos, caminhões, carros de boi, motos e bicicletas, cavalos, burros e jumentos, lanchas, saveiros, botes, canoas e numa iole de propriedade do campeão Dori Zarolho. Levavam a incumbência de informar sobre a cruzada libertária e punitiva, sacrossanta, de arregimentar naus e almirantes, soldados e marujos, alistá-los sob o estandarte de santa Bárbara, a do Trovão. Em todo o curso do Paraguaçu ressoavam as trombetas do Juízo Final, acorriam as gentes em balbúrdia e polvorosa: a santa é nossa!

Pelo navio da Bahiana, no horário matutino, chegavam diariamente a Santo Amaro da Purificação exemplares do *Diário de Notícias* e de *A Tarde*, destinados a assinantes. Naquela quinta-feira tornaram-se propriedade coletiva, socializada, passaram de mão em mão. Todos os que sabiam ler leram as reportagens de Guido Guerra e José Berbert de Castro, uma dizendo que a santa levara sumiço na viagem, a outra descrevendo a chegada da imagem ao cais da Bahia, na presença do repórter.

Entre notícias assim contraditórias, em qual acreditar? Ora, que pergunta! Não houve opinião divergente: *A Tarde* não cometia barrigas, não publicava balelas, podia-se jurar em cruz pela verdade do que se lia em suas colunas. Quanto ao sensacionalismo do foliculário Guerra, no *Diário de Notícias*, não passava de aldravice, inventada de cabo a rabo, decerto a rogo de alguém influente, interessado em estabelecer confusão em torno do destino de santa Bárbara, a do Trovão — não eram carne e unha o discutido diretor do Museu de Arte Sacra e o doutor Odorico Tavares, diretor dos Diários Associados na Bahia? Nenhum mistério a desvendar: a imagem fora roubada por vigarista da capital, passada a celeuma seria discretamente incorporada ao acervo do museu. Não era o primeiro caso, não seria o último. O nome completo do ladrão, do vigarista da capital? Declinar nomes implica correr perigo, mas aqui vai uma pista esclarecedora: ao referir-se ao indigitado, padre Téo tratava-o por dom Mimoso.

Outra versão, essa de evidente conotação oposicionista, insinuava ter sido o governador o mandante do roubo, na intenção de ofertar a santa do Trovão, a única existente, ao general candidato à Presidência da República. Boato baseado em antecedentes, vários e comprovados. A propósito viera à baila o caso daquele fero coronel, devoto de santos antigos. Despojara de imagens o estado de Alagoas, com a cumplicidade de políticos locais durante os sete meses em que exercera o comando da tropa do Exército em Maceió. Tempos depois, promovido a general, posto na reserva, metido no pijama dos oficiais reformados, perdidas as mordomias e a vanglória, dera em liberal. Aplicara o produto do saque alagoano na compra de um apartamento de cobertura em São Conrado, no Rio de Janeiro. Recordando os tempos de autoridade, a razia nos conventos e templos de Penedo e São Miguel dos Campos, esclarecia que o apartamento de luxo ele o adquirira com a ajuda de Deus e dos santos da Igreja. Ingrato, desancava os aduladores e os puxa-sacos.

Comissário Ripoleto sentiu no ar cheiro de pólvora, percebeu sinais de desordem, movimentação suspeita, incitação criminosa, mas até a hora do jantar, por mais se esforçasse e saísse interrogando a uns e a outros, não conseguira determinar a extensão e o caráter da baderna em andamento. Jantara num frege-moscas comida ruim e parca. O garçom, além de idiota, desastrado: não soubera responder a nenhum de seus variados quesitos e derramou-lhe no peito o insosso conteúdo da travessa, manchando com gordura e molho o paletó e a camisa quase limpa do secreta. Até parecia de propósito.

O POVO EM ARMAS

HABITANTES DA CIDADE, PRATICAMENTE TODOS, SEM distinção de sexo e idade, roceiros vindos, em grande número, dos arredores, alguns portando foices de cortar cana, reuniram-se naquela noite, à luz dos archotes, superlotando a praça em frente à matriz. "Queremos a santa!", vociferavam.

Comissário Ripoleto misturou-se ao povo e, para não se fazer notar, foi dos manifestantes mais entusiastas, terminou por comandar o coro das beatas em transe, ampliando o alarido histérico das carochas com sua voz tonitruante: "a santa é nossa!" Inteligência viva, faro de buldogue, dotes que os colegas invejosos não lhe perdoavam, o comissário deu-se conta de que estava participando ativamente de comício preparatório de passeata, se não de coisa pior, cometendo ato ilegal e condenável.

Motivo mais que suficiente para prisão e processo, se autuado por detetive da polícia. As consequências seriam bem mais graves se levado preso por agente militar: surras de criar bicho, sessões requintadas de tortura até ser obtida a completa confissão dos crimes contra a pátria, os nomes dos cúmplices e dos maiorais, demorada permanência nos porões dos aparelhos de segurança, os DOI-CODIS da vida, quer dizer, da morte.

Comissário Ripoleto estremeceu só em pensar na sigla, mas tranquilizou-se ao recordar que ali se encontrava a serviço. Camuflado em arruaceiro, astúcia magistral, digna do intelecto privilegiado que era o seu. Sentiu-se eufórico, imaginando o estupendo relatório que apresentaria ao doutor secretário de Segurança, candidatando-se à próxima promoção: missão cumprida, chefe. Não fora apenas astuto, também fora cauto, insistente, determinado, enrolador, caradura, oportunista, fora brilhante e positivo, honrara o nome da corporação.

Vindo do interior do templo, cercado por encarquilhadas papa-hóstias e assanhados jornalistas, assomou ao alto da escadaria o vigário de Santo Amaro, padre Teófilo Lopes de Santana, o popular padre Téo, Teteo na boca de carinho e gula de siá Marina quando, após as devoções e os aperreios do dia, o reverendo despia a sotaina e revestia o camisolão de dormir, na gola florinhas cor-de-rosa.

Do adro, palco e tribuna, o desaforado sacerdote se dirigiu à multidão. Contou com indignação e detalhes, usando palavras fortes, por vezes grossas, a história ignóbil. O pedido de empréstimo da imagem, a recusa, a insistência, a pressão, por fim a ordem superior, o embarque e o sumiço. O responsável, o autor do plano maquiavélico, o mandante do roubo, também ele sumira. Durante aquele dia, aliás desde a noite da véspera, desesperado, padre Téo tentara falar ao telefone com o diretor do museu sem conseguir ouvir-lhe a voz melíflua: dom Mimoso escafedera-se.

Onde se metera dom Maximiliano, cidadão considerado flor de gentileza, de quem diziam ser delicado que nem uma dama? Desaparecera o cidadão, a dama esvanecera-se levando consigo santa Bárbara, a do Trovão, nossa santa protetora. Ao término do discurso, dito com a língua ferina do padre Antônio Vieira no púlpito da Sé da Bahia referindo-se à arte de furtar dos fidalgos lusos, a massa ovacionou o seu pastor: "Viva padre Téo, nosso defensor! Viva a santa do Trovão! Abaixo os ladrões do templo! Abaixo dom Mimoso!" Comissário Ripoleto perguntava-se quem seria esse tal de dom Mimoso e enquanto não descobria, gritava com o coro indignado: "Abaixo!" Foguetes explodiam no ar, iluminando o céu: cheiro de pólvora.

Ovação ainda maior saudou dona Canô, pequena, enxuta, frágil, uma santa de jade. Filha de Iansã, transmudava-se em agitadora insolente, em líder de revolta, em condutora de guerreiros. Vamos resgatar nossa santa Bárbara, a do Trovão, ela é do povo de Santo Amaro, nos pertence! Disse com voz doce e implacável, e o povo a conduziu nos braços. De novo, o foguetório.

Ação subversiva em marcha, intuiu comissário Ripoleto, o faro mais aguçado do que nunca. Passeou o olhar sobre a multidão de comunistas para calcular o número exato dos subversivos reunidos na praça. Inspeção demorada pois dependia de cálculos matemáticos e conta de multiplicar não era seu forte, ainda por cima feita de cabeça. Nesse ínterim o adro se esvaziou, tendo desaparecido o senhor vigário e as figuras principais, seu José Veloso, o ourives Araújo, o memorialista maragogipano Osvaldo Sá, o sacristão Miltinho e os repórteres e fotógrafos vindos da Bahia, enviados de todos os jornais, inclusive Gervásio Batista, da revista *Manchete*, do Rio de Janeiro, recém-chegado da guerra do Vietnã.

Haviam desaparecido para conspirar às escondidas ou para saborear ceia farta — onde há jornalista, há boca-livre, é inevitável. Comissário Ripoleto decidiu descobrir o local do crime, da comedoria, e fazê-lo depressa, antes que a conjura e a maniçoba chegassem ao fim. Maniçoba, especialidade do Recôncavo, entre todos o prato preferido do luminar.

O único jeito de saber era perguntar, não havia outro. O comissário saiu questionando os populares que abandonavam a praça após a manifestação. As perguntas, feitas com autoridade mas sem maior destampatório, poucos empurrões, nenhum trompaço, provocaram, no entanto, reação desagradável. Alguns rapazes afoitos enquadraram o detetive, tomaram-lhe o revólver, xingaram-lhe a mãe, conduziram-no à força ao porto de saveiros e canoas. Primeiro, sem lhe tirar a roupa, banharam-no nas águas do rio, uma boa ação pois o calor estava de matar. Depois, embarcaram-no em pequena canoa sem leme e sem remos — soltaram-na à deriva na correnteza, rapazes brincalhões.

Não navegou grande distância o novel marinheiro. Pouco adiante, onde, numa curva, o rio se alarga, a canoa aportou em vasta touceira de baronesas — reino das muriçocas — entre as margens em verdade próximas. Jogou-se no Paraguaçu o comissário e em poucas e rápidas braçadas atingiu a terra firme? Não o fez? Aqui entre nós, que ninguém nos ouça, segrede-se em confidência secretíssima: o argos da polícia estadual não sabia nadar. Que esse particular permaneça para sempre ignorado, que jamais dele venham a tomar conhecimento os patifes da secretaria, arrastariam nosso herói na rua da amargura.

A roupa encharcada secando no corpo, o zumbido atroz dos mosquitos, nunca vira tantos — o chapéu que o poderia defender descera correnteza abaixo, considerável prejuízo —, o vento a soprar, as sombras indistintas e os ruídos furtivos, a impotência, o medo, em resumo, a solidão dos intelectuais, comissário Ripoleto, destacado em missão especial em Santo Amaro da Purificação, devido ao seu faro e à sua capacidade, atravessou a noite a espirrar e a tiritar de frio apesar do calorão reinante. Fizera por merecer elogio e promoção. Caso escapasse da pneumonia ou de outras ameaçantes macacoas: alastrim, maleita, reumatismo.

OS ATARANTADOS

AO DEIXAR ENTRE PEIDOS E PROTESTOS A AVENIDA DA Ave-Maria e ver-se na rua, cercado pelo movimento noturno, Danilo deu-se conta de que não sabia o que fazer. Só voltarei com Manela, esbravejara — frase muito de macho, e depois?

Ocorrera-lhe procurar o juiz de menores mas, tendo em conta a hora, logo desistira. Ademais, o que fazer em casa do juiz, sozinho, sem Dadá? Dizer de sua discordância a respeito do internamento da sobrinha? Sobrinha afim, enquanto de Adalgisa era de sangue, a qual dos tutores daria razão o meritíssimo? Decerto à tia, moralista e vigilante, plantada em suas merdolências de senhora. De qualquer maneira, somente no dia seguinte poderia tentar obter contraordem do juiz, e Danilo se dispusera a libertar Manela naquela mesma noite e categórico o afirmara no ardor da discussão.

Mais difícil do que imaginara ao ouvir da boca de Dadá a notícia da decisão absurda, da espantosa sentença. Revoltado, exaltara-se, não medira palavras, comprometera-se. Encontrou-se parado no passeio, sob a luz do poste, com cara de palerma. Em meio ao embaraço, lembrou-se de Gildete, a outra tia, tão de sangue quanto Adalgisa, tutora de Marieta, a órfã mais moça. Resolveu procurá-la, contar-lhe o sucedido, decidir com ela as medidas a pôr em prática: Gildete era de bom conselho e resoluta. Dadá iria sair com paus e pedras ao saber que o marido se mancomunara com aquela peste — tratava-a de peste para baixo — mas Danilo estava pelo que desse e viesse, Dadá que se danasse. Tomou o ônibus para o Tororó.

Em casa de Gildete encontrou Miro, o pivô da questão. Danilo se fartara de ouvir Damiana do Arroz-Doce, vizinha de parede-meia, exaltar as qualidades do chofer de táxi, destacando a alegria permanente e contagiante, sua marca registrada:

— Moço bom está aí, seu Danilo. Se eu tivesse uma filha não queria outro marido para ela.

Ar de poucos amigos, no rosto fechado de Miro a preocupação tomara o lugar da alegria. Quando, pouco antes das sete, parara o carro no local do encontro, já vinha com a pulga atrás da orelha. Em casa da irmã, onde vivia, deparara, no fim da tarde, com uma convocação do juiz de menores, ordenando-lhe comparecer à sua presença no dia seguinte às quinze horas — não adiantava o motivo. Miro guardou o papel no bolso, que poderia ser?

Miro e Manela tinham um acerto, devido aos percalços do namoro: se, após meia hora de espera, ela não comparecia a um encontro, ele ia embora ciente de que tia Adalgisa descobrira a treta ou dela desconfiara e pusera a sobrinha de castigo, trancada no quarto: acontecia com relativa frequência. Mas, naquela quinta-feira, Miro não se conformou, contara levar Manela consigo, a oportunidade era única e não podiam perdê-la. Foi rondar na entrada da avenida da Ave-Maria, quem sabe Manela daria um jeito, escaparia.

O professor João Batista lhe contou ter visto Manela quando ela retornara, ao meio-dia, do colégio. Entusiasmada, confiara-lhe o ajuste com Miro, em segredo, é claro, e a decisão de comparecer sem falta, não haveria quem a segurasse. Por Damiana ficou sabendo que Manela não estava presa no quarto, a doceira constatara pessoalmente: pouco antes do jantar estivera em casa da vizinha levando uns beijus molhados, guloseima que Manela adorava. Vira o quarto aberto, a porta escancarada. Manela foi fazer banca em casa de Rízia, contara Adalgisa. Damiana ficara invocada devido a duas coisas, conforme explicou a Miro. Testemunhara a saída da tia e da sobrinha à tarde, não seriam ainda quatro horas, Manela lhe acenara com a mão ao passar, dera-lhe até logo. Por acaso Damiana estava na porta quando Adalgisa regressara sozinha, mais ou menos uma hora depois. Desde então ninguém por ali pusera os olhos em Manela. A outra coisa a lhe fazer mossa fora a alegria de Adalgisa, incontida. Não cabia em si, contente porém nervosa, esquisitona.

Os demais vizinhos nada sabiam de Manela. Inquieto, Miro se dirigiu à casa de Rízia e a encontrou assistindo à televisão com o namorado. Manela? Estivera com ela no colégio, não tinham combinado estudar juntas, mentira de Manela para enganar a tia e poder sair com ele, Miro. Não tinham um encontro naquela noite? ela lhe confidenciara, exaltada. Cada vez mais preocupado, Miro tocou-se para a casa de Gildete.

O QUE FAZER?

PARADO JUNTO A ÁLVARO, O ESTUDANTE DE MEDICINA, QUE LHE FORA abrir a porta, Danilo ouviu o fim da arenga de Miro: falava alto, gesticulando muito, tão apreensivo a ponto de largar de mão o compromisso com os franceses sem sequer se desculpar:

— Comadre Damiana viu as duas saírem juntas no meio da tarde e estava na porta, despachando os tabuleiros, quando dona Adalgisa voltou só. Ninguém soube me dizer onde Manela pode estar. Além do que já contei, não tenho mais o que ajuntar.

— Boa noite... — cumprimentou Danilo mostrando-se na sala.

As duas meninas, Violeta e Marieta, vieram lhe tomar a bênção. Miro fez um gesto com a cabeça: conhecia o tio da namorada apenas de vista. Gildete levantou-se da espreguiçadeira:

— O que é que está acontecendo, Danilo? Miro está aqui feito doido: tinha um encontro com Manela, ela não apareceu, não está trancada em casa, saiu com Adalgisa mas não voltou com ela. Tu por aqui a estas horas é sinal de novidade. O que é que tu sabe?

— Sei tudo... — olhou em derredor, falou com a voz penosa, embaraçada: — Dadá internou Manela no convento da Imaculada Conceição.

— E que convento é esse? Nunca ouvi falar — quis saber Gildete mas não esperou receber a resposta, deu-se conta: — Não me diga que ela meteu a menina...

— No convento da Lapa, é isso mesmo.

— Nas Arrependidas? Ah, é demais! Não aguento uma coisa dessas.

— O quê? — Miro avançou para Danilo: — Nas Arrependidas?

— E o culpado é você — revidou Danilo: — Eu acho que Dadá agiu mal e estou aqui por isso. Mas o culpado é esse moço... — apontou para Miro: — Dadá pegou um bilhete dele para Manela marcando hora para fugirem hoje à noite. Se afobou, foi ao juiz, contou, ele deu a ordem.

— Eu? Bilhete marcando hora para fugir? Que história é essa? Quem inventou essa mentira? Me diga, vamos! Mostre as provas!

— Eu vi o pedaço de bilhete combinando o encontro, não me desminta. Não podia ser mais claro: você vai conhecer, como era mesmo que dizia... o bom e o melhor... O bom e o melhor, todo mundo sabe o que quer dizer.

— Ah! Esse bilhete... — Miro não se acalmou de todo mas moderou a exaltação: — Mandei um bilhete, é verdade. Marcando encontro para as sete horas, também é verdade. Queria levar Manela para assistir à gravação do programa dos franceses no Castro Alves. O bom e o melhor que há, ora essa: Caetano e Gil, já ouviu falar neles, pois não? São o melhor que há, não são? A gravação deve estar começando — explicou, menos inflamado: — estou com o carro à disposição da equipe dos franceses, gente boa, não têm o rei na barriga como uns que eu conheço. Pedi a dona Nilda, ela consentiu que eu levasse Manela. Ninguém falou em fuga.

Os olhos se reacenderam, enfrentou Danilo:

— Vou casar com Manela, com ou sem consentimento seu e de dona Adalgisa, mas nunca pensamos em fugir. Ainda não — de novo indignado, o dedo em riste: — Quer dizer que meteram ela na Lapa como se fosse uma puta, que miséria! E agora, me diga, o que é que o senhor vai fazer para tirar ela de lá?

Danilo não respondeu, conservava-se calmo, não chegou a se irritar com Miro: entendia o descontrole do rapaz, o ímpeto, a revolta. Dirigiu-se a Gildete:

— Por isso estou aqui, Gildete. Para a gente ver o que se pode fazer para livrar a coitadinha. Tive uma discussão feia com Dadá, tudo que eu quero é trazer Manela de volta para casa. Mas não sei realmente o que fazer. O juiz, só amanhã, e temo que, entre Dadá e eu, ele dê razão a ela. Pode parecer um absurdo mas ela age pensando no bem da sobrinha.

— T'esconjuro... — Gildete não se conteve.

— São os pontos de vista dela, deixa pra lá. O que eu quero saber é se você tem algo a propor. Vim para isso. Você, Álvaro, quem sabe esse rapaz... Não é hora de brigar, Manela deve estar amargando as penas do inferno... Nem gosto de pensar.

— Tu tem razão... Tu sempre foi bom para ela — Gildete balançava a cabeça, acabrunhada, sentindo-se inútil, imprestável. — Assim, de repente, não me ocorre nada... Mas há de ter alguma coisa, seja o que for. Vamos sentar, queimar os miolos até descobrir um caminho, uma saída. A gente tem de encontrar seja o que for.

Violeta e Marieta choravam abraçadas, um choro contido, desolado. Álvaro sugeriu um advogado:

— Podemos falar com doutor Orlando Gomes, ele é o tal em direito de família, não foi ele quem fez o Código? Os jornais só falam nisso. Foi amigo do velho, trata mamãe com muita deferência. Não quer telefonar para ele, mãe?

Miro enterrou o boné na cabeça:

— Me desculpe o mau jeito, seu Danilo. Olhe que eu até lhe agradeço. A vosmecê também, tia Gildete. Só que não posso ficar aqui, espremendo a cabeça, enquanto ela padece. Tenho de tirar Manela do convento e há de ser hoje mesmo. Hoje mesmo! — repetiu.

Saiu porta afora, Álvaro levantou-se, partiu em seu encalço:

— Vou com ele pra não deixar que faça uma besteira.

A FORTALEZA DE DEUS

POLICIAIS E JORNALISTAS, NUMEROSOS UNS E OUTROS, cruzavam-se nas ruas, subiam e desciam ladeiras, enfiavam-se pelos becos, à procura de dois sacerdotes católicos. Um monge e um padre secular.

Baderneiro, invasor de terras, ladrão de imagens, mulherengo, o secular: assim informavam repetidos telefonemas às redações. Os órgãos de segurança detinham provas que demonstravam de sobejo o envolvimento do padre Abelardo Galvão, cura de Piaçava, no ataque a fazendas situadas naquele município, à frente de camponeses armados por ele em cangaceiros. Reuniam indícios que o apontavam como o principal suspeito do furto recente e espetacular da imagem de santa Bárbara, a do Trovão. Identificavam-no como um dos chefes da máfia especializada na pilhagem das igrejas, no roubo de imagens e objetos de culto, que agia em todo o Nordeste.

Anônimo porém preciso, a par da vida pública e privada do reverendo, o autor dos telefonemas dava a conhecer outra faceta da complexa personalidade do padre Galvão: sedutor de virgens, frequentador de motéis, o maroto era chegado a uma mulherzinha. Escandalizando seus paroquianos, metera-se de cama e mesa com indecorosa cômica de teatro, a esse respeito o incógnito informante prometia para breve novas e sensacionais revelações. Na redação de *A Tarde*, Renato Simões e Jorge Calmon se interrogavam sobre a procedência dos apelos telefônicos. Fácil, disse o redator-chefe, basta atentar em quem possui latifúndio em Piaçava: só sei de um. Renato Simões concordou: se não for coisa dele, será do genro.

No segmento local do noticiário das vinte horas, um flash de televisão mostrou cenas do almoço no Mercado: as baianas no samba de roda, o franciú Chancel a aplaudi-las, algumas das personalidades presentes. Coronel Raul Antônio, olho de lince, localizou padre Galvão sentado entre um cassado, o ex-deputado Fernando Santana, e o noveleiro Dias Gomes, comunista escrachado. Os federais davam-no por sumido, ele bem do seu almoçando em companhia de subversivos, posando de galã para a televisão. Dentes arreganhados, rosnando ameaças, fora de si diante de tamanha incompetência, o coronel delegado reuniu os incapazes e exigiu, entre ameaças: "Quero notícias do padre imediatamente, ainda hoje!" Mandou que redobrassem a vigilância, localizassem o malevolente, seguissem-lhe os passos: até a cama se preciso for. Os policiais haviam-lhe perdido a pista antes do almoço, o padre conseguira iludi-los, não se sabe como: tanto aos da Secretaria de Segurança quanto aos da Polícia Federal. Comissário Parreirinha, para explicar-se, inventara um eclipse do sol a ofuscar-lhe a vista. Como desculpa, das mais escrotas.

Somente às onze horas os jornalistas haviam sido alertados a respeito do padre Abelardo Galvão, não o tinham sequer localizado, andavam às voltas com outro desaparecido, dom Maximiliano von Gruden. Repórteres e fotógrafos, tendo chegado à arquidiocese após a partida do diretor do Museu de Arte Sacra, não mais conseguiram saber dele. Possuíam uma única certeza: dom Maximiliano não voltara ao convento de Santa Tereza, sede do museu. Circulavam boatos contraditórios sobre o destino do frade: fora visto no aeroporto embarcando para o Rio de Janeiro, estava preso, incomunicável, no quartel do Exército.

No museu, jornalistas de plantão à espera do diretor assistiam, bocejando, aos trabalhos de montagem da Exposição de Arte Religiosa. A Gilberbert Chaves e Lev Smarcevski juntara-se um terceiro arquiteto,

Sílvio Robatto, bom de palpites e de anedotas: ajudava os profissionais da imprensa na tarefa de matar o tempo. No Teatro Castro Alves, em cujo palco estava montada a aparelhagem da Antenne 2, esgueiravam-se policiais, atentos às gravações e filmagens, às entradas e saídas, de olho em Patrícia, pista para padre Abelardo Galvão. Patrícia de torso e balangandãs, à la Carmen Miranda, mostrando tudo que a baiana tem, muita pista para um padre só.

Os dois reverendos, o cura de Piaçava e o mestre museólogo, encontravam-se, um e outro, bastante perto do teatro, na abadia de São Bento, no alto da ladeira sobre a praça Castro Alves. Ali se hospedava padre Abelardo cada vez que vinha à capital. Fora recomendado a dom Abade por dom Hélder Câmara, o famigerado arcebispo de Recife, chefe supremo dos padres de passeata, o principal dos melancias, segundo os militares no poder: odiavam-no.

Dom Maximiliano von Gruden, atormentado diretor do Museu de Arte Sacra, figura de proa na vida intelectual, presença obrigatória nas pompas da alta sociedade, era, como todos sabem mas ninguém se lembra, membro ilustre da comunidade beneditina. Conservava na abadia sua cela de monge, modesta e sóbria como todas as demais, delas se distinguindo apenas por ter aposta à parede uma reprodução alemã, digna do original, de *Os quatro evangelistas*, de Jordaens.

Podia-se imaginar dom Maximiliano acoitado em qualquer parte da cidade, era amplo seu círculo de amizades, numerosos os sítios onde o conduziam a curiosidade intelectual e a ânsia de viver. Não causaria estranheza encontrá-lo em ateliê de pintor, em mansão de banqueiro, no fundo de uma livraria, numa república de estudantes, na camarinha de um candomblé. Jamais alguém se lembraria de procurá-lo em sua cela na abadia de São Bento.

Erguida no cimo da colina, voltada para o mar, fortaleza de Deus, a abadia de São Bento: memória da pátria, trincheira da liberdade, refúgio dos perseguidos.

O TEATRO DO POETA

O TEATRO CASTRO ALVES FERVILHAVA DE POLICIAIS: ESTÁ duro de tiras, disse Nilda Spencer a Nelson Araújo.

Tiras, comissários, detetives, agentes secretos vestidos a caráter: a capa, o chapéu desabado, o volume do revólver, milicos à paisana, não faltavam olheiros do SNI. Designados pelos diversos organismos civis e militares da comunidade de segurança para acompanhar uma das filmagens de *Le Grand Échiquier*, marcada para aquela noite de quinta-feira, no palco do teatro. Impossível coibir-lhes a entrada. Os que haviam recebido a missão explícita de descobrir o paradeiro do padre Abelardo Galvão fiscalizavam cada gesto de Patrícia. Ela terminaria por levá-los à presença do melancia.

Nos bolsos das capas, nas dobras dos paletós, escondiam sofisticados aparelhos de gravação, importados dos Estados Unidos, do Japão, da Alemanha, mínimos no tamanho, o máximo em perfeição, o *nec plus ultra* em matéria de eletrônica. Esses apetrechos magistrais, como já se viu acontecer nas artérias da cidade, enguiçavam com extrema facilidade, decerto tinha razão o coronel Raul Antônio quando atribuía a culpa de tais falhas aos agentes nacionais que os manejavam. Em mãos nipônicas ou ianques funcionavam que dava gosto. O ideal, concluía o coronel, seria importar também o material humano. Fazia exceção, contudo, para os torturadores, especialistas que nada ficavam a dever aos mais truculentos e refinados peritos dos países do Primeiro Mundo, civilizados.

O vulto da concorrência policial, mais evidente ainda por estar o Castro Alves fechado ao público naquela noite, a entrada permitida apenas a uns raros convidados, resultava da decisão da equipe da Antenne 2 de ali realizar as gravações com quatro astros da música brasileira, dois compositores, duas intérpretes. Aqueles que, no malfadado bilhete para Manela, Miro designara como "o bom, o melhor": Caetano Veloso, Gilberto Gil, Maria Bethânia, Gal Costa. Os maiorais do tropicalismo, movimento musical acusado pela ditadura de ação sediciosa, rotulado de arte degenerada, contestatária, subversiva.

A tropicália custara caro a Gil e a Caetano, os dois chefes de fila; pagaram com a prisão e o exílio as canções que despertaram a esperança, levantaram o ânimo, foram bandeiras da juventude. Recém-chegavam do degredo em Londres, que se seguira ao tempo de cadeia, de violência e humilhação: os cabelos raspados, mudos os violões, as bocas silenciadas. Regressavam cingidos com a auréola de heróis, cercados pelo carinho das gentes e pela permanente vigilância da polícia.

Nos sutilíssimos gravadores, os molossos pretendiam registrar para conhecimento e consideração das autoridades competentes as declarações que os dois compositores viessem a fazer ao microfone da emissora francesa. Do que resultou considerável atraso nas gravações, devido a curiosa se não extraordinária conjunção: enquanto gravavam as canções ou discorriam sobre música, tudo bem, mas apenas Caetano e Gil começavam a responder às perguntas políticas propostas por Chancel, os aparelhos receptores, manejados pelos secretas, desandavam, a estática do mundo ressoava ensurdecedora no Teatro Castro Alves. Não era possível ouvir ou entender uma palavra que fosse. No fundo da sala, na fila derradeira, uma negra de invulgar donaire, vestida com trapos semelhantes aos de Patrícia, parecia divertir-se à grande com as interferências e os estampidos. Na cadeira vizinha, seu compadre Exu Malé ria às bandeiras despregadas. Viera a seu chamado, desfolhar com ela as rosas da noite.

De comum acordo, Chancel e os tropicalistas decidiram realizar as entrevistas — que tanto deram que falar quando divulgadas em Paris — em outro dia e em outro local menos sujeitos a perturbações atmosféricas. Mas, em se dando notícia das filmagens e gravações realizadas naquela noite, vale recordar os títulos das melodias ali interpretadas, pois somente os brasileiros que se encontravam na França tiveram o privilégio de assistir à transmissão de *Le Grand Échiquier* dedicado à Bahia.

O primeiro a gravar foi Gilberto Gil. Cantou o samba com que se despedira do Brasil ao partir para o exílio, "Aquele abraço": a Bahia já me deu régua e compasso. Tirou os assistentes das cadeiras onde se sentavam, saíam a dançar arrastados pelo som irresistível. Seguiu-se Maria Bethânia, voz de cólera e de revolta, canção de guerra, "Carcará": carcará pega, mata e come, carcará não vai morrer de fome. A cabeleira derramada, o nariz adunco, ave de rapina, era ao mesmo tempo a doçura do mundo, dona Janaína, Inaê, Iemanjá, Bethânia. "Alegria! alegria!", explodiu Caetano: chegou caminhando contra o vento, sem lenço, sem documento e até os policiais, corações de lama, sangue de barata, estremeceram, sentiram o sopro da vida e da beleza. Gal Costa assumiu o microfone, era ainda uma tímida menina. Com aquela voz que Deus lhe deu para seduzir e dominar, gravou uma cantiga composta por Caetano para ela. Intitulava-se "Baby": você precisa saber de mim, me ver de perto, baby, baby.

No palco, coadjuvante de Chancel, figuração de candomblé, dominadora, feérica, Patrícia sorria para as câmeras. Mas os olhos ansiosos procuravam enxergar na obscuridade da sala, entre os presentes, o seu padre mestre, seu rapaz bonito. Combinara vir, por que faltara? Preso nas cadeias, nas grades, nos votos do celibato, ai! Patrícia jamais imaginara que tamanho feudalismo pudesse persistir nos dias atuais.

Também no palco, em silêncio, enfeitiçado por aqueles ritmos brasileiros, aquelas rebeldias tropicais, Georges Moustaki seguia as gravações. Arrodilhada a seus pés, a cabeça encostada em seus joelhos, Marlene, em adoração. A peralta Lenoca, travesso carcará, baby sôfrega, deslumbrada — você precisa saber de mim, me pegue, mate e coma, baby, baby.

NOTÍCIAS DE PERNAMBUCO

NÃO, NÃO FORAM AS CADEIAS DO CELIBATO, OS VOTOS pronunciados em Porto Alegre na cerimônia da consagração que impediram o comparecimento do padre Abelardo ao encontro com Patrícia, no Teatro Castro Alves. Para assistir às gravações, ouvir o canto libertário de Gil e Caetano, as vozes arrebatadoras de Bethânia e Gal, e para o que desse e viesse.

Na virtude da castidade, obrigatória, pensara e repensara ao voltar do almoço no Mercado: pesado compromisso, sujeição mais que fatídica, fatal. Naquela noite, porém, Deus o cumulara com outra provação a prendê-lo nos limites da abadia de São Bento: a notícia viera de Pernambuco, era medonha. Junto com monges e amigos, o cura de Piaçava dedicara-se à prece e à reflexão em memória de um padre assassinado dias antes no Recife pelos esbirros da polícia. Haviam-lhe cortado as mãos antes de matá-lo, assim contou o enviado de dom Hélder Câmara, um senhor Paulo Loureiro, ele próprio recém-saído da cadeia.

A vítima chamava-se padre Henrique Pereira, auxiliar de confiança do arcebispo de Recife e Olinda. Um dos idealizadores das comunidades da terra mas, sobretudo, presença prestigiosa junto aos jovens que, superando divergências ideológicas, se organizavam em torno dele na luta contra o Estado militarista, autoritário. Infatigável em sua pregação democrática, padre Henrique tornara-se símbolo da resistência à ditadura. Desaparecera ao voltar de uma reunião com estudantes, o corpo fora encontrado dias depois no desvão de uma sarjeta, as mãos decepadas, o rosto uma pasta sanguinolenta. Paulo Loureiro trouxera fotos do cadáver: viam-se as marcas de tortura no torso nu do padre.

Perfídia e selvageria caracterizavam a repressão política em Pernambuco. Pequeno e magro, frágil na batina branca, um passarinho, dom Hélder Câmara resistia às ameaças e truculências, denunciava os horrores da ditadura militar, com seu exemplo alimentava a coragem dos combatentes, recrutava novas adesões. Impávida voz de acusação, transpunha as fronteiras da pátria brasileira, ressoava nos cinco continentes, fazia-se ouvir por povos e governos. O enviado do incômodo arcebispo chegara à abadia acompanhado de uma mulher que, tendo conversado a sós com dom Abade por mais de três quartos de hora, partira para encontrar exatamente Gil e Caetano após as gravações no Castro Alves, conheciam-se da Europa de desterrados e fugitivos.

O senhor Loureiro, sertanejo aloirado de meia-idade, demorou-se em companhia dos monges de São Bento, relatando peripécias da luta em Pernambuco. Contou de Gregório Bezerra, octogenário, algemas nos pulsos, corda passada no pescoço, alimária arrastada nas ruas do Recife. Todos viram a infâmia produzir-se, dia claro, na rua Nova, no cais das Princesas, na praça de São Pedro dos Clérigos, na rua da Imperatriz e na da Aurora, em todo o centro da cidade. Deu notícias de Ariano Suassuna, Rui Antunes, Paulo Cavalcanti, de Pelópidas Silveira: firmes todos eles. Espetáculos de mamulengo haviam sido proibidos, assim como certos maracatus de Carnaval.

Convidado e solidário, o senhor Paulo Loureiro acompanhou os beneditinos à igreja para as orações pela alma do padre Henrique Pereira, imolado em holocausto à ditadura. Não rezou por ser ateu mas sentiu-se confortado.

OS MESTRES DA CAPOEIRA ANGOLA

NO LARGO DO PELOURINHO, NA ESCOLA DE CAPOEIRA ANGOLA de mestre Pastinha, instalara-se na noite daquela quinta-feira o Primeiro Grande Encontro dos Mestres de Capoeira Angola. Resultado de longa preparação e ingente esforço: mestre Pastinha não queria morrer sem deixar posto no papel e proclamado nos jornais o código de honra daqueles que praticam a chamada brincadeira.

A partir da manhã seguinte, divididos em comissões, os mestres iriam discutir os vários problemas afetos ao estudo e à prática da capoeira angola na Bahia, em tempo de industrialização e de turismo. As vantagens e as desvantagens, em especial o perigo de descaracterização capaz de transformar a luta nacional em exibição folclórica, suntuosa ou chinfrim, rica ou pobre em agilidade e malícia, espetáculo para inglês ver, argentino aplaudir, americano fotografar. Planejavam colocar de pé um organismo, com sede na Bahia, reunindo os mestres de todo o país em torno de um Estatuto do Capoeirista que estabelecesse normas de comportamento, regras, obrigações, preceitos. O anteprojeto desse código de honra fora esboçado por mestre Pastinha e redigido pelo contista Vasconcelos Maia, capoeirista ele próprio e dois de seus filhos, o advogado e o engenheiro.

Arma de defesa, nascida nas senzalas, criação dos escravos bantos, a capoeira esteve sujeita à mais feroz perseguição: proibido seu exercício, castigados seus cultores. Considerada, junto com o candomblé, expressão de barbaria: toda a matriz africana da cultura brasileira era então repudiada, obliterado seu conhecimento, defesa sua manifestação. Todavia a capoeira, camuflada em dança coletiva, subsistiu ao som dos berimbaus de barriga, impôs sua eficácia e sua beleza, balé de passos mágicos, luta de golpes mortíferos, ganhou foros de arte. A cada dia abriam-se novas escolas, mestres exímios destacavam-se. Custara trabalho reuni-los, mas mestre Pastinha estava habituado a vencer dificuldades e não havia quem lhe negasse a maestria sem igual e a honradez extrema. "Ser humano feito de generosidade e de civilização, é um dos grandes, dos ilustres da Bahia", escrevera Glauber Rocha a seu respeito na revista *Mapa*, e o povo o venerava.

Naquela quinta-feira, noite de abertura do Primeiro Grande Encontro, e na do encerramento, no domingo, para gáudio dos assistentes, os mestres se exibiriam no salão da escola. No sábado pela manhã estariam na área dos fundos do Mercado Modelo, palco tradicional dos desafios, onde seriam filmados pela equipe de *Le Grand Échiquier*.

Aos noventa anos de idade já comemorados, cego e alquebrado, apenas refeito da hemiplegia, já firme nas pernas, cabeça lúcida, voz de comando, mestre Pastinha saudou e acolheu o bando numeroso vindo das sete portas da Bahia, da ilha de Itaparica, das cidades do Recôncavo. Sua mulher, Romélia, vendedora de acarajés e abarás, de cuscuz, amoda e punheta, de cocada-puxa e de cocada branca, anunciava o nome de cada participante, e mestre Pastinha o repetia, dando-lhe as boas-vindas: conhecia a todos eles, sabia-lhes a chibança e a fidúcia.

Aproveita-se a deixa para aqui inscrever os nomes dos mestres, ilustrando assim as páginas desta crônica baiana de costumes religiosos e profanos, engrandecendo-a. Não por haver entre eles doutores, intelectuais, milionários e políticos, e sim porque os mestres que ensinam e preservam a capoeira angola são artífices da cultura brasileira.

Que se comece por onde se deve começar, ou seja, recordando os grandes do passado, citando seus nomes imortais: Besouro, Chico Porreta, Zé Dou, Tibiri da Folha Grossa, Pantalona, Quebra-Ferro, Sessenta, Biluaca, Gasolina, Cazumbá, Najá que morreu enfrentando cinco cabras armados com peixeiras diante do Forte de Santa Maria. Viveram os tempos de perseguição, conheceram o relho e o xadrez, não conheceram o medo.

Atenderam à convocação de Pastinha e participaram do Primeiro Grande Encontro os mestres cujos nomes, verdadeiros ou de guerra, aqui se seguem na ordem da chegada à porta da escola onde Romélia e o mestre maior os receberam. Querido de Deus foi o primeiro. Valdemar da Liberdade veio em companhia de Traíra e Bom Cabelo. Mestre Bimba, criador da capoeira regional, chegou cercado de discípulos que lhe apoiavam a dissidência. Camafeu de Oxóssi, na maior pinta, de gravata e chapelão, Cobra Coral, Gato, Canjiquinha, Paulo dos Anjos, mestres eméritos. Jaime do Mar Grande, Caiçara, Jorge Satélite, René, Gigante, Falcão, King Senac, Jairo Petróleo, Tamoinha, Senavox, Angola, Zé Poeta, Dois de Ouro, Bobo, Miguel da Lua, Mala, Diogo, Bola Sete, Bola Branca, Bola Preta e Bolinha Caramelo, Mangueira, Vermelho da Moenda, Bira da Pomba, Medicina, Burro Inchado, Luiz Gutemberg, Virgílio Costa, Milton Macumba, Cacau, índio Poty, Gajé, Americano, Dimola, Boca Rica, João de Barro, João Pequeno, João Grande, João da Maricota, João Luanda e Joãozinho, Lua de Bobó, Nó, Aristides, Boa Gente, Itapuã, Geni Loló, Alabama, Cobra Mansa, Cobrinha Verde, Carrapeta, Daladé, Toninho Murici, Macau, Piauí, Curió, Azulão, Dinelson, Ezequiel, Ferreirinha de Santo Amaro, Mário Bom Cabrito, Benivaldo, Zé do Lenço, Zé da Tripa, Zé Macaco e Zezito da Varig, Batista da Embasa, Decente, Queixada, Bozó, Emanuel Filho de Deus, Choriça, Urubu, Birro, Augusto Sarará, Marreta, Vivi do Caminho, Raimundo, Almir Loló, Lazinho, Sinval, Salis, China, Daltro, Lucio Dendê, Lázaro, Edinho Aratu, Tonho Matéria e Doutor Manu. Se alguém foi esquecido que perdoe o mau jeito ao ignorante como ordena o estatuto aprovado por aclamação.

Convidados especiais, compareceram alguns diplomados com direito ao título se bem não exercessem a profissão. Na maioria ex-alunos de mestre Pastinha, uns quantos de mestre Bimba. Entre os últimos, o rico fazendeiro itabunense Moysés Alves, entre os primeiros o escritor Wilson Lins. Já foi citado Vasconcelos Maia mas não se reduziam a ele e ao autor de *Os cabras do coronel* os escritores presentes. Diversos outros, igualmente conhecidos, vieram prestigiar o Grande Encontro: Waldir Freitas Oliveira, Vivaldo Costa Lima, Ildásio Tavares, Antônio Loureiro de Souza, Antonio Risério, Luís Ademir, Jeovah de Carvalho e Cid Teixeira, que o documentou numa erudita reportagem para a Universidade Católica, com a colaboração de Rui Simões. Viam-se ainda intelectuais de diversas procedências: o *metteur-en-scène* de teatro Alvinho Guimarães, o de cinema Guido Araújo, o publicitário Fernando Hupsel, o escultor Mário Cravo, o pintor Carybé — esse cara se mete em toda parte, não espera ser chamado —, o professor norte-americano John Dwyer e Bruno Amado, rapaz namorador. Todos esses podem ser vistos no documentário cinematográfico rodado por Siri, produzido pelo empresário Renato Martins, mecenas de vocação e ofício.

Compositores e poetas do Mercado apregoavam:

Bahia, minha Bahia
Bahia do Salvador,
Quem não conhece capoeira
Não lhe pode dar valor.
Todos podem aprender:
General e até doutor...

Doutores, cineastas, teatrólogos, etnólogos, professores, ricalhaços, escritores grandes e pequenos, artistas da goiva e do pincel, de tudo se viu no salão em festa da escola. Mas, cadê o general? O general, o gato comeu pelo caminho: a profecia, porém, há de cumprir-se e ainda se verá um general de quatro estrelas botando banca de capoeirista, empunhando o berimbau de barriga, soltando as mãos, atirando as pernas nos ritmos do martelo e do galope, de são Bento Pequeno se não for de são Bento Grande. Todos podem aprender.

Das personalidades convidadas para a solenidade de instalação do Primeiro Grande Encontro dos Mestres de Capoeira Angola faltara apenas Danilo Correia, o ex-craque do Ipiranga, ex-aluno de Pastinha, dos mais louvados pelo mestre: melhor ainda na meia-lua, no aú, na bênção, na cabeçada, no rabo de arraia do que no chute a gol, no drible, na folha-seca.

O CÓDIGO DE HONRA

IA ALTA A ANIMAÇÃO, A SALA ENTUPIDA, AS CÂMERAS DE televisão já tinham registrado o acontecimento para os noticiários das vinte e três horas, Siri, com sua equipe — a equipe de Siri era sua mulher —, filmava de vários ângulos os campeões nos lances mais audazes.

Valdemar e Camafeu, dois solistas maiores, davam uma demonstração peregrina de berimbau, na cadência do caxixi e da moeda de vintém. A voz grave de Camafeu de Oxóssi ressoava na sala, estendia-se no chão do Pelourinho e do Maciel, ia se desvanecer para as bandas do Carmo e do Terreiro de Jesus:

Aruandê
Ê aruandê, camarado.
Galo cantou, camarado
Cocorocô

Valdemar, cuja artesania de berimbaus na estrada da Liberdade não admitia competição com as demais, soltava a garganta no refrão da capoeira:

Camarada, ê!
camaradinho,
camarado...

Camaradagem de homens livres, compadrio de amigos:

Volta do mundo, eh!
Volta do mundo, ah!

No centro da sala, Traíra e Bom Cabelo, cada qual mais ágil, mais senhor de si, mais malicioso e inesperado, mais deslumbrante. Quem os viu brincar a brincadeira não esquecerá jamais a picardia e a astúcia, os golpes que eram passos de balé dos mais difíceis: capoeira mata um! Puxando cantigas clássicas, velhas do tempo da escravidão, da Guerra do Paraguai, Camafeu e Valdemar uniam as vozes másculas e quentes:

Eu estava lá em casa
Sem pensá, sem maginá
E viero me buscá
Pra ajudá a vancê
Na guerra do Paraguá
Camarada ê
Camaradinho
Camarado...

Palmas ressoaram saudando uma evolução de Bom Cabelo quando Miro surgiu à porta, até parecia que saudavam sua chegada. O que não seria de estranhar, pois era bem-vindo à escola e ao lar de Romélia e Pastinha, estimavam-no como a um parente próximo, Pastinha era um segundo pai para seus alunos. Quando o ancião tinha de deslocar-se na cidade, Miro ia buscá-lo com o táxi e o conduzia para baixo e para cima e nada lhe cobrava, nem sequer o preço da gasolina. Cobrar o quê? O devedor sou eu.

Acompanhado por Álvaro, Miro vinha desvairado, furibundo. Silenciaram as palmas de aplauso a Bom Cabelo, prosseguiram as do recém-chegado reclamando atenção para o que ia comunicar:

— Licença, mestre Pastinha, os senhores me desculpem pela interrupção mas o assunto é grave, é de vida e morte. Peço ajuda.

— Quem é? — perguntou Pastinha a Romélia. — Estou conhecendo a voz.

— É Miro. Mirinho do Bem-Querer.

— Que te traz aqui, meu filho? Pela voz te vejo atormentado. Pois fala, livra o coração.

Miro fora aluno de mestre Pastinha, traçava seus aús com apostura, mas não chegara ao fim do curso, cadê tempo? O tempo era-lhe curto para tantos afazeres e outros tantos comprazeres. Traíra e Bom Cabelo suspenderam o desafio, Valdemar e Camafeu encostaram os berimbaus.

Num discurso atropelado, Miro contou de Manela, sua namorada, levada a pulso para o convento da Lapa, clausura pior que a pior prisão. Não cometera crime, não ofendera, não ameaçara nem desacatara: se era pecado gostar de alguém e querer com esse alguém um dia se casar, eis o seu pecado. A tia malvada, alma sanhuda, intolerante, de castelhana, de castelhana não, alma fanática de franquista, de racista, de fascista, a tia madrasta se opunha ao casamento por ser ele, além de um pronto, motorista de táxi, por ser mulato escuro. Manela era mulata clara, estudante de ginásio, frequentava os bailes da colônia e as quermesses da nova igreja de Sant'Ana. Órfã de pai e mãe, sob o tacão de ferro da tutora.

Romélia a conhecia, punha-lhe a bênção e pilheriavam a propósito do nome verdadeiro do chamado bolinho de estudante. Como é mesmo, tia Romélia? E tu não sabe, menina? Olha que tu sabe muito bem, o nome é punheta, bolinho de estudante é pronúncia de beata. Punheta, tão gostosa como a outra. Outra, que outra, tia Romélia, por favor me diga. A que tu sabe de sobejo, não se faça de boba. Riam as duas, Manela comia um abará, com bastante pimenta, minha tia.

— Ai o que foi que fizeram com minha menina, gente ruim!

— Não pode ser — disse mestre Pastinha e repetiu: — Não pode ser, não consinto. Não consinto mesmo.

O código de honra dos capoeiristas afirma, logo no primeiro artigo dos dezessete que o compõem, ser obrigação daqueles que praticam a capoeira angola ajudar a quem clama por socorro, acudir a quem sofre, aos perseguidos. A luz da liberdade é o farol dos mestres que estudam, praticam e ensinam a luta brasileira, pois a capoeira nasceu da pugna dos escravos contra a escravidão — assim se diz no introito do bizarro documento.

— Nós vai tirar ela de lá! — exclamou Querido de Deus, habituado à amplidão do mar, era mestre de saveiro além de capoeirista.

— E é pra já — completou Cobra Coral, que não tinha outra profissão além de conversar fiado, beber caldo de lambreta no Mercado, ali mesmo comer moqueca de arraia e bater um dominó com o árabe Merched. Fora disso, fazer o amor no areal.

— Nós invade esse convento, não há de ser difícil — considerou com sua voz pausada o cafuzo Traíra, chegado a uma arruaça, conhecido na polícia como desordeiro: não negava fogo quando necessário.

Mário Cravo, o escultor, ria sob os agrestes bigodes, amigo ele também de uma boa estripulia, por isso mesmo ídolo de Traíra. Antigamente assaltara igrejas e conventos para resgatar imagens, por que não resgatar para o noivo uma donzela?

— Passo no ateliê, pego uma alavanca para abrir o portão sem fazer alarde. E um macete.

O notório Carybé esfregou as mãos de puro contentamento. A última vez que libertara uma virgem enclausurada pela família fora em Salta, na Argentina, fazia isso muitos anos, dona Nancy conta que, para realizar a façanha, o galã vestira-se com capa vermelha e montara um cavalo baio. Até pode ser verdade.

Álvaro despojou-se das últimas dúvidas, Gildete, sua mãe, aprovaria a diligência:

— Pois então vamos lá.

— Corre pressa — rogou Miro do Bem-Querer.

Mestre Pastinha estendeu a mão, Romélia deu-lhe o braço:

— Depressa, minha gente, que o tempo do padecimento é comprido demais. Quem é deveras capoeira que me siga.

Assumiu o comando, encaminhou-se para a escada. Se alguém sentiu medo e se esgueirou, os anais da escola não lhe registraram a covardia: no frigir dos ovos o que contou foi a decisão unânime. Assim, antes mesmo de ser aprovado na sessão solene de encerramento, viu-se o código de honra posto em prática.

No largo do Pelourinho, na praça ilustre, Camafeu ergueu o berimbau, abriu o peito no canto antigo:

Negra, o que vende aí?
Vendo arroz de camarão
Sinhá mandou vender
Na cova de Salomão.

Manela na cova de Salomão, é comprido o tempo do padecimento, mais comprido ainda o da espera, noite sem fim. O coro dos capoeiristas estremeceu o chão negro, de pedras lisas, em frente à igreja de Nossa Senhora do Rosário dos Pretos:

Camarada ê
Camaradinho
Camarado...

Braço dado com Romélia, mestre Pastinha conduzia a vanguarda do povo. Nonagenário, cego e hemiplégico, inteiro. Com seu código de honra, bandeira da Bahia.

A PERGUNTA

E MANELA? PERGUNTA SOFRIDA, DITA E REPETIDA COM VEEMÊNCIA: Gildete telefona a advogados, Danilo visita um magistrado, Damiana e o professor João Batista empreendem diligências, enquanto os capoeiristas brincam a boa brincadeira. E Manela?

Por que tanto desprezo, esse total silêncio em torno da infeliz? Não é ela, por acaso, o pião do enredo? Não será o único mas forma entre os primeiros, dela decorre a trama, em sua intenção agitam-se parentes, aderentes, vizinhos, conhecidos e desconhecidos, figuras top da Justiça e da sociedade, mas dela mesmo não se fala: não bastando enterrá-la na clausura, disfarça-se a cova com o descaso. Recesso absurdo, reserva inaceitável: quer-se saber o comportamento de Manela, como suporta ou enfrenta o transe, a condenada.

Afinal Manela foi levada à socapa para o convento das Imaculadas no meio da tarde e já a meia-noite se aproxima. Dentro em pouco será sexta-feira — dia do vernissage da exposição, lembram-se? — e até agora não se disse de que maneira reagiu, à reconstituição baiana da tragédia dos Capuletos, a Julieta da avenida da Ave-Maria. Tragédia dos Capuletos, vá lá a anotação literária, se bem não seja fácil conceber-se Miro no papel de Romeu, faltam-lhe o perfil latino e a mórbida tendência ao suicídio. Sobra-lhe, em troca, a disposição de enfrentar e vencer os preconceitos da parenta senhoril da bem-amada: casamento, sim, suicídio, nunca! Manela ou Julieta, como se comporta a donzela perseguida?

Quem conta o conto deve contá-lo inteiro, sem escamotear detalhes, sem limitar a ação à sua conveniência ou ao número de páginas do volume. Para contar mal, no desleixo das lacunas, bastam e sobram os espertos que redigem magros romances modernosos para exaltação da crítica. Por mais pedantes e incapazes, ainda assim há esperança: caso persistam, terminarão por aprender. Como sucede com os doutores em relação à capoeira angola.

A pergunta está no ar, premente: exige resposta pronta. E Manela?

A MADRE SUPERIORA

POIS QUE NÃO SE TARDE EM RESPONDER E QUE A RESPOSTA, além de imediata, seja precisa e clara, seja minuciosa nos detalhes: o detalhe é o segredo do romance, conforme se aprende lendo o *Dom Quixote*, de Cervantes.

O povo ensina que muito sofre quem padece, e mestre Pastinha, voz da sabedoria popular, vem de dizer que é longo o tempo do padecimento, o padecente não lhe enxerga o fim. Por isso o mestre apressa o passo à testa dos capoeiristas que se dirigem à Lapa onde fica o convento da Imaculada Conceição. Para dar outro toque de erudição a essas maltraçadas linhas, enobrecendo a narrativa, revele-se que, em frente aos muros do eremitério, erguia-se a casa de Júlia Feital, a que foi assassinada com uma bala de ouro pelo noivo desvairado de ciúmes. Mesmo para matá-la quis o melhor, bala única de ouro maciço por ele cunhada com os requintes do amor.

Lentas foram as horas de Manela, compridas, feitas de terços do rosário, rezados na capela do convento pela reduzida comunidade, umas poucas freiras velhas e cansadas. Moça reclusa por haver facilitado os três-vinténs a noivo ou namorado, não havia mais nenhuma. Donzela ali recolhida para preservar o cabaço ameaçado pelas contingências de rabicho escabroso, apenas Manela. A madre superiora espantara-se quando Adalgisa — tendo deixado Manela no claustro, vou ali, já volto — lhe mostrou no gabinete a ordem do juiz de menores. Padre José Antônio chegara antes, adiantara a notícia.

— Fazem anos da última que recebemos, uma menina do Baixo São Francisco, o pai trouxe carta de recomendação do senhor bispo da Barra. Morreu aqui, a pobrezinha, de tuberculose. Ou de melancolia, só Deus sabe.

— Essa casa de Deus foi fundada pelos ancestrais para resguardar a virtude e castigar o vício, não esqueça, madre — asseverou o sacerdote: — A madre devia rejubilar-se quando surge ocasião de cumprir o mandato do Senhor.

Baixou a cabeça a madre superiora, não discutiu a ordem do juiz, mas não demonstrou entusiasmo:

— Espero que a senhora não a deixe aqui por muito tempo. É uma falta de caridade.

Madre Leonor Lima, assim se chamava a superiora, mandou irmã Eunice buscar Manela no claustro onde, sentada num banco decorado com azulejos, matava o tempo prelibando o prazer da ida ao Castro Alves ouvir, ao lado de Miro, os seus ídolos, em audição mais que reservada. Uma empolgação, as colegas iriam morrer de inveja. Adalgisa e o padre confessor evitaram atravessar o claustro, retiraram-se na moita, às escondidas. Manela acompanhou a freira, certa de que ia encontrar-se com a tia à porta da saída.

Madre Leonor ofereceu-lhe uma cadeira, estudou-a com o olhar e lhe disse: vou lhe dar uma má notícia, minha filha, seja forte. Manela demorou a entender o que a superiora lhe comunicava. Quando por fim se convenceu de que a tia a internara na clausura das Arrependidas, tendo para tanto obtido ordem do juiz de menores — a madre exibira-lhe a ordem, via-se a assinatura do magistrado —, Manela, fora de si, levantou-se e esbravejou:

— Aqui não fico. Vou embora agora mesmo.

Gritou, bateu com os punhos no tampo da escrivaninha, recusou a mão benévola que a irmã Eunice lhe estendia, abriu num berreiro como não se ouvia há decênios no convento da Lapa: a menina da cidade da Barra, a última arrependida, os olhos inchados, chorara um choro manso, desolado. O desespero ingente durou uns bons minutos contados no tique-taque do relógio alto e antigo, de pé numa caixa de mogno.

Madre superiora, os cabelos brancos sobrando da touca que os cobria, o rosto magro, as mãos ossudas, manteve-se serena, não a mandou calar-se. Deixou-a deblaterar, acusar e ofender a tia, dizer o que pensava do padre José Antônio — a sombra de um sorriso perpassou nos lábios da madre superiora —, jurar amor eterno ao namorado. Na altura da declaração de amor, quando a voz de raiva e revolta se orvalhou com o rocio da ternura, madre Leonor Lima por fim falou, inesperada voz amiga:

— Ouça por um momento o que vou lhe dizer, minha filha. Não pense que eu desejo mantê-la aqui. Desejo que você se demore o menos tempo possível, espero em Deus que sua tutora volte atrás na decisão que tomou, a meu ver decisão infeliz mas contra a qual nada posso fazer, você está aqui por ordem do juiz de menores.

Rogou a Manela que lhe contasse sua história, Manela contou entre soluços, falou dos pais, do desastre de automóvel, das duas tias, Gildete e Adalgisa, a primeira tutora de Marieta, a ela coubera a segunda que era... Calou-se, não era fácil definir, classificar a tia, ora boa, ora ruim, carinhosa e agressiva, assim contraditória:

— Penso que ela é doente.

Referiu-se a tio Danilo, pessoa bondosa mas temente dos calundus da esposa, tia Gildete, porém, os enfrentava, Miro era o sol de sua vida, uma alegria, madre, uma simpatia, haveria de casar com ele. Tia Adalgisa se opunha porque ele era pobre e escuro, crioulo lindo, madre. Como se Manela e a própria tia não fossem mulatas, a tia não se enxergava... Será que ela pensa que é mesmo branca pura? Por muito favor podia ser branca baiana, como se diz para zombar.

Madre superiora tomou a palavra e o rosto magro se abriu em brandura, os olhos cansados que haviam visto muita coisa triste se animaram, a voz convincente, maternal. Manela tinha razão ao sentir-se vítima e protestar mas, pensando bem, não havia por que desesperar-se, motivo para entregar-se a maus pensamentos. Decerto o tio bondoso, a tia belicosa, o moço apaixonado, quando soubessem do acontecido, tratariam de movimentar-se para retirá-la da clausura, anular a ordem do juiz. Anular a ordem, sem isso nada feito.

Talvez já fosse tarde para obter sua libertação ainda naquele dia mas no dia seguinte com toda certeza viriam buscá-la, quem sabe a própria tia Adalgisa, arrependida. Se não acontecesse, ela, madre Leonor, iria ao senhor cardeal expor o caso e pedir sua intervenção. Uma noite é fácil de passar, tivesse paciência e fé em Deus. Aquela provação lhe seria creditada no borderô celeste: um dia, mais adiante, ao pensar no sucedido, Manela iria rir. O melhor a fazer era acalmar-se, esperar com paciência, sem se martirizar ainda mais. Irmã Eunice iria conduzi-la à cela que seria a sua enquanto durasse a breve estada no convento — há de ser breve, minha filha, irei ao senhor cardeal se for preciso. Manela aceitou a mão de irmã Eunice.

Na servidão de Deus, na cova de Salomão, mesmo agasalhada em tantos argumentos na aparência justos, não era fácil atravessar a noite. Muito sofre quem padece, o tempo do padecimento não se conta no relógio, conta-se nas tripas e no coração.

DILIGÊNCIAS

ATENTA AO CONSELHO DE ÁLVARO, GILDETE COMEÇOU por telefonar à residência do professor Orlando Gomes. Informaram-lhe que o jurista encontrava-se em Portugal, em viagem gloriosa, fora receber o título de doutor *honoris causa* da Universidade de Coimbra. Dionísio, o outro filho, acabara de chegar da faina no Mercado, a mãe o pôs a par do sucedido. Em geral bonachão, fleugmático, o rapaz endoidou:

— Vou tirar ela de lá na base da porrada!

Gildete pediu-lhe calma, de exaltada bastava com ela, não conseguia esquentar lugar. A entrada de Dionísio lembrara a Danilo um amigo comum, doutor Tibúrcio Barreiros: além de causídico reputado, um camaradão. Dionísio aprovou a ideia, Tiburcinho conhecia meio mundo, tinha o braço longo e boa cabeça, lhes indicaria o que fazer se ele mesmo não fizesse o necessário. Danilo procurou o número de telefone no catálogo, ligou, encontrou o advogado em casa, não ia sair, esperaria o caro Príncipe. Príncipe? Coisa do passado... Quem foi rei sempre é majestade, recordou o advogado.

Dionísio nem quis jantar: vou com você. Eu também, decidiu Gildete. Não aguento ficar aqui sem fazer nada. O difícil foi convencer Violeta e Marieta a permanecerem à espera. Gildete prometeu voltar para informá-las, nem assim conseguiu que parassem de chorar.

Tibúrcio Barreiros, quarentão jovial, saudou-os com efusão: esperava um amigo, recebia três, a que devo tanta honra? Puxou uma poltrona para Gildete: sente-se aqui, minha santa. A dona da casa, morena charmosa, no rigor do chique mesmo em casa e àquela hora, dona Dagmar pediu licença, foi passar um cafezinho. Gildete expôs o caso, interrompida ora por Danilo, que buscava escusas para Adalgisa, ora por Dionísio, boca de xingos e ameaças. Voltando da cozinha com a bandeja onde pousara as xícaras e o bule de café, dona Dagmar ficou a ouvir, boquiaberta:

— Na clausura das Arrependidas? Ainda existe? — Diretora de um curso de inglês, viajada, executiva, não entendia a razão do internamento, preconceitos caducos, bolorentos. — Quanta ignorância!

O advogado disse que não via como pudessem libertar Manela naquela mesma noite. O juiz de menores, esse tal de doutor d'Ávila, não era flor que se cheirasse, malvisto nas rodas da Justiça mas adulado e temido por ser da confiança dos gorilas, reaça dos piores, fascistão — as simpatias esquerdistas e os despautérios de linguagem do doutor Barreiros eram notórios. Cabrão de mau caráter, ademais hipócrita, o meritíssimo arrogava-se em campeão da moralidade mas vivia nos castelos, mantinha concubinas. Falso que nem Judas, rompera relações com Tibúrcio havia mais de um ano, por uma coisa à toa, não explicou o quê. Danilo concluiu ter sido desavença por mulher, tiraria a limpo noutra ocasião.

Naquela noite, no máximo poderiam tentar obter autorização — não do juiz mas das freiras do convento — para uma visita dos tios a Manela. A presença dos parentes seria de consolação e alento para a moça: saber que se ocupavam dela, não estava abandonada. A posição de

Danilo era de importância primordial. Sendo ele tutor e discordando da medida tomada pela esposa, podia dela recorrer, tentando embargá-la, solicitando a anulação da ordem do juiz de menores. Não ia ser fácil, o chifrudo d'Ávila, vaca sagrada e arrogante, não costumava voltar atrás. Mas não se esqueçam de que o marido é o cabeça do casal.

— Amanhã, veremos como agir, preciso de uma procuração aqui do Príncipe. Por enquanto, vamos cuidar da visita, não conheço a superiora do convento, não sei quem seja. Deixem-me localizar alguém que possa nos ajudar.

Tomara o assunto a si, sem outro interesse que o de servir, assim agiu Tibúrcio Barreiros durante toda a vida. Partiu para o telefone, fez umas quantas chamadas. Dona Dagmar, após distribuir as xícaras com o cafezinho quente, sentou na roda das lamentações: pensei que esse ranço não existisse mais. Ranço do passado.

Nem cinco minutos decorreram, o advogado voltou à sala:

— Vamos à casa do doutor Monteiro, juiz da vara de família. Excelente pessoa e conhece a madre superiora.

Doutor Agnaldo Bahia Monteiro recebeu-os à porta, desculpou-se por estar de pijama, não sabia que o amigo Tiburcinho viria acompanhado por uma senhora, conduziu-os ao gabinete onde estudava autos e minutava sentenças: na sala de jantar a família jogava biriba, ouviam-se risos, exclamações.

Apesar de colega de magistratura, doutor Monteiro não discordou quando Tibúrcio classificou o juiz de menores de calhorda. Não se davam bem os dois meritíssimos desde que coubera ao juiz da vara de família substituir o doutor d'Ávila no exercício do juizado de menores durante impedimento do mandatário. Breve temporada, mas suficiente para que doutor Monteiro desfizesse uma porção de misérias determinadas pelo titular. Os amigos nem podem imaginar: asneiras e arbitrariedades aos montes!

Visitar Manela naquela mesma noite? Podia ser, quem sabe, se bem tivesse dúvidas devido ao adiantado da hora, tratando-se de um convento de freiras com suas normas e preceitos. Mas, se quisessem tentar, lhes daria um cartão apresentando Danilo e Gildete, tios da menina, à madre superiora. Ele a conhecia desde o inventário dos bens da irmã: madre Leonor é mulher direita, de caráter. Fez doação de sua parte da herança às obras de caridade da irmã Dulce. Os olhos do magistrado iluminaram-se, refletiam seu pensamento:

— Essa irmã Dulce é demais, não lhes parece? Santa, três vezes santa!

Rabiscou o recado num cartão, colocou-o no envelope, endereçou: madre Leonor de Lima, em mãos, entregou-o a Danilo: creio que ela dará permissão, mas devem ir o quanto antes.

O quanto antes retardou-se pois Gildete quis passar em casa, cumprindo a promessa feita às filhas, e elas não abriram mão de acompanhá-la na visita. No meio-tempo apareceram Damiana e o professor João Batista em busca de informações: a doceira desmanchada em lágrimas, o professor estomagado: injuriava em francês: *Mais non! Merde alors!*

Antes que, incorporados, parentes e vizinhos se dirijam ao convento da Lapa, confidenciemos sobre como a notícia chegou aos habitantes da avenida da Ave-Maria. Damiana soube pelo professor João Batista e este, pasmem!, pelo próprio juiz de menores. Que elo, me digam, pode existir, comum ao sustentáculo da ordem autoritária e da moral burguesas e ao professor francófilo e liberal, *bon vivant* — a expressão é dele —, antípodas, a cara amarrada e o riso franco?

Pois existia e era um sítio de lazer, tranquilo e aprazível. Tratava-se do castelo de Anunciata, situado no bairro de Brotas, em chalé antigo porém bem conservado, cercado de árvores, ao abrigo de olhares indiscretos. Ali se cruzaram, nas primeiras horas da noite, o preclaro magistrado e o aplaudido jornalista, ambos bons fregueses do serralho acolhedor e confortável. Saía o professor dos braços torneados de Mocinha da Briosa, musa da Polícia Militar, saía o meritíssimo do entrecoxas de Prudência Buceta Doce, apreciadíssima: no corredor se encontraram e trocaram as boas-noites. Com o ar de quem dá ótima notícia, o juiz de menores, doutor Liberato Mendes Prado d'Ávila, adiantou ao colega de recreação que, na tarde daquele mesmo dia, mandara internar na clausura das Arrependidas uma jovem menor de idade, conhecida talvez do caro amigo pois habitavam os dois na mesma rua: uma vila, não é? A tia, pessoa responsável, recorrera a ele antes que a menor prevaricasse. Dizia pre-va-ri-ca-sse, escandindo as sílabas.

DESEMBOCAM OS CORTEJOS NA AVENIDA JOANA ANGÉLICA

CHEGANDO UM DO PELOURINHO, VINDO O OUTRO DO TORORÓ, os dois bandos desembocaram ao mesmo compasso na avenida Joana Angélica, a um lance do convento da Lapa. Terminaram por se reunir, cortejo numeroso, pequena procissão, ruidosa passeata, semelhava um bloco de Carnaval.

Depois de atravessar o terreiro de Jesus, a praça da Sé e a Misericórdia, os capoeiristas desceram a ladeira da Praça, saíram em frente ao Corpo de Bombeiros, cruzaram a praça dos Veteranos, subiram a ladeira da Independência, ocuparam o campo da Pólvora onde foi fuzilado frei Caneca, o revolucionário.

A cada esquina crescia a caravana, avolumando-se durante a caminhada. Turbas de curiosos e vadios a engrossavam: estudantes, putas e boêmios, batoteiros, cientistas que saíam de uma reunião sobre o desenvolvimento da tecnologia, subliteratos e turistas, e a vereadora Amabília Almeida. Seguiam-na sem saber para onde nem por quê, convocados pelo som dos berimbaus e pela cantoria. Na retaguarda, capitães da areia executavam golpes de capoeira, rabos de arraia, meias-luas, tinham a maestria no sangue, era-lhes hereditária, e também a picardia. Decerto ia haver um torneio descomunal em qualquer parte, ninguém queria perder o espetáculo.

O grupo formado pela parentela, acrescido de vizinhos — Damiana fora correndo recrutá-los —, partira da casa de Gildete no Tororó de Cima. Tios, primos e amigos apertavam o passo na pressa de chegar a tempo da visita. Em troca de um final feliz, a vizinha Alina, supersticiosa, prometera um mês de abstinência sexual à escrava Anastácia, santa recente do florilégio popular; o sargento Deolindo envergara a farda da Briosa para impor respeito.

Na avenida Joana Angélica as duas hostes misturaram-se, confundiram-se sem prévia combinação mas não por acaso: tudo quanto aconteceu naquela noite teve regência, ilação e alcance, o roteiro cumpriu-se ao pé da letra.

Pois foi naquele instante de confraternização, quando, ao toque dos solistas, ressoaram mais alto os berimbaus de guerra e o canto da capoeira angola trouxe os moradores às janelas, que santa Bárbara, a do Trovão, tocou a campainha do vetusto portão do convento da Imaculada Conceição onde, por ordem do juiz de menores, fora reinaugurada a clausura das Arrependidas.

A ORDEM ASSINADA PELO JUIZ DE MENORES, DOUTOR MENDES D'ÁVILA

GUARDIÃ DE PLANTÃO NA PORTARIA, AO OUVIR O TIMBRE, IRMÃ Eunice abriu o postigo, olhou para fora, reconheceu a santa, tinham viajado juntas de Santo Amaro para a Bahia. Na chegada, a bem-aventurada arrebanhara o manto e ganhara o mundo.

Descuido imperdoável, inexplicável omissão — *mea culpa! mea culpa! mea maxima culpa!* —, não se incluiu nos acontecimentos da manhã daquela quinta-feira, notícia ou referência ao seguinte fato: bem cedo irmã Eunice recebera no convento a visita do comissário Parreirinha. O competente policial anunciou-lhe ter vindo para ouvi-la em segredo de Justiça: queria saber quem tinha roubado a imagem. Roubo? Quem falou em roubo? A santa saíra andando pelos próprios pés, até lhe dera adeus. O comissário desistiu: broca, não diz coisa com coisa, os conventos estão cheios de velhas caducas. Inquérito mais sem pé nem cabeça, inconsequente.

Ao dar com santa Bárbara, a do Trovão, do lado de fora, postada no passeio, irmã Eunice sorriu, retirou o rosto do postigo, puxou o ferrolho, abriu a pequena porta embutida no portão. A santa retribuiu-lhe o sorriso:

— Boa noite, Eunice. Que a paz do Senhor seja contigo.

— A bênção, santa Bárbara. Vosmecê por aqui? Veio passar a noite? Entre, a casa é sua.

Santa Bárbara, a do Trovão, pôs-lhe a bênção e, em seguida, estendeu-lhe o papel oficial com carimbo, data, assinatura, os requisitos burocráticos.

— Passo às suas mãos a ordem de soltura, assinada pelo juiz de menores, da mocinha Manela Perez Belini, que, por ordem anterior dele mesmo, aqui foi internada hoje de tarde. Madre Leonor ainda está acordada? — perguntou para dar seguimento ao diálogo, estava farta de saber a superiora imersa no primeiro sono, o mais pesado.

— Já se recolheu, deve estar dormindo. Mas chamo ela, se vosmecê quiser.

— Precisa não. Ponha a ordem em cima da mesa de trabalho da madre, de manhã ela verá. Depressa, traga a moça, agorinha mesmo, fico esperando. Não vale a pena entrar.

Irmã Eunice recolheu a ordem, olhou maquinalmente data e assinatura, um rabisco, saiu veloz em seu passo miudinho, quase deslizava, ia contente. Que bom! A tutora se arrependera, o juiz dera nova ordem revogando a anterior, a ruim, santa Bárbara, a do Trovão, viera em pessoa, devia ser madrinha de batismo da menina. Depressinha, não podia deixá-la esperando. Nem a santa nem a menina: a coitadinha, tendo envergado o traje de noviça, não provara um só bocado da comida, na capela, rezando com as freiras, chorara as derradeiras lágrimas. Vestida como estava estendera-se no catre, não se reconhecia no hábito de noviça, Manela acabara, deixara de existir. Naquelas vésperas, irmã Eunice a acompanhara na rua da amargura, o coração sangrando de pena da menina. Estugava o passo, murmurando uma oração de graças.

Manela não se deu o trabalho de mudar de roupa, perder tempo. Saiu correndo, alvoroçada, também ela imaginou Adalgisa arrependida, a tia era imprevisível, agia sob impulsos, sem refletir, devia ter-se dado conta da desumanidade cometida. Irmã Eunice abriu-lhe a porta, Manela beijou-lhe a mão, atravessou o batente: num baque surdo, a porta se fechou sozinha, o trinco se trancou e enguiçou de vez, deixando a freira a ver navios. Não podendo despedir-se de santa Bárbara, a do Trovão, irmã Eunice para ela rezou uma cantiga que sua avó, Iá Kaçu, lhe ensinara:

Santa Bárbara da valentia
Dos relâmpagos e trovões,
Me empreste três tostões
Pra comprar minha alforria
Santa Bárbara dos trovões

Na rua, a negra, vestida com trapos cor de vinho, bonita como o quê, sorriu para Manela, lhe entregou o eiru feito de crina de cavalo e se desvaneceu.

A NOVIÇA

DÁDIVA DO MAR À CIDADE DA BAHIA IMERSA NO CALOR, a brisa da noite alvoroçava reinadia o traje emprestado, frouxo, de noviça, o defunto era maior. Viração forte, quase um pé de vento.

Exaltada, Manela respirou fundo, estava livre. Sentiu a mesma sensação de plenitude que a possuíra em janeiro, na Quinta-feira do Bonfim, quando no átrio da basílica aspergira a cabeça de Miro com as águas de Oxalá. Pena que Miro não a pudesse ver vestida com burel de noviça, teria rido às gargalhadas, o gozador. Devia estar zangado, ela o deixara à espera, não comparecera ao encontro: não pude ir, Mirinho, me prenderam na clausura das Arrependidas. Olhou em derredor procurando ver a negra que lhe entregara o eiru, a negra desfizera-se, quem ela viu em sua frente não foi outro senão Miro, de braço com Romélia. A multidão penetrava no pequeno largo onde o convento da Lapa faz ângulo com o Colégio da Bahia.

Emudecidos, vagarosos, os capoeiristas não mais cantavam nem tangiam os alegres berimbaus. Avançavam, perturbados, pois a hora da ação se aproximava e ninguém podia prever o curso da façanha, nem Miro nem sequer mestre Pastinha. Do confuso ajuntamento destacaram-se, apressadas, as figuras de tia Gildete e tio Danilo, tia Gildete brandia um envelope na mão alçada: a carta dirigida pelo doutor Agnaldo à madre superiora. O grito de Miro ao enxergar Manela diante do portão estremeceu a terra, comoveu o céu:

— Manela, ai! Manela!

— Manela? Onde? — perguntou mestre Pastinha.

— Ali, vestida de freira — apontou Romélia.

Manela mal teve tempo de sorrir ao namorado, reconhecer tio Danilo, vislumbrar tia Gildete. Quando quis chamá-los, avançar ao encontro de sua gente, já não lhe pertenciam a boca e os pés, Iansã a invadiu e cavalgou.

Saiu dançando no passeio do convento, desceu para o largo, lá se foi. Mestre Pastinha não podia ver mas podia adivinhar, ergueu as mãos, curvou a cabeça como ordena a obrigação, salvou o orixá:

— Eparrei, Oiá!

O povo em coro o secundou, as palmas das mãos, na altura dos rostos, voltadas para o encantado: Eparrei, Iansã, mãe do trovão! Eparrei, Oiá! A face de Manela esplendia, o corpo solto nos trajes de noviça, nos rodopios do bailado, assim tão bela Miro jamais a tinha visto: dobrou-se em dois, em reverência.

Iansã percorreu o espaço do largo de ponta a ponta, exibindo ao povo o baile da guerreira, da que não tem medo pois enfrentou a morte e a venceu. Parou diante de mestre Pastinha e o achegou ao peito, prolongou o abraço ritual, ombro contra ombro, rosto contra rosto. Saiu saudando seus diletos, os merecedores.

Começou por Gildete, abriu os braços para neles acolher a tia e protetora. Gildete vacilou nos pés, cuspiu para os lados, arrancou os sapatos e foi Oxalá quem correspondeu ao abraço de Iansã: chegara para assistir à iaô em transe. Oiá prendeu tio Danilo junto ao coração e lhe entregou o eiru para significar que ele seria seu pai pequeno e no leilão das escravas compraria a liberdade da iaô por dez-réis de mel coado. Chegou por fim a vez de Miro: respeitoso, reverente, ele aguardava. Oiá dançou para ele os passos da guerra e da vitória: o corpo do encantado estremeceu, a boca se encheu de cuspo, ronco de amor a voz, deusa e namorada. Segurou Miro pelas pernas e o suspendeu ogã de Iansã ali em frente ao convento. Vestida de noviça.

Dançando sem parar, escoltada por Oxalá, Oiá tomou estrada, dirigiu-se para o Candomblé do Gantois, onde mãe Menininha a esperava para, somente então, segurar a navalha e levantar a âncora do barco. O povaréu a acompanhou no rumo da Federação até o largo de Pulquéria. A brisa cresceu em pé de vento, raios e trovões rasgaram o céu límpido, a noite serena, na proclamação da liberdade. Oiá Iansã dançava nas ruas da Cidade da Bahia.

O BARCO DAS IAÔS

DANÇANDO, IANSÃ SUBIU OS DEGRAUS NA PORTA DO Candomblé do Gantois. No terreiro quase às escuras — apenas uma lâmpada de poucas velas derramava luz diminuta e amarelada —, acolitada por Cleusa e Carmem, iá-quererê e ialaxê, sentada em seu trono mãe Menininha a recebeu. O séquito variado estacionara no largo de Pulquéria, dispersou-se pouco a pouco.

— Estava esperando por vosmecê, minha mãe.

Mãe Menininha tocou com os dedos a cabeça da iaô estirada a seus pés. No jogo dos búzios, no rosário de Ifá, a ialorixá olhara e vira: Oiá ordenava-lhe que reservasse lugar para uma filha sua na tripulação do barco a partir naquela noite para o mistério da camarinha, para os portos da iniciação.

As demais já estavam recolhidas. Havia uma Oxum, igual à mãe de santo, um Ogum, uma Euá, dois Xangôs, um Oxumaré, dois Oxalás, um velho e um moço, e, coisa rara de acontecer, um Ossãe, vindo do mato.

Não apareceu nenhum Oxóssi, todos ocupados com a caça grossa na floresta. Tampouco Omolu ou Obaluaiê, debelava um surto de bexiga no sertão de Xique-Xique. Obá, se disse, não veio, para evitar encontrar-se com Iansã com quem tinha uma pendência de ciúmes. Barco numeroso, nele embarcou Manela para fazer o santo.

Mãe Menininha do Gantois tomou da navalha, ia usar o tremendo poder de fazer a cabeça das escolhidas, raspá-las, abrir os caminhos para a manifestação dos orixás. O toque do adjá calou o fragor dos trovões, a vela acesa no peji apagou o clarão dos raios.

A LONGA JORNADA DA SEXTA-FEIRA DAS PAIXÕES

APRESTOS DE GUERRA

NA BARRA DA MANHÃ, INSONE, FEBRIL, SUJO, A ROUPA ÚMIDA, o rosto inflamado devido às picadas dos mosquitos, o estômago vazio, a boca seca, da canoa naufragada comissário Ripoleto acompanhou o inusitado movimento de embarcações e gente no porto sobre o rio.

Atendendo ao apelo do vigário de Santo Amaro, arribavam de todo o curso do rio Paraguaçu, das cidades e aldeias do Recôncavo, saveiros e escunas, ali se reuniam e se transmudavam em barcos de guerra. A invencível armada aprestava-se para a partida nas barbas, no nariz do comissário.

Grupos armados recebiam ordens do belicoso padre Téo. Armadas, as mulheres, com terços e rosários, livros de orações, flores colhidas nos jardins das residências para na volta com elas enfeitar o andor de santa Bárbara, a do Trovão; armados os homens com palmas de dendê e varas de cana-de-açúcar. Dona Canô distribuía entre os voluntários um santinho colorido: na frente, reproduzida em cores, a imagem da santa, no verso dados contestáveis, de duvidoso valor histórico, refugo da festa passada, promoção de uma fábrica de bebidas, especializada em licor de jurubeba. Jovens fardados com calças jeans e túnicas variadas: T-shirts, blusões de couro, camisas berrantes, cantavam canções de Caetano, um menino ali nascido, arteiro como quê.

No instável equilíbrio da canoa, em condições desfavoráveis, ainda sob o impacto dos maus-tratos e das afrontas, comissário Ripoleto não se despiu dos atributos de investigador de primeira classe com mais de vinte anos de serviço na polícia, manteve-se a postos, alquebrado porém vigilante. Tantas embarcações reunidas no ancoradouro, o vaivém contínuo de pessoas, todo aquele movimento matinal pareceu-lhe extremamente suspeito, a fome e as muriçocas afinavam-lhe a percepção. Obsessivo, tratou de mentalizar detalhes, lances, suposições, altura das águas, força da correnteza, velocidade e eficácia dos pernilongos para formar opinião segura e transmiti-la quando possível ao secretário estadual de Segurança.

Safar-se da enrascada, obter transporte para a capital, apresentar-se a seu superior, prestar-lhe contas da missão recebida e levada a termo, esses os objetivos imediatos do comissário. Devido ao *handicap* de cujo segredo partilhamos, não lhe era fácil deixar a canoa, atingir a margem. Começava a desesperar quando tudo se resolveu. Em termos, é bem verdade.

Os indigestos rapazes que, na véspera, o agrediram e despacharam vieram em sua busca, resgataram-no e o conduziram a um dos saveiros que se preparavam para a expedição punitiva, nele o embarcaram. Não só haviam retirado comissário Ripoleto da canoa, do banco de baronesas, ofereciam-lhe, sem que ele pedisse, condução para a capital. Solução perfeita não fosse o pormenor dos braços amarrados atrás das costas, os pés atados. Ia de refém, o comissário.

LEITURA DOS JORNAIS: 1 – O ANÚNCIO

NAQUELA SEXTA-FEIRA OS JORNAIS DIÁRIOS DA CAPITAL BAIANA publicaram, todos eles, espetacular anúncio de página inteira tendo ao centro uma foto de santa Bárbara, a do Trovão, reproduzida em tamanho grande (sem autorização) do livro de dom Maximiliano von Gruden. Ainda não se encontrava o volume à venda nas livrarias mas alguns exemplares haviam sido ofertados pelo autor a críticos e amigos.

Título em letras garrafais: ESTA SANTA LEVOU SUMIÇO! prendia a atenção, despertava a curiosidade dos leitores. Realizado no capricho de profissionais de categoria — o layout era de Vera Rocha —, o anúncio dava, em corpo oito sobre dez, notícia sucinta e exata sobre a imagem, destacando-lhe o valor inestimável: sua autoria era atribuída ao Aleijadinho por quem entendia desses patrimônios, dom Maximiliano von Gruden, mestre insigne, notabilidade. Para fazer-se ideia da relevância da imagem desaparecida, basta dizer que a seu respeito o diretor do Arte Sacra escrevera um livro inteiro em alemão.

Sob a foto, em negrito e caixa-alta, liam-se a pergunta e a promessa: se você possui alguma pista ou informação capaz de conduzir à descoberta da imagem que se vê na foto, estará apto a ganhar... (o total da quantia em cruzeiros), recompensa oferecida por... (o nome da arquipotente e prestimosa firma), empresa que, colaborando intensamente para o progresso de nossa pátria, defende com igual entusiasmo a preservação de nossa grandeza: a imagem de santa Bárbara, a do Trovão, é parte inalienável da grandeza do Brasil. O redator da agência, publicitário premiado, dera de si; o patrão, doutor Sérgio, felicitou-o pela concisão e qualidade do texto elaborado.

Desse texto exemplar retirou-se a quantia em cruzeiros porque, com a inflação comendo solta, galopante, o valor do prêmio, altíssimo na época, pareceria ridículo. Tampouco se leu o nome da empresa que bancou o prestigioso anúncio que lhe custou os tubos, ou seja, ínfima fração dos lucros colossais, despesa, aliás, escamoteável no imposto de renda — custou os tubos e saiu de graça. Será necessário explicar o porquê da omissão? Mesmo sendo óbvio o motivo, não custa repetir: jamais as páginas desluzidas porém decorosas desta crônica de eventos religiosos e culturais servirão de veículo para a publicidade, mesmo subliminar, de multinacionais. Subliminar e, acrescente-se, gratuita: nenhuma proposta nos chegou às mãos.

Se alguém deseja maiores informações a propósito do anúncio: valor do prêmio, razão social da firma patrocinadora, se apareceram candidatos, se a recompensa foi paga, se esse alvoroço, esse estardalhaço foi para valer ou não passou de pândega ou de mistificação, o interessado deve dirigir-se ao senhor Sérgio Amado, um vitorioso. Diretor da agência responsável pelo *outdoor* e por sua divulgação, é ele quem pode esclarecer, informar com precisão e não o pobre escriba que se esforça, batucando com dois dedos a máquina de escrever — daquelas antigas, manuais, que ninguém usa mais neste fim de século da eletrônica e dos computadores — para defender vasqueiros direitos autorais que o imposto de renda, ai, reduzirá à metade, na fonte: a menos da metade, a ninharia, a pó de traque.

LEITURA DOS JORNAIS: 2 – A ENTREVISTA DO VIGÁRIO DE SANTO AMARO

ALÉM DA PÁGINA OCUPADA PELA MATÉRIA PAGA DA MULTINACIONAL, os jornais da sexta-feira dedicavam considerável espaço à desaparição da imagem de santa Bárbara, a do Trovão. Manchetes em primeira página, editoriais, comentários, sueltos e artigos especiais.

Merece menção o artigo de fundo do *Diário de Notícias*, em grifo, no alto da terceira página; nele a direção dos Diários Associados na Bahia congratulava-se com os leitores pelo furo espetacular da véspera. O *Diário* fora a única folha da cidade a levantar o véu do mistério a envolver a chegada da imagem ao cais de Salvador. Enquanto os concorrentes corroboravam com a versão oficial — a imagem desembarcara em boa paz, o diretor do museu a recebera em presença de repórteres (*sic!*), peça fundamental, figuraria na exposição —, o "vosso jornal" testemunhara e registrara, inclusive com fotos exclusivas, o desespero do ilustre museólogo ao constatar o sumiço da santa.

Não fosse a reportagem do *Diário de Notícias*, a população baiana ainda não saberia do roubo da imagem — tratava-se de roubo, que outra coisa poderia ser? Façanha audaciosa, praticada à luz do dia, a direção do museu tentara ocultá-la, sonegando a verdade, deixando a imprensa a ver navios: a ver saveiros, no caso, a expressão mais apropriada. Quadrilha internacional, como sustentava o coronel Raul Antônio, chefe da Polícia Federal, ou mais um desvio de efígies antigas dos altares de igrejas e capelas pobres para as casas milionárias dos colecionadores, como asseverava o secretário de Segurança? Para dirimir tais dúvidas e tudo esclarecer, para bem servir os leitores, a reportagem do *Diário de Notícias* se empenhava sem medir esforço. O jornal que informa e o faz corretamente, afirmava, vitorioso, o editorial.

Herói do dia, felicitado pelo diretor em pessoa — doutor Odorico Tavares batera-lhe no ombro: parabéns, seu Guido, deu uma dentro —, candidato a aumento de salário, Guido Guerra não dormia sobre os louros. Exemplar do jornal debaixo do sovaco, cedinho deslocara-se para Santo Amaro na intenção de obter entrevista exclusiva do vigário. Lá chegara antes de qualquer outro jornalista, acompanhado pelo fotógrafo Gervásio Batista Filho — filho do famoso, o da *Manchete*, cu de um, cara do outro, que pilotava o Fusca da redação.

Padre Téo o recebeu com quatro pedras na mão, esse biltre escrevera uma crônica desancando-o da primeira à última linha, na mais completa falta de respeito, deboche total, arrasador. Criticando-o por negar-se ao empréstimo da imagem para a exposição, o meliante expunha-o ao ridículo, tratava-o de retrógrado, atrasadão, mentalidade tacanha, "alma medieval, elitista incapaz de entender as necessidades culturais das massas", não merecia ser vigário da paróquia de Santo Amaro, terra dos Veloso, nem zelar por imagem de tal valia. Pespegara-lhe o apelido de Urubu de Batina.

Não era padre Téo homem de levar desaforo para casa. Assim, quando Guido se anunciou, todo faceiro, o vigário, antes mesmo de lhe dar as boas-tardes, disse:

— Guido Guerra? — Mediu a frágil ossatura do cronista: — Estava mesmo querendo lhe ver. Para lhe dizer que urubu de batina é a excelentíssima senhora sua mãe. — Atirou-lhe nas fuças trechos da crônica ácida, metida a engraçada, doera-lhe sobretudo o remoque sobre cultura: ele, padre Téo, medieval e elitista! Era só o que faltava! Negou-lhe a entrevista.

Não era Guido Guerra repórter de se dar por vencido com uma negativa, ainda que acompanhada de duras expressões de desdém e desagrado: cara de pau, insolente, inepto. Guido fez penitência, confessou-se leviano: no exercício da crônica, jamais da reportagem, repórter de impecável correção. Apelou para a ignorância: estava em jogo seu emprego, mentira clássica, ou obtinha aquela entrevista ou o perdia; despedido, como garantir o pão de cada dia da esposa e das duas criancinhas inocentes? Inventou a família ali na hora, apenas começara a namorar Celi, mas com o choro dos filhos pequeninos acabou de enrolar o bravo padre Téo. O *Diário de Notícias* abriu a entrevista na primeira página com manchete em duas linhas:

POVO DE SANTO AMARO VIRÁ RECUPERAR A IMAGEM
LUGAR DA SANTA É AQUI E NÃO NO ACERVO DO MUSEU

A probidade profissional levou Guido a fazer praça de sua discordância com certas declarações do entrevistado. Limpou sua barra, não se comprometeu: amanhã não poderiam acusá-lo de mentiroso e falso, de caluniador. Testemunha visual do desespero de dom Maximiliano von Gruden, no cais do porto, ao comprovar a desaparição da imagem, não podia corroborar a opinião do vigário de Santo Amaro que acusava o frade, em alto e bom som, de ter armado toda aquela confusão para, no frigir dos ovos, obter que a imagem de santa Bárbara, a do Trovão, fosse colocada sob sua guarda no acervo do museu. A afirmação, estampada no jornal, corria por conta e risco do padre Teófilo Lopes de Santana: escreva, jovem, e publique, assumo a responsabilidade.

Na acirrada e difícil porfia em que se empenharam o frade e o pároco — empresta, não empresta —, dom Maximiliano, por via de regra obsequioso, melífluo, perdera a tramontana. Desmandara-se, voz de desacato, acento de menosprezo: imagem digna de figurar no Museu de Escultura de Valladolid ou em qualquer outro museu da Europa ou dos Estados Unidos, relegá-la a ignota cidadezinha morta do Recôncavo era um contrassenso. A freguesia de Santo Amaro não lhe possibilitava a visitação dos interessados em estudá-la e dos turistas, não lhe garantia sequer a necessária segurança. Um dia, quando o vigário menos esperasse, os ladrões especializados em igrejas e conventos, ativíssimos, passar-lhe-iam os cinco dedos e adeus viola. O lugar onde a imagem de santa Bárbara, a do Trovão, se encontraria em segurança e poderia ser vista e admirada por milhares e milhares de visitantes seria o Museu de Arte Sacra da Universidade da Bahia.

O vigário não via necessidade de outras provas para acusar dom Maximiliano, chamá-lo de ladrão com todas as letras e apontá-lo à polícia. Mancomunado com dignitários do clero e com jornalistas estouvados. Não autorizou Guido a citar o cardeal como o melhor exemplo dos dignitários envolvidos na maquinação: não me crie encrencas, mas, se quiser, o caro jovem pode citar seu próprio nome como melhor exemplo de jornalista ignorante metido no complô de dom Mimoso — também o vigário era bom na troça e no apelido.

Ao desligar o gravador e estender a mão ao sacerdote, em agradecimentos e despedida, Guido disse, gaiato:

— Dom Mimoso, gostei. Fui infeliz quando chamei o senhor de urubu de batina, já lhe pedi desculpa. Mas para me retratar completamente, na entrevista vou lhe dar o título de Pomba do Divino.

— Pomba do Divino, meu jovem, é aquela, sabe?, que o pariu. Se puser no jornal que eu sou a Pomba do Divino, vou lá, parto sua cara, depois peço a Deus que me perdoe. — Voltou a medir o caixa de ossos, magricela, narigudo, cara feia e enfarruscada, uma ave pernalta, pai de dois filhos pequenos: — Faço pior: vou lá e, na frente de seus colegas, puxo-lhe as orelhas. E nem preciso pedir perdão a Deus.

Rindo, esse vigário é uma novidade, Guido entrou num botequim, sentou-se com Gervásio Filho, pediu café: um bule cheio e duas xícaras, menina. Pôs a rodar no gravador o cassete repleto com a indignação do padre, dedicou-se à redação da entrevista. Os paroquianos que, nas mesas em torno, discutiam assanhados o caso da santa silenciaram ao ouvir a voz do padre Téo, olhavam de soslaio. Rápido, o jornalista enchia as folhas de papel, caligrafia de estudante. Não revia as páginas, deixava as correções para o secretário de redação. Tarefa terminada, entregou a papelada e o cassete ao fotógrafo, dublê de motorista, e o despachou dando-lhe pressa:

— Entregue a matéria a Kléber, diga a ele que ponha os pronomes no lugar. Logo que você revele o filme e escolha as fotos que vai usar, separe uma para dar ao padre, se meta no Fusca e se toque de volta. Isto aqui, mestre Gervásio, vai pegar fogo!

LEITURA DE JORNAIS:
3 – ARTIGOS ESPECIAIS, COLUNA SOCIAL E POEMA

O EDITORIAL DE *A TARDE*, OBRA-MESTRA DE MESTRE Cruz Rios, colocava uma série de perguntas sem resposta e uma única afirmação. Inequívoca: a imagem de santa Bárbara, a do Trovão, chegara à capital na véspera, ao fim do dia, conforme "os leitores ficaram sabendo através de nossa edição de ontem, nela publicamos farto material informativo sobre o momentoso assunto". A reportagem de *A Tarde* lá se encontrava presente "como sói acontecer em tais ocasiões: nosso jornal não mede esforços para fornecer ao grande público que nos honra com sua preferência a notícia precisa e verdadeira". *A Tarde* não costuma recorrer, no afã de promoção e de ibope, a sensacionalismos baratos, não vive a se retratar. O editorialista passou por cima da declaração formal do repórter Berbert, testemunha ocular da euforia do diretor do museu ao pôr a vista na imagem, ao tocar-lhe a madeira, ao recebê-la. Detalhe secundário, não mereceu explicação ou referência. Explicar, só o repórter poderia fazê-lo, mas Zé Berbert durante toda a quinta-feira não pusera os pés na redação. Para evitar encontrar-se com doutor Jorge Calmon, diretor-redator-chefe da gazeta, ou para ficar na espreita, aguardando o diretor do museu, e arrancar a grande entrevista que o amigo dom Maximiliano não podia lhe negar? U'a mão lava a outra e as duas juntas lavam o umbigo do mundo.

Na página nobre, a página opinativa, dois artigos, igualmente primorosos, tratavam da imagem sob ângulos diferentes. Autoridade indiscutida, autor de pequena porém douta plaquete, o primeiro estudo sério a propósito da imagem de santa Bárbara, a do Trovão, publicada havia mais de um quinquênio, Ary Guimarães fazia uma síntese do que sobre ela se sabia, incluindo a tese recente de dom Maximiliano que lhe atribuía a autoria ao Aleijadinho. Ary Guimarães achava mais provável a escultura ser obra de discípulo baiano do mestre mineiro.

O outro artigo era assinado por Paulo Tavares, pesquisador de literatura e arte, autor do *Dicionário de personagens da ficção baiana*, prêmio da Academia Brasileira de Letras: extraíra de seus arquivos a relação integral de quanto se escrevera a propósito da celebrada imagem. Artigos, crônicas, ensaios, plaquetes, separatas, nomes dos autores, datas de jornais e revistas, sem faltar o livro ainda por lançar de dom Maximiliano von Gruden e a reportagem de Guido Guerra estampada na véspera no *Diário de Notícias*. Os dois artigos se completavam, deixando os leitores informados e ilustrados.

Sobre o desenrolar do inquérito, *A Tarde* abria colunas para as declarações sucintas do coronel delegado da Polícia Federal: estamos na pista dos criminosos, uma prisão poderá ser anunciada ainda hoje mas o assunto é complicado, extrapola um simples furto de igreja. E para a exposição prolixa do doutor Calixto Passos, chefe de polícia do estado: assunto simples, mais um dos muitos roubos de imagens, tudo se passa em família, por assim dizer; nossos homens recolhem as últimas provas mas já localizamos os culpados. Complementando o noticiário, o jornal aludia aos telefonemas anônimos recebidos pela redação: buscavam ligar determinado sacerdote ao sumiço da santa. *A Tarde* dedicava duas linhas à denúncia sem, no entanto, citar o nome do indigitado, guardando-se de qualquer leviandade.

Na coluna "Sociedade", substancioso alimento da *intelligentzia* e do *high society*, July revelava, em primeira mão, os nomes das personalidades esperadas, nos aviões da manhã, vindas do Norte e do Sul, para o vernissage da Exposição de Arte Religiosa, rebu cultural e social que se prolongaria num fim de semana de almoços e jantares, de coquetéis e noitadas, de passeios de lancha pela Bahia de Todos-os-Santos. Procedentes do Rio, eram esperados "o médico das estrelas de Hollywood e das princesas árabes", Ivo Pitanguy, a diretora do Museu de Arte Moderna, Niomar Moniz Sodré, o acadêmico Eduardo Portela e sua mulher Célia, duas proprietárias de galerias de arte, Giovanna Bonino e Anna Maria Niemeyer, o colecionador Gravatá Galvão e os senhores Carlos Leonam e João Condé, presenças fatais nessas mordomias. De Fortaleza, o casal Paulo Elpídio Menezes, ele reitor, ela, Zuleide, diretora do Museu da Universidade Federal do Ceará. De Belém do Pará, Ruth e Rodolfo Steiner, fidalgos da ilha de Marajó. De São Paulo, comitiva numerosa e variada: o diretor do Museu de Arte, Pietro Bardi, e Lina Bo Bardi, a arquiteta, fundadora do Museu de Arte Moderna da

Bahia, os irmãos Siciliano, livreiros interessados em contratar a distribuição nacional da edição brasileira do livro de dom Maximiliano, doutora Fanny e doutor Joelson Amado, comboiados pelo rico *marchand de tableaux* Waldemar Szaniecki. O argentário vinha com Belinha e aproveitaria o pretexto para extorquir quadros a óleo, aguadas e desenhos a Carybé e para vasculhar a cidade atrás de telas de Di Cavalcanti e de Pancetti. Enquanto os demais se esbaldassem nas comilanças e beberagens, ele, Lindinho, estaria na labuta.

Na capa do segundo caderno, desenho de Floriano Teixeira, meticuloso, forte, belo, mostrando a santa de frente e de perfil, encimava poema de Godofredo Filho. Escrito em 1958, por ocasião da visita do consagrado vate a Santo Amaro, esquecido numa gaveta de onde a barulheira em torno da imagem por fim o retirara. Outro poeta reputado, Carvalho Filho — mais um, esse dos melhores, vem da *Arco & Flecha*, quem não leu *Face oculta*? —, considerou-o premonitório, ao registrar em *speech* na Academia de Letras da Bahia a publicação pelo jornal *A Tarde* da "Balada das mulatices e negritudes de Bárbara dos Trovões, santa dual e brasileira". Premonitório, revelou com agudeza crítica. Criação do menestrel em noite de romaria, vigília e revelação, na insânia do enleio pela santa, no delírio pela negra, nasceu o poema ao raiar da aurora, ambíguo, divinatório, eterno.

AS PAZES

CONSCIÊNCIA TRANQUILA, ADALGISA DORMIU UM SONO SÓ. DIA TENSO E CANSATIVO, de azáfama e exaltação, tão logo Danilo saíra, contrariado, e ela terminou de lavar a louça, recolheu-se ao quarto. A televisão não a seduziu, o arrebatamento do marido não a impressionou a ponto de lhe causar insônia.

Nesses quase vinte anos de casados, umas quantas vezes, não muitas, ele partira batendo as portas, amotinado, aos gritos, dizendo que ia fazer e acontecer. Não fazia nem acontecia: voltava horas depois, um cordeirinho, cessada a raiva, terminado o desacordo. Para passar a esponja na desavença trazia-lhe um agrado: uma fruta europeia, pera ou maçã, uma barra de chocolate ao leite, uma rosa vermelha.

Ajoelhada junto ao leito, fizera suas orações, acrescidas naquela noite com uns tantos padre-nossos e outras tantas salve-rainhas para agradecer ao Senhor que a amparara e favorecera no combate, conduzindo-a ao triunfo. Deitou-se despreocupada, alheia ao alvoroço que movimentou a avenida da Ave-Maria a partir de certa hora. Sabia que, ao acordar, encontraria Danilo na cama, a seu lado, gentil e cordato como se nada houvesse acontecido: não voltaria a tocar no motivo da briga, a reclamar contra o internamento de Manela. Liberta de receios, adormeceu e varou a noite num sonho agradável no qual assistia à prisão de Miro: o chipanzé era levado por dois policiais à presença do juiz de menores.

Repetiu-se o de sempre: a primeira coisa que Adalgisa viu ao despertar foi Danilo. Já não estava na cama, saía do banheiro, de banho tomado, postas a camisa e a cueca, aprontando-se para a jornada no cartório. Deu-lhe bom-dia sem vestígio de zanga, ela respondeu sorrindo e se trancou no banheiro, levando o rádio. Danilo acabou de se vestir, foi buscar no batente da porta o exemplar de assinatura de *A Tarde*, sentou-se na espreguiçadeira para saber das novidades enquanto aguardava que o café fosse servido. Lia o noticiário sobre o furto da imagem quando Dadá veio da cozinha trazendo a bandeja com as talhadas de fruta-pão, o queijo de minas e os biscoitos de canela, Danilo comentou:

— Essa história da santa está dando o que falar.

— Que história? — Adalgisa reduzia a leitura dos jornais às páginas de crimes e à crônica social.

Danilo esperou que ela voltasse com os bules de leite e de café para discorrer sobre o assunto que empolgava a cidade: a imagem de santa Bárbara, a do Trovão, viera de Santo Amaro para uma exposição, ao chegar ao cais evaporara-se. O jornal não falava noutra coisa:

— Vale um dinheirão. Parece que foi o vigário de Santo Amaro quem vendeu, tem outro padre envolvido, uma trapalhada. Vai acabar em casa do doutor Clemente Mariani ou de outro ricaço, vivem comprando cacarecos, sustentando um bando de malandros. — Ria, divertindo-se, o rosto alegre, fagueiro: — Esses vigários são uns vigaristas...

Adalgisa atentou no rosto de Danilo. Aberto em riso, parecia iluminado, eufórico com o trocadilho, prova indubitável de talento, iria repeti-lo decerto aos colegas no cartório. Adalgisa perguntava-se o que havia de bizarro nos modos do marido:

— Roubo de santo não é motivo para motejo, é pecado e dos grandes. Não sei como um padre pode negociar com santos e como você pode rir dessa maneira.

— Vigarices dos santos vigários... — Danilo resplandecia, feliz com as variações do calemburgo. Calemburgo, que palavrão! Digamos em francês como o professor João Batista: *calembour*, dissolve-se na boca que nem um rebuçado.

Levantou-se da mesa espreguiçando-se, enfiou o paletó, pegou o chapéu, dirigiu-se para a porta, assoviava. Adalgisa encontrava-o cada vez mais estranho. Esquecera inclusive de perguntar, como de hábito fazia ao despedir-se: quer alguma coisa da rua, Dadá? Pergunta formal porém atenciosa. Dadá, acostumada a ouvi-la e a responder: nada, obrigada, sentiu falta. Havia, sim, algo de surpreendente no comportamento de Danilo. Em ocasiões anteriores, quando celebravam a paz após altercações e querelas, ele a cercava de atenções, desta vez nem sequer lhe trouxera o costumeiro bagulho, flor ou fruta, chocolate, o ramo de oliveira. Quanto maior a briga, maiores a gentileza e o carinho da reconciliação. Ora, a rixa da véspera encontrava-se entre as mais brabas, comparável apenas às dos tempos iniciais: ele disposto a comer-lhe o rabo às boas ou a pulso, ela firme na recusa, jamais na vida!

Surpresa, desconcertada, picada em seu amor-próprio, ao vê-lo abrir a porta muito na dele, tranquilão, por cima da carne-seca, nem até logo lhe dizia, Adalgisa não resistiu, provocou:

— Você não falou ontem que só voltava pra casa trazendo Manela?

Porta semiaberta, mão no trinco, Danilo virou-se para Dadá, o rosto plácido, a voz neutra. Como se lhe desse a notícia mais banal, como se não fosse nada, disse:

— Manela não quis voltar pra casa. Foi fazer o santo no Candomblé do Gantois.

Quando Adalgisa recuperou a fala, o marido ia longe, não adiantou ela sair correndo, vestida como estava e de chinelas. Da entrada da vila pôde vê-lo tomar o ônibus a caminho do trabalho.

HUMILHAÇÃO

HUMILHAÇÃO MONSTRUOSA, ABOMINÁVEL, FOI PELA BOCA de Damiana do Arroz-Doce, gentinha à toa, que Adalgisa soube: com detalhes. A vizinha vira-a passar correndo, pusera-se de atalaia no vão da porta, surgiu em sua frente quando cabisbaixa ela voltava. Nem deu bom-dia na pressa de despejar o saco, atirar a notícia às fuças da sujeita presunçosa, sempre de crista levantada. A par do horror de Adalgisa a tudo quanto se referisse a candomblé, a doceira não conseguia esconder a satisfação que lhe ia na alma ante a perspectiva de tirar cadeia à custa da madrasta ruim, da empafiosa, da tipa detestável. De gozar-lhe a caveira.

— Já sabe, não é, dona Adalgisa? A novidade de Manela.

O primeiro ímpeto de Adalgisa foi virar-lhe as costas e entrar em casa fazendo de conta que não ouvira. Mas o desejo de saber se impôs sobre a certeza do vexame a que a vizinha pretendia sujeitá-la:

— Se sei, de quê?

— Manela estava bonita por demais ontem de noite quando o santo a pegou em frente do convento. Assisti tudo.

Damiana não disse por que cargas-d'água se encontrava no meio da noite em frente ao portão do convento da Lapa, tampouco referiu-se à maneira como Manela abandonara a clausura, mas narrou com abundância de minúcias e manifesto entusiasmo a festa no largo, a dança de Iansã acompanhada pelo Oxalá de Gildete, uma beleza, dona Dadá. A Iansã de Manela nada ficava a dever às mais comentadas da cidade, incluindo-se entre elas Oiá Oiaci, Iansã de Margarida do Bogum, enaltecida por gregos e troianos.

Referiu-se às pessoas presentes, testemunhas que não a deixavam mentir: além de Gildete, lá se viam seu João Batista, Alina, o sargento Deolindo e mestre Pastinha, mestre Pastinha em pessoa, sim, senhora. Certamente seu Danilo já lhe contara o principal se não lhe houvesse contado tudo, pois ele lá estava animadíssimo e Iansã o honrara entregando-lhe o eiru. Também a ela, Damiana, o encantado abraçara em mostra de amizade porém o momento mais sensacional — seu Danilo não contou? — aconteceu quando Miro foi levantado ogã. Onde Manela conseguira a força necessária para levantar o namorado pelas pernas e com ele suspenso no ar dançar a dança da apresentação? Força sobre-humana do orixá ou força do amor, quem sabe uma ou outra, minha camarada, as duas reunidas nos braços frágeis da iaô. Sinto que a senhora não tenha assistido, haveria de gostar, dona Dadá, minha querida.

Um nó na garganta a estrangulava, a dor de cabeça comia-lhe os olhos, torrava-lhe os miolos, contudo Adalgisa conseguiu um fio de voz para perguntar:

— Como é que ela saiu do convento?

Exibindo os dentes brancos na boca carnuda de mulata gorda, o riso escancarado, incontido, Damiana desculpou-se:

— Ah! Me desculpe mas isso eu não sei como se deu, dona Dadá, minha querida. — Abandonando a delicadeza e a hipocrisia, Damiana do Arroz-Doce lavou o peito dos agravos, grosserias e ruindades da vizinha, cuspiu sobre o cadáver de Adalgisa: — Só sei que saiu, Deus ajudou, e sei mais uma coisa, e isso posso lhe dizer: quem pôs a pobrezinha cativa na clausura das Arrependidas não tem alma nem coração, é uma maldita, é uma infeliz. É isso aí, dona Dadá, minha querida!

ONDE SE TEM NOTÍCIAS, AINDA QUE VAGAS, DE SYLVIA ESMERALDA

NUM REPELÃO, ADALGISA DEU AS COSTAS A DAMIANA, ATIROU com a porta na cara da nojenta. Parou na sala para respirar, tinha medo de que lhe fosse suceder uma desgraça. Entrou no banheiro, encharcou o rosto com água fria da torneira. Podia ouvir as batidas do coração.

Enfiou um vestido de sair, calçou sapatos, apanhou a bolsa, rumou para a igreja de Sant'Ana, no Rio Vermelho. No ônibus passava as contas do terço, sufocada pela fumaça que o tipo a seu lado arrancava prazeroso do charuto barato. Movia os lábios na oração, o do charuto, um brutamontes, olhou-a de través. O ônibus parava em cada esquina, não chegava nunca.

Padre José Antônio realizava um batizado, em torno da pia batismal aglomeravam-se espanhóis, Adalgisa passou ao largo para evitar conhecidos, foi esperar na sacristia. O padre demorou a aparecer, batizava rebento de família rica, com direito a sermão. Chegou por fim acompanhado de pais, avós e padrinhos, Adalgisa não pôde fugir aos cumprimentos. Padre José Antônio assinou a certidão, recebeu a espórtula, reafirmou a presença no almoço comemorativo, retirou a bata e a estola. Na sacristia esvaziada, ao dirigir-se à paroquiana predileta, sentiu-lhe o nervosismo:

— *¿Qué haces aqui tan temprano, hija?* — Quando a sós com Adalgisa falava-lhe em espanhol, ignorando-lhe a nacionalidade brasileira, fazendo-a mais próxima e fazendo-se mais carismático. — *¿Por qué te mantienes de pie? ¿Qué se pasa contigo que te veo temblar?*

— Manela fugiu do convento.

— *¿Se fugó? ¿Del Conviento de Lapa? Imposible, hija. No te creo.*

Adalgisa relatou-lhe o que sabia, narrativa atropelada onde figuravam de cambulhada o marido Danilo, uma vizinha, mestre Pastinha e orixás. Não fazia sentido, o padre chegou a pensar que a boa ovelha do rebanho do Senhor não estava muito certa da cabeça. Ocorria facilmente uma beata destrambelhar e sair dizendo asneiras, imaginando coisas: em geral velhas senis, não era o caso.

— *No puedo entender. Lo mejor es ir hablar a la madre, saber lo que pasó. Vamos, hija.*

No ônibus, revelou a Adalgisa não ter gostado da reação da madre superiora ao receber a ordem de internamento de Manela. A freira não se fizera de rogada para expor seu desacordo. Esbravejara, liberal, que asco! Malcriada, que insolência! Desrespeitara-o, não levara em conta os pontos de vista expressos por ele, padre José Antônio, a madre era uma dessas freiras modernas que mais parecem... cala-te boca! Não acreditava provável, mas não lhe parecia impossível, que a própria madre Leonor houvesse facilitado a fuga da menor, não via outra explicação. Se tal absurdo se comprovasse, a madre pagaria caro, ele, padre José Antônio, iria ao bispo auxiliar.

Madre Leonor Lima limitou-se a desejar bom-dia ao padre mas saudou calorosa a chegada de Adalgisa:

— Só posso louvar sua decisão. O pecador que se arrepende do erro é duplamente merecedor da graça de Deus. Rejubilo-me consigo.

A desconsideração e o atrevimento da freira deixaram padre José Antônio quase apoplético. Interrompeu a euforia da madre, exigiu explicações sobre a fuga de Manela, contasse tudo, tim-tim por tim-tim, ameaçou denunciá-la a dom Rudolph. A madre superiora nem se deu o trabalho de responder, retirou da gaveta a ordem do juiz de menores e a exibiu. O padre leu e releu, examinou o papel, os carimbos, a assinatura: não havia possibilidade de dúvida, ordem do juiz perfeita e acabada. Também Adalgisa demorou-se a ler o mandado de soltura:

— Danilo conseguiu... Bem que ele disse...

— Seu marido? — Padre José Antônio queria confirmação.

— Disse que ia falar com o juiz, ele também é tutor...

— Pero o juiz afirmou na minha vista que *solamente a tu pedido y de nadie más cambiaría la ordem... ¿Te acuerdas?*

Padre José Antônio orgulhava-se de falar o português quase tão bem quanto o espanhol, com absoluta correção gramatical, apenas a pronúncia cerrada denunciava o imigrante. Se perdia a calma, porém, e se afobava, misturava as duas línguas, confundia os pronomes, a tendência a usar o idioma materno predominava. Quis levar a ordem mas a madre se opôs, categórica. Consentiu, no entanto, em mandar fazer xerox na máquina do vizinho Colégio da Bahia. Ao retirar-se, o xerox no bolso da batina, padre José Antônio arrotou valentia:

— Não desative a cela, madre. — Ergueu o dedo, afirmativo: — *La pecadora volverá. ¡Luego!* Logo! Vai chegar tomada do demônio, *puede que sea* necessário exorcizá-la. — Bravateava no mais puro portunhol.

— Voltará, com fé em Deus. — Adalgisa fez o pelo-sinal.

Não tão *luego*, tão logo quanto previra o falangista em guerra pois o juiz de menores não comparecera ao fórum naquela manhã. O escrivão do juizado que os recebeu desaconselhou a ida à residência do magistrado:

— O doutor juiz não está em casa. A senhora dele, dona Diana, passou mal, coisa séria, teve de ser internada às pressas. Doutor Liberato está com ela, só mesmo à tarde poderão encontrá-lo aqui. Se dona Diana melhorar. Voltem a partir das quinze horas, antes não adianta.

Dona Diana, a senhora do juiz de menores. A excelentíssima senhora Diana Teles Mendes Prado d'Ávila, florão da aristocracia soteropolitana. Nos meios de teatro, nas alcovitices da cornolândia, Sylvia Esmeralda, aquela que bem se sabe.

O EXÍLIO

LEÃO FERIDO, DESATINADO, DOM MAXIMILIANO VON GRUDEN cruzava a cela modesta, jaula estreita, os rugidos atroando nos corredores sombrios da abadia...

Risque-se a frase inteira. Falsa a imagem, além de repetida: delicado e elegante, calva incipiente, em nada dom Maximiliano recordava leão de garras afiadas e juba majestosa. Falso o bosquejo da cena, além de bombástico e vulgar. Nos largos corredores da abadia de São Bento, claros e não sombrios, não se ouviram rugidos, clamores, gritos, sequer soluços. O lamento pela morte do padre Henrique Pereira, assassinado em Pernambuco pelos esbirros do governo militar, teve a precisa altura das orações fúnebres rezadas na igreja, ao som do órgão. No sigiloso encontro de sacerdotes e leigos, o protesto não se manifestou em discursos demagógicos, em histeria coletiva. Configurou-se na reafirmação da consciência e do propósito de prosseguir e ampliar a oposição mesmo que a luta pela justiça e pela liberdade custasse mãos decepadas, corpos disformes, cadáveres atirados nas sarjetas. Dos ofícios religiosos e das conversas cívicas não participou dom Maximiliano von Gruden, posto em meditação em sua cela.

A vigília durara uma eternidade de humilhação e de desonra, antes que a estafa terminasse por embotar-lhe os olhos sem livrar o coração do punhal cravado, sem adormecer a aflição, abrandar a mágoa, sem mitigar o sentimento de derrota e de consumação. Dom Maximiliano, insone no oco do mundo, redigira breve documento de renúncia. Dirigido ao magnífico reitor da Universidade da Bahia, punha-lhe nas mãos o cargo de diretor do Museu de Arte Sacra que exercera durante mais de dez anos com eficiência e brilho. Dizia-se e escrevia-se, com razão, que o museu devia a dom Maximiliano a perfeita organização, o valor e a qualidade do acervo, o renome nacional e internacional, verdade patente, renúncia irrevogável.

Decisão reafirmada no silêncio da cela, sozinho consigo mesmo, acuado. Lá fora esperavam-no para massacrá-lo, arrastá-lo na lama, responsabilizá-lo, crucificá-lo. Na conversa telefônica com o reitor, na manhã da quinta-feira, pensara anunciar-lhe o pedido de demissão caso a imagem da santa não fosse encontrada, mas calou a boca, ainda havia tempo e esperança; na conversa com o bispo auxiliar dissera-se disposto à renúncia e ao exílio, Sua Reverendíssima concordara: realmente, dom Maximiliano não poderia permanecer no cargo e na cidade após acontecimento tão melindroso e tão grotesco. Renúncia e exílio, qual a diferença para a morte?

Exílio? Sim, exílio era a palavra exata. Nascido nas brumas da Alemanha, depois de ter palmilhado os caminhos do mundo, Europa e Ásia, a América do Norte, naufragado em tantos portos, esfalfando-se no trabalho, no estudo, buscando conviver, fora descobrir no sol a pino da Bahia a pátria de adoção, aquela que o agasalhou e cumulou, a terra prometida. Na viração do mar baiano, na exaltação, na inventiva, na cordialidade, na arte da gentileza, nos ritos da amizade, na mestiçagem, como condição de vida, fonte de humanismo, ele se encontrara e permanecera: atravessara o deserto e a tempestade para se reconhecer.

Na noite de cão, no cais ermo do sumiço da santa, Edimilson na demência das visões, dom Maximiliano, estupefacto e perdido, clamara aos céus, maldizendo da hora em que Deus o trouxera às terras da Bahia, para nelas viver e trabalhar. Apostrofara contra a nação onde tudo se mistura e se confunde, onde ninguém distingue os limites entre a realidade e o sonho, onde o povo abusa dos milagres e da feitiçaria. Boca de praga, ingrata, mal-agradecida, língua de trapo, o cagarolas não sabia o que falava, não tardou a arrepender-se. Ao constatar que poderia ser obrigado a ir-se, a deixar a cidade e a gente morena e doce que a habitava, aquele povo, soube que qualquer outro chão seria o exílio.

Quem sabe, o pesquisador atento e ousado, o intelectual brilhante, o competente museólogo, o sábio pudesse sobreviver e trabalhar noutra abadia, noutro museu, num centro de pesquisas de arte religiosa. Mas para viver a vida como dom Maximiliano a concebia e desfrutava, não havia outro território que não fosse a Bahia. Ah, não havia!

Muito papel rasgara buscando dizer por que se ia embora. Redigira páginas e páginas, pequeno ensaio, memórias vivas, explicação e pedido de desculpas. Não chegou ao fim em nenhuma das três tentativas de se afirmar e dizer adeus. O texto foi-se reduzindo até fixar-se na concisa meia página, o que restou. Nela estava dito apenas que ele deixava o cargo e se retirava para nunca mais voltar: se voltasse, ia querer ficar.

Quando a manhã raiou dom Maximiliano foi à igreja, ajoelhou-se, fez o sinal da cruz, na cozinha deram-lhe café, um naco de pão, mandou comprar jornais. Pediu que comunicassem a dom Abade que ele ali estava e desejava vê-lo. O quanto antes.

DOM ABADE

ENQUANTO DOM MAXIMILIANO, OBRIGANDO-SE À PACIÊNCIA, aguarda ser recebido por dom Abade, àquela hora ainda ocupado com a revisão da homilia sobre o assassinato do padre pernambucano, a ser lida no domingo do púlpito da igreja, durante a missa, aproveite-se o intervalo para mais um descaminho na sinuosa narrativa.

Interpelação nascida do respeito e da amizade, destina-se a introduzir no enredo, com as honras que lhe são devidas e às quais em sua modéstia ele se furta, o abade do Mosteiro de São Bento, dom Timóteo Amoroso. Para saudar sua presença inspiradora em trama onde se acotovelam numerosíssimos padres e poetas, alguns excelentes, outros péssimos, na doutrina ou na estrofe.

Frágil carcaça na batina branca, antes de vesti-la viveu o mundo, cidadão igual aos demais, foi casado, teve filhos, não sabe das coisas por ouvir dizer. Professou e ordenou-se quando, morta a esposa, viu-se carente: buscou em Deus consolo e alegria. Poeta, se escreveu versos não os publicou mas a poesia é inerente a cada instante, a cada passo de uma vida vivida em função do ser humano. Dom Timóteo Amoroso renovou na Bahia a tradição dos apóstolos insignes que não se contentaram em batizar índios e negros e a lhes aconselhar a submissão.

Padre Manuel da Nóbrega veio no primeiro rancho dos jesuítas, abriu colégio na montanha, ajudou a plantar a cidade no oriente do mundo, de todas a mais bela. Na igreja da Sé trovejou a palavra do padre Antônio Vieira, miraculado e implacável, tribuno de silvícolas e escravos. Para calar essa voz de fogo, a Santa Inquisição, não se contentando de tê-lo perseguido em vida, continuou séculos afora: pôs abaixo sua igreja da Sé da Bahia intentando extinguir os ecos da denúncia dos ladrões, dos covardes, dos algozes.

Dois frades, ambos assinavam-se Agostinho, um da Piedade, outro de Jesus, deram face, gesto e atributos aos santos dos céus, deram-lhes vida eterna ao recriá-los na arte da escultura, na pedra, na madeira, na argila. Frei Caneca, fugido de Pernambuco, ancestral do padre Henrique Pereira, foi fuzilado no Campo da Pólvora, em pleno centro da Cidade da Bahia, para servir de exemplo. Vários outros, cujos nomes foram omitidos pela dupla ignorância, histórica e religiosa, de quem redige esta crônica de costumes, devotaram-se à cidade e ao povo com abnegação e amor. Ninguém com mais abnegação e maior amor do que dom Timóteo Amoroso em sua abadia de São Bento.

Poucos dias antes daquela sexta-feira, dom Timóteo escancarara os portões do mosteiro para abrigar e proteger os estudantes atacados pelos esbirros da Polícia Civil e da Militar, quando manifestavam na praça Castro Alves. Faixas e cartazes da passeata dissolvida na porrada mantiveram-se erguidos, à vista, por detrás das grades do convento. Para abatê-los e destruí-los, para prender os estudantes que os conduziam, os mastins deviam invadir a abadia, passar por cima do monge franzino que, de braços abertos, negava-lhes a entrada. Nenhum ousou fazê-lo, ficaram a rosnar no largo, no alto da ladeira.

Por ocasião dos festejos comemorativos dos cinquenta anos da mãe de santo Menininha do Gantois, guardiã dos ritos afro-brasileiros, da cultura perseguida e negada dos escravos africanos, ialorixá maior da cidade e do país, dom Timóteo celebrou, na igreja da abadia de São Bento, a missa congratulatória e enalteceu-lhe o sacerdócio: dona Menininha zela com amor pelos orixás e pelo povo da Bahia.

Dois momentos, dois gestos, duas ações entre dezenas similares, exemplares, são suficientes para que se possa medir a estatura e a excelência do personagem que vai entrar no enredo apenas para ouvir dom Maximiliano em confissão.

O SERMÃO DO MILAGRE

DO QUE FOI DITO E OUVIDO EM CONFISSÃO, NENHUMA referência aqui se lerá, o segredo será mantido íntegro como ordena o mandamento da Santa Madre Igreja.

Conte-se tão somente que dom Timóteo recebeu dom Maximiliano com a admiração, a estima e a paciência que o monge ilustre, galardão da Ordem dos Beneditinos, sempre lhe merecera. E que, após absolvê-lo dos pecados e ter-lhe dado a devida penitência, prometeu-lhe ajuda para agilizar sua decisão de transferir-se para a abadia do Rio de Janeiro: dom Maximiliano projetava viajar tão logo entregasse a direção do museu.

Vendo-o decidido mas não conformado, dom Abade o reteve, prolongando a entrevista em conversa amigável. Perguntou-lhe por que ele, dom Maximiliano, duvidava da misericórdia divina, do poder de Deus, da existência de milagres:

— Os milagres existem, acontecem diante de nós a cada instante, só o orgulho nos impede de vê-los e de reconhecê-los.

O que Edimilson vira no cais senão um milagre? Por que dom Maximiliano questiona a versão de seu auxiliar e não confia em que outro milagre venha a suceder? Os milagres são o pão de cada dia de Deus Todo-Poderoso. Aqui, nesta Cidade da Bahia, são tantos os deuses e tamanhos os prodígios, que se perde a conta dos milagres e já não se atenta neles, comezinhos, corriqueiros:

— Viver nas condições em que o povo vive não é um milagre e dos maiores?

Dom Abade não levou avante o tema da miséria do povo pois devia atender à urgência requerida pela agonia do frade: a aflição ameaçava crescer em aridez, converter-se em desamor. Pousou os olhos claros, de água e luz, nos ombros curvos, no rosto atormentado do sapiente museólogo, sofreu com ele. Não tinha outro bálsamo para a ferida exposta além da parábola do mestre e do discípulo na solidão do cais.

Disse que o saber com frequência nos limita, fazendo-nos intolerantes, orgulhosos, tolos, incréus. Anjo torto do Senhor, Edimilson não deixou que o saber o limitasse, fizesse dele um sectário, um enfatuado, um presumido, grávido de amor-próprio, a ponto de levá-lo a perder a crença nos milagres. Não deixe que o saber o limite, seque sua imaginação, reduza sua fantasia, meu filho, meu irmão, meu mestre, dom Maximiliano: maiores que a ciência que dominamos são a graça de Deus e a poesia.

AS PALMAS DO MARTÍRIO

NO CURATO DE PIAÇAVA, PADRE ABELARDO GALVÃO aprendera umas quantas coisas por experiência própria, muitas outras sabia por ouvir dizer. Ouvia dizer e repetir conceitos, afirmativas, limites, deveres, proibições, desde a adolescência mística no seminário para onde o levara a vocação intemerata. Os limites eram estreitos, muitas as proibições.

Médico de clínica prestigiosa, o pai o via de estetoscópio em punho, assistindo-o no hospital e no consultório. A mãe, devoradora de romances, desejava-o letrado, professor na universidade. Dos pagos da fazenda, porém, a avó materna o sustentara no entrevero: rica e mandona, impusera a decisão. Quero ver meu neto entronizado em bispo, beijar-lhe o anel episcopal e lhe deitar a bênção, eu, nele, não ele em mim. Chamava-se Edelwais dos Reis Rizério, enviuvara ainda moça, antes de completar os trinta anos. Uma estampa de mulher: grande, vistosa, impositiva.

Nem por um óculo o cura de Piaçava avistava indícios de bispado, intenção de escolha e preferência: a avó usava óculos de alcance para dominar da varanda da casa-grande o horizonte da estância. Nas cartas, raras, avó Edelwais reclamava: que ideia é essa tua, de pelear por diocese na Bahia?

Teus óculos te enganam, avó. Anel de dignitário, mitra de bispo, inacessíveis honrarias. Mesmo o paupérrimo curato sertanejo corria perigo: o bispo auxiliar ditara-lhe o ultimato, ou encerrava a ação comunitária — subversiva, dizia dom Rudolph — ou seria removido. Nem bispo nem meio bispo, avó, um cura ameaçado. Por trás de Sua Eminência Reverendíssima, a sombra do fazendeiro Costa, mandante da morte dos posseiros. Maus presságios, avó.

Próxima, isso sim, a palma do martírio: ali, diante dele, à mão e à vista, na notícia trazida de Recife pelo senhor Paulo Loureiro. Durante o relato do crime e a análise política da situação nacional, o pernambucano dissera: voltamos ao tempo dos mártires, e usara a palavra companheiros referindo-se aos presentes.

Padre Abelardo concordava. Voltava-se aos tempos heroicos da difusão do Evangelho, os mártires cristãos pagavam com a vida a missão sagrada. Tempos perigosos e exaltantes os da Igreja dos Pobres no mundo de hoje dividido ao meio, a Igreja de Roma vacilando entre os ricos e os despossuídos, tão dividida quanto a sociedade. Um punhado de padres progressistas enfrentando a legião de sotainas reacionários. Conjuntura ameaçadora e apaixonante, padre Abelardo contemplara o reduzido círculo de clérigos e leigos, a palavra *companheiros* tinha uma vibração fraterna, rompia barreiras, congregava diferenças, extinguia distâncias. Recordara a frase da avó na festa da ordenação — exijo que sejas um padre inteiro, não um desses folgados que desfilam na rua da Frente, aqui em Porto Alegre, janotas, perfumados, peralvilhos, astuciosos, gigolôs de Deus. Avó Edelwais não usava freio na língua, usava esporas para montar e acometer.

Inteiro, como a avó exigia, pelo menos isso já que não lhe podia dar a beijar o anel do bispo. Alistara-se sob as ordens de Deus no exército dos pobres, engajara-se nas fileiras dos mais pobres de todos, os sem-terra, os servos. Ao fazê-lo, cumpria o juramento de bem servir pronunciado quando se estendera no chão da igreja para receber o santo sacramento. Estancieira gaúcha, a avó conhecia a pobreza dos peões, mas não podia sequer imaginar a miséria dos camponeses nas glebas nordestinas.

Padre Abelardo cumpria o juramento apesar das ameaças, das insinuações nos jornais, das pressões dos superiores, dos recados sinistros. Entre os que se dispuseram a agir de peito descoberto, quantos já haviam dado a vida em sacrifício, assassinados pelos capangas: policiais, pistoleiros ou jagunços, a mando dos senhores? Relação extensa, crescia inexorável, não havia semana em que um padre não fosse morto na caatinga sertaneja, nas plantações do agreste, nas barrancas do rio São Francisco, onde quer que os servos ousassem reclamar a posse da terra que plantavam.

O cura de Piaçava, inteiro, cumpria seu dever quando pregava a resistência em lugar da submissão aos paroquianos reduzidos à miséria extrema, vivendo como bichos. Mas bastava agir com valentia para que fosse completa a inteireza do comportamento de um sacerdote católico? Ou fazia-se obrigatória a estrita observância do juramento? Na preparação para o martírio, padre Abelardo Galvão decidiu arrancar do peito em brasa qualquer vestígio, o menor vislumbre de desobediência aos votos assumidos. Não podia permitir que as brasas do peito se inflamassem, devia apagá-las de vez e para sempre. Para que nunca mais o incêndio alimentado com o fogo do pecado lhe queimasse o coração. Acontecera ainda na véspera, no automóvel, no almoço, na despedida — até logo, te espero no teatro — quando Patrícia roçara os lábios nos seus, os dela molhados e quentes, os dele secos e ávidos. Caído em pecado mortal, será um padre inteiro? Ai, avó, é mais difícil do que pensas.

Em verdade não sabia de saber exato o que a avó pensava. A propósito, o povo não murmurava da viúva rica com o padre do lugar? Cônego Jesuíno Santo Domingo comandou gaúchos nas guerras farroupilhas, montava de batina, na sela o clavinote, personagem de Erico Verissimo. Dormia com avó Edelwais, segredavam peões e chinas entre frouxos de riso. Não censuravam, achavam o rabicho divertido, natural. Um padre inteiro, que queria a avó dizer?

O ESCOLHIDO

MOTIVO DE FORÇA MAIOR, VOU TE CONTAR, EXPLICOU PADRE Abelardo a Patrícia quando a moça ao telefone quis saber por que ele a deixara a ver navios, tendo combinado de pedra e cal o encontro no Teatro Castro Alves. Estive a rezar por um mártir e a buscar a consequência de seu martírio. Um mártir? estranhara Patrícia. Vivemos de novo o tempo dos apóstolos e do sacrifício, cumprir a missão de Cristo pode significar perseguição atroz, calúnia vil, a iniquidade, pode custar a vida, ele respondeu, a voz quase alegre, exaltado. Teve vontade de dizer-lhe companheira, reteve a língua.

Patrícia ouviu a declaração solene com certa impaciência. No roteiro da gravação do *Le Grand Échiquier*, a sexta-feira era o dia mais atropelado pois iam filmar no Pelourinho uma amostra do Carnaval baiano, com a participação de grupos afros e de afoxés, dos Internacionais, dos Filhos de Gandhy e do Bloco do Jacu, este sob a batuta do compositor Waltinho Queiroz e de sua mãe amantíssima e foliona animadíssima, dona Luz da Serra. Desde a véspera, o povo estava sendo convocado, pelas estações de rádio e de televisão, para comparecer em massa às quinze horas ao largo do Pelourinho onde o Trio Elétrico de Dodô e Osmar centralizaria o improvisado entrudo. Nilda Spencer garantira a Jacques Chancel o comparecimento de milhares de pessoas, duas a três mil contando por baixo, o francês vibrara.

— Me explicarás depois... — cortou Patrícia. — Não, não é isso, a tese do martírio me interessa muito... Mas agora tenho de desligar, estou no maior sufoco. Te espero às duas em ponto na escola, às duas da tarde, é claro... Não vou ter tempo de almoçar, se puderes traz um sanduíche. Sim, pode ser de presunto, mas prefiro de mortadela, gosto mais. Gosto demais de ti, sabias? Pois fica sabendo, meu mártir de estimação, meu são Sebastião, e põe uma camisa bem incrementada para apareceres na televisão — disse a atrevida ao telefone.

Louca de jogar pedra, não dizia coisa com coisa, aluada, cativante: que história é essa de camisa incrementada, de televisão? De novo? Não se contentara com o almoço no Mercado? O que não diria o bispo auxiliar ao sabê-lo posando para as câmeras entre artistas de teatro e sambistas seminuas? Na despedida, o roçar dos lábios sumarentos. Zombava do martírio: meu são Sebastião, gosto demais de ti, fica sabendo. Ai, avó, um padre inteiro, prebenda mais adversa e arriscada!

Na ordem de ideias que o preocupavam, ele quis lhe repetir que cumprir a missão de Cristo era tarefa para eleitos, não se sentia digno, merecedor. Se Deus, porém, o designasse para as palmas do martírio, se o colocasse entre os escolhidos, estaria a postos, não recuaria. Mas Patrícia desligara antes que o cura de Piaçava lhe garantisse que o perigo não o amedrontava, não o faria abandonar os pobres, extinguir a comunidade da terra, calar a palavra de Deus. Fogoso, ardente, apaixonado, pronto e acabado para a imolação!

O PISTOLEIRO

E ISSO QUE PADRE ABELARDO GALVÃO, MÁRTIR ELEITO E assumido, não sabia: que no largo de São Bento, diante do mosteiro, de capa impermeável, óculos escuros, chapéu de aba desabada, mastigando um palito de fósforo, Zé do Lírio o esperava para que juntos caminhassem até local propício, juntos atingissem a melhor ocasião para a bala do holocausto. Tinha seis no cano do revólver, mas nunca usara mais de uma.

Homem religioso, Zé do Lírio. Temente a Deus e ao padre Cícero, santo protetor dos cangaceiros e dos jagunços, por extensão dos pistoleiros, não, porém, deixe-se evidente, de policiais, torturadores, soldados das volantes e outros criminosos. Zé do Lírio ouvira missa na igreja da abadia, o pensamento voltado para o céu, lugar bonito e farto onde se escuta música o dia inteiro e se come maná, papa-fina, estrangeira. Os olhos postos em padre Abelardo.

Para fixar-lhe a fisionomia e não cometer outro engano como o sucedido na feira de Caruaru, comparecera à sentinela do inocente, tomara uma cachacinha, mastigara um naco de jabá, vira-lhe a cara de perto: tinha uns traços do culpado mas a semelhança era pouca, não ia além do bigodinho de Carlitos, responsável pela confusão. Na igreja de São Bento, Zé do Lírio pedira mais uma vez perdão a Deus. Por suas contas devia ter mandado para o outro mundo umas boas duas dúzias de salafrários, não sentia remorsos, não pensava nisso: se alguém pagava para despachar um vivente, devia ter motivo sério, ninguém gasta dinheiro à toa. Em compensação, carregava no cangote o peso daquele defunto por engano, até missa mandara rezar por sua alma.

Gravara a cara do padreco, com certeza um sem-vergonha, um desalmado. Um desses padres ruins que não reconhecem a lei de Deus e querem tomar a terra de seus donos, sem respeitar escrituras, porteiras e demarcações. Quem sabe teria passado nos peitos uma das filhas do coronel, eram bonitas as duas, a casada então não se fala, e esses padres de agora não brincam em serviço, vão traçando, vão comendo, tirantes alguns que preferem dar a bunda. Os primeiros, Zé do Lírio não os criticava, quem encontra uma racha dando sopa e não aproveita não merece o reino dos céus, mas os dadores de cu, ele os detestava, raça daninha.

Coronel Joãozinho Costa pagara adiantado pois naquela sexta-feira tomaria o avião bem cedo, viagem urgente e repentina. Zé do Lírio conhecia o estratagema: o mandante preferia estar longe na hora agá, na hora da justiça. Justiça de Deus, dissera patrão Costa a Zé do Lírio, já que a Justiça dos doutores anda emperrada e os filhos das putas desses padres estão se fazendo de besta, invadindo terras alheias à frente de jagunços.

No largo de São Bento, na fresca da manhã, Zé do Lírio, coração limpo de culpa, consciência pura, cumpridor de seus deveres, aguarda o padre condenado, sem jeito de escapar. A sentença foi ditada por quem de direito, o trabalho está pago, bem pago por sinal, e Zé do Lírio fotografou a cara do padre na retina, o reverendo estava ali, estava morto, já se podia rezar por sua alma.

AS SUMIDADES

NO PRIMEIRO AVIÃO SAÍDO DE BRASÍLIA NA TARDE daquela sexta-feira, repleto de parlamentares que aproveitavam o fim de semana para visitar a família e a terra, tomar contato com as bases eleitorais, desembarcaram na Bahia Sua Eminência Reverendíssima, o cardeal primaz, e o magnífico reitor da Universidade Federal.

Nossa aeronave está repleta de sumidades, comentou, alteando a voz, o deputado Hamilton Trevísio, o radical das moções congratulatórias. Talvez por ter sido companheiro de viagem dos dois figurões, achou-se à vontade para capitalizar junto aos estudantes as concessões que o cardeal e o reitor, pagando o preço da humilhação, haviam arrancado ao senhor ministro — o da Guerra, não o da Educação. Em represália à greve e às passeatas recentes, os alunos da universidade estavam sob a ameaça de perder o ano e a matrícula.

Cavalariano, casca-grossa, disciplina férrea, o general ministro deixara cardeal primaz e magnífico reitor mofando na antessala durante quinze minutos contados no relógio, apesar da hora marcada de véspera: para quebrar a castanha desses paisanos metidos a graúdos. Iniciara a entrevista passando um pito no reitor: contenha esses moleques, baixe o pau, são todos comunistas, onde o senhor meteu sua autoridade? Prosseguira cobrando ao cardeal a ação intempestiva dos padres: até onde querem chegar? São piores que os comunistas mas nós estamos de olho neles e batina não dá imunidade: as imunidades acabaram, para o bem da pátria e a segurança das instituições. Tendo colocado reitor e cardeal em seus devidos lugares, dispôs-se a ouvi-los. Discutiu as razões apresentadas mas terminou por atender às súplicas: ia dar ordens ao ministro da Educação, fossem procurá-lo. Na despedida esteve quase amável.

Civil e cortesão, o ministro da Educação e Cultura os recebeu incontinênti se bem a visita não constasse da agenda, silenciou a respeito do telefonema transmitido pelo gabinete do general, foi magnânimo. Pai de universitários, vivia o problema na própria carne. Jovens inexperientes, idealistas, os estudantes eram as vítimas preferidas dos comunistas, maus brasileiros a serviço da Rússia, que os arrastavam à subversão. Não somente aos moços estudantes: que dizer de certos padres, eminência? Nas invasões de terra e até na guerrilha, no Pará, os padres desempenhavam papel de destaque, agitadores perigosos e insolentes. Ele, ministro, não confundia esses padres marxistas com a igreja de Cristo, baluarte da sociedade e da benemérita Revolução de 1964 da qual fora inspiradora. Retórico e patético, perguntava: se não fosse a revolução onde estaríamos hoje? Seriam os sovietes, a baderna, o ateísmo. O ateísmo decretado em lei, imposto pelas baionetas, cardeal! Abrandou a voz, recolheu as baionetas vermelhas, a amabilidade em pessoa. Reafirmou a aceitação do convite para o vernissage da Exposição de Arte Religiosa: lá estaria à noite para desatar a fita inaugural, voltaria em seguida para Brasília no jatinho do Ministério: além de cômodos, os jatinhos são da maior utilidade, permitem deslocamentos rápidos, agilizam o governo. Abraçou o reitor, beijou, reverente, o anel do cardeal.

Na hora e meia do voo, cansados, humilhados, satisfeitos, vitoriosos, restituídos à dignidade habitual, cardeal e reitor trocaram loas e congratulações: o ano escolar dos irresponsáveis estava salvo, afastada a ameaça de expulsão da universidade, o mais pouco importava. Não era fácil ser reitor ou cardeal em tempos de governo militar, ministros de botas e esporas, montados em seus cavalos e no arbítrio, pequenos déspotas azedos e malcriados: sobre tais desconsolos não falaram mas tiveram palavras de simpatia para o ministro da Educação. O reitor o conhecia de perto, mantinham relações de trabalho, trato frequente:

— Homem fino. Orador primoroso, intelectual brilhante. Os milicos não confiam nele, criticam-lhe o liberalismo.

O cardeal reconheceu-lhe as qualidades mas acrescentou:

— Coitado, não lhe invejo o emprego.

Mais não disse, preferindo trazer a conversa para outro espinho a incomodá-los: a desaparição da imagem de santa Bárbara, a do Trovão.

Nas andanças em Brasília, sobrecarregados com a situação estudantil e as medidas repressivas, mal tocaram no assunto, não tiveram tempo para comentar a lamentável novidade. No avião, porém, a santa sentara-se entre as duas sumidades, se impusera.

— Trapalhada típica de nosso caro dom Maximiliano. Mais uma... — comentou o reitor, pondo o dedo na ferida.

Misericordioso, o cardeal saiu em defesa do monge:

— Dom Maximiliano é um sábio, e os sábios, por via de regra, são dados a confusões...

— Alguns o são em demasia... — impiedoso, o reitor.

O cardeal primaz não levantou a luva. Pensava no vigário de Santo Amaro e no charivari que àquela hora estaria armando. Padre Téo não era doutor, de sábio não tinha nada, decerto já esquecera o latim do seminário, mas era osso duro de roer e de certa forma, ele, cardeal, o forçara a emprestar a imagem, sentia-se responsável. O vigário, o indigesto padre Téo, àquela hora...

A INVENCÍVEL ARMADA

ÀQUELA HORA O VIGÁRIO DE SANTO AMARO, O INDIGESTO padre Téo, à testa dos notáveis da cidade, tomava as últimas providências para a partida da Invencível Armada no rumo da capital. A fim de resgatar a santa, trazê-la de volta a seu altar na igreja da Purificação. Estivesse onde estivesse, haviam de localizá-la e reavê-la.

Para padre Téo, não pairava dúvida sobre o destino da imagem: dissimulada em sítio esconso pelo diretor do Museu de Arte Sacra, o tal de dom Mimoso. Com a cumplicidade do cardeal primaz. Colocado contra a parede pela população santamarense em revolta, o frade ladrão iria ter que confessar o roubo e restituir a santa a seu andor. Não haveria cardeal que o salvasse.

A cidade de Santo Amaro correu perigo de ficar despovoada. Os habitantes se apresentavam em massa, voluntários; as embarcações, se bem numerosas, eram insuficientes para transportar os milhares que desejavam participar da expedição. O difícil não foi convocar, foi impedir que se batessem por um lugar, um posto, um cartaz, uma palma. Por fim, dona Canô, traquejada no manejo de apuros e encrencas, habituada a descobrir e ditar soluções justas, conseguiu convencer os insubmissos: cada família enviaria um representante. Ainda assim os galeões largariam abarrotados, Santo Amaro não negava fogo.

As confrarias começaram a embarcar a partir do meio-dia. Alguns saveiros já chegavam a Santo Amaro com a lotação completa, numa algazarra alegre. Os combatentes traziam farnel variado e copioso: sanduíches, frutas, ovos cozidos, frangos assados, bolinhos de bacalhau, peixe frito, carne-seca desfiada na cebola, carne de boi assada no molho de ferrugem, costeletas de porco, empadinhas e pastéis de camarão, roletes de cana: lista interminável, própria para abrir o apetite, botar água na boca. Sem contar os engradados de guaraná e de cerveja, sem falar, por proibidas, nas garrafas de cachaça. Nas lanchas dos ricaços, eram apenas quatro, o uísque corria solto.

As velhinhas da Confraria de Nossa Senhora da Boa Morte, de Cachoeira, a Heroica, tripulavam um dos buques mais animados. Vestidas na estica, saias brancas enfeitadas com rendas e bordados sobre anáguas engomadas, as batas ostentando o escapulário da ordem: cordão de ouro de dezoito quilates com duas plaquetas trabalhadas no requinte da ourivesaria. Negras, risonhas, antiquíssimas, quase todas elas octogenárias, algumas maiores de noventa anos: Badu, de setenta e seis, era a caçula. A decana, Maria Pia, nascera no tempo da escravidão. Não tinha dentes mas chupava roletes de cana, amassando-os com as gengivas.

Enquadrado pelos jovens esportistas que cuidavam dele desde a véspera, comissário Ripoleto teve os braços desatados para poder comer uma coxa de frango com pão dormido, duas bananas e goiabada: de fome não morreria. Voltaram a atar-lhe os braços atrás das costas pois, tendo ido ao mato fazer pipi, tentou escapulir. Apesar do incômodo e do medo — não iriam afogá-lo em meio à travessia? —, cônscio de suas obrigações, comissário Ripoleto anotava na memória, infelizmente falha, as recomendações ditadas pelos chefes e as palavras de ordem inscritas nas faixas e cartazes: Queremos santa Bárbara, a do Trovão! — A santa é nossa! — Abaixo o imperialismo do museu! — Viva a santa! — Abaixo dom Mimoso! — Viva padre Téo!

Devendo aportar na capital com tempo bastante para o desembarque e a marcha sobre o convento de Santa Tereza, para estabelecer o sítio em torno do museu antes do vernissage às nove da noite, às três da tarde a Invencível Armada, ferros levantados, esperava apenas a ordem de partida. Velas ao vento, guarnições completas e aparelhadas, tropas dispostas para o bom combate, nautas e vivandeiras empunhando palmas, cartazes, estandartes, a Invencível Armada de lanchas, escunas e saveiros ia deixar o porto de Santo Amaro, descer o curso do Paraguaçu, embicar para a rampa do Mercado. Esquadra igual não mais se vira desde o tempo das guerras holandesas.

Provido de um apito, cercado de filhos e de paroquianos, tendo de ordenanças o repórter Guido Guerra e o fotógrafo Batista, o vigário de Santo Amaro, padre Teófilo Lopes de Santana, após dizer adeus a siá Marina, assumiu o posto de comando, de pé na proa do *Paquete Voador*: um almirante batavo, um herói do Dois de Julho, um cavaleiro da esperança, são Jorge da Capadócia.

A DECISÃO

APÓS A ENTREVISTA COM DOM ABADE, DOM MAXIMILIANO VON GRUDEN demorou-se a meditar sobre a melhor maneira de ir da abadia ao museu e nele se abrigar, sem ser apontado na rua nem assediado pelos jornalistas. De plantão no pátio do convento de Santa Tereza, alguns deles matavam o tempo jogando ronda, outros ouviam música nos rádios de pilha. Bem relacionado, José Berbert de Castro abrigara-se na oficina de Roque, em frente à igreja, cochilava na espreguiçadeira do "afreguesado artista da moldura" — assim o designou numa das crônicas da série inspirada no sumiço da santa.

Depois de muito refletir, passando em revista as penas purgadas naqueles dois dias de inferno em vida, imaginando as que o atendiam dali em diante, dom Maximiliano tomou uma resolução terminante. Já que estava perdido — apenas o milagre proclamado por dom Timóteo poderia salvá-lo mas, apesar da prédica do abade, o sábio continuava a não acreditar em milagres —, mais valia enfrentar a situação de cabeça erguida, não fugir, não se esconder. Havia decidido sobre o que fazer quando chegasse a hora da crucificação, por que então prosseguir agindo como um covarde incapaz de assumir e resolver? Disposto a tudo, sentiu-se aliviado. Samurai nipônico derrotado e desonrado, heroico e suicida, enfiou no bolso da batina a arma com que praticaria o haraquiri, diante dos juízes implacáveis: o pedido de demissão. Desde que resolvera renunciar e partir, que mais podia temer?

Nos estertores da galanteria, ajeitou a batina amassada, faltou-lhe espelho onde compor o rosto abatido, jururu, para apresentá-lo altivo com um traço de melancolia, a palidez ia-lhe bem. Dissimulando a decepção e o desamparo, deixou a abadia no largo de São Bento, misturou-se aos passantes afanosos, subiu São Pedro acima, ignorou o casal que cochichou ao cruzar com ele — a mulher o apontou com o dedo, não era o padre da fotografia nos jornais? Na Piedade, quebrou a esquina, seguiu pela rua de Baixo, viu, de longe, doutor Odorico Tavares: dirigia-se ao jornal tendo pelo braço o catedrático Edwaldo Boaventura com quem conversava, rindo muito. Rindo de dom Maximiliano, só podia ser.

Por que cargas-d'água doutor Odorico, que sempre se mostrara amigo, dando-lhe total apoio na gestão controvertida, emprestando peças de sua coleção para as exposições, escrevendo sobre ele palavras consagradoras, na *Rosa dos Ventos*, por que de súbito mudara por completo, transformando-se em inimigo jurado, de morte? Dera carta branca ao belicoso Guido, arrastava o velho amigo na rua da amargura. Por quê?

Bem que dom Maximiliano sabia o motivo. Pagava a intemperança da língua solta, incapaz de resistir à badalação. Na presença, obsequioso como ninguém, por detrás murmurador, maldizente. Cospe no prato onde come, dissera, ao que parece, doutor Odorico quando vieram lhe contar: há sempre alguém para contar. E para exagerar, para intrigar, adulterando a irreverência, talvez mordaz, de mau gosto, talvez insidiosa, mas uma piada, uma pilhéria, nada mais, transformando-a em insolência, em agravo.

Fez questão de passar em frente ao jornal mas ninguém reparou no gesto provocador. Teve ímpetos de entrar, para fazer o quê? Do alto da escadaria que liga a rua de Baixo à do Sodré, dom Maximiliano contemplou a igreja e o convento de Santa Tereza, o pátio em frente, o jardim ao lado, um dos conjuntos mais belos da cidade, encravado na paisagem incomparável do mar e da montanha: seu museu, sua casa, sua vida. Um cabra atarracado, portando gibão de couro, enfrentava a ladeira da Preguiça puxando pelo cabresto um jumento nanico e vagaroso. No dorso do animal, a cangalha, enorme, gasta, estrambótica, encobria-lhe a barriga. Dom Maximiliano acompanhou com a vista o vivente e o jegue, reparou na cangalha, depois cerrou os olhos para guardar a memória daquele instante. Começou a descer a escadaria, degrau a degrau, saudando os vizinhos com acenos de cabeça.

Deteve-se em frente ao ateliê do entalhador Zu Campos e o viu atarefado rasgando a madeira com o escopo. O artista sorriu complacente ao enxergar o frade.

— Boa tarde, dom Maximiliano.

— Que fazes, Zu? Que santa é esta?

— Pois não é santa Bárbara? Não está vendo o eiru? Se a de Santo Amaro não aparecer, o senhor pode botar esta no lugar, dom diretor.

Um anjo sobrevoava o céu de flores azuis e pássaros cor-de-rosa, numa talha pequena, dependurada na parede, junto à porta.

— Quanto queres pelo anjo, Zu?

— O Anjo Mulato? Gosta?

— Muito.

— É para o senhor ou é para dar de presente?

— Para mim.

— Para o senhor não custa nada, tudo que está aqui é seu, dom Maximiliano.

Dom Maximiliano sabia que, se insistisse em pagar, o artista se ofenderia:

— Pois, se é assim, muito obrigado. Guarde, mando buscar daqui a pouco. Eu também vou lhe dar uma lembrança: o livro que escrevi sobre santa Bárbara. A de Santo Amaro, a do Trovão. A sua está ficando quase tão bonita quanto ela.

Quis contar a Zu Campos que, nos projetos do museu para o ano seguinte, concebera outra Exposição de Arte Religiosa da Bahia, arte contemporânea, a partir de Presciliano até Zu, Wanda do Nada e Osmundo. Complemento da que seria inaugurada antes das nove da noite, sem nenhuma santa Bárbara, do Trovão ou do Eiru. Mas tal projeto ia ficar na cabeça do ex-diretor, jamais seria realizado, de que valeria falar nele, proclamá-lo? Ex-diretor, daí a poucas horas.

Desceu os últimos degraus, apenas pôs o pé na rua viu-se cercado de repórteres, gravadores ligados, um disparate de perguntas. Da porta da oficina de Roque, Zé Berbert, ágil apesar do corpanzil, atravessou em frente ao monge. Tão aguardado, ali dando sopa quando já o imaginavam no Rio de Janeiro, a caminho da Alemanha.

Impassível, uma ponta de melancolia no rosto altivo, a palidez marmórea — diz-se melhor dizendo palidez de marfim —, mantendo o passo mesurado, dom Maximiliano não se deteve, prosseguiu em direção ao convento, sem responder aos jornalistas mas sem afastá-los. Zé Berbert tinha-o seguro pela manga da batina.

Ao atingir a porta que dava entrada ao museu, senhor de si, a voz pausada, dirigiu-se aos circunstantes:

— Um momento de atenção, meus amigos, por favor. Escutem o que vou dizer, não me interrompam. Desde ontem os prezados colegas da imprensa estão querendo me ouvir. Deixe que eu lhes diga — olhou o relógio de pulso —, são quatorze horas e quarenta e cinco minutos, duas e quarenta e cinco da tarde. Exatamente às oito e meia da noite, às vinte horas e trinta minutos em ponto, ou seja, daqui a mais ou menos cinco horas — voltou a olhar o relógio, retificou: — daqui a cinco horas e quarenta e um minutos, será inaugurada a Exposição de Arte Religiosa da Bahia para a qual convido todos os senhores. Nesse momento, e só então, eu falarei. Apenas cinco horas, pouco mais, os senhores não perderão por esperar.

Sorriu para Zé Berbert, afastou-lhe a mão, transpôs o batente e trancou a porta por dentro.

A SANTA ASSINADA

TEVE DE APOIAR-SE AO CORRIMÃO: UMA TONTURA, os olhos turvos, o estômago vazio, não almoçara, não tinha fome, a boca amarga. Dom Maximiliano tirou o lenço do bolso da batina, limpou o rosto das gotas de suor e do desmaio. Enfiou a máscara da desfaçatez: ninguém iria rir em sua cara. Subiu o pequeno lance de escada.

Nas salas destinadas à exposição, algumas pessoas movimentavam-se em silêncio. Jamison Pedra, artista e arquiteto, saiu ao encontro do diretor do museu:

— Vim para os últimos retoques.

— Muita gentileza sua.

Logo foi cercado pelos demais. Gilberbert Chaves informou:

— Estamos chegando ao fim. De importante, só faltam mesmo as peças de Mirabeau. Propus mandar buscá-las, ele recusou, disse que as traria pessoalmente. Mas já designamos os lugares onde vão ficar.

Dom Maximiliano não pôde deixar de sorrir à menção da cautela do colecionador. Escultor premiado, desenhista, pintor com vasto mercado, Mirabeau Sampaio possuía a maior e a mais seleta coleção de santos antigos da Bahia.

— Até me admiro de que ele tenha consentido em emprestar as peças. De medo que eu não as devolva nunca mais.

Não acabara de falar e o citado Mirabeau penetrou na sala. Nos braços, com os cuidados de quem carrega um recém-nascido, trazia a cobiçada imagem de santa Catarina de Alexandria. Por ela suspiravam antiquários e colecionadores, com ela sonhavam diretores de museus, pois ostentava no manto a assinatura de Frei Agostinho da Piedade. Uma das quatro únicas peças assinadas pelo mestre famoso, o maior depois do Aleijadinho, alardeava Mirabeau, proprietário presunçoso. Dom Maximiliano andou a recebê-lo:

— Consinta que um pobre mortal tome nas mãos essa preciosidade.

— Atenção, ela é pesada.

Pesada e grande. Com as mãos magras, de dedos longos, dom Maximiliano a segurou firme e pela enésima vez deixou que a admiração lhe animasse o rosto e a cobiça lhe escurecesse os olhos ao examinar a assinatura rara e autêntica. Atento, preocupado, Mirabeau acompanhou a inspeção da santa Catarina. Sorriu, confortado, quando a viu entregue ao robusto Sylvio Robato: já não corria perigo e a marca não fora descoberta, o frade não se dera conta. Nem podia. Só mesmo ele, Mirabeau Sampaio, e mais ninguém, sabia onde gravara o sinal que identificava a imagem: trancado no ateliê, sem testemunhas. Não que acreditasse em tudo quanto se dizia de dom Maximiliano e a ele se atribuía, mas, como reza a cartilha, seguro morreu de velho. Nem que o fizesse de propósito, dom Maximiliano comentou:

— Vamos buscar um sítio especial para ela, de destaque como ela merece. Quem sabe, o caro Mirabeau se convence de que esta santa Catarina de Alexandria não pode continuar em coleção particular. O lugar dela é aqui, no Museu de Arte Sacra. Quem sabe, generoso como é, nos faz uma doação...

Generoso ou não, existiam dúvidas, Mirabeau não achava graça em brincadeiras daquele tipo. Dom Maximiliano não merecia confiança, ainda agora engendrara essa história atrapalhada de santa Bárbara, a do Trovão. Pilhéria por pilhéria, ameaça por ameaça, respondeu ao pé da letra:

— Olhe que eu a levo de volta... Nem doação, nem venda, nem troca... Troca de jeito nenhum. — Já zangado, Mirabeau alterara a voz.

Conversa de sotaque, dom Maximiliano a entendia. Para acalmar o malcriado pensou, pela segunda vez naquela tarde, referir-se ao projeto da exposição de arte religiosa contemporânea. As santas pintadas por

Mirabeau, suas esculturas, a Pietà, o Cristo, nela figurariam com realce. Pela segunda vez calou-se: amanhã já não seria diretor do museu, adeus projetos. Um vazio no peito: amanhã já não seria o diretor. Tomou do braço de Mirabeau:

— Vamos escolher o lugar para sua santa Catarina.

Acompanhados por colaboradores e funcionários, os dois cúmplices, corréus em tantas maquinações e espertezas, percorreram as salas. A exposição estava praticamente armada, imponente, vinha dos tempos coloniais até o fim do século XIX, reunia tesouros de valor e beleza incomensuráveis. No centro do salão principal, a peanha vazia à espera da imagem de santa Bárbara, a do Trovão: dom Maximiliano mandou que a levassem e trouxessem do depósito certa pequena mesa, raridade do domínio holandês, sobre ela pousou a santa de Alexandria recriada na Bahia por Frei Agostinho da Piedade: o escultor gostara tanto da imagem que a assinara. Bem à vista a assinatura.

Dom Maximiliano mandou o porteiro Almério buscar as outras peças emprestadas por Mirabeau, tinham ficado no automóvel sob a guarda de Edgard, pau para toda obra. Era Mirabeau um jovem dândi, um estroina, rei das argentinas do Bataclan, quando o contratara de chofer e guarda-costas: envelheciam juntos, rabugentos.

Apesar de estar morrendo de curiosidade, doido para saber do destino da imagem de santa Bárbara, a do Trovão, em nenhum momento Mirabeau Sampaio aludiu à desaparição noticiada pela imprensa, não fez menção da visita da polícia a seu ateliê: bico calado, ouvido à escuta. Mas, quando ao fim do recorrido, se encontraram parados na entrada do grande salão, diante da porta, ao despedir-se, Mirabeau não resistiu e perguntou como quem não quer nada e de nada sabe:

— E santa Bárbara, a do Trovão, já decidiu onde vai colocá-la?

Tomado de surpresa, não esperava a pergunta, não estava preparado para respondê-la, tendo de dizer fosse o que fosse, dom Maximiliano disse, sem vacilar, a primeira coisa que lhe veio à cabeça:

— Exatamente aqui, onde estou, bem na entrada. Que lhe parece, meu caro Mirabeau?

Sem esperar resposta, apertou-lhe a mão, deixou que os outros o conduzissem até a escada, pois, avexado, o anjo de plantão viera lhe avisar:

— O cardeal ao telefone, mestre.

O cardeal saudou dom Maximiliano com afeto, antes de se informar sobre o problema da santa. Acabara de ouvir longo relato da boca do bispo auxiliar mas desejava conhecer a versão do diretor do museu. Dom Maximiliano disse-lhe, sem reservas, tudo quanto sabia. Naquele dia, além do que se lia nos jornais, nenhuma novidade lhe chegara aos ouvidos, nem uma nesga de esperança lhe fora concedida. Da abadia comunicara-se por telefone com o secretário de Segurança. Sem adiantar opinião sobre o personagem, Sua Eminência podia não aprovar a indiscrição, informou que o doutor Calixto Passos insistia em apontar o padre Téo como suspeito, suspeito não, culpado...

Do outro lado do fio, o cardeal exclamou: quem? Padre Téo? Ele, sim, o vigário de Santo Amaro, exatamente... De novo dom Maximiliano calou os comentários, prosseguiu narrando. Tentara entrar em contato com o delegado da Polícia Federal, não conseguira, o coronel mandara um recado por um apaniguado: nada tinha a lhe dizer. Dom Maximiliano terminou declarando-se feliz por ainda se encontrar em liberdade. Por quanto tempo, só Deus sabia.

O cardeal prometeu-lhe informações assim falasse com o coronel Raul Antônio. Antes de desligar, perguntou-lhe se era correta a notícia que dom Rudolph lhe adiantara: dom Maximiliano pensava demitir-se da direção do museu e ir-se da Bahia, se a imagem não fosse encontrada a tempo de figurar na exposição. Era verdade, sim.

— Parece-lhe indispensável?

— Não vejo outra coisa a fazer, Eminência.

Esperou, quem sabe, ouvir do cardeal uma palavra de desacordo, opinião divergente, recusa a admitir a demissão, ordem para manter-se no cargo. Não ouviu, Sua Eminência apenas lastimou:

— Uma pena, uma grande pena, mas, realmente, não lhe resta outra saída.

Podia ao menos, pensou dom Maximiliano, ter-se referido à assistência que lhe dera para obter a imagem, cabia-lhe alguma responsabilidade, empenhara-se junto ao vigário de Santo Amaro, mas, decerto, o cardeal esquecera o detalhe. Nesses seus Passos da Paixão, dom Maximiliano carregava a cruz sozinho, não havia Simão de Cirineia que o ajudasse na subida do Calvário.

A MOTOQUEIRA

QUANDO PADRE ABELARDO GALVÃO SE DEU CONTA, viu-se na garupa da motocicleta, as duas mãos plantadas na barriga nua de Patrícia. Agarrado nela, os braços rodeando-lhe o corpo, sentindo-lhe o contato e o calor: assim atravessaram o centro da cidade, da escola de teatro, no Canela, ao largo do Pelourinho, onde a multidão se avolumava.

Venha comigo, comandara ela: como sempre estamos atrasados, Jacques já foi com Nilda, Guy está no Pelourinho, de velho. Dois carros acabavam de partir, as lotações completas. Chegaremos antes deles, anunciou Patrícia. Padre Abelardo não sabia como, logo soube. Ao ver-se montado na motoca. A cem por hora.

Solta sobre a calça Lee a camisa colorida, a única que trouxera na viagem breve, além da composta para o traje de clérigo e as duas camisetas discretas com poemas de Mario Quintana impressos em branco na malha preta. Quanto a Patrícia, o mais justo é dizer que se despira ao envergar a fantasia vistosa e reduzida. Por baixo do pareô estampado, era fácil constatar, apenas a calcinha branca. Preso na cintura por um nó, abrindo-se e fechando-se, o pareô exibia-lhe as coxas e a bunda, às escâncaras. Sobre os seios, mostrando mais do que escondendo, a frente única, única e sobretudo mínima para conter as opulências. Enrolara os cabelos de índia no alto da cabeça, entremeados de flores, coroa de rainha. Rainha do Carnaval para francês ver e filmar.

Até cobrir-se com o capacete de motociclista para defender a coroa e a maquiagem do vento desvairado, Patrícia desfilara na escola de teatro, descalça e quase nua, provocante. Exposta ao vento e à vista, à luz do sol, pujante, radiosa, um monumento, uma estátua. As estátuas não se movem: fixas nos pedestais, estáticas nos museus, Vênus de Milo, Eva de Rodin, enquanto Patrícia ia de um lado para outro e ao andar se rebolava, abria-se o pareô, via-se tudo.

Sensual mas não lasciva, voluptuosa mas não impudica, nenhum traço de indecência, estimou padre Abelardo ao contemplá-la: não fugiu com a vista, não se considerava em falta, não se sentia pecador. Era como se olhasse o voo de uma gaivota, uma acácia em flor, a ave do paraíso. Seria?

Indóceis candidatos ao estrelato no céu das artes cênicas, as alunas do curso de representação, vestidas com idêntica nudez, dirigiam-se correndo aos dois automóveis, um dos quais o de Miro. O padre estranhou a ausência de Sylvia Esmeralda, na véspera a mais animada, perguntou por ela. Pobre Sylvia, adoecera na noite anterior, mas dona Olímpia de Castro, uma grã-fina sua amiga, acabara de telefonar do hospital, dando notícias: Sylvia ainda guardava o leito mas se encontrava fora de perigo. Coitada! Compadeceu-se Patrícia: ficar doente logo na altura daquele rebu de Carnaval, um lance que nem em cem anos se repete.

Diálogo disparatado, a todo instante interrompido. Patrícia decidia, dava pressa, ditava ordens, às colegas, aos ajudantes, aos motoristas e a ele, padre Abelardo Galvão. Após a filmagem das cenas do Carnaval, quando ele estaria em cima do trio elétrico, no reduzido grupo de privilegiados, ela o levaria a participar de um caruru de mais de mil quiabos. Em Piaçava o cura comparecera a outros carurus, de Cosme e Damião, usança tradicional também no interior. Esse é de Iansã, vai ser no Mercado de Santa Bárbara, na baixa do Sapateiro. Sairiam diretos do Pelourinho para o folguedo, era um passo. Jacira do Odô Oiá pedira que ela levasse a equipe inteira, sem esquecer seu Jacques, o gostosão, nem aquele francesinho bem moderno, o dos brincos, que parece xibungo mas não é.

Foi assim, quando menos esperava, que padre Abelardo Galvão descobriu-se incorporado, associado a uma gente cujos hábitos até a véspera só conhecia por ouvir falar — e falar mal por via de regra. Tudo constituía novidade para ele, da linguagem desbragada, divertida, aos trajes sumários, relaxados. Desbocados, inconvenientes, usando e abusando da liberdade, inclusive da liberdade sexual, como era voz corrente e se afigurava ser verdade pelo que lhe era dado observar, todavia não lhe pareciam merecer os rótulos costumeiros: malignos, degenerados, perigosos. Descobria pessoas simpáticas, cordiais, bons camaradas: nenhum lhe cobrara a condição de padre, e os que lhe conheciam a ação comunitária felicitavam-no, solidários. Envolvido com a malsinada máfia do teatro e da televisão, vedetes dos espetáculos de Eros Martins Gonçalves, dos filmes de Glauber Rocha, boêmios, libertos e libertários, ele, o recatado sacerdote matuto, não se encontrou estranho nem distante. Ao contrário, sentia-se à vontade, comprazido.

Patrícia o guiava nesses labirintos, dava-lhe as dicas, ilustrava-o. O caruru dos encantados, ensinava-lhe, folia ligada às tradições do candomblé, não era obrigação de terreiro, festa ritual do axé quando os orixás vêm cantar e dançar com as feitas e as iaôs. Mas pode acontecer.

— Tu nunca foi a um candomblé?

— Ainda não mas tenho vontade. Ouvi dizer que é muito bonito.

— Um dia eu te levo. Tu sabe que sou filha de Iansã? Raspei a cabeça, fiz santo, nunca te disse?

— Nunca. Não sabia.

— É bom que saibas pois o povo de Iansã não é de brincadeira, gente direita mas braba. E teu santo, qual será? Pelo teu jeito, penso que seja Oxalá, mas preferia que fosse Xangô.

— Por que Xangô?

— Porque Xangô é o marido de Iansã. — Ria, deslavada.

Os padres não podem casar, Patrícia, os votos impedem. Os padres juraram-se ao celibato, à castidade. Nada dizia, engolia em seco: quem sabe aquelas demasias não passavam de pura brincadeira, a moça da cidade divertindo-se à custa do padreco da roça. Na motoca, ao tocar-lhe o corpo, ao sentir na palma da mão a maciez da pele, a curva do ventre, ao reconhecer de súbito, inesperada, a concha do umbigo, o cura de Piaçava, o pregador da Pastoral da Terra, candidato ao martírio, perguntava-se onde por artes do diabo tinham ido parar as decisões tomadas ao nascer do dia quando se preparava para dar a vida em sacrifício. Austeras, firmes, incorruptíveis, inconcussas. Inconcussas, uma foda, como reagiria qualquer das alunas da escola se escutasse o palavrão. Frágeis, temerárias, o vento as levava, insustentáveis. O martírio ele o sofria, ali, naquela hora, encarapitado na garupa da moto, entre o céu e o inferno, entre a aleluia e a maldição.

Procurava manter distância, via-se grudado ao corpo de Patrícia. Para não ser expelido do veículo, numa curva em velocidade proibida, atracou-se nela, e nem o susto impediu que sentisse a doçura do mundo em suas mãos, e um frio de vaticínio o atravessou da cabeça aos pés, apunhalando-lhe os ovos. E padre tem ovos, Abelardo?

Atribulada, insana, interminável viagem do padre Abelardo Galvão, cura da indigente paróquia de Piaçava, pastor de caluniada comunidade de sem-terras, durou poucos minutos do Canela ao Pelourinho. Ignorando os sinais de trânsito, o bólido ultrapassava ônibus e automóveis, o táxi de Miro, a Mercedes de Jenner Augusto, nave espacial em voo de derrapagens fulgurantes. As mãos votivas do padre tocam o ventre côncavo de Patrícia, território do sonho e do pecado. A mão direita ou bem a mão esquerda, ora uma ora outra, escorrega, encontra o umbigo, desvia-se, afasta-se, retorna, alonga-se, o umbigo é um abismo, cratera de vulcão, as profundas do inferno, a mão direita ou bem a mão esquerda desliza, não há força de vontade capaz de segurá-la. Curvada no guidom, levantada no selim, Patrícia de costas coladas no peito do padre, um padre em perigo de morte e de condenação eterna. O que significa um padre inteiro, avó, me diga? Um padre tem ovos como um homem qualquer, você sabia, avó?

Nos atalhos da tentação, nas ameaças da queda, nas trilhas da excomunhão, padre Abelardo Galvão viaja para o Carnaval dos franceses. Irá depois a um caruru de Iansã, mulher de Xangô. Ai, Patrícia, mesmo que seja de Xangô, um padre não pode casar, Patrícia, ai não.

AS CONCESSÕES IMPOSSÍVEIS

TENDO MARCADO ENCONTRO COM PADRE JOSÉ ANTÔNIO no juizado, às três da tarde, Adalgisa voltara para casa. Dizê-la indignada, furibunda, não lhe definia o estado, o frenesi. Uma pilha de nervos, ao mesmo tempo resoluta, consciente.

Esteve a ponto de explodir ao ver portas e janelas se abrirem à sua passagem, as vizinhas ansiosas por novidades, prontas para gozar-lhe a caveira. Decidira não dar trela à gentinha da vila, negar-lhes o gosto de qualquer notícia, da informação mais mínima, o deleite de uma queixa, da menor recriminação, o gozo supremo do bate-boca. Perdiam o tempo, as futriqueiras, as nojentas. Atravessou de cabeça erguida até à porta de casa, a fisionomia tão fechada que nem Damiana, intrigante-mor, pimpona a esperá-la, ousou fazer perguntas. A debochada contentou-se em rir ao ver-lhe a carantonha: ri melhor quem ri por último, consolo insignificante mas na ocasião Adalgisa não dispunha de nenhum outro.

Danilo ia ouvir poucas e boas quando chegasse para o almoço. Pelo ouvido e pelo imaginado, Adalgisa determinara a extensão do papel que o marido desempenhara nas nefastas ocorrências da noite anterior. Danilo não era homem de traçar e executar plano assim preciso e complexo: gastara nos campos de futebol toda a capacidade de iniciativa, deixara com a esposa o leme do barco, navegava em águas mansas.

Gildete, peste metida, arruaceira, mulherzinha, tomara a frente, imaginara a trama e a dirigira de cabo a rabo. Com a ajuda do chipanzé, do negro empesteado. Adalgisa parecia ouvi-la, argumentando para convencer Danilo: se ele era tutor de Manela, tanto quanto Dadá, por que não ia em seguida ao juiz de menores? Expor suas razões, contar a respeito da educação da menina sob a batuta da tia. Ou seja: inventar uma data de mentiras, apresentando-a, a ela, Adalgisa, com o aspecto de um monstro, uma desnaturada, sem entranhas. Assim, certamente, acontecera, e tais coisas haviam dito a seu respeito, a ponto de convencer o juiz e obter a contraordem.

Ao presumir o que se passara, furiosa e ofendida, Adalgisa considerava-se sobretudo injustiçada. Ela se matava, a saúde abalada, não conhecia um momento de sossego, sacrificava-se para educar a filha adotiva na lei de Deus, para defendê-la do vício e do pecado, impedir que se corrompesse e descarasse, para fazer dela uma senhora. Os parentes, inclusive seu próprio marido, em lugar de lhe agradecerem a abnegação, arrastavam-na na rua da amargura, apunhalavam-na pelas costas. Devia ter sido dela, da macumbeira, a ideia de alertar a súcia da vila, de levar o professor João Batista, a execrada Damiana e o resto da ralé para que todos pudessem testemunhar a infâmia de Manela, a derrota de Adalgisa. Ainda não estava derrotada, ri melhor etecétera e tal.

Contava com uma arma decisiva: o próprio Danilo. Quando chegasse para o almoço, no intervalo do trabalho no cartório, iria ouvir o que nunca ouvira em sua vida, o que Adalgisa tinha a lhe dizer e o que não dissera às bruxas da vizinhança. Nunca se sentira tão enfurecida contra ele; nem mesmo durante a lua de mel na praia ou nos primeiros meses do casório quando Danilo tentara forçá-la a práticas degradantes. Tivera de ser durona, de falar grosso, nada comparável, todavia, com o libelo que o esperava.

Depois de rezar-lhe as últimas contas do terço, Adalgisa o obrigaria a acompanhá-la na visita ao juiz de menores para desdizer-se das misérias assacadas contra ela, afirmar que estava de acordo, de completo acordo com o internamento de Manela na clausura das Arrependidas, a salvo do coisa-ruim e das práticas de feitiçaria. Sabia o doutor juiz que Manela estava recolhida no Candomblé do Gantois?

De duas, uma: ou Danilo entregava os pontos, baixava o cangote, agia conforme ela desejava, ou o casamento — considerado a perfeita união de dois corações amantes numa vontade só — iria para a cucuia. Ele que decidisse entre acompanhá-la ao juiz de menores e ir-se embora, não havia terceira alternativa. E que o fizesse imediatamente: a porta da rua estava aberta.

Tudo podia consentir ao marido, de bom ou de mau grado, tudo, menos duas coisas. Não ia admitir que ele passase a mão na cabeça de

Manela, em ocasião como aquela, decisiva, que lhe auxiliasse a fuga, permitindo que ela se entregasse ao descaro e à idolatria. Essa a primeira das duas impossíveis concessões. A segunda já se sabe qual seja, dela se comentou de sobejo ao narrar com cores fortes detalhes realistas da vida sexual dos bem casados, mal fodidos. Nunca, jamais acederia aos pedidos sussurrados na cama no decorrer desses quase vinte anos, indecências de língua, depravações de bunda, torpitudes, taras, imundícies. Nem Manela, nem o cu, olé!

Aconteceu, porém, que, em meio à confusão da manhã azarada, Adalgisa esquecera o dia da semana, a sexta-feira. Tão fora de si, não se lembrara do almoço do tabelião nem do escaldado de miolos. Havia mais de vinte anos, todas as sextas-feiras, o chefe de Danilo, o tabelião Wilson Guimarães Vieira, além de chefe, amigo, levava um grupo de convidados a um restaurante da Cidade Baixa, o Colón, onde se comia uma mal-assada cujo sabor oscilava entre o sublime e o divino. Adalgisa aproveitava a ausência do marido para preparar e se regalar com miolo ensopado, seu prato preferido. Danilo era alérgico a miolos, e, por mais estranho que nos pareça, a rabada.

O que Adalgisa desconhecia, nunca se interessara em saber, era a razão desse almoço semanal. Dia consagrado a Oxalá, nas sextas-feiras seus filhos, homens e mulheres, vestem-se de branco e o festejam. O tabelião Vieira o festejava com um almoço de amigos, regado a vinho verde, português. Convidado permanente e especial, o professor João Batista fazia questão de degustar de entrada um prato de escargots — Danilo repugnava. Além de iguaria requintada, escargot em francês, lesma, caracol em português, igbim em ioruba, catassol, em qualquer língua, é comida de Oxalá.

CORREDOR E ANTESSALA

ADALGISA CHEGOU AO JUIZADO DE MENORES ANTES DA HORA COMBINADA, não aguentara esperar em casa.

Tentara embalde comunicar-se com Danilo, fora telefonar da padaria de seu Martinez, novamente a gentinha da vila se postou nas janelas para vê-la passar, ela respondeu com o desprezo. Os convivas do almoço já haviam deixado o restaurante, o garçom que a atendeu, ao saber com quem tratava, atento, lamentou: Danilo acabou de sair em companhia do doutor Wilson. Por desencargo de consciência, Adalgisa ligou para o cartório sabendo de antemão que lá não o encontraria. Tabelião e escrivão, coniventes, às sextas-feiras, após o rega-bofe, não voltavam ao trabalho antes das três. Prolongavam a hora do almoço tomando umas e outras, aqui e ali, com esse e com aquele, com outros boas-vidas, prática de homens, censurável, a seu ver: uma das concessões que fazia ao marido, de mau grado.

Primeiro, esperou no corredor para entrar junto com o padre. Andava de um lado para outro, ia até o hall dos elevadores, insegura devido à ausência de Danilo, trunfo maior com que contava para ganhar a parada junto ao juiz. Ainda mais dependente da ajuda divina, fez uma promessa: se Deus lhe ajudasse a levar Manela de volta à clausura, se privaria durante um ano, a contar da próxima sexta-feira, do ensopado de miolos. Em ocorrência anterior, de enfermidade e cura da madrinha, levara três meses sem provar o prato preferido.

A dor de cabeça não a deixava em paz um momento que fosse, queimava-lhe as têmporas, embotava-lhe os olhos. As pernas lhe doíam de tanto cruzar o corredor quando, por fim, padre José Antônio apareceu, desculpando-se pelo atraso: trânsito horrível, o ônibus caindo aos pedaços, se arrastando. Em verdade demorara-se no almoço do batizado, enchera o pandulho, regalara-se. Na porta do juizado, o escrivão terminou por atendê-los, vindo lá de dentro, devagar, fumando um charuto barato. Reconheceu-os: o juiz ainda não dera notícias, se quisessem poderiam esperar sentados na antessala. Assunto urgente? Muito urgente, responderam. Quem sabe, ele vem, se não vier, telefona. Voltou-lhes as costas e se foi, pigarreando longo e forte, curtia uma antiga bronquite tabacal.

Menos cansativa, menos agoniada a espera na antessala: estava sentada, e padre José Antônio conseguiu levantar-lhe o moral, tão abatido:

— Não perca a confiança, *hija*. Não há de ser nada. Eu me responsabilizo: doutor d'Ávila me conhece de longa data. Fomos colegas no seminário da Cruzada Anticomunista, ditado pelo major Saturnino, logo depois da Revolução, comungamos os mesmos ideais.

Contudo havia algo que lhe escapava, deixando-o atarantado:

— Não posso imaginar o que teria levado doutor d'Ávila a mudar de posição, a atender o pedido de seu marido. Em poucas horas mudou de água para vinho, aconteceu alguma coisa muito séria. Mas, seja como for, vamos esclarecer o assunto. Não se aflija, a nossa causa é santa, Deus está conosco. *Dios es grande, hija mía.*

Mofaram na antessala, padre José Antônio chegou a cochilar, empanzinado, suava em bicas, calor mortal: o ar-refrigerado escangalhara-se havia mais de um ano. As quatro da tarde eram passadas quando o juiz deu o ar de sua graça. Apesar de ter ido em casa tomar uma ducha e trocar de roupa, o meritíssimo ainda trazia no rosto os sinais da noite maldormida e da manhã inquieta no hospital.

Padre José Antônio, mesureiro, pediu notícias de dona Diana, a virtuosa esposa, o juiz se disse preocupado, o padre prometeu orações pelo rápido restabelecimento, Adalgisa juntou seus votos. Não a conhecia pessoalmente, mas ouvira os maiores elogios à beleza e à elegância da esposa do doutor, da boca de uma sua conhecida, dona Olímpia de Castro: sou chapeleira e dona Olímpia é minha freguesa.

RONDÓ SIMPLES: A DEDICADA

O JUIZ DE MENORES PUDERA COMPARECER AO JUIZADO PORQUE a freguesa de Adalgisa, dona Olímpia de Castro, senhora distinta, pessoa delicada, abandonara suas múltiplas ocupações sociais, inclusive o coquetel organizado pelos promotores da excursão ao Caribe, para ficar à cabeceira da amiga. Acompanhá-la no transe acerbo, mazela mais esquisita. A súbita comoção que deixara a pobre Diana a falar sozinha, sem dizer coisa com coisa, doida varrida. No delírio, chamava por Olímpia, único nome que lhe vinha à boca.

No dia anterior, ao voltar para casa, descontraído, após ter dado pasto ao corpo no castelo de Anunciata, doutor d'Ávila encontrara a esposa atirada na cama, debatendo-se, esperneando, aos urros, os olhos fora das órbitas. Chamado às pressas, doutor Rubim de Pinho constatou uma grave crise de nervos, aplicou-lhe uma injeção de sedativo. Pareceu-lhe aconselhável interná-la, afastando-a do ambiente habitual. Assim fizeram. Noite difícil, a do doutor juiz.

Pela manhã, em hora razoável — essas senhoras da alta sociedade deitam-se pela madrugada, dormem até tarde —, doutor d'Ávila telefonou para a senhora Castro, pediu que o perdoasse pelo incômodo mas tratava-se de assunto delicado e urgente. Diana encontrava-se hospitalizada com uma crise nervosa. Esclareceu: não um simples faniquito, doutor Rubim de Pinho diagnosticara crise violenta de histeria. Pergunta pela senhora o tempo todo.

Dona Olímpia, revelando educação e sentimento, ouviu quase em silêncio, umas quantas exclamações, aqui e ali, demonstrara grande interesse e muita preocupação mas não parecera surpreendida. Na véspera, segundo contou, tentara falar com Sylvia — desculpe, quis dizer Diana —, telefonara-lhe repetidas vezes, sem conseguir localizá-la. Vou para aí correndo, prometeu, assim me levante e me vista. Atendera na cama o atribulado telefonema, às onze da manhã.

Por volta de uma e meia da tarde, dona Olímpia apareceu no hospital, vestida como se fosse a um desfile de modas. Ao ouvir-lhe o nome, pronunciado pelo juiz com deferência, Diana, quer dizer, Sylvia Esmeralda, até então embrulhada no lençol da cabeça aos pés, gemendo baixinho, se incorporou no leito, segurou o braço da amiga, os olhos exorbitados, a fitá-la como se dela dependesse a continuação de sua vida.

Vá a seus afazeres, doutor, propôs dona Olímpia ao atônito magistrado e marido, deixe nossa querida a meus cuidados, boto ela curada em dois tempos. Tudo não passa de um excesso de sensibilidade. Sua esposa, doutor d'Ávila, é uma sensitiva, a menor coisa ataca-lhe os nervos. Vá a seus meninos, eu cuido da menina.

A manhã do juiz tampouco fora fácil.

RONDÓ DOBRADO: OS DEMENTES

O MAGISTRADO PAROU PARA CUMPRIMENTÁ-LOS E OS conduziu ao gabinete onde já haviam estado na véspera, pediu que se sentassem, sentou-se ele também, do outro lado da mesa repleta de papéis. Apesar da preocupação com o estado mental da esposa, esforçou-se em ser amável, tinha padre José Antônio em alta conta:

— Em que posso servi-los? — Cansado e amargo, a cabeça estava longe, no hospital. — Então, internaram a rapariga?

Adalgisa esperava uma explicação, a pergunta a perturbou, pareceu-lhe desprovida de sentido, gaguejou, atarantada:

— Sim, senhor... De tarde... Mas, de noite, o senhor mandou soltar...

Foi a vez de o juiz ficar perplexo, sem compreender:

— Quem é que eu mandei soltar? Não estou percebendo, explique-se melhor, cara senhora.

— O senhor... — Incapaz, Adalgisa olhou para padre José Antônio pedindo-lhe socorro.

O padre ergueu a mão, entonou a voz, caprichou na pronúncia:

— Pode deixar que eu explico, *hija mía*. Ouça-me, caro doutor d'Ávila, o que se passou. Ontem à tarde levamos a menor para o convento e lá a deixamos na paz de *Dios* — disse *Dios* em espanhol, corrigiu: — de Deus. Hoje pela manhã dona Adalgisa, aqui presente, comunicou-me que sua tutelada havia abandonado a clausura no meio da noite. Fomos até lá e a madre superiora confirmou: permitira que ela fosse embora, realmente, e assim agira em obediência a uma ordem do caro amigo.

— Ordem minha? Que loucura é essa? Quem a transmitiu? Quem falou em meu nome? Quero saber quem cometeu esse abuso para metê-lo na cadeia, abrir-lhe um processo.

Imbróglio cada vez mais difícil de entender: a dor de cabeça se instalara, o mal-estar, a náusea, Adalgisa sentia palpitações. Também padre José Antônio perdia o fio da meada, quiproquó *de lo copón* divino, começava a misturar português e espanhol:

— *Nadie falou em nome de usted. Fue ordem escrita.*

O juiz vacilou ao escutar o despropósito: torneio de equívocos, conversa de dementes:

— Ordem escrita, minha? Absurdo! Essa ordem não existe.

Padre José Antônio estendeu a mão:

— *¿Dónde está la orden, hija? Dámela.*

Adalgisa tirou o xerox da bolsa, o padre o recebeu, passou-lhe os olhos, estendeu-o ao juiz:

— *Orden firmada. Vea usted.*

Doutor Liberato Mendes Prado d'Ávila, meritíssimo juiz da Vara de Menores na Comarca de Salvador, capital do estado da Bahia, tomou do papelucho certo de estar tratando com dois malucos: desde a véspera não dava outra coisa. Começara com Diana atirada na cama, o corpo sacudido por espasmos, pedindo perdão, aos berros. Uma que outra vez, diante de evidências e flagrantes, ela atamancara explicações, desculpas capengas, mal-amanhadas: perdão nunca pedira sendo o marido o único culpado. Por que perdão, assim de repente?

Ao bater os olhos na fotocópia do ofício franziu o cenho. Quanto mais estudava o papel mais estupefacto ia ficando. Autenticidade absoluta, indiscutível. Apalermado, doutor d'Ávila:

— O que é isso? O que significa?

Fitou novamente o xerox, estudando-lhe os detalhes. Todos corretos, o papel, os carimbos, a assinatura: sua assinatura, inconfundível.

— Falsificaram minha firma. — Elevou a voz para ser ouvido na sala vizinha: — Seu Macedo, chegue aqui, depressa.

Seu Macedo, o escrivão, veio devagar, arrastando os pés, mascando a ponta do charuto, o pigarro renitente. Envelhecera no fórum, servira com vários juízes, uns melhores, outros piores, doutor d'Ávila botava no chinelo o pior deles — um escroto, na idônea opinião de seu Macedo.

— Veja isso e me diga o que pensa.

Seu Macedo deu uma espiada no ofício, achou-o em ordem, a única ressalva que se poderia formular era não ter sido diligenciado durante o expediente:

— O senhor preencheu em casa ou esteve aqui, ontem de noite?

— Nem em casa nem aqui, em lugar nenhum. Alguém falsificou minha assinatura. — Deteve-se a examinar o xerox: — Falsificação perfeita, quero ver o original. Trabalho feito por alguém familiarizado com minha firma, alguém com acesso aos carimbos, ao papel de ofício. Seu Macedo, o que o senhor me diz?

— Não lhe digo nada, doutor, sei tanto quanto o senhor, nem mais nem menos. Passei a noite em casa, assisti à novela das oito na televisão, depois fui dormir. Parece que sai casamento entre Tarcísio e Glória... — Opinava, referindo-se ao entrecho da novela.

Conhecendo o juiz como por demais o conhecia, sabendo-o mestre em embrulhadas, useiro e vezeiro em armar sarilhos, seu Macedo não se alterou com a suspeita e a ameaça. Doutor d'Ávila, tendo armado uma das suas, inventara essa chicana de falsificação e de inquérito para enganar os dois trouxas, o padre e a gostosona. Lambeu Adalgisa com a vista: o velhaco do padre se tratava, esses jesuítas comem do bom e do melhor. Deu as costas, pigarreou, ia regressar à sua sala quando soou o telefone. Seu Macedo atendeu, passou o aparelho ao meritíssimo:

— É do hospital.

INTERRUPÇÃO TELEFÔNICA PARA NOTÍCIA ALVISSAREIRA

AO APARELHO DONA OLÍMPIA DE CASTRO, GENTILÍSSIMA SENHORA, para dar boas notícias. A querida enferma, nossa melindrosa menina, já está muito melhor, praticamente em forma, amanhã poderá voltar ao lar.

A voz de dona Olímpia, de hábito morna, sensual — voz de buceta, versejara o poeta Cid Seixas nas auras da paixão —, se desfazia em açúcar, melíflua, envolvente. Depois de um desgosto desses, crise terrível, a pobre querida necessitava de um período de repouso que a fizesse esquecer, lhe permitisse recuperar a tranquilidade e a alegria da vida. Não lhe parece, doutor? Com certeza, sim, respondeu.

Ora, por feliz coincidência, dona Olímpia de Castro se preparava para um cruzeiro no Caribe, a bordo de moderníssima nave italiana, vinte e cinco dias de mar e ilhas tropicais, no sossego mais total. Que lhe parecia, caro doutor? Pois me parece bem.

Sendo assim, estando ele de acordo, dona Olímpia ia dar a boa-nova à nossa querida convalescente: era ótimo pois não podendo o meu marido, seu, dela, dona Olímpia, acompanhá-la na excursão devido aos compromissos — coitado de Astério, com tantos negócios não lhe sobrava tempo de repouso —, ela teria a companhia de sua melhor amiga. Obrigada, doutor. Com o que desligou o telefone. Doutor d'Ávila ainda ficou com o aparelho ao ouvido, abestado. Demorou a se dar conta de que acabara de oferecer à esposa, à nossa querida, um cruzeiro turístico pelos mares do Caribe, para que ela se restabelecesse do desgosto, da terrível crise. A razão da crise, do desgosto, da insânia não lhe foi revelada, nenhuma explicação lhe dera dona Olímpia nem esperava ouvi-la de Diana. Por uma vez Diana pedira perdão, do quê, ele não sabia. Valeria a pena saber? Decerto não.

Pensativo, o juiz de menores depôs o telefone, voltou ao contrassenso, ao disparate, ao quebra-cabeça: a ordem de soltura, assinada por ele, xerox em cima da mesa. Não estaria ele louco, por acaso?

Patética, Adalgisa pusera-se de pé, interpelava:

— E Manela, doutor? Como vai ser? Sabe para onde levaram ela? Para o Candomblé do Gantois!

O CARNAVAL DOS FRANCESES: BREVE INFORMAÇÃO

NILDA SPENCER PROMETERA A JACQUES CHANCEL DE DUAS a três mil pessoas reunidas no Pelourinho no Carnaval improvisado pela Antenne 2 para mostrar aos franceses o autêntico Carnaval baiano: fora modesta em suas previsões. Pelo menos cinco mil foliões já dançavam ao som do Trio Elétrico de Dodô e Osmar quando Patrícia e padre Abelardo, tendo deixado a moto em frente à antiga faculdade de medicina, desceram a pé a rua Alfredo Brito, abrindo caminho em meio ao povo: chegava gente de todos os lados. O trio elétrico estacionara no alto do largo, entre o Museu da Cidade e a igreja do Rosário dos Negros.

Diante da fachada dos sobradões, à esquerda de quem desce a ladeira, havia sido levantada uma armação de madeira de onde uma câmera filmava os grandes planos, as panorâmicas. Três câmeras transitavam entre a multidão, nas tomadas de detalhes. Cada detalhe de botar francês de boca aberta, babando: não dá para descrever.

Na rua Gregório de Matos os afoxés e os blocos afros se concentravam, uma boa meia dúzia, cada qual com sua música poderosa e sua negritude radical, produto da mestiçagem brasileira, inconfundível. Em frente à sede do Afoxé Filhos de Gandhy, glória do Carnaval da Bahia, os seus componentes se organizavam: do interior do sobrado chegava o ronco dos atabaques. Figurantes do Bloco do Jacu, as mortalhas azul-turquesa, esperavam sentados na escadaria da igreja. Bando álacre, as alunas da escola de teatro juntaram-se a eles, iniciaram a dança nos degraus do templo. O povo descia do Carmo e do terreiro de Jesus, subia do Taboão, desembocava da baixa dos Sapateiros. Já vinha pulando e cantando a música de Gilberto Gil:

Iansã, Iemanjá chama Xangô
Oxóssi também manda descer pra ver
Filhos de Gandhy
Oh, meu Pai do Céu
Na terra é Carnaval...

Acompanhado por Nilda Spencer, Jacques Chancel inspecionou os diversos conjuntos, decidindo sobre a ordem do desfile, não escondia a empolgação. Um único senão a lamentar: a ausência de Sylvia Esmeralda, contava vê-la de pareô exibindo as partes. Perguntou por ela a Patrícia que, tendo acomodado seu padre-mestre no alto do trio elétrico, entre as figuras gradas, o cônsul da França, Jacques Salah, o português Fernando Assis Pacheco, a americana Frances Switt e nacionais variados, viera completar a equipe dos responsáveis.

— *Où est Sylvie? Je ne la vois pas.*

— *Elle est malade.*

— *Comment, malade! Quel dommage! Moi qui avais pensé faire la fête avec elle... La fête du Carnaval, bien sûr...*

— *Seulement du Carnaval?* — maliciou Patrícia.

Nilda Spencer desatou a rir, o francês não perdeu o rebolado:

— *Elle est si belle...*

Riam as duas belas, reinadias, não seria o caso de chorar a desventura da amiga? Pobre Sylvia, quando souber que Jacques Chancel, o maioral da equipe, célebre, charmoso e disputado, por quem ela suspirava lânguida e romântica, oferecida, ele, e nenhum outro, sentira sua falta na hora de iniciar as tomadas e dissera, em alto e bom som, que pensara *faire la fête avec elle, faire la bombe*... É capaz de morrer de tristeza, a desditosa Sylvia: quem a mandara adoecer em dia de Carnaval?

Improvisado, montado, dirigido, o Carnaval transmitido na emissão de *Le Grand Échiquier* dedicada à Bahia valeu o dinheiro gasto, o esforço despendido. Foi um esplendor de música e de dança, as fantasias, as mulheres belas, o samba, o frevo, os blocos, os afoxés, embaixadas dos reinos africanos, a animação feérica do povo na festa singular e coletiva: os gringos puderam ver um espetáculo sem comparação no mundo.

Viram o desfile dos Filhos de Gandhy, cortejo grandioso no rigor do branco, à frente Gandhi conduzindo a cabra. Viram o desfile do Bloco do Jacu, há-ja-cu-no-pau, cantavam, maliciosas, as moças de mortalha e as de pareô aberto, o jacu à mostra. Na frente da moçada vinha Waltinho Queiroz puxando o ritmo, trazendo a seu lado Luz da Serra, sua mãe: com toda a corda desatada, mais parecia sua irmã. Viram Georges Moustaki, grego de Alexandria, parisiense de l'Île Saint Louis, carnavalesco baiano de mortalha de algodãozinho ralo sobre o corpo, aos agarros e beijos com Lenoca, mais nua ainda do que as alunas da escola de teatro. Viram despontar no largo do Pelourinho, sob o comando do presidente Rubinho, Os Internacionais, desfilando ao som da música de Vinicius de Moraes composta especialmente para o bloco *hors-concours*. Viram isso, aquilo e aquilo outro, as câmeras registraram a loucura desatada, a festa sem quartel e sem fronteira, a eclosão da alegria, a liberdade. Do padre Abelardo Galvão, alguns telespectadores mais atentos lobrigaram de relance uma breve tomada, casual: no alto do trio elétrico, um pandeiro na mão, os olhos postos em Patrícia lá embaixo.

Em torno do trio elétrico, Patrícia ia de braço em braço, a objetiva acompanhava-lhe os passos, documentando a dança que dela se estendia e se multiplicava em milhares de pés de bailarinos e acrobatas. Os franceses a viram, índia, negra e branca: a holandesa Patrícia da Silva Vaalserberg, a baiana Patrícia das Flores, estouro de mulata.

Em certo momento a exibiram em grande plano e em close a ostentaram, num espaço aberto pela admiração do povo para que ali, ao som das palmas, solta e única, ela dançasse. Camafeu de Oxóssi, filho de Gandhy na suprema elegância dos trajes do afoxé, batucando numa caixa de fósforos, fazia figurações de mestre-sala, enquanto Patrícia, porta-bandeira, rainha do Carnaval baiano, revoluteava nos passos mais difíceis, exagerando na cadência, esbanjando quadris no rebolado, o samba no pé, desmilinguindo-se para os franceses se darem conta de como é o Carnaval, a festa maior do povo brasileiro. E para que, de cima do Trio Elétrico de Dodô e Osmar, seu padre lindo e donzelo a visse e a desejasse.

EPOPEIA EUCLIDIANA

NARRAR A MARATONA DE ZÉ DO LÍRIO NO PELOURINHO É EMPRESA digna da pena de um Homero, um Shakespeare, um Euclides da Cunha de parceria com êmulos de Dostoiévski ou Gogol: tragédia grega e romance russo. Tarefa pesada demais para a escrita desleixada e deslustrada de obscuro trovador de redondilha menor, rimas em *ão* e em *ado*, autor baiano de literatura popular. Falto da grandeza dos aedos, do refinamento psicológico dos intimistas, do brilho do estilo, da qualidade artística, sobra ao anônimo cordelista apenas a coragem impávida dos ignorantes — com ela segue-se em frente, capengando.

Durante uma eternidade, duas horas de Carnaval, em meio à barulheira, à balbúrdia, a tanta mulher pelada se oferecendo, grossa e exibida putaria, Zé do Lírio, ora açodado, ora introspectivo, conviveu com o medo, o perigo, a escravidão e a morte.

Traçou planos, analisou detalhes, invadiu locais, violou leis, cometeu abusos, refletiu, imaginou, foi encarcerado, sujeito a julgamento e a sentença, desceu ao fundo dos infernos, matou e viu-se morto.

A pugna para superar dificuldades começou ainda em frente à escola de teatro quando o padreco filho de uma égua montou nas traseiras da maluca, atracou-se nela, e a motocicleta partiu desembestada. Zé do Lírio conseguiu um táxi no Campo Grande, a moto ia longe, impossível alcançá-la mas o chofer o tranquilizou: fique descansado, estão indo para o Carnaval no Pelourinho. Deus que ajuda os seus o ajudou, pois o táxi o depositou a tempo de ver o casal de mentecaptos subindo para o trio elétrico. A desatinada desceu em seguida, deixando o excomungado entre graúdos: padre mais mulherengo nunca vira, não se contentava com a filha casada do coronel Costa, no entanto um pancadão.

Vendo-o acomodado, Zé do Lírio dedicou-se ao estudo do terreno e das condições para poder levar a bom termo a empreitada, no momento azado. Despachar um esconjurado para a cidade dos pés juntos tanto pode ser assunto resolvido num repente, decerto a melhor maneira, como pode, em casos complicados que nem esse, exigir presteza na reflexão, cautela no planejamento: precisão matemática.

Pensou, primeiro, atirar enquanto o padre estivesse em cima do trio elétrico, seria fácil visá-lo de qualquer janela de um primeiro andar das vizinhanças. Zé do Lírio descobrira inclusive o posto ideal: a sala no andar superior do Museu da Cidade onde estava exposta a sensacional coleção de torsos de baiana, mais de trezentos. Penetrara no museu furtivamente, pela porta lateral, enquanto os funcionários, machos e fêmeas, reunidos no passeio, diante da fachada principal, se incorporavam à pagodeira. De uma fresta aberta na janela, o pistoleiro admirou as melenas despenteadas do padre, ali bem próximas, alvo perfeito. Perfeito, uma ova: corria risco extremo. Apesar da segurança total da pontaria, bastava que o desditoso se movesse para que um inocente tombasse em seu lugar. Os boas-vidas movimentavam-se sem parar, mudavam de posição a cada instante, revezavam-se nos melhores sítios. Tanto tinha de fácil quanto de impossível. Zé do Lírio saiu do Museu da Cidade como entrara, às escondidas. Taciturno.

Estudou outras modalidades, não encontrou nenhuma que servisse, todas temerárias, não ofereciam garantias de êxito. Zé do Lírio poderia encontrar-se com outro defunto errado no cangote: um já era fardo pesado, não tinha forças para dois. Após muito matutar chegou à conclusão de que não lhe restava outro jeito senão enfrentar o pior, o perigo do flagrante. O pior ocorrera uma única vez, mas o coronel Ulisses Cardoso, mandatário do encargo e do estado de Alagoas, homem direito, foi buscá-lo no xadrez apenas soube da burrada da polícia. Experiente e arguto, Zé do Lírio reconhecera com facilidade, embuçados nos vãos das portas, diversos policiais, tão interessados no padre quanto ele. Logo ao chegar, identificara o comissário Parreirinha: não lhe sabia o nome mas não esquecera aquela cara de pacóvio. Mesmo assim, cercado de tiras, correndo o risco de gramar cadeia, arcar com processo, acabar condenado a trinta anos de prisão, devia cumprir o compromisso, não admitia sujeitar ao escárnio público o nome e a honra de um homem de bem.

Homem de bem, profissional reto, idôneo e, acrescente-se, paciente. Não fosse ele reto, idôneo e paciente, o sacrista do padre poderia safar-se com vida, lépido e fagueiro. Colocou-se por trás do trio elétrico, os olhos no dito-cujo, disposto a esperar todo o tempo necessário. Único semovente nas proximidades, um conterrâneo montara na cangalha de um jumento para ter melhor visão do panorama. De grande estava o cura, em cima do trio, entre os lordes, quando descesse Zé do Lírio lhe passava fogo e caparia o gato: se conseguisse chegar à ladeira do Ferrão estaria a salvo. Armou-se de paciência e de contenção, concedeu poucas e rápidas miradas às coxas e aos ventres nus, peitos roliços, cus de tanajura: responsável, gastava mais tempo a observar o condenado.

A festa se estendera da catedral basílica ao convento do Carmo. Dois outros trios elétricos haviam saído à rua, por conta própria, sem convite e sem contrato, um se colocou na esquina da rua Alfredo Brito, o outro na entrada da ladeira do Taboão. Ranchos, afoxés e blocos afros, não previstos pela produção, fizeram-se presentes, vieram espontaneamente participar do entrudo: vale citar o Bloco do Barão, os Apaches do Tororó, o Bloco dos Corujas, o Olodum, os Mercadores de Bagdad, a Juventude do Garcia. Com o exagero habitual mas sem excesso, os repórteres calcularam em dez mil os foliões que continuaram a sambar até alta madrugada: não tinham comparecido devido às câmeras de televisão, tinham vindo das sete portas da cidade para pular o Carnaval.

Para fazer-se ideia do sucesso do Carnaval dos franceses — expressão roubada a uma crônica do poeta, *encore!*, Ruy Espinheira Filho —, basta mencionar a cifra oficial, fornecida à imprensa, número preciso:

dos dois mil e muitos associados do Afoxé Filhos de Gandhy que desfilavam habitualmente, quinhentos e noventa e sete atenderam ao apelo da diretoria. Para completar a informação, cite-se Tereza de Mayo, plagiando o que escreveu no domingo na coluna dos *Sete Dias*: "o Pelourinho se transmudara em revolto mar de dança, oceano proceloso de seios e quadris desnudos, alucinada utopia surrealista, a França eterna, a França de Voltaire e Sartre curvava-se mais uma vez ante o Brasil". Descrição suculenta, revestida com as galas da fantasia e da erudição e uma ponta de justificado chauvinismo. Bem haja, Terezinha.

A multidão atingiu o auge do delírio quando as câmeras, nas últimas tomadas, documentavam a pompa sem igual do cortejo dos Filhos de Gandhy: Jacques Chancel na primeira fila, abraçado ao presidente. Foi então que Patrícia veio buscar padre Abelardo para juntos brincarem no meio do povo: até aquele exato momento ela trabalhara, ele apenas assistira. Gesticulando para ser vista, aos gritos para que o padre a ouvisse, mandava-o descer. Zé do Lírio movimentou-se, afastando-se do indivíduo atarracado que desmontara do jumento e, sentado no meio-fio, adormecera. Somente um pau de arara seria capaz de tal proeza: dormir em plena mascarada. O jumento mastigava um cartaz colorido, arrancado da parede. O povo estava voltado por completo para o desfile dos Filhos de Gandhy, aplaudindo.

Zé do Lírio segurou no bolso da capa impermeável o revólver Taurus, calibre 38, seis tiros, todos mortais: mão firme, pontaria infalível, fé em Deus, inabalável. Adeus, padreco de uma figa, chegou tua hora derradeira, despede-te da vida e da assanhada, não irás sambar com ela, fazer dodô em cama excomungada, para ti se acabou. Nem dividir terra alheia, nem passar mulher nos peitos, padre não foi feito para isso. Adeus, padreco filho da puta, quem te mandou se meter a besta?

Padre Abelardo desceu, pandeiro na mão, Patrícia passou-lhe o braço na cintura, Zé do Lírio se adiantou, apontou a arma para a nuca do falecido, a um metro de distância, puxou o gatilho. Seu braço se moveu, ressorte, mola partida, a bala se perdeu no horizonte. Zé do Lírio se voltou, pronto para liquidar o atrevido que ousara empurrar seu cotovelo. Não viu ninguém, exceto o dorminhoco e o jumento ocupado a mastigar o papel impresso, gostoso e alimentício.

O casal ia adiante, em passo de Carnaval, Zé do Lírio não tinha tempo de tirar a limpo o sucedido, forçou passagem, visou a cabeça do padre, defunto debochado, de novo o braço distendeu-se e a bala sumiu nos ares. Voltou a acontecer, na terceira, quarta e quinta tentativas, mais três tiros perdidos, restava apenas uma bala no revólver. Zé do Lírio ensandeceu.

Um sertanejo morre, se mata se preciso for, mas não se desmoraliza, pois o sertanejo, como escreveu Euclides, é antes de tudo um forte. Zé do Lírio reservou para si a bala derradeira. Sentou-se no passeio para estar mais cômodo, reconheceu que padre tem parte com o diabo, sentiu saudade de sua mulher, índia Momi, boa rezadeira e ainda fogosa na rede de dormir e de folgar. Apoiou o Taurus contra o peito, no ponto exato onde batia descompassado o coração do bravo, deu adeus à vida, a Pernambuco, pátria de valentes. Puxou o gatilho, sentiu o sangue correr, manchando a capa impermeável, considerou-se morto, arriou o corpo, escornou no passeio. Não se deu conta de que a pequena mancha úmida não provinha de sangue jorrado do coração ferido mas da água suja que saiu do cano do revólver, o Taurus virara brinquedo de menino.

O PAU DE ARARA E SEU JUMENTO

O PAU DE ARARA ATÉ ENTÃO ADORMECIDO LEVANTOU-SE rápido, levava pressa. Atarracado, tinha os braços longos, de macaco, com facilidade suspendeu o lúdico pistoleiro e o colocou atravessado na cangalha, gasta e grande, traste incomum. Tocou-se com o jumento e o fardo incômodo, desceu correndo a ladeira do Ferrão, íngreme e escorregadia. Na estação rodoviária onde o ônibus para Recife recebia passageiros, depositou Zé do Lírio que voltava do outro mundo.

Dom Maximiliano von Gruden o vira, o cafuzo, puxando seu jumento tardo e pacífico, descendo a ladeira da Preguiça. Naquela tarde, muita gente o avistou sem lhe dar importância; se alguém nele atentou, riu-se da figura cômica. Figura familiar de nordestino, desterrado para a capital pela seca que matava o gado e os meninos. Se tivesse barbas longas, poderia ser um beato do sertão de Canudos, comparsa de Antônio Conselheiro. Se portasse arma presa à cangalha sobre o jegue pachorrento, poderia ser um cangaceiro, sobrevivente do bando de Virgulino Ferreira Lampião. Romeiro do sertão do Cariri, devoto do padre Cícero Romão, santo padrinho e padroeiro. Poderia ser cortador de cana, barranqueiro do rio São Francisco, colhedor de dendê, piaçava e carnaúba, usava chapéu de couro, seria um vaqueiro da caatinga, sanfoneiro, dançador de forró, caboclo jurumeiro, tinha cara de ex-voto sergipano.

Impávido nordestino, audaz e intimorato, com seu mestre jegue ranheta, tacanho, pequenino, pouco maior do que um bode inteiro. Aqueles raros que sabem do padê, que olham no taramesso, os da esteira de Ifá, os mandingueiros, os que estão em todas as águas, os confirmados, os babalaôs e os eluôs, os akirijebós, os compadres do Compadre, esses e somente eles sabiam que o atarracado, vestido com paletó ruço e esmolambado que lhe descia até os joelhos, calçado de alpercatas, pitando cigarro de palha, hálito de cachaça, era Exu Malé, o adjunto, o assecla, o malungo de Iansã, viera acudindo a seu apelo.

Quando o pardo e o jumento subiram a ladeira do Papagaio, no Rio Vermelho, em cima da cangalha podia ser vista uma taca de couro, de antiga e muita serventia.

A CALMARIA

A INVENCÍVEL ARMADA DESCEU O RIO PARAGUAÇU EM ritmo de celebração. As águas serenas transportaram os saveiros, as lanchas, as escunas, em meio a cânticos religiosos e profanos, sambas de Carnaval, hinos de igrejas, músicas de protesto, várias proibidas pela censura, condenadas pelo regime:

Caminhando contra o vento
sem lenço sem documento [...]
O sol se reparte em crimes
Espaçonaves, guerrilhas,
Em cardinales bonitas, eu vou...

Eram vinte e oito embarcações ao todo, as velas enfunadas, nos mastros bandeirolas multicores, umas quantas de pano, a maioria de papel vegetal, a brisa do rio as respeitou. Na passagem pelos portos fluviais, a expedição era saudada pelo povo reunido nas ribanceiras. Em certas povoações ribeirinhas, realizavam-se procissões, rezavam-se ladainhas pelo bom êxito do resgate.

Quando, porém, ao cair da tarde, a Invencível Armada penetrou nas águas da Bahia de Todos-os-Santos, podendo ser vista das ilhas onde também se reunia o povo, solidário, aconteceu o inesperado. A calmaria, completa, absoluta, nem uma ponta de vento, nenhum sinal, as águas paradas, o mar parecia um tapete verde-azul, dava a impressão de que se poderia andar em cima. Baixou um silêncio de mau agouro sobre as naves.

Por quanto tempo iriam estar ali parados, na marola? Antes que caísse a noite precisavam desembarcar na rampa do Mercado para a manifestação monstro diante dos muros do convento de Santa Tereza, nos portões do Museu de Arte Sacra, na hora em que dom diretor recebesse o governador e o cardeal para o vernissage da exposição: *A Santa É Nossa*. Conduziam doze faixas e cinquenta e dois cartazes. Chegariam a tempo?

— Estamos derrotados, padre Téo, esta calmaria pode durar dias e dias... — o árdego Guido Guerra, de súbito jururu.

— Cala-te, homem de pouca fé, santa Bárbara, a do Trovão, não há de consentir. Vai ser coisa passageira, logo o vento vai chegar, maneiro. — O vigário buscava levantar os ânimos mas perdera, ele também, a euforia.

Foi quando se ouviu, vindo do saveiro *Flor da Noite*, que conduzia as velhinhas da Irmandade de Nossa Senhora da Boa Morte, um canto antigo, nascido nas senzalas:

Santa Bárbara dos Trovões
Me empreste três tostões
De relâmpagos e trovões
Pra comprar minha alforria
Santa Bárbara dos Trovões

Dona Canô, mãe da música e da poesia, improvisou:

Santa Bárbara dos Trovões
Me dê três tostões de ventania
Com os relâmpagos e os trovões
Ponha fim à calmaria...

O coro se formou, cobriu o mar, o manto verde-azul, elevou-se aos céus. Estivesse onde estivesse, ocupada fosse com o que fosse, santa Bárbara, a do Trovão, terminaria por ouvir e atender. Se alguém duvida e quer apostar, bote o dinheiro, está aceito o desafio, quem ganhar come de graça, quem perder paga os foguetes.

OS ALEGRES COMPARSAS

ADALGISA OBTEVE COMPLETA SATISFAÇÃO. SAIU DO JUIZADO de menores levando na bolsa a nova ordem do meritíssimo doutor d'Ávila para assenhorear-se de Manela, sua sobrinha e tutelada, e remetê-la sã e salva à clausura das Arrependidas no convento da Lapa, sob a guarda da madre superiora da Comunidade da Imaculada Conceição, onde continuaria até que a tutora, e mais ninguém, a viesse retirar. Além do padre José Antônio, dois esbirros a serviço do juizado a acompanhavam com a missão de fazer cumprir a ordem por bem ou por mal, usando a força da lei e da polícia, se necessário fosse. Caso houvesse a menor resistência — obstáculo, discussão, protesto — de parte do pessoal do Gantois: da negralhada do candomblé, disse o juiz de menores.

Desceram do ônibus na esquina da Cardeal da Silva, nome simbólico, vieram andando a pé em direção à subida para o largo de Pulquéria, onde, modesto e majestoso, se ergue o Ilê Iá Omim Axé Iamansê, casa de candomblé do Gantois. Mais alegre ainda que Adalgisa, padre José Antônio não cabia em si. Empanturrado de comida e de satisfação, eufórico, beijava a cada momento o crucifixo que pendia do longo cordão de prata sobre a batina negra e bem talhada. Um casquilho, padre José Antônio Hernandez. Na mocidade sevilhana, jovem clérigo de porte militar nos desfiles da Falange, provocara paixões. Duas devotas, uma viúva, abonada e quarentona, outra meninota, suspiraram por ele — a adolescente soluçara, suicida —, assim como um toureiro de celebrada valentia e notória veadagem. A mocinha ameaçou matar-se engolindo o breviário, a balzaquiana cevou-o com presentes, o glorioso *maricón* — abatera na arena dezenas de touros indefesos — foi direto à sacristia e o cantou de cara e rabo, fez-lhe propostas indecorosas e milionárias, tentou beijá-lo na boca.

A prática da verdade, fundamento e bússola desta crônica baiana, talvez sua única virtude, manda que se conte ter o viçoso e mimado falangista, devorado de paixão pela Santa Madre Igreja e pelo generalíssimo, se negado de pés firmes, boca trancada e pau posto em sossego a duras penas, às três desvairadas, às duas fêmeas em cio e à bicha louquíssima. Se algo sucedeu, se houve polução, foi durante o sonho, pecado venial que um pouco de sabão e um padre-nosso lavam sem deixar marca no lençol, mácula na alma.

Fez-se surdo às insinuações da moçoila, para palavras loucas ouvidos moucos, indignou-se com os avanços da viúva e os recusou sem lhe recusar por cortesia os presentes, pijamas de seda, *calzoncillos azules y amarillos*, frascos de perfume, o cordão de prata com o crucifixo de *vermeil*: valia dinheiro alto mas não o corrompeu. Mais difícil contornar a paixão fatal *del matador*, pois El Rijoso era de há muito o ídolo do jovem mata-mouros José Antônio, frequentador fanático das corridas de touro. Tentou, sem sucesso, convertê-la em camaradaria mas El Rijoso, viciosa vaca, foi feroz e taxativo: ou tudo ou nada, *camaradería un cuerno*! Decepcionado, partiu a tourear no México, onde se amigou com bigodudo músico de *mariachi*, *pendenciero y malo, olvidando el amor sacrílego*. Assim se afirmou a virtude ilibada de padre José Antônio. Quanto às poluções noturnas, deixa pra lá: sabão e padre-nosso.

Os dois beleguins, o pardo Joselito Massaranduba, senhor de idade, pai de família numerosa, nas horas vagas biscateiro para ganhar uns caraminguás extras para o feijão dos bacurinhos, ogã de Oxóssi no Ilê Ogunjá, e o sarará Paulo Cotovia, ainda solteiro se bem noivo, nas sobras de tempo músico amador, para se divertir, baterista da jazz-band The Xangô's Brothers, seguiam o sacerdote e a chapeleira que encurtavam caminho comentando o extraordinário mistifório da ordem de soltura com a firma falsa do juiz. Segundo padre José Antônio, não havia mistério a desvendar, o inquérito anunciado iria comprovar as suspeitas do meritíssimo.

Doutor d'Ávila deixara transparecer sobre quem recaíam suas desconfianças: o escrivão. Seu Macedo podia entrar no local do juizado a qualquer hora, tinha acesso ao papel timbrado e aos carimbos, familiar da assinatura do juiz, ninguém melhor para falsificá-la. Faltava tão somente esclarecer a rogo de quem o fizera e o montante da paga recebida.

A rogo de Gildete, exaltava-se Adalgisa. A candomblezeira juntara-se com Danilo para a gratificação, a gorjeta, se é que pagaram pela fraude. O mais provável é que ela, a peçonhenta, fosse amiga do tal Macedo. Essa gentinha, toda ela se conhece e é unida, carne e unha, solidária no aleive e no embuste, capaz de tudo.

Iam assim conversando, aproximavam-se do Candomblé do Gantois, eis que avistaram na avenida Cardeal da Silva o vivente atarracado: vinha ao encontro deles, puxava o jegue pelo cabresto.

ADARRUM

AS ANTENAS DAS CADEIAS BAIANAS DE TELEVISÃO CUJAS torres se elevam nas cercanias do largo de Pulquéria captaram, no fim da tarde daquela sexta-feira de paixões desatadas, o toque do adarrum. Ressoava convocando os orixás para a primeira escala, nos portos da iniciação, do barco de iaôs ancorado no Candomblé do Gantois.

Magnitude e mistério, o toque sobre todos poderoso, transmitido por satélite, ressoou de norte a sul, de leste a oeste, da costa ao pantanal, atravessou os mares, de continente a continente, de país a país, foi ouvido nos confins. Que sinal era aquele, antes jamais percebido, de súbito vibrando em todos os canais? De onde vinha, que mensagem buscava transmitir, que benesses ou cataclismos anunciava, que presságios invocava?

Reunidos em congressos, assembleias, seminários, consistórios, os cientistas, os mais notáveis e eminentes, dividiram-se ao sabor das ideologias, colocadas, como sempre, a serviço do poder. Mais precisamente, dos donos do poder. Os sábios do oeste, os patronos da civilização ocidental retrógrada e reacionária, declararam tratar-se de sinal emitido do planeta Júpiter. Os doutos do leste, os pregadores da civilização do socialismo burocrático e autoritário, discordaram em letra e número: o sinal provinha de Netuno. Trocaram comunicações eruditas e insultos clássicos.

Acendeu-se a polêmica, cruzaram-se os fogos entre Washington e Moscou, entre a direita e a esquerda. Uma corrente liberal se constituiu, com duas vertentes principais: a de centro-direita, a de centro-esquerda. Violento manifesto radical reuniu diversas tendências extremistas dispostas à luta armada em Júpiter ou em Netuno, não importava onde. As dissidências se multiplicaram, escreveram-se milhares de livros, os prelos gemeram imprimindo em caracteres latinos, eslavos, árabes, hebreus, ideogramas chineses, nipônicos, coreanos, foram realizados filmes, vídeos, cassetes de rádio e programas de computadores. Desconhecido grupo de teóricos sino-japoneses lançou, com êxito mundial, a noção sutil da senha de Plutão, simbiose de Buda e Marx.

O debate imenso e decisivo tende a minorar nos países ricos e desenvolvidos, noticia-se a possibilidade de acordo a médio prazo entre as superpotências, mas, no Terceiro Mundo, ai, o debate prossegue entre acusações e insultos, a baixaria costumeira.

Na África, em Cuba, no Haiti, os orixás ouviram o toque do adarrum, abandonaram a boa vida, a caça, o banho de rio, a catação de folhas do mato, o cafuné, a brincadeira de gemer sem estar sentindo dor, cruzaram o céu, dirigindo-se para as bandas da Bahia.

A GUERRA DE ALUVAIÁ

AO TOQUE DO ADARRUM, O PAU DE ARARA TANGEU O JEGUE, acelerou o passo, aproximando-se da respeitável troupe encarregada de cumprir a missão moralizadora ordenada pelo juiz de menores. Na Cardeal da Silva o tráfego era intenso, os automóveis passavam em alta velocidade. Desdenhando dos regulamentos do trânsito, o vivente e o jerico puseram-se a dançar como dois danados.

Também seu Joselito Massaranduba e o moço Paulo Cotovia, apenas defrontaram a estranha dupla, saíram do sério, começaram a revolutear, executando a mesma sarabanda, decerto a conheciam. Padre José Antônio ignorava o caráter pagão do saracoteio, dança de despacho, própria para saudar Exu, o reinador: Laroiê! Ainda assim indignou-se ao presenciar a cena degradante: dois servidores da Justiça, se bem modestos, entregues ao deboche em plena via pública, em companhia de um desclassificado. E que dizer do mulo? Onde já se viu um asno pé de valsa? Além do mais, o bailarico perturbava a circulação, obrigando as viaturas a moderar a marcha, a freadas e desvios bruscos, derrapagens.

— Que significa isto? *¿Qué hacen ustedes?* — Misturava os idiomas, sinal de perturbação, atônito com a ousadia e a desordem, repentinas.

O pau de arara, o maromba, o compadre, o nordestino das encruzilhadas, Exu Malé, moleque, escancarou a boca, uma caverna, mostrou a língua de metal, acesa, provocando o colendo sacerdote. Vai-te! exclamou o digníssimo, ofendido. Respondeu-lhe o jerico com uma descarga de peidos, enquanto Exu encarava Adalgisa. De frente, olho no olho: os olhos de Elegbará eram duas brasas. Adalgisa teve o primeiro estremeção, o primeiro rodopio, anúncio da próxima chegada do orixá, levou a mão à boca, pediu socorro:

— Valha-me Nossa Senhora, me acuda, meu Pai do céu!

Enfrentavam-se os contrários, na pugna imensa cantada pelo poeta Castro Alves, o fanatismo e a intolerância, o preconceito e o conhecimento, o racismo e a mestiçagem, a tirania e a liberdade, na peleja entre o abicum e o orixá, na guerra de Aluvaiá. Essa batalha se trava em todas as partes do mundo, a cada instante: não se lhe vê o fim.

Foi rápido o embate, durou o tempo necessário e nem um segundo a mais, pareceu infindo. Motoristas e passageiros seguiam indiferentes nos velozes automóveis, sem se dar conta de que ali, na avenida Cardeal da Silva, que ostenta o nome do irredutível, sectário e rígido guardião do dogma, ao sopé do largo de Pulquéria, que recorda a ialorixá nascida escrava, zeladora dos encantados no culto perseguido, paupérrima e doce criatura, se defrontavam a pequenez e a grandeza, o ontem e o amanhã, a vocação da morte e o gosto de viver. Na trincheira do obscurantismo, padre José Antônio Hernandez, falangista, entranhas de cruz gamada, boca de anátema, colhões atômicos. Na guerrilha do humanismo, os três orixás vindos da África eram Oxóssi, Xangô e Exu Malé. Na vertigem da correria para ganhar dinheiro, os transeuntes circulavam cegos, na urgência de chegar o quanto antes. Apenas a moça Rosane Nóvoa, secretária, ao volante de seu buggy de terceira mão, devagar e sempre, perguntou ao marido Humberto por que cargas-d'água aquele padre em fúria, o crucifixo em punho, se precipitava em direção a uma senhora posta de joelhos. Humberto não sabia e se lixava.

Seu Joselito e o jovem Cotovia, Oxóssi e Xangô, o namorado e o esposo, dançavam em torno de Adalgisa pontos de saudação e acolhimento, convites para o anunciado caruru no Mercado da Baixinha. Adalgisa se contorceu, mordeu a boca, os olhos faiscaram: deixara de enxergar a tarde de sol em derredor, pressentia o despontar da aurora, a manhã do nascimento. Os lábios roncaram resmungos inaudíveis, o abicum deu três saltos no ar, cada qual mais alto. Padre José Antônio, afobadíssimo, ergueu o crucifixo acima da cabeça, gritou, voz exaltada de espanto e condenação:

— *¿Qué te pasa, hija? ¡Contrólate, desgraciada!*

Tentou controlar-se a espanhola ungida e iluminada, católica da Santa Inquisição, buscou fugir do transe, escapar ao santo. Passou as mãos no corpo, de cima a baixo, para afastar os fluidos, deter a força do orixá. Negar-lhe passagem, trancando a porta aberta com a navalha quando a mãe embarcou na camarinha sem imaginar que levava no bucho a filha de dom Paco.

— *¡Espera, hija! ¡Voy librarte del demonio! ¡Ahora mismo!*

Caiu Adalgisa de joelhos, as mãos postas, os braços estendidos para o céu, não queria deixar de ser uma senhora. Empunhando o Cristo de vermeil como se empunhasse e brandisse a espada de san Tiago Matamoros, padre José Antônio precipitou-se a exorcizá-la:

— *¡Vade retro, Satanás!*

Não se foi Satanás, não obedeceu ao esconjuro, ao contrário: célere, Sete Pinotes veio em cima do exorcista, acompanhado pelo jumento dançador. O atarracado vibrava a taca de couro, retirada da cangalha, o jegue bailava em ritmo de *pasodoble*, peidando, cagando, escoiceando. Na tentativa de fugir do relho, padre José Antônio recebeu na bunda o casco mal ferrado do jerico que, sem dúvida satisfeito, suspendeu os beiços, arreganhou os dentes e zurrou, sacrílego e debochado. O padre estatelou-se no mato, junto ao meio-fio da avenida. Mais adiante, derreou-se Adalgisa, se estendeu a corpo morto, a cabeça estalando, era a dor de cabeça que se ia para sempre, a respiração atropelada, era o coração de pedra que sangrava, não dava para acreditar!

Ficou-se sabendo naquela ocasião que padre José Antônio Hernandez, boca de heroísmo, tripas covardes, não nascera para o martírio, renegava as palmas do sacrifício. Ergueu os braços se rendendo à aproximação dos três demônios, dispostos, não cabia dúvidas, a acabar com ele. Os comunistas costumam capar os padres antes de matá-los, e padre José Antônio desejava salvar a vida e, se possível, conservar-se inteiro, se bem não desse aos culhas, a não ser em sonhos, o devido e prazenteiro uso. Para ele, demônios, comunistas, orixás e hippies, tudo igual.

Os temidos assassinos, orixás brincalhões e um tanto desordeiros, cercaram-no a rir, na maior das zombarias. Contentaram-se com pouco: em três tempos o despiram e descalçaram, botando-o nu em pelo, ou quase, pois lhe deixaram as meias sujas e o cordão de prata com o Cristo de vermeil. Exu Malé deu-lhe uma tacada na bunda magra para despedi-lo.

Padre José Antônio despencou lombada abaixo, arranhando-se nos espinhos da sebe plantada com mudas de lágrimas-do-senhor do bonfim e de espinhos-de-santo-antônio, floradas de vermelho e amarelo. Caindo e levantando, cruzou a avenida Garibaldi, desembocou em Ondina, os passantes gritavam: olha o padre nu! Invadiu a casa do doutor Carlos Mascarenhas, milionário, dito Carlinhos Cavaquinho e Carlinhos Mão de Gato devido à excelência demonstrada na orquestra e no baralho. O executivo reconheceu o recolhedor de esmolas e, se bem não o estimasse, o acolheu com lordeza, convidando-o a acompanhá-lo no *scotch on the rocks* do final da tarde:

— Está dando uma de Adão, santo padre? Fugindo de marido cabrão? E a dadivosa, vale a pena? — Ergueu o copo em homenagem à dadivosa.

Para que o pároco pudesse chegar à sua igreja sem ser apontado pelos moleques, emprestou-lhe a mortalha que vestira no último Carnaval: mortalha negra de defunto pobre, uma caveira branca no meio do peito. E óculos fumados para disfarçar-lhe a cara.

A ARCA DA ALIANÇA OU OXUMARÊ, O ARCO-ÍRIS

OS TRÊS ENCANTADOS RETIRARAM A CANGALHA DO LOMBO do jumento e a puseram em Adalgisa, que se contorcia nos estertores do abicum. Um tanto grande em cima dos quadris, aformoseava ainda mais a bunda de Dadá, o rabo dos suspiros de Danilo.

No peji do Gantois, na secreta camarinha das iniciandas, Iansã viera de montar Manela, iaô formosa, potro árdego: ia ser um tresvario quando se mostrasse na roda das feitas, indomável.

Tendo assentado seus direitos sobre a cabeça de Manela, confirmado seu cavalo, Oiá a deixou repousando, estendida na esteira, a cabeça raspada, o rosto pintado de azul e branco, nos tornozelos os xaorôs da sujeição. Iansã sorriu enternecida e só então veio anunciar-se na avenida no clarão do relâmpago, no grito de guerra, no trovão. Saltou mais além das torres de televisão, desceu sobre Adalgisa: mandara Exu Malé colocar uma cangalha na rebelde, assim a montou, cumprindo o prometido. Não usou esporas devido à lágrima que a tutora desalmada, a madrasta, chorara ao deixar Manela na clausura das Arrependidas.

Quarenta anos depois de ter feito o santo, apenas concebida no ventre de Andreza, sua mãe, Adalgisa abandonou o estado clandestino de abicum, assumiu a gloriosa condição de filha de Oiá Iansã. A Iansã da Cangalha, tão citada nos fastos orais do candomblé. Na mão, em vez do eiru, uma taca de couro, aquela mesma.

Oxumarê, o arco-íris, cobra de duas cabeças, são Bartolomeu com seu tridente, arca da aliança, estendeu nos céus da Bahia o espectro solar, abriu o leque das sete cores, o caminho do mistério. O jumento foi o primeiro a entrar, escoiceando o ar. Segundo narram certos cronistas de meia-tigela, de minguada inspiração e cultura de almanaque, tratava-se do mesmo asno referido no Novo Testamento, o que conduzira a Sagrada Família na fuga para o Egito. Se não fosse o asno de Buridan, pondo fim ao argumento: um gole de água, um bocado de aveia, matando ao mesmo tempo a fome, a sede e a charada. Quanto a identificá-lo com Maître Âne, de Perrault, aquele que não fazia cocô, cagava ouro, escudos luzidios, quem sabe poderia ser, pois no chão da Cardeal da Silva, em meio à bosta do jerico, foram encontradas três moedas de cobre, uma de vintém, duas de dez réis.

Inseparáveis, Oxóssi e Xangô, os dois amores de Iansã, entraram no arco-da-velha pelas portas do verde-azul e do vermelho e branco. Juntos partiram para a floresta, o deserto, o rio, as capitais da África, Lagos, Luanda, Praia, Porto Novo, o golfo de Benin, as terras de Aiocá. Iam cantando um frevo de Caetano:

Quem já botou pra rachar
Aprendeu
Que é do outro lado
Do lado
Que é lá do lado
Que é lá
Do lado de lá...

Seu Joselito Massaranduba e o moço Paulo Cotovia encontraram-se sozinhos na avenida. Onde teriam ido parar o padre santarrão, por fora bela viola, por dentro pão bolorento, e a dona ainda bem apetecível? Não lhes fez mossa o fato de que houvessem ido embora sem se despedir, acostumados que estavam ao trato de gente desconsiderada, forreta, nem muito obrigado, nem dez tostões para matar o bicho. Seu Joselito, estando convidado para o caruru de Jacira, boa camarada, arrastou consigo o colega para a pagodeira:

— Vai ser do balacobaco.

Laroiê, lá se foi Exu numa cambalhota: trancou a porta do arco-íris.

Oiá já se tocara cidade adentro, cidade afora, cangalha às costas, Eparrei!

O CARURU

DO TERREIRO DE JESUS AO LARGO DO CARMO, NO CENTRO histórico, patrimônio da humanidade, o Carnaval dos franceses pegou fogo até alta madrugada: os derradeiros foliões só pararam de brincar quando a barra da manhã destrancou a porta do arco-íris e clareou o sábado quase da aleluia.

Os franceses, por sinal, se haviam retirado por volta das cinco da tarde, logo após as últimas tomadas, a grande, a imensa panorâmica da multidão sambando e os detalhes do corpo nu de Patrícia, afrontada, ofegante, oferecida, em frente a padre Abelardo Galvão, carnavalesco à força, nas vascas da agonia.

Guardado no hotel o material de televisão, os gringos acorreram todos, atendendo a insistente convite, ao caruru de Jacira do Odô Oiá, no Mercado de Santa Bárbara. Miro se encarregara de levá-los. Não faltou nenhum, do chefe Chancel ao jovem de cabelos encaracolados e brinco na orelha, que parecia veado mas talvez não fosse.

O caruru oferecido por Jacira à cabeça não tinha motivo especial, não pagava promessa, não propunha ebó, destinava-se simplesmente a festejar Iansã, patrona do mercado, santo de frente da barraqueira. Euá vinha atrás banhando-se nas fontes, cisternas e cacimbas da cidade e nas nascentes de água, em Itaparica.

O eluô, chegado da festa do Gantois, na noite da antevéspera, lhe segredara que o encantado estaria na cidade em visitação, ocupando-se com algum trabalho de fundamento, e quem segredara sabia das coisas, não se tratava de um qualquer, um desses sabichões que sobram nas casas de candomblé, enrolões de marca registrada. Ótimo pretexto para Jacira reunir os amigos, amigueira que era por demais, e para salvar Oiá, sua mãe, a quem creditava tudo de bom que lhe acontecia no comércio e no amor. Saiu convidando a Deus e o mundo.

Caruru para valer: doze grosas de quiabo. Os barraqueiros contribuíram para compra dos ingredientes, as fábricas de bebidas forneceram engradados de cerveja, e doutor Zezé Catarino, jurista abonado, entrou com os litros de batida, encomendadas a Vilar e a Deolino, abastecedores do Mercado. Batidas de limão, coco, pitanga, cajá, tangerina e bote batida nisso: abundância, diversidade e categoria. A senhora do doutor, dona Regi, dama grã-finíssima, era filha de Iansã. Santo incubado, a infanta o festejava em casa, a cada 4 de dezembro, dando de-comer à cabeça, caviar e champanhe, num jantar de convivas selecionados. Nem por partir de branca rica, Iansã desprezava a oferenda, não cultivava preconceitos.

Jacira de Odô Oiá não contava os amigos pelos dedos. Ela os possuía, e dos bons, não só entre a gente simples que ganhava o pão de cada dia com o suor do rosto, amigos do peito, seus iguais, mas os tinha também nas altas-rodas da finança, da política e da intelectualidade. Antes de assumir a barraca no Mercado da Baixinha, Jacira dirigira discreto castelo em Amaralina. A barraca, ela a herdara do irmão, único e solteiro, má-vida assassinado com um tiro em conflito de proporções, em noite de baderna.

Concorridíssimo, seria mais fácil dizer quem não estava no regalório de Jacira. Não será possível referir os nomes de todos os grã-duques que lá se encontraram lambendo os beiços — o caruru não poderia ser mais saboroso nem que tivesse sido temperado pelas mãos abençoadas de Anália do Iemanjá —, degustando batidas, conversando, rindo, se fretando. Limite-se pois a lista aos poucos nomes das personalidades que, personagens, já deram o que falar nestes canhenhos da visitação de Iansã à sua Cidade da Bahia naquele ano assinalado pela monumental Exposição de Arte Religiosa, ainda hoje recordada.

Num papo animado com Chancel, nosso caro e sempre bem-vindo professor João Batista gastava seu francês puríssimo, pese a pronúncia sergipana: explicava-lhe caruru, vatapá, galinha de xinxim, quitandê e outros acepipes da cozinha afro-baiana, com conhecimento e satisfação.

O crítico de arte Antônio Celestino comboiava e manuseava duas excelentes museólogas — boas de museu e boas de corpo — e uma outra tão boa quanto elas mas só de corpo: sem título universitário a ostentar, ostentava o rabo, valia qualquer título, incluindo-se o de doutor *honoris causa*. No séquito do fidalgo de São João de Rei, via-se também o poeta português Fernando Assis Pacheco, curioso dos costumes baianos, por eles seduzido. O vate de Coimbra derrubou, com valentia, vários pratos fundos de caruru, traçou com gosto batidas de diferentes sabores e, como se veio a constatar depois, colheu na festa inspiração para um poema de desvelo e insônia, oriflâmico. Dando continuidade às folganças do almoço e da tarde vadia, o tabelião Wilson Guimarães Vieira e seu fiel escrivão Danilo Correia mandaram brasa na delícia dos quiabos e na cerveja geladíssima. A popularidade do ex-craque do Ipiranga, afastado das lides do futebol há tantos anos, ainda se mantinha viva: vinham apertar-lhe a mão e abraçá-lo:

— Como vai, Príncipe Danilo? Dona Adalgisa não quis vir?

Adalgisa não frequentava esses lugares, não comparecia a carurus, arrenegava dessas coisas. Danilo arrastara o chefe e amigo ao Mercado da Baixinha na intenção de retardar a hora do regresso ao lar. Em casa teria de enfrentar a fúria de Dadá, iria ser um deus nos acuda. Não se arrependia das andanças da noite anterior quando desobedecera às ordens da esposa, se insurgira. Vacilava entre a altivez e o medo. Decidira chegar em casa tarde da noite, curtindo o porre de sua vida: bêbado, seria mais fácil. De qualquer maneira, ia atravessar um mau quarto de hora, ouvir queixas, desaforos, ameaças, Dadá tomada pela dor de cabeça, às voltas com a enxaqueca, amargurada. Enfim, fosse o que Deus quisesse.

Cite-se por último o padre Abelardo Galvão, cura de Piaçava em atribulada passagem pela capital. Buscava aparentar ânimo alegre, fizera honra ao caruru, bebericara batida de cajá, néctar dos deuses, mas não conseguia esconder a apreensão a fazê-lo silencioso, retraído. A cisma não provinha da presença no Mercado de agentes da Polícia Federal e do comissário Parreirinha, forte concorrente do poeta Assis Pacheco no gasto e no louvor do caruru. A preocupação do pregador da Pastoral da Terra devia-se a Patrícia, que perdera por completo a continência e se demonstrava disposta a chegar às vias de fato. Tomava o padre pelo braço, dava-lhe a comer na boca, passava-lhe a mão no rosto, metia-a nos cabelos ondulados, cochichava-lhe no canto do ouvido, chamava-o de meu são Sebastião todo flechado, meu cordeiro de Deus, meu Deus menino, meu carneirinho, meu Menino Jesus de Praga, meu lindo, disse meu amor bem baixinho, agarrava-se nele, esfregava-se, mordeu-lhe a orelha, deu-lhe um beijo no pescoço — e isso que não estava bêbada, quando muito alegre. Cabra de Iansã, indócil e disposta: ou hoje ou nunca. Padre Abelardo entre dois fogos, entre a cruz e a caldeirinha, o bem e o mal, exaltado e depressivo. Um padre não pode casar, Patrícia, os votos não permitem. Patrícia parecia não saber, não tomava conhecimento da proibição fatal. Não só ela a renegava, também a renegava o coração do padre, incendiado de amor maldito. E os ovos, então!

Gente de candomblé, em quantidade. Além de mãe Olga de Tempo, Olga de Iansã, rainha do Alaketu, marcavam presença o pai Air de Oxaguiã, o babalaô Nezinho, Manuel Cerqueira de Amorim, com casa de santo em Muritiba, Mário Obá Telá, remendão de sapatos, poço de sabedoria, o babalorixá Luís da Muriçoca que zela pelo Exu Sete Pinotes, pai Balbino de Xangô, Aurélio Sodré, ogã do Bogun, todos na estica do branco por ser sexta-feira, dia de Oxalá. Aliás, a cor branca predominava nos trajes dos convivas, mesmo quem não era de santo obedecia ao preceito.

Passava das sete da tarde, a comilança chegava ao fim e a bebedeira apenas começava, o Mercado regurgitando, quando, por sugestão do babalaô Nezinho, retiraram da barraca do árabe Jamil os atabaques que ali ficavam guardados, em segurança. No caruru sobravam tocadores, um alabê se apresentou. Improvisaram a orquestra no espaço maior, de onde haviam retirado as panelas e os pratos. Os atabaques começaram a bater, algumas feitas puseram-se a dançar, a primeira foi Gildete, não é preciso dizer. Olga puxou o canto de saudação aos orixás:

Agô lelê
Agô lô daké
Ô xauorô

A seguir saudou Iansã, dona da festa, patrona do Mercado:

Ê ialoiá
Ê ialoiá ô ô

Não terminara de cantar: tendo atravessado o Carnaval dos franceses, Oiá se mostrou na porta central, chegou meneando o corpo, murmurando saudações, cuspindo fogo, cangalha às costas, na mão a taca de couro.

Adalgisa, a Iansã da Cangalha, nunca ninguém a vira antes e se assombraram. Correu um frêmito nas alas do Mercado, Jacira do Odô Oiá deitou-se no chão, de bruços como se estivesse no terreiro. Era verdade o que lhe haviam contado em segredo: Iansã estava na cidade, aceitara o caruru, viera festejar. Oiá levantou a filha e por três vezes a abraçou. Desencadeou o santo, Odô Oiá montou Jacira, a dança se alastrou.

As Iansãs foram chegando, uma a uma. Os convidados se apertavam, todos queriam ver. Cresceu o som dos atabaques, ouviu-se o acompanhamento do agogô e da cabaça. Olga do Alaketu partiu, cavalo no galope, disparado, que beleza! Logo se apresentou Oiaci, vodum da nação jeje, cavalgou Margarida do Bogun, Margarida de Iansã, mulher do ogã Aurélio. Em seguida, foi a vez de Vera do Veludo, chegara naquele dia do Rio de Janeiro.

Quando padre Abelardo se deu conta, Patrícia, tomada pela santa, arrancou os sapatos dos pés e entrou na roda. Dançavam as cinco Iansãs em torno da Oiá da Cangalha que apresentava ao povo sua filha Adalgisa, durante quarenta anos abicum insubmisso, agora iaô dócil e obediente. Falando ioruba, latim dos candomblés, mandou que retirassem a cangalha, já o povo a vira nas ruas da cidade, a maioria riu pensando em mascarada, alguns entenderam e sorriram com discrição. Nezinho, Mario Obá Telá e Gildete fizeram o necessário, a cangalha ficou depositada na barraca de Jamil. Terminada a festa, a procuraram, ninguém soube dar notícia, objeto grande e pesado, levara sumiço que nem santa Bárbara, a do Trovão.

Seis Iansãs se manifestaram no caruru do Mercado da Baixinha, todas belas de morrer, a Iansã de Adalgisa era de todas a mais bela, incomparável. Só quem a viu dançar, o amplo busto estremecendo, levantados os quadris monumentais, sabe com quantos paus se faz uma cangalha.

Danilo havia ficado mais para os fundos do Mercado, acabando de traçar uma bramota enquanto discutia o apaixonante assunto do pênalti, marcado pelo juiz paraibano, que dera a vitória ao Santa Cruz de Recife no match contra o Bahia, recente. O juiz saíra do campo um tanto quanto machucado, foi pouco. Danilo ouviu gritar seu nome, era o escrivão Wilson que o chamava, agitado, embasbacado. O ex-Príncipe dos Gramados veio chegando, na mão o copázio de cerveja, olhou para onde apontava o dedo estendido do chefe e amigo, pouco faltou para cair de costas:

— Meu Deus, é Dadá!

Montada em Adalgisa, seu cavalo manga-larga, Oiá veio em direção ao bom Danilo, entregou-lhe a taca de couro e, tomando-o pelas pernas, o suspendeu como Manela fizera com Miro, e o apresentou ao povo: mais um ogã na corte de Iansã, seu predileto.

Já chegada a noite, a festa declinou, cada qual partiu para sua casa. Oiá entregou Adalgisa, a da Cangalha, ao babalorixá Luís da Muriçoca: cuide dela com desvelo. Durante quarenta dias ocuparia a camarinha do ilê para aprender os pontos, os passos de dança, as cantigas de santo. Liberta da dor de cabeça, do fanatismo, da ruindade:

Já fechei a porta,
Já mandei abrir.

O VERNISSAGE

A SENTENÇA

A SENTENÇA FOI DITADA ÀS DEZENOVE HORAS QUANDO O negrume da noite havia substituído as sombras do crepúsculo sobre o mar do golfo e as montanhas da cidade. A montagem da exposição chegara ao fim, concluída nos últimos e mínimos detalhes, os arremates.

Dom Maximiliano cuidara de tudo, a tudo atento, nada lhe escapara. Acompanhara até à porta de saída os quatro amigos — Gilberbert, Lev, Sylvio, Jamison —, agradecera-lhes a colaboração com a palavra certa para cada um, sobre a decisão tomada nada adiantou mas de algo eles suspeitavam, pois na convivência do frade o silêncio era um descostume, falava alto.

Reuniu os funcionários, ditou-lhes as ordens, peremptórias como de hábito. A ninguém, a ninguém por mais alta autoridade fosse, seria permitida a entrada nas salas onde a mostra se exibia antes que ele, dom Maximiliano, em pessoa, e nenhum outro, desse ordem. As altas autoridades — o cardeal, os três comandantes militares, dona Regina Simões, o prefeito, o bispo auxiliar, dr. Norberto Odebrecht, os banqueiros Ângelo Calmon de Sá e Lafayette Pondé, dom Timóteo e Carybé — esperariam no gabinete do diretor, os demais convidados e a imprensa nas salas do acervo. Ele ia se retirar a seus aposentos, só o chamassem quando recebessem do aeroporto informação da saída para Santa Tereza do ministro da Educação. Antes disso, desejava não ser perturbado: jornalista nem falar. Os funcionários, dos bedéis aos museólogos, sentiam-no tenso e melancólico, cercaram-no de obediência amorável, desconsolados: em expectativas como aquela dom diretor costumava rir e gracejar, fazer pilhérias a propósito do evento para distender os nervos, sustentar seus auxiliares.

Antes de retirar-se, atendeu o cardeal ao telefone, ouviu a sentença, contraiu o cenho, tremeu-lhe a mão de leve, baixou a cabeça: a sentença não tinha apelação.

A IMAGEM DA SANTA FOI PARA O BALACOBACO: FIM DO INQUÉRITO DA POLÍCIA FEDERAL

TELEFONEMA DEMORADO, O CARDEAL TRANSMITIRA A DOM MAXIMILIANO parte das informações que acabara de receber, prestando-lhe contas do resultado final da sindicância determinada pela Polícia Federal para esclarecer o mistério do roubo da imagem de santa Bárbara, a do Trovão. Partindo de premissas corretas, seguindo pistas decisivas, os ladinos policiais haviam chegado a conclusões categóricas. Os luminares da corporação conseguiram não apenas esclarecer mas solucionar completamente problema na aparência indecifrável, pondo tudo em pratos limpos, em menos de quarenta e oito horas, recorde honroso. Do inquérito aberto pela Secretaria de Segurança Estadual, nem fumaça: se houvesse resultado a anunciar, seria decerto coisa para as calendas gregas.

O coronel Raul Antônio, delegado da Polícia Federal, viera em pessoa visitar o cardeal, não enviara um subalterno. Prova de cortesia e consideração, a levar em conta em tempos de ditadura militar: à parte o comandante da Região, o coronel delegado era a maior autoridade existente no estado. Durante cerca de uma hora, prestara-lhe circunstanciado relatório, numa abastança de detalhes técnicos. Expusera teorias, fizera acusações, citara nomes. Não faltara, sequer, uma ressalva crítica ao trabalho admirável desenvolvido por seus homens, sob sua direção: resultados rápidos, ainda assim haviam perdido tempo. Perdido tempo, sim, senhor, chegaram tarde demais ao aeroporto, não conseguiram recuperar a imagem.

O cardeal não achou necessário transmitir a dom Maximiliano pormenores da conversa, nomes e locais citados pelo coronel: o do padre Galvão, o da abadia de São Bento. Padre Galvão, de notório envolvimento na candente questão de terras, acusado pela imprensa de haver insuflado, se não comandado, a invasão da Fazenda Santa Eliodora, foi a chave que abrira a porta para a solução do enigma. O fato de ter viajado à capital via Santo Amaro, alongando o percurso, com o fim evidente de embarcar no mesmo saveiro que a imagem, chamara a atenção do coronel. Logo descobrira a presença suspeita do padre no barco de mestre Manuel, apesar de dom Maximiliano tê-la sonegado quando prestara informações, omissão curiosa.

Na pista do padre, a Federal localizou o esconderijo onde a quadrilha ocultara a imagem, o Mosteiro de São Bento. Os lances se concatenavam: um padre subversivo, um convento infiltrado de ideias marxistas, centro de agitação contra o benemérito regime militar. Educado porém firme, coronel Raul Antônio deu escassa atenção à defesa iniciada por Sua Eminência: desculpe-me, primaz, mas nós temos provas. Elevara a voz, o necessário para evitar a controvérsia: nós sabemos tudo sobre a abadia de São Bento e sobre dom Abade, um peixe grosso.

Na espreita do padre Galvão, homiziado no mosteiro, os tiras da Federal observaram a chegada à abadia de uma mulher que lá se demorara por mais de meia hora, quase uma. Acharam-na suspeita, dados os modos furtivos e o vestuário de estrangeira: botas de camurça, tailleur cinza, luvas e chapéu, aliás elegante, anotaram a hora de chegada, de táxi, e a de saída, na viatura do convento. Informado, o coronel colocou em funcionamento a máquina perfeita da Federal e, após trocas de mensagens com outras delegacias estaduais e com Brasília, fora possível, decorridas apenas algumas horas, identificar a visitante noturna do mosteiro. Sabe quem, Eminência?

— Nada mais, nada menos do que uma irmã de Miguel Arraes, o chefe comunista que ocupava o governo de Pernambuco em 1964, agitadora das mais perigosas: Violeta Arraes.

— Violeta Arraes?

— Sua Eminência a conhece?

Sua Eminência fez um gesto vago, um cardeal conhece tanta gente, como se lembrar de todos? O coronel não insistiu, continuou a relatar. Descoberta a identidade, fora fácil refazer o itinerário da subversiva na Bahia, onde chegara na véspera. Ao deixar o mosteiro, foi recolher a bagagem na casa em que estava hospedada. A casa, veja de quem: de Caetano Veloso, que não aprendeu a lição que lhe demos, está precisando de outra. De lá seguiu para o aeroporto.

— Quando nós chegamos, o avião da Varig, direto para Paris, já tinha partido, levando a Passionária do Capibaribe e a nossa santa.

Passionária do Capibaribe, onde o coronel Raul Antônio fora buscar o cognome? Nas ruas do Recife? Nos arquivos do SNI? A irmã de Arraes demorara em Pernambuco, conspirando com dom Hélder e com outros asseclas do irmão exilado. Viera à Bahia receber a imagem roubada, tinha a tarefa específica de retirá-la do país, transportá-la para a Europa, onde seria vendida em benefício das finanças da subversão. Cumprira a missão, missão bem planejada, melhor executada: a máfia tudo previra, o tempo cronometrado:

— Viajou com passaporte francês, sob o nome falso de Violeta Gervaiseau.

De sua bagagem constava um caixão grande e pesado, pedira à despachante que nele colocasse a etiqueta de frágil, declarara conter peças de artesanato popular pernambucano, cerâmicas de mestre Vitalino e de Severino de Tracunhaém.

A Polícia Federal, numa prova de extrema eficiência, desvendara o mistério do sumiço da santa em menos de quarenta e oito horas, mas o escrupuloso coronel Raul Antônio não aceitava felicitações pois havia chegado ao aeroporto tarde demais.

— Foi uma questão de menos de doze horas: o avião saiu à uma e meia da madrugada, passava pouco do meio-dia quando chegamos ao balcão da Varig. — Bateu no peito em penitência, o coronel: — A sua santa, primaz, está em Paris, fora de nosso alcance. Foi para o balacobaco.

Mas prosseguiriam na luta contra a máfia dos roubos nas igrejas até desbaratar a quadrilha, meter chefes e cúmplices na cadeia, tinham perdido uma batalha, ganhariam a guerra:

— E quem vai nos levar aos chefões é esse padre Galvão, peça importante da gangue. Vamos deixá-lo livre e, sem saber, ele nos conduzirá aos demais. No frigir dos ovos, vai haver muitas surpresas, Eminência. — De intelectual para intelectual, terminou tirando seu Shakespeare do bolso do colete: — Há algo podre no reino da Holanda, meu cardeal.

O cardeal não corrigiu a citação: Holanda ou Dinamarca, o coronel delegado da Polícia Federal queria se referir à mixórdia ideológica da Igreja. Em tempos de ditadura militar, de ameaças e humilhações, quem respeita um cardeal, mesmo primaz?

O CÁLICE

O CARDEAL, AO TELEFONE, TRANSMITIU A DOM MAXIMILIANO a desastrosa notícia: a imagem fora para o balacobaco. Toda e qualquer esperança se esgotara, estavam na casa do sem jeito.

Alongou-se a comentar a extraordinária teoria exposta pelo coronel, aliás já conhecida do frade. Rocambolesca, sem dúvida: os furtos de bens da Igreja sendo perpetrados para financiar as invasões de terras e a guerrilha urbana. Seria inacreditável se o delegado da Federal não a servisse embrulhada em provas, em evidências reveladas pelo inquérito. O embarque da imagem de santa Bárbara, a do Trovão, levada embora do Brasil por Violeta Arraes.

O cardeal a conhecia de longa data: Violeta Arraes Gervaiseau, não se tratava de nome falso, equívoco do coronel, e, sim, de seu nome de casada com o economista francês Pierre Gervaiseau, bravo e generoso nazareno. E, conhecendo-a como bem a conhecia, o cardeal acreditava piamente na façanha: Violeta Arraes ou Gervaiseau era capaz de muito mais.

Antes de desligar o telefone, Sua Eminência perguntou a dom Maximiliano se não achava preferível abster-se do vernissage, mandando um preposto levar ao reitor a carta de renúncia ao cargo. O museólogo revidou, sofrido, azedo:

— Renunciarei publicamente, Eminência, ao declarar aberta a exposição. Beberei esse cálice até a última gota.

Como responder a afirmação tão melodramática? Não sabendo o que dizer, o cardeal falou: nesse caso até logo mais, e desligou. Adivinhava o vulto do frade, a degustar o amargor do cálice, gota a gota, podia medir a extensão do drama e do infortúnio do museólogo. Dom Maximiliano era dado a frases de espírito, desprezava a retórica: a que chegara! O cardeal lastimava a sorte do beneditino, sábio, trabalhador, criativo, não conhecia ninguém capaz de substituí-lo. Pobre dom Maximiliano: atravessava uma noite de tormentos.

Por mais demore, uma noite tem horas contadas, passa e se acabou. No dia seguinte dom Maximiliano entraria no avião, partiria para o Rio de Janeiro, longe de toda aquela barafunda, enquanto ele, cardeal primaz, teria nos seus calcanhares o vigário de Santo Amaro: nem frases de espírito nem retórica barroca, a grosseria chula e derrisória. Nem que fosse de propósito, um secretário açodado veio lhe anunciar o desembarque, na rampa do Mercado, de padre Téo, à frente da população de Santo Amaro. O cardeal sentiu um frio descer-lhe pela espinha.

CONSUMATUM EST!

A CRUCIFICAÇÃO DE DOM MAXIMILIANO VON GRUDEN começou às vinte horas, minuto a mais, minuto a menos, quando ele soube que a imagem, a sua santa Bárbara, a do Trovão, fora contrabandeada para a França. A polícia revelara-se lenta, emperrada, burocrática, incapaz. O frade chegara ao término do caminho de pedras e espinhos, atingira a estreita porta, ponto final, restava-lhe partir para o desterro. Ficar no Rio, retornar à Europa, recomeçar onde? Decidiria depois, na hora da consumação não pensou no amanhã, carregava no peito os dias de ontem, os anos de Bahia, alegres, exaltantes. *Consumatum est!*

Dentro de uma hora receberia o ministro da Educação e Cultura, o cardeal, o governador, o reitor da universidade e mais três centenas de personalidades, a nata da riqueza, do poder, da inteligência da Bahia e declararia inaugurada a Exposição de Arte Religiosa, organizada pelo Museu de Arte Sacra, organizada por ele, seu diretor. Ali estava ela, pronta e acabada em seu esplendor quase completo. Deveria ser a hora do triunfo de dom Maximiliano, da consagração, do aplauso nacional repercutindo além-mar, o momento maior de uma vida de estudos e trabalhos. Dera-se o contrário, o revertério. Diante das câmeras de televisão, retiraria do bolso da batina o papel com a sentença, a demissão do cargo de diretor, daria conta aos presentes da irrevogável renúncia. *Consumatum est!*

Documento incisivo e curto, a leitura duraria rápidos minutos. Tendo terminado, entregaria cargo e convidados à restauradora Liana Gomes Silveira, funcionária graduada a quem cabia substituir o diretor em suas ausências breves, ausência definitiva a partir daquele momento. Sem fazer caso dos jornalistas, embarcaria no Fusca de sua propriedade, daria as costas ao museu, ao prazer de conceber, realizar, mandar, ao alegre quotidiano de afazeres, cuidados e convivência. Humilhado, alvo de deboches e ofensas, excluído. *Consumatum est!*

Sozinho em seu ex-gabinete de trabalho, iniciou a subida do calvário. Durante a tarde limpara as gavetas da escrivaninha, a maleta cheia de objetos pessoais já estava no Fusca, ao lado do telefone permaneciam somente ele e a tristeza. A tristeza doía como o chicote dos centuriões no Gólgota. Dom Maximiliano von Gruden levantou-se, encaminhando-se para o extremo oposto do andar, de onde a pequena escada conduzia ao depósito e a seus aposentos. Para lá chegar, atravessou os salões onde fora montada a exposição. Andava devagar, demorando-se a olhar as peças com olhos de amor, gravando na retina e no coração a visão deslumbrante. Ao fim de cada salão, desligava a luz. Deixou a exposição às escuras, levava-a consigo. *Consumatum est!*

Na suíte não tocara em nada, não houvera tempo e lhe faltaram força e coragem. Entregaria a chave da porta a Emanuel Araújo, amigo dileto, pedindo que se ocupasse de tudo: retirar seus pertences e despachá-los para o Rio. Acendeu apenas a pequena lâmpada de cabeceira, veio à janela, se devesse chorar seria ali e não no instante da partida: queria sair de cabeça erguida e olhos enxutos. Na vila proletária a noite dissolvia cansaços e frustrações, submergia-se em bocejos, queixas, sons de música. Na eletrola cantava Roberto Carlos, alguém tirava uma cantiga ao violão, o transistor irradiava um programa esportivo, três homens em torno discutiam, a mulher gorda agitava a mão, à sombra do jasmineiro florido a mocinha caixa no supermercado e o rapaz da moto aproveitavam-se: mesmo aquele espetáculo sem grandeza ia lhe fazer falta. O que não lhe faria falta? *Consumatum est!*

Estendeu os olhos sobre os velhos telhados nas ladeiras, sobre as dormidas ruas da Cidade Baixa, sobre a baía onde piscavam estrelas, lanternas de barcos, faroletes no quebra-mar, sobre o vulto negro do Forte de São Marcelo, carapaça de imensa tartaruga. Os olhos úmidos, o coração desfeito, dom Maximiliano deixou-se ir como um qualquer, mas ninguém ouviu o som estrangulado do soluço nem a lágrima escorrendo pela face pálida. Crucificado, *consumatum est!*

O ruído crescia, de começo distante murmúrio, cada vez mais próximo e maior, passos de pessoas na estrada. Dom Maximiliano fixou a vista e viu a manifestação subindo a ladeira da Preguiça, ao som de hinos de igreja: eram os romeiros de Santo Amaro da Purificação, vinham resgatar a imagem roubada. Quando desembocaram diante da fachada do convento, dom Maximiliano reconheceu o vigário de Santo Amaro, padre Teófilo Lopes de Santana, empunhava um cartaz, dava para ler: DOM MIMOSO É LADRÃO! Dom Mimoso? Quem podia ser senão ele? Dom Mimoso, que abjeção! Senhor, por que tão pesado lenho? *Consumatum est!*

Os manifestantes ocuparam a rua do Sodré, tomaram posição em frente ao museu. Ao clarão dos postes elétricos, dom Maximiliano pôde decifrar alguns dos dizeres inscritos em faixas e cartazes: A SANTA É NOSSA! QUEREMOS DE VOLTA NOSSA SANTA! ROUBARAM SANTA BÁRBARA, A DO TROVÃO! CADEIA PARA DOM MIMOSO! DOM MIMOSO É VEADO! Baixou a cabeça dom Maximiliano, recebeu nas mãos e nos pés os cravos da crucificação, descalço, nu, exposto. A lágrima correu-lhe queixo abaixo, *consumatum est!*

Toque de nós de dedos na porta, era Nelito, o bói risonho, o anjo negro, fugido de uma cornija, de uma cariátide. Telefonema do aeroporto informava que o senhor ministro da Educação, acompanhado pelo governador e pelo reitor que o tinham ido receber, já partira em direção ao museu. O gabinete e as salas do acervo estavam superlotados, o cardeal não escondia a impaciência. Fora ele quem mandara avisar.

— Obrigado, Nelito. Espere por mim.

Enxugou os olhos antes de acender as luzes do banheiro: lavou o rosto, fez sumária toalete, ajeitou o hábito para que caísse bem. Examinou-se ao espelho: face melancólica, perfil romântico, mortalmente pálido, figura bonita, um frade de marfim. Escondidas as chagas da derrota, as marcas de fraqueza sob a maquiagem de viril misantropia, consumpto porém digno, *consumatum est!*

— Vamos, Nelito, vou te dizer uma coisa que ninguém ainda sabe. Saberão dentro em pouco. Amanhã já não estarei aqui, vou-me embora.

— Vai embora, mestre? Não pode. E o museu? Sem dom diretor como vai ser? Não acredito, o mestre está brincando.

GLÓRIA A DEUS NAS ALTURAS!

ACENDENDO AS LÂMPADAS, ILUMINANDO OS SALÕES DA exposição, o bói precedia dom Maximiliano von Gruden, que marchava em passo de condenado, imposto pelo carrasco e seu segundo que, invisíveis, o enquadravam e lhe impunham a cadência estoica no andar. Sem outra testemunha além do trêfego Nelito, dom Maximiliano, na travessia para o degredo, não descuidou, por um momento sequer, da unção do rosto, do decoro da sotaina branca, do brio necessário. Um funeral.

Tocado pela euforia do querubim, dom Maximiliano, comovido, o repreendeu:

— Que é isso, Nelito? Mais respeito.

— Hoje é noite de lua grande, mestre, noite da festa da exposição. Nelito está contente.

Não voltaria a vê-lo, ao anjo negro da coorte, saltitando em sua frente, gravura de Debret. A festa de hoje, Nelito, não nos pertence, vai ser a festa do bispo auxiliar, do reitor, daqueles que não gostam de mim e dos que desejam me suceder no cargo de diretor do Arte Sacra, contam-se às dúzias. Estarei longe, não intervirei na escolha, se for Liana, ainda bem.

— Ouça, Nelito. Ficarei esperando diante da porta. Você vai se postar ao pé da escada, não deixe ninguém subir antes do ministro chegar. Ninguém, nem mesmo o cardeal.

Nelito se adiantou para cumprir as ordens. Das salas do acervo chegavam o vozerio, retalhos de diálogos, risos de mulher, o atropelo dos convidados movimentando-se para assumir lugar na fila para a entrada, atrás dos privilegiados reunidos no gabinete. O grande relógio de parede, peça de museu ainda em uso, terminara de marcar as horas. Ministro de ditadura militar, mesmo sendo paisano, determina a hora certa, tem o poder de parar os ponteiros dos relógios, atrasar o balanço dos pêndulos para anunciar as precisas nove horas da noite do vernissage da Exposição de Arte Religiosa da Bahia. A hora precisa da consumação.

Dom Maximiliano von Gruden atingiu o fim do caminho do calvário, ou seja, o começo da exposição, era um resto de gente, cadáver a andar para a cova, estava lá embaixo. Fez-se forte, ergueu o peito mas o coração não respondia, desatado em pena, os olhos doíam-lhe de tão secos.

Foi quando olhou e viu e não acreditou, não, não era possível o que lhe parecia ver. Forçou a vista, ali no ponto exato onde dissera a Mirabeau Sampaio que iria colocar a imagem de santa Bárbara, a do Trovão, na entrada da exposição, lá estava ela, a santa magnífica, posta no chão, sem peanha, sem andor, igual a uma pessoa viva, a mim e a você. Parecera-lhe impossível, teve de beliscar-se para acreditar no que seus olhos viam, abertos em lágrimas. Mas já não se espantou, pareceu-lhe normal que santa Bárbara, a do Trovão, lhe sorrisse e lhe piscasse o olho, trazendo-o de volta do degredo para estas terras mais sem jeito da Bahia.

Dom Maximiliano postou-se de joelhos, glorificou o Senhor, depois se estendeu aos pés da santa e beijou-lhe a fímbria do manto de trovões. Mais parecia um filho de Oiá no dobale da obediência e da predileção.

Quando, porém, cercado de câmeras de televisão, de microfones de rádio, o senhor ministro da Educação e Cultura surgiu à porta que dava acesso à exposição, dom Maximiliano von Gruden, diretor do Museu de Arte Sacra, o esperava, inteiro, ao lado da imagem dada como desaparecida e embarcada para a Europa. Inteiro, altivo, sorridente, na voz uma ponta de arrogância:

— Na presença do senhor ministro da Educação e Cultura, do senhor governador do estado, de Sua Eminência o cardeal primaz, em nome do magnífico reitor da Universidade Federal da Bahia — uma pausa, elevou a voz —, sob as bênçãos de santa Bárbara, a do Trovão, declaro inaugurada a Exposição de Arte Religiosa da Bahia.

Os microfones registraram-lhe as palavras, as câmeras de televisão mostraram via satélite, do Oiapoque ao Chuí, a milhões de brasileiros, o frade de sotaina branca, impecável, o frade mais sábio em matéria e no trato da museologia, o mais sábio e o mais bonito, ao lado de sua protegida e protetora, a famosa imagem. Mostraram-no depois autografando para os notáveis os exemplares do livro que sobre ela escrevera, sobre santa Bárbara, a do Trovão. Definindo-a, dando-lhe certidão de nascimento, a data certa e o nome do pai, o escultor dos dedos comidos pela lepra, o mestiço divino.

Glória a Deus nas alturas! O Sábado da Aleluia começou às nove horas e doze minutos da noite da Sexta-Feira das Paixões.

SARAVÁ TRÊS VEZES QUE EU ME VOU EMBORA

CORREIO DOS LEITORES

INOVAÇÃO EM MATÉRIA DE ROMANCE, ESTE "CORREIO DOS LEITORES", páginas nas quais o Autor responde a perguntas daqueles que se obrigaram à penitência de acompanhar as peripécias do enredo, as atribulações dos personagens — e as do Autor, agora, para cúmulo, padecendo as dores atrozes do lumbago. Jamais se ouviu referência a tal recurso jornalístico em obra ficcional, de criação. Este, porém, é um romance baiano e, como tal, atento ao *dernier cri* da renovação literária, aberto à ventania ideológica desencadeada pela perestroica. Findaram-se os tempos de elitismo e da burocracia, harachó!

É notória a incapacidade do Autor de renovar e de inovar. De renovar a escrita aperreada, de revolucionar a estrutura folhetinesca da narrativa, de aprofundar a introspecção freudiana dos seres condenados à vida pelas potestades do destino, de apresentar o amor como aberração, de ser de leitura difícil, de ser modernoso e chato. Tal incapacidade come as carnes do Autor, corrói-lhe as entranhas, amargura-lhe os dias da senilidade, as noites da caduquice. Será este "Correio dos Leitores" uma caduquice a mais?

Atende à curiosidade e aos reclamos de leitores que testemunharam, solidários, o esforço persistente, quotidiano, do plumitivo na tentativa de levar a cabo o compromisso de contar para divertir e, divertindo-se ele próprio, mudar os termos do teorema e melhorar o mundo. Inegável audácia de um Autor, velho de idade e de batalhas perdidas, que ainda não conseguiu levar a crítica literária a se esporrar de gozo com a leitura de seus cartapácios, de linguagem escassa, vazios de ideias, populacheiros. Quem não estiver de acordo com a inovação não é obrigado a ler as páginas que se seguem pois, em verdade, a narrativa acabou na página anterior, estas do "Correio dos Leitores" servem tão somente para tirar os noves fora, a consequência do enredo.

A REPERCUSSÃO

ALTAMENTE POSITIVA, CONSAGRADORA, A REPERCUSSÃO nacional, com ecos lusitanos, da Exposição de Arte Religiosa da Bahia e, de cambulhada, do livro já nascido clássico de dom Maximiliano von Gruden sobre a imagem de santa Bárbara, a do Trovão.

Dom Maximiliano anda que não cabe em si, desperdiça o tempo dando voltas em torno da própria glória, círculo de peru. Escreva-se pavão e não peru: pavoneia-se nas cercanias do convento, uma palavra com Roque, o moldureiro, outra com Zu Campos, o entalhador, desfila a batina branca nos jardins do museu. Saltitando à sua volta, Nelito, travesso querubim, carrega o breviário inútil, dom Maximiliano dispensa-se da leitura: passa entre canteiros de margaridas e angélicas, pastor de imagens e de anjos. Assim o deixamos, degustando a vida.

A imprensa abriu colunas, manchetes, gastou fotografias a granel, carregou nos adjetivos os mais barrocos sobre a exposição e o livro. Sobre o sumiço da santa, episódio que empolgou a cidade durante quarenta e oito horas, levando a população a suspense de novela de televisão, a opinião corrente é de que tudo não passou de um golpe genial de promoção do evento e da monografia, concebido e executado, com precisão e malícia, por dom Maximiliano. Com ativa colaboração do jornalista Guido Guerra, mistificadores dignos um do outro.

Longe de desmentir, Guido contenta-se com rir pelo canto da boca, pelos olhos velhacos de papagaio devasso: papagaio come milho, periquito leva a fama. José Berbert de Castro não parece um periquito, lembra mais uma cacatua: folgou, vitorioso. Pôde retornar à redação de *A Tarde* e enfrentar um doutor Jorge Calmon afável, que lhe passou a mão pela cabeça. Mais uma vez sem recorrer ao sensacionalismo, o jornal do doutor Simões dera a nota justa, a informação correta. Na hora da chegada da santa, o repórter de *A Tarde* estivera presente para registrar o acontecimento e informar com exatidão.

Deixando de lado a competição entre os órgãos da imprensa escrita, recorde-se a quantidade de artigos assinados por nomes ilustres. No Pátio das Artes, Antônio Celestino, de cuja correção chegou-se a duvidar sem razão válida, cantou loas à exposição. “Visão panorâmica, monumental, da riqueza imensurável da arte religiosa arrecadada e preservada na Bahia.” No mesmo artigo exaltou com adjetivos minhotos e babados o livro de dom Maximiliano. “Obra maior da literatura sobre a imaginária brasileira, devida à pena de ouro do mestre interpares, esclarece todas as incógnitas que rodeavam a imagem de santa Bárbara, a do Trovão, inclusive elucida em definitivo, com argumentação irrespondível, o problema maior da autoria. A Bahia pode rejubilar-se: possuímos uma das mais belas peças criadas pelo gênio do Aleijadinho."

Na crônica da "Rosa dos Ventos", palmo diário de boa prosa, Odorico Tavares não regateou aplausos à exposição e gabou o ensaio, se bem mantivesse certa discrição no que se refere ao Aleijadinho. Aventar a hipótese, muito bem, mas afirmar, como o fazia dom Maximiliano von Gruden, ser obra do Aleijadinho a imagem de santa Bárbara, a do Trovão, era ousar demais. Evidentemente doutor Odorico ainda guardava mágoa.

Bombástico o artigo de Clarival do Prado Valladares, da Associação Internacional de Críticos de Arte: exaltado e longo, prenhe de citações em várias línguas, sobretudo em alemão, botava dom Maximiliano nos cornos da lua. Aliás, a tese a respeito da autoria, ele, Clarival, já a insinuara anteriormente, no ensaio sobre a *Cosmologia de santa Bárbara, a do Trovão*. Ao situar o problema da autoria, escrevera: "[...] lavor de escultor anônimo, deveras discípulo do Aleijadinho [...]". Três mestres baianos da crítica de arte, um nascido em Portugal, outro em Pernambuco, somente Clarival vira ali a luz do dia, fizeram justiça ao diretor do museu, ungiram-no com os óleos do louvor, com o incenso dos encômios.

A consagração não se reduziu ao aplauso local de Valladares, Celestino e do poeta Tavares, estendeu-se pelo país inteiro, repercutiu além-mar. Tendo acontecido artigo de Gilberto Freyre, não se pode começar falando de nenhum outro. Publicado no *Diário de Pernambuco*, transcrito no Rio, em São Paulo, em Fortaleza e no *Diário de Notícias*, na Bahia, traduzido em espanhol e difundido nas colunas do *ABC* de Madri, o mestre de Recife, pagando o preço do aplauso, comprou e fez suas as teses do diretor do Museu de Arte Sacra, "o eminente von Gruden", avalizou o Aleijadinho. Revelando o que ninguém sabia, descobertas suas para nova edição do *Guia histórico e sentimental do Recife*: somente no Recife existiam três imagens, um são Jorge, um são Benedito e uma Nossa Senhora das Dores, obras autênticas do Aleijadinho, as três. O são Jorge pertencia à coleção de Abelardo Rodrigues, a Nossa Senhora das Dores era propriedade do casal Tânia e André Carneiro Leão, e o são Benedito, preciosidade única, encontrava-se no Solar dos Apipucos, fief do grande Gilberto, mestre de nós todos.

Surgiu no Rio Grande do Sul outra imagem imputada ao Aleijadinho, segundo artigo bem-humorado de Moacyr Scliar em jornal de Porto Alegre. O jovem escritor recorria ao testemunho de seu tio Henrique Scliar, velho anarquista e amador das artes, que chegara a possuir mas tivera de vender para manter o filho pintor em estágio na Europa um Cristo esculpido pelo Aleijadinho. Como autenticou a autoria, como soube que a obra era do gênio, tio? — perguntara Moacyr, à época meninote de calças curtas. Basta botar o olho em cima e logo se vê, respondera o bom Henrique Scliar, peremptório.

Outra autoridade principal, Pietro Bardi, em *O Estado de S. Paulo*, sem regatear elogios ao livro de dom Maximiliano, rejeitou a afirmação do pesquisador e o fez de forma incisiva. Qual Aleijadinho nem meio Aleijadinho! As datas não conferiam, menos ainda as características da escultura, bem mais para frei Agostinho da Piedade do que para o mestiço Antônio Francisco Lisboa, filho de colono português e negra escrava.

Causou espécie o extenso artigo, ocupou quase uma página inteira em *O Globo*, do Rio de Janeiro, do escritor mineiro Otto Lara Resende, membro da Academia Brasileira, sobre "Origem e autoria de santa Bárbara, a do Trovão". O livro do frade não passava de um amontoado de asnices, segundo doutor Resende. Com todo o respeito devido ao nobre beletrista, dono de fulgurante inteligência, seus livros são do melhor da ficção brasileira, o humor preside a polêmica tão de seu agrado, deve-se declarar, sem medo de erro ou de injustiça, ter sido o seu artigo o fim da picada, fruto da xenofobia e da inveja, o único verdadeiramente negativo entre tantos escritos a propósito da exposição — que ele não viu, o que já é um mau sinal — e do livro de dom Maximiliano von Gruden. Teria o articulista lido ou, ao menos, folheado o volume? Não parece.

"O ALEIJADINHO É NOSSO!" intitulava-se a pasquinada na qual o colérico Resende desancou sem dó nem piedade o museólogo, negando-lhe pão e água, tratando-o de aventureiro e charlatão, de pena alugada a interesses escusos. Escondendo-se na sombra da posição nacionalista afirmada na campanha de "O petróleo é nosso", reafirmada na manifestação do povo de Santo Amaro, "A santa é nossa", o artigo respira estreito chauvinismo, nega a existência de peças do Aleijadinho fora do estado de Minas Gerais, a não ser aquelas poucas registradas nos arquivos do Museu de Ouro Preto. Museu junto ao qual, escrevia Resende, o Arte Sacra da Bahia "não passava de fúfia sacristia de convento" .

Não contentes de roubarem a Minas o acesso ao mar, os baianos decidiram apoderar-se das glórias mineiras. Não tardariam a dizer, falando do gênio de Ouro Preto, baseando-se no livro do vigário Gruden, tratar-se de artista nascido em Cachoeira, de santeiro estabelecido em Santo Amaro da Purificação. Não queriam outra coisa, os baianos, colonialistas. O senhor James Amado não viera de escrever que Guimarães Rosa era romancista mais baiano que mineiro? Atrevimento sobre atrevimento.

A honradez obriga-nos a reconhecer que as injúrias e os insultos do senhor Resende estavam envelopados em esmagador volume de erudição, o que fazia da catilinária genuína enciclopédia da imaginária e, em particular, da criação do Aleijadinho, com referências literárias, francesas de preferência, de Flaubert a Proust, de Hugo a Sartre, de François Villon a Jacques Prévert e a outros Tzaras. Impossível não admirá-la. Sem falar na prosa cativante e na mineirice, espécie peculiar e virulenta da xenofobia.

A decepção causada pelo artigo do acadêmico Lara Resende foi compensada com o recebimento da "Reinação de santa Bárbara fugida da oficina de Antônio Francisco Lisboa, encontrada na Bahia", breve poema de Carlos Drummond de Andrade. Enviado a dom Maximiliano em agradecimento pela oferta do exemplar da "edição soberba, do livro esplêndido". E agora, Otto?

Para fechar com chave de ouro esta reduzida citação de reportagens, crônicas, artigos decorrentes da exposição e do livro, fale-se da entrevista e da reportagem de Fernando Assis Pacheco, "enviado especial da imprensa portuguesa". Assim o anunciara dom Maximiliano na coletiva da quarta-feira, pouco antes de começar a confusão. Na entrevista, ao expor-lhe as ideias, as afirmações temerárias, o charme pessoal, Pacheco traçou excelente perfil do diretor do museu. "Confessa cinquenta e cinco anos, quinze dos quais vividos na Bahia, mas a facúndia e a malícia estão para lavrar e durar; senhor de outros magistérios poéticos além da imaginária, ouvi-o mencionar com ancho cabedal a poesia do cancioneiro galego-português", escreveu o correspondente em lusitano. Não ficou aí: "Das memórias de amor com santa Bárbara, a do Trovão, resultou um livro muito gira, metafórico e luzidio, completo, ah, seguramente". Dom Maximiliano regalou-se.

Quanto à reportagem, nela narrou em prosa risonha, dominical, num atropelo de detalhes, o sumiço da santa, os dois dias de pânico vividos pela população soteropolitana. Um quadro pitoresco da cidade comovida com a notícia do roubo da imagem, um bem do povo. Contava do almoço no Mercado, do samba de roda, do Carnaval dos franceses, do caruru de Jacira do Odô Oiá.

Debochou rudemente das teorias das polícias, da Federal e da estadual, afirmações vazias, desmentidas pelos acontecimentos. Um coronel presunçoso, ferrabrás disfarçado em intelectual: a imagem foi levada para a Europa. Um bacharel tagarela, bestalhão metido a caga-regras: quem roubou a imagem foi o próprio vigário de Santo Amaro. Dois bobos alegres, decerto demissionários àquela hora.

Equivocou-se o vate de Coimbra ao anunciar-lhes a exoneração, o licenciamento. O coronel delegado da Polícia Federal continuou a desmascarar o plano vil dos comunistas, os de macacão e os de batina. Se a imagem não fora levada para a Europa, devia-se à ação da Federal. Violeta Arraes, percebendo-se seguida, podia ser presa no aeroporto, desistira de retirar a imagem da abadia de São Bento. O secretário de Segurança, de posse dos relatórios do comissário Parreirinha e do resfriadíssimo Ripoleto, mais uma vez apontou para a sacristia, no caso a da matriz de Santo Amaro da Purificação. Nas sacristias, vigários e sacristães planejam e põem em marcha os roubos cada vez mais numerosos dos bens de paróquias e curatos. O vigário de Santo Amaro, ao ver-se descoberto, voltara atrás e armara a farsa do protesto.

A VERDADE DO POEMA

AO PUBLICAR, NESTA RESPIRAÇÃO FINAL, A PRIMEIRA VERSÃO do poema de Fernando Assis Pacheco, motivo de acirrada polêmica da qual participaram escribas daqui e de lá, concorre-se para que esta deslustrada crônica adquira méritos literários que até agora lhe faltavam.

Antes de transcrever o poema, será de boa prática fazer-se referência às discrepâncias existentes entre o texto original e o que veio a ser divulgado em Lisboa, decorridos vários anos. Inspirado à tarde, durante o caruru de Jacira do Odô Oiá, realizado na noite da sexta-feira, após o vernissage, dia e noite de comilança, foi editado na semana seguinte, sob o selo das Edições Macunaíma. Edição peregrina, fora do comércio, iluminada em preto e branco com xilogravuras de Calasans Neto, para regalo de privilegiados, segundo reza o colofão. O mesmo poema teve uma segunda versão, publicada em Portugal recentemente. Compõe com outros, não menos admiráveis, o volume das *Variações em Souza*, responsabilidade da Hiena Editora.

A edição Macunaíma apresenta o poema e a gravura prensados em prensa manual pelo artista, sobre folha mate e larga de papel chinês, especial para xilos. Ao lado do poema manuscrito, se estende a gravura: nela se alçam as ancas de montanha e nuvem de um ser apocalíptico e sensual, meio égua meio mulher. Na edição portuguesa, não figura a ilustração de mestre Calasans. É um dos últimos poemas do caderno, o terceiro a contar do fim.

As modificações fáceis de constatar, preservando a estrutura do poema, tiveram a evidente finalidade de ocultar a musa inspiradora. Por que assim agiu o vate Pacheco, não sabemos: malandrices do poeta, galegadas devidas, quem sabe, a ciúmes de dona Rosarinho, a esposa igualmente bem servida. Se não conseguiram explicá-las dois críticos portugueses dos mais abalizados, os senhores José Carlos Vasconcelos e António Alçada Batista em abundantes artigos, e poderiam fazê-lo por possuírem os números 6 e 7 da edição baiana, seria demasiada pretensão tentar resolver aqui a controvérsia. Contentemo-nos em anotar as discrepâncias entre os dois textos.

Vamos pois a elas. Onde no texto primitivo lê-se Adalgisa, na edição revista lê-se Maruxa, a Bahia vira Orense, as Bahias transformam-se nas Burgos, e a iaô, escrita com ortografia ioruba, é uma simples nena, o cu magnificente foi o adivinhado num mercado e não num restaurante. Nada mais que isso, o bastante todavia para expulsar a indefesa Adalgisa da história literária e para sabotar a Bahia, vítima eterna da falta de escrúpulos de certos poetastros.

Para completar a informação bibliográfica, vale saber que quatro exemplares dos dez numerados e assinados pelo poeta e pelo artista foram levados para Portugal. O número 1 o vate o guardou tão bem guardado que não voltou a vê-lo; o segundo foi oferecido ao doutor José Maria Assis Pacheco, pai do autor; dois outros, com dedicatórias aduladoras, destinou-os a Alçada e a Vasconcelos. Seis exemplares permaneceram no Brasil, o número 2 ficou com a rainha, rosa e namorada do ilustrador, dona Auta de Calasans Neto, os demais, sem ordem de numeração, foram distribuídos entre as seguintes personalidades: Antônio Celestino, em cujo apartamento de banqueiro hospedou-se Pacheco por mais de um mês; Carlos e Myriam Fraga, que acolheram e alimentaram, numa visita a Mar Grande, o portuga bom de garfo e de gargalo; o romancista João Ubaldo Ribeiro e sua conformada Berenice — viver com um gênio é fogo! — por idênticas razões itaparicanas e degustativas; ao conselheiro James Amado, em prova de devoção à sua doçura de caráter: James Amado é criatura feita de blandícias, sem espinhos, louvaminheiro. Do exemplar restante se apropriou outro Amado, irmão de James: presente na ocasião, *profiteur*, o afanou.

Ditas essas verbosidades, estão as gentis senhoras e os distintos cavalheiros convidados à leitura do poema inspirado a Fernando Assis Pacheco por Adalgisa, a Iansã da Cangalha, enquanto o encantado a possuía no caruru de Jacira do Odô Oiá. Mais precisamente, pela bunda ovante de Dadá.

O POEMA EM SUA FORMA ORIGINAL

O CU DE ADALGISA

Um cu que se desvela em agosto em Bahia
redondo para olhar um cu magnificente
um cu como um bisonte
o teu cu Adalgisa adivinhado num mercado

eu rimo tanto cu que trago na memória
o teu fará por certo mais história
é um cu para a glória ó iawô impante

rodando na cadeira el'deixa-nos suspensos
quase presos Adalgisa pelos beiços

lembra-me nédio raxo assim forte de febra
lêveda e alva nas Bahias cozinhando
se de soslaio agora se requebra

e como canta Adalgisa! igual que um pássaro
ao qual neste mesón péssoro vénia

teu oriflâmio cu me faz insônia

Fernando Assis Pacheco
Bahia, noite de agosto, tormentosa

O DIA DO ÔRUNKÓ

MUITOS SÃO OS CURIOSOS DE NOTÍCIAS DE MANELA, SÃO tantas as perguntas. Quem é que não deseja saber do destino do barco de iaôs que levantou âncoras do porto do Gantois?

Nas rotas de Aiocá, navegou no fundo do mar, de cais em cais, águas erradias da memória apagada como se fora mancha vil no corpo da pátria. Peripécias e lonjuras, sons recuperados, gestos, sentimentos, as areias do deserto, o húmus da floresta, a encantação, o sortilégio. O barco retornava da etapa quotidiana, carregado de vestígios, de cores, de ritmos, de ecos e indícios, de joias e cascalho, coisas boas e más que compõem uma nação, e as iaôs as acumulavam no chão sagrado do jurá oluá, do santuário. Vadiavam de renascer e renasciam, assentavam o santo, aprendiam os pontos e os sotaques, o trote e o galope, tropa de cavalos jovens, montarias. Manela e seu erê nos trabalhos de Iansã.

A cabeça raspada pela navalha do efum, porta larga de entrada, porta aberta de saída, e os pelos do sovaco e os pentelhos da xoxota, portas estreitas, esconsas, postigos para visitações inesperadas para despachos. Manela aprendeu as cantigas, sete para cada santo quando menos, os diferentes toques da orquestra de atabaques, rum, rumpi e lé, do alujá ao adarrum, nas dezessete jornadas de circunavegação, antes que mãe Menininha determinasse o dia do oruncó.

O dia mais festivo e glorioso, o dia de dar o nome, quando Iansã, no barracão do Gantois superlotado, por fim saltou, se ergueu no ar toda em rubis e uvas moradas, e anunciou pela primeira e última vez o nome da recém-nascida, o Oiá de Manela. O Oxalá de Gildete, majestoso, a Iansã de Adalgisa, poderosa, acompanharam-na no percurso da revelação.

O nome se ouve e se esquece, jamais se repete e ninguém o decora, somente a mãe e a filha, a iá e a iaô, conhecem-lhe a pronúncia. O nome de Iansã de Manela foi proclamado, grito rouco, ouvido e esquecido numa festa grande e bonita, de muito aparato e certa soberbia. No terreiro enfeitado com bandeirolas multicores, reuniram-se convidados a mancheias, incontáveis. Além de ogãs de muitas outras casas de santo, compareceram o babalaô Nezinho, o babalorixá Luís da Muriçoca, Miguel Santana Obá Aré, Camafeu de Oxóssi, Sinval Costa Lima, mestre Didi, Carybé e Pierre Fatumbi Verger, Ojuobá, comboiando um filho de Elegbará, vindo de Cuba, via Paris, de nome cristão Severo Sarduy, cambondo das palavras. A avenida da Ave-Maria compareceu *au grand complet*, para repetir o professor João Batista, francófilo. Na sala de jantar e na cozinha, na casa vizinha de Cleusa, os manjares opíparos da culinária afro-baiana: três cabras, duas dúzias de galinhas e uma de conquéns foram sacrificadas para o ebó do nome. De-comer farto e apetitoso para a cabeça.

No domingo que se seguiu ao dia do oruncó, realizou-se a cerimônia do panã, o leilão das iaôs, o mercado das escravas: os xaraôs nos tornozelos, na garganta o quelé do orixá. Manela foi comprada a bom preço por Danilo, seu pai pequeno. Mas antes mesmo de comprá-la, e de pela segunda vez ficar por ela responsável, bancara a festa do nome sem medir despesas. Teria ganho na loteria esportiva, feito os treze pontos? Somente assim escrivão de cartório poderia se permitir tais liberalidades: Danilo não tinha sorte no jogo, em geral não passava dos dez pontos, numa única ocasião cravara onze, mas tinha amigos, muitos e bons, e quem tem amigos não passa vergonha.

No dia do nome, Miro, rindo com todos os dentes, foi com o táxi buscar Gildete e Adalgisa e as trouxe na mesma viagem, as duas tias, vinham na maior animação. Tanto se detestaram no passado quanto se estimavam agora, pareciam irmãs mabaças fecundadas no mesmo óvulo. Adalgisa domada, jovial, livre de enxaquecas, daquelas dores de cabeça e do padre confessor, virara pelo avesso, e, sem deixar de ser uma senhora, era uma pessoa igual às outras. Sem deixar de ser católica, era fogoso cavalo de encantado, na roda dos santos. Adalgisa, a da Cangalha.

Quem quiser saber ainda mais sobre esses assuntos de santeria, de vodum, de candomblé e macumba, de feitas, caboclos e orixás, trate de arrumar um dinheirinho, embarque para a Bahia, capital geral do sonho. Vá a uma casa de santo, a um terreiro, ao Engenho Velho, Axé Iá Nassô, ao Gantois, Axé Iá Massê, ao Centro Cruz Santa de São Gonçalo do Retiro, Axé do Opô Afonjá, à Sociedade São Gerônimo, Ilê Moroialajê ou Alaketu, ao Candomblé do Portão, peji de Oxóssi e do caboclo Pedra Preta, ao Pilão de Prata, Ilê de Oxumaré, ao Bogum, território da nação jeje, ao Ilê Axé Ibá Ogun, Candomblé da Muriçoca onde brinca o compadre Exu Sete Pinotes, à Aldeia de Zumino-Reanzarro Gangajti, de Neive Branco, ao Bate-Folha, chão angola no Beiru, reino de Tempo. Vá a qualquer das duas mil casas de candomblé das diversas nações da África e das nações indígenas, nagô, jeje, ijexá, congo, angola e caboclo, situadas na Bahia, em todas elas será bem recebido, com largueza e fidalguia: sendo de paz pode entrar.

Quem for da boa noite, poderá ver de golpe e pela rama a beleza e a liberdade. Se for da bênção, vai enxergar muito mais longe, vai vadiar com os orixás. Nesses templos pobres, ainda ontem perseguidos, guardam-se a saga dos escravos, a dança e o canto proibidos, resgata-se a memória condenada. As zeladoras dos orixás são senhoras da Bahia, cada qual mais majestosa, mais bela e sábia, princesas e rainhas, iás, as mães do povo.

O viajante, seja rico ou pobre, negro ou branco, moço ou velho, erudito ou analfabeto, seja quem for desde que de paz, poderá participar da festa do candomblé, onde deuses e homens são iguais, cantam e dançam a fraternidade universal.

Manela vestiu o manto de trovões de santa Bárbara, levantou o eiru de Iansã. Oiá já deu o nome e quem o ouviu já o esqueceu.

O BEATO

LASTIMAMOS INFORMAR AOS CORONÉIS FEUDAIS, PROPRIETÁRIOS de latifúndios sem cercas nem cancelas, desmarcados, donos de comarcas, de currais eleitorais, de legiões de servos, aos políticos do venha a nós, aos mandantes de assassinos, aos pais dos pobres, lastimamos, meus senhores, informar que um dos mais competentes profissionais da morte, Zé do Lírio, pistoleiro pernambucano de fama interestadual, o da pontaria infalível, atirou: matou, abandonou para sempre a profissão.

Seis tiros disparados e perdidos. Cinco contra o sacana do padre, um no próprio peito para morrer como um valente. Aviso de Deus, por intermédio do padre Cícero Romão Batista, santo do sertão, de quem o pau de arara montado no jumento era um dos doze apóstolos. Zé do Lírio apelou à penitência. Recomendava aos ricos a renúncia aos bens terrenos, convocava os pobres para a romaria final ao Cariri, aconselhava o abandono do trabalho e a prática da oração.

Conseguira reunir um bando razoável de fanáticos, com imprecação e ladainha, já o chamavam são José do Lírio Branco, pediam-lhe a bênção, solicitavam-lhe milagres e ele os fazia. Quando lhe pediram comida para matar a fome, aconselhou a invasão dos pastos e o abate de umas poucas reses para frugal repasto. Beberam água da cacimba.

A polícia paramilitar às ordens do Exército, engajada na guerra contra a subversão, tomou-o preso, deu-lhe uma surra mestra com bainha de facão, acusou-o de comunista perigoso e o processou por agitação de massas camponesas, até marxista-leninista lhe disseram. Mandaram-no amarrado numa récua de criminosos cumprir pena em Fernando de Noronha. Na ilha vive em paz, orando a Deus Todo-Poderoso, brinca na rede com índia Momi, sua mulher, que veio lhe fazer companhia, enquanto espera o troar das trombetas do Apocalipse. Zé do Lírio, profissional competente, homem de bem.

PEDIDO DE AMIGAÇÃO

SOB A LUA CHEIA, SOBEJA, CRAVADA NO FAROL DE ITAPUÃ, Patrícia roubou um beijo ao padre Abelardo Galvão. Um beijo na boca, tinha sabor de crime e de ambrosia feita em casa.

Padre Abelardo Galvão acabara de lhe comunicar que decidira prolongar por uns dias sua estada na cidade, aproveitando-os para assistir às conferências de dom Pedro Casaldáliga, o legendário clareteano, bispo e poeta da Prelazia do Araguaia, sobre reforma agrária e Pastoral da Terra. No cursilho reservado a restrito círculo de padres e leigos, na Casa de Veraneio, na Pedra do Sal, dom Casaldáliga narraria a saga de sua ação missionária contra a miséria, na tentativa de modificar o estatuto da terra. Dom Timóteo obtivera inscrição para o cura de Piaçava. Vibrando com a notícia, Patrícia rodeou-lhe o pescoço com os braços e fruiu o beijo: beijo verdadeiro, na boca, não um simples perpassar de lábios medrosos.

Padre Abelardo estremeceu nos cascos de gaúcho, machão por nascimento, árdego campeador, casto por obrigação assumida ao pé do altar: haviam-no capado mas esqueceram-se de lhe retirar os culhas, contradição moral e física, antidialética. Ao desprender-se do beijo, à custa de muita força de vontade mas a contragosto, o padre proclamou em voz alta, para que ela ouvisse e agisse em consequência, a drástica verdade que, para não cair em tentação, repetia a si mesmo, a cada instante, nas últimas quarenta e oito horas, invariável litania:

— Um padre não pode casar, Patrícia!

O espanto anuviou o perfil de medalha de Patrícia, jubiloso ao luar, os cabelos de índia, lisos, os olhos azuis de branca, os lábios comilões de negra:

— E quem falou em casamento?

Me diga, padre Abelardo Galvão, me diga o senhor e seus votos de celibato jurados no ato da consagração: quem falou em casamento? A vida, amor, é fácil e simples, doce compadrio, quando abrimos os olhos para enxergá-la e libertamos o coração de peias e entraves, de babaquices. Vamos, amor, varre da cabeça tonsurada as teias de aranha, assenta o juízo, encara a realidade. Não te faças de desentendido, de surdo, de tolo, de inocente, não adianta fugir do assunto, falar de outra coisa, seja homem.

Essa história de celibato dos padres que vocês tanto discutem, propondo soluções radicais, mudanças do código canônico, a condenação do dogma caduco em encíclica do papa, essa novela de televisão, aqui já se resolveu há muito tempo, sem necessidade de teologias nem concílios: deu-se o jeitinho brasileiro. José de Alencar, o de Iracema, minha prima, era filho de padre, não sabias? Fica sabendo.

Não te peço em casamento, não te peço para renegares a batina que bem pouco usas, que deixes de ser padre. Sei que os votos te impedem de casar, perderias o direito de exercer o sacerdócio, motivação de tua vida: casamento, meu padreco lindo, foi coisa que nunca me passou pela cabeça. Eu te peço em amigação.

Pastor da Igreja, missionário nas terras da miséria, teu apostolado serve aos mais pobres entre os pobres, aos deserdados, aos sem-terra, aos servos. Não queres negar teu compromisso, Cristo é teu mestre, tua bandeira nazarena. Pois que a levantes alto e honres a lição do Mestre, por que haverias de abandonar tua pregação? Jamais te pediria que o fizesses, sou ovelha de teu rebanho, ovelha negra, cabrita dos montes saltando sobre pedras na caatinga. Sustento tua batalha: a terra para os que a trabalham, estou a teu lado na trincheira.

Vives dizendo que o voto de castidade dos sacerdotes é excrescência medieval, ato político da antiga Igreja reacionária que servia aos ricos, que hoje é diferente. Mais dia menos dia, um concílio prafrentex derrubará essa bobagem e o amor já não será pecado, nem mortal, nem venial, será a graça de Deus. Os padres brasileiros não esperaram esse concílio revolucionário, resolveram o assunto na malemolência, sem teses teológicas, sem recorrer à luz dos doutores da doutrina, com a cara e a coragem, do jeito que Deus gosta. Deus fecha os olhos e sorri, nunca levantou a voz para condená-los, e os recebe em seu seio quando morrem, quase sempre em odor de santidade.

Só peço que me ames, nada mais. Aqui estou, vestida de lua e de estrelas, salpicada com a salsugem das ondas, cheirando a maresia, o rosto úmido, o coração aos saltos e a excomungada cansada de te esperar, meu oclocrata, aqui estou pedindo tua mão de amigo, em mancebia.

Pensas que, à exceção de uns raros fanáticos ou debiloides, os padres praticam a castidade? E os que não a praticam e às escondidas vão morrer nos braços das putas como o bom cardeal de Paris, me esqueço o nome? Ou bem aqueles que às claras constituem família, fazem filhos nas comadres, devotas e devotadas que nem eu, são pais de família exemplares? Sem necessidade de casamento de papel passado, se juntam na lei do mato que é a verdadeira lei de Deus. Quero ser tua comadre, rapariga de vigário, virar mula sem cabeça, burra de padre, caapora.

Quero que me emprenhes, quero ter um filho teu nascido no sertão de Piaçava sobre o sangue derramado a mando do senhor feudal, do coronel. Por falar nisso, tu sabes que queriam te matar? Que Joãozinho Costa contratou um pistoleiro em Pernambuco para te despachar para a terra dos pés-juntos? Foi Oiá quem te salvou, a meu pedido, apagou a sentença e escreveu no lugar a palavra amor. Comprei a tua vida, paguei por ela o preço de uma cabra.

O amor não é agravo, não ofende a Deus, não é maldade, coisa feia e suja, não é pecado nem maldição. Vem, meu lindo, vamos acabar com essa bobagem. Vais ser um padre ainda melhor e mais porreta, um padre para ninguém botar defeito, depois de aprenderes o gosto de meu beijo, de gemeres em meus braços, de escutares meus ais de amor, quando em tuas mãos amadurecerem as maçãs de meus seios, depois de teres provado o mel silvestre na moringa de meu ventre, de teres descansado a cabeça em meu regaço, vem, meu Deus Menino, meu Jesus de Nazaré, vou te crucificar.

Se não queres vir, se me recusares tua mão de amásio, se estás surdo e cego, não queres ouvir nem enxergar, se és tão burro e ignorante a esse ponto, se preferes a masturbação, o sonho pornográfico, a polução noturna, o sujo e o feio, se és a cópia gaúcha ou sertaneja do padre José Antônio Hernandez, falangista, então eu vou embora e não mais te quero ver. De Paris estão me convidando para a festa da Bahia na Antenne 2.

Vai ser um desmancho, aquela comemoração, *la grande pagaille*, *la paillardise*, *la bringue*, imagina o que vai ser! Queres que eu vá para a gandaia com os franceses, tem um que é um doce de coco, um que usa brinco mas não é xibungo, ou queres que eu fique na Bahia e coma teu cabaço, meu donzelo? Decide de uma vez, estou te pedindo em mancebia. Me concedes tua mão?

No jardim dos namorados, Patrícia da Silva Vaalserberg, Patrícia das Flores, ovelha negra do rebanho do Senhor, cabra de Iansã, tendo concluído seu discurso, esvaziado o saco, roubou mais um beijo do padre Abelardo Galvão, cura de Piaçava. Outro beijo na boca, de língua e dente, molhado de maresia, não se acabava mais.

Um padre inteiro, avó, com a graça de Deus. Na distância, decerto na lagoa escura do Abaeté, um coro de anjos e capetas canta aleluia ao som de flauta e cavaquinho. A música é de Tom Jobim. Um homem inteiro, avó.

VIAGENS E VIAJANTES

NA COMPOSIÇÃO DESTE RELATO DE TÃO VASTA CIRCUNSTÂNCIA, temos recorrido com frequência — e aqui expressamos nossos agradecimentos — à coluna "Sociedade" redigida por July, Julieta Isensée, jornalista de boa cepa, informada e lida. Tudo quanto acontece no universo festivo da alta e nos bastidores da cultura, notícias quentes, notícias frescas, badalações, fofocas em primeira mão, encontra registro e comentário no espaço cordial da crônica de July.

A colunista noticiou, com aprazimento e uma ponta de inveja, o embarque do chibante grupo de excursionistas endinheirados, para cruzeiro no Caribe, a bordo de nave italiana, luxuosa. Na relação dos felizardos, ressaltou entre as figuras mais animadas duas distintas, estimáveis conhecidas nossas, elegantérrimas. Olímpia de Castro, o avião, vestida à marinheira, traje à altura de seu tamanho e de sua audácia, e sua inseparável malunga Diana Teles dos Anzóis e Carapuça, Sylvia Esmeralda no apelo às armas, flamante em minissaia e T-shirt com a imagem de santa Bárbara, a do Trovão, estampada em cores, promoção do livreiro Chaves: não perde vaza. Recuperada da crise nervosa que a levara ao hospital, uma alegria só.

Viajavam solteiras, único senão a lastimar. O executivo Astério de Castro não podia abandonar o comando da construtora, da concessionária de obras, dos múltiplos negócios, o contato com ministros, generais, senadores, coronéis. Tinha contas a pagar no fim do mês, gorjetas a distribuir, financiamentos a receber, e os concorrentes eram ferozes. O meritíssimo juiz, além de empenhado na patriótica batalha contra a delinquência infantojuvenil, encontrava-se absorvido com o inquérito para apurar quem lhe falsificara a firma. Pobres esposas, solitárias, mortas de saudades dos maridos, tentando matar a saudade nos braços dos turistas, dos oficiais de bordo, o segundo-piloto era disputadíssimo, dos rapazinhos em férias, de preferência.

Através ainda da coluna de July, soube-se do honroso convite recebido por Nilda Spencer: a Antenne 2 solicitava sua presença em Paris para colaborar na montagem do *Le Grand Échiquier* baiano. Jacques Chancel queria tê-la a seu lado no auditório na noite da emissão. Nilda Spencer avionara levando uma reserva de lágrimas para chorá-las na comoção de ouvir e ver desfilar nos vídeos dos televisores da França a música da Bahia, os costumes, o samba de roda, a capoeira angola, o candomblé, o casario, a gente simples, o povão no Carnaval, a vida tão sofrida e tão ardente: *la chanson de Bahia*.

Não viajara sozinha. Dona Eliodora Costa pedira-lhe que olhasse pela filha Marlene, Lenoca, ainda uma menina, cujo presente dos quinze anos era aquela viagem de estudos à Europa, um mês a empanturrar-se de cultura. July previu que Lenoca, irrequieta expressão do poder jovem, obteria o máximo de aproveitamento na enciclopédica maratona: museus, conferências, curso rápido de civilização francesa na Sorbonne, concertos, teatros, l'Église de Notre-Dame, Au Lapin Agile, o Louvre, l'Opéra, le Grand Palais e o Crazy Horse.

Ao que se soube, não pela coluna de July e, sim, da boca dos eternos fofoqueiros, a menina Lenoca, apenas chegada a Paris, no desejo de bem comemorar as quinze primaveras, abriu mão da companhia de Nilda, que deu graças a Deus. Além de não ter vocação para cadeado de buceta de quem quer que fosse, viu-se ocupadíssima com os detalhes finais da *mise-en-scène* do programa de Chancel. Lenoca despediu-se prometendo telefonar.

Foi se homiziar num sexto andar da Île Saint Louis, trazia o endereço guardado junto com os dólares e os travellers em cintura de seda presa sobre a pele, costurada por dona Eliodora. Um bando álacre e multinacional a recebeu: demoiselles lindas, nenhuma delas maior de quinze anos, primaveris. Acolheram Lenoca com extrema gentileza, ensinaram-lhe os dois andares do apartamento, lance a lance: os instrumentos musicais, os canais de gravação, os desenhos, os livros, a pequena plantação de verde, os lençóis do compositor que estava de viagem mas podia chegar a qualquer momento: vida de artista é uma canseira, de artista famoso nem é bom falar.

As moçoilas se ocupavam e se divertiam tecendo uma grinalda para coroá-lo noivo quando ele regressasse, *le pâtre grec*. Eram ao todo dezesseis *jeunes filles* e se chamavam Benedicte, Nadja, Nadine, Vera, Veronique, Vasso, a grega, Anna, Rachilde, a negra Bonza, Valentina, Alexandra, Rennée, Remedios, a sevilhana, Oula e Maria Les Sept Merveilles, cor de cobre.

O MIRACULADO

PARA LOUVÁ-LO DE PÚBLICO, PARA APLAUDI-LO, REVELO o nome da única alma caridosa que dele se lembrou, do pobre infeliz: trata-se de Anny-Claude Basset, literata franco-brasileira: coração sensível, reclamou notícia do seminarista Elói. O seminarista Elói posara nu para o fotógrafo do SNI, recordam-se?

Vítima de uma emboscada do destino, vira de repente o cano do revólver em sua testa, e metralhadora visando-lhe o peito. Tremendo como vara verde, nu e broxa, pusera-se a chorar, mijara-se todo.

Dado como desaparecido pelo seminário, foi encontrado na Boca do Rio tiritando de febre, com bloqueio de memória, masturbando-se sem parar. Amnésico e onanista, louco manso fugido do hospício, nudez patética.

Brenda Hallstatt, suíça avelhantada e patacuda, que há mais de cinco anos ali estabelecera residência — vivia em companhia do fantasma Artur que comprara num saldo em Saint Gaudens e resultara um chato —, o recolheu e o trouxe para casa. Nunca lhe soube o nome, de onde viera e o motivo do delírio. Brenda o adotou: *l'Inconnu du Fleuve* assim o nomeou, ele atendia. Por intermédio de um despacho feito por mãe Mirinha do Portão, na intenção do caboclo Pedra Preta, devolveu o fantasma Artur às suas origens montanhosas de Haute Garonne.

Romântica e viciosa, usando recursos naturais de mão, boca e xibiu, Brenda rapidamente curou *l'Inconnu* do misticismo, da febre maligna e da tendência à masturbação. O ex-seminarista não recuperou a memória nem dela teve maior necessidade. Dedicou-se com êxito considerável à profissão de escravo sexual. Leva vida regalada, só de raro em raro sonha com um revólver a ameaçá-lo, a metralhadora apontada, e o fotógrafo impassível batendo as chapas. Quando acontece dá-se a melódia, faz pipi na cama. Na opinião de Brenda, suíça e freudiana, o fato deve reportar-se ao complexo de Édipo.

A CURA

NO ILÊ AXÊ IBÁ OGUN, EM QUARENTA DIAS DE CAMARINHA, Adalgisa pagou à cabeça sete anos de desleixo, de obrigações que o abicum deixara de observar. Entrou iaô, saiu ebômi.

Saiu lavada e feita, quando chegou de volta à avenida da Ave-Maria foi recebida em triunfo, risonho alvoroço da vizinhança em festa. Comes e bebes, música na eletrola da espevitada Alina e do sargento Deolindo: Damiana caprichara nos doces, e o professor João Batista obtivera, no prestigioso círculo de suas relações, vinho branco e tinto, espanhóis, vinho verde, português, jerez, manzanilla, vodca nacional e uísque paraguaio das mais acreditadas marcas escocesas. A cantoria e o bailarico, em frente às casas, vararam a madrugada mas, por volta da meia-noite, Dadá e Danilo se retiraram dizendo que iam descansar.

Não descansaram. Iansã cuspira fogo nas partes de Adalgisa, e durante os quarenta dias da confirmação ela levara pendurados na cintura os chifres de búfalo: afrodisíaco mais potente e imediato do que pau-de-resposta e catuaba. Adalgisa incendiou-se, e aquela noite de confraternidade na vila foi na cama a do primeiro orgasmo, por fim Dadá desfaleceu de gozo. Danilo não abusou. Esfomeado e sedento, não foi com sede ao pote, nem quis matar a fome num único repasto. Decidiram voltar ao morro de São Paulo para comemorar os vinte anos de casados, uma segunda lua de mel. A primeira se prestara a trocadilho — lua de mel, lua de fel —, quando o ex-Príncipe dos Gramados comeu o cabaço da virginal esposa, na marra, trancando-lhe a xoxota com aloquete de ferrolho, tornando frígida quem já era puritana.

Deixou de ser puritana mas não se fez devassa, guardou certo melindre no trato do amor que lhe aumentava a graça e a sedução. Continuou sendo uma senhora, dada a licenças no leito, deixou de ser fanática mas continuou boa católica, vai à missa aos domingos em companhia de Gildete mas já não se confessa e nunca mais voltou a ver o padre José Antônio Hernandez. Adora Miro, a cerimônia solene do pedido da mão de Manela em casamento já tem data marcada. Ainda um último detalhe antes que Dadá e o Príncipe tomem a barca para o morro de São Paulo: curou-se Adalgisa da dor de cabeça, Danilo não fez por menos: melhorou imenso da peidorreira, agora só de vez em quando.

HAPPY END

NA MODESTA CASA DE MADEIRA EMPRESTADA PELO CASAL Queiroz, Laura e Dário, conhecidos de há vinte anos e de muitas conversas sobre futebol, a harmonia presidiu a saturnal. Incontinência grande e animada, Dadá trazia na mala de viagem vinte anos de atraso, duas décadas de ignorância. Tirou a forra.

Nos quarenta dias de camarinha, no Candomblé da Muriçoca, pagara sete anos de obrigações e aprendera o ritual dos orixás. Em quinze dias e quatorze noites na praia do morro de São Paulo, coberta de luar, na carícia da viração, Dadá pagara tudo quanto cobrou o marido pedinchão, devia muito: ai tempo perdido! Aprendera na ponta da língua, por assim dizer, as lições do professor capaz e perseverante, o príncipe dos castelos, o sabichão, Danilo bom de cama, Danilo taradinho da peste, para divulgar lídima expressão de Elisa, Abelha Mestra, a do rabo doido.

Se alguém espera ler, após estas sucintas e pudendas considerações, cinquenta alentadas páginas narrando a segunda lua de mel, comemorativa dos vinte anos de casório, como se fez quando da primeira, esse alguém se enganou. Enganou ou enganaram-se os inumeráveis apreciadores, valha-nos Deus!, desse tipo de baixa literatura? Enganou-se ou enganaram-se, pouco importa: ficaram a ver navios, saveiros cruzando águas do golfo. A porta do quarto dos renubentes está trancada a chave e não somos de espiar em buraco de fechadura.

Vai ficar no ora-veja quem pensa regalar-se com expressões eróticas, detalhes pícaros, excitantes, suspiros e gemidos, palavras doces: vem, minha safadinha, minha puta descarada, língua de ouro, xoxota de veludo, cu de carrapeta, coisas assim de ternura, delicadas, românticas, divinas expressões de amor. Não se contará do descabaçamento.

Descabaçamento? Não já acontecera? Vinte anos passados, na lua de mel após o casamento, sobre os lençóis de linho na casa do doutor Fernando Almeida? Naquele então, com mau jeito e pressa descabida, Danilo comera o cabaço de Adalgisa, incrustado sob a mata de pelos encaracolados na boca do mundo, virginal. Da segunda vez, a dos vinte anos, foi o cabaço do cu, dito cuiubu pelos entendidos, que ele traçou, papa fina, e o degustou na delicadeza, com a aquiescência assustada da cuiubuda.

Foi na sétima noite, na metade exata das férias, que Danilo lhe comeu o rabiosque, era noite de lua cheia. Tinham andado para bem longe do casario, os pés descalços na estrada mágica do luar, despiram maiô e sunga, nus entraram mar adentro, ele a persegui-la entre risadas, rolaram nas ondas, embolaram na areia molhada e dura, assustavam caranguejos, a espuma das ondas arrepiava os seios de Dadá e a estrovenga de Danilo apontava para o céu. Os beijos de sal, as bocas devoradoras, as mãos desatadas, o pensamento naquilo. Voltaram para a casa estugando o passo, levavam pressa. Aconteceu.

Ao contar-se do casamento, da lua de mel difícil, infeliz, prometeu-se "relatar o melodrama e *happy end*". O melodrama foi narrado nas minúcias sofridas, esforço e desforço, encontro e desencontro, coisa de um passado triste. Da segunda vez, o *happy end*.

Danilo, convenhamos, mereceu o final feliz pois, ao longo dos vinte anos de puritanismo da fanática Adalgisa, ele não desanimou, continuara pedindo. Demorou mas realizou seus sonhos mais ousados: mais fogosa e completa na cama do que Dadá está por apresentar-se. Danilo precisa recorrer à competência e ao entusiasmo que são de seu caráter másculo, forças ainda não lhe faltam, felizmente. Mas, de algum tempo para cá, passou a tomar pó de guaraná que lhe envia Eduardo Lago, um amigo de São Luís do Maranhão, fã de futebol.

E aqui se dá por finda a história de Adalgisa e de Manela, descendentes do castelhano Paco Perez y Perez e da negra Andreza, tia e sobrinha, filhas as duas de Iansã. Iansã veio à Bahia em visitação para consertar-lhes a vida torta, pôr cobro à maldade, ensinar o bem e o gozo, a alegria de viver. Revestiu o manto de trovões de santa Bárbara, seu alter ego, embarcou no saveiro de mestre Manuel, implantou a confusão, atravessou os limites da balbúrdia e do perigo, salvou a vida de um padre-melancia, se divertiu. Deletreou com Dorival Caymmi, com Carybé e com este vosso criado, obrigado, três obás de Xangô, três doutores *honoris causa* da escola da vida, três rapazes da Bahia, um músico, um pintor, um romancista, saravá!

O RETORNO

SUCESSO ABSOLUTO, MAIOR NÃO PODIA TER SIDO, O DA Exposição de Arte Religiosa: visitantes incontáveis, frases de retumbante entusiasmo nos livros de presença, a repercussão tamanha, como se sabe. Prolongou-se por um mês, mas a imagem de santa Bárbara, a do Trovão, ainda permaneceu uma longa semana no convento de Santa Tereza, nas oficinas do museu, alvo de cuidados especiais da restauradora Liana Gomes Silveira, de notória idoneidade.

Seguro morreu de velho: desconfiado, padre Téo, cujas relações com dom Maximiliano von Gruden mantinham-se arredias, sob os signos da antipatia e da suspeição, impacientou-se e foi buscá-la, em pessoa. Teve de pacientar dois dias, entre pragas e xingos, pois o diretor do museu viajara inesperadamente, e apenas ele poderia assinar a ordem para a restituição da imagem. Mas tudo tem seu dia e, assim, na manhã de um domingo de sol e brisa, dom Maximiliano e o funcionário Edimilson, anjo marxista e visionário, reintegrado nas funções de assessor, levaram a imagem na Kombi do museu para a rampa do Mercado, onde estava amarrado o *Viajante sem Porto*. Mestre Manuel e Maria Clara encarregaram-se de embarcá-la, colocaram-na sobre o andor na popa do saveiro. Cortês, dom Maximiliano despediu-se do vigário de Santo Amaro, que não foi menos urbano: desculpe o mau jeito, sou assim mesmo. Não se desculpasse, rogou dom Maximiliano: não levava em conta incompreensões, enganos, insinuações malévolas, podia compreendê-las e até justificá-las. Apertaram-se as mãos, o vigário e dom Mimoso. No cofre do museu, trancado a sete chaves, dom Maximiliano guardara o documento assinado por padre Téo, atestando haver recebido em perfeito estado de conservação a imagem de santa Bárbara, a do Trovão, que estivera emprestada ao Museu de Arte Sacra: mandara reconhecer a firma do vigário.

Dois jornalistas acompanharam a imagem a Santo Amaro: Guido Guerra, pelo *Diário de Notícias*, José Berbert de Castro, por *A Tarde*, com os respectivos fotógrafos, Gervásio Filho e Vavá. Coincidiram os brilhantes repórteres, cada qual com seu estilo, na descrição da viagem, da parada na foz do rio e do desembarque em Santo Amaro. A viagem transcorreu serena, a parada teve foguetório e declamação, o desembarque foi uma apoteose.

Do cais da Bahia o *Viajante sem Porto* saiu comboiado por numerosos saveiros que o escoltaram até o Paraguaçu. Ali, no encontro do rio com o mar, porta do Recôncavo, os saveiros detiveram-se. Os foguetes subiram para anunciar o feliz retorno e, usando velho alto-falante, Antônio Brasileiro, trovador de Feira de Santana, derradeiro aedo a poetar neste manual de versificação, declamou a balada em louvor da santa: "Triunfo de santa Bárbara, a do Trovão, nas asas-deltas do povo". Os peixes vieram à tona para ouvi-lo, as baronesas desabrocharam em flores, rimas voaram na brisa da manhã.

No curso do rio, o acompanhamento foi tarefa e devoção dos saveiros vindos dos portos do Recôncavo, uma revoada. No colo da imagem, o relicário da confraria de Nossa Senhora da Boa Morte: as velhinhas de Cachoeira aguardavam irrequietas, no cais de Santo Amaro. Santa Bárbara, a do Trovão, parecia satisfeita com o regresso a seu altar, sorria ao ouvir Maria Clara nas cantigas de amor, nos pontos rituais de orin orixá. A viração vinha brincar nas mãos calosas de mestre Manuel. Hosana!

Em Santo Amaro o desembarque foi uma consagração, celebravam-se a vitória do povo, a derrota dos canalhas que tentaram roubar um bem da cidade, agora ainda mais valioso pois, como está provado e comprovado, e se lê no livro, a imagem de santa Bárbara, a do Trovão, foi esculpida pelo Aleijadinho, por encomenda do vigário, especialmente para ser venerada em Santo Amaro da Purificação. A população em massa acompanhou a procissão, revezavam-se a carregar o andor da santa, à frente iam dona Canô e seu José Veloso, pais dos felizes meninos. Epifania!

Depositada em seu modesto altar na matriz, ali permanece a discutida imagem que levara sumiço e dera o que falar. Na opinião de padre Téo, dali nunca deveria ter saído. Custara-lhe trabalho e palavrões trazê-la de volta: a famosa, única e verdadeira santa Bárbara, a do Trovão.

O VERBETE

A VERDADEIRA, A ÚNICA? PODE SER QUE SIM, PODE SER QUE NÃO. Nas portas de livraria, locais de encontro e prosa que aliás já não existem, comenta-se à boca pequena entre letrados acerca de um verbete dedicado à imagem de santa Bárbara, a do Trovão, com foto em cores, na *Universalenzyklopädie der Religiösen Kunst*, recentemente editada na Alemanha (Piper Verlag, München).

Die Heilige Barbara der Blitze, o verbete, exato e conciso, canta loas à formosura da imagem, diz do alto valor artístico e do valor mirabolante de *marchandage* no mercado especializado, faz referência ao livro de dom Maximiliano von Gruden, *Der Ursprung und der Schöpfer des Gnadenbildes Barbara, die der Donners*, e à tese segundo a qual cabe ao Aleijadinho a autoria da escultura. Termina informando que a peça original faz parte do notável acervo do Museu de Arte Sacra da Universidade Federal da Bahia. Uma cópia é objeto de culto popular, de devoção pública na matriz de Santo Amaro da Purificação.

Com esta espantosa informação germânica, que convida à dúvida, relança a polêmica, alimenta denúncias veladas, estimula verrinas, chegamos ao final do conto, só nos resta dizer até logo, *au revoir*. Desmontando do lombo do jumento tardo, aquele mesmo, o dançador, na encruzilhada onde os caminhos se confundem e as faces se misturam, arreio o ebó devido a Exu: ebó de sangue com uma garrafa de cachaça e meia dúzia de charutos de vintém.

Laroiê! Digo salvando, e o coro dos compadres me responde: Laus Deo! Axé, gente boa, que eu me vou embora, até mais ver.

No quai des Célestins, em Paris, de maio a outubro de 1987,
de fevereiro a julho de 1988. Na Bahia, agosto de 1988

posfácio

A Bahia de Jorge Amado ou uma história de feitiçaria

Yvonne Maggie

Há bem pouco tempo, quando algum leitor assíduo de Jorge Amado chegava à Bahia pela primeira vez, não sabia se era mesmo a Bahia que estava vendo ou se entrava em um dos muitos livros do romancista mais popular do país. A "Roma africana" — no dizer da inesquecível mãe Aninha do Ilê Axé Opô Afonjá — dos relatos magníficos de Jorge Amado, era a Roma do encontro, do feitiço, do mestiço, berço do candomblé.

A Bahia que aprendemos a amar desde os primeiros romances de Jorge Amado não passou de miragem? Tudo leva a crer que hoje está em questão essa Bahia descrita por Jorge, com gente vivendo em volta de terreiros situados em lugares ermos e de difícil acesso, nas festas de santos, e com modos tão misturados de agir e sentir. Para onde irão mestre Manuel e Maria Clara, personagens presentes desde os primeiros livros e que foram envelhecendo na medida em que o seu criador ia ficando mais velho? O que ficará dessas histórias tão cheias de encontros entre ricos e pobres, mulheres e homens, gozos e tristezas, e desse jeito de falar com tanta beleza daquilo que espanta e assombra na miséria, na barbárie, no luto e na vida dura do povo, se o país for transformado, por força de lei, numa nação dividida em brancos e negros?

O sumiço da santa: *Uma história de feitiçaria* — livro que Jorge Amado ainda nomeou de *A visitação de Iansã à cidade da Bahia* ou *Execração pública de fanáticos e puritanos* ou ainda *A guerra dos santos* — forma com *Jubiabá* e *Tenda dos Milagres* uma trilogia. Em todas as histórias contadas pelo romancista, o candomblé faz parte da trama, mas nessa trilogia a religião dos orixás é o tema central.

Jubiabá é um livro da fase comunista de Jorge Amado. Baldo, o protagonista, passa de malandro, marginal e lutador afamado de boxe a operário. Depois de uma greve, descobre que o pai de santo Jubiabá, seu grande amigo e conselheiro, mentia, pois a miséria do povo nunca seria vencida pela força dos orixás, e sim pela união dos trabalhadores.

O livro conta a história do amor de Baldo pela moça branca da casa na qual fora acolhido ao ficar órfão. Por inveja e maldade da empregada, ele foi impedido de viver esse amor, que era impossível — porque amor de pobre com rica, de negro com branca. Pelo resto de sua vida, Baldo fantasiou, em cada uma das mulheres que possuiu, a imagem daquela moça branca de olhos verdes de sua infância e juventude, que lhe fora proibida. Quis o destino que a moça rica ficasse pobre e morresse nos braços de Baldo em um prostíbulo em Salvador.

As barreiras de classe foram bem descritas por Jorge Amado, que não deixou de falar também da cor da pele, dos olhos verdes — portanto, do preconceito e do racismo. O livro termina com Baldo no cais do porto, acenando a um operário estrangeiro que partia num navio, gesto que simboliza a força e a união da classe trabalhadora.

Em *Tenda dos Milagres*, sem se prender à ideologia comunista que abraçava na época em que escreveu seus primeiros romances, entre eles *Jubiabá*, Jorge Amado parece encantado com os terreiros de candomblé. Numa narrativa que mistura ficção e realidade, dois dos mais importantes estudiosos de candomblé da Bahia no início do século XX, Manuel Querino e Raimundo Nina Rodrigues, são retratados com nomes fictícios. Nesse romance, Manuel Querino é Pedro Archanjo, intelectual autodidata que conhecia os segredos do candomblé como ninguém e que viveu nas ladeiras do Pelourinho escrevendo e em meio a muitas mulheres. Em oposição a esse personagem, mistura de um verdadeiro com um falso Querino, Nilo Argolo personifica um Raimundo Nina Rodrigues racista. Jorge Amado comete uma injustiça com o médico maranhense que gostava de conviver nos terreiros e que, embora acreditasse na existência de raças, foi, paradoxalmente, o primeiro a dizer que a crença iorubana afetava, na Bahia, pessoas de todas as classes, afirmando que brancos, negros, mulatos e indivíduos de todos os matizes se consultavam nos terreiros, sendo mais acertado dizer que a sociedade baiana — com exceção de uma minoria de "espíritos superiores e esclarecidos" — acreditava no poder sobrenatural dos talismãs e feitiços.

Jorge Amado preferiu descrever a interessantíssima figura de Manuel Querino e sua relação com os terreiros e elegeu-o personagem central. Ao debate travado entre os dois intelectuais da Faculdade de Medicina, um bedel e um doutor, mistura-se a trama de amor entre o afilhado de Pedro Archanjo e a filha de um coronel branco. Dessa vez, o par romântico se completa e não há polícia nem coronel que dê jeito. A história revela o lado irônico de Jorge, pois começa com a visita de um antropólogo estrangeiro que vai à Bahia homenagear Querino, desconhecido pela intelectualidade "bem-pensante" de Salvador. *Tenda dos Milagres* fala do preconceito e das relações entre negros e brancos na Bahia e descreve a mestiçagem como estratégia de combate ao racismo e como metáfora de um ideal de igualdade a ser atingido.

Em *O sumiço da santa*, escrito nos anos 1970, antes mesmo de *Tenda dos Milagres*, mas publicado em 1988, Jorge Amado chega finalmente à grande descoberta, metaforizada na história do sumiço de uma imagem de santa Bárbara. Nesse livro descortina-se uma hipótese: o que une ricos e pobres, famosos e gente comum, católicos e pagãos, é o feitiço. A descoberta de Jorge Amado, feita tanto tempo antes por Nina Rodrigues, é descrita por meio de casos, nomes e sobrenomes de pessoas conhecidas, num tempo em que o Brasil passava por uma mudança radical de mores e de cultura. Aí estão dona Canô, o velho Camafeu de Oxóssi, e em cada página encontramos referência a pelo menos um baiano ou baiana que conhecemos de algum livro, filme ou canção. Não se sabe se os casos contados e as histórias vividas pelos personagens de nomes conhecidos são reais ou fabuladas, ou se os personagens cujos nomes não conhecemos são realmente inventados.

Aqui vai minha leitura da história fabulosa narrada neste *O sumiço da santa*.

Salvador dos anos 1970, tempo de minissaia e de tropicalismo, tempo de feminismo e de amor livre. Uma cidade que vivia os anos da ditadura, em que padres eram perseguidos, torturados e até mortos. Uma cidade do encontro, do amor e da licenciosidade entre brancos e negros, ricos e pobres, casados e solteiros e até entre padres e moças de família.

O par "policromático" de *O sumiço da santa* não é formado por um negro e uma branca, mas por um negro e a filha de um espanhol que se casara com uma negra. Adalgisa, filha desse encontro de cores e culturas, não se queria mestiça, mas sim herdeira apenas de sua linhagem Perez y Perez.

Danilo, ex-jogador de futebol, príncipe dos gramados, negro, enamora-se de Adalgisa, que nega a herança materna e prefere as procissões de Sevilha ao batuque dos candomblés; porém tudo se perde na lua de mel. O caso de Adalgisa e Danilo se resolve apenas no final do romance, depois que a imagem de santa Bárbara se transforma em Iansã e sai do barco de mestre Manuel para as ruas da cidade e, mais precisamente, para o terreiro do Gantois, de mãe Menininha.

Mas por que santa Bárbara se transforma em Iansã e dá tamanho susto, sumindo com sua própria imagem? A transformação da imagem da santa em orixá tinha o objetivo de consertar o que havia de errado na vida atravessada de Adalgisa, de sua filha de criação Manela e da avó Andreza da Anunciação, dita Andreza de Iansã.

A descrição da chegada de Iansã ao terreiro do Gantois é das mais belas e mais apimentadas. Descreve o lado cerimonial — pois fala da dança ritual e da possessão, assim como dos postos da hierarquia de poder do terreiro —, mas fala também da futrica que nele acontece, ao criticar os falsos conhecedores do ritual e os aproveitadores que usurpam o lugar dos verdadeiros sábios que conhecem os mistérios do santo, como os obás. Iansã, em sua dança frenética no centro do barracão, espanta-se ao ver Miguel Santana Obá Aré, um dos postos mais altos da hierarquia do candomblé, fora de seu lugar de honra ao lado de mãe Menininha. Oiá ou Iansã, ventania que arranca as árvores, expulsa o intruso que havia se aboletado no lugar do velho Miguel de Santana, fazendo-o cair da cadeira, dando-lhe solavancos, socos na boca do estômago. Com duas bofetadas faz o intruso deixar a casa para que o obá fosse reverenciado.

Essa descrição mostra o profundo conhecimento de Jorge Amado não só do candomblé e de seus rituais, mas também dos conflitos coexistentes nos rituais sagrados. Jorge Amado é um obá de Xangô do Ilê Axé Opô Afonjá, um dos postos de maior prestígio do terreiro. O leitor pode, além disso, perceber por que Jorge Amado demorou tanto para tornar pública a história: o fuxico, a intriga e o conflito fazem parte da vida nos terreiros, mas são tabu, devendo ser guardados em segredo para não ameaçar a imagem da casa. Jorge Amado declarou, após escrever *O sumiço da santa*, que por revelar histórias tão conhecidas e de gente próxima temia ferir muitas sensibilidades, por isso adiou a publicação por quase vinte anos.

Poucos são os que se aventuram na descrição dos bastidores das casas tradicionais da Bahia. Em *O sumiço da santa*, Jorge Amado fala desse outro lado, da feitiçaria, de uma história de "troca de cabeça", de uma mãe que, pela magia, morre no lugar da filha, que deveria então se dedicar ao santo. Toda a história gira em torno desse feitiço, que une todos os casos e todas as pessoas que aparecem na trama.

Nas 48 horas em que esteve sumida a imagem de santa Bárbara, a do Trovão, os leitores conhecem muitas histórias da gente da cidade de Salvador. Todos os personagens, reais ou imaginários, de alguma forma estão unidos à trama central, pois alguns são acusados, outros acusadores; uns vítimas, outros causadores do sumiço da santa. Os acusados de roubar a imagem são também ligados aos mistérios do terreiro e a seus feitiços. Pelo poder sobrenatural de fazer o bem e o mal, Oiá, a Iansã, deusa dos ventos fortes e do trovão, livra da morte um "padre-melancia" (nome dado na época pela polícia àqueles que por fora pareciam nacionalistas, mas por dentro eram comunistas, vermelhos) e faz com que o filme sobre o Carnaval, feito por um francês, seja recheado de pequenos encontros de amores impossíveis.

Os que são materialistas acreditarão em milagres. O maior deles é a transformação de Manela: de filha adotiva, submissa, vivendo sob o tacão de Adalgisa, na mais bela filha de Iansã, justamente no Dia do Senhor do Bonfim e na lavagem da igreja. Na descrição dessa festa não faltam detalhes verdadeiros, porque desde 1939, quando a antropóloga americana Ruth Landes esteve na Bahia e descreveu a vida dos terreiros, esse ritual é mostrado em toda sua riqueza, revelando a íntima ligação entre a Igreja Católica e o culto aos orixás.

No dia em que Manela, fugindo da mãe adotiva, foi à festa da lavagem do Bonfim, o ritual foi filmado por uma emissora de televisão, que apresentou a linda morena Manela dançando no adro da igreja em plena luz do dia. O repórter não poupou elogios à beleza da moça. Adalgisa, que assistia comedidamente ao noticiário, viu Manela, sua filha de criação, dançando seminua no meio da multidão de filhas de santo, lavando a igreja e — pior — engraçando-se com o negro Miro, motorista de táxi odiado por Adalgisa.

Iansã passeia dois dias pela cidade para consertar a vida de Adalgisa, mas por quê? Descobre-se, ao longo da história, que tudo o que acontece em sua vida deve-se ao fato de Adalgisa, prometida à Iansã, não fazer o santo e não obedecer aos preceitos, fugindo de suas obrigações. Descobre-se ainda mais: Adalgisa nascera abicum — nome dado aos nascidos para morrer, crianças que morrem logo após o nascimento, segundo a crença iorubana. No entanto, a mãe de Adalgisa, Andreza, sabendo desse destino por meio dos búzios, havia feito um trabalho para "trocar de cabeça". Para isso é preciso fazer um feitiço de forma que outra pessoa morra no lugar daquela que iria morrer. É trabalho de magia pesada, que algumas mães e pais de santo são acusados de praticar. Na "troca de cabeça" há, portanto, um ato de feitiçaria.

No caso de Adalgisa, a mãe da futura nascitura pede que ela mesma seja sacrificada no lugar da filha, que, em troca, deveria se dedicar aos deuses. Andreza morre subitamente depois do parto, mas sua filha recusa-se a viver a vida dos terreiros de candomblé, por considerá-la coisa do demônio, de gente bárbara, e por isso se torna uma mulher sem vida e sem viço, torturando Manela.

A sorte muda quando a imagem de santa Bárbara, transformada em Oiá, foge do barco de mestre Manuel, anda pela cidade e acaba montando em Adalgisa, que dança no meio do terreiro do Gantois louvando os deuses e pagando assim sua dívida. A luta de Adalgisa e do padre falangista espanhol, seu confessor, que tenta impedi-la de entrar no terreiro no largo de Pulquéria, em meio ao barulho dos carros na avenida, retrata a luta do bem contra o mal. O mal é personificado pelo padre exorcista e o bem pela Iansã da Cangalha, a Iansã de Adalgisa. Nas palavras de Jorge Amado, "enfrentavam-se os contrários, [...] o fanatismo e a intolerância, [...] a tirania e a liberdade, na peleja entre o abicum e o orixá, na guerra de Aluvaiá".

Depois de ser cavalgada por Iansã, Adalgisa transforma-se em uma mulher cheia de amor e afeto. Manela pode, enfim, viver seu amor com o taxista Miro; e Danilo, o ex-Príncipe dos Gramados, gozar das delícias daquela que é fruto da mistura e do amor de um espanhol por uma morena da Bahia.

Manela também é liberta da vida submissa e fica na camarinha, fazendo o santo; só sai na cerimônia de dar o nome quando Iansã, no barracão lotado, "por fim saltou, se ergueu no ar toda em rubis [...] e anunciou pela primeira e última vez o nome da recém-nascida, o Oiá de Manela". Nesse dia, estavam na casa "Nezinho, o babalorixá Luís da Muriçoca, Miguel Santana Obá Aré, Camafeu de Oxóssi, Sinval Costa Lima, mestre Didi, Carybé e Pierre Fatumbi Verger, Ojuobá, comboiando um filho de Elegbará, vindo de Cuba, via Paris, de nome cristão Severo Sarduy, cambondo das palavras".

O sumiço da santa conta uma história bem diferente das outras sobre a Bahia e centradas no candomblé. O lado mais decantado por todos aqueles que falam sobre os terreiros é o das cerimônias e rituais públicos. Nesta história, Jorge Amado fala não só dos orixás e das cerimônias, mas do que está por trás, do que se faz às escondidas, do feitiço, da "troca de cabeça". Essa história relaciona pessoas de muitas posições sociais, liga eventos que pareciam dispersos, ao contar a relação entre os homens e os deuses por meio da feitiçaria, da coisa-feita, do desejo dos deuses de dominar seus filhos e intervir em suas vidas.

Tratando dos deuses e de como eles se misturam ao mundo dos homens e mulheres da Bahia, Jorge Amado descobre um princípio de organização da vida brasileira pelo menos até o início do século XXI. O leitor é levado a compreender o feitiço não como um objeto ou uma ação, e sim como um mecanismo que permite unir pessoas e coisas por contiguidade. O feitiço, tal como um interruptor, ao ser acionado acende a luz, iluminando todos os casos narrados. O feitiço é o elo que permite contar a história de tanta gente.

O feitiço que está no centro desta história só foi descoberto porque, pela magia, a imagem de santa Bárbara sai de Santo Amaro, apesar dos protestos do padre da igreja onde ela era guardada, e se transforma na deusa dos ventos. O feitiço de Iansã é tão forte que naquele ano, conta Jorge Amado, muitas imagens de santa Bárbara foram esculpidas no Pelourinho e no Rio de Janeiro, por mãos de mestres famosos. O autor revela também que no Brasil o roubo de imagens sacras era corriqueiro, e que a polícia acusava os "comunistas", os "subversivos", por esses roubos.

Em cada uma das páginas deste romance há nomes como os de Vivaldo Costa Lima, um dos mais importantes antropólogos da Bahia, os jovens Caetano Veloso, Gilberto Gil, Maria Bethânia, Gal Costa e Capinam. Aparecem também, para nos brindar, João Ubaldo Ribeiro e até mesmo Glauber Rocha, Ordep Serra e tantos outros que se encontram ali justamente por estarem ligados à história da feitiçaria. Iansã, nessas 48 horas, também se diverte muito unindo o que estava separado e ainda "deletreou com Dorival Caymmi, com Carybé" e o próprio Jorge Amado "três obás de Xangô, três doutores *honoris causa* da escola da vida, três rapazes da Bahia, um músico, um pintor, um romancista".

O sumiço da santa é assombroso porque mostra qual era a liga que unia todos esses nomes famosos e personagens populares que passeiam nas centenas de páginas do romance. A feitiçaria é o elo. E feitiçaria é coisa feia, bárbara, fruto da inveja e da maldade. No entanto, os terreiros eram também, naquele tempo, o lugar em que "O viajante, seja rico ou pobre, negro ou branco, moço ou velho, erudito ou analfabeto, seja quem for, desde que de paz, poderá participar da festa do candomblé, onde deuses e homens são iguais, cantam e dançam a fraternidade universal".

O livro termina com um pedido de licença e "um ebó devido a Exu: ebó de sangue com uma garrafa de cachaça e meia dúzia de charutos de vintém". Um despacho, mostrando que o obá de Xangô de uma das mais tradicionais casas de Salvador, o Ilê Axé Opô Afonjá, não dispensa aquilo que se faz às escondidas: a magia e o feitiço.

No início deste posfácio, afirmou-se que a Bahia descrita por Jorge Amado estava em questão. Os terreiros que eram vistos — pelo menos até o início do século XXI — como lugares de encontro, de mestiçagem e de feitiçaria de todos os brasileiros, parecem agora não ocupar mais o lugar que tinham nos livros inesquecíveis do escritor, o mais famoso obá de Xangô. Aquela Bahia está correndo risco, pois querem transformar a Iansã da mulata Manela em deusa apenas dos negros e reivindicar a propriedade dos terreiros e até mesmo da negritude e da tradição dos orixás expulsando a Oiá mais bela, mais rica e mais miscigenada para festejar uma Iansã sem sincretismo. Será que aquela cidade do Salvador da Bahia de Todos-os--Santos, a Roma africana do encontro, sobreviverá à faina daqueles que querem ver o país transfigurado, por lei, em terra de negros e brancos desunidos?

Yvonne Maggie é professora titular do Departamento de Antropologia Cultural do Instituto de Filosofia e Ciências Sociais da Universidade Federal do Rio de Janeiro (UFRJ).

cronologia

O sumiço da santa se passa durante “os piores anos da ditadura militar”, nas palavras do próprio narrador. Episódios de prisão, censura e tortura estão presentes em inúmeras passagens do livro. Pontuado por indícios contextuais da década de 1970, o romance apresenta o cineasta Glauber Rocha como um dos frequentadores do Teatro Vila Velha, em Salvador — sabe-se que Glauber foi para o exílio em 1971 —, cita uma apresentação de Caetano Veloso e Gilberto Gil, recém-chegados do exílio — portanto, em 1973 —, e um de seus personagens, o poeta Vinicius de Moraes, comenta que acabou de compor “Tarde em Itapuã”, canção gravada em 1971. Outra referência temporal é o aniversário de noventa anos de Mestre Pastinha, que aconteceu em 1979.

1912-1919

Jorge Amado nasce em 10 de agosto de 1912, em Itabuna, Bahia. Em 1914, seus pais transferem-se para Ilhéus, onde ele estuda as primeiras letras. Entre 1914 e 1918, trava-se na Europa a Primeira Guerra Mundial. Em 1917, eclode na Rússia a revolução que levaria os comunistas, liderados por Lênin, ao poder.

1920-1925

A Semana de Arte Moderna, em 1922, reúne em São Paulo artistas como Heitor Villa-Lobos, Tarsila do Amaral, Mário e Oswald de Andrade. No mesmo ano, Benito Mussolini é chamado a formar governo na Itália. Na Bahia, em 1923, Jorge Amado escreve uma redação escolar intitulada “O mar”; impressionado, seu professor, o padre Luiz Gonzaga Cabral, passa a lhe emprestar livros de autores portugueses e também de Jonathan Swift, Charles Dickens e Walter Scott. Em 1925, Jorge Amado foge do colégio interno Antônio Vieira, em Salvador, e percorre o sertão baiano rumo à casa do avô paterno, em Sergipe, onde passa “dois meses de maravilhosa vagabundagem”.

1926-1930

Em 1926, o Congresso Regionalista, encabeçado por Gilberto Freyre, condena o modernismo paulista por “imitar inovações estrangeiras”. Em 1927, ainda aluno do Ginásio Ipiranga, em Salvador, Jorge Amado começa a trabalhar como repórter policial para o *Diário da Bahia* e *O Imparcial* e publica em *A Luva*, revista de Salvador, o texto “Poema ou prosa”. Em 1928, José Américo de Almeida lança *A bagaceira*, marco da ficção regionalista do Nordeste, um livro no qual, segundo Jorge Amado, se “falava da realidade rural como ninguém fizera antes”. Jorge Amado integra a Academia dos Rebeldes, grupo a favor de “uma arte moderna sem ser modernista”. A quebra da bolsa de valores de Nova York, em 1929, catalisa o declínio do ciclo do café no Brasil. Ainda em 1929, Jorge Amado, sob o pseudônimo Y.

Karl, publica em *O Jornal* a novela *Lenita*, escrita em parceria com Edson Carneiro e Dias da Costa. O Brasil vê chegar ao fim a política do café com leite, que alternava na presidência da República políticos de São Paulo e Minas Gerais: a Revolução de 1930 destitui Washington Luís e nomeia Getúlio Vargas presidente.

1931-1935

Em 1932, desata-se em São Paulo a Revolução Constitucionalista. Em 1933, Adolf Hitler assume o poder na Alemanha, e Franklin Delano Roosevelt torna-se presidente dos Estados Unidos da América, cargo para o qual seria reeleito em 1936, 1940 e 1944. Ainda em 1933, Jorge Amado se casa com Matilde Garcia Rosa. Em 1934, Getúlio Vargas é eleito por voto indireto presidente da República. De 1931 a 1935, Jorge Amado frequenta a Faculdade Nacional de Direito, no Rio de Janeiro; formado, nunca exercerá a advocacia. Amado identifica-se com o Movimento de 30, do qual faziam parte José Américo de Almeida, Rachel de Queiroz e Graciliano Ramos, entre outros escritores preocupados com questões sociais e com a valorização de particularidades regionais. Em 1933, Gilberto Freyre publica *Casa-grande & senzala*, que marca profundamente a visão de mundo de Jorge Amado. O romancista baiano publica seus primeiros livros: *O país do Carnaval* (1931), *Cacau* (1933) e *Suor* (1934). Em 1935 nasce sua filha Eulália Dalila.

1936-1940

Em 1936, militares rebelam-se contra o governo republicano espanhol e dão início, sob o comando de Francisco Franco, a uma guerra civil que se alongará até 1939. Jorge Amado enfrenta problemas por sua filiação ao Partido Comunista Brasileiro. São dessa época seus livros *Jubiabá* (1935), *Mar morto* (1936) e *Capitães da Areia* (1937). É preso em 1936, acusado de ter participado, um ano antes, da Intentona Comunista, e novamente em 1937, após a instalação do Estado Novo. Em Salvador, seus livros são queimados em praça pública. Em setembro de 1939, as tropas alemãs invadem a Polônia e tem início a Segunda Guerra Mundial. Em 1940, Paris é ocupada pelo exército alemão. No mesmo ano, Winston Churchill torna-se primeiro-ministro da Grã-Bretanha.

1941-1945

Em 1941, em pleno Estado Novo, Jorge Amado viaja à Argentina e ao Uruguai, onde pesquisa a vida de Luís Carlos Prestes, para escrever a biografia publicada em Buenos Aires, em 1942, sob o título *A vida de Luís Carlos Prestes*, rebatizada mais tarde *O cavaleiro da esperança*. De volta ao Brasil, é preso pela terceira vez e enviado a Salvador, sob vigilância. Em junho de 1941, os alemães invadem a União Soviética. Em dezembro, os japoneses bombardeiam a base norte-americana de Pearl Harbor, e os Estados Unidos declaram guerra aos países do Eixo. Em 1942, o Brasil entra na Segunda Guerra Mundial, ao lado dos aliados. Jorge Amado colabora na *Folha da Manhã*, de São Paulo, torna-se chefe de redação do diário *Hoje*, do PCB, e secretário do Instituto Cultural Brasil-União Soviética. No final desse mesmo ano, volta a colaborar em *O Imparcial*, assinando a coluna "Hora da Guerra", e em 1943 publica, após seis anos de proibição de suas obras, *Terras do sem-fim*. Em 1944, Jorge Amado lança *São Jorge dos Ilhéus*. Separa-se de Matilde Garcia Rosa. Chegam ao fim, em 1945, a Segunda Guerra Mundial e o Estado Novo, com a deposição de Getúlio Vargas. Nesse mesmo ano, Jorge Amado casa-se com a paulistana Zélia Gattai, é eleito deputado federal pelo PCB e publica o guia *Bahia de Todos-os-Santos*. *Terras do sem-fim* é publicado pela editora de Alfred A. Knopf, em Nova York, selando o início de uma amizade com a família Knopf que projetaria sua obra no mundo todo.

1946-1950

Em 1946, Jorge Amado publica *Seara vermelha*. Como deputado, propõe leis que asseguram a liberdade de culto religioso e fortalecem os direitos autorais. Em 1947, seu mandato de deputado é cassado, pouco depois de o PCB ser posto na ilegalidade. No mesmo ano, nasce no Rio de Janeiro João Jorge, o primeiro filho com Zélia Gattai. Em 1948, devido à perseguição política, Jorge Amado exila-se, sozinho, voluntariamente em Paris. Sua casa no Rio de Janeiro é invadida pela polícia, que apreende livros, fotos e documentos. Zélia e João Jorge partem para a Europa, a fim de se juntar ao escritor. Em 1950, morre no Rio de Janeiro a filha mais velha de Jorge Amado, Eulália Dalila. No mesmo ano, Amado e sua família são expulsos da França por causa de sua militância política e passam a residir no castelo da União dos Escritores, na Tchecoslováquia. Viajam pela União Soviética e pela Europa Central, estreitando laços com os regimes socialistas.

1951-1955

Em 1951, Getúlio Vargas volta à presidência, desta vez por eleições diretas. No mesmo ano, Jorge Amado recebe o prêmio Stálin, em Moscou. Nasce sua filha Paloma, em Praga. Em 1952, Jorge Amado volta ao Brasil, fixando-se no Rio de Janeiro. O escritor e seus livros são proibidos de entrar nos Estados Unidos durante o período do macarthismo. Em 1954, Getúlio Vargas se suicida. No mesmo ano, Jorge Amado é eleito presidente da Associação Brasileira de Escritores e publica *Os subterrâneos da liberdade*. Afasta-se da militância comunista.

1956-1960

Em 1956, Juscelino Kubitschek assume a presidência da República. Em fevereiro, Nikita Khruchióv denuncia Stálin no 20º Congresso do Partido Comunista da União Soviética. Jorge Amado se desliga do PCB. Em 1957, a União Soviética lança ao espaço o primeiro satélite artificial, o *Sputnik*. Surge, na música popular, a Bossa Nova, com João Gilberto, Nara Leão, Antonio Carlos Jobim e Vinicius de Moraes. A publicação de *Gabriela, cravo e canela*, em 1958, rende vários prêmios ao escritor. O romance inaugura uma nova fase na obra de Jorge Amado, pautada pela discussão da mestiçagem e do sincretismo. Em 1959, começa a Guerra do Vietnã. Jorge Amado recebe o título de obá Arolu no Axé Opô Afonjá. Embora fosse um "materialista convicto", admirava o candomblé, que considerava uma religião "alegre e sem pecado". Em 1960, inaugura-se a nova capital federal, Brasília.

1961-1965

Em 1961, Jânio Quadros assume a presidência do Brasil, mas renuncia em agosto, sendo sucedido por João Goulart. Yuri Gagarin realiza na nave espacial *Vostok* o primeiro voo orbital tripulado em torno da Terra. Jorge Amado vende os direitos de filmagem de *Gabriela, cravo e canela* para a Metro-Goldwyn-Mayer, o que lhe permite construir a casa do Rio Vermelho, em Salvador, onde residirá com a família de 1963 até sua morte. Ainda em 1961, é eleito para a cadeira 23 da Academia Brasileira de Letras. No mesmo ano, publica *Os velhos marinheiros*, composto pela novela *A morte e a morte de Quincas Berro Dágua* e pelo romance *O capitão-de-longo-curso*. Em 1963, o presidente dos Estados Unidos, John Kennedy, é assassinado. O Cinema Novo retrata a realidade nordestina em filmes como *Vidas secas* (1963), de Nelson Pereira dos Santos, e *Deus e o diabo na terra do sol* (1964), de Glauber Rocha. Em 1964, João Goulart é destituído por um golpe e Humberto Castelo Branco assume a presidência da República, dando início a uma ditadura militar que irá durar duas décadas. No mesmo ano, Jorge Amado publica *Os pastores da noite*.

1966-1970

Em 1968, o Ato Institucional nº 5 restringe as liberdades civis e a vida política. Em Paris, estudantes e jovens operários levantam-se nas ruas sob o lema "É proibido proibir!". Na Bahia, floresce, na música popular, o tropicalismo, encabeçado por Caetano Veloso, Gilberto Gil, Torquato Neto e Tom Zé. Em 1966, Jorge Amado publica *Dona Flor e seus dois maridos* e, em 1969, *Tenda dos Milagres*. Nesse último ano, o astronauta norte-americano Neil Armstrong torna-se o primeiro homem a pisar na Lua.

1971-1975

Em 1971, Jorge Amado é convidado a acompanhar um curso sobre sua obra na Universidade da Pensilvânia, nos Estados Unidos. Em 1972, publica *Tereza Batista cansada de guerra* e é homenageado pela Escola de Samba Lins Imperial, de São Paulo, que desfila com o tema "Bahia de Jorge Amado". Em 1973, a rápida subida do preço do petróleo abala a economia mundial. Em 1975, *Gabriela, cravo e canela* inspira novela da TV Globo, com Sônia Braga no papel principal, e estreia o filme *Os pastores da noite*, dirigido por Marcel Camus.

1976-1980

Em 1977, Jorge Amado recebe o título de sócio benemérito do Afoxé Filhos de Gandhy, em Salvador. Nesse mesmo ano, estreia o filme de Nelson Pereira dos Santos inspirado em *Tenda dos Milagres*. Em 1978, o presidente Ernesto Geisel anula o AI-5 e reinstaura o *habeas corpus*. Em 1979, o presidente João Baptista Figueiredo anistia os presos e exilados políticos e restabelece o pluripartidarismo. Ainda em 1979, estreia o longa-metragem *Dona Flor e seus dois maridos*, dirigido por Bruno Barreto. São dessa época os livros *Tieta do Agreste* (1977), *Farda, fardão, camisola de dormir* (1979) e *O gato malhado e a andorinha Sinhá* (1976), escrito em 1948, em Paris, como um presente para o filho.

1981-1985

A partir de 1983, Jorge Amado e Zélia Gattai passam a morar uma parte do ano em Paris e outra no Brasil — o outono parisiense é a estação do ano preferida por Jorge Amado, e, na Bahia, ele não consegue mais encontrar a tranquilidade de que necessita para escrever. Cresce no Brasil o movimento das Diretas Já. Em 1984, Jorge Amado publica *Tocaia Grande*. Em 1985, Tancredo Neves é eleito presidente do Brasil, por votação indireta, mas morre antes de tomar posse. Assume a presidência José Sarney.

1986-1990

Em 1987, é inaugurada em Salvador a Fundação Casa de Jorge Amado, marcando o início de uma grande reforma do Pelourinho. Em 1988, a Escola de Samba Vai-Vai é campeã do Carnaval, em São Paulo, com o enredo "Amado Jorge: A história de uma raça brasileira". No mesmo ano, é promulgada nova Constituição brasileira. Jorge Amado publica *O sumiço da santa*. Em 1989, cai o Muro de Berlim.

1991-1995

Em 1992, Fernando Collor de Mello, o primeiro presidente eleito por voto direto depois de 1964, renuncia ao cargo durante um processo de *impeachment*. Itamar Franco assume a presidência. No mesmo ano, dissolve-se a União Soviética. Jorge Amado preside o 14º Festival Cultural de

Asylah, no Marrocos, intitulado "Mestiçagem, o exemplo do Brasil", e participa do Fórum Mundial das Artes, em Veneza. Em 1992, lança dois livros: *Navegação de cabotagem* e *A descoberta da América pelos turcos*. Em 1994, depois de vencer as Copas de 1958, 1962 e 1970, o Brasil é tetracampeão de futebol. Em 1995, Fernando Henrique Cardoso assume a presidência da República, para a qual seria reeleito em 1998. No mesmo ano, Jorge Amado recebe o prêmio Camões.

1996-2000

Em 1996, alguns anos depois de um enfarte e da perda da visão central, Jorge Amado sofre um edema pulmonar em Paris. Em 1998, é o convidado de honra do 18º Salão do Livro de Paris, cujo tema é o Brasil, e recebe o título de doutor *honoris causa* da Sorbonne Nouvelle e da Universidade Moderna de Lisboa. Em Salvador, termina a fase principal de restauração do Pelourinho, cujas praças e largos recebem nomes de personagens de Jorge Amado.

2001

Após sucessivas internações, Jorge Amado morre em 6 de agosto de 2001.

ACERVO FUNDAÇÃO CASA DE JORGE AMADO

Jorge Amado na
Lavagem do
Bonfim, Salvador

ACERVO FUNDAÇÃO CASA DE JORGE AMADO

Primeira edição, de 1988, com ilustrações de Carybé

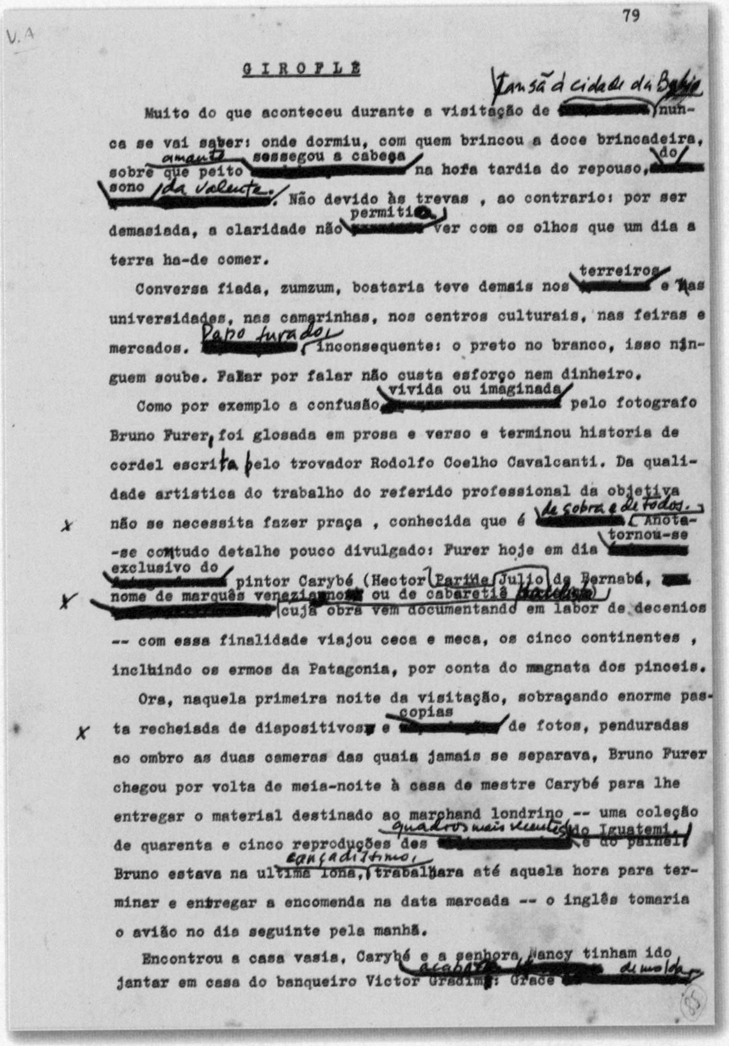

79

GIROFLÊ

Muito do que aconteceu durante a visitação de Iansã à cidade da Bahia nunca se vai saber: onde dormiu, com quem brincou a doce brincadeira, sobre que peito amante sossegou a cabeça na hora tardia do repouso, do sono da valente. Não devido às trevas, ao contrario: por ser demasiada, a claridade não permitia ver com os olhos que um dia a terra ha-de comer.

Conversa fiada, zumzum, boataria teve demais nos terreiros e nas universidades, nas camarinhas, nos centros culturais, nas feiras e mercados. Papo furado, inconsequente: o preto no branco, isso ninguem soube. Falar por falar não custa esforço nem dinheiro.

Como por exemplo a confusão vivida ou imaginada pelo fotografo Bruno Furer, foi glosada em prosa e verso e terminou historia de cordel escrita pelo trovador Rodolfo Coelho Cavalcanti. Da qualidade artistica do trabalho do referido professional da objetiva não se necessita fazer praça, conhecida que é de sobra e de todos. Anota-se contudo detalhe pouco divulgado: Furer hoje em dia tornou-se exclusivo do pintor Carybé (Hector Julio de Bernabó, nome de marquês veneziano ou de cabaretiã [illegible]) cuja obra vem documentando em labor de decenios -- com essa finalidade viajou ceca e meca, os cinco continentes, incluindo os ermos da Patagonia, por conta do magnata dos pinceis.

Ora, naquela primeira noite da visitação, sobraçando enorme pasta recheiada de diapositivos e copias de fotos, penduradas ao ombro as duas cameras das quais jamais se separava, Bruno Furer chegou por volta de meia-noite à casa de mestre Carybé para lhe entregar o material destinado ao marchand londrino -- uma coleção de quarenta e cinco reproduções dos quadros mais recentes do Iguatemi. Bruno estava na ultima lona, cançadíssimo, trabalhara até aquela hora para terminar e entregar a encomenda na data marcada -- o inglês tomaria o avião no dia seguinte pela manhã.

Encontrou a casa vasia, Carybé e a senhora Nancy tinham ido jantar em casa do banqueiro Victor Gradim: Grace [illegible] de moldar

Manuscrito de *O sumiço da santa*

Jorge Amado e Dorival Caymmi com mãe Menininha do Gantois, "guardiã dos ritos afro-brasileiros, da cultura perseguida e negada dos escravos africanos", 1975

IMAGENS ACERVO FUNDAÇÃO CASA DE JORGE AMADO

Pierre Verger, Jorge e Carybé no Gantois

Mestre Pastinha e a mulher, Romélia, na casa do Rio Vermelho

ACERVO FUNDAÇÃO CASA DE JORGE AMADO

MARIA SAMPAIO

Jorge com Caetano Veloso e o filho Zeca, na casa de Caetano, Salvador, 1996

Cenas de Salvador: rampa do Mercado, aula de capoeira de angola na escola do mestre Pastinha e baianas na escadaria da igreja de Nosso Senhor do Bonfim

IMAGENS ACERVO FUNDAÇÃO CASA DE JORGE AMADO

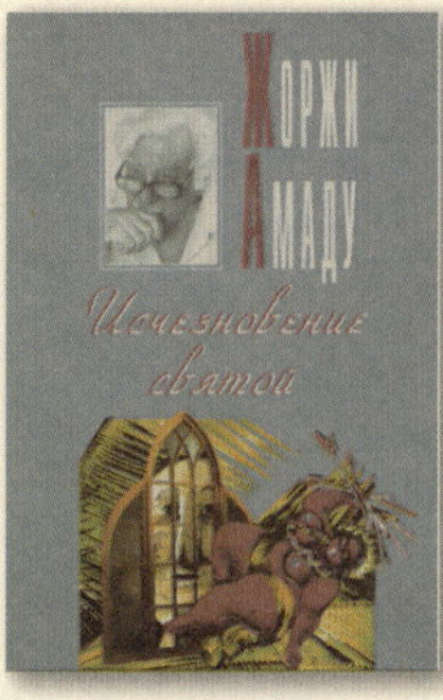

O sumiço da santa viajou o mundo: capas portuguesa, russa, espanhola, alemã, norte-americana, francesa, grega, inglesa e italiana

ACERVO FUNDAÇÃO CASA DE JORGE AMADO

Jorge Amado escreve *O sumiço da santa*, nos anos 80